I0760001

ÉCOLES DE PARIS EN MUSIQUE, 1920-1950
IDENTITÉS, NATIONALISME, COSMOPOLITISME

Dernières parutions dans la même collection

Léo Delibes: itinéraire d'un musicien des Bouffes-Parisiens à l'Institut, par Pauline Girard, 2018, 432 pages.

Maurice Emmanuel, *Lettres choisies, 1880-1938*, rassemblées, présentées et annotées par Christophe Corbier, 2017, 632 pages.

Jules Massenet, *Mes souvenirs et autres écrits*, textes rassemblés, présentés et annotés par Jean-Christophe Branger, 2017, 360 pages.

Berlioz et la scène : penser le fait théâtral, par Violaine Anger, 2016, 304 pages.

Regards sur le Dictionnaire de musique de Rousseau : des Lumières au Romantisme, par Emmanuel Reibel, 2016, 290 pages.

Entretiens d'artistes : poétique et pratiques, par Laurence Brogniez et Valérie Dufour, 2016, 280 pages.

Jean Cocteau, *Écrits sur la musique*, présentés par David Gullentops et Malou Haine, 2016, 648 pages.

Marges de l'opéra : musique de scène, musique de film et musique radiophonique en France, en Suisse, en Allemagne et aux États-Unis, 1920-1950, sous la direction de Frédérique Toudoire-Surlapierre et Pascal Lécroart, 2015, 288 pages.

L'orchestre à cordes sous Louis XIV, sous la direction de Jean Duron et Florence Gétreau, 2015, 472 pages.

Essais de philosophie, par Jerrold Levinson, textes réunis, traduits et introduits par Clément Canonne et Pierre Saint-Germier, 2015, 288 pages.

L'orchestre au travail : interprétations, négociations, coopérations, par Hyacinthe Ravet, 2015, 384 pages.

L'enquête en ethnomusicologie : préparation, terrain, analyse, par Simha Arom et Denis-Constant Martin, 2015, 288 pages.

Perception et cognition de la musique, par Stephen McAdams, 2015, 248 pages.

Camille Saint-Saëns et le politique de 1870 à 1921 : le drapeau et la lyre, par Stéphane Leteuré, 2014, 224 pages.

Darius Milhaud, compositeur et expérimentateur, sous la direction de Jacinthe Harbec et Marie-Noëlle Lavoie, 2014, 288 pages.

La steppe musicienne : analyses et modélisation du patrimoine musical turcique, par Frédéric Léotar, 2014, 320 pages (Coup de cœur Académie Charles Cros, 2015).

La musique face au sytème des arts ou les vicissitudes de l'imitation au siècle des Lumières, sous la direction de Marie-Pauline Martin et Chiara Savettieri, 2014, 352 pages.

Ernest Van Dyck et Jules Massenet : une interprète au service d'un compositeur, par Jean-Christophe Branger et Malou Haine, 2014, 176 pages.

(suite en fin d'ouvrage)

ÉCOLES DE PARIS EN MUSIQUE, 1920-1950
IDENTITÉS, NATIONALISME, COSMOPOLITISME

par
Federico Lazzaro

Ouvrage publié avec le concours du Centre national du livre et de l'Observatoire interdisciplinaire de création et de recherche en musique

VRIN

Musicologies

La collection *MusicologieS* présente des ouvrages qui répondent aux attentes des mélomanes, des musiciens, des musicologues mais aussi à celles de toutes les personnes qui s'intéressent à la musique et qui souhaitent découvrir et explorer son histoire, son langage, sa place et son rôle au cœur des sociétés occidentales et non occidentales.
La musicologie contemporaine possède de multiples orientations disciplinaires : histoire, histoire de l'art, philosophie, psychologie, psychanalyse, esthétique, sociologie ou anthropologie, pour ne citer qu'elles. Les ouvrages de la collection puiseront à ces univers et contribueront à la connaissance et à la compréhension des musiques savantes et populaires de toutes les époques.

MusicologieS
collection dirigée par
Malou Haine et Michel Duchesneau

Imprimé en Belgique
ISSN 2114-169X
ISBN 978-2-7116-2768-4

www.vrin.fr

À Leonardo,
petit cosmopolite

Ces mille influences font du style français un style cosmopolite
où chaque nation se retrouve, mais où la France se perd.
(Un journaliste américain cité dans *Le Courrier musical* du 15 avril 1924)

Être Parisien veut dire qu'on est quelqu'un à Paris.
(Louis Schneider dans *La Revue musicale*, 1902)

INTRODUCTION

Construire les étrangers

Une fois arrivé à Berlin, le protagoniste du roman *Les Étrangers* (1930) de Sándor Márai « prit pour la première fois conscience qu'il était hongrois »[1]. Avant, il avait toujours pensé à son identité en termes de caractéristiques physiques, de niveau d'instruction, de goûts littéraires ou de langues parlées : « Et qu'un Allemand ou un Français [...] pouvait reconnaître en le voyant qu'il était "hongrois", était pour lui une situation tout à fait nouvelle, et pas très agréable »[2]. Débarqué ensuite à Paris, il se fit demander par la première personne avec laquelle il parla – un Albanais – s'il était Turc :

> Turc ? Il n'y avait jamais pensé. Il porta involontairement la main à sa bouche. Tout ce qu'il savait, c'est que ses aïeux avaient longtemps vécu dans la Grande Plaine au temps de l'occupation turque. Était-ce vraisemblable ? Il a fallu que je vienne à Paris, pensa-t-il, pour qu'[...]un Albanais découvre mes origines, ce secret singulier d'une de mes aïeules un peu mûre, qui, dans un moment de faiblesse, a peut-être cédé aux avances d'un janissaire...[3]

Paris est le lieu où l'on découvre son identité, ou bien où l'on se la fait attribuer. L'idée de se présenter comme Turc ne déplait point au protagoniste du roman, et il l'exploite aussitôt. Pour lui la fièvre des identités nationales des années 1920 n'est qu'un jeu de déguisements, un jeu auquel il décide de jouer entre l'amertume d'être continuellement perçu comme une curiosité et l'auto-ironie jaillissant de sa conviction d'être, par-dessus tout, un être humain et un Européen. Dans le Paris des années folles décrit par Márai dans son roman, le jeune docteur hongrois en philosophie doit apprendre à avaler les commentaires xénophobes lancés contre ceux qui, comme lui, proviennent des « jeunes nations » nées avec le Traité de Versailles ; mais il peut aussi s'amuser avec les règles non écrites de la construction identitaire : boire un calvados ou porter des chaussettes, voilà ce qui suffit pour se « déguiser en Français »[4].

1. Sándor Márai, *Les Étrangers* [1930], traduit du hongrois par Catherine Fay, Paris, Albin Michel, 2012, p. 30.
2. *Ibid.*, p. 31.
3. *Ibid.*, p. 42-43.
4. *Ibid.*, p. 64.

Écrivains, peintres ou compositeurs, des dizaines d'artistes étrangers ayant résidé à Paris dans l'entre-deux-guerres se sont confrontés quotidiennement à la place que leur passeport prenait aux yeux des critiques et du public parisien. Le jugement esthétique sur leur œuvre s'insère dans un discours qu'on pourrait définir de « nationcentrique », dans la mesure où la nation est le point de repère constant de l'élaboration discursive autour de ces hommes et de leur production. Le regard sur les étrangers est à la fois isolant et agglutinant : isolant, à chaque fois qu'on demande à un jeune artiste d'obéir au « génie de sa race » – et d'être par conséquent un pur Russe, ou pur Tchèque, ou pur Polonais; agglutinant, lorsque tous ceux qui ne sont pas Français sont considérés comme un groupe unitaire.

Le présent ouvrage explore ce discours à propos des compositeurs étrangers à Paris, le met en relation avec la réalité des concerts, le confronte à l'analyse musicale et en retrace l'héritage historiographique. Des publications parues au courant des cinq dernières années démontrent l'intérêt, qui n'est pas sans liens avec l'actualité socio-politique, d'approfondir la connaissance des « étrangers qui ont fait la France »[5]. Dans le domaine de la musicologie, la reconstitution de la présence de musiciens étrangers à Paris, et notamment dans la première moitié du XXe siècle, commence à faire l'objet de travaux approfondis, pour lesquels l'histoire de la musique *française* est de plus en plus l'histoire de la musique *en France* – et surtout *à Paris*[6]. Loin de vouloir tendre à l'exhaustivité, nous concentrons notre recherche autour d'un cas d'étude bien précis : l'histoire de l'étiquette « École de Paris » appliquée au milieu musical. Au fil des chapitres, nous parcourrons les étapes de l'utilisation de cette expression tout en en faisant abstraction, afin de dresser un panorama plus ouvert de la présence des compositeurs étrangers à Paris et de leurs stratégies de promotion. Bref, l'« École de Paris » est à la fois l'objet et le prétexte de la recherche présentée ici.

5. Nous empruntons cette expression à Pascal Ory (dir.), *Dictionnaire des étrangers qui ont fait la France*, avec la collaboration de Marie-Claude Blanc-Chaléard, Paris, Robert Laffont, 2013. Plus spécifiquement sur les étrangers de Paris, voir *Les Paris des migrants*, numéro monographique d'*Hommes et migrations*, n° 1308, 2014. Nous signalerons également que Arlen J. Hansen (*Expatriate Paris : A Cultural and Literary Guide to Paris of the 1920s*, New York, Arcade Publishing, 2012) a reconstruit la topographie du Paris des étrangers. D'autres travaux se concentrent sur les ressortissants d'une nation en particulier, par exemple Nancy Green, *Les Américains de Paris : hommes d'affaires, comtesses et jeunes oisifs, 1880-1941*, traduit de l'américain par Patrick Hersant, Paris, Belin, 2014. L'ouvrage de Green est consacré aux « autres » Américains à Paris, c'est-à-dire les non artistes, ces derniers ayant fait l'objet de nombreuses publications, de George Wickes, *Americans in Paris* (Garden City, Doubleday / Paris Review Editions, 1969) à David McCullough, *Le voyage à Paris : les Américains à l'école de la France, 1830-1900* (traduit de l'américain par Pierre-Emmanuel Dauzat, Paris, La Librairie Vuibert, [2014]). Plus spécifiquement sur les artistes étrangers à Paris et leur interaction institutionnelle et esthétique avec les Français, signalons ici l'ouvrage interdisciplinaire d'Ihor Junyk, *Foreign Modernism : Cosmopolitanism, Identity, and Style in Paris*, Toronto, University of Toronto Press, 2013.

6. Si, pour emprunter les mots de Damien Ehrhardt, « l'histoire de l'immigration des musiciens reste à écrire » (« Les musiciens étrangers et l'émergence du champ musical », dans *Les Paris des migrants*, numéro spécial de *Hommes et migrations*, n° 1308, automne 2014, p. 139-147, ici p. 139), le colloque *City of Light : Paris, 1900-1950* (Londres, 27-29 mai 2015), auquel nous avons présenté une partie du chapitre VII du présent ouvrage, a fourni un bon nombre d'exemples de cette tendance. Voir en particulier les communications d'Aleš Březina, Marie Duchêne-Thégarid, Alexander Stalarow, Sylvie Douche, Sylvia Kahan et Fiorella Sassanelli. Le programme du colloque est consultable en ligne à l'adresse suivante : http://www.institut-francais.org.uk/wp-content/uploads/2015/05/city-of-Paris-conference-programme.pdf (consulté le 19 janvier 2016).

« École de Paris » : histoire et historiographie

> L'École de Paris existe. Plus tard, les historiens d'art pourront, mieux que nous, en définir le caractère et étudier les éléments qui la composent ; mais nous pouvons toujours affirmer son existence et sa force attractive qui fait venir chez nous les artistes du monde entier[7].

L'École de Paris existe-t-elle ? C'est autour de cette question que la présente recherche a commencé. C'est sur l'existence, dans la période de l'entre-deux-guerres, d'une École de Paris *en musique* que nous nous interrogeons, car, dans les arts visuels, il s'agit d'une étiquette acceptée, justifiée historiquement et servant de titre à de nombreux ouvrages. En histoire de la musique, par contre, son utilisation est beaucoup plus problématique.

Lorsque l'on tape « École de Paris » dans le moteur de recherche de Google, deux résultats éveillent la curiosité du chercheur. Le premier est l'absence de la moindre référence à la musique dans les articles de *Wikipedia* expliquant l'expression[8]. Le second est un CD qui héberge, sous le titre *L'École de Paris*, de la musique de chambre d'Alexandre Tansman (1897-1986), de Tibor Harsányi (1898-1954) et de Bohuslav Martinů (1890-1959)[9]. Il existe un autre CD du même titre (mais qui échappe au puissant algorithme de Google) qui propose une sélection de pièces pour piano de ces trois mêmes compositeurs, auxquels s'ajoutent Alexandre Tchérepnine (1899-1977) et Conrad Beck (1901-1989). Il ne manque ainsi à l'appel que Marcel Mihalovici (1898-1985) pour arriver aux six compositeurs qui constitueraient l'« École de Paris en musique » selon maints travaux académiques et de vulgarisation publiés depuis les années 1950[10].

En passant de Google aux plus récents ouvrages savants, on s'aperçoit que notre question sur l'existence d'une École de Paris en musique n'est pas anodine. Deux livres parus en 2013 nous serviront ici d'exemples. Le premier est l'édition des mémoires d'Alexandre Tansman, compositeur d'origine polonaise immigré à Paris au début des années 1920. Les encyclopédies et les histoires de la musique qui parlent de l'existence d'une École de Paris en musique incluent habituellement Tansman parmi les musiciens constituant ce prétendu groupement. Pourtant, Tansman n'utilise jamais l'expression « École de Paris » dans ses mémoires. Par contre, l'éditeur du texte (Cédric Segond-Genovesi) s'en sert dès la première page de son « Introduction », et il le fait par le biais

7. André Warnod, *Les berceaux de la jeune peinture : Montmartre, Montparnasse*, Paris, Albin Michel, 1925, p. 7.

8. *Wikipédia* offre différentes versions de l'article « École de Paris » : en français, anglais (cette version se trouve traduite en allemand et en tchèque), italien, espagnol (deux articles, un pour l'art et un pour la philosophie), catalan, portugais, polonais, hongrois, russe, ukrainien, hébreu et japonais. Cependant, aucun de ces articles (consultées en octobre 2013) ne parle de musique. La présence de l'expression « École de Paris » dans les encyclopédies musicologiques de référence sera explorée dans le chapitre I.

9. *L'École de Paris : Tansman, Harsányi, Martinů*, Kammerensemble de Paris, Armin Jordan, chef d'orchestre, 1 disque compact, VDE-Gallo, CD 729, 2010. Cet enregistrement contient : Alexandre Tansman : *Septuor*, fl-hb-cl-bs-tr-al-vc (1934) / Tibor Harsányi : *Nonette*, fl-hb-cl-bs-cr-2vl-al-vc (1927) / Bohuslav Martinů : *Nonette*, fl-hb-cl-bs-cr-vl-al (H. 374, 1959).

10. Ce disque fait partie d'un coffret comprenant également un enregistrement des *Treize Danses* par treize compositeurs publiées par La Sirène musicale en 1929 (un recueil sur lequel nous nous pencherons au chapitre VIII). *École de Paris / Treize Danses*, Gabrielle Beck-Lipsi, piano, 2 disques compacts, Musikverlag Müller & Schade, M&S 5080/2, 2013.

d'une citation (d'un ouvrage datant de 1954[11]) expliquée en note par une référence à un article datant de 2000[12]. Bref, l'expression est utilisée et expliquée d'une façon indirecte. Voici le début du texte de Pierre Wolff de 1954 cité par Segond-Genovesi :

> Alexandre Tansman appartient à cette École de Paris qui, entre les deux guerres, a bénéficié du bouillonnement musical de la capitale, écouté le chant de toutes les sirènes, et dont on ne peut pas dire que les tenants aient subi une influence dominante[13].

Wolff tient pour acquis que ses lecteurs des années 1950 savent à quoi il se réfère en parlant d'« École de Paris ». Segond-Genovesi, qui ne croit pas qu'il en soit de même aujourd'hui, explique en note :

> L'expression apparaît au début des années 1930, d'abord sous la plume du critique musical José Bruyr, pour qualifier un groupe de jeunes compositeurs étrangers fixés à Paris dans les années 1920 (voir Manfred Kelkel, « L'École de Paris : une fiction? », dans Pierre Guillot [éd.], *Hommage au compositeur Alexandre Tansman [1897-1986]*, Paris : Presses de l'Université de Paris-Sorbonne, 2000, p. 85-89). Assez informel et plutôt disparate en termes d'esthétiques musicales, le groupe est rejoint, dans un second temps, par le Suisse Conrad Beck (1901-1989), l'Autrichien Alexander von Spitzmüller (1894-1962) et l'Italien Vittorio Rieti (1898-1994). Voir p. 155, note 27[14].

Et voici ce qu'il spécifie dans la note à laquelle il renvoie :

> Avec Alexandre Tansman, Bohuslav Martinů (1890-1959), Alexandre Tcherepnine (1899-1977), Tibor Harsányi (1898-1954) et quelques autres, il [Marcel Mihalovici] compta parmi les musiciens de l'École de Paris, groupe officiellement constitué et baptisé vers 1930 (voir notamment *Kelkel2000*, ainsi que *Duchesneau1997*, p. 109 et 146)[15].

Segond-Genovesi ne s'appuie pas sur des sources de l'époque – et pour cause, comme nous le verrons au cours de la présente recherche –, mais plutôt sur deux autorités récentes (Kelkel et Duchesneau)[16] pour donner une définition de l'« École

11. Pierre Wolff, *La musique contemporaine*, Paris, Nathan, 1954.

12. Manfred Kelkel, « L'École de Paris, une fiction ? », dans Pierre Guillot (dir.), *Hommage au compositeur Alexandre Tansman (1897-1986)*, actes du colloque (Paris, 26 novembre 1997), Paris, Presses de l'Université de Paris-Sorbonne, 2000, p. 85-89. Il est important de signaler que, dans le sommaire de l'ouvrage collectif qui l'inclut, l'article de Kelkel est titré « Tansman et l'École de Paris ». Kelkel a sans doute changé le titre en cours de route en s'apercevant que parler d'École de Paris était problématique.

13. Wolff, *Musique contemporaine*, p. 310; cité dans Cédric Segond-Genovesi, « Introduction » à Alexandre Tansman, *Regards en arrière : itinéraire d'un musicien cosmopolite au* XX*e siècle*, texte édité avec la collaboration de Mireille Tansman Zanuttini et Marianne Tansman Martinozzi, Château-Gontier, Aedam musicae, 2013, p. 9-37, ici p. 9. Pour les autres occurrences de l'expression « École de Paris » dans le livre de Wolff, voir ci-après la première section du chapitre III.

14. *Ibid.*, p. 9, n. 2.

15. *Ibid.*, p. 155, n. 27. Les raccourcis bibliographiques correspondent aux textes suivants : *Kelkel2000* = Kelkel, « L'École de Paris, une fiction ? » ; *Duchesneau1997* = Michel Duchesneau, *L'avant-garde musicale à Paris de 1871 à 1939*, Sprimont, Mardaga, 1997.

16. Cependant, les termes dans lesquels Duchesneau parle d'École de Paris ne sont pas les mêmes que ceux de Kelkel. En effet, il cite un projet d'Arthur Hoérée dont nous parlerons dans le chapitre III. Le manque de références à des sources de l'époque est d'autant plus frappant dans un travail très documenté comme celui de Segond-Genovesi (nous avons souligné la précision documentaire par laquelle ce dernier enrichit les mémoires de Tansman dans notre compte rendu de l'ouvrage paru dans la *Revue de musicologie*, vol. 99, n° 1, 2013, p. 189-192).

de Paris » que nous pourrions résumer ainsi : un groupe né vers 1930, réunissant des compositeurs étrangers arrivés à Paris au cours des années 1920 (notamment Harsányi, Martinů, Mihalovici, Tansman et Tchérepnine) ou plus tard (notamment Beck, Rieti, Spitzmüller).

Comparons maintenant la définition de Segond-Genovesi avec celle donnée par Luisa Curinga dans son étude sur André Jolivet et l'humanisme musical en France, elle aussi parue en 2013[17]. Dans la section « Jolivet e l'École de Paris : un'affinità ideale » [« Jolivet et l'École de Paris : une affinité idéale »], Curinga parle d'École de Paris en termes assez différents :

> Bien qu'il ne soit aucunement codifié comme une « école », il y avait autour de Jolivet un véritable cercle de musiciens spiritualistes qui échangeaient idées et réflexions. Parmi eux : Arthur Lourié, Igor Markevitch, Nicolas Obouhov, Ivan Wyschnegradsky, Georges Migot, Olivier Messiaen, Daniel-Lesur. Les quatre premiers faisaient partie de l'École de Paris, un groupe réunissant des compositeurs de l'Union Soviétique et de l'Europe de l'Est[18].

Selon Curinga, l'École de Paris serait un groupe réunissant des compositeurs de l'Union soviétique et de l'Europe de l'Est (parmi lesquels elle cite Lourié, Markevitch, Obouhov et Wyschnegradsky : quatre noms absents chez Segond-Genovesi et ses sources). Cette définition exclurait que le Suisse Beck, l'Italien Rieti ou l'Autrichien Spitzmüller nommés par Segond-Genovesi puissent en avoir fait partie. Aucune référence, ni aux sources de l'époque ni à des contributions scientifiques récentes, n'est donnée par Curinga en appui à sa version des faits. En effet, comme nous le verrons diffusément dans la première partie, les définitions d'« École de Paris » sont tout aussi nombreuses que leurs auteurs.

Comme pour d'autres regroupements de musiciens s'étant imposés dans le récit historique de la vie musicale du XXe siècle, les origines, les dénotations et les enjeux de cette étiquette sont complexes. Joseph Auner, s'interrogeant sur l'étiquette « Seconde École de Vienne » (ses origines, ses contradictions et son affirmation en tant que « concept historique »), a fourni à cet égard une étude exemplaire[19]. L'expression « École de Paris » nous a poussé à une enquête encore plus vaste, articulée autour d'une série de questionnements d'ordre historique et historiographique. Tout d'abord, sur le plan historique, des questions s'imposent autour de la nature de l'expression « École de Paris » : une « École (musicale) de Paris » a-t-elle jamais existé ? Si oui, quand et avec quels membres ? Quelle est l'origine de cette étiquette ? Désigne-t-elle un style musical

---

17. Luisa Curinga, *André Jolivet e l'umanesimo musicale nella cultura francese del Novecento*, Roma, Edicampus, 2013. Cette étude est l'élaboration d'une thèse soutenue à l'Université de Rome « Tor Vergata » en 2007.

18. « *Sebbene assolutamente non istituzionalizzato in una "scuola", era presente intorno a Jolivet un vero e proprio circolo di musicisti spiritualisti che si scambiavano idee e riflessioni : tra questi Arthur Lourié, Igor Markevitch, Nicholas* [sic] *Obouhov, Ivan Wyschnegradsky, Georges Migot, Olivier Messiaen, Daniel-Lesur. I primi quattro facevano parte dell'École de Paris, un gruppo che riuniva compositori dell'Unione Sovietica e dell'Europa dell'Est* » (Curinga, *André Jolivet*, p. 33).

19. Joseph Auner, « The Second Viennese School as a Historical Concept », dans Bryan R. Simms (dir.), *Schoenberg, Berg, and Webern : A Companion to the Second Viennese School*, Westport, Greenwod Press, 1999, p. 1-36.

caractéristique ? Répondre à ces questions offre un prétexte pour reconstruire la vie musicale des étrangers à Paris : comment s'articulait le discours autour des compositeurs immigrés dans la société parisienne issue de la Grande Guerre ? Les étrangers étaient-ils considérés comme une menace ou comme une ressource pour la musique française ? Comment la nationalité d'un compositeur influençait-elle la perception et la description critique de sa musique ? Quels étaient, pour un jeune compositeur, les avantages et désavantages d'être classé parmi les membres d'un groupe ou d'une école ? Quelles stratégies adoptait-il pour s'affirmer sur la scène parisienne et ensuite pour survivre à la sélection opérée par l'histoire ? Comment les institutions musicales se sont-elles adaptées à une société de plus en plus cosmopolite ? À une époque où le nationalisme et l'internationalisme trouvaient dans les milieux artistiques un terrain de bataille souvent très rude, dans quelle mesure la musique a-t-elle pu contribuer à créer ou renforcer les imaginaires nationaux ?

La question du cosmopolitisme est particulièrement délicate, puisque le concept se prête à des utilisations multiples. Nous adoptons la synthèse proposée par Louis Lourme des modalités d'utilisation du terme « cosmopolite » dans le langage courant et dans les différentes disciplines scientifiques. Lourme distingue quatre « modalités du cosmopolitisme »[20]. Deux sont *pratiques* du fait qu'elles désignent une condition : *a*) une manière d'être (« le fait de vivre comme cosmopolite sans qu'il n'y ait nécessairement de fondement théorique explicite à cette pratique ») ; *b*) une réalité sociologique (« la coexistence dans un même lieu de communautés ou d'individus d'origine et de culture différentes »). Deux sont *théoriques* et désignent des aspirations : *c*) un projet politique (« vouloir construire sur le plan politique des cadres obéissant aux principes du cosmopolitisme ») ; *d*) une conception du monde (« la manière dont un individu peut fonder sa vision de la justice ou de la morale à partir d'une appartenance au monde – et non à partir d'une appartenance locale »). Les modalités *b* et *c* sont collectives, tandis que *a* et *d* concernent l'individu. Il n'est pas problématique d'affirmer que les compositeurs étrangers installés à Paris vivent le cosmopolitisme de façon concrète, en tant que réalité sociologique (*b*). Nous verrons également que les modalités *a* et *d* s'appliquent souvent à leur mode de vie et à leur conceptions esthétiques – ce qui ne va pas de soi, comme le démontrent, encore aujourd'hui, de nombreuses individus qui une fois plongés dans une réalité cosmopolite renforcent par réaction une attitude chauvine.

Le cas de l'École de Paris en musique n'offre pas seulement un riche terrain pour une enquête historique, mais permet d'approfondir un certain nombre de questions historiographiques, notamment liées à l'écriture de l'histoire par regroupements : comment se forment les étiquettes ? Quels sont les risques d'une organisation du récit historiographique par regroupements d'individus ? Quel est l'impact des acteurs de l'histoire sur la formation des récits historiques ? Quelle confiance peut-on accorder à leurs souvenirs ? Et à quelles dérives peut amener une réécriture des récits des historiens précédents qui ne soit pas corroborée par l'étude des sources ? En d'autres termes, comment est-ce que l'emprunt acritique de certaines habitudes discursives peut, au bout de deux ou trois

20. Louis Lourme, *Qu'est-ce que le cosmopolitisme ?*, Paris, Vrin, 2012, p. 13-16. Les citations qui suivent sont issues de la p. 15.

générations d'historiens, modifier considérablement la réalité historique ? Si, comme nous le montrerons, l'École de Paris est davantage une expression linguistique qu'un fait tangible, l'étude de sa construction discursive pourra aisément être étendue à d'autres cas similaires où l'histoire des faits se révèle plutôt être une histoire de versions des faits.

Enquête

Donner sa propre version des faits est quelque chose qui concerne habituellement le domaine juridique. Mais il y a des cas, et l'École de Paris en est un, où l'historien et le juge ne sont pas si éloignés l'un de l'autre. Le juge a affaire à des témoignages qui deviennent plus ou moins volontairement des mises en récit orientées – souvent pour des raisons d'intérêt personnel – des faits historiques dont ils rendent compte. Similairement, en tant qu'historien étudiant l'École de Paris, nous nous confrontons à une série de discours orientés politiquement et esthétiquement qui ont amené les musicologues à interpréter avec une certaine liberté une réalité très floue.

Dans le cadre du droit, des faits historiques existent et sont à vérifier parce qu'ils ont des conséquences. Ainsi, selon le droit processuel civil italien – pour ne prendre qu'un exemple –, lorsqu'il est question d'un « droit indisponible » (*diritto indisponibile*, quelque chose dont le sujet ne peut pas disposer à sa guise), même si les deux parties en cause présentent au juge la même version des faits, le juge se doit de prouver les faits déclarés. Par exemple, s'il est question de savoir si A est la fille de B, il n'est pas suffisant que A et B donnent une version identique des faits historiques selon laquelle B a eu une longue relation avec la mère de A : pour prouver qu'*effectivement* A est la fille de B, le juge doit recourir à des preuves objectives, puisque la filiation est un droit indisponible (c'est-à-dire, le sujet ne peut pas en disposer à volonté, par exemple en transmettant la paternité d'un enfant qu'il ne serait pas tenté d'accepter)[21]. Pour prouver des faits historiques ou des droits indisponibles, le juge ouvre une instruction judiciaire visant à trouver des preuves mettant l'affaire en état d'être jugée. Il existe deux types de preuves : les preuves directes (mettant le juge en contact direct avec le fait historique) et les preuves indirectes ou représentatives (mettant le juge en contact avec un document ou un récit à partir duquel il peut déduire l'existence du fait historique en question) ; les preuves (directes ou indirectes) peuvent être aussi des preuves contraires (démontrant le contraire du fait déclaré, par exemple la présence d'une personne dans un lieu autre que celui déclaré)[22]. Il existe aussi des faits non disponibles qui n'ont pas besoin d'être prouvés, les « faits notoires » (*fatti notori*) : il s'agit des « faits qui font partie du patrimoine commun de tous les individus d'une société donnée dans un moment historique donné », et que « le juge connaît […] en tant que citoyen »[23]. À ce sujet,

21. Cet exemple se trouve dans Francesco P. Luiso, *Diritto processuale civile*, vol. 2 : *Il processo di cognizione*, 5ᵉ éd., Milano, Giuffré, 2009, p. 55.

22. « Prova (processo civile) », dans *Brocardi – Dizionario giuridico*, http://www.brocardi.it (consulté en octobre 2013). Voir aussi Luiso, *Diritto*, vol. 2, p. 71-74.

23. « *Notori sono quei fatti che rientrano nella comune esperienza, e dei quali pertanto il giudice è a conoscenza non per averne una cognizione personale, non perché, per una serie di circostanze, egli è*

d'après nous, le droit pose des problèmes historiographiques essentiels et nous permet de présenter notre approche face à la question de l'École de Paris [24].

Est-il vrai que vivre dans un moment historique donné donne accès à des faits notoires, que tout le monde connaît ? Cette question pourrait être plus précise : *qui* est tout le monde, et *comment* est-ce que ces faits sont connus ? Et encore : est-ce qu'il existe, en historiographie, des preuves directes, ou bien tout document – même le plus factuel – doit-il être interprété et jugé ? Dans le cas qui nous intéresse ici, il y a plusieurs versions des faits qui concordent sur la définition d'École de Paris : mais est-ce que l'historien-juge doit accepter ces témoignages ou bien considérer l'École de Paris à la manière d'un droit indisponible et procéder à l'ouverture d'une instruction ? Autrement dit : quels sont les documents qui peuvent être considérés directement comme des preuves, et quels sont ceux qui requièrent, au contraire, d'être validés par d'autres preuves ? Est-ce que – et avec cette interrogation nous revenons à la question initiale – le fait qu'une source partageait le moment historique où l'École de Paris aurait probablement existé donne à cette source le privilège de ne pas passer par une vérification probatoire, ou bien l'historien se doit-il de tout remettre en question, niant la possibilité que des faits notoires *que tout le monde connaît* existent au-delà du discours (toujours orienté) qui les traduit en mots ? Enfin, est-ce qu'il est possible que cette prétendue École de Paris soit si paradoxalement absente des sources de l'époque précisément parce qu'elle était un fait notoire que tout le monde connaissait et qui ne nécessitait donc aucune verbalisation écrite ?

La meilleure chose à faire est d'ouvrir une enquête historique qui remette en cause toutes les versions des faits que les sources de l'époque et l'historiographie subséquente nous offrent au sujet de l'École de Paris en musique. Nous procéderons donc, dans la première partie (« Traces »), à une enquête où il n'existe pas de faits notoires et où tous les droits sont indisponibles – ou, en d'autres termes, où une version des faits n'est jamais jugée suffisante pour démontrer un fait historique. En suivant le « paradigme indiciaire » expliqué par l'historien Carlo Ginzburg, chaque témoignage sera considéré comme une « trace » d'une réalité historique probablement inaccessible, et plus discursive que factuelle. Tel qu'il est demandé par le droit processuel, nous contesterons ponctuellement chaque version des faits concernant l'École de Paris, tout en ouvrant une instruction ayant pour objectif la recherche de preuves directes (par exemple, les programmes de concerts) et indirectes (les récits des acteurs historiques et des historiens) de son existence.

Dans le chapitre I « Vulgates sur l'École de Paris », nous nous confronterons aux définitions les plus récentes de l'expression « École de Paris » en musique. Les ouvrages savants (tels que les encyclopédies musicologiques de référence) ne se révéleront pas plus cohérents que les émissions radiophoniques de vulgarisation. C'est une première

---

songolarmente a conoscenza di quei fatti, ma perché egli li conosce come qualunque cittadino. Sono notori i fatti che rientrano nel comune patrimonio di tutti i soggetti di una certa società in un certo momento storico » (Luiso, *Diritto*, vol. 2, p. 74).

24. Le dialogue entre historiens et juristes n'est pas nouveau ; voir notamment Carlo Ginzburg, « Traces », dans *Mythes, emblèmes et traces : morphologie et histoire*, traduit de l'italien par Monique Aymard *et alii*, Paris, Flammarion, 1989, p. 139-181.

constatation de l'exigence d'aller à la recherche non seulement de l'*aspect factuel* de l'existence d'une École de Paris, mais surtout des *modalités* structurant le discours autour de ce phénomène. En suivant cette idée, dans le chapitre II « Groupements et "écoles" », nous approfondirons la tendance des critiques musicaux des années 1920-1930 à regrouper les musiciens. Dans une sorte de parenthèse sociolinguistique, nous analyserons la sémantique plurielle liée au mot « école » afin de reconstruire les perceptions possibles de l'expression « École de Paris » de la part du milieu musical de l'époque. Le chapitre III « L'École de Paris au sens large et au(x) sens étroit(s) » servira à explorer toutes les occurrences de l'expression « École de Paris » que nous avons trouvées dans la presse musicale de l'entre-deux-guerres ainsi que dans les histoires de la musique. Nous constaterons que parler d'École de Paris « au sens étroit » est une habitude qui se développe surtout chez les historiens français des années 1950-1960, tandis que, dans l'entre-deux-guerres, « École de Paris » désignait « au sens large » tous les musiciens étrangers ayant vécu, au moins une partie de leur vie, à Paris.

Après avoir fait le tour, dans la première partie, des versions des faits contradictoires concernant l'essence de l'École de Paris en musique, nous irons à la recherche, dans la deuxième partie (« Terrain »), des *faits* ayant pu donner naissance aux discours sur l'École de Paris en musique. Trois chapitres seront consacrés à une sorte d'observation participante historique visant à comprendre la formation d'un certain discours à propos des compositeurs étrangers affluant dans la capitale française dans l'entre-deux-guerres. Le chapitre IV « Arts visuels » sera consacré à ce qu'on appelle « École de Paris » dans les arts visuels. L'histoire de cette étiquette et de ses implications sociopolitiques sera très utile pour éclaircir l'utilisation de la même expression en musique. Dans le chapitre V « Concerts », notre enquête se concentrera sur les preuves directes, qui sont surtout des « preuves contraires ». S'il existait *effectivement* un groupe nommé « École de Paris », on devrait trouver des concerts de ce groupe. Et pourtant, combien de concerts de musiciens étrangers, et quelle multiplicité de discours les concernant peut-on trouver dans les programmes de concerts ainsi que dans les comptes rendus sans que jamais une prétendue « École de Paris » ne soit évoquée, et ce, même dans les rares cas où les musiciens qui en seront par après considérés « membres » se réunirent pour donner un concert de leurs œuvres. Le chapitre VI « L'École de Paris par ses "membres" » donnera alors la parole aux protagonistes de notre enquête, c'est-à-dire à ces musiciens qu'une certaine tradition historiographique considère comme membres d'un groupe de compositeurs étrangers appelé « École de Paris ». Nous les verrons tout d'abord, dans des interviews des années 1930, résister à cette version des faits, pour ensuite changer d'attitude après la Seconde Guerre mondiale et contribuer à l'affirmation historiographique de l'expression « École de Paris ». La raison de ce revirement est très probablement la nécessité de s'autopromouvoir en tant que groupe restreint de compositeurs.

Dans la troisième partie (« Musique »), il ne sera plus directement question d'École de Paris en tant qu'entité historique (effective, discursive, construite *a posteriori*, etc.), mais en tant que *possibilité* discursive (quel est le contexte discursif au sein duquel la présence de jeunes compositeurs étrangers à Paris était interprétée ?) et en tant qu'*opportunité* de vie qui se traduit dans le langage musical (quelles conséquences ont pu avoir les rencontres artistiques offertes par la capitale française sur la technique compositionnelle des jeunes étrangers qui s'y trouvaient ?). Nous n'analyserons plus les discours qui utilisent ou définissent l'expression « École de Paris », mais plutôt ce qui a rendu possible leur production. Nous aborderons ainsi les débats au sein de la critique musicale (et plus largement culturelle) et entre les musiciens à propos du nationalisme ou de l'internationalisme artistique dans la réalité cosmopolite du Paris de l'entre-deux-guerres, ainsi que la traduction de ces débats dans la technique musicale. Le chapitre VII « Musique française ? » explorera le discours identitaire des Français, ses racines et ses mots clefs – dont certains (« race », « nègre », « oriental », etc.) sont aujourd'hui très problématiques. Nous ferons donc une classification des différentes formes de nationalisme musical qui émergent de la musicographie française après la Première Guerre mondiale et qui constituent le terrain discursif sur lequel se jouait l'accueil de la musique des compositeurs étrangers. Dans le chapitre VIII « Musique de l'École de Paris ? », nous analyserons trois recueils musicaux qui ont été considérés, pour différentes raisons, comme des œuvres collectives de l'École de Paris. Notre analyse visera notamment à juger s'il existe, au-delà des données événementielles et des constructions discursives entourant ces recueils, un « style musical École de Paris ».

La problématique très spécifique qui donne le *la* à notre enquête – « Qu'est-ce *vraiment* que l'École de Paris ? » – se révélera donc être un fil d'Ariane nous permettant de parcourir le labyrinthe constitué par des informations incomplètes et contradictoires qui se sont accumulées, durant presque cent ans, au sujet de la place occupée par les compositeurs immigrés dans le Paris des années 1920-1930. « Qu'est-ce *vraiment* que l'École de Paris ? » est une question qui nous permet de reconstituer la genèse, les enjeux et les contradictions d'une étiquette fourre-tout qui a longtemps caché un pan de l'histoire de la musique. Notre enquête nous donnera accès à une réalité historique riche et complexe, en lien avec l'époque actuelle, notamment en ce qui concerne les stratégies d'intégration des étrangers et le discours véhiculant les différences culturelles. C'est une réalité, celle du Paris de l'entre-deux-guerres aussi bien que la nôtre, où le discours structure la perception de la réalité davantage que les faits. Notre voyage à travers ce discours-labyrinthe se fera en suivant le fil de l'École de Paris, un fil qu'il faut bien sûr démêler, mais qui nous offre surtout l'opportunité d'entrevoir la réalité factuelle et discursive qui a contribué à le tisser. L'étiquette est moins intéressante que ce qu'elle « étiquette ». Historien davantage que juge, notre but n'est pas de punir le « monstre » historiographique qui nous a amenés à entrer dans ce labyrinthe. Nous valorisons plutôt le parcours à travers ses méandres, les questions qu'il conduit à se poser, les coins obscurs qu'il permet d'éclairer, les pistes secondaires qu'on entrevoit en marchant.

Remerciements

Cet ouvrage a pour origine une thèse soutenue à l'Université de Montréal en 2015, dont la rédaction a été rendue possible grâce au soutien qui nous a été accordé par la Chaire de Musicologie de l'Université de Montréal, l'Observatoire interdisciplinaire de création et recherche en musique (OICRM) et la Faculté des études supérieures et postdoctorales de l'Université de Montréal. Le présent projet éditorial a été appuyé et suivi avec enthousiasme par les directeurs de la collection *MusicologieS*, Malou Haine – dont l'acribie à la fois scientifique et éditoriale a permis d'améliorer énormément le manuscrit – et Michel Duchesneau. Ce dernier, qui a suivi notre recherche en tant que directeur de thèse, nous a offert tout au long du parcours menant de la présentation du projet de recherche à la publication du livre son appui constant, ses précieux commentaires sur le plan scientifique, ses mots toujours encourageants ainsi que sa présence humaine et attentive.

Plusieurs personnes nous ont fourni des renseignements indispensables et des conseils précieux. Nous les remercions sincèrement pour le temps qu'elles ont consacré à répondre à nos questions, à relire les différentes versions du manuscrit ou à nous donner des informations autrement inaccessibles : Cécile Quesney, Cédric Segond-Genovesi, Christopher Moore, François de Médicis, Hubert Bolduc-Cloutier, Jürg Stenzl, Louise Cloutier, Liouba Bouscant, Luca Lévi Sala, Marie Duchêne-Thégarid, Marie-Hélène Benoit-Otis, Martin Guerpin et Olivier de Rohozinski. Nous tenons à remercier aussi les ayants-droits qui nous ont accordé la permission de publier le matériel d'archives (en particulier Jérôme Heugel, la Fondation Nadia et Lili Boulanger, François Fontenoy, Marianne Tansman Martinozzi et Mireille Tansman Zanuttini), ainsi que le personnel de la Paul Sacher Stiftung (en particulier Johanna Blask, Angela Ida De Benedictis, Evelyne Diendorf, Simon Obert et Viktoria Supersaxo), de la Bibliothèque nationale de France (BnF), de l'Institut national de l'audiovisuel (INA), de la Société des auteurs, compositeurs et éditeurs de musique (SACEM) et de la Bibliothèque de la Faculté de musique de l'Université de Montréal. Un remerciement spécial va à Marie-Pier, pour ses conseils, ses relectures, ses compétences éditoriales et musicologiques, sa patience et son encouragement constant.

Options éditoriales

Graphie des noms

Dans le texte principal et dans les traductions des citations, nous suivons, pour les noms des musiciens étrangers, le modèle de graphie française proposé dans Theodore Baker et Nicolas Slonimsky, *Dictionnaire biographique des musiciens* (traduit de l'anglais par Marie-Stella Pâris, éd. adaptée et augmentée par Alain Pâris, Paris, Laffont, 1995). Pour les noms des musiciens absents de ce dictionnaire et des étrangers non musiciens, nous suivons la forme adoptée par la BnF.

Par contre, la graphie des noms utilisée dans les textes cités est toujours respectée, et ce, parce que nous jugeons les variantes apportées à un nom étranger comme étant une partie significative du discours sur les étrangers. Nous n'ajoutons pas de « *sic* » lorsqu'il s'agit de variantes n'empêchant pas un nom d'être reconnu (c'est notamment le cas des changements d'accents, par exemple Harsanyi pour Harsányi ou Martinù pour Martinů). Nous n'ajoutons pas de « *sic* » dans les cas de translittérations d'un nom russe possibles et parfois acceptées dans une langue autre que le français (par exemple Tscherepnin pour Tchérepnine, ou Prokofieff pour Prokofiev). Le « *sic* » et éventuel-lement le nom selon le modèle standard sont ajoutés entre crochets lorsque la variante présente dans le texte original s'éloigne trop de sa version habituelle ou peut paraître présenter une coquille (par exemple « Nobokov [*sic*] » pour Nabokov, qui n'est probablement pas une faute de frappe mais une transcription de la prononciation russe de ce nom – avec le *a* non accentué tendant vers le *o*). En revanche, dans l'index, tous les noms ont la graphie standardisée. De plus, nous avons relevé les dates de naissance et de décès des compositeurs, des interprètes, des artistes peintres et sculpteurs, des écrivains, des critiques et musicographes ainsi que des chercheurs dont les textes servent de sources primaires, informations que nous avons choisi de ne pas insérer dans le texte mais dans l'index afin de rendre la lecture plus fluide.

Transcriptions

Textes imprimés

Les transcriptions respectent la ponctuation d'origine ainsi que les majuscules emphatiques. Aussi, les erreurs sont transcrites et suivies par l'indication « *sic* », sauf dans le cas de coquilles évidentes et de corrections mineures (par exemple, les traits d'union dans des expressions figées : peut être → peut-être). Pour les substantifs indiquant la nationalité d'un individu, lorsque la majuscule manque, nous l'intégrons (par exemple, le polonais Tansman → le Polonais Tansman).

Les titres des œuvres citées sont indiqués selon les conventions habituelles.

Dans les textes en langue autre que le français, les conventions rédactionnelles sont modifiées pour les adapter à celles du français, sauf dans le cas des titres d'œuvres.

Textes manuscrits

Nous corrigeons, dans les textes manuscrits de compositeurs étrangers (lettres, textes d'émissions et de conférences, notes), les fautes dues à une maîtrise imparfaite du français écrit (accents, ponctuation, majuscules). D'autres fautes caractéristiques du niveau du français de ces compositeurs (lexique, conjugaison des verbes, anacoluthes) sont par ailleurs maintenues et éventuellement intégrées par des corrections entre crochets [ ]. Notre interprétation des mots dont une lecture certaine s'est avérée impossible est proposée entre ‹ ›. Le signe † (*crux philologica*) indique un mot ou une partie d'un mot impossible à déchiffrer.

Émissions radiophoniques

Pour maintenir le caractère d'oralité des émissions radiophoniques, nous en proposons une transcription qui ne corrige pas la syntaxe riche en tournures de phrase redondantes et en anacoluthes.

Abréviations

Principales institutions citées

AID	Archives internationales de la danse
AJMP	Association des jeunes musiciens polonais
AMC	Association de musique contemporaine
BnF	Bibliothèque nationale de France
INA	Institut national de l'audiovisuel
ORTF	Office de radiodiffusion-télévision Française
OSP	Orchestre symphonique de Paris
PSS	Paul Sacher Stiftung (Bâle)
RC	Radio Canada
RDF	Radiodiffusion française
RF	Radio France
RTBF	Radio-Télévision belge de la communauté française
RTF	Radiodiffusion-télévision française
RTSR	Radiodiffusion-télévision de la Suisse romande
SACEM	Société des auteurs, compositeurs et éditeurs de musique
SIM	Société internationale de musique
SIM / IMS	Société internationale de musicologie / International Musicological Society
SIMC	Société internationale de musique contemporaine
SMI	Société musicale indépendante
SN	Société nationale de musique

Instruments de musique

al	alto	or	orchestre
bs	basson	qc	quatuor à cordes
ca	cor anglais	qv	quintette à vents
cb	contrebasse	qvo	quatuor vocal
ch	chœur	pc	percussion
cl	clarinette	pn	piano
cr	cor	sax	saxophone
cv	cuivres	ta	tambour
fa	flûte alto	tn	trombone
fl	flûte	tr	trompette
hb	hautbois	v	voix
hp	harpe	vf	voix féminines
iv	instruments à vent	vc	violoncelle
oc	orchestre à cordes	vl	violon
og	orgue	och	orchestre de chambre

Références bibliographiques

Les ouvrages encyclopédiques de référence sont identifiés par les abréviations suivantes :

DBM Theodore Baker et Nicolas Slonimsky, *Dictionnaire biographique des musiciens*, traduit de l'anglais par Marie-Stella Pâris, éd. adaptée et augmentée par Alain Pâris, Paris, Laffont, 1995.

DEUMM Alberto Basso (dir.), *Dizionario enciclopedico universale della musica e dei musicisti*, 15 vol. en 3 séries (B = *Le biografie*; L = *Il lessico*; TP = *I titoli e i personaggi*) + 1 *Appendice*, Torino, UTET, 1985-1999.

DMH Marc Honegger (dir.), *Dictionnaire de la musique : les hommes et leurs œuvres*, 2 t., Paris, Bordas, 1970-1979.

EMF François Michel (dir.), *Encyclopédie de la musique*, 3 vol., Paris, Fasquelle, 1958-1961.

GMO *Grove Music Online*, Oxford University Press, http://www.oxfordmusic online.com.

Grove5 Eric Blom (dir.), *Grove's Dictionary of Music and Musicians*, 5e éd., 9 vol. et supplément, London, Macmillan, 1954-1961.

MGG Ludwig Finscher (dir.), *Die Musik in Geschichte und Gegenwart : allgemeine Enzyklopädie der Musik*, 27 vol. en 2 séries (S = *Sachteil*; P = *Personenteil*) + 1 *Register* et 1 *Supplement*, Kassel, Bärenreiter, 1994-2008.

MGG1 Friedrich Blume (dir.), *Die Musik in Geschichte und Gegenwart : allgemeine Enzyklopädie der Musik*, 17 vol., Kassel, Bärenreiter, 1949-1986.

New Grove Stanley Sadie (dir.), *The New Grove Dictionary of Music and Musicians*, 20 vol., London, Macmillan, 1980.

Afin de ne pas alourdir les notes en bas de page, les données bibliographiques complètes des sources primaires citées (l'indication du volume et du numéro pour les revues, et les cotes des documents d'archives) se trouvent uniquement dans la bibliographie. Comme la date est un élément essentiel pour identifier et mettre en contexte les sources primaires, elle est répétée à chaque occurrence dans les notes de bas de page.

Première partie

TRACES

PROLOGUE À LA PREMIÈRE PARTIE

TRACES D'UN DISCOURS

> – Mon jeune ami, chacun de nous a trois existences. Une existence de chose : nous sommes un corps. Une existence d'esprit : nous sommes une conscience. Et une existence de discours : nous sommes ce dont les autres parlent. [...] Seule la troisième existence nous permet d'intervenir dans notre destin, elle nous offre un théâtre, une scène, un public ; nous provoquons, démentons, créons, manipulons les perceptions des autres [1].

Deux mots clés, « trace » et « discours », guident notre première approche de l'histoire de l'École de Paris. « Trace », issue du « paradigme indiciaire » cher à l'historien Carlo Ginzburg [2], souligne la nature d'enquête de notre recherche. L'historiographie se sert de traces d'une réalité que nous ne pouvons pas avoir la prétention de saisir entièrement. Ces traces appartiennent à différentes catégories : documents témoignant directement d'un évènement, fragments de discours, essais développés sur un sujet. Les traces d'un évènement sont produites non seulement au moment considéré (à l'époque), mais aussi après, par les historiens qui en parlent et qui influencent ainsi notre vision initiale du phénomène en question.

Le second mot, « discours », est au centre de la réflexion historiographique entamée par Michel Foucault. À la base de cette conception de l'histoire, il y a la conviction qu'une réalité historique est toujours véhiculée par les mots utilisés pour la décrire, l'institutionnaliser et l'interpréter. Notre conviction est que l'École de Paris est un phénomène de nature essentiellement discursive, et nous nous proposons de l'analyser en ces termes [3].

---

1. Éric-Emmanuel Schmitt, *Lorsque j'étais une œuvre d'art*, Paris, Albin Michel, 2002, p. 103-104.

2. Carlo Ginzburg, « Traces », dans *Mythes, emblèmes et traces : morphologie et histoire*, traduit de l'italien par Monique Aymard *et alii*, Paris, Flammarion, 1989, p. 139-181.

3. Natalie Adamson a prôné la même approche pour l'étude de l'École de Paris en arts visuels. Elle constate que « loin d'être une liste d'artistes canonisés, une technique fondatrice ou encore un ensemble

Pour faire une analyse efficace d'un discours, il faudrait, d'après Foucault, « tout lire »[4]. « Tout » n'est pas tant ici un indicateur quantitatif qu'un indicateur qualitatif : il ne faut pas se limiter, nous dit Foucault, à lire un certain type de documents, parce que la construction sociohistorique d'une réalité se fait à plusieurs niveaux. C'est dans cette perspective que nous analyserons la presse de l'époque, les ouvrages musicologiques, les interviews des compositeurs, les histoires de la musique, les programmes de concert, et tous les documents d'archives jugés utiles. Évidemment, « tout » pose des problèmes quand on en considère l'aspect quantitatif. C'est pour cette raison que le dépouillement systématique des périodiques de l'époque se concentrera sur les principales revues musicales (*Le Courrier musical*, *Le Guide du concert*, *Le Ménestrel*, *Le Monde musical*, *Musique*, *Revue Pleyel* et *La Revue musicale*), en limitant la lecture des autres revues culturelles à des échantillons choisis *ad hoc* (par exemple, autour d'une date significative, ou en suivant la plume d'un critique spécifique).

Cette limitation de la quantité du « tout » qu'il faudrait lire est toutefois compensée par sa variété qualitative. En effet, ce qui nous intéresse n'est pas un travail de nature positiviste : même si nous avons confiance en la possibilité de reconstituer (du moins en partie) la vérité historique, nous sommes plus intéressé ici à la reconstitution du discours historique qu'à une énumération de faits. Il ne s'agit pas d'un raccourci : au contraire, c'est une acceptation de la nature éphémère des traces, du fait qu'il serait naïf de penser que tout peut être retracé. L'oralité, notamment, nous échappe. Par conséquent, même si en poursuivant nos recherches nous trouvions un article ou un compte rendu de l'entre-deux-guerres qui parle explicitement d'un groupe appelé « École de Paris », cela ne changerait pas le fait que cette expression est absente de la plupart des sources et, lorsqu'elle est utilisée, elle se réfère à des choses différentes selon les auteurs et les époques. Contrairement à ce qui semble véhiculé par une certaine tradition historiographique que nous allons analyser dans les trois chapitres qui suivent, le fait d'appeler un groupe de compositeurs « École de Paris » était en fait une rareté dans la critique musicale parisienne de l'entre-deux-guerres.

Cette première partie se limite aux traces discursives de l'École de Paris; en d'autres termes, à ce qui a été dit (et comment) à propos de cette expression par les critiques musicaux, les musicologues et les animateurs radiophoniques des années 1920 à aujourd'hui. Nous monterons ce que Lucien Febvre aurait appelé « un dossier généalogique en règle » sur la question de l'École de Paris : « Nous nous heurterons à d'anciennes sélections, plus ou moins arbitraires, d'événements et d'interprétations

cohérent de principes stylistiques, l'École de Paris consistait plutôt en une collectivité fantasmagorique sans origine clairement identifiable, sans titulaires permanents ni élèves dociles », et propose donc de « qualifier l'École de Paris de "concept critique", de "fiction discursive" ou de "fantasme", [et de] montrer qu'elle dépend de textes aussi bien que de toiles » (« L'École de Paris ou l'élaboration d'une fiction discursive », dans Rossella Froissart Pezone et Yves Chevrefils Desbiolles (dir.), *Les revues d'art : formes, stratégies et réseaux au XXe siècle*, Rennes, Presses universitaires de Rennes, 2011, p. 137-153, ici p. 138 et 153).

4. Michel Foucault interviewé par Raymond Bellours, « Michel Foucault, *Les mots et les choses* », *Les Lettres françaises*, 31 mars 1966, p. 3-4; repris dans Michel Foucault, *Dits et Écrits, 1954-1988*, 4 vol., éd. établie sous la direction de Daniel Defert et François Ewald, avec la collaboration de Jacques Lagrange, Paris, Gallimard, 1994, vol. 1, p. 498-504, ici p. 499.

– à des assemblages devenus classiques d'idées et de documents »[5], et nous en ferons une description critique visant à les déconstruire, les comprendre et les corriger dans la perspective d'un regard global. Nous procéderons à rebours : les documents les plus récents d'abord (scientifiques et de vulgarisation, écrits et oraux – les émissions radiophoniques), ensuite ceux de l'époque, pour chercher à comprendre de quelle source les modernes ont tiré les données et les modalités de leur discours.

5. Lucien Febvre, *Au cœur du religieux du XVIe siècle*, Paris, Sevpen, 1957 ; Paris, Librairie générale française, 1984, p. 13.

Chapitre premier

VULGATES SUR L'ÉCOLE DE PARIS

« Vulgates » et non pas « vulgate », « Écoles » plutôt qu'« École de Paris ». Les « s » qui dominent les titres du présent ouvrage et de son premier chapitre ne sont pas une ouverture au pluralisme s'opposant à une tradition à tendance centralisatrice – un but partagé par les titres choisis pour l'encyclopédie *Musiques*[1] ou par la collection *MusicologieS* qui héberge ce livre. Ils ne sont pas non plus une façon d'envisager une ouverture possible mais pas tout à fait explorée. Ils sont plutôt le constat d'une multiplicité, d'une coexistence – dans la lignée, *mutatis mutandis*, des « formes sonate » pluralisées par Charles Rosen[2]. Dans ce premier chapitre, nous ferons face tout de suite à ce manque d'univocité : nous ne trouverons pas une définition partagée (une vulgate) de l'École de Paris, mais plusieurs vulgates se référant à des Écoles de Paris différentes. Il ne pourrait pas en être autrement, parce qu'une École de Paris en tant qu'objet déterminé est assurément une construction discursive, comme nous allons le démontrer. Ce que nous voulons mettre en relief, à partir de ces premières pages, c'est l'importance de ne pas oublier que ces « s » existent, même s'ils tendent à disparaître dans les différents récits (de divers auteurs, mais aussi d'un seul auteur dans des époques et à des occasions multiples) utilisant l'expression « École de Paris ».

1. Jean-Jacques Nattiez (dir.), *Musiques : une encyclopédie pour le XXI*e *siècle*, 5 vol., Arles, Actes Sud, 2003-2007. Le pluriel est par ailleurs absent de la première édition (en italien) de cet ouvrage, qui s'intitule *Enciclopedia della musica* (et non pas « *delle musiche* ») : *Enciclopedia della musica*, 5 vol., Torino, Einaudi, 2001-2005.

2. Charles Rosen, *Sonata Forms*, New York, Norton, 1980. Version française : *Formes sonate*, traduit de l'américain par Alain et Marie-Stella Pâris, Arles, Actes Sud, 1993. La pluralité habituellement cachée sous l'étiquette de « forme sonate » et mise en évidence par Rosen est devenue un sujet d'études à part entière, aboutissant notamment à l'ouvrage de James Hepokoski et Warren Darcy, *Elements of Sonata Theory : Norms, Types, and Deformations in the Late Eighteenth-Century Sonata*, Oxford, Oxford University Press, 2006.

L'École de Paris dans les encyclopédies, microcosmes inhomogènes

Il serait inutile de chercher des explications sur l'expression « École de Paris » dans les principales encyclopédies musicologiques. Ni le *Grove Music Online* (*GMO*) ni *Die Musik in Geschichte und Gegenwart* (*MGG*) ne l'accueillent parmi leurs articles. Pourtant, ils ne sont pas sans l'utiliser. Déjà à l'intérieur du microcosme d'une seule encyclopédie, on retrouve les problèmes que pose cette étiquette sur une plus large échelle, notamment sa définition non homogène et son usage acritique.

Le *GMO* porte sur ses épaules virtuelles une responsabilité qui n'est pas anodine, puisque la première étape de toute recherche, ou tout simplement de toute curiosité musicologique, passe à travers l'efficacité de son moteur de recherche. « École de Paris » apparaît trois fois dans l'encyclopédie. D'abord, dans l'article « Stage Design », on fait une référence fugace à l'« École de Paris », expression qui semble faire allusion très généralement au milieu d'artistes étrangers dans la capitale française[3]. L'étiquette paraît ensuite sous la plume de Caroline Rae qui, dans son article sur Alexandre Tansman, écrit :

> Tansman, qui avait des liens avec plusieurs des principales figures musicales qui se trouvaient à Paris dans ces années-là, faisait partie d'un cercle de musiciens étrangers connu comme « École de Paris », incluant Martinů, Alexandre Tchérepnine, Conrad Beck et Marcel Mihalovici[4].

Finalement, dans l'article dédié à Tibor Harsányi (nom qui pourtant ne figure pas parmi ceux que nous venons de lire), on trouve d'autres informations :

> Harsányi parlait de Paris comme d'un « grand laboratoire de musique contemporaine ». Ici, il a contribué à fonder la Société Triton [...] et a tissé des liens avec d'autres expatriés, devenant l'un des membres de ce qu'on a appelé le Groupe des Quatre (avec Martinů, Mihalovici et Beck). Il a également été associé à l'École de Paris, incluant Tansman et [Manuel] Rosenthal [1904-2003], promue par l'éditeur Dillard de La Sirène musicale[5].

3. « *In France, collaborations between producers and painters at the* École de Paris, *after the examples of Dyagilev and Rouché, affirmed the painterly conception and remained largely uninfluenced by isolated experiments along expressionist or constructivist lines* ». Manfred Boetzkes et Evan Baker, art. « Stage Design, § 6 : 1900-45 », dans *GMO*, http://www.oxfordmusiconline.com/subscriber/article/grove/music/O904784, consulté en septembre 2013.

4. « *Acquainted with many leading musical figures in Paris during these years, Tansman was part of the circle of foreign musicians, known as the* École de Paris, *that included Martinů, Alexander Tcherepnin, Conrad Beck and Marcel Mihalovici* ». Caroline Rae, art. « Alexandre Tansman », dans *GMO*, http://www.oxfordmusiconline.com/subscriber/article/grove/music/27479, consulté en septembre 2013.

5. « *Harsányi referred to Paris as a "grand laboratory of contemporary music". There he helped to found the* Société Triton *[...] and established ties with other expatriates, becoming one of the so-called* Groupe des Quatre *(along with Martinů, Mihalovici and Beck). He was also associated with the* École de Paris, *which included Tansman and Rosenthal and was promoted under that name by the publisher Dillard of* La Sirène musicale ». Arthur Hoérée et Barbara Kelly, art. « Tibor Harsányi », dans *GMO*, http://www.oxfordmusiconline.com/subscriber/article/grove/music/12457, consulté en septembre 2013.

Les informations contenues dans ces quelques lignes sont nombreuses. On peut y cerner les énoncés suivants[6] :

– il existait, à Paris, une Société Triton, et Harsányi a contribué à sa fondation ;

– on parlait, probablement à Paris, d'un Groupe des Quatre constitué par Harsányi, Martinů, Mihalovici et Beck ;

– [Michel] Dillard, des éditions de La Sirène musicale, a appelé « École de Paris » une association de compositeurs comprenant (au moins) Harsányi, Tansman et Rosenthal.

Une fois vérifiées, ces informations se révèlent problématiques. Premièrement, les trois entités citées (Triton, Groupe des Quatre, École de Paris) ne sont pas du tout homogènes, comme leur énumération successive dans l'article du *GMO* pourrait le faire croire. Triton était une société de concerts, avec deux comités de direction, un logo, une programmation régulière de 1932 à 1939[7]. Par contre, « Groupe des Quatre » et « École de Paris » ont un statut très différent. Il ne s'agit pas d'associations de concerts ni de groupes de compositeurs unanimement reconnus – à l'instar du Groupe des Six, du Groupe des Cinq ou de l'École d'Arcueil (cette dernière est un cas différent des deux premiers, car née et baptisée ainsi par un ses membres fondateurs)[8]. Cependant, Piero Derossi, dans le *Dizionario enciclopedico universale della musica e dei musicisti* (*DEUMM*), parle manifestement d'École de Paris comme d'une « institution » :

> [Harsányi] fonda, avec Ferroud et d'autres, le « Triton » et devint une des personnalités les plus en vue de l'« École de Paris », une institution fondée par des musiciens émigrés de partout dans le monde[9].

La première version de l'article du *New Grove* (1980) sur Harsányi, signée par le compositeur et critique musical Arthur Hoérée (actif à partir des années 1920 et ayant vécu le Paris musical sur lequel il écrit), ne citait que Triton, sans aucune référence au Groupe des Quatre, à l'École de Paris ou à La Sirène musicale[10]. En effet, Hoérée a épuré la précédente version du *Grove* (la cinquième édition, parue en 1954), où John S. Weissmann écrivait :

> Le style musical de celle qu'on appelle l'« École de Paris » révèle parmi ses principaux ingrédients des éléments dérivés du jazz et la variante française de la musique utilitaire. [...] L'« École de Paris », comme « Les Six », n'a jamais était rien de plus qu'une libre

6. Nous utilisons ici « énoncés » dans le sens foucaldien d'« évènements affirmatifs qui créent du réel de par leur énonciation » (« *positive events that produce existence through enunciation* »), selon l'efficace définition de Niels Åkerstrøm Andersen, *Discursive Analytical Strategies : Understanding Foucault, Koselleck, Laclau, Luhmann*, Bristol, Policy Press, 2003, p. 11. Une telle synthèse est très utile étant donné que Foucault consacre un chapitre entier aux possibles définitions d'« énoncé » (Michel Foucault, *L'archéologie du savoir*, Paris, Gallimard, 1969, chap. 3 : « L'énoncé et l'archive »).

7. Sur Triton, voir notamment Michel Duchesneau, *L'avant-garde musicale à Paris de 1871 à 1939*, Sprimont, Mardaga, 1997, p. 133-142 et annexe 4.

8. Sur le statut du Groupe des Six, voir ci-après au début du chapitre II ; sur l'École d'Arcueil, au début du chapitre III.

9. « *[Harsányi] fondò, con Ferroud e altri, il* "Triton", *e divenne una delle più spiccate personalità dell'* "École de Paris", *istituzione fondata da musicisti emigrati da tutte le parti del mondo* ». Piero Derossi, art. « Harsányi, Tibor », *DEUMM*, vol. B/3, 1986, p. 450-451, ici p. 450.

10. Arthur Hoérée, art. « Harsányi, Tibor », dans *New Grove*, vol. 8, p. 258. Sur l'implication de Hoérée dans la définition d'École de Paris voir ci-après au chapitre III.

> association de jeunes compositeurs qui ont par ailleurs gardé une attitude complètement indépendante. L'existence « officielle » de leur groupe a été révélée par la parution, en 1929, d'un recueil pour piano intitulé *Treize Danses*, auquel chacun d'entre eux a contribué avec un morceau et qui a été dirigé par Harsányi [11].

Barbara Kelly, l'auteure de la mise à jour de l'article pour la septième édition de l'encyclopédie (2001, et maintenant en ligne), a donc réintroduit l'École de Paris chez Harsányi, après que Hoérée l'ait enlevée. (Nous montrerons dans les paragraphes suivants comment l'étiquette « École de Paris » a pris sa place dans les histoires de la musique écrites après la Seconde Guerre mondiale.) Le fait que Harsányi ait été prétendument membre à la fois du Groupe des Quatre et de l'École de Paris est probablement le résultat d'une interprétation de l'article consacré au compositeur dans le *MGG* :

> Il a fondé, avec B. Martinů, M. Mihalovici et C. Beck, ce qu'on appelle le « Groupe des Quatre ». Il a aussi rejoint l'« École de Paris » [12].

Il faut toutefois remarquer que les articles du *MGG* consacrés aux autres compositeurs listés comme faisant partie d'un Groupe des Quatre n'en parlent pas du tout, et que l'École de Paris y apparaît comme un concept très peu homogène :

> [Article sur Martinů :] En tant que membre du groupe que Michel Dillard appela l'« École de Paris » ainsi que du comité actif de la Société Triton [...] [13].
>
> [Article sur Mihalovici :] En 1928, il était membre, avec C. Beck, B. Martinů et A. Tchérepnine, de l'« École de Paris », un groupe de compositeurs étrangers en France. [14]
>
> [Article sur Beck : aucune référence à l'École de Paris ni au Groupe des Quatre.] [15]

L'absence de référence aux deux prétendus groupes dans l'article sur Beck révèle des failles dans la cohérence interne de l'encyclopédie, ce qui est tout à fait compréhensible vu les nombreux auteurs qui y participent, mais ne nous aide pas à nous faire une idée précise de la réalité des choses. Ou mieux, cela renforce notre idée que la réalité des

---

11. « *The musical style of the so-called* "École de Paris" *discloses elements derived from jazz and the French variety of functional music as its principal common ingredients. [...] Like* "Les Six" *the* "École de Paris" *was never more than a loose association of young composers who otherwise preserved complete independence of outlook. The "official" existence of their group was signalized by the publication in 1929 of a collection of pianoforte pieces entitled* Treize Danses, *containing one contribution by each and edited by Harsányi* ». John S. Weissmann, art. « Harsányi, Tibor », dans *Grove5*, vol. 4, 1954, p. 117-119, ici p. 118. Nous reviendrons ci-après sur les *Treize Danses* (chapitre VIII) et sur les affirmations de Weissmann (dans la section « Les biographes de l'époque » du chapitre III), formulées de façon plus développée dans son « Tibor Harsányi : A General Survey », *The Chesterian*, juillet 1952, p. 14-17.

12. « *Zusammen mit B. Martinů, M. Mihalovici und C. Beck bildete er die sog[enannte]* Groupe des Quatre. *Er schloß sich auch der* École de Paris *an* ». Péter Halász (révision de l'article de John S. Weissmann dans *MGG1*), art. « Harsanyi », dans *MGG*, vol. P/8, 2002, col. 723-726, ici col. 723.

13. « *Als Mitglied der von Michel Dillard* École de Paris *benannten Gruppe und dem Aktivkomitee der* Société Triton *angehörig [...]* ». Ivana Rentsch, art. « Martinů », dans *MGG*, vol. P/11, 2004, col. 1211-1224, ici col. 1220.

14. « *1928 gehörte er mit C. Beck, B. Martinů und A. Čerepnin der* École de Paris *an, einer Gruppe ausländlischer Komponisten in Frankreich* ». Vasile Tomescu (révision de l'article d'Oswald d'Estrade-Guerra dans *MGG1*), art. « Mihalovici », dans *MGG*, vol. P/12, 2004, col. 190-191, ici col. 190.

15. SL [= *Schriftleitung*, « Rédaction »], art. « Beck », dans *MGG*, vol. P/2, 1999, col. 605-606.

choses est plus complexe que les affirmations citées pourraient nous le faire croire. Nous ajoutons que l'École de Paris n'est pas non plus citée dans l'article sur Alexandre Tchérepnine [16], compositeur inclus dans ce groupe par l'auteur de l'article sur Mihalovici.

Une autre référence à l'École de Paris dans le *MGG* existe dans l'article consacré à Alexandre Tansman :

> Vers 1925, on le comptait parmi les membres fondateurs de l'« École de Paris » en plus d'exilés tels C. Beck, A. N. Tchérepnine, T. Harsanyi, B. Martinů et M. Mihalovici [17].

Ici, on donne au groupement une date de naissance, 1925 : une donnée que, à l'évidence, nous ne pouvons pas tenir pour acquise. On la retrouve cependant, par exemple, dans un des ouvrages encyclopédiques de référence en France dans la seconde partie du XXe siècle, l'*Encyclopédie de la musique* Fasquelle (*EMF*) :

> [Article sur Harsányi :] Il devait être un des premiers membres de ce groupe de jeunes compositeurs étrangers, épris d'esthétique française, qui furent vers 1925 à la base de la fameuse « école de Paris » [18].

La « fameuse » École de Paris ne paraîtra toutefois qu'une seule autre fois dans cette encyclopédie, dans l'entrée consacrée à Martinů :

> À la même époque [entre 1923 et 1927], Martinů rejoint d'autres musiciens étrangers qui résident à Paris (Conrad Beck, Marcel Mihalovici, Tibor Harsanyi, puis Alexandre Tansman, Alexandre Tchérepnine et Alexandre Spitzmüller) et constitue avec eux l'*École de Paris* [19].

Par contre, le *Dictionnaire de la musique* édité par Marc Honegger (*DMH*) ne cite l'École de Paris qu'à propos de Mihalovici :

> Il est l'un des membres notoires de l'école dite « de Paris » qui réunissait entre les deux guerres des compositeurs venus de pays divers [20].

Finalement, Mihalovici et Tansman sont les seuls compositeurs à propos desquels on cite l'École de Paris dans le *Dictionnaire biographique des musiciens* de Theodore Baker et Nicolas Slonimsky(*DBM*) :

> [Article sur Mihalovici :] Avec Martinů, Conrad Beck et Tibor Harsányi, il forme l'« École de Paris », association libre composée d'émigrants, qui attire ensuite d'autres compositeurs parisiens comme Alexander Tcherepnine (Russie), Alexander Tansman (Pologne) et Alexander Spitzmueller (Autriche) [21].

---

16. Albrecht Gaub, art. « Čerepnin, Alexandr », dans *MGG*, vol. P/4, 2000, col. 550-553.

17. « *Neben Exilanten wie C. Beck, A. N. Čerepnin, T. Harsanyi, B. Martinů und M. Mihalovici zählte er um 1925 zu den Gründungsmitgliedern der* École de Paris ». Jens Rosteck, art. « Tansman », dans *MGG*, vol. P/16, 2006, col. 491-494, ici col. 491.

18. Jean Vigué, art. « Harsanyi Tibor », dans *EMF*, vol. 2, 1959, p. 426.

19. Harry Halbreich et Cl. S. [initiales qui ne correspondent à aucun des collaborateurs listés au début du volume], art. « Martinu Bohuslav », dans *EMF*, vol. 3, 1961, p. 160-161, p. 160 (c'est l'auteur qui souligne).

20. Art. « Mihalovici, Marcel », dans *DMH*, t. 2, 1979, p. 734-735, ici p. 734.

21. Art. « Mihalovici, Marcel », dans *DBM*, vol. 2, p. 2776-2777, ici p. 2776. On remarquera, à propos de cohérence interne des dictionnaires, que la graphie utilisée ici pour les noms de Tchérepnine et Spitzmüller diffère de celle choisie pour les entrées consacrées à ces compositeurs et que nous adoptons ici.

> [Article sur Tansman :] Entre les deux guerres, il appartient à l'École de Paris, avec plusieurs autres compositeurs d'Europe centrale et orientale fixés dans la capitale (Marcel Mihalovici, Bohuslav Martinů, Tibor Harsanyi, Alexandre Tcherepnine, etc.)[22].

Pour revenir sur la question des dates, le *DEUMM* donne (à deux reprises) comme date de naissance de l'École de Paris l'année 1928 :

> [Article sur Martinů :] Autour de 1928, il créa, avec C. Beck, A. Tchérepnine, T. Harsányi, M. Mihalovici, A. Spitzmüller et A. Tansman, ce qu'on appelle l'« École de Paris »[23].

> [Article sur Mihalovici :] En 1928, il contribua à former, avec B. Martinů, C. Beck, A. Tchérepnine, T. Harsányi, A. Spitzmüller et A. Tansman, le groupe de l'« École de Paris »; en 1932, il constitua, avec P. O. Ferroud, D. Milhaud, A. Honegger et d'autres, la société de concerts « Triton »[24].

Quelles sont les sources de ces dates ? Quelle est la différence entre École de Paris et Groupe des Quatre ? D'où viennent ces étiquettes ? Pourquoi même dans le cadre d'une même encyclopédie sont-elles évoquées d'une façon si peu précise ? Ce sont les questions auxquelles nous tâcherons de répondre dans les prochains chapitres.

L'École de Paris à la radio

S'il est vrai que les dictionnaires ne consacrent pas d'entrées spécifiques à l'École de Paris, l'accusation lancée par Antoine Livio lors d'une émission sur France Musique en 1997 semble néanmoins, après nos considérations de la section précédente, contestable :

> Je crois qu'il est grand temps de dire que l'École de Paris n'intéresse personne – aujourd'hui, doit-on préciser. Son absence de tout dictionnaire, de toute encyclopédie, de tout livre quelque peu sérieux sur l'évolution de la musique au XXe siècle est d'autant plus surprenante que l'École de Paris est une réalité essentielle de la vie musicale dans son développement le plus riche aux heures chaudes des années folles[25].

---

22. Art. « Tansman, Alexandre », dans *DBM*, vol. 3, p. 4156-4157, p. 4156. La même remarque faite à la note précédente vaut ici pour les noms de Harsányi et, encore une fois, Tchérepnine.

23. « *Insieme a C. Beck, A. Čerepnin, T. Harsányi, M. Mihalovici, A. Spitzmüller e A. Tansman diede vita, intorno al 1928, alla cosiddetta* "École de Paris" ». Franco Pulcini, art. « Martinů, Bohuslav Jan », dans *DEUMM*, vol. B/4, 1986, p. 691-693, ici p. 691.

24. « *Nel 1928 contribuì a formare con B. Martinů, C. Beck, A. Čerepnin, T. Harsányi, A. Spitzmüller e A. Tansman, il gruppo della* "École de Paris"; *nel 1932, con P. O. Ferroud, D. Milhaud, A. Honegger ed altri, costituì la società di concerti* "Triton" ». France-Yvonne Bril, art. « Mihalovici, Marcel », *DEUMM*, vol. B/5, 1988, p. 94-95, ici p. 94. On remarquera qu'École de Paris et Triton sont considérés sur un même niveau : deux associations avec des membres et une date de constitution. Malgré la précision avec laquelle Pulcini et Bril listent les prétendus membres de l'École de Paris, les articles consacrés à Beck, Spitzmüller, Tansman et Tchérepnine dans ce même ouvrage ne font aucune référence à ce groupement; pour sa part, l'article sur Harsányi par Derossi, cité ci-dessus, ne précise aucun nom.

25. Antoine Livio, « Martinů et l'École de Paris », 4 épisodes, dans *Les mots et les notes*, émission radiophonique, RF, France Culture, diffusée le 16, 17, 18 et 19 juin 1997, 4e épisode. La transcription de ce passage est la nôtre, comme ce sera le cas pour toutes les transcriptions d'émissions radiophoniques; au sujet des critères appliqués, voir les Options éditoriales.

Cette phrase a été prononcée dans une série de quatre émissions intitulées « Martinů et l'École de Paris ». Ce n'était pas la première fois que ce sujet était proposé par France Musique : en octobre 1990, à l'occasion du centenaire de la naissance du compositeur, « Martinů et l'École de Paris » est le titre d'une série de trois concerts retransmis du Grand Auditorium de la Maison de la radio et dont les programmes sont reproduits dans le tableau ci-après [26]. Ces enregistrements ne sont pas consultables, nous ne pouvons donc savoir si un texte de présentation introduisait les programmes des concerts et expliquait leur titre. Nous nous limitons à constater que l'« École de Paris » semble indiquer le contexte d'immigration à Paris que Martinů a partagé, dans l'entre-deux-guerres, avec les autres compositeurs dont la musique a été choisie pour ces concerts.

Date de diffusion	Programme	Interprètes
24 oct. 1990	Prokofiev : *Quintette*, hb-cl-vl-al-cb Harsányi : *Nonette*, fl-hb-cr-cl-bs-2vl-al-vc Martinů : *Nonette*, fl-hb-cr-cl-bs-vl-al-vc-cb	Kammerensemble de Paris, dir. Bernard Calmel [27]
25 oct. 1990	Harsányi : *Quatuor* Martinů : *Fantaisie et toccata*, pn ; *Quintette n° 2*, pn-oc	Quatuor Kocian Radoslav Kvapil, pn
26 oct. 1990	Martinů : *Sonate n° 1*, vc-pn Lazăr : *Bagatelle*, vc-pn Stravinski : *Mavra : chant de la jeune fille russe*, vc-pn Markevitch : *Variations, fugue et envoi sur un thème de Haendel*, pn Tansman : *Sonate n° 1*, vc-pn Lajtha : *Sonate*, op. 17, vc-pn (1er mouvement) Mihalovici : *Sonata*, vc	Alexandre Baillie, vc Andrew Ball, pn

Tableau 1. Les programmes des concerts « Martinů et l'École de Paris » (Grand Auditorium de la Maison de la radio, 16 octobre 1990).

Quelques mois avant cette commémoration d'octobre 1990, l'émission *Le matin des musiciens* avait consacré une semaine entière de juillet à « L'École de Paris » [28]. Par

26. « Martinů et l'École de Paris », 3 concerts radiophoniques, RF, France Musique, diffusés le 24, 25 et 26 octobre 1990.

27. Nous remarquons que l'enregistrement du concert du Kammerensemble de Paris de 1990 a été utilisé, après quelques modifications significatives, pour le CD que nous avons évoqué dans l'introduction, lorsque nous écrivions que c'est le seul résultat d'une recherche de l'expression « École de Paris » dans Google. Pour ce CD, le Kammerensemble (dirigé par Armin Jordan plutôt que Bernard Calmel) a remplacé la pièce de Prokofiev jouée lors du concert par le *Septuor* de Tansman : Tansman-Harsányi-Martinů était sans doute un trio beaucoup plus commercialisable sous l'étiquette « École de Paris » que Prokofiev-Harsányi-Martinů (voir ci-après au chapitre V).

28. Myriam Soumagnac, « L'École de Paris », 5 épisodes, dans *Le matin des musiciens*, émission radiophonique, RF, France Musique, 1er épisode : « Pourquoi Paris ? Des origines à la capitale française »,

conséquent, les fidèles de France Musique étaient sans doute « préparés » au titre des trois concerts donnés en hommage à Martinů. Et pourtant, si leurs souvenirs avaient survécu à l'été séparant ces deux séries d'émissions, les auditeurs auraient trouvé une certaine incohérence entre l'« École de Paris » dont il était question en juillet et celle proposée en octobre. Dans l'émission de juillet, l'École de Paris du titre était définie sans possibilité de malentendu dès les premières secondes, lorsqu'un *jingle* pour mezzosoprano et piano annonçait : « L'École de Paris. Alexandre Tansman, Marcel Mihalovici, Bohuslav Martinů, Alexandre Tchérepnine, Tibor Harsányi, Conrad Beck. L'École de Paris »[29].

C'est effectivement autour de ces six compositeurs que Myriam Soumagnac conduit son émission, avec l'aide de Manuel Rosenthal (témoin vivant de cette époque lointaine)[30]; de Piotr Moss (compositeur Polonais ayant choisi Paris 60 ans plus tard, et donc « lui aussi [...] un maillon de cette éternelle École de Paris »[31]) qui préparera l'exécution d'un certain nombre de pièces des six compositeurs expressément pour l'émission; de Bronislaw Horowicz (qui porte un regard de témoin en même temps que d'historien de la musique)[32], et de plusieurs extraits d'entretiens que certains des compositeurs concernés ont faits à la radio entre les années 1940 et les années 1980[33].

Il faut tout d'abord remarquer que, dans cette émission, on parle continuellement d'École de Paris sans jamais expliquer d'où vient l'expression et sur quelle base celle-ci est utilisée. En général, l'auditeur a l'impression que l'entité représentée par la dénomination « École de Paris » est uniquement et nécessairement celle évoquée par le *jingle* initial : on ne parle finalement, pendant une semaine, que de ces six compositeurs. Ce choix n'est pourtant pas expliqué : qui les a appelés ainsi? quand? où? Aucune de ces questions n'est abordée dans les douze heures et demie que l'émission dure au total (cinq épisodes de deux heures et demie). Cependant, on a parfois l'impression que cette étiquette n'est pas aussi anodine qu'il pourrait sembler. Déjà dans les premières minutes du premier épisode, lorsque Piotr Moss est présenté comme lui-même « un maillon de cette éternelle École de Paris », on fait évidemment référence à une entité « École

---

diffusé le 16 juillet 1990; 2ᵉ épisode : « Erik Satie, le Groupe des Six, ballets, néoclassicisme », diffusé le 17 juillet 1990; 3ᵉ épisode : « Triton », diffusé le 18 juillet 1990; 4ᵉ épisode : « Conséquences », diffusé le 19 juillet 1990; 5ᵉ épisode : « Parisiannisme, nationalisme, exotisme », diffusé le 20 juillet 1990.

29. Ce *jingle* a été composé par Piotr Moss et interprété par Denise Poray et Jeff Cohen.

30. Rosenthal sera ensuite interviewé par Livio dans l'émission « Martinů et l'École de Paris » (1997). Ce sera lui finalement, dans le 4ᵉ épisode de cette émission, qui parlera d'École de Paris (auparavant, on n'avait parlé que de Martinů) : « C'est bien longtemps avant-guerre, lorsque j'avais une fréquentation très amicale, très affectueuse, avec ce qu'on appelait à l'époque l'École de Paris, c'est-à-dire un groupement de très bons musiciens venant d'Europe centrale – de Roumanie comme Mihalovici, de Hongrie comme Harsányi, de Tchécoslovaquie comme Martinů, de Pologne comme Tansman, n'est-ce pas –, tous avaient appris la musique fort bien dans leur pays, mais naturellement étaient attirés par le phare que représentait Paris et les grands musiciens qui vivaient à Paris, n'est-ce pas, Debussy, Ravel, Roussel, etc. Alors on venait, et en même temps attiré par la vie même de la capitale. Alors, tous habitaient d'ailleurs le même [quartier], ce qui était à ce moment-là le quartier des artistes, Montparnasse [...]. Tous étaient devenus Français, carrément, n'est-ce pas, parlaient admirablement français, connaissaient admirablement la civilisation française, le patrimoine, mais avaient gardé leur personnalité ».

31. Soumagnac, « L'École de Paris » (1990), 1ᵉʳ épisode.

32. Bronislaw Horowicz (1910-2005), metteur en scène, compositeur et historien de la musique d'origine polonaise établi en France en 1938, était entre autres un connaisseur intime de Tansman et de sa musique.

33. Une analyse de ces entretiens sera proposée dans le chapitre VI.

de Paris » qui n'est pas la même que celle décrite par le *jingle*. Cette « éternelle École de Paris » irait de l'École de Notre-Dame à Frédéric Chopin, Franz Liszt « et quelques autres » : « Parmi ces quelques autres, ceux que nous allons vous présenter [...], qui ont au moins un point commun : leur indéfectible amour pour la France »[34]. De plus, on nous dit qu'« École de Paris » est une « appellation sans doute usurpée, qui signifie quand même quelque chose »[35]. Toutefois, elle est utilisée durant toute l'émission dans le sens fixé par le *jingle*; et nous avons la preuve que ces six compositeurs (au début du quatrième épisode, Soumagnac se trompe et dit « cinq ») ne sont pas un échantillon choisi parmi une École de Paris plus vaste, puisqu'on fait une distinction entre « nos musiciens de l'École de Paris » et « les autres musiciens étrangers qui sont à Paris, par exemple ceux qui sont attachés aux Ballets Russes [...] tels Nicolas Tchérepnine, le père de celui qui nous intéresse, Alexandre »[36]. Néanmoins, au début du dernier épisode, Soumagnac montre une certaine gêne à utiliser l'expression « École de Paris » :

> L'École de Paris... vous savez, nous avons beaucoup parlé de cette expression, finalement... mais, finalement, cette aventure qu'avait fait... qu'on avait vu pendant un certain temps associer les noms de Tansman, Mihalovici, Tchérepnine, Martinů, Harsányi et Conrad Beck, un peu arbitrairement sans doute, mais cette période des années 20-30 à Paris, qui est la période de leur jeunesse, favorise les rencontres fréquentes, les échanges, voir les idéals [*sic*] communs, même si les personnalités étaient bien différentes[37].

On dirait qu'au cours des émissions, la certitude du *jingle* a perdu un peu de sa force. L'expression « École de Paris » semble se rouvrir pour inclure d'autres musiciens étrangers ayant vécu à Paris, comme Georges Enesco[38].

Une acception décidément plus large d'École de Paris avait transité par Radio France en 1984, lors de la retransmission d'un concert organisé par Harry Halbreich et intitulé *École de Paris, Jeune France*[39]. Ce concert présentait des œuvres de six jeunes compositeurs français et étrangers vivant à Paris (Nicos Cornilios [ou Nikos Kornilios], Joël François Durand, Pascal Dusapin, Ahmed Essyad, Alain Feron et Marc Monnet), et qui ne se reconnaissaient pas du tout dans le titre choisi par Halbreich : « Nous déclinons toute responsabilité à l'égard de ce titre », disent-ils en riant au microphone de l'animateur de l'émission. « J'habite Paris, je suis Grec, donc... ni Jeune France ni École de Paris. Finalement, ça nous échappe les étiquettes » explique Nicos Cornilios, et

34. Soumagnac, « L'École de Paris » (1990), 1er épisode.

35. *Ibid.*

36. *Ibid.* Dans le 2e épisode, Moss reprend le même concept : « Nous vous parlons des musiciens de l'École de Paris, mais, comme on le sait bien, il y avait encore d'autres musiciens qui se trouvaient à cette époque-là à Paris. Alors on va faire une petite parenthèse ». On parle alors de l'Association des jeunes musiciens polonais à Paris et de Prokofiev qui, selon Rosenthal « ne faisait pas partie [de l'École de Paris], enfin, il connaissait certains entre eux », et dont la musique « planait beaucoup sur le groupe de l'École de Paris ».

37. Soumagnac, « L'École de Paris » (1990), 5e épisode.

38. « Comme tous les musiciens de l'École de Paris, nous le savons, Enesco, en bon Roumain cultivé à la française, pratiquait en lui-même la double nationalité » (*ibid.*).

39. Philippe Arii Blachette, « Carte blanche à Harry Halbreich », dans *Perspectives du XXe siècle*, émission radiophonique, RF, France Culture, diffusée le 20 janvier 1984.

un de ses collègues français coupe court : « Je veux pas du tout appartenir à une école… ah non, ah ! »[40].

Le titre du concert n'avait donc pas été choisi par les compositeurs : leur groupement et leur étiquetage sont l'œuvre d'un musicologue, selon un cas de figure que nous retrouverons à plusieurs reprises pendant notre enquête. Halbreich explique qu'il a décidé de regrouper ces compositeurs sous une double étiquette, et ce, pour souligner leur indépendance. Cela peut paraître un contresens, mais Halbreich revendique une sorte de droit du musicologue aux étiquetages (nous soulignons, dans la transcription du passage, le cœur de son raisonnement) :

> Jeune France, parce que précisément le groupe Jeune France qui s'est fondé dans les années 30 avec Messiaen, Jolivet, Daniel-Lesur et Baudrier, ils se sont groupés précisément pour protester contre les groupes, pour affirmer leur indépendance, leur refus d'étiquetage, d'être mis sous une étiquette dans un même catalogue, une affirmation d'indépendance dans l'esprit de Berlioz […]. Les quatre compositeurs français figurant à ce programme *sont précisément des indépendants, des non-conformistes, et c'est pour ça qu'il n'est pas interdit de les appeler Jeune France*. Le sigle École de Paris, eh bien, parce qu'il a fallu que dans ce programme je mette deux compositeurs, l'un marocain, Ahmed Essyad, l'autre grec, Nicos Cornilios, qui sont des Parisiens d'adoption, qui habitent depuis longtemps à Paris et qui font partie de ce qu'on appelle, depuis avant la guerre, l'École de Paris, c'est-à-dire, très largement, tous les compositeurs venus des horizons les plus divers, d'Europe et même hors d'Europe, et qui ont trouvé à Paris un lieu où épanouir leur talent[41].

Nous ne voulons pas, dans ce contexte, juger du droit de Halbreich à l'étiquetage ni de son choix, mais simplement constater que « École de Paris » se prêtait à une application au milieu musical français encore dans les années 1980.

Dans les années 2000, l'École de Paris refait surface à Radio France dans le cadre de deux émissions : « Direction Paris » par Marc Dumont et « Marcel Mihalovici » par Karine Le Bail[42]. Dumont explique qu'on venait à Paris

> de l'Europe entière, parfois même du bout du monde : la Ville lumière attirait et fascinait. *Il s'était même formé une École de Paris*, et, jusqu'à la Seconde Guerre mondiale, la capitale de la France se voulait capitale des arts. Elle l'était en fait : creuset de styles, lieu de rencontre, lieu de modernité. Paris fut pendant des décennies la direction obligée[43].

---

40. *Ibid.*

41. *Ibid.*

42. Marc Dumont, « Direction Paris », dans *Musiques d'un siècle*, émission radiophonique, RC / RF / RTBF / RTSR, France Musique, diffusée le 12 mars 2000. Karine Le Bail, « Marcel Mihalovici », 2 épisodes, dans *Les greniers de la mémoire*, émission radiophonique, RF, France Musique, diffusée le 24 septembre et le 1er octobre 2006. En 2000, on a diffusé aussi une émission d'histoire de l'art intitulée « École de Paris », dans Jean Daive et Viviane Noël, *Peinture fraiche*, émission radiophonique, RF, France Culture, 6 décembre 2000. Une autre émission consacrée aux musiciens émigrés traitant entre autres de Tchérepnine et Martinů n'utilise pas l'expression « École de Paris » : Luc Terrapon *et alii*, « Musiciens en quête d'une patrie : émigrés en Europe », dans *Musiques d'un siècle*, émission radiophonique, RC / RTBF / RTSR, France Musique, diffusée le 23 avril 2000, rediffusée le 19 juillet 2001.

43. Dumont, « Direction Paris » (2000).

L'émission continue sous la forme d'un montage d'archives : des extraits d'anciennes interviews avec Enesco, Mihalovici, Martinů, Tansman, l'étoile du variété Joséphine Baker ainsi que le pianiste Arthur Rubinstein racontant leurs souvenirs de l'entre-deux-guerres. Tansman, présenté par Dumont comme ayant appartenu à un regroupement appelé « École de Paris », précise :

> C'était une question plutôt géographique, c'étaient plusieurs compositeurs de l'Europe centrale et orientale qui sont venus à Paris par l'amour de la France et par l'amour de la musique française. C'était un groupe d'amis, mais ce n'était pas un groupe collectif qui faisait la même musique. Mihalovici, il faisait du folklore roumain, moi je faisais du folklore polonais, Martinů faisait du tchèque, Harsányi faisait de l'hongrois [*sic*]... C'était plutôt une amitié, parce que sous le nom d'École de Paris on pourrait mettre aussi bien Stravinski, Prokofiev, Manuel de Falla, qui ont tous passé par Paris. Donc c'était avant tout un groupe d'amis. *Dans l'histoire de la musique, c'est passé après comme « l'École de Paris »*, en effet c'est une école qui s'est créée à Paris, mais où chacun a fait quand même sa démarche propre[44].

On trouve ici (nous l'avons souligné dans notre transcription de l'extrait) un point fondamental du phénomène École de Paris : sa construction historiographique, affirmée, qui plus est, par une des personnes censées être représentées par cette étiquette.

Finalement, dans l'émission de Karine Le Bail, on parlera d'École de Paris avec toutes les précautions requises. L'animatrice recourt à toutes sortes de tournures de phrase pour éviter une définition d'École de Paris : elle dit qu'on connaît Mihalovici « le plus souvent pour son appartenance à *un hypothétique groupe musical* intitulé "l'École de Paris" » ; plus loin, elle le situe parmi les « musiciens d'Europe centrale arrivés à Paris et *regroupés sous le vocable imparfait* d'"École de Paris" ». Bref, même dans le cadre vulgarisateur de la radio, l'étiquette « École de Paris » vacille désormais.

Avant d'approfondir la présence de l'étiquette « École de Paris » dans l'historiographie musicale et dans les sources de l'époque (les deux catégories de documents qui sont censés avoir fourni la matière aux rédacteurs des articles dans les encyclopédies) ainsi que dans les documents écrits et oraux que nous ont laissés les compositeurs que regroupe habituellement cette étiquette, nous irons à la recherche de l'origine de l'expression « Groupe des Quatre ». Qu'il ait existé ou non un groupement nommé ainsi, cette dénomination est révélatrice de la tendance forte au XXe siècle à regrouper les compositeurs. Une tendance que nous tenterons d'élucider dans le prochain chapitre à travers notre enquête sur l'École de Paris.

44. Voix de Tansman dans Dumont, « Direction Paris » (2000). Nous n'avons pas réussi à remonter à la source de cet extrait, n'appartenant à aucune des interviews qui seront listées et analysées dans le chapitre VI. Il s'agit probablement d'une archive de la radio suisse ou belge (et donc absente des archives de l'INA), coproductrices de cette émission.

Chapitre II

GROUPEMENTS ET « ÉCOLES »

> Dans les conventions historiographiques de la « musique occidentale », Verdi et Wagner sont des héros, tandis que les Russes sont un groupe [1].

Le baptême de la critique

Dans l'entre-deux-guerres, années où différentes expériences de rupture avec la tradition compositionnelle établie se succèdent sur la scène musicale internationale (dont Paris était l'un des phares), il était habituel pour les critiques musicaux français de grouper les jeunes compositeurs pour mieux les cibler. Le cas le plus marquant, à l'époque et pour l'histoire de la musique, est celui du Groupe des Six. Ce « surnom numérique et sans devise » [2] est apparu publiquement pour la première fois sous la plume d'Henri Collet comme une paraphrase du « Groupe des Cinq » (dont les Six seraient le pendant français) [3], et était destiné à servir de modèle pour d'autres baptêmes de moins longue haleine. Collet même, peu après avoir créé les Six dans *Comœdia*, créa un « Groupe des Quatre » dans *Le Guide du concert* : il ne s'agit pourtant pas des quatre

1. « *In the conventional historiography of "Western music" Verdi and Wagner are heroic individuals. Russians are a group* ». Richard Taruskin, *Defining Russia Musically*, Princeton, Princeton University Press, 1997, p. xvi.

2. Louis Laloy, « Le "Groupe des Six" », *Le Courrier musical*, 1er janvier 1930, p. 5. Cet article est paru à l'occasion d'un concert organisé pour fêter le dixième anniversaire du « groupe ».

3. Henri Collet, « Un ouvrage de Rimsky et un ouvrage de Cocteau : les Cinq Russes, les Six Français et Erik Satie », *Comœdia*, 16 janvier 1920, p. 2. Une semaine après, Collet approfondit son propos dans un deuxième article : « Les "Six" Français : Darius Milhaud, Louis Durey, Georges Auric, Arthur Honegger, Francis Poulenc et Germaine Tailleferre », *Comœdia*, 23 janvier 1920, p. 2. Un an après, Collet continuera sa mission *pro* Six : « Heureux ceux qui ont vu en chair et en os les "Six", musiciens bien français, interpréter avec bonne humeur et grâce charmante une sélection de leurs œuvres ! Ces auditeurs fortunés diront plus tard à leurs petits-enfants : "Oui, j'ai vu et entendu Milhaud, Honegger, Auric, et j'ai vu près d'eux le délicieux Poulenc, le lamartinien Durey, la fine Tailleferre !". Et les petits-enfants ouvriront les grands yeux… ». Henri Collet, « Les "Six" », *Le Courrier musical*, 15 janvier 1921, p. 28-29, ici p. 28. Pour l'histoire des articles et des ouvrages ayant contribué au passage des « Nouveaux Jeunes » (ainsi appelés par Milhaud) aux « Six », voir Catherine Miller, *Cocteau, Apollinaire, Claudel et le Groupe des Six*, Sprimont, Mardaga, 2003, p. 7-13.

qui nous concernent, mais des représentants de « la jeune École espagnole » qui, « venus de Madrid ou de Barcelone renient déjà, à la façon des Six qui considèrent Debussy comme le maître d'un système périmé », l'exemple de Manuel de Falla[4]. Collet risque un pari numérologique :

> Un trio d'artistes vient de se former : de deux Catalans, [Federico] Mompou et [Roberto] Gerhard, et d'un Madrilène, Adolfo Salazar. Si, comme je le suppose, le très extraordinaire Oscar Espla, d'Alicante, se joint à eux, nous aurons les « Quatre » Espagnols, comme nous avons les « Six » Français, comme nous eûmes les « Cinq » Russes[5].

Oui, exactement de la même façon : non pas à la suite de l'autodétermination d'un groupe de musiciens, mais à la suite de leur regroupement de la part d'un critique (*a posteriori*, ou même, dans ce cas, *a priori*) – bref, à la suite d'un baptême de la critique[6]. En 1931, Collet signale aux lecteurs du *Ménestrel* la naissance en Espagne d'un « Groupe des Huit » (le *Grupo de los Ocho*) ; cette fois-ci, le critique n'est pas à l'origine de l'étiquette, mais dans son article, sa rhétorique numérologique demeure la même :

> Après les *Cinq* Russes, les *Six* Français, voici les *Huit* Espagnols : Rosita Garcia [Rosa García] Ascot, la seule femme du groupe, disciple de de Falla ; puis [Salvador] Bacarisse, le polytonal ; Rodolfo Halffter, le grand miniaturiste ; son frère Ernest, bien connu à Paris ; [Julián] Bautista, le coloriste ; [Juan José] Montecón, le musicien libre du *Cirque* ; [Gustavo] Pittaluga, issu de la lignée Albéniz Falla ; [Fernando] Remacha, le romantique moderne[7].

---

4. Henri Collet, « La jeune École espagnole, ou "Le Groupe des Quatre" », *Le Guide du concert*, 4 novembre 1921, p. 65-66, ici p. 65.

5. Collet, « La jeune École espagnole » (1921), p. 65. Dans son entretien avec Federico Mompou dix ans plus tard, le critique musical José Bruyr remarque : « Ce que Mompou ne va point me dire, c'est qu'à Paris, et à la manière de ces Six-là, leur inventeur Henri Collet voulut alors lancer certains Quatre dont il était avec Salazar, R[oberto] Gerhard et Espla [*rectius* Esplà] ». José Bruyr, *L'écran des musiciens*, 2ᵉ série, Paris, Corti, 1933, p. 108.

6. Dans sa reconstruction de l'identité des Six en tant que groupe, Barbara Kelly a toutefois souligné (en s'appuyant sur une observation de Myriam Chimènes) que Poulenc utilisait l'expression « notre groupe » à partir d'octobre 1919 et qu'il avait discuté avec Milhaud l'idée de publier un album commun (ce qui deviendra l'*Album des 6*, Paris, Demets, 1920) à partir d'août 1919 (Barbara Kelly, *Tradition and Style in the Works of Darius Milhaud, 1912-1939*, Aldershot, Ashgate, 2003, p. 2-5, en particulier n. 12). Kelly suit ici Francis Poulenc, *Correspondance*, éditée par Myriam Chimènes, Paris, Fayard, 1994, p. 98 (lettre n° 19-17, à Jean Cocteau, du 30 août 1919) et n. 9 ; p. 101 (lettre n° 19-22, à Henri Collet, du 24 octobre 1919). Le compositeur Albert Roussel avait déjà présenté à l'international un groupe amical (« *friendly group* ») de jeunes compositeurs français en octobre 1919, dans un article où il parlait des futurs Six plus Roland-Manuel (Albert Roussel, « Young French Composers », *The Chesterian*, octobre 1919, p. 33-37.). L'ouvrage le plus récent sur les Six, comprenant une vaste sélection d'articles de l'époque en traduction anglaise, est celui de Robert Shapiro (dir.), *Les Six : The French Composers and Their Mentors Jean Cocteau and Erik Satie*, London, Peter Owen, 2011.

7. André Collet, « Espagne », *Le Ménestrel*, 17 avril 1931, p. 179 (c'est l'auteur qui souligne). Collet oublie de nommer Jesús Bal y Gay. Sur le *Grupo de los Ocho*, étiquette née à Madrid en novembre 1930 à l'occasion d'un concert commun de ces musiciens, voir María Nieto Palacios, *La renovación musical en Madrid durante la dictadura de Primo de Rivera : el Grupo de los Ocho (1923-1931)*, Madrid, Sociedad Española de Musicología, 2008. Sur le rôle joué par Collet sur la connaissance (et l'image idéologisée) de la musique espagnole en France, voir Samuel Llano, *Whose Spain ? Negotiating « Spanish Music » in Paris, 1908-1929*, Oxford, Oxford University Press, 2013, et plus particulièrement la partie I, « "Spanish Music" as Propaganda », p. 1-96.

Cette tendance à la légitimation passant par des groupements ayant pour nom le nombre de leurs membres a porté le critique José Bruyr à affirmer que « les Cinq conviennent évidemment à notre âge de numérisme syndicalisant »[8]. Collet était conscient (et fier) de son rôle de nomenclateur messianique :

> Je crois bien avoir été le premier à *lancer* la désormais fameuse appellation des « Six ». Du moins, dans la dédicace de leurs œuvres, les « Six » le proclament ainsi. Puissé-je ne pas me tromper en annonçant aujourd'hui l'existence des « Quatre » intéressants Espagnols. Et puissé-je, par cet article, leur assurer la curiosité du public musicien, c'est mon vœu le plus cher[9] !

D'autres cas similaires de baptêmes éphémères ont suivi. Par exemple, André Schaeffner n'hésite pas à parler d'un « Groupe des Deux » à propos d'un concert de Poulenc et Auric (Salle des Agriculteurs, 2 mai 1926), « deux jeunes compositeurs liés entre eux par une amitié profonde [...] organisant un concert à leurs propres frais »[10]. Il s'agit sans doute d'un clin d'œil ironique à l'appellation « Groupe des Six ». Mais, ce qui est intéressant, c'est le double questionnement critique soulevé (plus ou moins volontairement) par Schaeffner à propos de l'idée de « groupe » (des Deux ou des Six, peu importe). Premièrement, on pourrait se demander si *l'amitié et la collaboration financière* sont suffisantes pour considérer deux musiciens comme constituant un groupe. Deuxièmement, Schaeffner, en utilisant le terme « groupe » entre guillemets, veut se questionner en réalité sur *la spécificité de langage et d'esthétique* des deux compositeurs faisant autrefois partie des Six :

> Ce « groupe » des deux représente-t-il donc une nuance si distincte des autres, si opposée à celles-ci, qu'elle puisse être à ce point négligée par nos organisations de concerts les plus férues de musique dite moderne et où le pire se mêle pourtant plus souvent qu'il ne le faudrait au meilleur ? Or, Georges Auric, dès l'ouverture de ses *Cinq Bagatelles*, Francis Poulenc, dès le premier de ses *Cinq Poèmes de Ronsard*, nous montraient ce soir-là comment et à quel degré ils s'étaient eux-mêmes isolés du reste de la production musicale actuelle[11].

---

8. Bruyr, *L'écran* (2e série), p. 16. Dans la première version de cet entretien avec Prokofiev, la phrase de Bruyr sonnait ainsi : « Prestige du nombre en notre âge d'arithmétique et de syndicalisme : pour combien de mélomanes encore, les Cinq ne formeraient-ils pas la musique russe tout entière ? » (José Bruyr, « Un entretien avec... Serge Prokofieff », *Le Guide du concert*, 17 octobre 1930, p. 39-42, ici p. 40).

9. Collet, « La jeune École espagnole » (1921), p. 65 (c'est l'auteur qui souligne).

10. André Schaeffner, « Concert Auric-Poulenc (2 mai) », *Le Ménestrel*, 7 mai 1926, p. 208-209, ici p. 208. Un autre compte rendu de ce concert, signé Tristan Klingsor, ne parle pas de « Deux » mais de dissociation des anciens Six : « Le groupe des "Six", qui eut son heure de célébrité, paraît aujourd'hui complètement dissocié. Mais Georges Auric et Francis Poulenc restent fidèles à leur ancienne amitié et ils présentent une fois encore leurs œuvres parallèlement. Frères d'armes, ils ont pourtant des caractères distincts » (T. Klingsor, « Salle des Agriculteurs : concert Auric-Poulenc », *Le Monde musical*, 31 mai 1926, p. 200.). Le critique et musicologue Boris de Schlœzer avait déjà affirmé quelques mois auparavant qu'Auric et Poulenc formeraient désormais « une sorte de couple » (« Georges Auric », *La Revue musicale*, janvier 1926, p. 1-21, ici p. 1). Un second concert Auric-Poulenc eut lieu le 10 juin 1928 (voir Hervé Lacombe, *Francis Poulenc*, Paris, Fayard, 2013, p. 296-297 et 320-322).

11. Schaeffner, « Concert Auric-Poulenc (2 mai) » (1926), p. 208.

La tendance des jeunes compositeurs à s'autopromouvoir en se regroupant – la « camaraderie utilitaire » évoquée par Willy au lendemain du baptême des Six par Collet [12] – était un phénomène que le critique Pierre de Lapommeraye reconnaîtra être typique de son temps (mais qui existait, en réalité, depuis longtemps) [13] :

> le fameux exemple des anciens « Six » a entraîné les « jeunes »; ils décident de se priver du concours de Sociétés comme la Nationale ou la S.M.I. Ils organisent eux-mêmes leurs auditions et leur publicité : [...] ils n'ont ainsi ni à subir le contrôle d'un comité qu'ils accusent souvent d'avoir des idées préconçues, ni à redouter des voisinages qu'ils estiment ou compromettants... ou redoutables. Ces nouvelles mœurs ne sont pas à blâmer : elles dénotent un esprit à la fois plus indépendant et plus pratique, ce sont là caractéristiques de notre temps; l'art musical ne pouvait y échapper [14].

Encore une fois, les Six sont présents dans le discours. La référence aux groupes des Cinq et des Six est connotative de jeunesse, d'indépendance, d'esprit antiacadémique. Dans le discours porté par les Six mêmes et par les critiques, le statut du groupe oscille toujours entre la négation de son existence en tant qu'unité esthétique (étant plutôt un « groupe amical » [15]) et le constat de quelques points communs (même négatifs, comme le « caractère agressif » que leur attribuait Auguste Mangeot) [16] nonobstant les

12. Willy [Henry Gauthier-Villars], « Les "Six" », *Comœdia*, 29 octobre 1920, p. 1 : « En cette époque de camaraderie utilitaire où le "nul n'aura de talent hors nous et nos amis" prend force de loi ». À ce sujet, l'influent critique Émile Vuillermoz sera très dur : « À force de discuter le cas de la demi-douzaine de jeunes gens fort avisés qui ont tiré un bénéfice publicitaire inimaginable du rapprochement qu'ils parvinrent à imposer entre leur groupe amical et l'illustre école russe des "Cinq", on a fini par donner une existence réelle et un caractère sérieux à une sorte de mystification. [...] Mais, comprenant immédiatement tous les avantages pratiques d'un tel lancement, ils se sont bien gardés de dénoncer une erreur aussi profitable à leur carrière ». Émile Vuillermoz, « La symphonie », dans Ladislas de Rohozinski (dir.), *Cinquante ans de musique française, de 1874 à 1925*, Paris, Les éditions musicales de la Librairie de France, 1925, p. 323-388, ici p. 382.

13. Milton A. Cohen (*Movement, Manifesto, Melee : The Modernist Group, 1910-1914*, Lanham, Lexington Books, 2004, et plus particulièrement p. 2 et annexe 2) étudie le groupe comme format emblématique de la modernité artistique entre 1910 et 1914, période qu'il considère marquer la pleine maturité de ce phénomène (il liste une cinquantaine de groupes modernistes).

14. Pierre de Lapommeraye, « Société Nationale (30 avril) », *Le Ménestrel*, 6 mai 1927, p. 201-202, ici p. 201. Il s'agit du compte rendu du concert n° 495 de la Société nationale (voir Michel Duchesneau, *L'avant-garde musicale à Paris de 1871 à 1939*, Sprimont, Mardaga, 1997, p. 288). Sur la question de la « publicité » issue de l'(auto)promotion esthétique des Six dans la presse, voir Barbara Kelly, *Music and Ultra-Modernism in France : A Fragile Consensus, 1913-1939*, Woodbridge, Boydell, 2013, p. 68-74.

15. Cette position a été confirmée par Cocteau dans sa conférence à l'occasion du concert du dixième anniversaire du groupe (Théâtre des Champs-Elysées, 11 décembre 1929), comme le relate ironiquement Marcel Belvianes dans son compte rendu « Premier concert du groupe des Six (11 décembre) », *Le Ménestrel*, 26 décembre 1929, p. 550-551, ici p. 550 : « Nous avons entendu avec plaisir M. Jean Cocteau nous relater, de sa voix musicale, en peu de mots précis et forts, les débuts du groupe, qui ne fut jamais un comité de politique d'art, mais un groupe amical. Rien que cela? C'est énorme. Six amis, qu'en eût dit Aristote? Beaucoup de gens ont besoin de cinquante pour se consoler de n'en avoir pas un vrai ». Sur les projets collectifs des Six et Cocteau, voir Malou Haine, « Jean Cocteau, impresario musical à la croisée des arts », dans Sylvain Caron, François de Médicis et Michel Duchesneau (dir.), *Musique et modernité en France, 1900-1945*, Montréal, Presses de l'Université de Montréal, 2006, p. 69-134.

16. « Ce que l'on a nommé arbitrairement le "Groupe des Six", lequel se signala par son caractère agressif plus que par des principes d'art communs ». Auguste Mangeot, « La *Sonate* pour piano et violon de Germaine Tailleferre », *Le Monde musical*, juin 1922, p. 221.

individualités de ceux qui ont été – à tort ou à raison – inclus parmi ses membres[17]. En général, les contemporains, bien qu'en reconnaissant les différentes personnalités artistiques des six compositeurs, ont ressenti la force des Six en tant que groupe : dans l'édition augmentée de son *Histoire de la musique* (1923), Paul Landormy dresse une liste des caractéristiques de la « nouvelle école française » et précise cependant que « ce ne sont là que des idées générales, et elles ont été entendues et appliquées de façons bien diverses par les jeunes artistes que l'on a pris coutume de désigner sous la dénomination de Groupe des "Six" »[18]. En 1925, André Schaeffner assure qu'il ne veut pas « réveiller la légende des "Six" », mais en même temps il croit « cependant qu'elle répondait à l'existence de quelque chose – existence à laquelle participa un ensemble d'éléments aussi bien littéraires que relevant de la technique musicale pure »[19]. Par conséquent, quand on évoque les Six (ou encore « les cinq Russes à qui nous devons tant »[20]) comme modèle pour d'autres groupements de compositeurs (c'est le cas de l'article de Lapommeraye cité ci-dessus), on projette plus ou moins consciemment et plus ou moins ironiquement sur ceux-ci les caractéristiques de ceux-là : jeunesse, indépendance, antiacadémisme et statut incertain – entre cercle amical et projet artistique commun[21].

---

17. L'un des premiers à réfléchir sur la pertinence esthétique du Groupe des Six est le critique-médecin René Dumesnil (*La musique contemporaine en France*, Paris, Colin, 1930) : « Nous apercevons aujourd'hui, et fort nettement, ce qui distingue la musique de Darius Milhaud de celle de Honegger, la musique d'Auric de celle de Poulenc, de Durey ou de Mlle Tailleferre ; mais nous ne discernons plus guère les traits communs aux uns et aux autres de ces compositeurs » (p. 11) ; il poursuit avec des paragraphes monographiques sur Honegger, Milhaud, Auric, Poulenc et Roland-Manuel. Ce dernier, à son avis, aurait dû entrer dans le groupe (p. 14-27 ; sur la question Roland-Manuel, voir Michel Faure, *Du néoclassicisme musical dans la France du premier XXe siècle*, Paris, Klincksieck, 1997, p. 115-116 et 124-132). Cette tendance à traiter des Six individuellement sera suivie par Paul Collaer (*La musique moderne*, Paris, Elsevier, 1955 ; 3e éd. Bruxelles, Meddens, 1963), Jean Roy (*Le groupe des Six*, Paris, Édition du Seuil, 1994) ou Shapiro (*Les Six*). D'autres ont isolé, au-delà des différences, les traits communs qui permettaient de regrouper les Six. Voir en particulier Éveline Hurard-Viltard, *Le Groupe des Six, ou Le matin d'un jour de fête*, Paris, Klincksieck, 1987.

18. Paul Landormy, *Histoire de la musique*, [2e] éd. revue et augmentée, Paris, Mellottée, 1923, p. 458 ; nous reviendrons ci-après sur cette liste de traits typiques de l'école française dans les chapitres VII et VIII. Landormy avait consacré au groupe un article en 1921 (« Les chroniques nationales – France : *Le groupe des Six* », *La Revue de Genève*, septembre 1921, p. 393-409.) ; dans un précédent article à propos du *Coq et l'Arlequin* de Cocteau, Landormy les appelait « Cénacle des Six » (« "Le Coq et l'Arlequin" », *La Victoire*, 24 août 1920, p. 2.). Dans son ouvrage *La musique française après Debussy* (Paris, Gallimard / NRF, 1943), Landormy considérera les six compositeurs individuellement (chapitre VI), affirmant que la « variété des talents est le signe de la vitalité d'une École » (p. 116 ; voir aussi ci-après dans la prochaine section du présent chapitre). Pour une liste des articles de Landormy et de Collet au sujet des Six et pour une discussion de leur rôle dans la construction du « groupe », voir Kelly, *Music and Ultra-Modernism*, p. 76-78.

19. André Schaeffner, « Les Ballets russes de Serge de Diaghilew à la Gaîté », *Le Ménestrel*, 26 juin 1925, p. 280-281.

20. Expression utilisée par Lucie Delarue-Mardrus dans sa réponse à l'« Enquête sur l'évolution musicale » menée par *Le Courrier musical* en 1924 (*Le Courrier musical*, 15 avril 1924, p. 219-220, ici p. 219).

21. Un autre exemple de groupement éphémère qu'on retrouve dans la critique musicale de l'époque est un « Groupe de Munich » se présentant au concert de musique allemande contemporaine organisé par la Société internationale de musique contemporaine (SIMC) le 1er avril 1931, « représenté par quatre jeunes compositeurs, MM. [Fritz] Büchtger, Zoellner, von Leyden [?] et Karl Marx » (Armand Machabey, « Concert de la S. I. M. C. (1er avril) », *Le Ménestrel*, 10 avril 1931, p. 164-165, ici p. 164). Au demeurant, le titre d'un compte rendu paru dans *Le Monde musical* en 1921 fait sursauter : « Concert de musique étrangère organisé par le groupe des Dix » (J. Benoist-Mechin, *Le Monde musical*, mars 1921, p. 96.). Est-ce un regroupement de

En parlant de l'École de Paris, certains historiens de la musique ont explicitement fait ce type de lien. Manfred Kelkel, qui attribue la création de l'étiquette « École de Paris » à José Bruyr, pense que « sans doute Bruyr voulait-il suggérer des comparaisons flatteuses entre les cinq Européens de l'Est (Harsanyi, Martinu, Mihalovici, Tansman et Tcherepnine) et le célèbre "Groupe des Cinq Russes" (Balakirev, Borodine, Cui, Moussorgsky et Rimski-Korsakov) » [22]. François Porcile, pour sa part, explicite le lien entre les Six et ces « nouveau groupe des Six » :

> À l'angle du boulevard Montparnasse et de la rue Delambre, au café du Dôme où, quelques années auparavant, Louis Durey, Germaine Tailleferre et autres « Six » retrouvaient [Amedeo] Modigliani, André Lhote et [Moïse] Kisling, Martinu passe ses soirées avec les peintres Frantisek Kupka, Joseph Sima et les compositeurs Conrad Beck, Tibor Harsanyi, Marcel Mihalovici, petit groupe auquel viendront s'adjoindre les deux Alexandre, Tansman et Tcherepnine, pour former le nouveau groupe des Six, celui des musiciens étrangers de Paris, qu'on appellera bientôt École de Paris [23].

C'est probablement en suivant un modèle similaire qu'on a commencé à parler de Groupe des Quatre. Dans le plus récent livre sur Martinů paru en français, Guy Erismann écrit :

> Les relations musicales du Dôme étaient relativement restreintes. Les plus en vue des étrangers de Paris se soudèrent et bâtirent une solide amitié. Elle unissait le Roumain Marcel Mihalovici, élève de la Schola Cantorum, Tibor Harsanyi, Hongrois, élève de Bartok et de Kodaly, et le plus jeune, le Suisse Conrad Beck qui bénéficiait de la sollicitude d'Arthur Honegger. [Albert] Roussel, qui les aimait bien, les baptisa « les Constructeurs ». D'autres disaient « la Bande des Quatre ». Ils constituaient le noyau de la future « École de Paris » [24].

Sa source est sans doute la monographie sur Martinů de Harry Halbreich, parue en première édition en 1968 [25]. En fait, Erismann paraphrase presque à la lettre un paragraphe de Halbreich, mais en y apportant une variation qui, presque insignifiante sur un plan général, est très révélatrice du manque de précision et d'appui documentaire des études qui parlent d'École de Paris : la « Bande des Quatre » d'Erismann était un « Gruppe der Vier » chez Halbreich, et ce dernier n'attribuait pas à d'« autres » cette dénomination ; au contraire, la formulation de Halbreich peut suggérer que Martinů ait été le créateur du groupe :

---

compositeurs étrangers, une « École de Paris » avant la lettre ? En fait, il ne s'agit que d'une faute de frappe : c'est le groupe des *Six* (dans les personnes de Milhaud et Auric) qui a organisé ce concert avec des musiques de Béla Bartók, Lord Berners (*alias* Sir Gerald Hugh Tyrwhitt-Wilson), Arnold Schoenberg, Arthur Vincent Lourié, Karol Szymanowski et Alfredo Casella (précisément… six !). Le critique conclut en remerciant les Six d'avoir fait connaître au public ces six « différentes manifestations de l'art étranger, car ces auditions montrent clairement la supériorité de l'école française jusque dans ses tendances les plus avancées ».

22. Manfred Kelkel, « L'École de Paris, une fiction ? », dans Pierre Guillot (dir.), *Hommage au compositeur Alexandre Tansman (1897-1986)*, actes du colloque (Paris, 26 novembre 1997), Paris, Presses de l'Université de Paris-Sorbonne, 2000, p. 85-89, ici p. 86.

23. François Porcile, *La Belle époque de la musique française, 1871-1940*, Paris, Fayard, 1999, p. 392. Shapiro (*Les Six*, p. 35) affirme d'avoir trouvé les Six désignés comme « École de Paris ». Malheureusement il ne fournit pas de référence.

24. Guy Erismann, *Martinů : un musicien à l'éveil des sources*, Arles, Actes Sud, 1990, p. 86.

25. Harry Halbreich, *Bohuslav Martinů : Werkverzeichnis und Biografie*, Zürich, Atlantis, 1968 ; Mainz, Schott, 2007.

> Avec le Roumain Marcel Mihalovici (né en 1898), le Hongrois Tibor Harsányi (né en 1898) et le Suisse Conrad Beck (né en 1901), Martinů créa bientôt un Groupe des Quatre, qu'Albert Roussel baptisa tout de suite « Les Constructeurs ». Ce groupe est le noyau originaire de la célèbre « École de Paris », qui accueillera plus tard d'autres compositeurs, tel le Russe Alexandre Tchérepnine (né en 1899), le Polonais Alexandre Tansman (né en 1897) et l'Autrichien Alexander von Spitzmüller (né en 1894)[26].

La déformation de ce passage trouve un développement ultérieur dans la plus récente biographie de Martinů écrite par F. James Rybka :

> On ne sait juste pas comment Martinů devint ami de trois autres compositeurs immigrés à Paris, mais ils se regroupèrent pour former le joyeux Groupe des Quatre en opposition délibérée aux Six. Ce groupe plus restreint, ensuite appelé L'École de Paris, comprenait le compositeur suisse Conrad Beck, le Hongrois Tibor Harsányi et le Roumain Marcel Mihalovici. Il était un club social de camarades davantage qu'une école. [...] Roussel les connaissait tous et les appelait « les constructeurs »[27].

La source de tous ces auteurs est la monographie sur Martinů écrite en tchèque par Miloš Šafránek en 1961 (parue en anglais l'année suivante), dont un chapitre s'intitule littéralement « Le Groupe des Quatre » (en français). Aucune source n'appuie l'explication donnée par Šafránek à propos de cette étiquette, à savoir que « dans les années 1920 ces amis fidèles étaient appelés "Groupe des Quatre" »[28]. C'est bien Šafránek qui écrit que Roussel les appelait « les constructeurs » (cette expression est aussi en français dans le texte). Il n'évoque cependant jamais l'École de Paris[29].

---

26. « *Mit dem Rumänen Marcel Mihalovici (geb. 1898), dem Ungarn Tibor Harsanyi (geb. 1898) und dem Schweizer Conrad Beck (geb. 1901) bildete Martinů bald eine Gruppe der Vier, die Albert Roussel sogleich "Les Constructeurs" taufte. Sie ist der Urkern der berühmten "École de Paris", der sich später noch weitere Komponisten anschlossen, wie der Russe Alexander Tscherepnin (geb. 1899), der Pole Alexander Tansman (geb. 1897) und der Österreicher Alexander von Spitzmüller (geb. 1894)* ». Halbreich, *Bohuslav Martinů*, p. 28-29. Nous n'avons pas trouvé de traces documentaires du fait que Roussel ait appelé ces musiciens « les constructeurs » (voir Albert Roussel, *Lettres et écrits*, textes réunis et présentés par Nicole Labelle, Paris, Flammarion, 1987; pour son discours à propos de l'École de Paris, voir ci-après au chapitre III). Cela dit, on peut trouver ici et là dans les sources de l'époque des utilisations du mot (sans références précises) ; par exemple, Sylvain Dupuis répondait à la « Consultation sur la musique contemporaine » du *Courrier musical* (1er et 15 janvier 1924, p. 9-17, ici p. 12), en disant que « si je veux goûter avec équité les créations nouvelles je dois classer les compositeurs en catégories diverses - constructeurs - chercheurs de notations - impressionnistes... et, hélas! fumistes... ».

27. « *It is not known just how Martinů came to befriend three other immigrant composers in Paris, but they banded together to form the lighthearted* Groupe des Quatre – *in deliberate juxtaposition to* Les Six. *This smaller* groupe, *called* L'École de Paris *later on, included Swiss composer Conrad Beck, the Hungarian Tibor Harsányi, and the Romanian Marcel Mihalovici. It was more of an informal social club of comrades rather than any school. [...] Roussel knew them all, calling them* "les constructeurs" ». F. James Rybka, *Bohuslav Martinů : The Compulsion to Compose*, Lanham, The Scarecrow Press, 2011. p. 54. La section est intitulée « Groupe des Quatre ».

28. Miloš Šafránek, *Bohuslav Martinů : His Life and Works*, traduit du tchèque par Roberta Finlayson-Samsourová, London, Allan Wingate, 1962, p. 112. Dans sa précédente biographie du compositeur (*Bohuslav Martinů : The Man and His Music*, London, Dennis Dobson, 1946), Šafránek ne mentionne le « Groupe des Quatre » qu'en passant (p. 35).

29. Une autre monographie en tchèque sur Martinů parue entre la deuxième de Šafránek et celle de Halbreich (Jaroslav Mihule, *Bohuslav Martinů*, Praha, Supraphon, 1966. Version française modifiée : *Bohuslav Martinů*, Praha, Orbis, 1972) ne parle ni de Groupe des Quatre ni d'École de Paris, et ne nomme même pas les autres compositeurs étrangers à Paris.

Il faut remarquer qu'un Groupe des Quatre existait dans les arts visuels : Alfred Aberdam, Sigmund Menkès, Joachim Weingart et Léon Weissberg[30], ainsi appelés à la suite d'une exposition collective en 1925 à Montparnasse, à la galerie *Au Sacre du printemps* de Hans Effenberger (*alias* Jan Śliwiński). Leur histoire est racontée dans un livre au titre intrigant : *École de Paris : le Groupe des Quatre*[31]. Ce titre prête toutefois à confusion : jamais dans ce livre on ne propose une superposition entre École de Paris (étiquette plus vaste indiquant – « faute de mieux » – le milieu artistique cosmopolite de la ville)[32] et Groupe des Quatre, une des nombreuses manifestations de ce milieu – jamais, en d'autres mots, on n'affirme que le Groupe des Quatre *est* l'École de Paris. Il est à souligner que le nom de Groupe des Quatre (peintres) semble être le résultat d'un groupement *a posteriori*, de façon similaire à ce qui s'est probablement passé avec le Groupe des Quatre (compositeurs). En fait, l'exposition collective de 1925 s'appelait tout simplement « Aberdam, Menkès, Weingart, Weissberg »[33]. Il est assez étonnant que, dans le livre qu'on leur a consacré, les auteurs des articles ne le spécifient jamais : l'article sur la « Genèse artistique du Groupe des Quatre » laisse plutôt croire que le titre de l'exposition était « Exposition du Groupe des Quatre » (un nom qui pourrait suggérer à la fois un choix de regroupement identitaire effectué par les artistes eux-mêmes, ou par le galeriste)[34]. Une phrase de l'Introduction par Kenneth Mesdag Ritter semble suggérer plutôt qu'on fait face à un autre cas de baptême de la critique : « On les remarque, leurs tableaux suscitent des commentaires flatteurs. On les baptise aussitôt "le Groupe des Quatre" »[35].

De plus, en lisant la liste des expositions de ces peintres, on ne peut pas manquer de remarquer que deux d'entre eux (Aberdam et Menkès) avaient déjà fait partie, avec Stefan Artur Nacht-Samborski, d'une « Exposition des Trois » (Lwow, Atelier de la rue Romanowicza, août 1923)[36].

L'étiquette « Groupe des Quatre » attribuée à Martinů, Harsányi, Beck et Mihalovici n'a en apparence aucune relation avec la dénomination des quatre peintres. Mais

30. Ces quatre jeunes peintres (tous nés entre 1894 et 1896) étaient originaires de la ville galicienne de Lemberg, redevenue polonaise (sous le nom de Lwow) avec le Traité de Versailles.

31. [Kenneth Mesdag Ritter, dir.], *École de Paris : le Groupe des Quatre*, Paris, Lachenal et Ritter, 2000. Le livre propose, entre autres, la traduction française de l'étude de Jerzy Malinowski, « Genèse artistique du Groupe des Quatre », p. 45-75.

32. « Ce que l'on est obligé, faute de mieux, d'appeler l'art de l'École de Paris plutôt que, comme avant 1870, l'art français », selon les mots résignés d'Eduardo Roditi (« Quand l'art français devient École de Paris », dans [Ritter (dir.)], *École de Paris*, p. 39-42, ici p. 42). Nous affronterons le problème de la définition changeante d'art français surtout dans la partie III.

33. « Biographies, expositions, critiques », dans [Ritter (dir.)], *École de Paris*, p. 128.

34. « Entre 1925 et 1926, on présente, dans la galerie parisienne appartenant à Jan Sliwinski, l'exposition du Groupe des Quatre, groupe constitué par les peintres Alfred Aberdam, Zygmunt [Sigmund] Menkès, Joachim Weingart et Léon Weissberg » (Malinowski, « Genèse artistique du Groupe des Quatre », p. 47 ; sa référence est A. Wepper, « Nlodzi artysci zydowscy w Paryzu », *Chwila*, 15 janvier 1926, p. 3).

35. Ritter, « Introduction », dans [Ritter (dir.)], *École de Paris*, p. 11-35, ici p. 13.

36. « Biographies, expositions, critiques », dans [Ritter (dir.)], *École de Paris*, p. 128. Nous nous devons de citer, au moins en passant, le Groupe des Huit, autre véritable groupement artistique, constitué entre 1909 et 1912 par des peintres hongrois ayant étudié à Paris et proposant un style d'avant-garde ; voir Gergely Barky, « La première avant-garde hongroise : du fauvisme au groupe des Huit », dans *Béla Bartók et la modernité hongroise, 1905-1920*, catalogue de l'exposition (Paris, Musée d'Orsay, 14 octobre 2013-5 janvier 2014), Paris, Musée d'Orsay / Hazan, 2013, p. 73-84.

peut-être est-elle née à l'occasion d'un concert commun de ces musiciens, comme l'autre appellation de Groupe des Quatre était liée à une exposition ? S'agit-il d'un regroupement volontaire de ces musiciens ou bien d'un cas de ce que nous venons d'appeler un baptême de la critique ? Nous explorerons plus loin (chapitre V) la présence de ces prétendus groupements dans la réalité des concerts – pour l'instant, il suffira de dire que nous n'avons trouvé trace d'aucun événement explicitement présenté en tant que concert du « Groupe des Quatre » comprenant ces musiciens étrangers.

L'expression « Groupe des Quatre » a été par contre utilisée, dans les années 1930, pour indiquer un regroupement de compositeurs autour d'Olivier Messiaen. Tout d'abord, en 1933, celui-ci cherche à organiser des concerts de « Quatre » anciens élèves de Paul Dukas : Messiaen lui-même, Elsa Barraine, Claude Arrieu et Jean Cartan, décédé depuis quelques mois. Un premier concert a lieu le 1er avril 1933 aux Concerts Servais [37]. Messiaen essaie ensuite d'organiser avec le chef d'orchestre Roger Desormière un deuxième concert de ces « Quatre », mais sans aboutir à une entente [38]. Trois ans plus tard, Messiaen commence à faire partie d'un nouveau groupe des « Quatre », en fondant la Jeune France avec André Jolivet, Yves Baudrier et Daniel-Lesur. L'insistance avec laquelle Messiaen et le critique André Cœuroy (pseudonyme de Jean Belime, qui a promu le groupe dans la presse) soulignaient le fait que la Jeune France comptait *quatre* membres était probablement dictée par le souci de tisser un lien direct d'opposition avec les anciens Six [39]. Même Honegger, dans un article rétrospectif où il souligne le hasard ayant fait en sorte que les Six ont été six [40], affirme à propos des musiciens de la Jeune France que « l'on pourrait [les] appeler les Quatre, comme nous fûmes les Six [41] ». Il est d'ailleurs significatif que, dans un compte rendu anonyme paru dans *La Revue musicale*, on s'interroge sur la pertinence du nom « Jeune France » plutôt que « Groupe des Quatre » :

> Un nouveau groupe formé de quatre jeunes musiciens : Olivier Messiaen, Daniel Lesur [*sic*], André Jolivet et Yves Baudrier s'est constitué sous le titre de Jeune France. On aurait peut-être préféré un vocable moins téméraire : « Le groupe des quatre » n'aurait, par exemple, laissé subsister aucune équivoque ; mais puisque « Jeune France » il y a, souhaitons que l'avenir ratifie le beau titre que ces musiciens se sont décernés, car, qu'ils le veuillent ou non, il y a toujours beaucoup d'audace à ajouter le nom d'un pays au sien propre, à moins qu'il s'agisse d'un souvenir romantique, à la vérité difficile à expliquer [42].

37. Le programme de ce concert est reporté dans *Le Guide du concert*, 24 et 31 mars 1933, p. 692.

38. Peter Hill et Nigel Simeone, *Olivier Messiaen*, traduit de l'anglais par Lucie Kayas, Paris, Fayard, 2008, p. 69-70.

39. Nigel Simeone, « *La Spirale* and *La Jeune France* : Group Identities », *The Musical Times*, vol. 143, n° 1 880, 2002, p. 10-36, et plus particulièrement p. 14-15. L'affiche du « Premier concert symphonique de la "Jeune France" » (Salle Gaveau, 3 juin 1936) nomme les membres du nouveau groupe « Quatre compositeurs » et suggère un lien direct avec les anciens Six (dans la personne de Germaine Tailleferre), puisque le concert est « consacré aux œuvres de Germaine Tailleferre et des "Quatre compositeurs" Yves Baudrier, Olivier Messiaen, Daniel Lesur, André Jolivet » (affiche reproduite *ibid.*, p. 15).

40. « Henri Collet avait entendu parler de nous. Il voulait nous écouter, nous interroger. On décida de se réunir chez Milhaud. Ce soir-là, nous fumes six. S'il était venu un musicien de plus, on parlerait aujourd'hui du vingtième anniversaire des Sept ». Arthur Honegger cité dans André Frank, « Un point d'histoire musicale : "Nous fûmes Six par hasard", nous dit Arthur Honegger », *L'Intransigeant*, 5 avril 1939, p. 2.

41. *Ibid.*

42. [Anonyme], « Échos et nouvelles », dans *La Vie musicale*, supplément de *La Revue musicale*, mai-juin 1936, p. iii.

Bref, plusieurs groupes « des Quatre » ont existé (ou ont voulu exister), dans les faits ou dans le discours, durant l'entre-deux-guerres parisien, dans le but plus ou moins explicite de répéter (en s'y opposant) le succès des Six. On a parfois l'impression, en parcourant les documents de l'époque, que l'importance du nombre *quatre* primait sur l'identité individuelle de chacun. Pour revenir aux quatre étrangers, par exemple, un témoin de l'époque écrivant en 1931 un article sur les compositeurs étrangers à Paris considère que quatre personnalités se démarquaient parmi tous les compositeurs immigrés, et qu'il s'agit de Beck, Harsányi, Martinů et... Nabokoff (au lieu que Mihalovici) :

> À côté des jeunes musiciens nés en France, qui ont une esthétique essentiellement française, il y a à Paris un certain nombre de jeunes compositeurs étrangers dont les œuvres résultent de la combinaison d'influences françaises avec les caractéristiques musicales de leurs races respectives. Il faut signaler parmi les membres les plus importants de ce groupe le Hongrois Tibor Harsányi, le Tchèque Bohuslav Martinů, le Suisse Conrad Beck et le Russe Nicolas Nabokov[43].

Les seuls documents qui, d'après nos recherches, attestent (bien que tardivement) l'utilisation de l'étiquette « Groupe des Quatre » en relation à Martinů, Harsányi, Beck et Mihalovici sont deux photographies conservées au Centre Bohuslav Martinů de Polička et classées sous l'étiquette « Martinů et Les Quatre (École de Paris) » (une étiquette qui semble suggérer, comme le titre du livre consacré aux quatre peintres, une superposition entre Groupe des Quatre et École de Paris). Elles ont été prises au Mont-Saint-Léger, en été 1949 (illustrations 1 et 2). On ne connaît pas le rédacteur de la légende ni sa source. Il existe, en revanche, une lettre que Philippe Heugel a adressée à Conrad Beck au Mont Saint-Léger en septembre 1948 (l'été précédant celui au cours duquel les photos auraient été prises), où l'éditeur se félicite « d'apprendre que tous les Compositeurs de l'École de Paris vont se rencontrer à Mont Saint-Léger »[44]. Nous nous étendrons sur les raisons que Heugel avait de parler de « Compositeurs de l'École de Paris » lorsqu'il sera question de mener notre enquête dans le discours des compositeurs mêmes à propos des étiquettes les regroupant (chapitre VI). Pour l'instant, nous nous limitons à signaler cette incohérence entre les dénominations utilisées à propos des rencontres estivales au Mont Saint-Léger : « Les Quatre (École de Paris) » (voir légende de la photo en illustration 1) et « Compositeurs de l'École de Paris » (lettre de Heugel) –, incohérence qui s'élargit si on considère les dénominations utilisées par l'historiographie (« Bande des Quatre » à côté de « Groupe des Quatre »).

Nous mettrons de côté, pour l'instant, l'enquête factuelle sur le Groupe des Quatre, qui n'a été qu'un hors-d'œuvre à celle plus vaste sur l'étiquette « École de Paris ». Mais, avant de continuer à s'interroger sur l'essence de ces étiquettes – avant, donc, de

43. « *Apart from the young native musicians in Paris, with their essentially French outlook, there is a number of young foreign composers whose works combine French influence with the musical characteristics of their respective races. It is of interest to consider the more important members of this group in the persons of Tibor Harsanyi of Hungary, Bohuslav Martinu of Czechoslovakia, Conrad Beck of Switzerland and Nicolaus Nabokoff of Russia* ». Andreas Liess, « Foreign Composers in Paris », *The Chesterian*, novembre 1931, p. 48-50, ici p. 48.

44. Lettre de Philippe Heugel à Conrad Beck, 1er septembre 1948 (PSS, Sammlung Conrad Beck, Korrespondenz).

continuer à se poser la question « est-ce que ces groupes existaient vraiment ? » –, il faudra examiner plus en profondeur la tendance discursive au regroupement. Les groupes des Six, des Deux, des Quatre, avant même d'être des réalités événementielles (s'ils le sont), sont des phénomènes discursifs, et comme tels, suivant les directives de Niels Andersen, ils méritent d'être interrogés selon la perspective du « comment? » avant même que du « quoi? »[45]. Dans les lignes qui suivent, nous ferons donc une sorte de parenthèse sociolinguistique, une analyse de l'utilisation du mot « école » dans la presse et l'historiographie musicale françaises de l'entre-deux-guerres, afin de mieux cerner les enjeux que la création, l'utilisation et la réception d'une étiquette telle « École de Paris » portait en soi. En d'autres termes, nous allons analyser *comment* le mot « école » est utilisé, ce qui nous mènera à réfléchir sur les implications de l'expression « École de Paris ».

« ÉCOLE », UN MOT POLYVALENT[46]

Dans l'*Archéologie du savoir*, Michel Foucault tenait à séparer l'analyse linguistique de l'analyse du discours. En affirmant que, dans le type d'analyse qu'il proposait, « les *mots* sont aussi délibérément absents que les *choses* elles-mêmes »[47], il se proposait de se passer de l'analyse des contenus lexicaux :

> L'analyse des contenus lexicaux définit soit les éléments de signification dont disposent les sujets parlants à une époque donnée, soit la structure sémantique qui apparaît à la surface des discours déjà prononcés; elle ne concerne pas la pratique discursive comme lieu où se forment et se déforment, où apparaissent et s'effacent une pluralité enchevêtrée – à la fois superposée et lacunaire – d'objets[48].

Il semblerait en résulter que l'horizon d'attente d'un mot – le réseau de significations et de liens que l'écoute d'un mot a pu éveiller chez les individus recevant les énoncés discursifs se produisant autour d'eux –, passe au second plan dans la perspective foucaldienne, probablement moins intéressée par l'analyse de la réception des discours analysés. Au contraire, nous retenons ici qu'une digression sur la « scansion du champ sémantique »[49] du mot « école » est opportune. Nous nous proposons donc de faire une archéologie de l'étiquette « École de Paris » à plusieurs niveaux : au niveau historique (ses

45. Niels Åkerstrøm Andersen (*Discursive Analytical Strategies : Understanding Foucault, Koselleck, Laclau, Luhmann*, Bristol, Policy Press, 2003, p. ix-xv) fait une distinction entre *method* (méthode) et *analytical strategy* (stratégie analytique) : la première s'intéresse à l'ontologie d'un objet ou d'un phénomène et répond aux questions de l'ordre du « quoi ? » et du « pourquoi ? », tandis que la seconde a une nature épistémologique et analyse les observations en tant qu'observations selon la perspective du « comment ? ». À notre avis, et concernant l'objet de la présente recherche, la question « pourquoi ? » se mêle parfois à « comment ? » : « comment une étiquette est utilisée » s'accompagne en effet du problème du « pourquoi on a besoin de l'utiliser ».

46. Nous avons exposé une partie du contenu de cette section lors du colloque *SysMus13* (Gênes, 12-14 septembre 2013), sous le titre : « "Sans parti pris d'école" : Strangers, Schools and Identity in French Musicological Discourse (1920-1940) ».

47. Michel Foucault, *L'archéologie du savoir*, Paris, Gallimard, 1969, p. 70 (c'est l'auteur qui souligne).

48. *Ibid.*

49. *Ibid.*

origines, ses traces, son utilisation, ses enjeux), mais aussi au niveau linguistique [50]. Et ce, parce que le contexte discursif dans lequel l'étiquette est née témoigne d'une pluralité de significations du mot « école » qui en fait un concept riche et changeant, non seulement sur le plan diachronique, mais aussi sur le plan synchronique. À la base de notre enquête, il y a la conviction héritée de Reinhard Koselleck que « la signification d'un mot peut être déterminée de façon précise par une définition, tandis que les concepts ne peuvent qu'être interprétés » [51]. Il en découle la question que nous allons développer dans la présente section : qu'est-ce que les oreilles de l'époque associaient au terme « école » lorsqu'elles l'entendaient dans l'expression « École de Paris » ? Autrement dit (avec le néologisme introduit par James J. Gibson et devenu désormais courant dans les études écologiques de la perception), quelles étaient les « *affordances* » du mot « école » dans la communauté des parleurs [52] ?

Manfred Kelkel a été le premier à s'interroger sur les implications du terme « école » à propos de l'École de Paris :

> Lorsqu'on emploie le terme « École », on pense d'abord aux rapports privilégiés entre un maître et ses élèves, comme fut le cas notamment chez Schönberg, Berg et Webern. Les musicologues entendent par école également un lieu, une ville où vécurent en même temps des compositeurs cherchant indépendamment les uns des autres des solutions à des problèmes formels identiques, par exemple ceux de la 1re École de Vienne ou de l'École de Mannheim. L'appellation est-elle vraiment appropriée pour les cinq compositeurs de l'École de Paris ? La question se pose évidemment [53].

Le problème posé par Kelkel montre, entre les lignes de son énonciation, sa propension à nous amener sur un terrain glissant : dans les deux catégories qu'il propose, se trouvent deux exemples d'une même étiquette « École de Vienne », chacune représentative des deux utilisations différentes du mot « école » (la Seconde École de Vienne étant un groupement autour d'un maître, tandis que la première indiquait une simple coprésence géotemporelle).

Si l'on considère la presse et l'historiographie musicales françaises de l'entre-deux-guerres, on s'aperçoit qu'elles déclinent le mot « école » en quatre champs sémantiques. D'abord, *a*) des expressions telles « l'école française » ou « l'école russe » accentuent

---

50. Dans la perspective de Reinhard Koselleck (« *Begriffsgeschichte* and Social History », *Economy and Society*, vol. 11, n° 4, 1982, p. 409-427), l'histoire des concepts (*Begriffsgeschichte*) doit être à la fois linguistique et sociohistorique. C'est ce que nous étendons à l'histoire de l'étiquette « École de Paris ».

51. « *Wortbedeutungen können durch Definitionen exakt bestimmt werden, Begriffe können nur interpretiert werden* ». Reinhard Koselleck, « Einleitung », dans Otto Brunner, Werner Konze et Reinhard Koselleck (dir.), *Geschichtliche Grundbegriffe : historisches Lexikon zur politisch-sozialen Sprache in Deutschland*, t. 1, Stuttgart, Klett-Gotta, 1972, p. xiii-xxvii : xxiii.

52. « *Affordance* » est un concept de la psychologie de la perception introduit par James J. Gibson dans son ouvrage *The Senses Considered as Perceptual Systems* (Westport, Greenwood Press, 1966, p. 285). Dérivé du verbe *to afford*, « permettre », il indique ce qu'un contexte permet d'associer à une donnée perceptive ; autrement dit, quelles associations il est possible de lier à une donnée perceptive dans un contexte précis. Cette approche, définie comme « écologique », a été étendue à la perception musicale par Eric F. Clarke, *Ways of Listening : An Ecological Approach to the Perception of Musical Meaning*, Oxford, Oxford University Press, 2005. Ici, nous l'empruntons pour nous questionner sur les liens possibles que la perception de l'expression « École de Paris » aurait pu susciter dans le contexte précis du milieu musical parisien de l'entre-deux-guerres.

53. Kelkel, « L'École de Paris : une fiction ? », p. 86.

la nationalité (mais des catégories différentes sont utilisées pour expliquer comment la nationalité s'introduit dans la musique : il s'agit tantôt d'une question purement géographique – comme dans l'exemple de l'École de Mannheim cité par Kelkel –, tantôt d'un propos de nature idéologique et esthétique). Deuxièmement, *b*) les expressions telles « l'école de Fauré » indiquent les élèves d'un compositeur qui ont véhiculé certaines caractéristiques de son enseignement. Troisièmement, *c*) « une école » peut être une tendance artistique : ce sujet entraînait le débat entre ceux qui croyaient important pour un jeune compositeur de faire partie d'une « école » et ceux qui, au contraire, y voyaient une limitation à la liberté et au style personnel ; dès que ce type de débat a comme objet principalement des jeunes compositeurs, cette signification du mot « école » se mêle à une question générationnelle. Enfin, *d*) « école » signifie « technique académique ».

Quelle est la relation entre ces différents usages du mot ? Lequel prévaut dans l'expression « École de Paris » ? Si les compositeurs étrangers qui se présentaient au public de la capitale française avaient à faire face à la force idéologique du concept d'« école française » – ainsi qu'au fait que les Français se considéraient au centre de la musique contemporaine[54] –, il est important de se demander si leur altérité est davantage une question de nationalité, de maîtres, d'esthétique, de technique, ou de tout cela à la fois. Notre réponse ne pourra pas être univoque : l'étude du mot « école » montrera justement la complexité de l'acte étiqueteur ainsi que le discours de la critique comme phénomène aux multiples facettes.

Géographie et nationalité

La musicographie française de l'entre-deux-guerres doit beaucoup à la conception romantique de l'artiste incarnant l'esprit de sa nation – ou, pour employer un mot

54. Cette position ressort clairement de la « Consultation sur la musique contemporaine » (1924) menée par *Le Courrier musical* parmi les compositeurs, et ensuite étendue aux lecteurs (« Enquête sur l'évolution musicale » [1924]). La plupart des musiciens qui y contribuent ne parlent que de musique française (comprenant Stravinski), et certains affirment tout court que la musique française était à la tête de la musique européenne (voir les réponses de Georges Hüe, p. 13 ; Georges Migot, p. 14 ; et parmi les lecteurs : Edmond Bastide, p. 219 et Lucy Tassart, *ibid.* Cette dernière affirme : « Convenons que si quelques outranciers, l'École d'Arcueil et autres, s'amusent un peu à nos dépens, il nous faut au lieu d'en être courroucés tâcher d'en rire et songer que s'ils font un peu de bolchevisme artistique c'est encore celui qui fera le moins de mal à la France »). Schoenberg, dont la musique était jouée à Paris depuis 1912, est désigné comme « nécromant » (réponse de Roland-Manuel, p. 14). La rédaction ayant demandé à Schoenberg de participer à l'enquête, il répond avec une lettre dans laquelle il s'offre d'écrire un article sur le sujet pourvu que *Le Courrier musical* lui corresponde « une somme proportionnée » qu'il dévouerait au « Secours allemand » (une récolte de fonds pour les musiciens allemands) ; *Le Courrier musical* publie la lettre de Schoenberg en commençant par dire que son désir ne sera pas exaucé (p. 16). La seule position internationaliste défendue dans l'enquête est celle du compositeur grec Manolis Kalomiris (p. 14), convaincu de la création d'un « langage musical moderne enrichi de trésors musicaux de toutes les nations. La finesse, la clarté et les trouvailles harmoniques de la musique contemporaine française, ainsi que la structure profonde de la musique allemande seront unies à la couleur rythmique et dynamique de la musique russe, au mélisme polytonique oriental et byzantin se fondant en un langage musical d'une richesse incroyable de couleur et d'expression ». L'enquête du *Courrier musical* ne restera pas isolée : à la p. 19 du même numéro, la revue annonce qu'elle va commencer « une série de portraits des meilleurs Artistes servant la cause de la MUSIQUE FRANÇAISE MODERNE ».

en usage à l'époque et qu'il sera nécessaire d'interpréter, de sa « race »[55]. Ainsi, nous pouvons tout d'abord remarquer que géographie et style d'écriture ne vont pas nécessairement de pair, puisqu'il y aurait *quelque chose* qui, selon cette position, unifie les compositeurs d'un même pays à travers les époques. Un exemple emblématique de cette pensée se trouve dans le manuel d'histoire de la musique d'Ernest Van de Velde. L'auteur organise la musique du XVIIIe siècle à son époque par « grandes écoles » :

> L'École Allemande, à la musique savante, qui fait autorité.
> L'École Anglaise, à la musique distinguée, correcte et élégante.
> L'École Italienne, à la musique facile et séduisante.
> L'École Russe, à la musique pittoresque et colorée.
> L'École Française, à la musique pure et expressive[56].

Évidemment, le style d'écriture change de Rameau à Debussy, en passant par Berlioz et Gounod ; mais, selon la position exemplifiée par Van de Velde, il y aurait *quelque chose* unifiant ces compositeurs et les rendant représentatifs de l'« École française » – dont les traits de pureté et d'expressivité demeurent inchangés à travers les époques. Ce *quelque chose* est-il simplement le lieu de naissance ? En d'autres termes : est-ce que, selon cette pensée, il existerait un esprit national faisant en sorte que chaque compositeur né dans un même pays appartient automatiquement à l'« école » musicale de ce pays ? Certains critiques semblent rejeter la validité absolue de cette hypothèse :

> Y a-t-il une école américaine de musique ? On en discute encore et ce n'est pas encore tout à fait évident. Mais ce qui est certain, c'est qu'il y a des compositeurs américains fort intéressants[57].

Si l'existence de compositeurs américains n'est pas suffisante pour qu'il existe une « école américaine », cela veut dire qu'une école n'est pas simplement une question biologique et géographique. Le problème de l'existence ou pas d'une « école américaine » pourrait s'expliquer par le discours affirmant une différence *qualitative* entre les pays. À côté de cette différence qualitative faisant en sorte que l'existence d'écoles musicales serait possible pour certains pays et pas pour d'autres, il semble subsister également, dans le discours critique, une question *quantitative* – comme l'exemple suivant le montre :

> Voilà trente ans à peine que les premiers efforts se manifestèrent, et durant ces dix dernières années le nombre important des compositeurs et la qualité de leurs œuvres ont permis de parler, comme d'un fait acquis, de l'*École espagnole*[58].

55. Il s'agit de ce que Jehoash Hirshberg a appelé, à propos de la musique juive, le modèle génético-psychologique (« *genetic-psychological model* » ; section écrite par Jehoash Hirshberg dans Edwin Seroussi *et alii*, art. « Jewish Music », dans *GMO*, http://www.oxfordmusiconline.com/subscriber/article/grove/music/41322, consulté en janvier 2014). Nous explorerons en détail le discours esthétique imprégné de nationalisme dans le chapitre VII.

56. Ernest Van de Velde, *Histoire de la musique des origines à nos jours*, Tours, Van de Velde, 1940, p. 27.

57. A[uguste] M[angeot], « Concert de musique américaine », *Le Monde musical*, septembre 1930, p. 317.

58. G. Jean-Aubry [Jean-Frédéric-Émile Aubry], *La musique et les nations*, Paris, Éditions de la Sirène / Londres, Chester, 1922, p. 68.

Une précision méthodologique : il ne faut pas penser que ce côté quantitatif était présent dans toute utilisation du mot « école » à déclinaison nationale. Nous ne sommes pas ici à la recherche d'une *définition*, mais, au contraire, nous explorons tous les détails qui, dans les utilisations particulières du mot, en compliquent le sens en dépassant la possibilité d'une définition univoque. À ce propos, le passage de Jean-Aubry cité ci-dessus nous renseigne sur une possibilité : il nous dit qu'il était possible, pour un amateur de musique (Jean-Aubry lui-même, du moins) qui entendait parler d'École de Paris, de penser que c'était *le grand nombre* de compositeurs étrangers à Paris (et non tant leur *provenance*) qui poussait à les considérer comme constituant l'*école* de Paris.

Maîtres

Les expressions telles « l'école de Fauré » ou « l'école de Roussel » se réfèrent, habituellement, aux élèves d'un compositeur. Par contre, dans certains cas, elles peuvent désigner les épigones, les musiciens qui, en suivant le style d'un compositeur, en font un *chef d'école* :

> La France est actuellement, on peut le dire sans chauvinisme, une des grandes nations musicales du monde ; nos compositeurs sont universellement goûtés, certains font écoles [*sic*] [59].

Dans une conférence sur « Les indépendants », Robert Bernard rend explicite la différence entre école nationale et école d'un maître dans le discours courant :

> Mallarmé soutenait que, seules, la France et l'Angleterre avaient la superstition des écoles littéraires. En musique, il n'y a guère que l'Allemagne et la France dont les musiciens se rangent autour d'un chef de file ou se groupent selon des affinités personnelles ou une communauté de préoccupations esthétiques ou expressives. L'Italie, l'Espagne, la Russie peuvent avoir une école, mais elles n'ont pas des écoles [60].

Dans le cas de l'École de Paris, l'acception d'« école » comme référence directe à un maître semblerait prévaloir lorsque les historiens parlent des musiciens prétendument chapeautés par l'étiquette comme des jeunes compositeurs venus à Paris afin d'étudier avec les meilleurs représentants de la musique française : Martinů étudia avec Roussel, Mihalovici avec Vincent d'Indy, etc. Cependant, il faudra analyser si cette filiation de certains musiciens étrangers avec un maître français se reflète ou non dans leur musique – si la fréquentation de l'« école » de Paris a influencé leur style et subséquemment leur fortune.

---

59. Henry Breunier, « D'une culture générale de la musique », *Le Courrier musical*, 1er avril 1925, p. 185-186, ici p. 185. Un exemple célèbre utilisant cette acception d'« école » est le livre de René Leibowitz, *Schönberg et son école : l'étape contemporaine du langage musical*, Paris, Janin, 1947.

60. Robert Bernard, *Les tendances de la musique française moderne : cours d'esthétique. Huit conférences prononcées au Conservatoire international de musique de Paris et en Sorbonne*, Paris, Durand, 1930, 7e conférence : « Les indépendants : Paul Dukas, Albert Roussel », p. 105-16, ici p. 105.

Tendance artistique / Génération

Dans les années 1920, le modernisme musical est considéré comme un phénomène collectif. Ce n'est plus à un compositeur indépendant (comme Debussy) de proposer un nouveau style, un nouveau langage, mais plutôt à plusieurs jeunes compositeurs qui commencent à expérimenter en se fondant sur les exemples novateurs d'un Igor Stravinski, d'un Maurice Ravel ou d'un Arnold Schoenberg. La « nouvelle école » ou « jeune école » est l'expression généralement associée à cette tendance moderniste (« modernisme » dans le sens, propre aux années 1920, de nouveauté dépassant les règles académiques et conséquemment les confortables habitudes d'écoute)[61]. L'expression renvoie alors à une communauté de style, de langage, d'idéologie et de sensibilité.

La plupart des critiques musicaux sont fondamentalement contre cette tendance. Chaque jeune compositeur qui ne suit pas la tradition académique est considéré comme un membre de la « nouvelle école » (souvent appelée « école de la fausse note »[62]), et, par conséquent, un artiste dangereux. Les jeunes sont accusés de rétrograder la musique en la ramenant à l'état de bruit informe. Pour certains critiques, ces jeunes seraient en ce sens des « conservateurs », puisqu'ils s'opposeraient à l'évolution de la musique. Par exemple, Georges Hüe qualifie les jeunes avant-gardistes de représentants d'une « certaine "école" furieusement réactionnaire, qui tend à remplacer la musique par le plus discordant des bruits, nous ramenant ainsi à la pire barbarie »[63].

Cependant, si « jeune école » et « nouvelle école » sont suivies par un déterminant de nationalité (ex. « la jeune école polonaise »), l'expression est plutôt neutre, indiquant tout simplement une nouvelle génération de compositeurs d'un pays, dont le style d'écriture varie sans doute de l'un à l'autre. C'est dans cette acception que, encore en 1969, Lucien Rebatet intitule un chapitre de son histoire de la musique « Les nouvelles

61. Sur le concept de « modernité » appliqué à la musique française de la première moitié du XXe siècle, voir Caron, de Médicis et Duchesneau (dir.), *Musique et modernité en France*. En particulier, dans l'« Introduction » (p. 7-16), la modernité est très justement lue comme se posant « en contrepartie du développement d'une "économie" de la musique qui privilégie des répertoires plus accessibles pour la petite et moyenne bourgeoisie. Cet auditoire fait souvent preuve de conservatisme par sa tendance à la frilosité intellectuelle et son penchant pour un confort esthétique similaire au confort économique et culturel privilégié par cette classe » (p. 12).

62. L'expression serait de Fernand Le Borne ; voir [Armand] Timmermans, réponse à la « Consultation sur la musique contemporaine » (1924), p. 16. Concernant l'utilisation d'une expression similaire par Antoine Goléa cinquante ans plus tard, voir le chapitre III. L'accusation faite à la « jeune école » de composer « faux » est très nettement formulée dans des critiques telle que la suivante : « Que M. Rosenthal nous pardonne de prendre son œuvre en exemple pour aborder ici une question qui touche aux tendances de certaine musique actuelle. Nous voulons parler précisément du retour au thème mélodique tonal [...], mais qui accompagne le plus souvent une basse décalée ou quelque contrepoint issu de la polytonalité [...]. Il en résulte par moments la sensation d'entendre un morceau à quatre mains dont la haute serait d'une *Sonatine* de Diabelli et la basse d'un *Pierrot lunaire* de Schönberg. L'invention musicale de tous les grands maîtres leur a toujours créé une langue cohésive. Est-ce trop attendre de la jeune école, qu'elle nous donne à son tour la sienne dans toute sa plénitude ? ». G.-L. G., « Concert consacré aux œuvres de Manuel Rosenthal (au Caméléon, 9 novembre) », *Le Ménestrel*, 19 novembre 1926, p. 491-492, ici p. 492.

63. Georges Hüe, réponse à la « Consultation sur la musique contemporaine » (1924), p. 13. À propos des « jeunes » comme groupe compact, voir Vincent d'Indy, « Matière et forme dans l'art musical moderne », *Le Monde musical*, février 1924, p. 46-47. Cet article reçoit une réponse de la part de Jean Wiéner (« Réponse à M. Vincent d'Indy », *Comœdia*, 25 février 1924, p. 4), à laquelle d'Indy répliquera (« M. Vincent d'Indy et la Jeune École », *Le Monde musical*, mars 1924, p. 88-89).

écoles nationales »[64]. Van de Velde, pour sa part, semblait envisager que les jeunes compositeurs polonais puissent finalement donner naissance à une école nationale : « La Pologne contemporaine n'a pas encore d'école vraiment nationale. Cependant l'enseignement de la musique y est fort bien donné et les jeunes compositeurs polonais promettent beaucoup »[65]. Dans un esprit similaire, en ce qui concerne le « renouvellement musical italien », Zatti Bianco considère les groupements de jeunes musiciens (qu'il propose d'appeler « *cenacoli* », cénacles) comme une étape préliminaire au développement d'une école[66].

Puisque nous avons affaire à une tendance générale à grouper et à étiqueter les jeunes compositeurs, il faut s'interroger sur les retombées sociales de cette pratique discursive : dans un contexte moderniste, est-ce que le fait d'être considéré comme faisant partie d'un mouvement (esthétique) collectif était perçu comme bon ou mauvais pour un jeune compositeur ? L'idéal romantique du génie indépendant était-il encore un profil nécessaire à la carrière d'un artiste ?

Le sarcasme du critique et écrivain Marcel Belvianes témoigne d'une suspicion générale envers le modernisme, perçu comme une mode plutôt que comme une nécessité personnelle, une poussée intérieure : « Soyez moderne en série... Ne soyez pas original tout seul »[67]. Pour cette raison, certains critiques pensaient qu'il était encore possible de « sauver » les musiciens plus jeunes – comme l'adolescent Igor Markevitch –, en les poussant à être eux-mêmes : « [Que le jeune Markevitch] ne se laisse pas entraîner par une école ou une autre : qu'il fasse simplement du Markévitch et tout sera bien »[68].

Il est évident qu'à l'oreille du critique, le « parti pris d'école » constitue une limite à l'écriture d'une musique valable ; non seulement, donc, le jeune compositeur renonce-t-il à soi-même, mais, ce faisant, il renonce à plaire, il s'éloigne du goût moyen qu'il pourrait pourtant satisfaire naturellement s'il suivait son instinct : « Sans parti pris d'école, [László Lajtha] plairait facilement, mais cela n'est pas dans la règle du jeu et il est peut-être d'une supérieure utilité pour l'art qu'il en soit ainsi »[69].

Les commentaires de ce genre démontrent clairement que le fait de suivre une tendance – une école (bien entendu, une école moderne) – était vu comme un sacrifice de la personnalité propre au jeune artiste. À ce propos, le recul du temps nous impose une réflexion : en quoi suivre la tradition serait-il plus spontané et personnel que chercher à suivre son propre chemin en expérimentant la liberté encouragée par les autres compositeurs modernes ? Il s'agit là d'une position idéologique : la « jeune école » n'est définissable que par opposition à l'« école », la technique académique traditionnelle

64. Lucien Rebatet, *Une histoire de la musique*, Paris, Robert Laffont, 1969, p. 671.

65. Van de Velde, *Histoire de la musique*, p. 38.

66. « Je ne connais à présent, à vrai dire, aucune "école" au sens traditionnel du mot, mais j'aimerais mieux définir avec le mot italien "*cenacolo*" quelques groupements d'artistes encore isolés qui se sont constitués ces derniers temps et qui, peut-être, sont destinés à devenir école, mais qui ne le sont pas encore ». Massico [*rectius* Massimo ?] Zatti Bianco, « Le renouvellement musical italien », *Le Courrier musical*, 1er octobre 1920, p. 248-250, ici p. 248.

67. Marcel Belvianes, « Concerts-Lamoureux », *Le Ménestrel*, 28 novembre 1930, p. 505-506, ici p. 505.

68. Georges Dandelot, « Concert Roger Désormière », *Le Monde musical*, décembre 1930, p. 423-424, ici p. 424.

69. Roger Crosti, « Concert du Triton », *Le Ménestrel*, 23 décembre 1932, p. 529.

– qui ne consiste pas seulement en une aride série de règles, mais qui constitue le bagage de traits compositionnels du style *national*, maintenant menacé par des compositeurs étrangers (comme Stravinski ou Schoenberg), des traditions étrangères (la musique non occidentale) et des genres non académiques étrangers (le jazz).

Il y a aussi le point de vue des jeunes compositeurs. Les Six, par exemple, ont toujours opposé une résistance ferme au fait d'être considérés comme « une école nouvelle, [...] un groupe nouveau de musiciens », ainsi que l'exprime Paul Landormy. Celui-ci précise :

> Ces musiciens protestèrent. Camarades, amis, tant qu'on voudrait ! Mais ils se refusaient à pratiquer une commune doctrine esthétique. On les avait de vive force et malgré eux constitués en un « parti musical ». Ils prétendaient conserver, chacun pour soi, leur indépendance [70].

Landormy remarque donc que les six jeunes compositeurs voyaient le danger d'être considérés comme une « école », c'est-à-dire un groupe se constituant non seulement pour des raisons pratiques (« rien de plus naturel que l'amitié d'artistes du même âge et que leur entente pour organiser des concerts à frais communs » [71]), mais *esthétiques*. En d'autres mots, ils ne voulaient pas qu'on les considère comme une entité monolithique défendant une orientation esthétique précise; Paul Landormy se propose justement d'approfondir la question : « Ce qu'il importe de déterminer, c'est si le groupe des "six" forme vraiment une École ou non » [72]. Le musicologue met en évidence trois points qui fourniraient des arguments pour le parti du « non » :

> [1] « Ce qui est certain, c'est que tous ces jeunes gens ont le ferme dessein de conserver leur liberté », envers le passé et les maîtres reconnus (« ne se laisser en rien gêner par les doctrines préconçues ») ainsi qu'envers leurs camarades (« aller surtout où leur instinct les pousse ») [73].
>
> [2] Ces musiciens sont « très différents » l'un de l'autre, « et, à bien des égards, s'opposent » [74].
>
> [3] « La brochure de Jean Cocteau, *Le Coq et l'Arléquin*, dédié [*sic*] à Auric, a pu passer pour le manifeste de la nouvelle École », mais elle fut publiée pendant que Milhaud était encore au Brésil : la formation du style du musicien « n'avait donc pu subir alors d'aucune façon l'influence de Cocteau » [75].

Sous d'autres aspects, « cependant, qu'ils le veuillent ou non, et malgré toutes les profondes différences des tempéraments individuels », il y a trois points sur lesquels les jeunes musiciens, selon Landormy, s'accorderaient : le refus de Wagner, le rejet de

70. Paul Landormy, « Darius Milhaud », 1re partie, *Le Ménestrel*, 14 août 1925, p. 345-347, ici p. 345. L'article continue : 2e partie, 21 août 1925, p. 353-355; 3e partie, 28 août, 1925, p. 361-363.

71. *Ibid.*, p. 345. Landormy s'appuie ici probablement sur les positions exprimées par le « Petit historique nécessaire » publié par Milhaud et Honegger (respectivement dans *Le Courrier musical* du 15 janvier 1922, p. 30, et du 1er février 1922, p. 58). Landormy avait lui-même pris part à cette série de clarifications du *Courrier musical* sur le cas du Groupe des Six en 1922 : Paul Landormy, « Querelle d'école ? Une lettre de Jean Cocteau », *Le Courrier musical*, 15 février 1922, p. 61-62.

72. Landormy, « Darius Milhaud », p. 345.

73. *Ibid.*, p. 345-346.

74. *Ibid.*, p. 346.

75. *Ibid.*

Debussy et l'engagement résolu « dans les régions inexplorées du polytonalisme ». Cela dit, conclut le musicologue,

> en dehors des voies du wagnérisme et de l'impressionnisme debussyste, combien de routes à suivre ! Chacun prendra la sienne. Et, s'il s'agit de la méthode polytonale, combien de façons de l'entendre et de la pratiquer[76] ! Donc, *groupe plus qu'École*, amitié plus que parti, les « Six » doivent être rapprochés mais non confondus[77].

D'après le raisonnement de Landormy, être « groupe plus qu'École » signifie alors une suprématie du but pratique sur le partage de positions esthétiques. Ce discours n'est pas isolé, s'insérant parfaitement dans le débat sur les conséquences du fait de suivre une « nouvelle école » en s'éloignant d'un goût moyen représenté par une communauté agglutinante. Une conséquence esthétique cependant : comme l'écrit l'éditeur et poète Jacques Heugel, le morcèlement de l'art en « écoles minuscules » porte à la paralysie due au manque de stabilité du jugement esthétique[78]. Une conséquence pratique aussi : la multiplication des groupements de jeunes compositeurs, qui se cotisent ou se placent sous la protection d'un mécène pour que leur musique soit jouée même si l'*establishment* officiel ne l'apprécie pas. La critique contemporaine et l'historiographie subséquente n'ont pas manqué, dans certains cas, de reconnaître l'hétérogénéité interne de ces groupements, nés davantage pour des buts pratiques que d'une communion esthétique réelle :

> Par la diversité de ces tempéraments, on voit que les groupements de musiciens, s'ils apportent au rédacteur une appréciable commodité de classement, ne sont pas d'un grand secours à l'analyste pour définir une esthétique. Au compositeur soucieux de voir son

76. Le débat sur la polytonalité – sa nature moderniste ou bien conservatrice, son rôle dans le développement de la musique, sa technique – compte un nombre considérable d'interventions dans la presse des années 1920 (voir François de Médicis, « Darius Milhaud and the Debate on Polytonality in the French Press of the 1920s », *Music & Letters*, vol. 86, n° 4, 2005, p. 573-591). Nous signalons les plus significatives en bibliographie, à partir de Darius Milhaud, « La mélodie » (*Le Courrier musical*, 1er novembre 1922, p. 327) jusqu'à Prudent Pruvost, « De la polytonalité » (*Le Courrier musical*, 1er mai 1930, p. 289-291) – voir, en 1923, les articles de Milhaud, Albert Febvre-Longeray et Manuel Rosenthal ; l'article de Maurice Touzé de 1926 ; et celui de Maurice Emmanuel de 1928. Au sujet de l'histoire et de l'applicabilité analytique du concept de polytonalité, voir Michel Fischer et Danièle Pistone (dir.), *Polytonalité / Polymodalité : histoire et actualité*, Paris, Université de Paris-Sorbonne / Observatoire musical français, 2005 ; Philippe Malhaire, « Redéfinir la polytonalité », dans Philippe Malhaire (dir.), *Polytonalités*, Paris, L'Harmattan, 2011, p. 13-38.

77. Landormy, « Darius Milhaud », p. 346 (c'est nous qui soulignons). Dans « Querelle d'École ? » (1922), la position de Landormy était un peu différente. Il considérait les Six comme une nouvelle École caractérisée par des « idées générales » que « chacun des "Six" [...] a entendues et appliquées à sa manière ». Ces « idées générales » sont exposées de façon moins systématique qu'il ne le fera dans « Darius Milhaud » (1925) : « Mais oui, il y a bien un programme des "Six" et je le préciserai davantage : il s'agit en somme de tourner le dos à tout romantisme et à tout impressionnisme. La nouvelle École prétend au réalisme et à l'esprit classique. Elle cherche la simplicité et même la nudité. Elle ne craint point la dureté. [...] Elle use du contrepoint plus que de l'harmonie et veut inscrire ses œuvres dans des lignes bien dessinées. Elle risque les agrégats sonores les plus audacieux. Elle s'inspire des manifestations de la vie, même les plus vulgaires, célèbre volontiers la gaîté, la joie, le rire, et ne repousse rien tant que les mornes méditations d'un plaintif pessimisme » (p. 62). L'opposition entre impressionnisme et esthétique des Six avait été développée par Landormy dans son article « Le déclin de l'impressionnisme », *La Revue musicale*, février 1921, p. 97-113.

78. Jacques Heugel, « Interrègne : à propos d'un livre récent de M. Guglielmo Ferrero », *Le Ménestrel*, 21 novembre 1924, p. 481-482, ici p. 482.

nom passer à la postérité, il est judicieux de conseiller d'appartenir à un groupe. Il faut, pour penser à César Cui, savoir compter jusqu'à cinq[79] !

Pour Robert Bernard, une *vraie école artistique*, au contraire d'un groupement « commercial », est quelque chose de bien :

> Ces groupements ont une valeur toute spirituelle et [ils] n'ont rien de commun avec certaines associations d'artistes de valeur très inégale qui trouvent la force dans une union qui est plutôt le signe de leurs aptitudes commerciales que de l'unité de leurs tendances. Les véritables écoles artistiques s'entourent de plus de mystère ; leur programme ne leur sert pas d'arme de combat ; les personnalités qui les composent affichent moins leur cohésion, et souvent même leur solidarité n'est pas exempte de regrettables intermittences[80].

Mais, selon Bernard, il manque de véritables écoles artistiques modernes et d'authentiques *chefs d'école* capables d'irradier leur charme comme source de nourriture spirituelle encore plus que technique (rôle des maîtres d'école dont il était question ci-dessus) :

> Ce n'est pas le lieu ici de dénombrer les bienfaits des écoles d'art, toute la source d'énergie spirituelle qu'y puisent leurs adeptes. Leur vertu est celle d'une contrainte, d'une discipline intérieures. Elles offrent l'inappréciable avantage de fournir à de jeunes esprits inquiets une réponse à leur inquiétude, en leur donnant des moyens d'expression et un but spirituel. Nous verrons, en étudiant les mouvements d'avant-garde et l'avenir de la musique française, que nous passons actuellement par une crise qui provient de ce qu'il n'y a pas, à proprement parler, de groupements de musiciens, en ce moment, ni de chefs de file, et nous verrons en quoi nos prétendues écoles contemporaines n'ont pas les véritables caractères d'une école artistique[81].

Par conséquent, selon cette perspective, si une école diminue la spontanéité du jeune artiste, c'est tant mieux, comme semble l'affirmer André Clément-Marot :

> Il y a trop d'artistes, ayant chacun leur petit art particulier, et pas assez d'art simple, grand, fort, comme son nom lui-même. Les Philistins à rebours sont légion[82] !

Bernard développera cette position dans une autre de ses conférences :

> Ce qui manque présentement, en France, ce sont une école musicale, un chef de file, une unité de tendance esthétique. Nous avons vu que le rôle des écoles d'art n'est pas de niveler la production, mais de lui servir de base, de tremplin, en quelque sorte de ligne d'horizon. En aucun temps, les musiciens n'ont visé davantage qu'aujourd'hui à affirmer leur personnalité. L'originalité est le point de mire de tous, ou de presque tous les esprits, ce qui ne veut pas dire que toutes leurs œuvres soient réellement originales. Il y a même un rapport inverse entre l'originalité et la volonté d'être original. [...] Ce qu'il y a peut-être de plus précieux dans les directions communes à une époque artistique, c'est cette discipline spirituelle qui fait passer au second plan la recherche de l'originalité : en

79. Pierre Wolff, *La musique contemporaine*, Paris, Nathan, 1954, p. 212, chap. « 1920-1930 ».
80. Bernard, *Tendances*, p. 105.
81. *Ibid.*, p. 105-06.
82. André Clément-Marot, « La crise de la pensée musicale », *Le Courrier musical*, 15 avril 1924, p. 218.

s'y soumettant, on canalise ses propres aspirations et on leur donne leur maximum de valeur rayonnante[83].

La confusion esthétique du public évoquée par Heugel trouverait ainsi une solution, tout en donnant au compositeur la possibilité de dépasser ses limites individuelles et de se sentir partie prenante d'une communauté spirituelle :

> De son côté, le public distingue mieux et d'une façon plus clairvoyante, plus pénétrante, l'essence de notre moi quand il est discipliné par une esthétique commune à tous. [...] *Les écoles doivent régir les esprits à la façon d'une hygiène intellectuelle.* Elles proposent aux artistes un idéal, non pas un but ; elles leur donnent une raison d'être qui les dépasse et dont l'absolu est un moyen d'accroissement spirituel. [...] Une esthétique qui nous est imposée est un idéal, en ce que notre personnalité ne saurait l'étreindre. Commune à tous, elle nous dépasse forcément ; nous diminuant vis-à-vis de nous-mêmes, elle nous donne des possibilités de nous grandir hors des limites de notre esprit[84].

En conclusion, nous sommes devant une situation paradoxale : d'un côté, les critiques poussaient les jeunes à ne pas prendre le parti d'une école, ce qui leur aurait enlevé cette seule spontanéité capable de faire en sorte que leur musique plaise au public ; d'un autre côté, l'individualité extrême est un danger potentiel – surtout parce qu'une trop grande liberté créatrice ferait disparaître les points de repère pour le public. La solution pour certains critiques serait dans l'affirmation d'*une vraie* école artistique remplaçant le morcèlement d'écoles minuscules et de groupements utilitaires. Ce qui est très probable, c'est qu'en entendant parler d'« École de Paris », le musicophile parisien de l'entre-deux-guerres devait associer cette utilisation du mot « école » à un groupement de jeunes avant-gardistes. Mais il pouvait également penser à un groupe de conservateurs, comme nous le mettrons en évidence sous peu en suivant des commentaires où le mot « école » renvoie à la technique académique. Il aurait probablement pensé que ces artistes manquaient de personnalité, tout en menaçant, peut-être, la tradition musicale française – et cela, non pas forcément à cause de leurs origines étrangères, mais davantage en raison de leur jeune âge. En même temps, en se voyant regroupés sous l'étiquette « École de Paris », de jeunes compositeurs auraient pu avoir la même réaction que les prétendus Six : ils auraient revendiqué leur indépendance d'inspiration, d'esthétique et de technique, parce qu'être vus comme membres d'une « école » était un obstacle à leur affirmation personnelle.

Technique académique

Nous avons vu que « nouvelle école » était synonyme de modernisme, et le modernisme met alors en cause les règles de l'écriture. Ces règles représentent *l'école*, la technique académique apprise dans les écoles de musique – l'expertise. C'est en ce sens qu'il faut comprendre le mot « école » dans les expressions concernant la tradition

---

83. Bernard, *Tendances*, 8ᵉ conférence : « Les mouvements d'avant-garde et l'avenir de la musique française », p. 119-132, ici p. 119-120.
84. *Ibid.*, p. 120-121 (c'est nous qui soulignons).

pédagogique instrumentale, telles que « l'école française de violon »[85]. Comme l'écrit Lucien Chevaillier,

> La technique de l'écriture était basée jusqu'à la fin du siècle dernier sur un certain nombre de Règles que l'on enseignait dans les Écoles et en dehors desquelles il semblait impossible de confectionner des œuvres dites « bien écrites »[86].

De plus, certaines écoles (lieux d'enseignement) étaient partisanes d'une école (technique compositionnelle) spécifique : ainsi, la Schola cantorum était surtout une école de composition d'Indyste, et le Conservatoire une école de composition fauréenne.

Les menaces aux « œuvres bien écrites » arrivent de plusieurs fronts. Un des éléments s'opposant à l'école est le folklore : « Il arrive un jour, – et cela s'est produit à toutes les époques, – où le divorce devient inévitable, nécessaire, entre l'École et le Folklore[87] ». Autre opposition, le jazz comme contraire à une musique d'école :

> Le jazz étant conçu comme une musique de délassement et non d'école, sans prétention autre que de donner à l'heure qu'on passe un cadre, un milieu, un charme particulier, ne se règle sur aucune doctrine et ne suit – pour le moment encore – aucune loi formelle[88].

Conséquemment, quand on commence à écrire des pièces jazz dans un esprit néoclassique, des critiques tels Henri Collet condamnent le résultat précisément parce que le mélange du jazz et de règles d'école est contre la nature du nouveau genre musical :

> Leurs timides et – avouons-le – prétentieuses tentatives ne rencontrent que froideur et mépris. On ne veut point de leurs fox-trott [*sic*] composés ni de leurs tangos malaxés suivant les précieuses recettes de l'école. Le peuple qui vécut cinq ans comme un peuple de loups, aime la chair fraîche et non faisandée, condimentée[89].

En extrapolant, nous pouvons déduire de cette définition académique du mot « école » qu'une des façons possibles pour l'amateur de musique de l'entre-deux-guerres d'entendre le nom « École de Paris » était d'imaginer un groupe de compositeurs possédant une technique commune, comme cela a été pour le cas de la Seconde École de Vienne. Cette technique commune pourrait même être une technique d'« école » au lieu qu'une technique avant-gardiste, et l'« École de Paris » deviendrait ainsi, dans l'imaginaire de l'amateur potentiel, un groupe conservateur.

Lennox Berkeley, venu à Paris en 1927 pour étudier avec Nadia Boulanger, constate que les Français ne sont pas du tout dominants parmi les jeunes compositeurs qui occupent la scène musicale parisienne :

---

85. Voir par exemple Léon Marc, « Les concerts – M. Roland Charmy », *Le Courrier musical*, 1er janvier 1927, p. 13 : « M. Roland Charmy n'a pas 19 ans [...], il s'est tout de suite classé parmi les plus qualifiés que l'avenir tient en réserve pour maintenir la suprématie de notre École Française ». *L'école française de violon* est le titre d'un ouvrage en trois volumes de Lionel de la Laurencie (Paris, Delagrave, 1922-1924).

86. Lucien Chevaillier, « L'esprit des lois », *Le Monde musical*, décembre 1930, p. 405-408, ici p. 405.

87. Maurice Emmanuel, « Leçons sur la musique populaire (Résumé des cours de M. Maurice Emmanuel à l'École normale de musique de Paris) », *Le Monde musical*, mai 1927, p. 176-178, ici p. 176.

88. Stéphane Berr de Turique, « Quelques mots sur le jazz », *Le Monde musical*, mars 1929, p. 92.

89. Henri Collet, « Appel aux forces musicales françaises », *Le Courrier musical*, 1er janvier 1927, p. 5-6, ici p. 6.

> Je parle de musique contemporaine à Paris et non de musique française contemporaine, car les Français ne prédominent point parmi les jeunes compositeurs à Paris qui se distinguent particulièrement, et cela est un fait d'extrême importance dans l'étude des tendances actuelles[90].

Berkeley se demande alors pourquoi tous ces étrangers vont à Paris :

> Autrefois, les artistes allaient dans un certain endroit pour étudier leur art *puisqu'il y avait là une école.* Ceci n'est plus le cas à Paris[91].

Qu'est-ce que Berkeley veut dire en affirmant qu'il n'y a plus d'« école de Paris » par laquelle les jeunes étrangers (dont lui-même) seraient attirés? La signification qu'il donne au mot « école » témoigne de la multiplicité de sens du mot. Quand il dit que « l'école français semble être morte avec Fauré », il utilise « école » dans le sens de tradition nationale (« Géographie et nationalité »). Cette tradition ne s'appuie pas seulement sur le « sang français » de ses représentants : « L'école des Six » est plutôt une question générationnelle (« Tendance artistique / Génération »), pas vraiment rattachée à l'« école française » et qui en même temps ne se présente pas comme une véritable école artistique proposant un langage unitaire et transmissible (« Technique académique ») :

> L'école française semble être morte avec Fauré, parce qu'il est évident que ce qu'on appelle l'école des Six était composée par des musiciens au grand talent mais qui n'avait, à part cela, rien en commun, ou du moins rien de suffisant à créer une école artistique telle qu'on l'entend généralement. Il serait difficile de trouver, *dans la même génération*, deux compositeurs plus éloignés l'un de l'autre que Honegger et Poulenc, par exemple[92].

Il existe tout de même des professeurs tels que Nadia Boulanger, Charles Koechlin, Paul Dukas, Alfred Cortot ou Isidore Philipp qui attirent les jeunes étrangers à Paris pour compléter leur éducation musicale (voici donc encore le sens de « Technique académique » – surtout que, d'après Berkeley, « les Français sont en général d'excellents techniciens » – ainsi que la question des « Maîtres »[93]). Toutefois, Berkeley a visiblement l'impression qu'on ne choisit pas Paris pour suivre une école de composition en particulier, mais plutôt pour une question de réseau – « être dans un centre, sinon le centre, de l'art moderne »[94]. Nous pouvons en conclure que Berkeley doutait qu'il existât encore une école *à* Paris, bien qu'il était cependant certain de l'importance de

---

90. « *I say contemporary music in Paris and not contemporary French music, because among the young composers in Paris – I mean those of outstanding merit – the French by no means predominate – and this fact is one of supreme importance in studying present-day tendencies* ». Ce texte est tiré des « Reports from Paris » que Berkeley écrivait pour *The Monthly Musical Record*, repris dans Lennox Berkeley, *Lennox Berkeley and Friends : Writings, Letters and Interviews*, éd. Peter Dickinson, Woodbridge, Boydell, 2012. Ici, « Reports from Paris [décembre 1931] », p. 31-32, ici p. 31.

91. « *In the old days artists went to a certain place to study their art because there was a school there. In Paris this is no longer the case* ». *Ibid.* (c'est nous qui soulignons).

92. « *The French school seems to have died with Fauré; for it is obvious that the so-called school of* Les Six *was composed of musicians of great talent but who beyond that had nothing whatever in common, or at all events not enough to create what is known as a school in art. It would be difficult to find,* in the same generation, *two composers more different than Honegger and Poulenc, for instance* ». *Ibid.* (c'est nous qui soulignons).

93. « *French are in general excellent technicians* ». *Ibid.*, p. 31-32.

94. « *To be in a centre, if not the centre, of modern art* ». *Ibid.*, p. 31.

l'école *de* Paris – au sens imagé de l'« école de la vie » constituée non seulement de ce qu'on pouvait apprendre, mais surtout de ce qu'on pouvait absorber en vivant dans la capitale française.

En conclusion, notre exploration du concept d'« école » dans la musicographie française de l'époque présente emblématiquement la complexité de l'acte de nommer les phénomènes et de les étiqueter. Une expression comme « École de Paris » peut avoir des implications différentes, selon, tout simplement, le sens attribué au mot « école » par les acteurs créant et recevant cette étiquette. L'étiquette peut être perçue comme dénigrante, puisque le fait de regrouper plusieurs compositeurs sous un même chapeau leur enlève potentiellement leur singularité individuelle – et nous l'avons vu, la singularité de l'artiste figurait encore parmi les valeurs incontournables de l'appréciation à l'époque. En même temps, l'identité de ce groupe pouvait être interprétée non seulement en termes nationaux (l'« École de Paris » serait différente de l'« École française » à cause du lieu de naissance de ses membres), mais aussi en termes de formation (avoir eu des maîtres différents de ceux des collègues nés à Paris, ou, au contraire, être considérés comme un groupe en fonction d'une communauté de référents une fois arrivés à Paris), ou encore de techniques communes. Tous ces cas de figure peuvent accompagner l'étiquette qui fait l'objet de notre enquête.

Pour pouvoir franchir une nouvelle étape, une fois ces questions de sémantique approfondies, c'est vers l'histoire qu'il faut nous tourner. On pourra alors tenter de répondre à une question fondamentale : est-il vrai que l'amateur de musique de l'époque entendait couramment parler d'École de Paris ? C'est ce que nous raconte une certaine tradition historiographique, qu'il est maintenant le temps de parcourir de façon critique.

Chapitre III

L'ÉCOLE DE PARIS AU SENS LARGE ET AU(X) SENS ÉTROIT(S)

Lorsque, au début de notre enquête, nous disions qu'il serait inutile de chercher des explications sur l'expression « École de Paris » dans les principales encyclopédies musicologiques, nous faisions évidemment allusion aux encyclopédies qui, aujourd'hui, représentent les outils de référence pour les musicologues. Nous avons mené notre recherche dans les plus récentes éditions du *Grove Music Online* (*GMO*), du *Die Musik in Geschichte und Gegenwart* (*MGG*), du *Dizionario enciclopedico universale della musica e dei musicisti* (*DEUMM*) et du *Dictionnaire biographique des musiciens* (*DBM*), avec quelques incursions dans leurs versions précédentes ainsi que dans d'autres ouvrages plus anciens, soit l'*Encyclopédie de la musique* dirigée par François Michel parue aux éditions Fasquelle et le *Dictionnaire de la musique* (*DMH*) dirigé par Marc Honegger [1]. Nous avons pu constater que l'entrée « École de Paris » est absente de la nomenclature de tous ces ouvrages, mais que l'expression y est régulièrement utilisée de manière ponctuelle, de façon souvent contradictoire.

Si l'on remonte encore plus loin dans le temps, on constate que l'entrée « École de Paris » a pourtant existé dans une encyclopédie : on la trouve en effet dans la première édition (1957) du *Larousse de la musique*, dont elle disparaîtra dans les éditions subséquentes [2]. Cet article, écrit par André Cœuroy [3], nous permet d'introduire le sujet du présent chapitre, à savoir le fait que l'expression « École de Paris » peut prendre, selon

1. Voir ci-dessus le chapitre I.

2. Norbert Dufourcq (dir.), *Larousse de la musique, dictionnaire encyclopédique*, 2 vol., Paris, Larousse, 1957. La version suivante de cet ouvrage est dirigée par Marc Vignal (2 vol., Paris, Larousse, 1982 ; éditions en un seul volume en 1999 et 2001). Dans l'édition de 1982, l'entrée « École de Paris » est remplacée par un article intitulé simplement « Paris », écrit par Michel Chion (vol. 2, p. 1184-1189 ; cet article a été retiré dans l'édition en un seul volume de 1999), où l'expression « École de Paris » n'est jamais employée ; les noms d'un Harsányi ou d'un Tansman sont désormais absents, et le milieu international de l'entre-deux-guerres est décrit en ces termes : « Dans cette période des Ballets russes, Paris accueille un "melting pot" international et brillant de peintres, d'écrivains, de musiciens. Prokofiev, Stravinski, Martinů vivent un temps à Paris, qui est alors un cercle d'attraction international, mais qui sera de moins en moins un centre d'*innovation* » (*ibid.*, p. 1188, c'est l'auteur qui souligne).

3. André Cœuroy, art. « Paris (École de) », dans Dufourcq (dir.), *Larousse de la musique*, vol. 2, p. 161-162.

les auteurs, un sens large ou un sens étroit (ou plutôt, plusieurs sens larges et plusieurs sens étroits).

En son sens large, « École de Paris » est une catégorie qui se réfère à toute la musique produite en rapport étroit avec la capitale française et ses institutions. Ainsi, Cœuroy commence sa narration avec l'École de Notre-Dame, continue avec « un groupe important de musiciens de la Renaissance établis à Paris ou dont les œuvres furent publiées par des imprimeurs parisiens »[4], il passe ensuite à l'Académie de poésie et de musique fondée en 1571 par Jean-Antoine de Baïf et à la création de l'Opéra (1669) ; arrivé au XIXe siècle, il affirme que Paris (à travers ses institutions de concerts et son Conservatoire, fondé en 1795) « a été à la pointe de tout le mouvement musical européen »[5], ce qui a conduit dans la capitale un nombre considérable de musiciens étrangers (d'Antoine Reicha à Gioachino Rossini, de Giacomo Meyerbeer à Richard Wagner). Cœuroy poursuit son histoire de l'École de Paris jusqu'à Camille Saint-Saëns, Maurice Ravel, Olivier Messiaen et le groupe Le Zodiaque (créé en 1947). D'autres auteurs, nous allons le voir en détail, donnent au sens large d'École de Paris une acception néanmoins un peu plus restreinte : en maintenant l'utilisation de cette expression sur la longue durée, ils la limitent toutefois aux seuls compositeurs étrangers ayant passé au moins une partie de leur vie artistique dans la capitale française.

Ce qui, au contraire, distingue les définitions au sens étroit de l'École de Paris, c'est sa délimitation chronologique rigoureuse à l'entre-deux-guerres : l'expression devient alors étiquette, et s'applique à un groupe bien défini de compositeurs. Comme Cœuroy le dit en introduction de la dernière section de son article, « le nom d'"école de Paris" a enfin été donné, au XXe siècle, à un groupe de musiciens »[6]. La définition de ce groupe varie toutefois selon les auteurs : tantôt « École de Paris » assume un caractère stylistique, incluant tous les musiciens (français ou étrangers) qui poursuivaient un type de recherche similaire sur le langage musical ; tantôt elle prend une signification identitaire, indiquant tous les musiciens étrangers résidant à Paris ; tantôt « École de Paris » est le nom d'un groupe spécifique de compositeurs, dont la constitution subit des variations, mais qui comprend au moins quatre musiciens parmi les suivants : Conrad Beck, Tibor Harsányi, Bohuslav Martinů, Marcel Mihalovici, Alexandre Tansman et Alexandre Tchérepnine. Cœuroy est conscient de cette multiplicité de niveaux qui se superposent dans l'expression « École de Paris ». De plus, il remarque qu'au XXe siècle, un sens large et un sens étroit coexistent :

> Cette « école de Paris » est une double réalité. Elle existe à la fois au sens restreint et au sens général. Au sens restreint, elle est très définie. Elle représente un groupement formé vers 1925, en dehors de toute doctrine, par quelques jeunes étrangers vivant à Paris et séduits par l'esthétique française. C'est le pendant de l'école de Paris des peintres[7].

---

4. *Ibid.*, p. 161.
5. *Ibid.*, p. 162.
6. *Ibid.*
7. *Ibid.*

Les musiciens appartenant à ce groupement seraient, selon Cœuroy, les six que nous avons nommés plus haut, qui « furent les membres du noyau initial auquel s'adjoignirent d'autres sympathisants » :

> Villa-Lobos (Brésilien), Lajtha (Hongrois), Prokofiev (dans sa période parisienne), Obouhov, Loutié [*sic* pour Lourié] (Russes), Constant Lambert, lord Berners (Anglais), Virgil Thomson, Marion Bauer (Américains), Spitzmuller (Autrichien), Désiré Pâque, Hoérée (Belges), Ikonomov (Bulgare), Rodolphe Mathieu, Claude Champagne (Canadiens), Manuel Infante, Pittaluga (Espagnols), Bengt Carlson (Finlandais), Sem Dresden, Pijper (Hollandais), Davico, Rieti (Italiens), Levidis, Petridis (Grecs), Kleven (Norvégien), Labunski, Kondracki (Polonais), les Freitas-Branco (Portugais), Dahl, Petterson [*sic* pour Pettersson] (Suédois), Marescotti (Suisse), Hasa [*sic* pour Hába ?] (Tchèque), Slavenski (Yougoslave) [8].

Le sens le plus étroit d'École de Paris selon Cœuroy a donc, en réalité, deux niveaux : un sens *très étroit*, indiquant un « noyau » de six compositeurs, et un sens *un peu moins étroit*, indiquant tous les compositeurs étrangers ayant résidé à Paris à la même époque et qui ont, en fait, un point commun d'ordre stylistique (« école » au sens de « technique ») :

> Tous ces compositeurs contemporains ont en commun un esprit, une esthétique, des procédés qui diffèrent ou s'écartent de ceux qui pratiquent d'autres écoles : école de Schoenberg, école de Hindemith, école de Miaskovsky. Ils reflètent ce qu'on peut appeler plus largement l'« école (générale) de Paris » [9].

Cette « école (générale) de Paris » (le « sens large du sens étroit » de l'expression, pour ainsi dire), « est plus facile à dénommer qu'à définir. Semblable à la politique française, où se multiplient les partis, elle se subdivise en courants nombreux » [10]. Bref, l'effort de définition de Cœuroy se résout en un constat d'impuissance à délimiter convenablement les acceptions multiples chapeautées par l'étiquette « École de Paris ». C'est probablement la raison pour laquelle cette entrée est évitée par les autres encyclopédies et sera retirée dans les éditions successives du *Larousse de la musique*. Phénomène discursif plutôt que factuel, l'École de Paris existe dans l'usage, peu propice à une définition ponctuelle, de dizaines de critiques, d'historiens et de compositeurs. Dans les pages qui suivent, nous allons tout d'abord parcourir les définitions d'École de Paris au sens large (c'est-à-dire, sans limitation de cette expression à un groupe spécifique de compositeurs). Ensuite, nous considérerons les différents sens étroits donnés à l'étiquette lorsqu'elle est employée pour délimiter un groupement.

Les étrangers à Paris : École de Paris au(x) sens large(s)

La première occurrence de l'expression « École de Paris » dans un ouvrage d'histoire de la musique apparaît juste après la Seconde Guerre mondiale. C'est Robert Bernard

8. *Ibid.*
9. *Ibid.*
10. *Ibid.*

qui intitule « École de Paris (Étrangers) » une section de son chapitre sur « L'École française contemporaine jusqu'à 1940 » dans *La musique des origines à nos jours* (1946), ouvrage dirigé par Norbert Dufourcq. Après avoir parlé du « Debussysme », de « L'École fauréenne », des « Élèves de Ravel », du « Groupe des Six », de « Schmitt et la tendance néo-romantique », de « Satie et l'École d'Arcueil » et de la « "Jeune France" », Bernard consacre des sections de son texte au « Modalisme » ainsi qu'aux « Néo-classiques et Prix de Rome », puis à l'« Opérette », aux « Élèves de Paul Dukas » et aux « Indépendants », pour passer à « L'avant-garde » et conclure par les « Femmes compositeurs », l'« École de Paris (Étrangers) » et « Les espoirs ». Voici la section qui nous intéresse :

> *École de Paris (Étrangers).* Comme nous l'avons indiqué au début de cette étude, de nombreux musiciens étrangers sont si étroitement mêlés à la vie musicale française qu'ils pourraient figurer dans ce chapitre [consacré à « L'École *française* contemporaine »]. À l'exception d'Honegger dont nous avons parlé à propos du Groupe des Six, nous renvoyons le lecteur aux paragraphes concernant leurs pays d'origine respectifs pour des compositeurs (y compris ceux qui sont naturalisés français) tels que Stravinski, Szymanowski, Gretchaninoff, G. Enesco, Tansman, Joachin Nin, G. Doret, B. Martinu, T. Harsanyi, A. Tchérepnine, Mihalovici, J. [*sic*] Markevitch, A. Casella, Nin-Culmell, J. Dupérier, A. Hoérée, Désiré Pâque, Mompou, Conrad Beck, Lipatti, J. Krein, J. Rodrigo, M. Ponce, M. Roesgen-Champion, Villa-Lobos, J. Fitelberg, Ikonomow, Nobokov [*sic*], A. Lourié, Filip Lazar, N. Obouhoff, Wyschnegradsky, Gradstein, etc.[11]

Bref, Bernard parle d'École de Paris sans en parler. L'étiquette désigne pour lui une entité floue, c'est davantage une façon générale d'indiquer les étrangers « mêlés à la vie musicale française » qu'un groupe défini. La preuve en est qu'il renvoie « aux paragraphes concernant leurs pays d'origine respectifs » : chacun des compositeurs de l'« École de Paris » appartient à une « école » différente selon sa nationalité. En effet, c'est dans le chapitre subséquent – « Les Écoles étrangères contemporaines jusqu'à 1940 » – qu'ils trouveront leur place, bien encadrés par leur passeport : Bernard rédige les paragraphes consacrés à « L'école austro-allemande », au « Renouveau italien », aux « écoles » anglaise, tchèque, suisse, belge, hollandaise, espagnole et portugaise, ainsi qu'aux « Écoles nordiques » et balkaniques, et aux « Deux Amériques ». L'« École hongroise » et l'« École polonaise après Chopin » seront traitées par Emil Haraszti. Gilbert Rouget se chargera de l'« École russe ». Malgré l'espace réservé par Bernard aux musiciens étrangers, l'expression « École de Paris » revient seulement une fois dans ce chapitre, à propos de Filip Lazăr, compositeur d'origine roumaine ayant acquis, selon Bernard, « une place de choix parmi les musiciens d'avant-garde de ce qu'il est convenu d'appeler "l'école de Paris". À ses côtés, brille le talent plus vigoureux de Marcel Mihalovici (1898) »[12].

Des tournures similaires à « ce qu'il est convenu d'appeler "l'École de Paris" » seront constamment utilisées par les musicographes, les historiens et les animateurs

11. Robert Bernard, art. « L'école française contemporaine jusqu'à 1940 », dans Norbert Dufourcq (dir.), *La musique des origines à nos jours*, Paris, Larousse, 1946, p. 398-408, ici p. 407-408. Il est à remarquer que Bernard aurait dû s'inclure lui-même dans la liste : d'origine suisse (il est né à Genève en 1900), il s'installe en 1926 à Paris, où il vivra jusqu'à son décès en 1971.

12. Robert Bernard, art. « Écoles balkaniques », dans Dufourcq (dir.), *La musique*, p. 418.

radiophoniques : « le groupe dit "École de Paris" », « ce qu'on a appelé l'École de Paris », « l'école dite "de Paris" »[13], etc. Une de nos tâches est de chercher à donner un nom – ou, plus précisément, des noms – à cet « on ». Car une des caractéristiques principales du discours sur l'école de Paris est l'appui sur une autorité qui, contrairement à la tradition prémoderne de la validation par la référence à une *auctoritas* bien précise connue et nommée, est ici systématiquement anonyme, probablement inconnue, parfois nommée par voie indirecte et sans vérification de la source.

Suivons, tout d'abord, les traces de « ce qu'il est convenu d'appeler "l'École de Paris" » dans le sens large que Bernard donne à l'expression : les compositeurs étrangers ayant passé au moins une partie de leur vie dans la capitale française. Une étape importante du processus d'établissement de cette convention nominative est le paragraphe « L'École de Paris » inclus par Henry Prunières, fondateur et directeur de *La Revue musicale*, dans son étude sur « Les tendances actuelles de la musique » (1936) :

> *L'École de Paris*. Le mouvement musical au cours de ces dernières années avait pour axes Paris et Berlin qui, depuis peu, avait détrôné Vienne. Les récents événements tendent à faire de Paris le centre le plus important où s'élabore la musique de l'avenir. Si les musiciens français jouent en la circonstance un rôle important, ils [*sic*] s'en faut de beaucoup qu'ils soient les seuls à participer à ce mouvement. La liberté dont on jouit à Paris[14], les facilités pour les artistes de s'y faire connaître, y ont attiré un grand nombre d'étrangers qui constituent ce qu'on pourrait appeler l'« école de Paris ». Strawinsky, depuis la guerre, s'est fixé en France et vient d'ailleurs de se faire naturaliser Français, les Russes Prokofieff, Igor Markewitch, Obouhow, Wischnegradsky, Nabokoff, Arthur Lourié, Alexandre Tcherepnine, Julien Krein, le Tchèque Martinu, les Polonais Alexandre Tansman, Jersy [*sic*] Fitelberg, les Suisses Honegger et Conrad Beck, le Roumain Mihalovici, les Hongrois H. Neugeboren, Tibor Harsanyi, etc., y résident habituellement. Plusieurs réfugiés allemands, dont Kurt Weill, viennent de s'y établir. Ainsi vont s'affronter de plus près encore des doctrines antagonistes qui finiront peut-être par se concilier en une esthétique nouvelle. Peut-être les éléments d'une nouvelle langue internationale sont-ils en voie d'élaboration[15] ?

« Ce qu'on pourrait appeler l'"École de Paris" ». Prunières suggère indirectement qu'il est l'un des premiers, voire le premier, à utiliser cette expression. Cependant, on peut trouver d'autres critiques l'ayant proposée avant lui. Henri Petit, critique du *Courrier musical*, écrit en 1930 en parlant de Tansman et Martinů :

> L'un Polonais, l'autre Tchèque, mais tous deux de l'« École de Paris », dirait-on s'ils étaient peintres ou sculpteurs[16].

---

13. Cette dernière formulation se trouve dans *DMH*, art. « Mihalovici, Marcel », vol. 2, 1979, p. 830. Pour les autres, voir ci-après dans ce chapitre. Nous avons déjà rencontré des tournures similaires chez les animateurs radiophoniques ci-dessus, au chapitre I.

14. Le thème de la liberté parisienne (et de ses limites) comme moteur poussant les étrangers à s'établir dans la Ville Lumière a été développé dans André Kaspi et Antoine Marès (dir.), *Le Paris des étrangers, depuis un siècle*, Paris, Imprimerie nationale, 1989, partie 1, « Le Paris des libertés ».

15. Henry Prunières, « Les tendances actuelles de la musique », *La Revue musicale*, 1er février 1936, p. 81-88, ici p. 84. Sur la question de l'internationalisme, voir ci-après au chapitre VII.

16. Henri Petit, « Trio Filomusi », *Le Courrier musical*, 1er décembre 1930, p. 712.

Petit ne fait ici qu'étendre aux compositeurs une étiquette habituellement appliquée aux artistes visuels étrangers résidant à Paris[17]. André Schaeffner, en 1933, utilise le même mécanisme d'extension et il le fait dans *Beaux-Arts*, une revue spécialisée en arts visuels, domaine dans lequel les lecteurs étaient habitués depuis une dizaine d'années à l'équation « École de Paris = artistes étrangers à Montparnasse » :

> Il existe également un « Montparnasse » des musiciens; peu importe s'il déborde les frontières d'un arrondissement, mais les propos qui s'y entendent pourraient être mis en parallèle avec ceux des peintres[18].

Au demeurant, Leonid Sabaneiev, dans son étude de 1927 sur les compositeurs russes contemporains, intitule un des chapitres « The Russian-Parisian School » (L'École russo-parisienne), en spécifiant que « ce "groupe parisien" n'est pas une bande de personnes partageant des visions similaires, mais uniquement un regroupement géographique »[19]. Toutefois, selon Sabaneiev, il y aurait « quelques connexions profondes entre eux qui justifieraient le fait que nous les regroupions ensemble[20] ». Le type de connexions avancé par le musicologue est du genre « école = suivre un maître » :

> Comme ce groupe se trouvait en France, il est inexorablement et inévitablement tombé sous l'emprise lourde et despotique du dieu musical de notre époque, Igor Stravinski. [...] Et puisqu'un autre maître de la musique contemporaine russe, Prokofiev, était à Paris, les musiciens russes émigrés [...] se rangeaient sous l'égide de ces deux puissantes personnalités musicales[21].

Parmi ces compositeurs « fugitifs », le musicologue russe choisit de parler d'Alexandre Tchérepnine, d'Arthur Lourié et de Nicolas Obouhov, en étant conscient de n'en sélectionner qu'un petit nombre et d'omettre les plus jeunes (« excluant ainsi sans doute ceux destinés à se révéler comme étant les plus "talentueux" »[22]).

Le fait de parler d'École de Paris au sujet des compositeurs étrangers dans la capitale demeure très rare dans la presse de l'époque, et il en va de même dans les programmes

17. Pour l'histoire et les implications de l'expression « École de Paris » en histoire de l'art, voir ci-après au chapitre IV.

18. André Schaeffner, « La musique – Romances sans paroles », *Beaux-Arts*, 28 juillet 1933, p. 5.

19. « *This "Parisian Group" is not a musical band of persons holding similar views, but merely a geographical one* ». Leonid Sabaneyeff [Sabaneiev], *Modern Russian Composers*, [New York], International Publishers, 1927, chap. « The Russian-Parisian School », p. 235-241, ici p. 235.

20. « *Some inner connection among them to justify our grouping them together in this way* ». *Ibid.*

21. « *Finding itself in France, this group came fatally and unavoidably under the heavy and despotic hand of the musical god of our time, Igor Stravinski. [...] And as another master of contemporary Russian music, Prokofyieff, also happened to be in Paris, the Russian musical emigrants [...] organised under the ægis of these two mightly musical individualities* ». *Ibid.*

22. « *Although in omitting the youngest we are perhaps excluding those destined to prove most "talented"* ». *Ibid.*, p. 236. Dans des ouvrages plus récents sur les Russes à Paris, l'idée de groupement est plus faible. Aucun « groupe » ne sera évoqué par Frans C. Lemaire dans le chapitre « La Russie à Paris » (p. 83-88) de son ouvrage *Le destin russe et la musique : un siècle d'histoire de la Révolution à nos jours* (Paris, Fayard, 2005). Plus drastiquement, Hélène Menegaldo ne traite d'aucun compositeur dans son ouvrage *Les Russes à Paris, 1919-1939* (Paris, Autrement, 1998) : elle ne parle que de Diaghilev et des Ballets russes, en nommant en passant Prokofiev en qualité d'auteur du *Pas d'acier* (p. 83). Dans ce livre, l'expression « École de Paris » est par contre utilisée pour parler de la poésie russe à Paris : « Le rapprochement avec l'art et la littérature de l'Occident se manifeste avec éclat dans "l'école de Paris" de la poésie russe » (p. 28; voir aussi p. 88).

de concerts. Si les critiques d'art utilisent l'expression de manière systématique, en musique cela demeure un phénomène marginal. Le seul passage que nous avons trouvé où un critique prend sur ses épaules la responsabilité d'utiliser l'expression « École de Paris » est un compte rendu d'Arthur Hoérée paru dans *La Revue musicale* en 1929. Dans la rubrique consacrée à la recension des partitions récemment parues, le jeune compositeur et critique introduit ainsi les *Cinq Mélodies* d'Alexandre Tansman fraîchement publiées par La Sirène musicale :

> La « Sirène musicale » poursuit sa croisade en faveur de la jeune musique. J'allais écrire : en faveur de la jeune musique française. Il faut dire : de la jeune musique de l'école de Paris, visant ainsi cette pléiade de remarquables jeunes talents où se coudoient des Français mais aussi les étrangers qui ont choisi Paris pour centre et participent de sa tendance tout en gardant leur caractère national [23].

Hoérée parle d'une « pléiade » constituée par des étrangers aussi bien que des Français : comme Sabaneiev le faisait deux ans auparavant, il considère tout d'abord le lien géographique comme étant l'élément commun entre les compositeurs d'une École de Paris. Mais qui sont ces compositeurs ?

> Alexandre Tansman, compositeur polonais établi dans la capitale depuis près de deux lustres, est un de ces musiciens les plus représentatifs de cette brillante école, qui compte encore un Harsanyi, un Martinu, un Conrad Beck, un Mahalovici [*sic*] et Arthur Honegger, si l'on s'en tient aux étrangers, aux « sans patrie » comme il se dit en Allemagne (*Heimatlos*) [24].

Quelques mois plus tard, dans le compte rendu d'un concert d'œuvres de Harsányi, Hoérée tient à s'attribuer la paternité de l'expression « École de Paris » :

> Le jeune musicien hongrois [...] occupe, dès à présent, une place enviable dans ce que j'ai appelé l'École de Paris [25].

Cependant, cette primeur assumée par Hoérée a été vite oubliée. Mis à part ceux qui attribueront l'utilisation de l'expression à José Bruyr ou à Claude Chamfray, la plupart des critiques et surtout des historiens l'utiliseront de manière indirecte (« évidentielle » ou « médiative », selon une terminologie de linguistique – c'est-à-dire en marquant l'énoncé de manière à « indiquer la source ou la nature de la source d'où provient l'information transmise », afin de ne pas endosser la responsabilité de l'information donnée) [26]. Par exemple, André Cœuroy parlera en 1936 de « *ce qu'on appelle* l'école

23. Arthur Hoérée, « Chant et piano », *La Revue musicale*, décembre 1929, p. 184-186, ici p. 185.

24. *Ibid.* Remarquons l'inclusion de Honegger, significative puisqu'elle démontre la conception très ouverte que Hoérée avait de l'expression « École de Paris », pas un groupe parmi d'autres (Honegger, en tant que membre des Six, en aurait été exclu), mais un milieu partagé. Nous remarquerons à plusieurs reprises que Honegger était considéré comme un étranger par la plupart des critiques musicaux de l'époque, puisque de famille et de nationalité suisses. Honegger était pourtant né au Havre, où il a passé toute son enfance et a fait ses études musicales, exception faite de deux années au Conservatoire de Zurich (1911-1913).

25. Arthur Hoérée, « Œuvres vocales, avec accompagnement de piano, par Tibor Harsanyi (S. M. I.) », *La Revue musicale*, mai 1930, p. 537-538, ici p. 537.

26. Hans Kronning, « Modalité et médiation épistémiques », dans Régine Delamotte-Legrand (dir.), *Les médiations langagières*, actes du colloque *La médiation : marquages en langue et en discours* (Université de Rouen, décembre 2000), 2 vol., Rouen, Publications de l'Université de Rouen, 2004, vol. 1 : *Des faits de langue aux discours*, p. 35-65, ici p. 35 : « Notre connaissance du monde est souvent, pour diverses raisons,

de Paris » [27] : il marque donc son énoncé pour prendre ses distances, sans pour autant enrichir l'information.

Soit dit en passant, nous pouvons parfois observer la présence d'un marquage médiatif de la part des critiques dans des cas qui ne le demanderaient pas du tout, comme celui-ci : « Sur la scène de l'Atelier, la petite école dite *d'Arcueil* se présentait à nouveau devant le public » [28]. L'École d'Arcueil est un groupe né sous ce nom par un acte fondateur de la part de ses membres (Henri Cliquet-Pleyel, Roger Desormière, Maxime Jacob et Henri Sauguet), qui voulaient, en s'appelant ainsi, rendre hommage à leur mentor Erik Satie, résidant à Arcueil. Par conséquent, il ne s'agit pas d'une « école *dite* d'Arcueil », mais d'un véritable groupe appelé « École d'Arcueil » [29]. Ajoutons un détail : avant de constituer l'École d'Arcueil, Sauguet avait formé à Bordeaux un « Groupe des Trois » avec Jean-Marcel Lizotte et Louis Émié [30]. Ajoutons aussi une curiosité : dans son compte rendu du premier concert de l'École d'Arcueil (Collège de France, 14 juin 1923), Michel Benisovich n'écrit jamais « École d'Arcueil », mais « Quatre » : « Voici des jeunes qui entrent dans la carrière sous les auspices de M. Erik Satie. [...] Ces "Quatre" sont : MM. Henri Cliquet-Pleyel, Roger Désormière, Maxime Jacob et Henri Sauguet » [31].

Même si les textes que Hoérée a écrits sur les jeunes artistes étrangers sont très nombreux, nous n'avons pas trouvé d'autres passages où il utilise l'expression « École de Paris » [32]. Toutefois, l'écriture n'était pas le seul moyen utilisé par le critique musical

imparfaite. Aussi le langage nous offre-t-il des moyens d'opérer une *modalisation épistémique* des énoncés, grâce à laquelle nous pouvons présenter les énoncés comme plus ou moins probables, ainsi que la possibilité de mettre en œuvre un *marquage médiatif* (évidentiel) des énoncés, marquage par lequel nous pouvons indiquer la source ou la nature de la source d'où provient l'information transmise par les énoncés » (c'est l'auteur qui souligne). Sur le même thème, voir aussi le numéro de *Langue française* consacré à *Modalité et évidentialité en français* (n° 173, 2012).

27. André Cœuroy, « Bartok; Lajtha; Musique hongroise », *Beaux-Arts*, 19 juin 1936, p. 5. Rappelons que les lecteurs de *Beaux-Arts* étaient certainement habitués à entendre l'expression « École de Paris » relativement au milieu des arts visuels.

28. André Schaeffner, « L'Atelier (5 avril) », *Le Ménestrel*, 11 avril 1924, p. 166 (c'est l'auteur qui souligne).

29. Le directeur du *Monde musical* et cofondateur, avec Alfred Cortot, de l'École normale de musique Auguste Mangeot souligne que, six mois après son premier concert, l'École d'Arcueil subsiste toujours en tant que groupe, et ce, parce que ses membres ne sont pas encore assez célèbres pour gagner leur indépendance, à la différence des anciens Six : « Un groupe de compositeurs réunis sous la firme [*sic*] d'*École d'Arcueil*, qui succède au groupe des Six, définitivement *dissociés*, plusieurs d'entre eux, nous affirme Erik Satie, étant "irrémédiablement entrés dans la Gloire". Tel n'est pas le cas assurément de ceux qui composent – par amitié d'Erik Satie, vieil habitant de cette commune – l'École d'Arcueil ». Auguste Mangeot, « Théâtre des Champs Elysées : Les Ballets suédois; L'École d'Arcueil; *La Création du monde; L'Immigrant* », *Le Monde musical*, novembre 1923, p. 358-359, ici p. 358 (c'est l'auteur qui souligne).

30. Voir Bruno Berenguer, « Henri Sauguet et le Groupe des Trois », dans Bruno Berenguer (dir.), *Henri Sauguet : amitiés artistiques*, actes du colloque *Henri Sauguet, un artiste bordelais en son temps* (Bordeaux, 19 mai 2001), Anglet, Atlantica, 2003, p. 33-53.

31. Michel Benisovich, « Séance d'avant-garde », *Le Courrier musical*, juillet 1923, p. 268.

32. Arthur Hoérée collaborait à plusieurs revues; il publiait régulièrement notamment dans *La Revue musicale* et *Comœdia*, plus sporadiquement dans *Candide* ou *Le Ménestrel*. De 1923 à 1928, il a été chroniqueur musical aux *Beaux-Arts*. Une liste des nombreuses revues auxquelles Hoérée a collaboré se trouve répertoriée dans « La carrière polymorphe d'Arthur Hoérée », *Zodiaque*, n° 128, avril 1981, numéro spécial *Hommage à A. Hoérée et A. Peeters*, p. 17-43, ici p. 40-41. Pour l'analyse des « occasions manquées » de l'École de Paris – c'est-à-dire des occasions où, selon la définition que les histoires de la musique en donnent, il aurait été logique d'utiliser l'expression, et au contraire elle est absente du discours – voir ci-après aux chapitres V et VI.

Hoérée. Comme on l'apprend dans le numéro que la revue *Zodiaque* a consacré au compositeur en 1981, « [dès] 1929, chaque quinzaine, il donne au poste de la Tour Eiffel un festival consacré à un musicien appartenant à la modernité »[33]. Parmi les protagonistes de son émission radiophonique, on trouve « Fauré, d'Indy, Ropartz, Le Flem, Debussy, Roussel, Ravel, Casella, Milhaud, Honegger, Ibert, *Mihalovici, Harsanyi, Tansman* »[34]. Cela nous amène à développer la réflexion déjà amorcée dans l'introduction à cette première partie, à savoir la question de la dimension orale du discours. On aura beau dépouiller toutes les revues qui paraissaient à Paris dans l'entre-deux-guerres, cet effort ne donnera qu'un résultat incomplet. On pourrait probablement « tout lire », mais cela ne suffirait pas à retracer l'entièreté du discours : sa composante orale restera à jamais insaisissable pour l'historien. Il est possible que Hoérée ait parlé d'« École de Paris » à la radio. Il est d'ailleurs probable qu'il n'ait pas été le seul à employer cette appellation, et qu'« École de Paris » ait été une expression utilisée couramment à l'oral, sans qu'il soit utile d'en expliciter davantage le sens par écrit (à l'occasion d'un compte rendu ou d'un article spécifique), justement parce que tout le monde comprenait aisément de quoi il s'agissait. La façon dont José Bruyr, dans son interview avec Mihalovici publiée dans *L'écran des musiciens* (1933), fera allusion à « ce petit groupe » dont l'interviewé ferait partie semble un écho d'une pratique discursive orale que tout le monde connaissait et qui permet au critique de se limiter à faire un clin d'œil[35].

Toutefois, le fait que Claude Chamfray ait affirmé six ans après les comptes rendus d'Hoérée qu'elle entendait alors pour la première fois « École de Paris » appliquée au milieu musical (et non seulement artistique) semble contredire cette impression : l'utilisation de l'expression n'était peut-être pas si répandue, ou du moins n'était pas standardisée. C'est lors d'une interview avec László Lajtha en 1936 que Chamfray aurait eu cette révélation :

> C'est chez László Lajtha que, pour la première fois, j'entendis l'expression « école de Paris » appliquée à la musique[36].

Chamfray donne la parole à Lajtha, en citant l'entretien qu'elle eut avec le musicien lors de « son dernier passage » (Lajtha était professeur à Budapest). Cela confirmerait donc que la « première fois » a bien été à l'occasion de cette interview :

> [Lajtha :] Comme pour la peinture [...] il existe en musique une école de Paris, formée de musiciens étrangers aussi bien que français. Sa caractéristique est faite de tendances négatives plutôt que positives. On y trouve par-dessus tout le sentiment sain de la sonorité, d'une sonorité qui peut être neuve, inattendue, mais toujours belle, équilibrée et convaincante. Elle ne représente pas l'école d'un seul maître, non plus que les disciples élaborant minutieusement ses initiatives, mais un ensemble riche de personnalités dont l'activité crée une atmosphère de liberté[37].

---

33. *Ibid.*, p. 20.

34. *Ibid.*, p. 20-22 (c'est nous qui soulignons).

35. Nous analyserons en détail les entretiens de Bruyr plus loin, au début du chapitre VI. Le passage cité est tiré de Bruyr, *L'écran des musiciens*, 2e série, Paris, Corti, 1933, p. 72.

36. Claude Chamfray, « Lajtha », *Beaux-Arts*, 1er mai 1936, p. 6.

37. *Ibid.* L'entretien avec László Lajtha s'insère dans une série d'entretiens publiés par Chamfray dans *Beaux-Arts* en 1935-1936. Beaucoup de compositeurs étrangers à Paris sont interviewés par la critique

Le discours de Lajtha ainsi rapporté par Chamfray s'insère dans la tradition qui étend l'expression « École de Paris » de la peinture à la musique. L'affirmation qu'elle serait formée « de musiciens étrangers aussi bien que français » semble s'éloigner de la donnée purement géographique présentée par Hoérée, pour aller dans la direction d'une conception *stylistique* d'École de Paris. Nous explorerons cette question plus tard, dans le chapitre VIII. Pour l'instant, limitons-nous à en signaler un écho dans l'article, déjà cité, que Barbara Kelly a consacré à Harsányi dans le *GMO*, où elle nomme, comme représentants de l'École de Paris, Tansman (un étranger) et Rosenthal (né et mort à Paris, bien que de père russe)[38].

Un autre document où il est question à la fois d'École de Paris et d'Hoérée est une lettre qu'Albert Roussel adressa à ce dernier le 9 janvier 1930, soit dans les semaines suivant l'article où Hoérée parlait de « la jeune musique de l'École de Paris »[39] :

> Mon cher ami,
> J'ai mûrement réfléchi, depuis hier soir, à la question dont vous m'avez entretenu, au groupement que vous voulez former et dont, comme je vous l'ai dit, je ferais bien volontiers partie. [...] Une réunion de compositeurs ayant, sinon la même esthétique, ce qui serait ridicule, du moins les mêmes tendances, s'estimant mutuellement, donnant des concerts de leurs œuvres ou d'œuvres des autres, mais ne constituant pas une Société « organisée », n'ayant ni bureau ni secrétaire et n'ayant à informer le public ni de leurs projets ni des liens amicaux qui les unissent – cela, très bien, c'est une idée charmante et que j'approuve entièrement. Mais construire une nouvelle petite chapelle à côté de tant d'autres auxquelles le public ne s'intéresse même plus et qui meurent peu à peu de leur belle mort, lancer un manifeste, prendre un nom et une bannière! Songez donc : la Nationale, la S.M.I., le Groupe des Six, l'école d'Arcueil... *et maintenant l'École de Paris?...* Croyez-vous vraiment qu'il faille tenter cette aventure-là? [...] Du moment où vous constituez un groupement d'où vous excluez de parti pris quelques musiciens de votre génération de grand talent, vous aboutirez fatalement, que vous le vouliez ou non, à une rivalité et à une petite guerre sournoise [...][40].

Cette lettre ouvre une perspective inattendue : Hoérée aurait envisagé de créer une nouvelle association et de l'appeler École de Paris. Ce document se réfère à une

(Obouhov, Tansman, Enesco, Mompou, Spitzmüller, Mihalovici, Martinů), mais jamais ailleurs ne parle-t-on d'École de Paris. Dans un article ultérieur, Chamfray citera ses entretiens avec les jeunes compositeurs « que Lajtha groupait un jour, très justement, sous l'appellation d'École de Paris » (Claude Chamfray, « Y aura-t-il une musique de guerre? Une enquête », *La Revue musicale*, 1er décembre 1939, p. 146-152, ici p. 147). Maria Nyeki fait probablement référence à cet article quand elle affirme que, « malgré de brefs séjours à Paris, [Lajtha] fut considéré comme membre à part entière de l'*École de Paris* à tel point que, selon Claude Chamfray, il aurait été même le premier à appliquer cette expression à un groupe de musiciens [...], la plupart d'origine étrangère et surtout d'Europe centrale (Harsányi, Martinu, Tansman, Beck, Mihalovici) », tous « étroitement associés aux concerts du Triton ». Maria Nyeki, « Les Hongrois et leur musique », dans Danièle Pistone (dir.), *Musique et musiciens à Paris dans les années trente*, Paris, Champion, 2000, p. 533-545, ici p. 541 (c'est l'auteure qui souligne).

38. Arthur Hoérée et Barbara Kelly, art. « Tibor Harsányi », dans *GMO*, http://www.oxfordmusiconline.com/subscriber/article/grove/music/12457, consulté en septembre 2013. Voir ci-dessus au chapitre I.

39. Hoérée, « Chant et piano » (1929).

40. Lettre d'Albert Roussel à Arthur Hoérée, 9 janvier 1930; repris dans Albert Roussel, *Lettres et écrits*, textes réunis et présentés par Nicole Labelle, Paris, Flammarion, 1987, lettre n° 114, p. 149-150 (c'est nous qui soulignons).

conversation tenue le soir précédant sa rédaction, c'est-à-dire le 8 janvier 1930. La seule trace que nous avons repérée de ce projet est la note explicative que Nicole Labelle a jointe à la lettre de Roussel lors de la publication de la correspondance du compositeur :

> Les compositeurs A. Tansman, A. Honegger, E[dgar(d)] Varèse, A. Hoérée, le chef d'orchestre Vl[adimir] Golschmann s'étaient regroupés dans le but de former ce nouveau groupe qui se serait appelé l'École de Paris. Par ailleurs, cette école a bien existé et s'est formée vers 1925, ne regroupant que des compositeurs étrangers installés à Paris (C. Beck, T. Harsanyi, B. Martinů, M. Mihalovici, A. Tansman, A. Tcherepnine auxquels s'adjoindront plus tard des sympathisants)[41].

Labelle ne donne pas de source appuyant ses affirmations[42]. Si, pour la seconde phrase, elle s'est évidemment appuyée sur la vulgate véhiculée notamment par René Dumesnil (l'évocation de l'année 1925 est significative)[43], le projet d'Hoérée ne se trouve cité nulle part ailleurs dans les histoires de la musique nommant l'École de Paris[44].

Dix ans plus tard, le 15 janvier 1940, Claude Chamfray utilisera encore une fois l'expression « École de Paris » dans *Beaux-Arts*. Son article a comme sujet la nouvelle Association de musique contemporaine (AMC), un « groupe amical de compositeurs parisiens » né dans le but de « maintenir, dans la mesure du possible, un contact spirituel entre les auditeurs et le mouvement musical de notre temps », même pendant la guerre, par l'organisation d'« un cycle de matinées consacrées à la musique de chambre contemporaine »[45] :

> Un Comité s'est constitué, comprenant des musiciens français et étrangers, ces derniers appartenant depuis longtemps à l'*École musicale de Paris*. [...] Bohuslav Martinu, Tibor Harsanyi, Tcherepnine et Mihalovici[46].

41. *Ibid.*, p. 318, lettre 114, n. 1.

42. Selon l'éditrice de la correspondance de Roussel, Nicole Labelle, cette lettre proviendrait des Archives Hoérée que nous n'avons pas réussi à localiser.

43. Voir ci-après, « Un groupe : École de Paris au(x) sens étroit(s) ».

44. Seule exception, Michel Duchesneau (*L'avant-garde musicale à Paris de 1871 à 1939*, Sprimont, Mardaga, 1997) fait référence à la note de Labelle aux p. 109 et 146 (n. 45), soit aux passages cités par Cédric Segond-Genovesi dans son introduction à Alexandre Tansman, *Regards en arrière : itinéraire d'un musicien cosmopolite au XXe siècle*, texte édité par Cédric Segond-Genovesi avec la collaboration de Mireille Tansman Zanuttini et Marianne Tansman Martinozzi, Château-Gontier, Aedam musicae, 2013, p. 55, n. 27. Voir ci-dessus l'Introduction.

45. Voir le document dactylographié conservé dans le Fonds de programmes de concert, Association de musique contemporaine (BnF, Musique), qui précise : « Ces réunions auront lieu chaque dimanche à 10 heures 45 du matin, dans la salle des Archives Internationales de la Danse, 6, rue Vital, 16e ». Voir aussi Yannick Simon, *Composer sous Vichy*, Lyon, Symétries, 2009, p. 17-18.

46. Claude Chamfray, « Un nouveau groupe : "Musique contemporaine" », *Beaux-Arts*, 15 janvier 1940, p. 39 (c'est nous qui soulignons). Une photo conservée dans le Centre Bohuslav Martinů de Polička et disponible en ligne sur le site *Bohuslav Martinů* (http://www.martinu.cz, site regroupant la Nadace [Fondation] Bohuslava Martinů, l'Institut Bohuslava Martinů, l'International Martinů Circle, la Společnost [Société] Bohuslava Martinů, la Bohuslav Martinů Stiftung et le Centrum [Centre] Bohuslava Martinů) témoigne de cet esprit de groupe datant du début de la Guerre : prise à Paris le 15 mai 1940, elle montre une vingtaine de personnes assises aux petites tables d'un café, dont Martinů, Mihalovici, Tansman, Tchérepnine, ainsi qu'Auric, Poulenc et Pierre Bernac (http://database.martinu.cz/photos/public_view/128, référence « foto0126 », consulté en février 2015).

Voilà un autre exemple d'École de Paris au sens large (« l'École musicale de Paris », comme il existe une École picturale de Paris), où, toutefois, un noyau de compositeurs ressort : Martinů, Harsányi, Tchérepnine et Mihalovici (auxquels on pourrait ajouter Tansman et Beck, au moins) sont des compositeurs de l'École de Paris au sens qu'ils sont des étrangers intégrés au milieu artistique parisien de l'entre-deux-guerres, en plus de participer souvent aux mêmes initiatives – le comité de l'AMC et auparavant celui du Triton en sont des exemples –, ce qui a probablement amené à les considérer comme un groupe et, par extension, comme l'École (musicale) de Paris tout court. Une tendance qui, comme nous l'avons déjà vu dans les encyclopédies et comme la prochaine section de ce chapitre le montrera en détail, ne tardera pas à s'affirmer dans l'historiographie musicale. Cependant, participer aux mêmes initiatives ou fréquenter les mêmes associations n'est pas, en soi, synonyme de groupement / école (dans tous les sens : économique, publicitaire, esthétique, technique…). La preuve en est que, si l'on regarde les programmes des premiers concerts de l'AMC, ces compositeurs n'apparaissent jamais ensemble : ce qui est le contraire exact de se présenter comme un groupe (tableau 2)[47]. Les prétendus membres d'un groupe restreint qui s'appellerait « École de Paris » (noms soulignés) figurent dans le même concert une seule fois, à l'occasion de l'exécution des albums collectifs *Parc d'attractions Expo 1937* et *À l'Exposition*.

Nous avons mentionné ci-dessus le comité du Triton. Celui-ci était, en réalité, double : un *comité d'honneur* (Béla Bartók, Alfredo Casella, Paul Dukas, Manuel de Falla, Maurice Ravel, Albert Roussel, Florent Schmitt, Arnold Schoenberg, Richard Strauss, Igor Stravinski, Karol Szymanowski) et un *comité actif* (en 1932 : Pierre-Octave Ferroud, Tibor Harsányi, Arthur Honegger, Jacques Ibert, Darius Milhaud, Marcel Mihalovici, Sergueï Prokofiev, Jean Rivier, Henri Tomasi ; en 1934, s'ajoutent : Henry Barraud, Marcel Delannoy, Claude Delvincourt, Jean Françaix, Filip Lazăr, Igor Markevitch, Bohuslav Martinů[48], Gustavo Pittaluga, Francis Poulenc). Cœuroy, en 1938, avait commenté la programmation du Triton en distinguant les « Français et assimilés » (dont Lourié et Tansman)[49] d'un côté, et les « étrangers » de l'autre – ces derniers comprenant Harsányi, Martinů, Mihalovici, ainsi que de Falla et Prokofiev, « déjà classiques »[50]. Si, pour Cœuroy, une École de Paris existait, sous n'importe quelle forme, elle n'était certainement pas une entité homogène.

---

47. Nous approfondirons la question de la présence / absence de concerts de l'École de Paris au sens étroit au chapitre V.

48. L'absence de Martinů du comité du Triton avait été remarquée par André Schaeffner en ces termes : « Deux choses se remarquent : la présence de Milhaud dans les deux comités [de La Sérénade et du Triton] et l'absence de Martinů auprès de ses amis du Triton » (André Schaeffner, « Musique contemporaine », *Beaux-Arts*, 10 février 1933, p. 5).

49. Si Lourié avait obtenu la citoyenneté française en 1926, Tansman ne sera naturalisé qu'en juin 1938, c'est-à-dire quelques mois après l'article de Cœuroy : le mot « assimilés », par conséquent, ne peut être expliqué par une assimilation juridique.

50. André Cœuroy, « Le Triton », *Beaux-Arts*, 21 janvier 1938, p. 6. Pour une division plus nette entre jeunes français et étrangers, voir Florent Schmitt, « Les concerts », *Le Temps*, 20 janvier 1934, p. 3 : « Il y a […] en ce moment en France une bonne demi-douzaine de jeunes compositeurs de talent authentique » ; « côté France », il nomme Pierre-Octave Ferroud, Marcel Delannoy, Louis Aubert, Paul Le Flem (pas si jeune, étant né en 1881), Jeanne Leleu, Claude Delvincourt, Henri Martelli, André Caplet (né en 1878) ; « parmi les "étrangers" », il cite Harsányi, Petros Petridis, Mihalovici et F. Bozza (?).

7 janv. 1940 [conc. 1]	Milhaud; Bondeville; Barraud; Harsányi; Schmitt
14 janv. 1940 [conc. 2]	Honegger; Tomasi; Rosenthal; Martelli; Ravel; Roussel; Tansman
21 janv. 1940 [conc. 3]	N. Tchérepnine; Delvincourt; Delannoy; Jaubert; Brero; Debussy
28 janv. 1940 [conc. 4]	Stravinski; Bartók; Roussel; Beck
[conc. 5]	[programme non trouvé]
[conc. 6]	[programme non trouvé]
18 févr. 1940 [conc. 7]	Bartók (x 2); Delvincourt; A. Tchérepnine (par Harsányi et l'auteur); Ravel; Milhaud
25 févr. 1940 [conc. 8]	Roger-Ducasse; Mihalovici; Auric; Ravel
14-15 mars 1940	*Le Parc d'attractions, à l'Exposition* (Tansman [deux pièces], A. Tchérepnine, Milhaud, Delannoy, Ibert, Mompou, Harsányi, Rieti, Bondeville, Tailleferre, Auric, Martinů, Schmitt, Honegger, Sauguet, Mihalovici, Poulenc, Halffter, Martelli)
24 mars 1940 [conc. 12]	Baudrier; Capdevielle; Tansman; Messiaen; J. Cras; Harsányi
17 avr. 1940	Concert symphonique à la Salle des concerts du Conservatoire, dir. Charles Münch : Delannoy; Delvincourt; A. Tchérepnine; Rosenthal; Harsányi
25 nov. 1940	Salle Chopin : Jaubert; Daniel-Lesur; Rivier; Honegger; Roussel

Tableau 2. La présence des musiciens considérés « membres » de l'École de Paris dans les premiers concerts de l'AMC (1940) [51].

La présence de l'École de Paris au sens large d'« étrangers à Paris » apparaît ultérieurement (après Bernard) dans des volumes d'histoire de la musique des années 1950. Henri Barraud, dans *La France et la musique occidentale* (1956), termine son sommaire du chapitre 10 avec « L'école de Paris ». Son sens de l'expression est encore plus large et comprend tous les artistes étrangers qui, « *au cours des siècles,* [sont] venus vivre et produire à Paris » [52]. Parmi « tous ces musiciens qu'on a groupés sous le titre générique "école de Paris" », Barraud liste « Rossini, Chopin, Liszt, Glazounov, Albeniz, Manuel de Falla, Enesco, Strawinsky, Prokofiev, Honegger et, parmi les plus jeunes, Martinu, Tchérepnine, Harsanyi, Mihalovici, Conrad Beck, Markevitch » [53].

51. Programmes conservés dans le Fonds de programmes de concert, Association de musique contemporaine (BnF, Musique). Le fonds n'est pas complet et nous n'avons pu retracer les programmes des deux concerts qui auraient eu lieu entre le 28 janvier et le 18 février 1940, une période où toutes les revues musicales annonçant les concerts de la semaine avaient cessé leurs activités de publication en raison de la guerre (le *Guide du concert* ne reprendra qu'en 1945, et *L'Information musicale* naîtra en novembre 1940).

52. Henri Barraud, *La France et la musique occidentale*, Paris, Gallimard, 1956, p. 148 (c'est nous qui soulignons).

53. *Ibid.*

Dans *La musique contemporaine* (1954) de Pierre Wolff, l'expression « École de Paris » est largement utilisée. Même si Wolff n'arrive pas à la définir comme un groupe fermé auquel appartiendraient cinq ou six compositeurs bien identifiés (tel sera le discours prédominant à partir des années 1960), il laisse transparaître par son discours que « ce qu'on a appelé l'"école de Paris" » n'est pas ouvert non plus. Tout d'abord, il limite l'application de cette étiquette à un cadre chronologique bien précis, à savoir

> l'extraordinaire bouillonnement musical du Paris d'après la Première Guerre mondiale, bouillonnement fécondant qui devait durer une douzaine d'années, et au milieu duquel les musiciens de l'univers fraternisaient dans ce qu'on a appelé l'« école de Paris »[54].

La limitation aux années d'après la Première Guerre mondiale exclut-elle du groupement, selon Wolff, des musiciens étrangers arrivés avant – Stravinski notamment ? Ou bien, justement parce que Wolff parle surtout d'un *Zeitgeist* propice à la fraternisation, l'École de Paris serait-elle un concept très large comprenant tous les artistes – étrangers ou français, jeunes ou vieux – qui se trouvèrent à partager le frémissement des années folles dans la Ville lumière ? Des passages tirés des sections du livre dédiées aux « écoles étrangères » nous font pencher vers la seconde hypothèse : l'École de Paris serait un groupe de musiciens étrangers qui ont bénéficié du climat culturel parisien d'après-guerre :

> Alexandre Tansman (1897) appartient à cette École de Paris qui, entre les deux guerres, a bénéficié du bouillonnement musical de la capitale, écouté le chant de toutes les sirènes, et dont on ne peut pas dire que les tenants aient subi une influence dominante[55].
>
> Bohuslav Martinu (1890) est un des plus éminents représentants de l'école de Paris[56].
>
> Filip Lazar et Marcel Mihalovici sont tous les deux des représentants de l'école de Paris. [...] Marcel Mihalovici (1948) paraissait au début de sa carrière très influencé par le *Sacre* de Stravinski, comme c'était le cas de la plupart des membres de l'école de Paris[57].

Il faut comprendre que si les « *membres* de l'école de Paris » étaient influencés par le *Sacre du printemps* (1913), son auteur, Stravinski, ne figure cependant pas parmi eux, selon Wolff. Le terme « membres » est révélateur d'une conception historiographique très restrictive de la définition d'« École de Paris ». Une approche qui tend à la définir comme un groupe et qui s'affirme dans les histoires de la musique à partir des années 1960.

Un groupe : École de Paris au(x) sens étroit(s)

> Il y a trente ans, la musique a été bouleversée par un groupe de jeunes compositeurs français connus comme « Les Six ». Eux-mêmes ils ont été bouleversés par deux éminents compositeurs [...]. L'un des deux, Schoenberg, était un Autrichien austère, l'autre,

54. Pierre Wolff, *La musique contemporaine*, Paris, Nathan, 1954, p. 199.
55. *Ibid.*, p. 310.
56. *Ibid.*, p. 311.
57. *Ibid.*, p. 313-314.

> Stravinski, un Russe imprévisible devenu bientôt cosmopolite. Ce dernier vivait surtout à Paris et était à la tête d'un autre groupe connu comme « L'École de Paris »[58].

Ce type de récit, selon lequel l'École de Paris serait un groupe à l'instar du Groupe des Six, avec des membres bien identifiés[59] et même un leader (ici, Stravinski)[60], sera de plus en plus fréquent dans l'historiographie d'après-guerre et particulièrement à partir des années 1960.

L'imposante *Histoire de la musique de l'origine à nos jours* de Jules Combarieu (complétée par René Dumesnil) et l'influent ouvrage *La musique moderne* de Paul Collaer sont les premiers exemples d'ouvrages historiographiques considérant l'École de Paris comme un groupe restreint formé par des musiciens spécifiques. Collaer est à la fois synthétique et précis :

> Tibor Harsanyi (Hongrois), Marcel Mihalovici (Roumain), Alexandre Tansman (Polonais), Bohuslaw Martinu (Tchèque) ont, entre 1925 et 1939, constitué un groupe amical connu sous le nom « d'École de Paris »[61].

Nous sommes en 1955, et cette conception du terme perdurera, nous l'avons vu dans les encyclopédies musicologiques de référence, jusqu'à aujourd'hui. Dumesnil, auteur du cinquième tome de l'ouvrage commencé par Combarieu (décédé en 1916), utilise « École de Paris » à trois reprises :

> Conrad Beck [...] s'agrégea au *groupe de l'École de Paris.* [au paragraphe « La musique suisse »][62]
>
> Bohuslav Martinù [...] Lié d'amitié avec des compositeurs français de sa génération, ainsi qu'avec quelques étrangers, comme Marcel Mihalovici, Tibor Harsanyi, Conrad Beck, Alexandre Tansman, il avait formé avec eux *le groupe dit « École de Paris »*. [au paragraphe « L'École tchécoslovaque »][63]
>
> Tibor Harsanyi [...] Ami des jeunes musiciens français, il fut un des fondateurs du Triton, forma avec le Suisse Conrad Beck, le Roumain Marcel Mihalovici, le Tchèque Martinù, le Polonais Alexandre Tansman *le groupe amical dit « École de Paris »*, dont l'union, de 1925 à 1939, fut un exemple de camaraderie heureuse en ses résultats. [au paragraphe « L'École hongroise »][64]

---

58. « *Thirty years ago music was disturbed by a group of young French composers known collectively as "Les Six". They themselves were disturbed by two prominent composers [...]. Of these two, Schoenberg was an austere Austrian, Stravinsky a volatile Russian who was rapidly becoming a cosmopolitan. The latter lived in Paris for the most part and led yet another group known as "L'École de Paris"* ». Norman Demuth, « The French Position To-Day », *The Chesterian*, octobre 1951, p. 5-9, ici p. 5.

59. En vérité, pour Demuth, bien que l'École de Paris consiste en un groupe, celle-ci demeure « indéfinie » : « *The indefinite "L'École de Paris" consists of those composers who, settling in Paris, have become assimilated into musical life and circles there* » (*ibid.*, p. 5-6). Il y inclut Jerzy Fitelberg, Roman Palester, Mihalovici, Martinů et Honegger (p. 6-7).

60. Ce qui rappelle le passage de Sabaneiev cité ci-dessus.

61. Paul Collaer, *La musique moderne*, Paris, Elsevier, 1955 ; 3e éd. Bruxelles, Meddens, 1963, p. 281.

62. Jules Combarieu et René Dumesnil, *Histoire de la musique de l'origine à nos jours*, 5 t., Paris, Colin, 1953-1960, t. 5 (par R. Dumesnil) : *La première moitié du XXe siècle* (1960), p. 333 (c'est nous qui soulignons).

63. *Ibid.*, p. 342 (c'est nous qui soulignons).

64. *Ibid.*, p. 356 (c'est nous qui soulignons).

Un « groupe amical dit "École de Paris" », constitué par des musiciens d'Europe de l'Est (Harsányi, Mihalovici, Martinů, Tansman) et un Suisse (Beck), « un exemple de camaraderie heureuse en ses résultats » situé dans une période bien définie (1925-1939) ; un groupe qu'on a *formé* et auquel il était possible de *s'agréger*. Nous sommes bien loin de l'acception générique d'École de Paris comme ensemble des compositeurs étrangers ayant séjourné plus ou moins longtemps à Paris, et ce, à différentes périodes de l'histoire de la musique. Nous sommes aussi éloignés de l'acception plus limitée chronologiquement, mais très ouverte, de milieu artistique cosmopolite florissant à Paris après la Première Guerre mondiale. On peut donc se poser la question : d'où provient cette conception d'École de Paris au sens étroit présentée par Dumesnil ?

Dans la presse de l'entre-deux-guerres : clins d'œil

La presse musicale de l'époque ne nous aide pas beaucoup à trouver une réponse à la question. Tout au long des années 1920 et 1930, nous n'avons trouvé aucun passage parlant explicitement d'École de Paris comme groupe formé autour d'une liste bien précise de musiciens. Il existe, par contre, quelques clins d'œil indirects. René Dumesnil lui-même, en 1930, regroupait Beck, Martinů et Harsányi sous un commentaire uniforme :

> J'ai déjà eu l'occasion de signaler ici trois jeunes musiciens, étrangers de naissance, Parisiens d'adoption, MM. Conrad Beck, venu de Suisse, Bohuslav Martinu, venu de Roumanie, et Tibor Harsanyi, Tchèque [*rectius* : Hongrois] d'origine. Tous trois de tempéraments divers comme les terroirs de leurs patries, ont ce trait commun qu'ils possèdent du talent et qu'ils ont, par le seul mérite de leurs œuvres, réussi déjà à s'imposer à l'attention des amateurs de bonne musique. Ils se sont unis pour donner un concert[65].

Dumesnil fait ici le compte rendu d'un concert qui eut lieu le 5 mai 1930 au Centre international de musique, consacré à « Quelques œuvres de Conrad Beck, Tibor Harsanyi, Bohuslav Martinu »[66]. Aucune allusion, pourtant, au fait que ces trois musiciens seraient réunis au sein d'un groupe : « ils se sont unis pour donner un concert », et ils ont en commun d'être jeunes, « étrangers de naissance, Parisiens d'adoption », selon les mots de Dumesnil.

Henri Petit, pour sa part, continuera à utiliser l'expression « École de Paris » – qu'il avait employée pour parler de Tansman et Martinů comme « s'ils étaient peintres ou sculpteurs »[67] – d'une façon générique. Dans son compte rendu du concert du Triton du 9 mars 1934, son utilisation d'« École de Paris » acquiert une nuance stylistique : les musiciens de l'École de Paris, d'après lui, se distingueraient par une certaine façon de

65. René Dumesnil, « Quelques œuvres de Conrad Beck, Tibor Harsanyi, Bohuslav Martinu », *L'Esprit français*, 9 mai 1930, coupure de presse conservée dans le recueil *Programmes et comptes rendus de concert, Tibor Harsányi* (BnF, Musique), cahier 3.

66. Beck : *Sonatine*, vl-pn (1928) ; *Mélodies d'automne* (textes de Rainer Maria Rilke), v-pn (1926) ; *Trois Pièces*, pn [probablement issues des *Klavierstücke* publiées en 1930] / Martinů : *Duo* [n° 1], vl-vc (H. 157, 1927) ; *Cinq Pièces brèves*, vl-pn (H. 184, 1929) / Harsányi : *Cinq Poèmes* (textes de Robert Edward Hart), v-pn (1925) ; *Vocalise-Étude en forme de blues*, v (1930) ; *Trio*, vl-vc-pn (1926). Voir aussi ci-après le tableau 5 au chapitre v.

67. Henri Petit, « Trio Filomusi » (1930).

composer. Toutefois, il est bien loin de nous communiquer une liste de « membres » d'un « groupe » qui s'appellerait « École de Paris » :

> [Le *Quintette n° 1*] est bien l'une des œuvres les mieux venues de la plume de M. Bohuslav Martinu ; loin d'y répudier ses attaches nationales, le musicien tchèque s'y laisse aller à parler un langage franchement lyrique, utilisant, quand il le faut, un majeur non équivoque qu'on a, ma foi, plaisir à retrouver, car l'« École de Paris », dont les tenants les plus en vue semblaient surtout soucieux, jusqu'ici, de suivre Hindemith ou Schoenberg, nous avait bien déshabitués d'un pareil diatonisme[68].

Le même genre d'emphase sur une affinité stylistique d'un « groupe » guère mieux défini de jeunes compositeurs partageant le même milieu – Paris – ressort d'une note de programme de Paul Le Flem :

> Hongrois d'origine, le compositeur Tibor Harsanyi vit à Paris depuis déjà de nombreuses années. Le contact de chez nous a stimulé chez ce musicien une énergie créatrice dont les œuvres marquantes attestent l'activité. Et dans ce groupe de jeunes musiciens auquel il adhère par inclination naturelle, Harsanyi s'est vite imposé[69].

À une troisième occasion, Henri Petit utilise l'expression « École de Paris » d'une façon encore moins claire :

> Notre Empire Colonial offre, dans tous les domaines, des perspectives immenses à explorer : souhaitons que la musique en profite, et que se développe, non plus une « école de Paris », mais une école de la plus grande France, comprenant des compositeurs venus de nos plus lointaines colonies. Ce sang nouveau, infusé à notre art, le sauverait peut-être de la décadence [...][70].

Notre recherche systématique dans la presse musicale de l'entre-deux-guerres n'a débouché sur aucune autre occurrence de l'expression « École de Paris ». Nous constatons donc, pour l'instant, que l'expression « École de Paris » n'a été employée que marginalement par les critiques musicaux des années 1920 et 1930, et jamais dans l'acception de groupe réunissant des compositeurs clairement identifiés, comme le voudraient les synthèses proposées par les ouvrages d'histoire de la musique à partir de celui de Collaer en 1955. Même du côté des notes de programme, une seule occurrence de l'expression « École de Paris » a été repérée au fil de nos recherches. Le texte, anonyme, affirme que Tibor Harsányi « occupe par ses œuvres une place enviable dans ce qu'on peut appeler l'école de Paris »[71]. L'auteur de ces notes fait référence, plus loin,

---

68. Henri Petit, « Triton (9 mars) », *Le Courrier musical*, 1er avril 1934, p. 147-148. Le concert eut lieu à l'École Normale de musique et comprenait également le *Concertino* pour quatuor et piano d'Harsányi (1931), ainsi que des pièces de Debussy, Delvincourt, Martelli, Neugeboren (voir Duchesneau, *L'avant-garde*, p. 332, concert n° 9).

69. Paul Le Flem, note de programme des Concerts Guller, « Les musiciens et la musique d'aujourd'hui » (Bruxelles, Conservatoire, 17 janvier 1932), conservée dans *Programmes et comptes rendus de concert, Tibor Harsányi* (BnF, Musique). Ce concert comprenait des œuvres de Delannoy et d'Harsányi (*Deux burlesques*, [1927] ; *Rythmes : cinq inventions pour piano*, [1929] ; *Suite pour piano*, [1930] ; ainsi que son *Concertino* pour quatuor et piano [1931]).

70. Henri Petit, « Musique coloniale », *Le Courrier musical*, 1er juillet 1934, p. 241.

71. Programme du Trio Filomusi (Bruxelles, Conservatoire, 21 avril 1931) : œuvres de Dietrich Buxtehude, Harsanyi (*Duo*, vl-vc [1926]), Casella, Pijper, Ernst Toch, Sir Arthur Bliss. Ce programme est conservé dans le recueil *Programmes et comptes rendus de concert, Tibor Harsányi* (BnF, Musique).

à Arthur Hoérée comme étant la source de ses renseignements sur Harsányi, et donc, indirectement, de son utilisation de l'expression « École de Paris ».

L'historiographie musicale française

Si nous reprenons l'examen des histoires de la musique publiées à partir des années 1960, nous remarquons que, lorsque l'expression « École de Paris » est utilisée, l'idée de l'existence d'une École de Paris au sens étroit s'impose. Il faut spécifier : dans les histoires de la musique écrites par des Français, parce que, chez les historiographes d'autres provenances, l'expression « École de Paris » est généralement absente[72]. On n'en trouve trace ni dans les principales histoires générales de la musique anglophones, italophones et germanophones[73], ni dans les ouvrages dédiés spécifiquement à l'histoire de la musique française[74].

En France, par contre, près d'un ouvrage sur trois d'histoire de la musique (générale ou française) utilise l'expression « École de Paris » (tableau 3).

72. Une exception d'un certain intérêt a déjà été citée : Paul Collaer, Belge, est le premier, en 1955, à considérer dans son ouvrage l'École de Paris au sens étroit (voir ci-dessus). D'autres histoires de la musique francophones mais pas françaises des années 1960 ne parlent pas d'École de Paris : voir celles du Belge Jules van Ackere (*L'âge d'or de la musique française, 1870-1950*, Bruxelles, Meddens, 1966) ainsi que les volumes consacrés à la première moitié du XXe siècle dans l'*Histoire illustrée de la musique*, 20 vol., Lausanne, Rencontre / Le Guide du disque, 1965-1966, à savoir le vol. 10 (Romain Goldron, *L'éveil des écoles nationales*, 1966) et le vol. 11 (Romain Goldron, *À la recherche d'un langage*, 1966).

73. À savoir, en ordre de parution : Martin Cooper (dir.), *The Modern Age, 1890-1960*, vol. 10 de *The New Oxford History of Music*, London, Oxford University Press, 1974; Hermann Danuser, *Die Musik des 20. Jahrhunderts*, vol. 7 de Carl Dahlhaus (dir.), *Neues Handbuch des Musikwissenschaft*, Laaber, Laaber-Verlag, 1984; Glenn Watkins, *Soundings : Music in the Twentieth Century*, New York, Schirmer / London, Collier Macmillan, 1988; Robert P. Morgan, *Twentieth-Century Music : A History of Musical Style in Modern Europe and America*, New York, Norton, 1991; Elliot Antokoletz, *Twentieth-Century Music*, Englewood Cliffs, Prentice Hall, 1992; Guido Salvetti, *La nascita del Novecento*, vol. 10 de *Storia della musica*, Torino, EDT / Società italiana di musicologia, 1991; Nicholas Cook et Anthony Pople, *The Cambridge History of Twentieth-Century Music*, Cambridge, Cambridge University Press, 2004; Richard Taruskin, *Music in the Early Twentieth Century*, vol. 4 de Richard Taruskin, *The Oxford History of Western Music*, Oxford, Oxford University Press, 2005.

74. Il y a une exception : Roger Nichols, *The Harlequin Years : Music in Paris, 1917-1929*, London, Thames & Hudson, 2002 (voir ci-après). Par contre, les ouvrages sans évocation de l'École de Paris sont, en ordre de parution : David Drew, « Modern French Music », dans Howard Hartog (dir.), *European Music in the Twentieth Century*, New York, Praeger, 1957, p. 232-295; Rollo Myers, *Modern French Music*, Oxford, Blackwell, 1971; Theo Hirsbrunner, *Die Musik in Frankreich im 20. Jahrhundert*, Laaber, Laaber-Verlag, 1995; Jane Fulcher, *The Composer as Intellectual : Music and Ideology in France, 1914-1940*, Oxford, Oxford University Press, 2005; Richard Langham-Smith and Caroline Potter (dir.), *French Music since Berlioz*, Aldershot, Ashgate, 2006; Barbara Kelly (dir.), *French Music, Culture, and National Identity, 1870-1939*, Rochester, Rochester University Press, 2008; Barbara Kelly, *Music and Ultra-Modernism in France : A Fragile Consensus, 1913-1939*, Woodbridge, Boydell, 2013. Nous ne prenons pas en compte ici les monographies dédiées à des compositeurs spécifiques, que nous examinerons ci-après au chapitre VI.

Présence de l'expression « École de Paris »	Absence de l'expression « École de Paris »
	A. Cœuroy, 1928 *Panorama de la musique contemporaine*
	R. Dumesnil, 1930 *La musique contemporaine en France*
	R. Bernard, 1930 *Les tendances de la musique française moderne*
	A. Gabeaud, 1930 *Histoire de la musique*
	A. Cœuroy et R. Jardillier, 1931 *Histoire de la musique avec l'aide du disque*
	R. Dumesnil, 1934 *Histoire illustrée de la musique*
	E. Van de Velde, 1940 *Histoire de la musique des origines à nos jours*
	W. L. Landowski, 1941 *Histoire de la musique moderne (1900 à 1940)*
	P. Landormy, 1942 *Histoire de la musique*
	A. Machabey, 1942 *Précis-manuel d'histoire de la musique depuis l'antiquité jusqu'à nos jours*
	P. Landormy, 1943 *La musique française après Debussy*
R. Bernard in N. Dufourcq (dir.), 1946 *La musique des origines à nos jours*	J. Bruyr, 1946 *La belle histoire de la musique*
	P. Druilhe, 1949 *Histoire de la musique*
	É. Vuillermoz, 1949 *Histoire de la musique*
	C. Martinès, 1951 *Histoire de la musique*
P. Wolff, 1954 *La musique contemporaine*	
P. Collaer, 1955 *La musique moderne*	
H. Barraud, 1956 *La France et la musique occidentale*	
	C. Rostand, 1957 *La musique française contemporaine*
J. Combarieu et R. Dumesnil, 1960 *Histoire de la musique de l'origine à nos jours*	

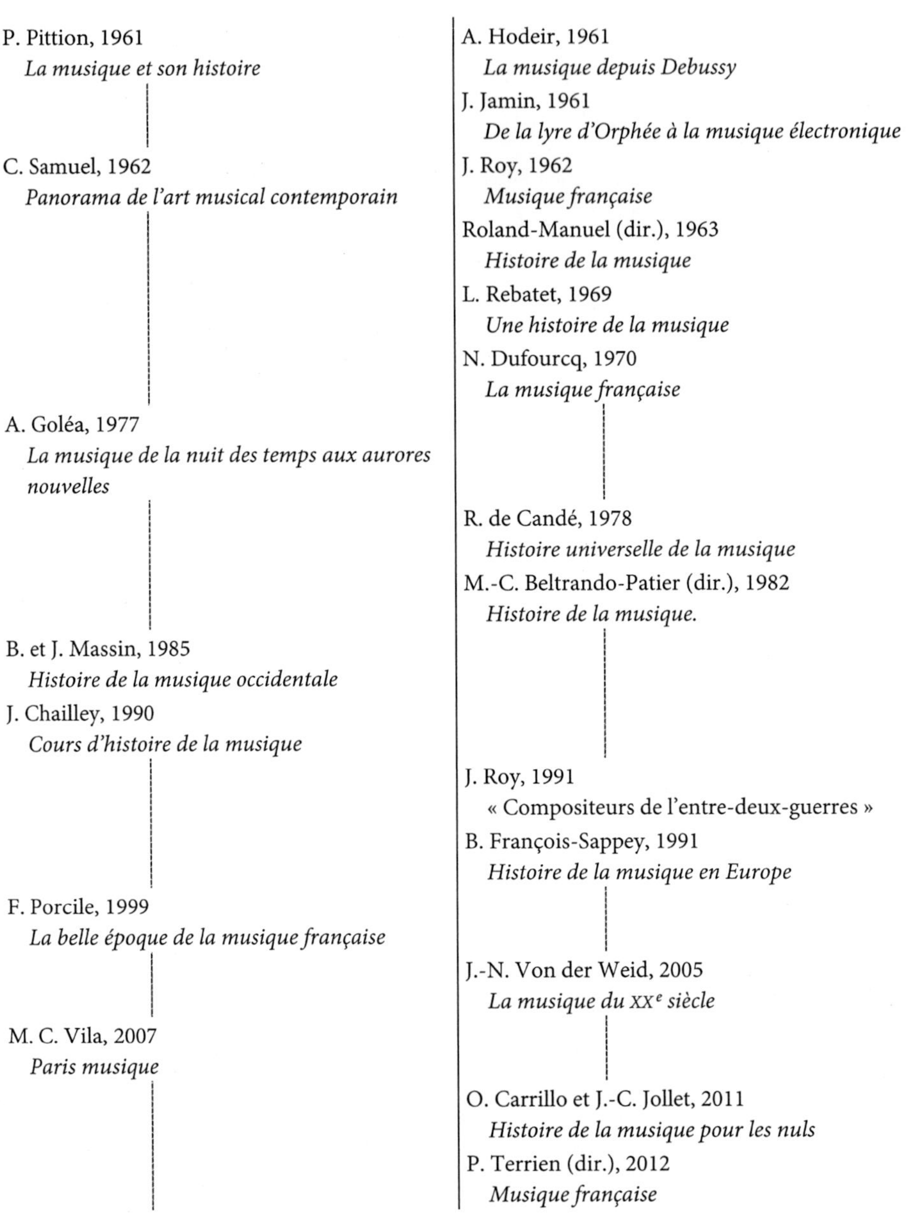

Tableau 3. Présence de l'expression « École de Paris » dans les ouvrages d'histoire de la musique parus en France à partir de la fin des années 1920[75].

75. Voir la bibliographie pour les données éditoriales complètes.

Le tableau 3 permet de constater qu'on ne parle pas d'École de Paris dans les histoires de la musique plus compactes et dans les manuels scolaires (Cœuroy et Jardillier, Van de Velde, Machabey, Druilhe, Martinès, Jamin, François-Sappey, Carrillo et Jollet). Digne d'être soulignée est l'absence de l'École de Paris de l'*Histoire de la musique* de l'« Encyclopédie de la Pléiade » (1963), et notamment dans le long chapitre que Gisèle Brelet a consacré à la « Musique contemporaine en France »[76]. Un cas intéressant est aussi celui de *La musique française* (1970) de Norbert Dufourcq : l'auteur, prenant son titre à la lettre, ne nomme aucun musicien étranger ayant résidé à Paris au XXe siècle (pas même un Stravinski ou un de Falla) : la musique française est de toute évidence, selon l'auteur, la musique *des Français*[77]. Il faut, à ce propos, faire une distinction, en regardant la colonne de droite du tableau, entre les livres qui citent des compositeurs tels Harsányi, Mihalovici ou Tansman sans parler d'École de Paris, et les livres où ces compositeurs sont tout simplement ignorés. C'est le cas de plusieurs des manuels cités plus haut, ainsi que des livres de Landormy (1943), de Hodeir, de Von der Weid et de Candé.

En 1962, Claude Samuel intitule « L'École de Paris » un chapitre de la section « Musique française » de son *Panorama de l'art musical contemporain*[78]. Ces pages sont parmi les plus précises de la littérature utilisant l'expression « École de Paris ». Samuel est conscient de l'adaptation de l'expression du milieu des arts plastiques[79] ainsi que de son double emploi, comprenant au sens large « les noms de tous les musiciens étrangers qui ont accompli en France une partie ou la totalité de leur carrière » et indiquant au sens étroit « un groupe de compositeurs de nationalité différente qui se retrouvèrent à Paris vers les années 1925 », à savoir Beck, Harsányi, Martinů, Mihalovici, Tansman et Tchérepnine[80]. Samuel procède ensuite à l'évaluation de l'apport de ces musiciens à la musique française, et vice-versa. Il commence par critiquer le fait que la France n'était pas consciente de l'honneur qui lui était fait en accueillant ces compositeurs, qui « ont rarement trouvé, en leur seconde patrie, l'audience qu'ils méritaient »[81]. Le chapitre

76. Gisèle Brelet, « Musique contemporaine en France », dans Roland-Manuel (dir.), *Histoire de la musique*, Paris, Gallimard, 1963, vol. 2, p. 1093-1275.

77. Un cas similaire est celui de Claude Rostand, *La musique française contemporaine*, Paris, Presses universitaires de France, 1957. Les seuls compositeurs étrangers nommés dans l'ouvrage appartiennent à une autre génération (nés entre 1913 et 1923); il s'agit de Maurice Ohana, Stanislas Skrovatchevski [Stanislaw Skrovaczewski] et Sergio de Castro, tous membres du groupe Le Zodiaque (créé en 1947). L'organisation du livre est basée sur la succession de groupes de compositeurs : Six, École d'Arcueil, Jeune France, « les indépendants » et, parmi « les derniers venus », « Indépendants, Dodécaphonistes, Progressistes, "Le Zodiaque", La musique concrète ». L'absence de « l'École de Paris » se fait donc d'autant plus remarquer. Pourtant, cette étiquette n'est pas absente d'autres textes de Rostand (voir ci-après au paragraphe « Concerts des "Cinq" » du chapitre VI).

78. Claude Samuel, *Panorama de l'art musical contemporain*, Paris, Gallimard, 1962, chap. 6 : « L'École de Paris », p. 337-341.

79. « Une des meilleures preuves de l'intense activité musicale qui régna en France entre les deux guerres, n'est-ce pas le pouvoir magnétique d'une capitale qui attira pendant une vingtaine d'années et sut parfois garder des compositeurs étrangers de premier plan, pouvoir dont témoigne la formation de cette École de Paris qui, si elle doit son renom aux arts plastiques, n'en existe pas moins dans le domaine de la musique ? » (*Ibid.*, p. 337).

80. *Ibid.*, p. 337-338.

81. *Ibid.*, p. 338.

continue en traitant spécifiquement de Martinů, de Mihalovici et de Harsányi – selon Samuel « les trois personnalités dominantes de l'École de Paris » – tout en spécifiant que « seuls, le nom de Paris et une certaine amitié [les] réunirent, car, sur le plan esthétique, ils appartiennent à des courants nettement différents »[82].

Un groupement géostylistique

Quinze ans plus tard, Antoine Goléa utilisera abondamment l'expression « École de Paris » dans le volume de son histoire de la musique (1977) consacré au XXe siècle[83]. L'expression possède, sous la plume de Goléa, un sens essentiellement stylistique : les musiciens, surtout étrangers, mais aussi français, « groupés à l'enseigne de l'École de Paris » seraient les représentants de la tendance la plus moderniste du milieu artistique de la capitale française de l'époque. En parlant du *Fils prodigue* de Prokofiev, Goléa affirme que « l'air de sérénité et de classicisme » caractérisant ce ballet éloigne le compositeur de « ceux qui, à Paris, constituaient cependant son milieu naturel, ces musiciens, pour la plupart étrangers à la France, groupés à l'enseigne de l'École de Paris, et qu'un journaliste qui ignorait d'ailleurs tout de la musique, devait appeler "les faiseurs de fausses notes accourus d'Europe centrale" »[84]. La citation et son auteur restent encore à retracer. Nous avons pourtant déjà rencontré une référence à « l'école de la fausse note »[85], expression qui était assez commune. Un commentaire associant la « fausse note » aux étrangers venant à Paris provient de la plume du critique Albert Febvre-Longeray :

> Il est décidément dans l'ordre du jour d'écrire au moins un mouvement *alla* Bach. Cette uniformité de conception parmi nombre de nos camarades européens est proprement désolante. Et puisque *beaucoup de ceux-ci vivent presque continuellement à Paris* et même dédient leurs œuvres à nos maîtres français, pouvons-nous souhaiter – sans orgueil national – qu'ils regardent de plus près la manière que nous avons ici d'assouplir les contrepoints les plus rugueux, de rendre maniables les accords les plus explosifs et surtout d'éviter toutes dissonances par trop primaires ? Je parle de *la fausse note* ajoutée aux agrégations simplistes, des épineuses broderies de pédales multiples par quoi l'on « fait la blague » du contrepoint fleuri[86].

Febvre-Longeray semble parler de « fausse note » comme d'un procédé néoclassique (l'ajout d'une note qui « salit » un accord autrement « d'école »), tandis que Goléa semble utiliser sa citation pour parler de musiciens qui explorent un langage musical qui s'opposerait à celui constitué, durant les années 1920, autour de Stravinski et des Six :

> Pour le public féru de musique « moderne » [...] à Paris [...], [Prokofiev] était simplement un de ces curieux originaux de l'École dite « de Paris », un de ces étrangers « faiseurs de fausses notes » qui complétaient de la façon la plus étrange et souvent la plus désagréable

---

82. *Ibid.*

83. Antoine Goléa, *La musique de la nuit des temps aux aurores nouvelles*, 2 vol., Paris, Leduc, 1977. Antoine Goléa est le nom francisé de Siegfried Goldman ; né à Vienne en 1906, mais d'origine roumaine, il arriva à Paris en 1929.

84. *Ibid.*, vol. 2, p. 624.

85. Timmermans l'attribuait à Fernand Le Borne ; voir ci-dessus au chapitre II, n. 62.

86. Albert Febvre-Longeray, « Concerts Straram », *Le Courrier musical*, 15 mai 1931, p. 328 (c'est nous qui soulignons). Il s'agit du concert du 23 avril 1931, présentant le *Concerto* pour quatuor et orchestre (1929) de Beck ainsi que des œuvres de Brahms, Roger-Ducasse et Chabrier.

> pour les oreilles le tableau de Paris, plus que jamais la capitale de l'Occident musical. Il y avait d'un côté, immense et solitaire, Stravinski, devant le génie de qui on s'inclinait, à qui les musiciens français, même les plus personnels et les plus authentiques, rendaient hommage, ces musiciens qui appartenaient, plus ou moins artificiellement, à des groupements tels que les « Six » ou encore l'éphémère « École d'Arcueil » ; et il y avait, de l'autre côté, le Tchèque Martinu, le Hongrois Harsanyi, le Roumain Mihalovici, le Suisse Conrad Beck, Alexandre Tansman le Polonais, Tchérepnine, Russe comme Prokofiev, quelques Français enfin [...] qui allaient fonder, en 1932, le « Triton » : Pierre-Octave Ferroud, Jean Rivier, Henry Barraud, en qui quelque chose de l'esprit des « faiseurs de fausses notes » se manifestait également [87].

Un milieu « franco-allemand, franco-soviétique », selon la formule d'Élisabeth de Gramont [88], qui s'institutionnaliserait donc dans le Triton, « considéré avec quelque effroi comme le lieu le plus "avancé" de la musique de l'époque » [89], et sur lequel Goléa portait un jugement négatif indirect, mais assez fort pour contribuer à l'affaiblissement historique de tous ces compositeurs :

> On [y] faisait même, parfois, entendre des œuvres de mystérieux compositeurs d'Europe centrale ne résidant pas à Paris, d'un certain Schönberg par exemple, à dose homéopathique, bien sûr, car on se compromettait déjà assez sans cela [...] [90].

Prokofiev était « membre » de cette faction plus expérimentale et internationale de la jeunesse musicale parisienne – de cette École de Paris –, conclut Goléa, mais il quitta finalement la ville juste au moment où « ses camarades » se groupaient autour du Triton [91]. Goléa poursuit alors son récit en consacrant une série de paragraphes monographiques à chacun de ces étrangers de l'École de Paris : Beck (« le moins "École de Paris" de tous [...], et n'est-ce pas naturel, puisque c'était un Suisse, donc presque un voisin ? » [92]), Harsányi, Martinů, Tansman (« parmi les membres de l'École de Paris, [...] un des plus joués » [93]), Nicolas et Alexandre Tchérepnine (« qui, en suivant son père, devint également parisien en 1921 et, tout naturellement, membre de l'École de Paris » [94]), Mihalovici, László Lajtha (« un Parisien de Paris qui avait besoin de l'air de

87. Goléa, *La musique*, vol. 2, p. 627.

88. Élisabeth de Gramont, *Mémoires*, t. 4 : *La 13e heure*, Paris, Grasset, 1935, p. 151 ; cité dans Myriam Chimènes, *Mécènes et musiciens : du salon au concert à Paris sous la IIIe République*, Paris, Fayard, 2004, p. 268. Nous en profitons pour signaler que jamais dans cet ouvrage Chimènes n'utilise l'expression École de Paris, et qu'elle semble même l'éviter consciemment, par exemple dans le passage suivant : « [L'Orchestre symphonique de Paris avait] la volonté délibérée de faire connaître la production contemporaine de compositeurs français et étrangers, dont certains résid[aient] d'ailleurs à Paris » (p. 538).

89. Goléa, *La musique*, vol. 2, p. 627.

90. *Ibid.* Goléa semble ne pas tenir compte du fait que Schoenberg était joué à Paris depuis longtemps. Voir Marie-Claire Mussat, « La réception de Schönberg en France avant la Seconde Guerre mondiale », *Revue de musicologie*, vol. 87, n° 1, 2001, p. 145-186. Dans les faits, Schoenberg, qui faisait partie du comité d'honneur du Triton, y a été joué une seule fois (*Pierrot lunaire*, le 27 janvier 1934). Berg et Webern ont eu droit, eux aussi, à une seule exécution au Triton chacun (respectivement le 13 mai 1936, avec la *Suite lyrique*, et le 10 mai 1936, avec le *Quatuor* op. 22).

91. Goléa, *La musique*, vol. 2., p. 627-628.

92. *Ibid.*, p. 628.

93. *Ibid.*, p. 630.

94. *Ibid.*, p. 631.

cette capitale pour respirer, mais qui n'a cessé, sa vie durant, de retourner dans son pays pour toujours en revenir »[95]). Puis, Goléa continue avec « les Français du groupe » : Ferroud surtout (« l'"animateur" de l'École de Paris »[96]), Rivier, Barraud (« membre de l'École de Paris etfondateur du "Triton" »[97]), pour conclure avec Georges Migot.

Après un chapitre consacré à expliquer les origines de cette effervescence musicale et extramusicale trouvée par les musiciens de l'École de Paris lors de leur arrivée dans la capitale française à partir de 1922-1923[98], Goléa aborde dans le chapitre suivant « L'adieu à l'École de Paris : Arcueil, Fontainebleau, l'Amérique »[99]. Ici, il traite de musiciens comme Henri Sauguet, qui, « en marge des "faiseurs de fausses notes" de l'École de Paris, donnait l'impression d'un musicien extrêmement bien élevé », et surtout des étrangers qui ne faisaient pas partie de l'École de Paris – étiquette qui s'avère être, selon le discours de Goléa, une catégorie esthétique, stylistique et d'amitiés partagées :

> Dans le Paris cosmopolite d'entre les deux guerres, il y a eu une catégorie de compositeurs étrangers qui ne s'est jamais jointe à l'École de Paris : c'est celle des musiciens américains qui ont bénéficié, au Conservatoire américain de Fontainebleau, à l'École Normale de Musique, et aussi dans des cours particuliers, de l'enseignement de Nadia Boulanger[100].

La définition principalement stylistique de l'École de Paris développée par Goléa dans les années 1970 reflète une attitude déjà présente dans un compte rendu de Roland-Manuel paru à la fin de 1945, s'intitulant ouvertement « Autour de l'École de Paris. Œuvre de Martinu et Harsanyi »[101]. Dans ce document d'importance, on apprend que, juste après la guerre, parler d'« École de Paris » était une convention affirmée :

> Dans la période d'entre-deux-guerres, quelques jeunes compositeurs, parmi les meilleurs d'Europe centrale, élirent [*sic*] domicile chez nous et formèrent le noyau de ce qu'on est convenu d'appeler l'École de Paris[102].

Ce « noyau » se traduit, sous la plume de Roland-Manuel, par trois noms : Martinů, Harsányi et Mihalovici, ce dernier ne faisant pourtant pas l'objet du compte rendu[103].

---

95. *Ibid.*, p. 633. Lajtha n'était point parisien : natif de Budapest, il étudia à Paris de 1911 à 1913 et dans l'entre-deux-guerres fut professeur au Conservatoire de Budapest. S'il voyagea souvent à Paris, il n'y résida jamais.

96. *Ibid.*, p. 633 : « C'était l'"animateur" de l'École de Paris et il s'est dépensé sans compter pour la propagation de la musique moderne française et internationale. Son activité a culminé dans la fondation du "Triton" qui a été, *mutatis mutandis*, le "Domaine musical" parisien de 1932 à 1940 ».

97. *Ibid.*, p. 635.

98. Le chapitre « Guerre et après-guerre : beaucoup de bruit à Paris » s'ouvre effectivement en tressant un lien avec le précédent : « Ce n'est qu'à partir de 1922-23 qu'arrivèrent la plupart des musiciens de l'"École de Paris", ce Paris où ils trouvèrent une vie musicale et extramusicale déjà en pleine effervescence » (*ibid.*, p. 651). Pour les dates d'arrivée à Paris de ces musiciens, voir l'annexe 3,

99. *Ibid.*, p. 693-700.

100. *Ibid.*, p. 696.

101. Roland-Manuel, « Autour de l'École de Paris : œuvre de Martinu et Harsanyi », *Combat*, 30-31 décembre 1945, p. 2.

102. *Ibid.*

103. L'article de Roland-Manuel porte sur le compte rendu de la *Première Symphonie* de Martinů (H. 289, 1942) jouée par Charles Munch à la Société des concerts (Théâtre des Champs-Élysées, 23 décembre 1945; au programme figuraient également une symphonie de Haydn et le *Concerto pour piano n° 2 en mi mineur*, op. 11, de Chopin interprété par Dinu Lipatti) et de la *Cantate de Noël* (1939) d'Harsányi exécutée par l'Orchestre

Le regroupement de Roland-Manuel vise à isoler une sorte de « style géographique » qui serait commun à ces compositeurs : partis de leurs pays à l'époque où on y développait une musique que « les gens du métier ont coutume de se désigner entre eux sous le nom de "musique de l'Europe centrale" » – c'est-à-dire une musique caractérisée par des « titres intimidants : *Kammermusik*, *Doppel-Konzert* » dont l'abstraction véhiculait de façon très directe « une conception de la musique qui exclut le plaisir de l'oreille » –, ces compositeurs ont su, à Paris, développer « un ton clair et nettement dégagé » [104]. En d'autres termes, Roland-Manuel remarque l'influence géographique sur le changement stylistique, tout en menant un discours qui procède par regroupements : d'un géostyle A (la musique « Europe centrale »), on passe à un géostyle B (la musique « École de Paris »). Tout en affirmant qu'il serait exagéré de prétendre que le changement stylistique serait attribuable « aux seuls effets de la transplantation », Roland-Manuel trouve qu'« il est néanmoins significatif qu'un Martinu, un Harsanyi, un Mihalovici aient chacun trouvé chez nous le principe de son essor » [105]. La musique « École de Paris » serait donc une correction *française* (un gain en clarté) des tendances d'Europe centrale « attestant une conception de la musique qui exclut le plaisir de l'oreille » [106].

Chronologies

Une dizaine d'années après le livre de Goléa, on retrouve à nouveau l'École de Paris dans le titre d'une section de l'*Histoire de la musique occidentale* (1985) dirigée par Brigitte et Jean Massin. « L'"École de Paris" » s'y positionne entre « Le "Groupe des Six" » et « Les indépendants », ce qui témoigne bien de l'idée de groupement associée à l'étiquette qui nous occupe. Cette impression est confirmée par la nature du discours ouvrant le paragraphe :

> Contemporains des compositeurs formant le « Groupe des Six » ou l'« École d'Arcueil », plusieurs artistes d'origine étrangère élisent domicile à Paris au début du siècle. C'est le cas de Marcel Mihalovici [...] qui, en 1928, organise avec quelques amis émigrés en France un concert de leurs œuvres. C'est alors que les journalistes musicaux les désignent sous le vocable d'« École de Paris » [107].

Le *terminus post quem* introduit par Michèle Reverdy (auteure de ce chapitre), un concert de 1928 qui aurait été l'événement déclencheur du baptême du groupe par la critique, sera discuté au chapitre V. Limitons-nous, pour l'instant et par anticipation, à indiquer qu'aucune trace d'un tel concert n'a été trouvée au fil de nos recherches; nous avons déjà amplement argumenté sur le fait que les critiques musicaux n'ont pas vraiment été ceux qui ont contribué à désigner un groupe de musiciens étrangers comme « École de Paris ». Selon l'histoire de la musique des Massin, l'École de Paris

---

national sous la direction de Manuel Rosenthal (Théâtre des Champs-Élysées, 24 décembre 1945; également au programme des fragments de l'*Oratorio de Noël*, BWV 248, de J. S. Bach et la *Cantate pour le temps de la Nativité* [1944] de Rosenthal).

104. Roland-Manuel, « Autour de l'École de Paris » (1945).

105. *Ibid.*

106. *Ibid.*

107. Michèle Reverdy, « Erik Satie. Le "Groupe des Six" », dans Brigitte Massin et Jean Massin (dir.), *Histoire de la musique occidentale* [1983], Paris, Fayard, 1985, p. 987-995, ici p. 993.

serait pourtant un groupe né à la suite du baptême de la critique, qui a ainsi défini un groupe de compositeurs étrangers ayant donné un concert ensemble – le même genre de mécanisme ayant créé le « Groupe des Six ». Le fait que l'expression « École de Paris » soit utilisée par Reverdy comme le nom d'un groupe « fermé » – et pas seulement comme une expression qualifiant les étrangers à Paris – est confirmé ultérieurement, par exemple dans le passage suivant :

> Nicolas Tchérepnine s'installe à Paris en 1921 où il devient directeur du Conservatoire Russe fondé par des musiciens émigrés. Il amène avec lui son fils Alexandre (1899-1977) qui commence alors une brillante carrière de pianiste. *Alexandre Tchérepnine se rallie à « l'École de Paris »* et l'on crée à grand fracas sa première symphonie en 1927 [108].

Nous avons ici l'histoire de deux compositeurs émigrés, père et fils, et comment ce dernier, à un certain moment de sa carrière, « se rallie » à l'École de Paris… un an avant l'événement musical qui avait été déclaré, quelques lignes auparavant, l'an zéro de ce « groupe ». Plus tard, les historiens nous expliqueront que l'École de Paris « prend aussi dans ses rets » Harsányi, Lajtha et Martinů (auxquels il faut ajouter Tansman, nommé entre Mihalovici et Tchérepnine) [109].

L'idée d'École de Paris en tant que groupe ne pourrait être plus clairement exposée que par les exemples de *La musique et son histoire* (1961) de Paul Pittion et du *Cours d'histoire de la musique* (1990) dirigé par Jacques Chailley. Le premier consacre un chapitre aux groupements de musiciens : « Les Six. Le groupe "Jeune France". L'École de Paris » – un groupe parmi d'autres groupes :

> En 1925, des musiciens d'origine étrangère installés dans la capitale, certains d'entre eux naturalisés français, se groupent et fondent l'*École de Paris*. Cette association purement culturelle ne cherche pas à imposer de style à ses membres. C'est pourquoi les uns, comme Stan Golestan ou Georges Enesco, demeurent fidèles aux traditions populaires de leur patrie, alors que les autres, parmi lesquels Tibor Harsanyi, prêtent une oreille plus attentive aux courants nouveaux et proprement occidentaux [110].

Pittion entame alors une série de brèves sections consacrées aux musiciens faisant partie de cette « association culturelle » : Golestan, Enesco, Martinů, Harsányi, Tansman, Mihalovici. « À ces fondateurs de l'école de Paris », conclut Pittion, « sont venus se joindre d'autres musiciens étrangers qui ont trouvé en France, à un certain moment de leur carrière, un climat favorable à l'épanouissement de leur personnalité », et il se limite – tout en souhaitant que leur « œuvre importante » fasse l'objet d'une étude particulière – aux noms d'Obouhov, Heitor Villa-Lobos, Lajtha ainsi que du Suisse André-François Marescotti [111].

Dans le volume de Chailley également, la section intitulée « L'"École de Paris" » occupe une position révélatrice :

---

108. *Ibid.*, p. 994 (c'est nous qui soulignons).

109. *Ibid.*

110. Paul Pittion, *La musique et son histoire*, Paris, Éditions Ouvrières, 1961, t. 2, p. 405 (c'est l'auteur qui souligne).

111. *Ibid.*, p. 408. En appendice de son ouvrage, Pittion rédige une discographie. Pour la section « École de Paris », il conseille deux disques d'Enesco et deux de Martinů (t. 2, « Discographie », p. 13).

Partie 1 : « L'aube du XXe siècle (1890-1920 env.) »
[...]
Chapitre 3 : « Autour des chefs de file »
A : « France »
[...]
§ 2 : « Groupes et sociétés » :
a) L'« École de Paris »
b) La Société Nationale et la S.M.I.
c) Groupements divers [112]

Ici, il semblerait que l'oscillation entre l'usage au sens large et au sens étroit de l'expression s'estompe au profit d'une caractérisation plus précise. Une quantité remarquable de données est mise en avant sous forme de déclarations sans appel, mais dépourvues de source (nous aidons le lecteur à les visualiser, en les numérotant) :

> [1] C'est [...] dans l'orbite de la Schola [cantorum] que se développa un ensemble important de compositeurs étrangers [...] [2] qui se désignèrent eux-mêmes sous le nom global d'« École de Paris ». [3] Culminant vers 1925, cette « école » regroupa [1*bis*] autour de d'Indy de nombreux jeunes compositeurs [...]. [4] L'« École de Paris » entendait ainsi donner une réplique musicale au groupement de même nom qui s'était formé dans les arts visuels [...] [113].

Ce ne sont plus, selon cette version des faits, les journalistes qui auraient commencé à appeler « École de Paris » ces jeunes compositeurs étrangers. Autant la position du paragraphe dans la structure de l'ouvrage laisserait croire à une définition d'École de Paris au sens plus qu'étroit, autant le texte est plus nuancé : on parle d'un « nom global », déterminé davantage par le maître (cette fois-ci, d'Indy) attirant autour de lui les jeunes étrangers, que par leur institution d'un groupe-école (au but pratico-esthétique). La nature ouverte de l'étiquette est ensuite confirmée par le fait que Chailley se limite à citer quelques noms, « sans que la liste soit exhaustive » : Beck, Harsányi, Martinů, Mihalovici, Tansman, Nicolas et Alexandre Tchérepnine (le père autant que le fils). Enfin, il n'exclut pas de pouvoir « rattacher jusqu'à un certain point à l'École de Paris Serge Prokofiev ». Est-ce donc à l'historien de choisir ? L'École de Paris est-elle, au fond, une étiquette assez floue pour permettre de l'utiliser à sa propre guise selon les nécessités du récit historiographique ?

Le cas de *La belle époque de la musique française* (1999) de François Porcile semblerait, à cet égard, constituer un exemple frappant du choix stylistique de l'historien qui l'emporte sur le souci de cohérence scientifique. Un chapitre de cet ouvrage, « Mon pays et moi... », est consacré aux compositeurs étrangers qui, dans la première moitié du XXe siècle, ont eu des contacts importants avec la musique française. On va de Manuel de Falla à Frederick Delius, de Ralph Vaughan Williams à Kurt Weill, de Virgil Thomson à Villa-Lobos, en passant par les nombreux musiciens provenant de l'Europe de l'Est : Stravinski surtout, et puis une série d'autres *six* Russes (un chiffre récurrent dans les groupements artificiels) auxquels Porcile dédie en moyenne deux pages pour chacun

112. Jacques Chailley (dir.), *Cours d'histoire de la musique*, Paris, Leduc, 1967-1990, t. 4 : *20e siècle* (1990) (c'est nous qui soulignons).

113. *Ibid.*, p. 39, où se trouvent également les passages cités dans le prochain paragraphe.

(Obouhov, Tchérepnine père et fils, Wyschnegradsky, Prokofiev, Lourié et Nabokov)[114]. Le compte revient à six si l'on considère que l'auteur limite l'espace consacré à Alexandre Tchérepnine (un seul paragraphe). La faible incidence de l'œuvre du compositeur serait alors liée au fait qu'il n'est pas considéré comme un musicien indépendant, mais comme le membre d'un groupe. C'est à son propos que Porcile nomme pour la première fois l'École de Paris :

> Dès 1925, avec le Suisse Conrad Beck, le Tchèque Bohuslav Martinu, le Polonais Alexandre Tansman, le Hongrois Tibor Harsanyi et le Roumain Marcel Mihalovici, Alexandre Tcherepnine formera l'« École de Paris », et défraiera encore la chronique avec deux pièces originales et véhémentes, *Magna Mater* (Concert Colonne, février 1931) et la *Sonatine pour timbales et piano* (1939)[115].

Ce passage témoigne de la manière très générale (et toujours d'actualité) avec laquelle on parle de l'École de Paris à l'aube du XXIe siècle. L'École de Paris apparaîtra à nouveau après plusieurs pages, dans l'espace consacré à Martinů. Nous avons déjà cité le passage où, à propos de l'École de Paris, l'auteur en fait un « nouveau groupe des Six »[116]. Il continue son récit en l'assaisonnant de détails anecdotiques rapportés sans références – un style malheureusement encore très fréquemment adopté dans les ouvrages qui proposent une approche vulgarisatrice tout en donnant une impression d'érudition. Ces travaux finissent par transmettre sous le couvert d'une position d'autorité (car les sources ne sont pas citées), une série d'affirmations non vérifiables :

> Entre eux [« le nouveau groupe des Six, celui des musiciens étrangers de Paris, qu'on appellera bientôt École de Paris »], venus d'Europe centrale, du Nord et de l'Est, arrivés en France entre 1919 et 1923, les affinités et convergences sont multiples, à commencer par le fait que trois d'entre eux épousent des Françaises, dont deux pianistes : Marcel Mihalovici Monique Haas, admirable interprète de Ravel, et Alexandre Tansman Colette Cras, la fille du compositeur [Jean Cras]. (Tcherepnine épousera, lui, une pianiste chinoise.) Conrad Beck, comme Martinu, a travaillé avec Roussel, tandis que Mihalovici a étudié la composition et la direction d'orchestre avec d'Indy. Les œuvres de Mihalovici et Tansman furent accueillies à la Société musicale indépendante, mais le nom d'École de Paris est né d'un concert commun, en 1928[117].

Le concert de 1928 déjà mentionné par Reverdy, les contacts entre le milieu de l'École de Paris des peintres, le parallèle avec les Six, une série d'« affinités et convergences multiples » qui se réduisent, en effet, au fait d'avoir épousé des Françaises (dont deux pianistes) ou étudié avec des maîtres français (mais, dans les deux cas, cela concerne uniquement trois musiciens sur six) – et, encore une fois, une contradiction entre la date donnée dans le passage cité plus haut (1925) et celui-ci (1928), laissent une impression

114. « Stravinsky, qui ne remettra les pieds sur sa terre natale qu'en septembre 1962, [...] voit arriver à Paris des compositeurs émigrés de Russie, six personnalités surtout qui, venues entre 1918 et 1923, vont au cours de l'entre-deux-guerres éclairer la vie musicale parisienne de lumières étonnantes et de pétards inattendus » (François Porcile, *La belle époque de la musique française, 1871-1940*, Paris, Fayard, 1999, p. 370).

115. *Ibid.*, p. 372.

116. *Ibid.* p. 392 ; voir ci-dessus au chapitre II.

117. *Ibid.*, p. 392-393 (c'est nous qui soulignons).

de déjà vu, et de répétition d'informations glanées à droite et à gauche sans qu'aucune n'ait été vérifiée.

Le début des années 2000 voit une concentration notable de musicologues qui mentionnent l'École de Paris. Exemplaire est le fait, déjà cité dans l'Introduction, que Manfred Kelkel projette d'écrire son article dans le collectif sur Tansman au sujet de « Tansman et l'École de Paris » (une expression évidemment tenue pour acquise, dont tout le monde parle sans problème) et que, finalement, il change pour « L'École de Paris : une fiction? ». Et ce n'est plus seulement dans la musicologie française qu'il faut chercher. Nous avons déjà cité les exemples du *GMO* (2001) et de la thèse de Luisa Curinga (2007). Il reste à rapporter le seul cas d'ouvrage anglophone sur la musique française accueillant l'expression dans ses pages, à savoir *The Harlequin Years* (2002) de Roger Nichols :

> L'un des groupes d'émigrés les plus en vue dans la seconde moitié des années 1920 était ce qu'on appelle École de Paris, composée par quatre compositeurs d'Europe Centrale tous arrivés à Paris vers 1924 : le Polonais Alexandre Tansman, le Hongrois Tibor Harsányi, le Roumain Marcel Mihalovici et le Suisse Conrad Beck. Pris ensemble, ils ont composé, au cours des cinq années suivant 1924, cinq symphonies, trois opéras, deux concertos pour piano, un ballet ainsi qu'un grand nombre de mélodies et musique de chambre. Mais, mis à part Tansman, le groupe est désormais oublié, et on ne peut pas dire avoir influencé la musique française même pas dans les années 1920 [118].

Voici un nouveau *terminus post quem* (1924), mais surtout un type de discours qui ne se limite pas à définir l'École de Paris comme un groupe, mais qui accentue son unité en dressant une liste collective des œuvres produites par ce... Groupe des Quatre?

Les biographes de l'époque

Si une École de Paris au sens étroit ou un Groupe des Quatre existaient, les premiers biographes des compositeurs concernés ne s'en sont pas aperçus (ou bien ils n'ont pas cru important de le signaler). Les quelques études spécifiques sur les compositeurs étrangers résidant à Paris qui sont parues dans les années 1930 – sous forme de livres ou d'articles monographiques dans les périodiques – ne font jamais référence à ces groupements.

Concernant Tansman, ni la longue étude de Raymond Petit parue dans *La Revue musicale* en 1929 [119], ni le premier livre sur le compositeur écrit par Irving Schwerke (paru en 1931) [120] ne le situent comme membre d'un groupement de compositeurs.

118. « *One of the higher-profile groups of* émigrés *in the latter half of the Twenties was that of the so-called* École de Paris, *consisting in four composers from Central Europe, all of whom where in Paris by 1924 : the Pole Alexandre Tansman, the Hungarian Tibor Harsány, the Rumanian Marcel Mihalovici and the Swiss Conrad Beck. Between them, in the five years from 1924, they wrote five symphonies, three operas, two piano concertos, a ballet, and quantities of songs and chamber music. But, Tansman apart, the group is now forgotten and cannot be said to have had an influence on French music even in the Twenties* ». Nichols, *Harlequin Years*, p. 254.

119. Raymond Petit, « Alexandre Tansman », *La Revue musicale*, février 1929, p. 46-54.

120. Irving Schwerke, *Alexandre Tansman, compositeur polonais*, Paris, Eschig, 1931.

Dans les deux cas, l'accent est plutôt mis sur les caractéristiques du langage musical du musicien. Le sous-titre choisi par Schwerke, « compositeur polonais », est révélateur du fait que le musicologue n'est pas intéressé à montrer les liens de Tansman avec Paris, sa patrie d'adoption. Il ne considère pas Tansman comme un représentant d'une École de Paris, mais de l'école Polonaise (si elle existe) :

> Existe-t-il actuellement une école musicale polonaise [...] ? Le temps donnera à cette question une réponse précise. Du moins sommes-nous en mesure d'établir que la Pologne compte plus d'un excellent compositeur, même de très grands [...]. Nous avons poussé nos études et nos recherches sur la musique polonaise aussi loin que possible et [...] nous croyons donc pouvoir assurer que *c'est Tansman le musicien polonais qui, de toute sa génération, exprime le mieux l'âme polonaise, et c'est à ce titre que nous allons parler de lui*[121].

Un article sur Beck est paru dans *Le Ménestrel* de 1932, sous la plume d'Armand Machabey[122]. Le critique considère le compositeur comme à la fois « étranger au sursaut de l'École française d'après-guerre » et pas totalement allemand non plus[123]. Deux articles monographiques consacrés à Tchérepnine et Martinů paraissent, au cours des années 1930, dans la revue anglaise *The Chesterian*, publiée à Londres mais dirigée par le Français Jean-Aubry. Dans aucun de ces articles, écrits respectivement par Willi Reich (« Alexander Tcherepnin », 1931)[124] et Pierre-Octave Ferroud (« A Great Musician of To-Day : Bohuslav Martinů », 1937)[125], il n'est fait référence à l'École de Paris. Au contraire, le portrait de Tchérepnine est dès les premières lignes mis en lien avec Paul Hindemith, et Reich conclut en disant que heureusement le jeune musicien a su éviter de se laisser influencer par le « tourbillon de la moderne école franco-russe de Paris »[126]. Trente ans après, lorsqu'il rédige la première monographie sur le compositeur, Reich modifie son récit selon la vulgate qui s'est établie progressivement dans l'histoire de la musique, tout en renversant ses propos de 1931 jusqu'à affirmer que Tchérepnine est un « compositeur français » :

> Le séjour à Paris, à l'âge où l'on est prêt à tout découvrir [...], a enrichi Tchérepnine de certains traits typiquement français. Ses maîtres, Paul Vidal et Isidore Philipp éveillèrent en lui cet idéal pédagogique qu'il chercha à atteindre lorsque lui-même fut professeur. Dans le cercle d'amis réunis dans le cadre de l'« École de Paris » il trouva ce sens de camaraderie qui enrichissait ces jeunes musiciens sur le plan humain, faisait se dérouler leur existence dans un climat d'amitié, et leur permettait des échanges intellectuels sans toutefois amoindrir l'originalité de chacun. Le groupe désigné ici par l'École de Paris comprenait quelques compositeurs d'origine étrangère résidant à Paris, dont la formation fut due au climat musical de Paris. Le noyau de ce groupe comprenait Tibor Harsanyi, Bohuslav Martinu, Conrad Beck, Alexandre Tchérepnine, Marcel Mihalovici auxquels il

121. *Ibid.*, p. 10-11 (c'est nous qui soulignons).
122. Armand Machabey, « Conrad Beck », *Le Ménestrel*, 19 février 1932, p. 77-79.
123. *Ibid.*, p. 79.
124. Willi Reich, « Alexander Tcherepnin », *The Chesterian*, vol. 13, n° 102, avril-mai 1931, p. 161-164.
125. Pierre-Octave Ferroud, « A Great Musician of To-Day : Bohuslav Martinů », *The Chesterian*, mars-avril 1937, p. 89-93.
126. « *Stormy influence of the modern Franco-Russian school in Paris* ». Reich, « Alexander Tcherepnin » (1931), p. 164.

> faudrait ajouter Arthur Honegger et Alexandre Tansman, tous étant liés par l'amitié et par leur dévotion à leur pays d'adoption, la France. C'est là, en effet, un des grands secrets de Paris que de donner des élans à tous ceux qui viennent y vivre, élans qui demeurent sensibles tout au long de leur vie et qui restent perceptibles à tout observateur attentif; c'est dans ce sens que Tchérepnine nous apparaît comme « compositeur français »[127].

Si l'on regarde du côté des dictionnaires, on fait face au même constat : l'absence de l'expression « École de Paris » dans les années 1930. Carlo Schmidl publie en 1937-1938 la nouvelle édition de son *Dizionario universale dei musicisti* (la première datait de 1887-1890), enrichie d'un supplément consacré surtout aux musiciens contemporains. Parmi eux, nous retrouvons Beck, Harsányi, Martinů, Mihalovici, Tansman et Tchérepnine, mais jamais l'expression « École de Paris ». L'idée d'un groupement de ces compositeurs n'y apparaît pas non plus[128].

Dans les années 1950, on trouve l'expression « École de Paris » dans un article sur Harsányi (dans *The Chesterian*, en 1952), dans l'*Esquisse biographique suivie du catalogue de son œuvre* que Georges Beck (aucun lien avec Conrad) a consacrée à Mihalovici en 1954, et dans le *Larousse de la musique* de 1957. L'article sur Harsányi est dû à John Weissmann, qui a signé également l'article sur le compositeur dans la cinquième édition du *Grove's Dictionnary of Music and Musicians* (1954) et dans la première édition de l'encyclopédie *Die Musik in Geschichte und Gegenwart* (1956) :

> D'origine hongroise, Harsányi a résidé à Paris durant les trente dernières années et est associé à l'« école de Paris », c'est-à-dire un groupe de musiciens vivant ou ayant vécu dans la capitale française dont les œuvres ont souvent figuré aux programmes de La Sirène musicale et du Triton[129].

Weissmann donne donc à « école de Paris » (significativement, avec un « é » minuscule) un sens assez large, à savoir les musiciens étrangers résidant ou ayant résidé à Paris. Après avoir cité l'article de *La Revue musicale* de 1929 où Hoérée s'attribuait la paternité de cette appellation[130], il remarque que l'expression a aussi une signification stylistique :

> Elle constitue une indication générale de la dénomination commune de leur style : ils acceptent jusqu'à un certain point l'esthétique antidebussyste des Six et ils acceptent pleinement le génie inspirant de la musique française, tout en cherchant d'imprégner ces attributs purement français d'éléments tirés du jazz et de certains ingrédients de leurs héritages nationaux respectifs. Il est par conséquent compréhensible que l'école de Paris

127. Willi Reich, *Alexandre Tchérepnine*, traduit de l'allemand par Harry Halbreich, Paris, Richard-Masse / La Revue musicale, 1962, p. 80.

128. Carlo Schmidl, *Dizionario universale dei musicisti*, 2 vol. et supplément, Milano, Sonzogno, 1928-1938. Schmidl avait contacté directement plusieurs jeunes compositeurs pour leur demander des renseignements sur leur biographie et leur œuvre, comme le prouve la lettre qu'il adressa à Harsányi le 24 avril 1934, conservée dans le recueil *Lettres à Tibor Harsányi et copies de réponses, papiers personnels divers* (BnF, Musique).

129. « *A Hungarian by birth Harsányi has been residing in Paris for the last thirty years, and is associated with the* « école de Paris », *i.e. a group of musician living, or having lived, in the French capital, whose compositions often figured on the programs of* La Sirène musicale *and* Le Triton ». John S. Weissmann, « Tibor Harsányi : A General Survey », *The Chesterian*, juillet 1952, p. 14-17, ici p. 14.

130. Hoérée, « Chant et piano » (1929).

> est plus ouverte à l'international que Les Six ou La Jeune France. […] De façon similaire à ces deux groupes décidément plus nationaux, l'école de Paris n'a jamais été rien de plus qu'une libre association de jeunes compositeurs qui ont par ailleurs gardé une attitude complètement indépendante[131].

Les noms que Weissmann inclut dans ce « cercle » (*circle*) sont les treize auteurs des danses publiées en album par La Sirène musicale en 1929, recueil qu'il considère comme leur manifeste musical : outre Beck, Harsányi, Martinů, Mihalovici et Tansman, on y retrouve plusieurs Français (Delannoy, Ferroud, Jacques Larmanjat, Migot, Rosenthal et Jean Wiéner) et deux autres étrangers qui, en vérité, ne résidaient pas à Paris (Nicolai Lopatnikoff et Erwin Schulhoff). Nous reparlerons de cet album de façon approfondie au chapitre VIII.

En revanche, Georges Beck inclut Mihalovici dans une École de Paris au sens restreint :

> En 1928, Mihalovici se joint à Bohuslav Martinu, Conrad Beck, Tibor Harsanyi et, un peu plus tard, Tcherepnine. Leur unique but était de donner des concerts en commun. Mais les critiques aiment les étiquettes et baptisent les nouveaux venus « École de Paris ». Michel Dillard est alors leur éditeur (La Sirène musicale) et organise leurs premiers concerts[132].

Un groupe né dans un but (donner des concerts), donc, aussitôt baptisé par la critique. Beck spécifie tout de suite que « les membres de ce groupe avaient entre eux autant d'affinités que leurs aînés, les "Six", c'est-à-dire aucune ». Leurs points communs ? Sur le plan biographique, être des « compositeurs étrangers résidant alors en France; sur le plan stylistique, le fait d'avoir « tous plus ou moins subi l'ascendant musical »[133] de leur pays d'accueil et d'aspirer à « construire des œuvres de facture classique, par opposition au goût pour les œuvres légères et brèves qui régnait alors »[134]. « Ceci dit », conclut-il, « il y a autant de différence entre Mihalovici et Martinu, par exemple, qu'entre Honegger et Milhaud »[135].

Le retour au *Larousse de la musique* de 1957 nous fait refermer la boucle ouverte au début de ce chapitre. On y avait trouvé l'article sur l'École de Paris signé par Cœuroy. On retrouve l'expression également dans les entrées consacrées à quelques compositeurs, ce qui était prévisible. Ces compositeurs sont Harsányi (« De formation et de carrière en grande partie françaises, il a fait partie de ce groupe de musiciens originaires de

---

131. « *It also stands for a general indication of the common denomination of their style; they accept to a certain extent the anti-Debussy aesthetic of* Les Six, *they accept wholeheartedly the inspiring genius of French music; but they seek to infuse these purely French attributes with elements of jazz and with certain ingredients of their respective national inheritance. It is understandable therefore that* l'école de Paris *is much more international in outlook than either* Les Six *or* La Jeune France. *[…] Similarly to the two more decidedly national groups,* l'école de Paris *was never more than a loose association of composers who otherwise preserved complete independence of outlook* ». Weissmann, « Tibor Harsányi » (1952), p. 14. La dernière phrase de la citation a été reprise dans Weissmann, art. « Harsányi, Tibor », dans *Grove5*, vol. 4, 1954, p. 117-119, ici p. 118, cité ci-dessus au chapitre I.

132. Georges Beck, *Marcel Mihalovici : esquisse biographique suivie du catalogue de son œuvre*, Paris, Heugel, 1954, p. 6.

133. *Ibid.*

134. *Ibid.*, p. 6-7.

135. *Ibid.*, p. 7.

l'Europe centrale connu sous le nom d'École de Paris »[136]), Mihalovici (« l'un des plus vigoureux animateurs de l'École de Paris »[137]) et Tchérepnine (« Plus "cosmopolite" que son père, il a subi l'influence, d'une part, de l'école de Paris et, d'autre part, des musiques d'Extrême-Orient »[138]).

Nous avons donc constaté certaines tendances propres tant à la critique musicale des années 1920-1930 qu'à l'historiographie subséquente : premièrement, la tendance à regrouper les compositeurs; deuxièmement, le caractère souvent éphémère et aléatoire du processus d'étiquetage; et troisièmement, le faible souci de précision dans la description et l'évocation de la réalité historique. Il faudra maintenant vérifier d'autres types de sources et analyser les implications sociales, politiques, esthétiques et historiques de cette superposition de discours à propos des regroupements d'artistes – et notamment à propos de celui de l'« École de Paris ». En conclusion de ce chapitre, nous aimerions citer un passage écrit en 1926 par le musicologue Marc Pincherle, une réflexion d'un contemporain sur le mécanisme de regroupement, la polyvalence du mot « école », le caractère flou des étiquettes (les Six qui deviennent Quatre) et leur rôle posthume. Cet extrait d'article servira efficacement de transition vers la partie suivante :

> Le meeting-miniature n'a pas fourni de solution définitive : « Où va la jeune musique française »? Si riche qu'elle soit, présente-t-elle assez d'homogénéité pour qu'on puisse discerner le sens unique? Avec raison, les Quatre qui furent les Six se sont toujours défendus de constituer une école. Celle d'Arcueil était tout juste maternelle : devenus grands, les disciples vont, chacun pour soi, dans des voies divergentes. Et que d'indépendants, de talents aussi variés qu'indéniables! C'est l'essentiel, et nos arrière-neveux auront le loisir de les classifier, qui ne vaut pas, à tout prendre, le plaisir de les découvrir et de les applaudir sans leur étiquette[139].

---

136. Art. « Harsanyi (Tibor) », dans Dufourcq (dir.), *Larousse de la musique*, vol. 1, p. 435. Dans les versions successives du dictionnaire, qui suppriment l'entrée « École de Paris », on en parle toutefois dans les articles consacrés à Harsányi et à Mihalovici. Dans le premier, il est précisé que les autres « membres » du groupe furent Mihalovici, Martinů, Tansman et Tchérepnine (Pierre-Émile Barbier, art. « Harsanyi, Tibor », dans Vignal (dir.), *Larousse de la musique*, 1982, vol. 1, p. 716; 2ᵉ éd., sans auteur spécifié, 2001, p. 450). Ces noms seront différents dans l'entrée consacrée à Mihalovici : « En 1928, Mihalovici, Martinů, C. Beck et T. Harsanyi, rejoints par N. [*sic*] Tcherepnine, décident de donner ensemble un concert de leurs œuvres : les critiques regroupent sous le nom d'école de Paris ces compositeurs d'origine étrangère, résidant en France, mais aux esthétiques très différentes » (Anne Penesco et Mihnea Penesco, « Mihalovici, Marcel », dans Vignal (dir.), *Larousse de la musique*, 1982, vol. 2, p. 1026; 2ᵉ éd., sans auteur spécifié, 2001, p. 653). Dans les entrées consacrées aux autres compositeurs concernés – écrites par André Gauthier (Beck) et André Lishke (Tansman et Tchérepnine) –, l'École de Paris n'est jamais mentionnée.

137. Art. « Mihalovici (Marcel) », dans Dufourcq (dir.), *Larousse de la musique*, vol. 2, p. 50.

138. Art. « Tchérepnine (Nicolaï Nicolaiévitch) », § « Alexandre Nicolaiévitch », dans Dufourcq (dir.), *Larousse de la musique*, vol. 2, p. 406.

139. Marc Pincherle, « La Musique vivante », *Le Monde musical*, 30 novembre 1926, p. 407. On se rappellera que déjà depuis la non-participation de Durey aux *Mariés de la Tour Eiffel* en 1921, les Six étaient devenus cinq – ce qui offrit une excellente prise au sarcasme d'Émile Vuillermoz : « Par une singulière fantaisie arithmétique, ces "six" ne sont déjà plus que cinq, et [...] ces cinq ont du talent comme... quatre ». Émile Vuillermoz, « Arthur Honegger », *Le Monde musical*, octobre 1923, p. 313-314, ici p. 313.

Deuxième partie

TERRAIN

Prologue à la deuxième partie

LA PAROLE AUX PROTAGONISTES

Dans la première partie, nous avons recueilli de nombreuses traces discursives à propos de l'École de Paris. Les matériaux qui ont fait l'objet de notre attention étaient des récits d'observateurs « externes » : des critiques et des historiens. Les textes des personnes désignées comme étant « membres » de l'École de Paris – au sens large ou au sens étroit – n'ont pas encore été analysés. Aussi, nous n'avons toujours pas fait appel à des faits non discursifs (c'est-à-dire à des preuves directes) : nous nous sommes contenté de signaler qu'aucun « Concert de l'École de Paris » n'a jamais été à l'affiche dans le Paris de l'entre-deux-guerres, et il reste encore à explorer en détail la programmation des œuvres des compositeurs immigrés.

La deuxième partie servira précisément à étudier le phénomène « École de Paris » de l'intérieur. Si nous avons démontré que l'École de Paris est un phénomène essentiellement discursif – une étiquette assez floue pour être utilisée selon les nécessités du récit du critique ou de l'historien –, il n'en demeure pas moins que ce phénomène s'appuie sur des faits, à savoir l'utilisation de l'expression « École de Paris » pour désigner les peintres et les sculpteurs étrangers présents à Paris, ainsi que le rôle central de la capitale française dans la promotion de jeunes compositeurs étrangers. Dans les chapitres qui constituent la présente partie, nous développerons ce constat sous forme de triptyque : *primo* (chapitre IV), une analyse sociohistorique de la naissance de l'étiquette « École de Paris » dans le milieu des arts visuels ; *secundo* (chapitre V), une analyse distributionnelle et discursive de la programmation musicale présentant les œuvres des compositeurs immigrés ; *tertio* (chapitre VI), une analyse du discours que les compositeurs concernés ont formulé au sujet de leur éventuelle appartenance à une « École de Paris » des musiciens.

Le titre de la première partie était « Traces ». Pour celle-ci, nous avons choisi « Terrain », et ce, pour deux raisons. Premièrement, sur un plan imagé, ce titre vise à suggérer que les traces ne s'inscrivent pas dans le vide : il doit y avoir une surface les accueillant, et de laquelle elles ressortent. Ainsi, les traces de l'expression « École de Paris » que l'on trouve dans le discours peuvent exister parce qu'il existe des *faits* par lesquels elles naissent. Le critique qui dépose sa main sur le sable modifie la perception que nous avons de ce sable – il a maintenant la forme de sa main –, mais il faut bien qu'il y ait du sable à la base. C'est ce « sable », ce *terrain* que nous avons regardé à travers le filtre du discours, que nous étudierons maintenant.

Deuxièmement, « Terrain » est un clin d'œil au terrain ethnologique. « Terrain » ne sera donc pas seulement l'objet de l'étude, mais aussi sa méthode. Nous nous apprêtons à mener une sorte d'observation participante historique [1], dont l'esprit est de chercher à comprendre une réalité autre *juxta propria principia* et non pas de la catégoriser selon une grille préétablie. À l'instar des ethnologues désireux de se mêler à une réalité humaine circonscrite cherchant ainsi non seulement à en saisir les modalités de comportement, mais aussi à en acquérir les réflexes, nous nous plongerons dans cette réalité, dans ses débats et dans sa vie culturelle, et nous rencontrerons aussi ses protagonistes. Bien évidemment, ces rencontres ne pourront se produire que de façon médiée, en raison de la distance temporelle : pour interviewer Tansman ou Mihalovici, nous devrons nous contenter de lire les interviews que d'autres ont faites ou d'écouter leur voix à la radio (ce qui est possible uniquement après la Seconde Guerre mondiale) [2]. Dans une observation participante historique, le filtre du discours est inévitablement bien plus présent que dans une véritable observation participante – même si l'« explication de texte » est également au cœur de l'observation ethnologique aux côtés de la simple observation [3].

1. La proximité entre la méthodologie anthropologique (notamment celle interprétative de Clifford Geertz) et l'analyse du discours historique est un des éléments clés du *new historicism*. Voir Catherine Gallagher et Stephen Greenblatt, *Practicing New Historicism*, Chicago, University of Chicago Press, 2000, chap. 1 (« The Touch of the Real »), p. 20-48, ici p. 20-31. L'ouvrage de Geertz auquel les auteurs se réfèrent est le désormais classique *The Interpretation of Cultures : Selected Essays*, New York, Basic Books, 1973. Version française partielle dans *Bali : interprétation d'une culture*, traduit de l'américain par Denise Paulme et Louis Évrard, Paris, Gallimard, 1983.

2. D'après nos recherches, aucun document plus ancien concernant ces compositeurs n'est présent dans les archives de l'INA.

3. « *There is rather less observation and considerably more explication* – explication de texte – *than anthropologists generally admit to* » (Gallagher et Greenblatt, *Practicing New Historicism*, p. 23).

Chapitre IV

ARTS VISUELS

Si aucune recherche musicologique n'a jamais été consacrée spécifiquement au cas de l'École de Paris, il en va tout autrement en histoire de l'art visuel, où l'étiquette « École de Paris » a, au contraire, fait l'objet d'une longue tradition d'étude. Il sera opportun d'explorer ce qui entoure la naissance de l'expression, les enjeux sociaux et politiques qui l'accompagnent ainsi que sa fortune historiographique, afin de mieux saisir son rôle dans l'application de la même étiquette en histoire de la musique. Henri Monnet remarque, en 1926 :

> Un rapport existe assurément entre une certaine peinture et une certaine musique modernes, et les ballets russes [*sic*] l'ont mis, de leur façon, en évidence : les peintres employés par eux ces dernières années appartiennent à peu près tous à cette peinture contemporaine française qui, bien que quelques figures capitales – Picasso – soient étrangères, peut être appelée, et l'est déjà, École de Paris, dénomination également empirique, car c'est un fait d'expérience que, depuis un siècle, Paris est le catalyseur détermine [*sic*] la production de toute peinture valable [1].

Le discours des critiques d'art et celui des critiques musicaux doivent faire l'objet d'une analyse globale, et ce pour au moins trois raisons : premièrement, les milieux parisiens des artistes visuels et des musiciens étaient très connectés, surtout autour des communautés étrangères ; deuxièmement, dans les journaux et les revues culturelles, les critiques artistiques et musicales se côtoyaient ; troisièmement, comme nous le verrons, la naissance de l'étiquette « École de Paris » et plus généralement la tendance à parler des étrangers comme d'une entité bien différente des Français s'inscrivaient dans un discours politique et culturel global qui dépassait les frontières entre les disciplines. Notre enquête sur l'École de Paris en musique ne peut donc se passer d'explorer ce « champ de concomitance » – selon les termes de Michel Foucault :

> Des énoncés qui concernent de tout autres domaines d'objets […] mais qui prennent activité parmi les énoncés étudiés soit qu'ils servent de confirmation analogique, soit qu'ils

1. Henri Monnet, « Les Ballets russes (II) », *Revue Pleyel*, n° 34, 15 juillet 1926, p. 13-16, ici p. 13. L'article continue en affirmant que les musiciens « qui s'apparentent à ces peintres français » sont Igor Stravinski, Erik Satie, Georges Auric et Francis Poulenc.

> servent de principe général et de prémisses acceptées pour un raisonnement, soit qu'ils servent de modèles qu'on peut transférer à d'autres contenus, soit qu'ils fonctionnent comme instance supérieure à laquelle il faut confronter et soumettre au moins certaines des propositions qu'on affirme [...] [2].

Le champ de concomitance que nous allons élucider dans les pages du présent chapitre concerne à la fois des faits, le discours de l'époque et les récits historiographiques. Nous commencerons par analyser ces derniers, comme nous l'avons fait pour le domaine musical.

L'École de Paris selon les historiens de l'art

Il faut tout d'abord signaler qu'en histoire de l'art, « École de Paris » désigne deux phénomènes distincts : avant la Seconde Guerre mondiale, l'expression recouvre le milieu artistique cosmopolite qui caractérisait tout d'abord Montmartre pour ensuite se concentrer plutôt à Montparnasse; après la guerre, Pierre Francastel commence à parler d'une « nouvelle École de Paris » [3], et à partir de 1954, « École de Paris » sera le titre d'une série d'expositions de peintres étrangers et français à la galerie Charpentier [4]. La « première » École de Paris est, évidemment, le phénomène qui nous intéresse ici.

Nous avons recensé une quinzaine d'ouvrages comportant l'expression « École de Paris » dans leur titre publiés entre 1946 et aujourd'hui (2017). Sur l'École de Paris d'avant-guerre, on constate deux vagues de publications. La première commence en 1946 par l'ouvrage de Francastel déjà évoqué (*Nouveau dessin, nouvelle peinture : l'École de Paris*), et continue jusqu'à 1960 (Raymond Nacenta, *School of Paris / École de Paris*), en passant par *An Exhibition of Paintings of the École de Paris* (dirigé par Frank McEwen en 1952) et *Les artistes juifs et l'École de Paris* de Waldemar George (1959). Ce dernier

2. Michel Foucault, *L'archéologie du savoir*, Paris, Gallimard, 1969, p. 81.

3. Pierre Francastel, *Nouveau dessin, nouvelle peinture : l'École de Paris*, Paris, Librairie Médicis, 1946. Voir Gérard Durozoi, « Une communauté à géométrie variable », dans *L'École de Paris, 1904-1929*, numéro spécial de *Beaux-Arts*, [2000], p. 12-15, ici p. 12. Voir aussi Georges Limbour, « La nouvelle École de Paris », *L'Œil*, octobre 1957, p. 58-71. Aussi nommée « seconde » ou « jeune École de Paris », elle était « un temps assimilée à la "première", dans un fondu enchaîné plus que paradoxal où l'on voit étiquettes et renommées changer radicalement de contenu »; cette étiquette « renvoie le plus souvent à un groupe assez homogène de peintres non figuratifs pour qui le label "École de Paris" [...] qualifiait une production très "française", d'abord recherchée et prisée pour des qualités supposées intrinsèques de bon goût, de délicatesse et d'équilibre, qui, par un curieux effet de boomerang – où l'émergence de la nouvelle "École de New York" a sa part – lui seront renvoyées comme autant de tares par la même scène artistique nationale et internationale ». Suzanne Pagé, « Avant-propos », dans *L'École de Paris, 1904-1929 : la part de l'autre*, catalogue de l'exposition (Musée d'art moderne de la Ville de Paris, 30 novembre 2000-11 mars 2001), Paris, Paris-Musées, 2000, p. 17-19, ici p. 18.

4. Raymond Nacenta, propriétaire de la galerie Charpentier à partir de 1948, a publié les catalogues des expositions qu'il a organisées chaque année entre 1954 et 1963. Le même auteur a consacré à l'École de Paris (dans les deux acceptions) une monographie : *School of Paris : The Painters and the Artistic Climate of Paris since 1910*, Greenwich (CT), New York Graphic Society / London, Oldbourne Press, 1960. Version française : *École de Paris : son histoire, son époque*, Neuchâtel, Ides et calendes / Paris, Seghers, [1960]. Des critiques sérieuses à l'idée d'assimiler le contexte artistique cosmopolite du Paris des années 1950-1960 à celui du début du siècle ont été avancées dans la recension de cet ouvrage parue dans *Art Journal*, vol. 21, n° 4, 1962, p. 286, sous la plume de Charles Hess.

auteur est conscient de sa position de pionnier : « L'histoire de l'École de Paris n'a pas été écrite »[5]. La nécessité de combler ce vide n'est pas, pour Waldemar George, uniquement documentaire. L'historien est, au contraire, convaincu de l'actualité de son entreprise : « L'art français constitue *aujourd'hui* la colonne vertébrale de l'art européen parce qu'il reçoit les apports étrangers et en fait la synthèse »[6]. Raconter l'histoire de ces contacts internationaux dans le Paris du début du siècle est donc, pour Waldemar George, en lien direct avec l'actualité artistique. Ce même esprit a poussé le galeriste Raymond Nacenta, dans ces mêmes années 1950, à organiser les expositions de la « nouvelle » École de Paris et à affirmer clairement dans son livre que

> cette École représente sous ses formes les plus contrastées l'art le plus complet et le plus évolué de l'Occident. Son destin passionné s'oppose aux forces mauvaises; le monde s'enrichit de ses conquêtes et ce feu central qui illumine l'univers sensible, c'est à Paris qu'il brûle et, demain, c'est à Paris encore que l'on viendra s'y réchauffer[7].

Trois ouvrages parmi ceux qui contiennent l'expression « École de Paris » dans le titre sont spécifiquement consacrés à la « nouvelle » École de Paris : la monographie de Natalie Adamson, *Painting, Politics and the Struggle for the École de Paris* (2009), et deux catalogues d'expositions rétrospectives – l'une à Milan en 1978[8], l'autre au Luxembourg en 1999[9]. À ceux-ci on pourrait rajouter des catalogues d'expositions plus ponctuelles ayant eu lieu dans les années 1950[10].

La seconde vague de publications sur la « première École de Paris » arrive, quarante ans après le livre de Nacenta, à l'occasion de l'exposition *L'École de Paris, 1904-1929 : la part de l'autre* organisée par le Musée d'art moderne de la Ville de Paris en 2000 (qui a donné lieu à un numéro spécial de *Beaux-Arts*, à un riche catalogue ainsi qu'à un livret de vulgarisation)[11]. La même année est publié l'ouvrage *École de Paris : le Groupe des Quatre* (voir au chapitre 2)[12]. En 2004, le Musée de Montparnasse publie un volume

5. Waldemar George, *Les artistes juifs et l'École de Paris*, Alger, Éditions du Congrès juif mondial, 1959, p. 8.

6. *Ibid.*, p. 7 (c'est nous qui soulignons).

7. Nacenta, *School of Paris / École de Paris*, p. 54.

8. *École de Paris*, catalogue de l'exposition (Milan, Palazzo Reale, septembre-novembre 1978), Milano, Electa, 1978; dans la préface de Jacques Lassaigne, on lit que ces peintres se réunirent sous l'étiquette de « Jeunes peintres de tradition française » pour une exposition à la galerie Braun en 1941. Les artistes choisis pour l'exposition de Milan regroupaient plusieurs générations, le plus âgé, Árpád Szenes, étant né en 1897, et la plus jeune, Geneviève Asse, en 1923. Les autres peintres présentés étaient Jean Bazaine, Olivier Debré, Maria Elena Vieira da Silva, Hans Hartung, Alfred Manessier, Zoran Mušič, Gérard Schneider, Pierre Soulages, Pierre Tal Coat [Pierre Jacob], Raoul Ubac [Rudolf Gustav Maria Ernst Ubach] et Zao Wou-Ki.

9. Catherine Carrein et Catherine Morlet, *L'École de Paris? 1945-1964*, catalogue de l'exposition (Luxembourg, Musée national d'histoire de l'art, 12 décembre 1998-21 février 1999), Luxembourg, Fondation Musée d'art moderne Grand-Duc Jean / Musée national d'histoire de l'art / Paris, Adagp, 1998. Que l'on remarque le point d'interrogation suivant l'expression « École de Paris » dans le titre.

10. Voir notamment *French Painting Today / Peintres vivants de l'École de Paris*, Sydney, Edwards and Shaw, 1953, ou *School of Paris 1959 : The Internationals*, Minneapolis, Walker Art Center, 1959.

11. *L'École de Paris, 1904-1929*, numéro spécial de *Beaux-Arts*, [2000] ; *L'École de Paris, 1904-1929 : la part de l'autre*, catalogue de l'exposition (Musée d'art moderne de la Ville de Paris, 30 novembre 2000-11 mars 2001), Paris, Paris-Musées, 2000; Jean-Louis Andral et Sophie Krebs, *L'École de Paris : l'atelier cosmopolite*, Paris, Gallimard / Paris-Musées, 2000.

12. [Kenneth Mesdag Ritter (dir.)], *École de Paris : le Groupe des Quatre*, Paris, Lachenal et Ritter, 2000.

écrit par Jeanine Warnod (*L'École de Paris : dans l'intimité de Chagall, Foujita, Pascin, Cendrars, Carco, Mac Orlan, à Montmartre et à Montparnasse*), fille d'André Warnod, le critique qui aurait entamé l'utilisation de l'expression « École de Paris » en 1925 (voir ci-après). Deux autres ouvrages, dus à l'initiative de la galeriste Nadine Nieszawer (qui possède d'ailleurs un site internet consacré à l'École de Paris) [13], se concentrent sur les artistes juifs de l'École de Paris [14]. On pourrait ajouter à cette liste des monographies consacrées à un peintre étranger et qui présentent l'expression École de Paris dans le titre, par exemple *David Garfinkiel : école de Paris* (2006) [15].

Nous ne livrerons pas ici une étude systématique de la littérature qui a été produite sur l'École de Paris artistique comme celle qui a été proposée au chapitre précédent à propos de l'utilisation de cette expression en musique. Le seul fait qu'une littérature scientifique consacrée spécifiquement à ce sujet existe marque une différence remarquable avec la musicologie. Un des effets les plus immédiats de l'existence de ces études est que, même dans un contexte de vulgarisation, les informations à propos de l'École de Paris sont plus documentées et critiques que celles que l'on trouve dans la littérature musicologique. Si l'on prend l'exemple du numéro monographique que *Beaux-Arts Magazine* a intitulé *L'École de Paris, 1904-1929*, on y trouve dès le début la constatation que « l'École de Paris est un [des] mythes de l'histoire de l'art » [16]. Les historiens de l'art ont par conséquent déjà remis en question l'univocité de l'étiquette, et cette mise en garde est devenue rapidement patrimoine commun de la communauté scientifique. L'*incipit* de l'article de Gérard Durozoi dans le même numéro spécial le confirme : « "École de Paris" : l'expression serait à géométrie variable, selon les époques et les commentateurs » [17]. Même en remontant plus loin dans le temps, on retrouve cette conscience du fait qu'il faut prendre l'étiquette « École de Paris » avec des pincettes. Dans une émission radiophonique de 1971 entièrement consacrée à l'École de Paris, l'historien de l'art Pierre Cabanne est très clair : chaque fois que Paris a été le centre cosmopolite de l'art (au XIVe et au XVIIIe siècle ainsi que dans l'entre-deux-guerres), on peut parler d'École de Paris au sens large, mais, à partir des années 1920, cette expression est devenue un « sigle commode » dont on s'est servi surtout pour des questions commerciales :

> En fait, je crois que *l'École de Paris n'a jamais été une école. Ce sont les critiques, ou les historiens ou les marchands qui ont inventé ça* parce qu'il faut bien donner des noms à certaines choses, donner des « appellations contrôlées » comme pour les vins. Mais là je pense qu'il n'y a pas eu d'école, *il y a eu surtout des rencontres*. Oui, des courants, mais on ne peut pas parler d'une école : une école suppose un chef et elle suppose des troupes [avec] des théories, des dogmes. Là, vraiment, il n'y a eu que des rencontres. [...] Je crois

13. http://www.ecole-de-paris.fr, consulté le 11 janvier 2016.

14. Nadine Nieszawer, Marie Boye et Paul Fogel, *Peintres juifs à Paris, 1905-1939 : École de Paris*, Paris, Denoël, 2000 ; Nadine Nieszawer, *Artistes juifs de l'École de Paris, 1905-1939 / Jewish Artists of the School of Paris*, préface de Claude Lanzmann, Paris, Somogy Éditions d'art, 2016.

15. Gisèle Rozenbaum, Edith Chomentowski et Marie Boyé-Taillan, *David Garfinkiel : école de Paris*, Paris, Eska, 2006.

16. Laurence Bertrand Dorléac, « Paris ouvert », dans *L'École de Paris, 1904-1929*, numéro spécial de *Beaux-Arts*, p. 2-7, ici p. 2.

17. Durozoi, « Une communauté à géométrie variable », p. 12.

> que les gens qui ont travaillé à cette époque-là n'ont pas du tout pensé qu'ils faisaient une école, pas du tout. [...] L'École de Paris ne peut plus exister parce que Paris en tant que capitale de l'esprit et capitale de l'art n'existe plus. Paris est maintenant une ville du *souvenir*[18].

Cabanne met en évidence, au sujet de l'École artistique de Paris, trois éléments clefs que l'on retrouve aussi du côté du milieu musical (nous les avons soulignés dans la transcription de son intervention) : le caractère discursif de l'étiquette, le fait qu'il s'agissait d'un réseau davantage que d'une école, et que ce phénomène appartient au passé. Nous retrouverons ces trois points dans l'analyse des discours tenus dans les mêmes années par certains compositeurs étrangers qui ont été considérés comme des « membres » de l'École de Paris (nous analyserons ces discours dans les sections « Survivre à l'histoire » et « Souvenirs » du chapitre VI).

Quels sont les problèmes posés par cette étiquette en histoire de l'art ? Le premier, nous l'avons dit, est d'ordre chronologique. Non seulement « École de Paris » désigne deux phénomènes différents, mais même en limitant l'étude au premier (celui d'avant la Seconde Guerre mondiale), les historiens de l'art ont pu constater l'existence de plusieurs phases : 1) l'installation à Paris d'artistes étrangers à partir de 1900; 2) l'institutionnalisation de ces artistes en tant qu'« École de Paris » (leur succès commercial des années 1920 accompagné par un débat critique) ; 3) l'aversion nette pour la composante étrangère et notamment juive de l'art français (une position idéologique qui naît dans les années 1920 et atteint son sommet sous Vichy). Si, pendant ces trois phases (exception faite, éventuellement, de la première)[19], on utilise l'expression « École de Paris », il est évident que l'objet qu'elle désigne n'est pas toujours le même.

Cela nous amène au second problème, qui concerne le corpus d'artistes à inclure sous cette étiquette. La littérature est assez claire à cet égard : jamais on n'a parlé d'École de Paris pour désigner un groupe restreint de quelques peintres qui se seraient donné ce nom. Toutefois, cette étiquette n'a pas été utilisée non plus au « sens large » que nous avons rencontré dans le milieu musical – *mutatis mutandis*, tous les peintres ayant séjourné à Paris au cours des siècles[20]. Les artistes de l'École de Paris étaient tous installés à Paris – et plus précisément à Montparnasse – pendant les trente premières années du XXe siècle : ils étaient une sorte de « colonie » (mot que l'on retrouve souvent dans la littérature), ils fréquentaient les mêmes ateliers (La Ruche) et les mêmes cafés (Le Dôme,

18. Pierre Cabanne interviewé par Roger Boullot, « Roger Boullot : l'École de Paris », dans *Carte blanche à...*, émission radiophonique, ORTF, France Inter, 17 mai 1971.

19. Nous n'avons pas trouvé trace, dans la littérature consultée ni dans les sources d'avant-guerre (que nous n'avons cependant pas dépouillées systématiquement), de l'utilisation de l'expression « École de Paris » avant les années 1920. Bien que Waldemar George affirme que « l'âge d'or [de l'École de Paris] se situe entre 1900 et 1914 » (George, *Les artistes juifs de l'École de Paris*, p. 8), d'après les recherches que nous allons exposer ci-après, cette étiquette serait née à l'occasion du Salon des Indépendants de 1923.

20. La seule exception pourrait être l'interview de Cabanne citée ci-dessus; mais l'historien de l'art, en affirmant que l'on peut appeler « École de Paris » tant le milieu artistique du XIVe siècle que celui de l'entre-deux-guerres, avait une intention surtout provocatrice.

La Rotonde, La Coupole), ils venaient surtout d'Europe de l'Est [21] et ils étaient en grande majorité juifs [22].

Néanmoins, lorsqu'il s'agit d'établir une liste de noms, certains critères de sélection entrent en jeu. Laurence Bertrand Dorléac remarque que

> les commentaires en reviennent toujours à l'importance de l'instinct et à l'absence de ces « schémas » intellectuels qui les distinguent des autres étrangers formant les avant-gardes en France, tels les cubistes, [Juan] Gris ou [Pablo] Picasso, les rayonnistes, [Michel] Larionov ou [Natalia] Gontcharova, les rythmistes avec [Léopold] Survage, bientôt les abstraits [23].

La difficulté à délimiter les contours de l'École de Paris est manifeste dans le cas où il faut organiser, aujourd'hui, une exposition sur ce phénomène ; le cas de l'exposition *Les heures chaudes de Montparnasse* (Paris, 1995) le montre clairement :

> Ont été retenus pour cette exposition des artistes d'origine étrangère (Kisling, mais pas [André] Derain), et dont l'œuvre, même partiellement influencée par un courant répertorié (cubisme ou vague expressionnisme), ne s'y inscrit pas vraiment – on expose [Kees] Van Dongen et [Chaïm] Soutine, mais pas [Joan] Miró [24].

Bref, un critère stylistique entre en ligne de compte – et c'est le troisième problème qui surgit à propos de la définition d'École de Paris – lorsque l'on a à énumérer les « membres » de ce regroupement. Pour faire partie de l'« École de Paris », un artiste doit proposer « la séduction d'une peinture figurative, qui fait la part belle à l'émotion et aux sujets anecdotiques traités sur un mode suffisamment moderne, mais assez raisonnable en même temps » [25]. Il doit aussi avoir une « foi inébranlable en l'homme et refus[er le] formalisme » [26]. Cependant, d'autres historiens soulignent au contraire que « l'École de Paris désigne un espace de séjour ou de travail, et non une orientation stylistique commune » [27].

---

21. L'ouvrage de Nieszawer, Boye et Fogel, *Peintres juifs à Paris*, ne nuance pas : « Nos artistes viennent de l'Est » (p. 12). Waldemar George consent à une exception : « À l'exception d'Amedeo Modigliani, presque tous les artistes juifs qui se rendent à Paris sont originaires de l'Est européen » (*Les artistes juifs de l'École de Paris*, p. 8).

22. Selon Waldemar George, les « Six coryphées juifs de l'École de Paris » étaient Marc Chagall, Jules Pascin (né Julius Mordecai Pincas), Jacques Lipchitz (né Chaim Jacob Lipchitz), Simon Segal, Jean-Michel Atlan et Maryan (né Pinchas Simson Burstein). Yves Kobry (« Peintres et juifs », dans *L'École de Paris, 1904-1929*, numéro spécial de *Beaux-Arts*, p. 8-11) ouvre ainsi son article : « Existe-t-il un expressionnisme juif ? La question fut posée en filigrane dès les années 20 dans l'appellation "École de Paris" » (p. 8). Pour une étude de l'interprétation « sioniste » de l'École de Paris proposée par certaines revues juives, voir Dominique Jarrassé, « La critique d'art dans les revues juives de langue française durant l'entre-deux-guerres : Jacques Biélinky et la part juive de l'École de Paris », dans Rossella Froissart Pezone et Yves Chevrefils Desbiolles (dir.), *Les revues d'art : formes, stratégies et réseaux au XXe siècle*, Rennes, Presses universitaires de Rennes, 2011, p. 79-90, et plus particulièrement 87 *sqq*.

23. Bertrand Dorléac, « Paris ouvert », p. 4.

24. Durozoi, « Une communauté à géométrie variable », p. 12. Voir Jean-Marie Drot, *Les heures chaudes de Montparnasse*, catalogue de l'exposition (Paris, Espace Elektra, [1995]), avec la collaboration de Dominique Polad-Hardouin, Paris, Fondation Électricité de France / Hazan, 1995 ; Jean-Marie Drot, *Les heures chaudes de Montparnasse*, série de 14 films, 2 coffrets (6 DVD), Paris, ORTF / INA, 1961-1990.

25. Bertrand Dorléac, « Paris ouvert », p. 7.

26. Kobry, « Peintres et juifs », p. 11.

27. Durozoi, « Une communauté à géométrie variable », p. 12.

En somme, même si l'expression « École de Paris » était utilisée, comprise et admise dans le milieu artistique parisien et international au moins à partir des années 1920, sa signification n'est finalement pas beaucoup moins vague que son utilisation dans le milieu musical. Des phrases comme la suivante ne font qu'accroître les similarités avec le problème de l'École de Paris en musique (il suffirait de substituer « Soutine » par, disons, « Tansman » et la liste de peintres par « Beck, Harsányi, Mihalovici, Martinů, Tchérepnine… ») :

> Dès l'origine, Soutine a été rattaché à l'école de Paris et, encore aujourd'hui, il est impossible d'y échapper. Il fait partie des quelques figures tutélaires du pseudo-mouvement avec Chagall, Modigliani, Pascin, Foujita, Kisling, Zadkine… [28]

Il peut être utile de proposer ici une petite anthologie de « définitions » de l'École de Paris en histoire de l'art :

> Moins tapageurs qu'un groupe constitué sur la base d'un programme radical, ces artistes d'origine étrangère font penser à une nébuleuse artistique qui n'a en commun aucun projet formel déclaré, mais une « sensibilité » et une « mobilité » apparentes [29].
>
> Un mouvement artistique ? Une constellation d'artistes indépendants plutôt, farouchement individualistes, allergiques à l'idée d'organisation, de chef de file, de manifeste, dont la manière, le parcours, l'origine sociale et la personnalité sont radicalement différents, opposés parfois [30].
>
> L'École de Paris ne désigne pas un mouvement ou une école au sens académique du terme, mais un fait historique [31].
>
> Soutine participe involontairement à l'invention de l'école de Paris, à tort considérée comme un mouvement artistique alors que ce n'est qu'un rassemblement d'artistes étrangers installés depuis longtemps dans la capitale et qui participent pleinement de l'art français [32].
>
> L'École de Paris n'a jamais été une école se définissant par un credo artistique. Elle était plutôt un milieu dans lequel les artistes se rencontraient et s'enrichissaient mutuellement [33].

Pour terminer la réflexion, on pourrait citer la position un peu naïve, mais en effet fortement attachée au sens commun, exprimée par Raymond Nacenta. Pour lui, quand on parle d'École de Paris, tout le monde comprend de quoi il s'agit : les visiteurs des musées « situent parfaitement Rouault, Max Ernst, Matisse ou Vlaminck dans la constellation des peintres de l'École de Paris », et les historiens, « souvent perdus dans

28. Sophie Krebs, « Soutine et les débats de son époque », dans Marie-Paule Vial (dir.), *Chaïm Soutine (1893-1943) : l'ordre du chaos*, catalogue de l'exposition (Paris, Musée de l'Orangerie, 3 octobre 2012-21 janvier 2013), Paris, Musée d'Orsay / Hazan, 2012, p. 14-24, ici p. 16.

29. Bertrand Dorléac, « Paris ouvert », p. 7.

30. Kobry, « Peintres et juifs », p. 8.

31. Nieszawer, Boye et Fogel, *Peintres juifs à Paris*, p. 12.

32. Krebs, « Soutine et les débats », p. 16.

33. « *The* École de Paris *was never a school defined by an artistic creed. Rather, it was a milieu in which artists met, shared experiences, and enriched one another* ». Vita Susak, « École de Paris / School of Paris », dans *School of Paris : Painters, Sculptors*, anciennement en ligne à l'adresse http//:www.school-of-paris.org (consulté en février 2014, désormais inactif).

des considérations de “chapelles” intéressant vingt personnes », ne font que créer de la confusion [34]. Nacenta, convaincu que « ce sont les événements qui font l'histoire, et non pas les historiens chargés de la relater » [35], ne réalise pourtant pas que son idée d'universalité et d'unité pacifique d'un art jaillissant dans le meilleur des milieux possibles (qui serait Paris) n'est pas un fait qu'il se limiterait à constater et à perpétuer dans sa galerie ; au contraire, cette idée passe sous silence l'attitude nationaliste et xénophobe dont se chargeait souvent l'expression « École de Paris » dans les années 1920, lorsque l'étiquette a commencé à être utilisée de façon régulière et même institutionnelle. « L'École de Paris est assurément un mythe [...], mais qui aura au moins eu l'avantage de déchaîner la rage de Mauclair et de quelques autres », résumait à juste titre Durozoi [36]. Il sera opportun de tenter de comprendre si cette attitude caractérisait aussi le discours sur la musique.

Paris, 1923 : les enjeux d'une étiquette

Trois évènements

Si les École(s) de Paris en art visuel et en musique présentent des similarités sur le plan du discours historiographique qui les forge, leur différence se joue sur le plan du terrain : il est presque impossible de trouver des traces de l'utilisation de l'étiquette dans le milieu musical de l'époque, mais en revanche, elle est attestée et régulièrement utilisée dans le milieu des arts visuels. Le terme naît en 1923, lorsque trois évènements bousculent le monde de l'art parisien.

Le premier de ces évènements est le 34ᵉ Salon des Indépendants (Grand-Palais, 10 février-11 mars 1923) : le président Paul Signac – parmi les fondateurs, en 1884, de cet anti-Salon « sans jury et sans récompense » [37] – décide de classer les peintres par ordre alphabétique plutôt que par tendance ou affinité stylistique.

En même temps, Albert C. Barnes organise à Philadelphie une exposition de tableaux qu'il avait achetés en décembre 1922 à Paris, à la galerie de Paul Guillaume ; il s'agit en grande partie d'œuvres d'artistes étrangers résidant à Paris (et notamment de Chaïm Soutine). Barnes organise cette exposition dans le but de faire connaître en Amérique

34. Nacenta, *School of Paris / École de Paris*, p. 53.

35. *Ibid.*, p. 54.

36. Durozoi, « Une communauté à géométrie variable », p. 15. La référence est à Camille Mauclair, *La farce de l'art vivant II : les métèques contre l'art français*, Paris, La Nouvelle Revue critique, 1930. Nous approfondirons les positions de ce dernier plus loin dans ce chapitre.

37. Cette devise apparaît dès la première édition du Salon des Indépendants en 1884, dont la philosophie est explicitée de la façon suivante : « La Société des “Artistes indépendants”, basée sur le principe de la suppression du jury d'admission, a pour but de permettre aux artistes de présenter librement leurs œuvres au jugement du public ». Société des « Artistes Indépendants », *Catalogue de la 34ᵉ exposition* (Grand-Palais des Champs-Élysées, 10 février-11 mars 1923), Paris, [s. éd.], 1923, p. 15. Sur le Salon des Indépendants, voir Jean Monneret, *Catalogue raisonné du Salon des Indépendants, 1884-2000 : les Indépendants dans l'histoire de l'art*, Paris, Salon des Indépendants / Grand-Palais des Champs-Élysées, 2000; Dominique Lobstein, *Dictionnaire des Indépendants, 1884-1914*, 3 t., Dijon, L'Échelle de Jacob, 2003 ; Pierre Sanchez, *Dictionnaire des Indépendants : répertoire des exposants et liste des œuvres présentées, 1920-1950*, 3 t., Dijon, L'Échelle de Jacob, 2008.

l'art *français* contemporain. L'idée que la France soit représentée à l'étranger par des artistes étrangers – dont un nombre considérable de toiles « envahit » aussi le Salon des Indépendants – a suscité de nombreuses prises de position polémiques dans la presse.

Par conséquent – et nous arrivons ainsi au troisième événement clef de 1923 –, le comité organisateur du Salon des Indépendants décide (en novembre) que la 35 e édition (9 février-12 mars 1924) sera caractérisée par un classement des artistes en fonction de leur nationalité (cependant le catalogue reste organisé par ordre alphabétique, et la numérotation des tableaux suit l'ordre des noms des peintres)[38]. À la suite de cette annonce, les artistes étrangers résidant à Paris s'insurgent et boycottent le Salon (parmi les démissions les plus frappantes celles de Léonard Tsugouharu Foujita, Jacques Lipchitz, Ossip Zadkine, Kees Van Dongen et même d'un Français « de souche » tel que Fernand Léger)[39]. En effet, en 1923, on compte 4 824 tableaux dans le catalogue, tandis qu'en 1924 ils ne seront que 3 143. Les étrangers qui participent au Salon sont dispersés dans plusieurs salles, ce qui suscite d'autres polémiques et des ambiguïtés (« Pascin, par exemple, cet animateur réputé de Montparnasse, si intrinsèquement lié au Paris des années folles, est placé dans la section "peinture américaine", à cause de sa naturalisation de fraîche date afin de ne pas tomber dans le statut peu enviable d'apatride »[40]). L'appellation « École de Paris », déjà proposée par le critique Roger Allard en mars 1923 et par la suite rendue célèbre par André Warnod, s'affirme désormais pour indiquer une entité où les nationalités des artistes s'estompent en faveur de leur lieu d'activité – Paris[41].

En 1928, l'étiquette sera utilisée pour regrouper dans une même salle les artistes de différentes nationalités, mais résidant à Paris, à la XVI e Biennale de Venise et à

38. À côté du nom de chaque artiste et de son lieu de naissance, on en spécifie en plus la nationalité, ce qui n'était pas le cas dans les catalogues jusqu'en 1922, mais qui avait déjà été fait en 1923 et que l'on continuera à faire dans les catalogues des années suivantes. Voir Société des « Artistes Indépendants », *Catalogue de la 34 e exposition* et *Catalogue de la 35 e exposition* (Grand-Palais des Champs-Élysées, 9 février-12 mars 1924), Paris, [s. éd.], 1924.

39. Cette « Querelle des indépendants » a donné naissance à une enquête dans *Le Bulletin de la vie artistique*, à la suite de l'article de Guillaume Janneau, « La querelle des "Indépendants" » (*Le Bulletin de la vie artistique*, 15 décembre 1923, p. 517-519) : « La querelle des "Indépendants" : une enquête », *Le Bulletin de la vie artistique*, 1 er janvier 1924, p. 5-13 (1 re partie) et 15 janvier 1924, p. 29-38 (2 e partie).

40. Krebs, « Soutine et les débats », p. 16. Un réflexe de ce choix est illustré par Adolphe Basler et Charles Kunstler lorsqu'ils évoquent le « prodige multinational Pascin ». Adolphe Basler et Charles Kunstler, *La peinture indépendante en France*, Paris, Crès, 1929, vol. 2 : *De Matisse à Segonzac*, chap. « La peinture multinationale de l'École de Paris », p. 96-102 ; repris dans l'anthologie présentée dans *L'École de Paris, 1904-1929 : la part de l'autre*, p. 400-401, ici p. 401.

41. Le premier texte à parler d'École de Paris est, à notre connaissance, Roger Allard, « Le Salon des Indépendants », *La Revue universelle*, 1 er mars 1923, p. 687-692. Comme Krebs le remarque, encore jusqu'à très récemment on considérait Warnod comme étant le premier utilisateur de cette étiquette (Krebs, « Soutine et les débats », p. 17), le texte de référence étant André Warnod, « L'École de Paris », *Comœdia*, 27 janvier 1925, p. 1 ; repris dans André Warnod, *Les berceaux de la jeune peinture : Montmartre, Montparnasse*, Paris, Albin Michel, 1925, p. 7-11. Warnod avait déjà parlé d'« école de Paris » (*é* minuscule) dans « L'état de l'art vivant », *Comœdia*, 4 janvier 1925, p. 1. Voir Jean-Louis Andral et Sophie Krebs, « Préface », dans *L'École de Paris, 1904-1929 : la part de l'autre*, p. 21-24). L'exemple le plus significatif du fait que l'article d'Allard a été longtemps ignoré par les historiens de l'art est son absence de l'anthologie de textes de l'époque parlant de l'École de Paris publiée dans *L'École de Paris, 1904-1929 : la part de l'autre*, volume auquel nous renvoyons pour une histoire détaillée et très documentée de l'étiquette en peinture.

l'*Exposition de l'Art Moderne Français* de Moscou (organisée par Michel Larionov, Serge Fotinsky et Pierre Vorms). Il est à noter que, dans les deux cas, les œuvres des artistes regroupés en tant qu'« École de Paris » occupaient des espaces distincts : à Venise, l'École de Paris n'était pas hébergée dans le Pavillon français, mais dans le Palazzo dell'esposizione (salle 40) ; à Moscou, la section « École de Paris » (accueillant des artistes français et étrangers, mais pas russes) était hébergée au Musée national d'art moderne occidental, tandis qu'une seconde section recueillant les œuvres de 36 ressortissants russes travaillant en France se trouvait à la galerie Tretiakov[42].

Finalement, en 1932, « École de Paris » sera choisie comme appellation de la salle 14 du nouveau Musée des Écoles étrangères au Jeu de paume (ouvert en 1922)[43].

Xénophobie

Quels étaient-ils les enjeux associés à l'étiquette « École de Paris » dans le milieu artistique parisien des années 1930 ? Dans quelle mesure sont-ils applicables au milieu musical ? Notre impression est que, dans l'historiographie musicale, une attitude pragmatique comme celle prônée par Raymond Nacenta (l'idée que tout le monde, au fond, comprend ce qu'est l'« École de Paris ») a permis d'écarter le caractère xénophobe que cette étiquette pouvait prendre sous la plume de certains critiques d'art. Cela peut s'expliquer par plusieurs facteurs. Tout d'abord, l'absence d'une nuance xénophobe explicite dans les rares utilisations d'« École de Paris » en musique. Deuxièmement, le fait que ces rares utilisations remontent à la fin des années 1920-début 1930 (voir ci-dessus au chapitre III), à une époque où l'origine de l'étiquette était plus floue (ironiquement, c'est aussi la période où les peintres étrangers commencèrent à quitter Paris en masse, mettant ainsi fin à la période d'or de l'École de Paris des arts visuels)[44]. Troisièmement,

42. Cette division avait été conçue, sans doute, dans le but de mettre en relief les artistes russes (entre autres, Chagall, Gontcharova, Larionov, Lipchitz, Zadkine). La séparation est renforcée par le fait qu'ils ne sont pas associés à l'étiquette « École de Paris », contrairement à Constantin Brancusi, Giorgio De Chirico, Max Ernst, Foujita, Henri Laurens, Léger, Louis Marcoussis [Ludwik Kazimierz Władysław Markus], Modigliani, Amédée Ozenfant, Gino Severini et Maurice Utrillo. Voir Anthony Parton, *Mikhail Larionov and the Russian Avant-Garde*, Princeton, Princteon University Press, 1993, p. 200 ; *Nathalie Gontcharova – Michel Larionov*, catalogue de l'exposition (Paris, Centre Georges Pompidou, 21 juin-18 septembre 1995 ; Martigny, Fondation Pierre Gianadda, 10 novembre 1995-21 janvier 1996 ; Milan, Fondazione Mazzotta, 24 février-26 mai 1996), Paris, Éditions du Centre Pompidou, 1995, p. 239 ; *Sovremennogo frantsuzskogo iskusstva* [*L'art français contemporain*], catalogue de l'exposition (Moscou, Musée national d'art moderne occidental [*Gosudarstvenniy Muzei novogo zapadnogo iskusstva*] et Galerie nationale Tratiakov [*Gosudarstvennaia Tretiakovskaia galereia*], 1er mai-6 juin 1928), Moskva, Komiteta vystavki, 1928.

43. Pour cette reconstruction des faits, généralement exposés de façon incomplète, imprécise et contradictoire par les historiens de l'art, nous nous sommes appuyé (tout en vérifiant et en intégrant leurs sources) surtout sur Gladys Fabre, « Qu'est-ce que l'École de Paris ? », dans *L'École de Paris, 1904-1929 : la part de l'autre*, p. 25-40 ; Kate Kangaslahti, « The École de Paris, Inside and Out : Reconsidering the Experience of the Foreign Artists in Interwar France », dans Jaynie Anderson (dir.), *Crossing Cultures : Conflict, Migration and Convergence*, actes du *32e Congrès international d'histoire de l'art* (Melbourne, 13-18 janvier 2008), Victoria, Miegunyah Press / Melbourne University Publishing, 2009, p. 602-606 ; Krebs, « Soutine et les débats ».

44. Voir Andral et Krebs, « Préface », dans *L'École de Paris, 1904-1929 : la part de l'autre*, p. 22. Les auteurs citent Les Deux Aveugles [Maurice Raynal et Tériade (= Efstratios Eleftheriades)], « La fin de l'"École de Paris", ou le retour des enfants prodigues », *L'Intransigeant*, 15 mars 1932, p. 6. Dans cet article, les deux critiques de *L'Intransigeant* constatent, dans les galeries d'art, une tendance vers l'affirmation des nationalités des artistes,

il s'agit d'une question quantitative : le nombre de compositeurs étrangers résidant de façon stable à Paris était moins élevé que celui des peintres, et ils étaient donc moins redoutables aux yeux des critiques français qui craignaient une « contamination » de leur art national et qui listaient les peintres par dizaines dans leurs articles et leurs livres[45]. Surtout, ce qui compte le plus au-delà des chiffres, c'est qu'il n'existait pas d'occasions, comme le Salon des Indépendants, où *tous* les musiciens étrangers auraient été réunis et auraient ainsi pu être assimilés à une dangereuse phalange d'intrus dans le milieu musical. Nous verrons, au contraire, que les cas des concerts entièrement constitués d'œuvres d'immigrés étaient une véritable rareté, et que même dans ce cas, il n'y avait pas plus de quatre noms de musiciens étrangers réunis à la fois : les compositeurs étrangers, au lieu d'être perçus comme un groupe compact et donc potentiellement menaçant, étaient plutôt des singularités s'insérant dans une programmation où les « écoles étrangères » étaient plus traditionnellement accueillies que dans le milieu des arts visuels[46].

Lorsque Roger Allard parle pour la première fois d'École de Paris dans un article consacré au Salon des Indépendants de 1923, son opinion est tranchée : le nouveau classement par ordre alphabétique, dit-il, est plus pratique ; toutefois, l'idée de regrouper « tous les trois ou cinq ans » les artistes par nationalité permettrait au public de se former « une idée approximative, mais point du tout fausse, de la supériorité de notre école française »[47]. Son premier emploi de l'expression « École de Paris » ne laisse pas beaucoup de place à la nuance :

> On ne saurait savoir trop de gré aux artistes étrangers qui nous apportent une sensibilité particulière, un tour d'imagination singulier, mais on doit repousser toute prétention de la barbarie, vraie ou simulée, à diriger l'évolution de l'art contemporain. *Une certaine école de Montparnasse voudrait se faire passer à l'étranger pour l'École de Paris* (le terme d'école française étant suspecte [*sic*] de chauvinisme). Une visite aux Indépendants suffit à remettre toutes choses au point. J'avais donc raison d'écrire que ce salon, fondé sur une idée anarchique, est le salon de l'ordre[48].

Nous avons là un témoignage éloquent d'un certain nationalisme xénophobe accompagnant très tôt l'étiquette d'École de Paris, loin d'être une dérive tardive que représenteraient notamment les écrits de Camille Mauclair. La position exprimée par Allard est reprise par Louis Vauxcelles (nom de plume de Louis Meyer), qui va même

---

sorte de « fin » de l'internationalisme de l'École de Paris : « L'École de Paris semble donc avoir dissocié ses éléments au profit d'une sorte de reconcentration ethnico-esthétique. L'espèce de New-Babelsberg, de l'École de Paris, a réagi contre la confusion des langues de son esthétique, et tous ses membres, pour avoir retrouvé leurs patries, sont redevenus de vrais artistes parisiens, voire même d'Artistes Français ».

45. « Dans ce quartier, tout le monde est peintre » dira le personnage protagoniste de la scène ironico-polémique décrite par Clément Vautel dans « Six mois de Paris » (*Comœdia*, 14 février 1929, p. 1) que nous citerons plus amplement à la fin de cette section. Voir Charles Fegdal, *Essais critiques sur l'art moderne*, Paris, Stock, 1927, chap. « L'École de Paris », p. 63-68 ; Basler et Kunstler, « La peinture multinationale », p. 400-001.

46. La présence des compositeurs étrangers dans les concerts parisiens sera analysée au chapitre V. Les types de discours nationaliste présents dans la presse musicale feront l'objet du chapitre VII.

47. Allard, « Le Salon des Indépendants » (1923), p. 687.

48. *Ibid.*, p. 688 (c'est nous qui soulignons).

plus loin. Féroce vis-à-vis des étrangers au Salon des Indépendants de 1923[49], plus enragé encore lors du débat sur l'adoption du classement par nationalité à l'automne suivant, Vauxcelles attaque ouvertement cette « colonie de jeunes turbulents, qui ne sont point de l'Île-de-France, et pensent représenter l'art français… en France et ailleurs »[50]. La « turbulence » qui distingue ces « Slaves travestis en représentants de l'art de France » serait aux antipodes des « vertus d'ici [:] tact, mesure, décence, finesse », et se manifesterait dans un « mouvement insurrectionnel » contre la décision du Salon des Indépendants de regrouper les artistes par nationalité[51]. Vauxcelles cite des extraits des critiques des artistes étrangers à l'égard de Paul Signac :

> « L'art n'est pas une notion ethnique, mais une notion esthétique. Vous n'avez pas le droit de nous demander nos papiers d'état civil ». Cette assertion me semble spécieuse et pour trancher net, une hérésie[52].

Hérétiques, turbulents, révoltés : Vauxcelles, dans la pire tradition xénophobe, peint ces étrangers comme dangereux à la fois pour l'art et pour la société. Ces « infortunés "Empires Centraux de la Rotonde" »[53] ne menacent pas seulement l'« art de France, *opus francigenum* »[54], mais la France tout court. Pour transmettre ce concept de façon viscérale à ses lecteurs, Vauxcelles n'hésite pas à employer une rhétorique bien rodée, celle du colonialisme : « *Un exotique* se porte, depuis trois jours, au coin du boulevard de la Madeleine et de la rue Richepance »[55] (donc, *ici*, chez vous, ô Parisiens – semble dire le critique) afin de faire signer une pétition. Une fois le mot « exotique » lancé, Vauxcelles peut se référer aux peintres de Montparnasse comme s'il parlait des « sauvages » des colonies, « ces êtres dénués de culture, dont la formation est aux antipodes de la nôtre, qui ont en exécration tout ce que nous aimons »[56].

Il ne faut pas croire que toute la critique embrassait de telles positions. Waldemar George écrit une lettre à son collègue Vauxcelles, « une lettre terrible, où il se fait l'avocat des étrangers » :

> « Votre thèse » dit-il « d'un nationalisme intégral, est insoutenable ». Hélas ! Pauvre moi, qui me croyais internationaliste et assez bon Européen… Parce que je défends Corot et Daumier contre l'« envahisseur », me voici traité de réactionnaire[57].

---

49. Pinturichio [*sic*] [Louis Vauxcelles], « "Salon des Cent", métèques naturalisés, etc. », *Le Carnet de la semaine*, 18 février 1923, p. 10 : « allez aux "Indépendants" : des salles entières sont d'un slavisme, d'un bulgarisme, d'un américanisme un tantinet agressif, et […] on se rend compte que ces choses ne correspondent guère à notre sensibilité ». Cette critique au Salon des Indépendents s'inscrit dans une campagne menée par Vauxcelles dans les colonnes du *Carnet de la semaine* contre la place grandissante dans l'organisation de la vie artistique parisienne prise par celle qu'il définit entre-autres « la coalition cubico-noirâtre de Montparnasse » (« "Le Salon des Cent" », 4 février 1923, p. 9 ; voir également « Xénophobe ! », 11 mars 1923, p. 8).

50. Louis Vauxcelles, « Artistes français et étrangers aux Indépendants : la répartition des exposants par nationalité », *Excelsior*, 26 novembre 1923, p. 3.

51. *Ibid.*

52. *Ibid.*

53. Louis Vauxcelles, « La querelle des étrangers », *L'Ère nouvelle*, 29 novembre 1923, p. [2].

54. Vauxcelles, « Artistes français et étrangers » (1923).

55. Vauxcelles, « La querelle des étrangers » (1923).

56. *Ibid.*

57. *Ibid.*

La réaction de Vauxcelles, se plaignant d'être victime d'injures alors qu'il est celui qui attaque, nous paraît typique du discours xénophobe de toutes les époques : le xénophobe ne se croit pas réactionnaire, puisqu'il voit sa bataille contre l'autre comme une garantie du progrès de sa propre société (qu'il considère supérieure et autosuffisante) ; de plus, en se transformant en victime, il accroît chez son public le sentiment de danger et pousse non seulement à la sympathie pour sa cause et lui-même, mais il cherche également à susciter chez son public un désir de lui venir en aide dans sa bataille contre le « diable »[58].

Il n'est pas exclu que le fait que Waldemar George était juif d'origine polonaise (son vrai nom était Jerzy Waldemar Jarociński) ait contribué à le situer parmi les « autres » visés par Vauxcelles. L'attaque contre la critique qui défend les artistes étrangers atteindra son paroxysme en 1930, avec la publication du livre *Les métèques contre l'art français* de Camille Mauclair, polygraphe très actif, connu aussi comme critique musical et historien de la musique[59]. On retrouve chez lui aussi la mise à distance de l'accusation de xénophobie tout en utilisant des termes sans équivoque tels que « métèques » :

> Il n'est nullement besoin d'être xénophobe pour s'inquiéter de la proportion grandissante de métèques qui, brandissant parfois un décret de naturalisation dont l'encre est encore fraîche, s'installent chez nous pour juger nos artistes sans posséder le sens intime de notre race[60].

D'après Mauclair, ces critiques qui valorisent « l'École dite de Paris qui compte maints étrangers » viennent eux-mêmes « des bords de la Sprée [*sic*] ou des ghettos de Varsovie » et « se sont installés chez nous pour réformer le goût français »[61]. Que ce type de discours soit extensible à la musique est explicité par l'auteur même du pamphlet :

> Certes, la vie des images a toujours été, *comme la musique*, compréhensible à tous au-dessus des pays et des dialectes : mais elle gardait quand même les profonds caractères des races italienne, française, russe, hollandaise, espagnole, etc. Ici il s'agit d'une forme d'internationalisme intégral, d'une négation des sujets, des terroirs, des patries, des

58. Une analyse de la démonisation de l'autre à la base des discours xénophobes à travers les époques et les pays se trouve dans Harumi Befu, « Demonizing the "Other" », dans Robert S. Wistrich (dir.), *Demonizing the Other : Antisemitism, Racism and Xenophobia*, Newark, Gordon and Breach, 1999, p. 17-30. Sur la psychologie xénophobe, voir A. A. Olowu, *Xenophobia : A Contemporary Issue in Psychology*, Ile-Ife (Nigeria), Ife Centre for Psychological Studies, 2008.

59. Sur l'œuvre de Mauclair (dont le vrai nom était Camille Faust), voir Simonetta Valenti, *Camille Mauclair, homme de lettres fin-de-siècle : critique littéraire, œuvre narrative, création poétique et théâtrale*, Milan, Vita e pensiero, 2003, et Rosemary Hamilton Yeoland, *La contribution littéraire de Camille Mauclair au domaine musical parisien*, Lewiston, Mellen, 2008.

60. Mauclair, *Les métèques contre l'art français*, chap. « Juifs et étrangers », p. 107-112, ici p. 111. Le terme « métèque » a été introduit dans le discours nationaliste français par Charles Maurras (Michel Winock, *Le siècle des intellectuels*, Paris, Éditions du Seuil, 1997, p. 87). C'est de façon tout autant agressive que Jean-José Frappa l'utilise dans son roman *À Paris, sous l'œil des métèques !* (Paris, Flammarion, 1926), malgré la note en exergue qui affirme le contraire : « Avis au lecteur : En grec ancien, le mot μετοιχος signifiait : "étranger". À Athènes, il servait à désigner l'étranger domicilié dans la ville. C'est dans ce dernier sens que fut employé, chez les romains, le mot *metœcus*. En français, métèque veut dire étranger. C'est par erreur que le public donne parfois à ce terme une acception péjorative » (p. 5).

61. Mauclair, *Les métèques contre l'art français*, chap. « Montparno », p. 39-44, ici p. 44.

> sentiments, au profit d'une construction exclusivement mentale, dont les promoteurs sont d'arides logiciens[62].

Nous approfondirons l'analyse de cette question du nationalisme en musique en rapport avec notre étude dans le chapitre VII. Pour l'instant, soulignons que cette « forme d'internationalisme intégral » dénoncée par Mauclair n'était pas soutenue uniquement par des critiques « métèques » ayant des intentions subversives. La preuve en est que l'idée de consacrer une salle à l'École de Paris à la Biennale de Venise de 1928 est l'initiative de deux Italiens, René (Renato) Paresce et Mario Tozzi[63], qui poursuivaient un but hautement nationaliste : montrer que les Italiens n'étaient pas les vassaux de la France, mais au contraire qu'ils contribuaient largement et de manière incontournable à la richesse de sa culture. Cette contribution ne menait cependant pas à leur assimilation. Même si résidant à Paris, les peintres italiens conservaient dans leurs œuvres de forts caractères nationaux[64] :

> Il sera intéressant de remarquer que, dans le creuset parisien, les différentes races agissent davantage que les différentes tendances artistiques et que, malgré tout, la saveur de la terre natale ainsi que la couleur des traditions ancestrales restent intactes chez ces artistes : les Français, au goût développé et raffiné; les Russes, primitifs, violents et un peu extatiques; les Espagnols et les Japonais cultivés et sensibles; les peuples balkaniques rudes et âpres. Le petit groupe des Italiens, ancrant les racines de son art aux plus pures traditions de sa patrie, lutte avec foi et énergie afin que, dans l'évolution de l'École de Paris, l'Italie aussi soit présente et ait une voix ferme et virile[65].

On observe donc, d'un côté, la volonté de chaque peuple d'affirmer à l'international le prestige de son école nationale et, de l'autre, la peur de l'invasion et de la contamination. Si presque tout le monde est d'accord sur l'importance que chaque nation possède et conserve des caractéristiques propres qui se manifestent, entre autres, par la création artistique, la cohabitation des peuples les plus éloignés culturellement dans la même ville (Paris) est considérée comme un dangereux état de *melting pot* où les

---

62. *Ibid.*, chap. « Vers un "espéranto" pictural », p. 57-63, ici p. 58-59 (c'est nous qui soulignons).

63. Le responsable du Pavillon français était, par contre, Charles Masson, conservateur du Musée du Luxembourg. Voir *XVI^a Esposizione internazionale d'arte della città di Venezia*, catalogue de l'exposition, Venezia, Ferrari, 1928, p. 197.

64. Giuliana Tomasella, « Venezia-Parigi-Venezia : la mostra di arte italiana a Parigi e le presenze francesi alla Biennale di Venezia, 1920-1938 », dans Federica Pirani (dir.), *Il futuro alle spalle : Italia-Francia, l'arte tra le due guerre*, catalogue de l'exposition (Rome, Palazzo delle esposizioni, 22 avril-22 juin 1998), Roma, De Luca, 1998, p. 83-93, et plus particulièrement p. 83 et 85-86. Je renvoie à cette étude pour les références bibliographiques sur les « Italiens de Paris ».

65. « *Ancor più delle varie tendenze programmatiche, sarà interessante rilevare come nel crogiuolo di Parigi reagiscano le differenti razze, e come, malgrado tutto, il sapore della terra nativa ed il colore delle avite tradizioni rimangano intatti in questi artisti : gustosi e raffinati, i francesi; primitivi, violenti ed un po' estatici, i russi; colti e sensibili, spagnoli e giapponesi; rudi ed aspri i popoli balcanici. L'esiguo gruppo degli italiani, abbarbicate le radici della sua arte alle più pure tradizioni della propria patria, lotta con fede e con energia perché, nell'evoluzione della Scuola di Parigi, anche l'Italia sia presente e dica con fermezza virile la sua parola* » (Mario Tozzi, « Sala 40 : la Scuola di Parigi », dans *XVI^a Esposizione internazionale d'arte della città di Venezia*, p. 121-124, ici p. 123-124). Selon Tomasella (« Venezia-Parigi-Venezia », p. 86), l'engouement nationaliste s'est accru à la suite d'une entrevue parue dans *Comœdia* en 1927, où De Chirico affirmait que Modigliani et lui-même étaient les seuls peintres italiens modernes, mais qu'ils étaient « presque Français » (Pierre Lagarde, « G. de Chirico peintre, prédit et souhaite le triomphe du modernisme », *Comœdia*, 27 décembre 1927, p. 1).

identités s'effacent. Clément Vautel (pseudonyme de Clément-Henri Vaulet) décrit cette crainte avec un mépris étonnant dans un petit bijou de littérature polémique paru dans *Comœdia* en 1929. Il met en scène l'opposition entre l'attitude du milieu conservateur nationaliste (Paris) et celle de l'avant-garde internationaliste (École de Paris) :

> J'ai fait la connaissance de Minka Petersen dans un restaurant russe de la rue Huyghens. Elle buvait du kummel en fumant des cigarettes américaines, tandis que deux minstrels, probablement tchécoslovaques, jouaient sur leurs mandolines napolitaines des airs hawaiens. Nous étions à peu près seuls dans cette salle ornée de peintures cubistes et de fétiches congolais. [...] Bref, je crus comprendre que ma voisine était venue à Paris pour participer aux bienfaits de la culture française.
> – Maintenant, me dit-elle, j'ai terminé mon séjour qui devait durer six mois. [...] Des camarades [m']attendent [au Mississipi-Hôtel, rue Vavin]. Vous pouvez venir, car vous êtes peintre, n'est-ce pas ?
> – Sans doute, répondis-je au hasard.
> – Dans ce quartier tout le monde est peintre... Venez, ce sera très intellectuel et très parisien.
> [...] Il y avait là trois jeunes peintres allemands, deux peintres espagnols, un peintre américain, un sculpteur russe, une musicienne danoise, une étudiante chinoise, et deux journalistes turcs. [...]
> – Rien de mieux. N'êtes-vous pas à Paris pour bénéficier de la culture française ?
> – Nous sommes en plein foyer de cette culture... Je n'ai même pas à sortir du quartier.
> [...]
> La conversation fut, naturellement, très artistique. Les peintres parlèrent avec enthousiasme de l'« école de Paris ». Ah ! Picasso ! Ah ! Picabia ! Ah ! Pascin ! Ah ! Chagall ! Ah ! Kokoschka ! Ah ! Foujita !
> Je crus être dans la note en m'exclamant à mon tour :
> – Ah ! Matisse !
> Mais mon enthousiasme, d'ailleurs, simulé, produisit un mauvais effet. Je compris que, dans ce milieu, le Français Matisse passait pour un pompier.
> [...]
> J'ai revu plusieurs fois Minka pendant la dernière semaine de son séjour à Paris. [...] Elle m'a conduit dans des ateliers de peintres japonais, finlandais et uruguayens, dans des cinémas pour l'élite où un public cosmopolite applaudissait des films soviétiques, dans des théâtres d'avant-garde où des artistes pourvus d'un accent bizarre jouaient des pièces traduites du hongrois, du slovène et du japonais. J'ai fréquenté avec elle des restaurants chinois, entendus des conférences en polonais sur Freud, écouté de la musique nègre dans des cabarets russes, – j'ai fait le tour du monde sans m'éloigner jamais du carrefour Raspail.
> – Enfin, dis-je un soir à Minka, ce n'est pas seulement ça, la culture française.
> – Qu'est-ce qu'il y a encore ?, me demanda-t-elle d'un air surpris. [...]
> – Paris.
> Mais Minka se mit à rire, sans comprendre... Je l'ai accompagnée à la gare du Nord, le jour où elle nous a quittés. Et quand le train s'est mis en marche, elle m'a dit en me tendant la main :
> – J'ai bien employé mes six mois... Bientôt, je vous enverrai mon livre sur l'incomparable culture française. Je paierai ma dette... Adieu[66] !

66. Vautel, « Six mois à Paris » (1929). Voir aussi Frappa, *À Paris* : « Paris est atteint de xénophilie, d'aucuns disent de xéno-folie » (p. 42).

Le danger de l'École de Paris, au sens large, c'est-à-dire celui d'un milieu international d'échanges artistiques, est pour certains observateurs celui de la perte de la capacité à reconnaître les différences spécifiques de chaque peuple, et par conséquent, la supériorité de la culture française. Les jeunes qui viennent de partout pour s'imbiber de culture française, dénonce Vautel, entrent-ils vraiment en contact avec elle ? Quelle image de la culture française transmettent-ils une fois retournés dans leurs pays d'origine après avoir vécu à Montparnasse ? Il y a, dans ce type de discours, une substantielle imperméabilité à l'idée que la culture française puisse être une culture de la rencontre, du métissage. Qui n'est pas né Français sera toujours un artiste étranger.

Même des critiques autrefois défenseurs des peintres étrangers contre les attaques xénophobes, comme Waldemar George ou encore André Salmon, changent de position, au tournant des années 1930, en faveur de la défense de la tradition française[67]. En 1931, Waldemar George écrit un article-manifeste intitulé « École Française ou École de Paris »[68], où il attaque la dernière au profit de la première. Son attaque n'adopte cependant pas le ton xénophobe d'un Vauxcelles. Il s'agit plutôt de questions d'ordre stylistique. Il ne défend pas les artistes français de souche face aux étrangers : au contraire, il démontre que l'« École Française n'est pas une École composée uniquement de Français » – même si « elle devrait l'être de préférence » –, mais « une école qui fait de la peinture française »[69]. Comme la France « n'est pas seulement une nation, un état, une acception ethnique et politique » mais « un état d'esprit », ainsi l'art français « accueille et assimile tous ceux qui s'adaptent à son mode de sentir »[70]. Par contre, l'École de Paris, « avec sa légende de l'art indépendant, avec sa tradition de bohème surannée, de feinte anarchie, de non-conformisme, de faux héroïsme et de révolution à l'état permanent, s'écarte, malgré les apparences qui plaident en faveur, des voies principales de la pensée française »[71]. Bref, l'École de Paris se présente comme le nouvel art français et fait apparaître la France « aux yeux du monde entier comme un puissant foyer de rayonnement », mais en réalité, selon Waldemar George, cela ne serait qu'une « attestation somme toute assez subtile et assez hypocrite de l'esprit francophobe »[72]. Sur quelles bases cet auteur affirme-t-il cela ? Sur des bases stylistiques : « L'École de Paris est un répertoire, aisément transmissible et accessible à tous. Ce n'est pas un creuset, où s'élabore une langue vivante et organique », comme cela a toujours été le

67. Voir à ce sujet Romy Golan, « The "École française" Vs. the "École de Paris" : The Debate About the Status of Jewish Artists in Paris Between the Wars », dans Romy Golan et Kennetth E. Silver (dir.), *The Circle of Montparnasse : Jewish Artists in Paris, 1905-45*, New York, Universe Books, 1985, p. 81-87. Sur la montée de la xénophobie en France à partir de 1926 et dans les années 1930, voir Ralph Schor, *L'opinion française et les étrangers en France, 1919-1939*, [Paris], Publications de la Sorbonne, 1985, et plus particulièrement p. 464 *sqq.* et p. 547 *sqq.* ; nous renvoyons d'ailleurs en général à cet ouvrage pour une étude très approfondie des réactions françaises face aux immigrés dans l'entre-deux-guerres. Une anthologie de jugements méprisants sur l'École (picturale) de Paris se trouve aux pages 355-357.

68. Waldemar George, « École Française ou École de Paris », *Formes*, juin 1931, p. 92-93 (1re partie) et septembre 1931, p. 110-111 (2e partie).

69. *Ibid.*, p. 92.

70. *Ibid.*, p. 93.

71. *Ibid.*, p. 111.

72. *Ibid.*, p. 92.

cas dans l'histoire de la culture française : « C'est une langue fabriquée de toutes pièces comme le Volapuk ou comme l'Esperanto »[73]. Puisque l'École de Paris ne s'appuie pas sur la tradition, c'est un « mouvement stérile », « un château de cartes construit à Montparnasse »; l'École de Paris peut « produire des standards », mais jamais se développer; « régie par l'idée du progrès [...] l'idéologie de l'École de Paris est orientée contre l'École de France que régit le principe dynastique d'unité dans le temps »[74]. Il ne reste qu'un pas à franchir par le critique pour « bris[er] l'élan factice de l'École de Paris, cette éphémère, cette étoile filante et restaur[er] dans ces prérogatives l'École de France, cet emblème de durée! »[75].

Deux attitudes anti-École de Paris émergent donc dans la critique d'art nationaliste des années 1923-1931 : une attitude xénophobe, dictée par la peur d'une invasion étrangère, et une réaction traditionaliste, qui ne fait pas (du moins ouvertement) de l'art français une question de sang, mais qui demande à l'artiste (français ou étranger) de s'« assimiler » à la voie tracée par la tradition nationale. À la différence des critiques xénophobes, les traditionalistes acceptent la possibilité qu'un artiste étranger fasse de l'art français. Si, pour les premiers, « École de Paris » est l'expression du danger de l'internationalisme social (la présence des étrangers), pour les seconds c'est l'expression du danger de l'internationalisme artistique (la fin des écoles nationales en vue d'un nouveau langage universel)[76].

Finalement, l'expression « École de Paris », libérée de ses connotations plus sociologiques, s'affirme comme catégorie stylistique, muséologique et historico-artistique. Selon Kate Kangaslahti, les années 1930 « ont proclamé la "Fin de l'École de Paris" en tant que groupe d'artistes en activité [et] ont été aussi témoins d'une évolution du terme à catégorie historico-artistique *utilisée pour encadrer dans des institutions le travail d'artistes indépendants* »[77]. Cela se manifeste notamment en 1933, lorsque le Musée du Jeu de paume rouvre ses portes avec une exposition de l'École de Paris – expression qui n'indique désormais plus un mélange désordonné et menaçant d'artistes étrangers, mais la réunion des tendances artistiques indépendantes. Lors de l'Exposition internationale des arts et techniques dans la vie moderne (Paris, 1937), les deux expositions *Les Chefs-d'œuvre de l'art français, 1400-1900* et *Les Maîtres de l'art indépendant, 1895-1937* se côtoient, la première au Palais de Tokyo, la seconde au Petit

---

73. *Ibid.*

74. *Ibid.*, p. 93.

75. *Ibid.*, p. 111.

76. Kate Kangaslahti a mis en évidence le champ de bataille où la lutte des factions mène à la création de l'expression « École de Paris » qui surgit dans le monde artistique des années 1920 : l'opposition entre art officiel et art indépendant, et celle entre artistes français et artistes étrangers (la seconde étant une préoccupation interne au monde de l'art indépendant, comme le démontre la réforme du Salon des Indépendants). Dans son article « Foreign Artists and the École de Paris : Critical and Institutional Ambivalence between the Wars » (dans Natalie Adamson et Toby Norris (dir.), *Academics, Pompiers, Official Artists and the Arrière-garde : Defining Modern and Traditional in France, 1900-1960*, Newcastle, Cambridge Scholars, 2009, p. 85-111, et plus particulièrement p. 87-99), elle analyse les écrits de Warnod, de Salmon, de W. George et de Fegdal en tenant compte de ce double enjeu.

77. « *Heralded the "End of the School of Paris" as a group of practising artists [and] also bore witness to an evolution of the term as an art-historical category* used to frame the work of independent artists in institutional settings ». *Ibid.*, p. 106 (c'est nous qui soulignons).

Palais. Le lithographe Fernand Mourlot, auquel on doit la conception des affiches des deux expositions [78], a su accentuer le dialogue entre les deux événements (illustrations 3 et 4). Une femme à la poitrine partiellement découverte, les yeux baissés (ou fermés), est protagoniste des deux affiches. Dans la première, la *Vierge à l'enfant entourée d'anges* peinte par Jean Fouquet au milieu du XVe siècle se prête merveilleusement bien à la représentation de la tradition artistique française – figure blanche entre des anges rouges contre un fonds bleu (un tricolore involontaire du peintre, mais extrêmement symbolique sur l'affiche). La seconde femme est sortie du pinceau de Henri Matisse, peintre choisi pour incarner le mouvement artistique indépendant contemporain, de la même manière que Fouquet, emblématique du renouveau pictural de la Renaissance, représente une des sources de la tradition académique française. *Le Rêve* de Matisse – tel est le titre du tableau de 1935 utilisé pour l'affiche – symboliserait-il le rêve d'indépendance poursuivi par les artistes exposés au Petit Palais ? Là-bas, les artistes étrangers résidant à Paris partagent la scène avec les modernistes français (et coopèrent ainsi à la réalisation de ce rêve) :

> L'Art Indépendant, ou, comme l'a baptisé André Salmon, l'Art Vivant, ce n'est point tout l'art français contemporain. C'en est un des aspects, celui qui, depuis trente ans, s'est imposé à l'étranger et y a porté très haut le prestige de l'École de Paris. [...] En accueillant aujourd'hui, au Petit Palais, les plus diverses tendances de l'Art Indépendant, [...] la Ville de Paris reste fidèle à ses plus hautes traditions, et elle est heureuses d'honorer en même temps ces artistes de l'École de Paris, venus souvent de tous les points du monde, parisiens avant tout, et qui [...] n'ont pas hésité, pour la plupart, à risquer leur vie, à verser leur sang, pour la défense de ce foyer d'art incomparable [79].

Pour la première fois depuis l'affaire du Salon des Indépendants, l'« École de Paris » et l'« École française » ont cessé d'être mises en opposition. On reconnaît aux artistes étrangers résidant à Paris leur place dans l'histoire de l'art français et dans sa promotion à l'international [80].

78. Sur la collaboration entre Mourlot et et les artistes étrangers à Paris, voir Fernand Mourlot, *Les affiches originales des maîtres de l'École de Paris*, Paris, Sauret, 1959.

79. Raymond Escholier, « Préambule », dans *Les Maîtres de l'art indépendant, 1895-1937*, catalogue de l'exposition (Paris, Petit Palais, juin-octobre 1937), Paris, Éditions Arts et métiers graphiques, 1937, p. 5-6.

80. Nous résumons ici les conclusions tirées par Kangaslahti, « Foreign Artists », p. 106-111.

CHAPITRE V

CONCERTS

> Nous aimons maladivement ce qui nous est étranger, ce qui nous est contraire, ce qui nous est hostile. [...]
> Nous voulons être violentés.
> Nous résistons au charme de Gounod ou de Debussy et nous subissons stoïquement les puériles brutalités de quelques modernes, slaves ou tchèques [1].

« CONCERTS MÉTÈQUES »

Si le terrain de l'art visuel a été fertile en occasions pour l'épanouissement de la locution « École de Paris », il n'en va pas tout à fait de même pour la musique. Contrairement aux salles d'expositions et aux musées consacrées à l'École de Paris (arts visuels), aucun concert n'utilise cette étiquette. Cependant, cela n'empêche pas de retrouver chez certains critiques musicaux le même discours xénophobe présent sous la plume des critiques d'art à propos de l'« invasion » des étrangers qui présentent leurs œuvres sur la scène parisienne.

Entre 1922 et 1923, le compositeur et polémiste Louis Vuillemin, titulaire de la chronique « Notes sans mesure » dans *Le Courrier musical*, publie deux textes farouchement agressifs à l'encontre des musiciens étrangers poursuivant, à son avis, des buts subversifs et menaçants pour la musique française. Vuillemin emploie la même rhétorique de terreur que Louis Vauxcelles (voir ci-dessus au chapitre IV). Dans le premier de ses textes (« La ficelle ! », 1 er mars 1922) [2], Vuillemin vise tout d'abord à réactiver chez ses lecteurs le sentiment de phobie lié à la guerre : les étrangers sont décrits comme des agitateurs internationaux (« c'étaient trois Allemands. [...] Ils avaient l'air d'être en

1. Jean Huré, *Défense et illustration de la musique française* [1915], Paris, Senart, [1920], p. 18.

2. Louis Vuillemin, « La ficelle ! (Notes sans mesure) », *Le Courrier musical*, 1 er mars 1922, p. 82, d'où sont extraits les passages cités dans ce paragraphe.

mission »). Le fait même de critiquer les étrangers semble être une action dangereuse et contrôlée par un service d'espionnage (« Le téléphone, du coup, devint muet. Sans doute, quelque prudent diplomate de service à la "table d'écoute" avait-il jugé opportun de couper un colloque fertile en complications internationales ! ») ; plus loin, Vuillemin se demande si ces étrangers ne seraient pas « des mercenaires en civil envoyés pour miner les grandes routes », à savoir « les routes de la pensée et de la santé [musicales] françaises ». À côté de ce rappel d'images de guerre, Vuillemin utilise une autre analogie en support de sa rhétorique de diabolisation de l'autre : les étrangers sont maintenant « des commis voyageurs en opium, en morphine et en cocaïne », des « empoisonneurs secrets chargés de pourvoir au plus vite à l'intoxication des milieux intellectuels ». Vuillemin n'hésite pas à appeler ses lecteurs à l'action, lançant une véritable chasse aux sorcières (ou encore ce que Alessandro Manzoni appelle *caccia all'untore*) [3] : « Prendre le balai ! Le manier vigoureusement en toutes circonstances où l'ordure nocive salirait par trop la chaussée... N'hésitez pas. C'est un bon sport ».

L'autre texte farouchement xénophobe de Vuillemin (« Concerts métèques », 1 er janvier 1923) [4] fait appel à la rhétorique exotique que nous avons aussi observée chez Vauxcelles. Les étrangers sont inférieurs intellectuellement (« jobards cosmopolites ») et facilement reconnaissables physiquement (« chevelus, minables et pourvus de lunettes à la boche »). Le péril que leur présence et leur action font courir à la musique française est, encore une fois, évoqué par des images liées aux fantasmes d'un complot belliciste ou bactériologique (ce dernier étant perçu en lien avec le premier à cause de l'épidémie de grippe espagnole ayant tristement complété l'action destructrice du premier conflit mondial). Ces étrangers sont des « thuriféraires en service commandé », dont l'encensoir est rempli de poison (« Commandé par qui ? Par quelle machiavélique et *empoisonnée* propagande ? ») : « Leur effort a pour but, sans doute, de gangréner notre organisme ». Ce poison serait la musique étrangère, qu'ils voudraient imposer sur la scène française, en profitant de « l'affaissement du goût chez les Français d'après-guerre ». Ces « fumistes inopportuns, peu spirituels et malfaisants », « dadaïstes de la musique », envahissent Paris de « concerts métèques » : « Ils s'empressent, sauf exceptions très rares, à découvrir tout ce que le mauvais goût international a produit, et l'importent au cœur de la capitale, dans l'évident espoir de le faire battre de travers ». C'est à cette réaction de rejet que Vuillemin appelle ses lecteurs : il constate qu'un certain public authentiquement français (« ce qui était vraiment Paris dans la salle »), « intoxiqué », a commencé à « vomir les

3. Nous faisons référence à l'expression qui désigne la chasse aux personnes retenues coupables de diffuser la peste (les *untori* ou *monatti*) racontée dans *Les Fiancés* (*I promessi sposi*, 1827) d'Alessandro Manzoni (traduit de l'italien par Yves Branca, Paris, Gallimard, 1995). Vuillemin avait déjà rapproché les étrangers de l'idée de fléau en 1920 : « La Musique en France – et surtout à Paris – pâtit de deux fléaux au moins : le désordre intérieur et l'invasion étrangère ». Louis Vuillemin, « Les fléaux (Notes sans mesure) », *Le Courrier musical*, 15 juin 1920, p. 194-195, ici p. 194. Cet article visait toutefois l'invasion des virtuoses, français mais plus particulièrement étrangers – qui étaient nuisibles « à la ennième [*sic*] puissance » (« Lancement, tapage, réclame, bref, bluff »).

4. Louis Vuillemin, « Concerts métèques (Notes sans mesure) », *Le Courrier musical*, 1 er janvier 1923, p. 4, d'où nous prenons les passages cités dans ce paragraphe (c'est toujours nous qui soulignons).

métèques et leur "coco" pianistique, vocale ou symphonique »[5] par des exclamations de dissension. La prochaine étape souhaitée par Vuillemin est la désertion massive des « concerts métèques » : « Un ou deux "concerts métèques" donnés devant les banquettes suffiraient à débarrasser Paris de leur *exotisme intégral*, faisandé autant qu'impuissant ».

Les « concerts métèques » contre lesquels s'insurge Vuillemin ne sont autres que les Concerts Wiéner (les « concerts salade » créés en 1921 par Jean Wiéner, qui mélangeait la musique contemporaine avec le répertoire canonique et le jazz[6]), comme le prouve la lettre de réponse à son attaque signée par Maurice Ravel, Albert Roussel, André Caplet et Roland-Manuel et publiée dans *Le Courrier musical* du 1er avril 1923 :

> Les soussignés [...] se déclarent heureux d'avoir pu entendre, grâce à M. Jean Wiéner, le *Pierrot lunaire* d'Arnold Schœnberg[7] et une série d'œuvres nouvelles, françaises ou étrangères, dont on peut discuter les tendances, mais non point l'intérêt. Ils profitent de l'occasion pour émettre le vœu que le patriotisme s'égare un peu moins sur un terrain où il n'y a rien à conquérir, mais tout à perdre[8].

Dans la réponse de Vuillemin, les métaphores de la guerre et de la contagion empoisonnée atteignent un niveau de développement proche du délire. Il estime ainsi incompréhensible que des artistes si raffinés puissent trouver « un intérêt quelconque à l'ensemble des pauvres choses, ou parfois des insanités, françaises ou étrangères » telles que « le galimatias assez grimaçant, vainement prétentieux et plutôt "hors la musique" de M. Schœnberg »[9]. Pour le critique musical, la seule explication est que les quatre signataires « sont intoxiqués par le gaz » :

> Oui. Des émissions successives ont provoqué chez ces loyaux observateurs des troubles des oreilles et du nez. Pourtant, [...] ils tiennent à se porter « en avant » à tout prix ; à garder le contact avec le petit poste ennemi, où six manieurs de pompe – sous le geste d'un chef-pompier, justement[10] – répandent alentour leur jet mince, nocif et traîtreusement hilarant ! [...] Je ne souhaite pas aux pionniers Ravel, Roussel, Caplet et Roland-Manuel de se laisser faire finalement prisonniers ! [...] Envoyés dans un camp de « bitonalité par représailles » ils y demeureraient oubliés jusqu'à l'issue des hostilités...[11]

5. Dans ce contexte, le mot « coco » peut évoquer une mauvaise boisson (que les musiciens étrangers vomiraient métaphoriquement), ou bien constituer un emploi substantivé de l'adjectif « coco » (« rococo, démodé, suranné, à la limite du ridicule »). Voir *Centre national de ressources textuelles et lexicales*, art. « Coco », http://www.cnrtl.fr/definition/coco, consulté le 22 octobre 2016.

6. Une liste des Concerts Jean Wiéner et de leurs programmes détaillés (plus de 40 concerts organisés entre le 26 novembre 1921 et le 3 mai 1927) se trouve dans la thèse de doctorat de Martin Guerpin (en cours de publication dans cette collection), *Adieu New York, bonjour Paris ! Les enjeux esthétiques et culturels des appropriations du jazz dans le monde musical savant français (1900-1930)*, Paris / Montréal, Université Paris-Sorbonne / Université de Montréal, 2015, vol. 2, annexe 4, p. 749-764. Voir également Myriam Chimènes, *Mécènes et musiciens : du salon au concert à Paris sous la IIIe République*, Paris, Fayard, 2004, p. 525-532.

7. La première parisienne intégrale de *Pierrot lunaire* eut lieu le 16 janvier 1922 à la Salle Gaveau. « Concerts métèques » de Vuillemin fut probablement une réaction à chaud à sa reprise du 14 décembre 1922. Voir Marie-Claire Mussat, « La réception de Schönberg en France avant la Seconde Guerre mondiale », *Revue de musicologie*, vol. 87, n° 1, 2001, p. 145-186, et plus particulièrement p. 153 et *passim*.

8. La lettre est reproduite dans Louis Vuillemin, « L'affaire des poisons ! MM. Maurice Ravel, Albert Roussel, André Caplet, Roland-Manuel interviennent », *Le Courrier musical*, 1er avril 1923, p. 123.

9. Vuillemin, « L'affaire des poisons » (1923).

10. Les « six manieurs de pompe » sont sûrement les Six ; le chef pompier pourrait être autant Jean Wiéner que Jean Cocteau.

11. Vuillemin, « L'affaire des poisons » (1923).

Le cas de xénophobie musicographique que nous venons de détailler tend à montrer qu'au début des années 1920, la menace d'une invasion artistique étrangère terrorisait non seulement une partie du milieu des arts visuels, mais aussi une partie de celui de la musique. Les compositeurs s'alignant à la droite traditionaliste prônaient le rattachement de la musique « française » au patrimoine régional et s'opposaient farouchement au modernisme apporté en France par des compositeurs étrangers, et en particulier ceux d'origine juive [12]. La virulence contre les « barbares » menaçant la « musique française » ne s'assouplira pas au fil des années 1920, nonobstant les initiatives (qui en sont peut-être la cause) encourageant l'internationalisme musical (comme la création de la Société internationale de musique contemporaine [SIMC]) [13]. Le texte ci-dessous – qui offre un mélange explosif de vocabulaire orientaliste (« barbare », « étrange », « caractéristique »), raciste et maurrassien (« le classique, l'attique ») tout en évoquant les dangers d'une épidémie (« peste », « choléra ») – mérite une longue citation :

> Ce que je hais, ce sont les Barbares de génie qui sont les actuels tyrans de la salle de concert, où ils font triompher une esthétique internationale, le goût de ce qui est original, étrange, caractéristique, aux dépens de la qualité, de la mesure, du goût, des vertus classiques dont le nom seul suffit parfois à faire ricaner les ennemis de la musique française. [...] Que la musique française ne cesse pas d'être française, tel est mon vœu. Je me souviens que, selon la remarque de M. Charles Maurras, le classique, l'attique fut plus universel à proportion qu'il fut plus sévèrement athénien, athénien d'une époque et d'un goût mieux purgés de toute influence étrangère. Et si, dans l'ordre de la consommation, il peut être utile, jusqu'à un certain point, de se montrer éclectique – dans l'ordre de la production, n'est-il pas légitime de redouter à l'égal de la peste ou du choléra la langue internationale, cosmique, anonyme, où se dissoudraient les syntaxes particulières, produits de l'histoire, de la race, et qui sont les portes étroites par lesquelles il faut passer si l'on veut créer un style [14] ?

En 1933, *Le Guide du concert* a même lancé un appel à la « colonie française » de Paris pour la défense des artistes français, dont la présence dans la programmation des concerts serait menacée par l'invasion des artistes étrangers et de leur public :

> Quand un Anglais, un Tchèque, un Polonais, un Allemand, un Russe ou un Siamois donne, par exemple, un concert à Paris, il est toujours assuré, même si son talent n'est pas transcendant, de voir dans la salle la colonie parisienne de son pays. [...] Eh bien, existe-t-il aussi à Paris une « colonie française » fermement décidée à faire preuve de solidarité envers de grands artistes français [15] ?

12. Voir Jane Fulcher, *The Composer as Intellectual : Music and Ideology in France, 1914-1940*, Oxford, Oxford University Press, 2005, p. 195-198. Louis Vuillemin, né à Nantes en 1879, avait fondé en 1912 l'Association des compositeurs bretons, incluant parmi d'autres le militant breton Maurice Duhamel [Maurice Bourgeaux], Paul Ladmirault, Joseph Guy-Ropartz et Paul Le Flem, un des premiers à avoir attaqué Wiéner pour sa promotion parisienne de Schoenberg en 1922.

13. Pour une discussion approfondie de la création de la SIMC et des débats autour de l'internationalisme musical, voir ci-après au chapitre IV.

14. Aloys Fornerod, [réponse à l'enquête], *Musique*, 15 octobre 1928, p. 585-586, ici p. 586. Dans cette enquête, lancée par la revue *Musique* le 15 mai 1928, on demande « aux compositeurs de tout âge, de toutes tendances et de tous pays » de parler de leur modèles et maîtres ainsi que de leurs « directions » : « Fondements et dogmes de votre esthétique; pôles d'attraction et de répulsion de votre art » (p. 342).

15. G[abriel] B[ender], « Pour les artistes français », *Le Guide du concert*, 3 novembre 1933, p. 107.

La revue invitait donc ses abonnés à remplir, « sans faire montre de la moindre xénophobie » [16], un formulaire les engageant dans l'appui des interprètes français de leur prédilection (figure 1).

Pour les Artistes Français

Plusieurs Abonnés du « Guide », — sans faire montre de la moindre xénophobie et tout en reconnaissant que théâtres lyriques et concerts symphoniques ne sauraient se priver du concours des vedettes dites internationales, — manifestent le regret de constater que les occasions se font de plus en plus rares d'applaudir nos grands artistes français.

Il appartient au public de faire connaître nettement ses desiderata et de les imposer, non par des protestations qui n'aboutiraient qu'au geste las d'un ministre ou à des mesures administratives probablement dénuées de... mesure, mais en offrant des garanties aux directeurs de théâtres lyriques, aux comités des associations symphoniques ou aux organisateurs de concerts.

En effet, deux éléments interviennent dans les engagements d'artistes : leur talent et l'étendue de « leur » public. Quand un Anglais, un Tchèque, un Polonais, un Allemand, un Russe ou un Siamois donne, par exemple, un concert à Paris, il est toujours assuré, même si son talent n'est pas transcendant, de voir dans la salle la colonie parisienne de son pays. C'est là, d'ailleurs, une marque touchante de solidarité nationale. Nous l'admirons d'autant plus que les Français qui vivent à l'étranger ne la donnent pas toujours à leurs compatriotes.

Eh bien, existe-t-il aussi à Paris une « colonie française » fermement décidée à faire preuve de solidarité envers de grands artistes français ?

Telle est la question.

Dans l'affirmative, les membres de cette colonie, parmi laquelle nous croyons pouvoir compter un grand nombre d'abonnés du « Guide », ont un moyen efficace d'obtenir satisfaction, c'est de remplir la formule qu'ils voudront bien trouver ci-dessous et de nous la retourner ou de la déposer à notre bureau, 252, Fbg St-Honoré.

En possession de cette documentation, nous dresserons des listes par artiste. Leur effet sur les intéressés sera, de toute évidence, en proportion du nombre d'adhésions recueillies. Si, par exemple, 400 ou 500 personnes demandent à entendre un même artiste au cours d'un récital, nous pouvons affirmer que, sauf au cas d'empêchement matériel, ce récital aura lieu. Un plus grand nombre de voix sera peut-être nécessaire pour susciter l'engagement d'un artiste dans un théâtre lyrique ou dans un concert symphonique. Il faut donc qu'il n'y ait pas d'abstentions parmi les membres de cette « colonie française » qui, nous voulons l'espérer, est très nombreuse et très décidée à protéger les artistes français. Et puis, nous ne doutons pas que des étrangers, qui vivent à Paris, voudront se joindre à la « colonie française ». — G. B.

Estimant que des artistes français n'occupent pas dans la vie musicale parisienne, la place à laquelle ils peuvent prétendre et désireux de la leur faire obtenir, je vous communique mes desiderata et mon engagement ainsi que vous le demandez.

Je, soussigné **(prénom, nom, adresse)**..

....

désire entendre les artistes français dont je fais figurer les noms dans ce tableau et m'engage à retenir pour chacune des manifestations dont je désigne la nature, le nombre de places indiqué :

Nom des Artistes	Prière d'indiquer Th. Lyriques. Concerts Symphoniques ou Récital	Nombre de places à retenir	Prix approximatif de chaque place	*Si la place fait défaut, prière de vouloir bien fournir les indications utiles sur une simple feuille de papier.*

SIGNATURE :

Figure 1. La campagne lancée par *Le Guide du concert* en novembre 1933 en soutien aux artistes français (vol. 20, n° 5, 3 novembre 1933, p. 107).

16. *Ibid.*

Est-ce que cette crainte était justifiée? Nous n'étudierons pas ici la quantité d'interprètes étrangers, mais analyserons la présence des compositeurs étrangers dans la programmation musicale parisienne. Existait-il une tendance des organisateurs de concerts à regrouper les œuvres par nationalité, comme on le faisait pour les tableaux au Salon des Indépendants ? Et surtout, question de base dans le cadre de notre enquête, les étrangers regroupaient-ils réellement leurs forces de manière à devenir aux yeux de certains critiques français une phalange compacte en train d'attaquer la musique française ?

Phénoménologie de la présence des musiciens « École de Paris » dans les concerts

Nos recherches révèlent qu'aucun concert explicitement intitulé « École de Paris » n'a jamais été proposé sur la scène parisienne de l'entre-deux-guerres. Au cas où des compositeurs auraient décidé de se réunir en groupe sous cette étiquette, ils ne l'ont cependant jamais utilisée dans le cadre d'un événement collectif. Cela n'empêche pas que les œuvres de musiciens étrangers considérés « membres » de l'École de Paris au sens étroit aient constitué parfois l'entièreté du programme d'un concert. À titre d'exemple, la figure 2 reproduit le programme du concert organisé par La Sirène musicale le 12 janvier 1933, événement qui a été pris comme exemple de « concert de l'École de Paris » dans l'exposition sur Tansman organisée à la BnF en 1997, bien qu'aucune œuvre de ce compositeur ne figure au programme.

L'absence de Tansman de ce concert est donc d'autant plus marquante : c'est là une autre preuve de l'impossibilité de trouver un programme rassemblant tous ces musiciens [17]. Pour être précis, on compte cinq concerts ayant eu lieu entre 1932 et 1936 programmant exclusivement des pièces de Beck, Harsányi, Martinů et Mihalovici; ces quatre compositeurs avaient déjà été les seuls étrangers au programme dans un concert de 1929 (figure 3), et c'est probablement autour de ces concerts qu'on a commencé à parler de « Groupe des Quatre » (tableau 4) [18].

17. « De nombreux concerts ont, durant plusieurs années, réuni les divers compositeurs de l'École de Paris. Tansman, cependant, a été plus particulièrement lié avec Marcel Mihalovici et Tibor Harsányi : tous trois se sont fixés définitivement en France et ont été naturalisés Français ». Texte accompagnant la légende du programme de La Sirène musicale, n° 5 de la section « L'École de Paris », dans Ewa Talma-Davous, *Alexandre Tansman (1897-1986) : un polonais à Paris*, catalogue de l'exposition (BnF, Département de la Musique, 3 novembre-31 décembre 1997), Paris, BnF, 1997.

18. Voir ci-dessus aux chapitres I et II.

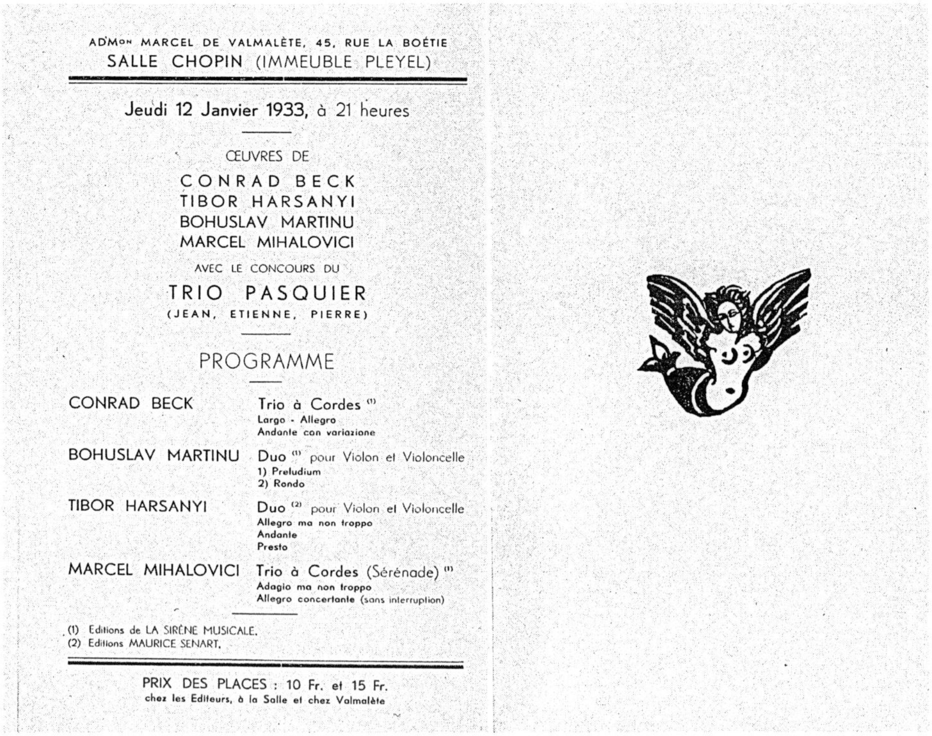

ADM^ON MARCEL DE VALMALÈTE, 45, RUE LA BOÉTIE
SALLE CHOPIN (IMMEUBLE PLEYEL)

Jeudi 12 Janvier 1933, à 21 heures

ŒUVRES DE
CONRAD BECK
TIBOR HARSANYI
BOHUSLAV MARTINU
MARCEL MIHALOVICI

AVEC LE CONCOURS DU
TRIO PASQUIER
(JEAN, ETIENNE, PIERRE)

PROGRAMME

CONRAD BECK	Trio à Cordes (1) Largo - Allegro Andante con variazione
BOHUSLAV MARTINU	Duo (1) pour Violon et Violoncelle 1) Preludium 2) Rondo
TIBOR HARSANYI	Duo (2) pour Violon et Violoncelle Allegro ma non troppo Andante Presto
MARCEL MIHALOVICI	Trio à Cordes (Sérénade) (1) Adagio ma non troppo Allegro concertante (sans interruption)

(1) Editions de LA SIRÈNE MUSICALE.
(2) Editions MAURICE SENART.

PRIX DES PLACES : 10 Fr. et 15 Fr.
chez les Editeurs, à la Salle et chez Valmalète

Figure 2. Programme du concert organisé par La Sirène musicale le 12 janvier 1933.

LA SIRENE MUSICALE
29, Boulevard Malesherbes
Téléphone : Anjou 14-96

PRÉSENTERA le 27 AVRIL, à 17 h.
Au VIEUX-COLOMBIER, les Œuvres suivantes :
1 Conrad Beck Sonate pour flûte et violon
2 Jean Cartan Trois poèmes de Villon
3 Marcel Mihalovici Sonate pr. hautbois et p^o
4 Bohuslav Martinu Duo pour violon et v^lle
5 Maurice Jaubert Six Inventions pour piano
6 Tibor Harsanyi Quatuor à cordes

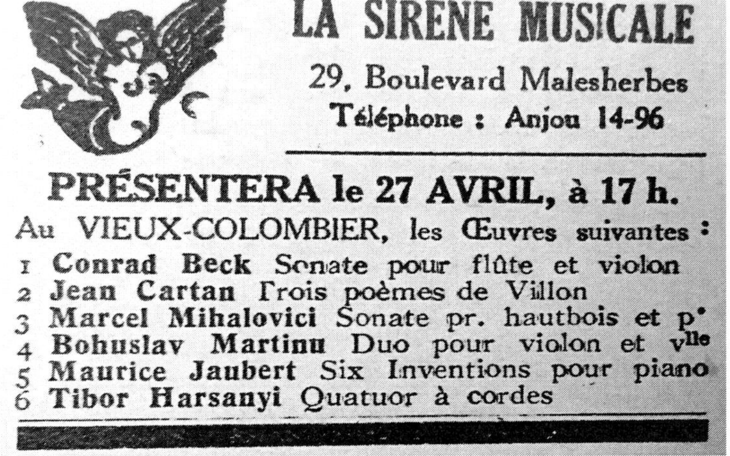

Figure 3. L'annonce publicitaire du premier concert de La Sirène musicale dans *Le Guide du concert* (vol. 15, n° 29, 19 avril 1929, p. 839).

Date, Organisateur	Programme	Interprètes
27 avril 1929, Sirène	Mihalovici : *Sonatine*, hb-pn Martinů : *Duo*, vl-vc [H. 157] Harsányi : *Quatuor* Beck : *Sonatine*, fl-vl Jean Cartan : *Trois Poèmes de Villon*, v-pn Maurice Jaubert : *Six Inventions*, pn ; *Elpenor*, v-qc[19]	Quatuor Roth Gaston Blanquart, fl ; Louis Bleuzet, hb Suzanne Peignot et O. Rithère, v Maurice Jaubert, pn
24 avril 1932, SMI	Harsányi : *Concertino*, pn-qc Mihalovici : *Quatuor n° 2* Martinů : *Quatuor n° 3* [H. 183] Beck : *Quatuor n° 3*	Quatuor Roth T. Harsányi, pn
12 janvier 1933, Sirène	Beck : *Trio*, vl-al-vc Martinů : *Duo*, vl-vc [H. 157] Harsányi : *Duo*, vl-vc Mihalovici : *Trio (Sérénade)*, vl-al-vc	Trio Pasquier
4 mars 1933, Servais	Beck : *Sonatine*, vl-pn Martinů : *Trio*, vl-vc-pn [H. 193 ?] Mihalovici : *Quatuor n° 2* Harsányi : *Concertino*, pn-qc	Quatuor Huot P. Maire, pn T. Harsányi, pn
29 mai 1933, Hélène Suter-Moser (concert privé)	Harsányi : *Cinq Poèmes* (Hart), v-pn ; *Rythmes*, pn ; *Suite*, pn Mihalovici : *Trois Romances* (Hugo), v-pn Martinů : *Préludes*, pn [H. 181] Beck : *Lyrische Kantate* (Rilke), v-pn	Hélène Suter-Moser, v [?], pn
17 mars 1936, École normale (59e Concert Association)	Mihalovici : *Trio (Sérénade)*, vl-al-vc Beck : *Sérénade*, fl-cl-oc Harsányi : *Concertino*, pn-oc Martinů : *Sonate*, 2vl-pn [H. 213]	Orchestre à cordes (Diran Alexanian, dir.) MM. Gold et Figueroa, vl ; Englebert, al ; Landshoff, vc ; Mangin, fl ; Artisse, cl T. Harsányi, pn

Tableau 4. Les concerts ayant pu inspirer l'étiquette « Groupe des Quatre »[20].

On pourrait dire que les comptes rendus de ces concerts sont des « occasions manquées » pour parler d'École de Paris ou de Groupe des Quatre : si ces expressions étaient effectivement employées, quelles meilleures occasions que ces concerts pour les utiliser ? Pourtant, aucune trace de ces expressions n'apparaît dans notre dépouillement[21] : lorsque ces concerts font l'objet d'une annonce ou d'un compte rendu

19. Cette pièce initialement prévue au programme ne fut pas jouée. Voir ci-après au chapitre VI, n. 63.

20. Les informations sont tirées de la programmation des concerts parisiens publiée hebdomadairement dans *Le Guide du concert* et des comptes rendus trouvés dans notre dépouillement des revues musicales.

21. Pour ces concerts, nous avons étendu notre dépouillement à une sélection significative de la presse quotidienne (*Comœdia*, *Excelsior*, *Le Figaro*, *Paris-Soir*, *Le Temps*, *La Victoire*).

(ce qui n'est souvent pas le cas), on parle plutôt de « quelques jeunes compositeurs étrangers »[22] ou, dans un cas, de « quatre des personnalités les plus marquantes de la jeune musique »[23]. Dans le faire-part pour le concert privé donné par Hélène Suter-Moser le 29 mai 1933, on dit « quatre jeunes compositeurs »[24] (sans mention du fait qu'ils sont étrangers, probablement parce qu'elle l'est également – Suisse, elle s'installe à Paris après la Guerre).

Il est aussi intéressant de lire les comptes rendus écrits par un autre jeune musicien étranger à Paris, Lennox Berkeley, dans ses « Reports from Paris » pour *The Monthly Musical Record*. À propos du concert de la Société musicale indépendante (SMI) du 24 avril 1932, il écrit tout simplement qu'il s'agissait d'un concert de musique de chambre moderne présentant trois quatuors et un quintette, pour ensuite consacrer un commentaire à chacune des pièces, sans aucun souci de regroupement global : « Deux de ces pièces, un quatuor de Conrad Beck et un de Martinů, se sont particulièrement distinguées. [...] Le deux autres pièces, un quatuor de Mihalovici et un quintette pour piano et cordes de Harsányi, ont laissé une moins forte impression »[25].

Nous approfondirons plus loin, dans le chapitre VI, la genèse du premier concert réunissant les noms de Beck, Harsányi, Martinů et Mihalovici (à côté de Jean Cocteau et de Maurice Jaubert), qui constitue le tout premier concert organisé par les éditions de La Sirène musicale dans le but de promouvoir la musique qu'elles publient. Quant au premier concert où les quatre compositeurs occupent l'entièreté du programme (SMI, 24 avril 1932) – le concert faisant l'objet du compte rendu de Berkeley cité ci-dessus – quelques lettres témoignent du rôle actif joué par les quatre amis dans l'organisation de l'événement. À la fin de 1931, Harsányi écrit à Beck :

> Cher Ami,
> Les Roth m'envoient un câble qu'ils acceptent notre concert entre le 15-20 mars 1932. Écrivez donc *immédiatement* une partition et les parties de votre quatuor [...][26].

Harsányi était joué depuis plusieurs années par le Quatuor Roth (hongrois), et vraisemblablement le compositeur avait instauré un rapport de collaboration qu'il étend

22. Boris de Schlœzer, « Chronique musicale », *La Nouvelle Revue française*, 1er juin 1932, p. 1121-1123; repris dans Boris de Schlœzer, *Comprendre la musique : contribution à La Nouvelle revue française et à La Revue musicale, 1921-1956*, éd. établie et présentée par Timothée Picard, Rennes, Presses universitaires de Rennes, 2011, p. 329-330. Cette expression est utilisée à propos du concert à la SMI en 1932.

23. Suzanne Demarquez (« La musique de chambre, les récitals et concerts divers », *Le Courrier musical*, 1er février 1933, p. 65) à propos du concert de La Sirène musicale en 1933. Le titre développé du compte rendu du concert de 1936 écrit par Tristan Klingsor, « Œuvres de MM. Mihalovici, C. Beck, T. Harsanyi et B. Martinu » (*Le Monde musical*, mars 1936, p. 86) est également révélateur.

24. Document conservé dans le recueil *Programmes et comptes rendus de concert, Tibor Harsányi* (BnF, Musique).

25. « *Two of these works, a quartet by Conrad Beck and another by Martinů, were of outstanding merit. [...] The two others works, a string quartet by Mihalovici and a quintet for piano and strings by Harsányi, made a less powerful impression* »). Lennox Berkeley, « Reports from Paris » [juin 1932], dans *Lennox Berkeley and Friends : Writings, Letters and Interviews*, éd. Peter Dickinson, Woodbridge, Boydell, 2012, p. 35-36, ici p. 36.

26. Lettre de Tibor Harsányi à Conrad Beck, 5 décembre 1931 (PSS, Sammlung Conrad Beck, Korrespondenz).

volontiers à ses amis[27]. Un mois avant le concert, Beck reçoit cette lettre de la part de Nadia Boulanger :

> Mon cher Conrad,
> Il faudrait avoir au plus tôt le programme de Harsanyi, Martinu, Mihalovici et vous pour la SMI. Voulez-vous puisque vous voyez souvent vos amis, faire en sorte que le libellé exact du programme nous parvienne d'urgence[28].

Nous observerons, au cours des prochaines pages et dans les chapitres suivants, les différents liens amicaux qui se tissent et les mécanismes que ceux-ci créent dans la promotion musicale entourant les concerts de musiciens étrangers.

Il faut remarquer que les six concerts du tableau 4 ne sont évidemment pas les seuls où des œuvres de Beck, Harsányi, Martinů et Mihalovici figurent à l'affiche. Comme le tableau 5 le montre en détail, il existe plusieurs cas où ces quatre musiciens ne sont pas regroupés dans une même soirée. Par exemple, dans un concert du 16 mai 1929, on retrouve un programme presque exclusivement consacré à des étrangers et où Beck et Harsányi ne sont accompagnés ni par Mihalovici ni par Martinů ; le 4 avril 1930, les œuvres de Beck et de Mihalovici occupent une partie importante du programme du concert de La Sirène musicale, tandis que Harsányi et Martinů ne figurent qu'en tant que participants à un ouvrage collectif avec d'autres compositeurs (l'album *Treize Danses*) ; le 5 mai 1930, un concert ne réunit que trois musiciens sur quatre (Beck, Harsányi et Martinů).

Ce même tableau 5 donne un aperçu plus global de la programmation musicale des concerts parisiens de l'entre-deux-guerres où figurent *au moins deux* compositeurs qui ont été considérés parmi les principaux « membres » de l'École de Paris par l'historiographie musicale (Beck, Harsányi, Martinů, Mihalovici, Tansman et Tchérepnine)[29]. La quatrième colonne met en évidence la présence, dans ces concerts, d'autres étrangers résidant à Paris : certains d'entre eux ont été considérés par des récits historiographiques

27. Le Quatuor Roth avait consacré une soirée à Harsányi au Caméléon, le 9 janvier 1927. Le Caméléon était un local de Montparnasse qui accueillait des expositions et des concerts d'artistes indépendants (voir ci-après au chapitre VI, « Souvenirs », pour les souvenirs de Tchérepnine à propos de cet endroit). Voir aussi la lettre de Tibor Harsányi à Conrad Beck, 14 août 1930 (PSS, Sammlung Conrad Beck, Korrespondenz) : « Les Roth jouent mon quatuor au festival international à Venise le 9 septembre. (Quel honneur !) [...] Ici parmi les collègues j'ai vu Ferroud et Mihalovici ».

28. Lettre de Nadia Boulanger à Conrad Beck, 17 mars 1932 (PSS, Sammlung Conrad Beck, Korrespondenz).

29. Le tableau résulte du dépouillement des comptes rendus parus dans *Le Courrier musical* (1919-1934), *Le Ménestrel* (1919-1939), *Le Monde musical* (1919-1939), *La Revue musicale* (1920-1939) et des programmes publiés dans *Le Guide du concert* (1919-1939). À ce dépouillement systématique s'ajoute la consultation de matériels d'archives conservés au Département de la musique de la BnF : recueil *Programmes et comptes rendus de concert, Tibor Harsányi* ; Fonds Montpensier, Compositeurs, dossiers Tansman et Martinů. Les informations concernant les concerts du Triton, de La Sérénade et de la SMI ont été vérifiées dans Michel Duchesneau, *L'avant-garde musicale à Paris de 1871 à 1939*, Sprimont, Mardaga, 1997 ; ceux de la Spirale dans Nigel Simeone, « *La Spirale* and *La Jeune France* : Group Identities », *The Musical Times*, vol. 143, n° 1 880, 2002, p. 10-36. Le tableau 5 n'est probablement pas exhaustif, mais offre tout de même un aperçu plus que significatif de la programmation qui concerne les musiciens étudiés. La colonne « Institution » n'indique parfois que la salle où le concert a eu lieu ou encore le nom du virtuose pour lequel le récital a été conçu (que nous indiquons entre parenthèses).

comme des membres « ajoutés » de l'École de Paris au sens étroit (Lajtha, Lazăr, Mompou, Spitzmüller) ; d'autres constituent l'École de Paris selon la définition donnée par la seule Luisa Curinga (Lourié, Markevitch, Obouhov, Wyschnegradsky)[30] ; d'autres encore présents dans ces concerts, tel Prokofiev, n'ont jamais été nommés par les historiens de la musique qui parlent d'École de Paris[31]. Comme le montre le second volume de *L'écran des musiciens* de José Bruyr, Prokofiev était considéré comme un membre à part entière de la communauté des immigrés, et si l'historiographie ne l'a pas assimilé à ses collègues, c'est sans doute à cause de son succès nettement supérieur à celui des autres. Nous pourrions dire que ce succès lui a donné le droit à une case individuelle dans l'histoire de la musique, tandis que les autres ont dû se contenter d'être regroupés[32]. Le même mécanisme d'intégration à l'histoire de la musique est valable pour Heitor Villa-Lobos[33].

La cinquième colonne du tableau 5 est consacrée à d'autres compositeurs étrangers, à savoir ceux qui ne résident pas à Paris. La sixième est consacrée aux compositeurs français qui se sont affirmés après la Première Guerre mondiale, à partir des « Nouveaux jeunes » du Groupe des Six (Honegger trouve donc sa place dans cette colonne, nonobstant la musicographie de l'époque qui l'a toujours considéré comme un étranger)[34] jusqu'aux « jeunes » des années 1930 comme Olivier Messiaen[35]. Enfin, dans la dernière colonne sont réunis les « maîtres » – de Bach à Saint-Saëns, de Beethoven à Debussy – ainsi que les compositeurs français « moins jeunes », actifs bien avant la Première Guerre mondiale.

---

30. Voir l'Introduction.

31. L'annexe 3 présente une liste de ces compositeurs et indique la période de leur présence à Paris.

32. Voir à ce propos nos considérations sur le CD de musique de chambre consacré à l'« École de Paris » (chapitre I, n. 27). On remarquera par ailleurs que Harsányi, dans son émission radiophonique de 1947 que nous traiterons ci-après au chapitre VI, inclura Prokofiev dans « son » École de Paris (voir le tableau 10).

33. En 2004, le livre d'Anaïs Fléchet, *Villa-Lobos à Paris : un écho musical du Brésil* (Paris, L'Harmattan, 2004) a réintégré Villa-Lobos au milieu des compositeurs immigrés qui cherchaient leur chemin dans le Paris des années 1920.

34. Voir ci-dessus au chapitre III, n. 24.

35. Une réflexion sur l'applicabilité du concept de génération à l'étude des « jeunes » compositeurs de l'entre-deux-guerres a été menée par Cécile Quesney, *Compositeurs français à l'heure allemande, 1940-1944 : le cas de Marcel Delannoy*, thèse de doctorat, Paris / Montréal, Université Paris-Sorbonne / Université de Montréal, 2014, p. 33-49. Quesney propose une liste de 19 compositeurs français (comprenant Honegger) nés entre 1888 et 1906 qui appartiendraient à ce qu'elle propose d'appeler « génération des "jeunes de l'après-guerre" » (pour une raison à la fois chronologique et de marque expérientielle suscitée par le conflit). On y retrouve les Six, l'École d'Arcueil, ainsi que (en ordre de date de naissance), Jacques Ibert, Roland-Manuel, Jean Rivier, Marcel Delannoy, Henry Barraud, Pierre-Octave Ferroud, Maurice Jaubert et Henri Tomasi. Cette « génération » ne comprend pas les compositeurs, tels que Jean Françaix, Manuel Rosenthal ou les membres du groupe Jeune France, qui s'affirmeront à partir des années 1930 dans un contexte socioculturel très différent de celui de l'immédiat après-guerre. Dans le cadre de notre étude, cette distinction est moins pertinente, et pour cette raison nous les incluons tous dans la même colonne du tableau.

Date	*Institution*	*L'École de Paris selon l'historiographie* (Le « Groupe des Quatre »)						*Autres étrangers résidant à Paris*	*Étrangers résidant ailleurs qu'à Paris*	*Jeunes Français*	*Maîtres et moins jeunes*
		Beck	Harsányi	Martinů	Mihalovici	Tansman	Tchérepnine				
? 1926	Guide du concert		x				x				
26 janv. 1927	(Quatuor Roth)		x			x		Lourié			Beethoven
27 avr. 1929	La Sirène	x	x	x	x					Cartan, Jaubert	
16 mai 1929	SMI	x	x					Laks, Pipkov, Komitas, Wertheim		Chevaillier	
17 déc. 1929	La Sirène		x	x						Rosenthal	
13 févr. 1930	SMI		x	x				Lazăr	Lopatnikoff	Hansen, Imbert	Canteloube
4 avr. 1930	La Sirène	x	x	x	x	x			Lopatnikoff, Schulhoff	Delannoy, Ferroud, Larmanjat, Migot, Rosenthal, Wiéner	
2 mai 1930	SMI	x				x		Neugeboren, Citkowitz, Berkeley	Schulthess	Passani	
5 mai 1930	Centre international de musique	x	x	x							
14 nov. 1930	(Trio Filomusi)			x		x					Fauré
28 févr. 1931	SMI	x	x	x	x	x		Woytowicz	Lopatnikoff, Malipiero, Rocca, Schulhoff	Dandelot, Delannoy, Demarquez, Ferroud, Larmanjat, Migot, Rosenthal, Wiéner	Mazzi

Date	*Institution*	*L'École de Paris selon l'historiographie* (Le « Groupe des Quatre »)						*Autres étrangers résidant à Paris*	*Étrangers résidant ailleurs qu'à Paris*	*Jeunes Français*	*Maîtres et moins jeunes*
		Beck	Harsányi	Martinů	Mihalovici	Tansman	Tchérepnine				
16 avr. 1931	Concerts Straram		x	x						Ferroud	Haydn, Mozart
2 févr. 1932	Concerts de Montparnasse	x	x					Gretchaninov, Wyschnegradsky	Bartók, Rachmaninov		
24 avr. 1932	SMI	x	x	x	x						
12 janv. 1933	La Sirène	x	x	x	x						
18 janv. 1933	SMI		x	x				Neugeboren	Lajtha	Tomasi	
20 janv. 1933	Triton	x		x					Bartók, Schulhoff	Ferroud	Caplet
4 mars 1933	Concerts Servais	x	x	x	x						
29 mai 1933	(Suter-Moser)	x	x	x	x						
9 mars 1934	Triton		x	x				Neugeboren		Delvincourt, Martelli	Debussy
8 juin 1934	Triton		x		x					Barraud, Delannoy, Honegger, Ibert	
9 avr. 1935	Concerts Servais		x		x						
25 mars 1936	Triton				x		x	Stravinski	Janáček	Tomasi	
17 mars 1936	École normale de musique	x	x	x	x						
6 mars 1937	SN		x		x			Bernard	de Bourguignon	Delbos, Dodane, Martelli, Messiaen, Philippart	Blanchet, Klingsor
27 mai 1937	Triton		x		x					Bondeville	Boëly, Fauré, Koechlin

Date	*Institution*	*L'École de Paris selon l'historiographie* (Le « Groupe des Quatre »)						*Autres étrangers résidant à Paris*	*Étrangers résidant ailleurs qu'à Paris*	*Jeunes Français*	*Maîtres et moins jeunes*
		Beck	Harsányi	Martinů	Mihalovici	Tansman	Tchérepnine				
? 1938	Orchestre philarmonique de Paris		x	x							Brahms, Schmitt, Schubert
5 mars 1938	SN			x		x		Ikonomov, Villa-Lobos, Wyschnegradsky		Pascal, Petit, Planel, Soulage	Bazelaire
14 mars 1938	Triton		x	x						Auric, Poulenc, Rivier, Roland-Manuel	Debussy
28 nov. 1938	La Sérénade		x	x	x	x	x	Mompou, Nabokov	Rieti, E. Halffter	Auric, Honegger, Milhaud, Poulenc	Chabrier, Fauré
? 1938	Orchestre philarmonique de Paris				x	x			Bartók	Barraud, Rivier	
6 mars 1939	Triton		x			x			Bartók	Honegger	Aubert
8 mai 1939	Triton			x	x			Prokofiev, Stravinski			Monteverdi, Schmitt

Tableau 5. Aperçu des concerts parisiens de l'entre-deux-guerres (1919-1939) programmant des œuvres d'au moins deux compositeurs considérés « membres » principaux de l'École de Paris par l'historiographie.

Une première constatation s'impose : le commencement très tardif des concerts comprenant au moins deux des six compositeurs traditionnellement identifiés comme des membres de l'École de Paris. Si, comme nous l'avons vu dans la première partie, certains historiens situent la fondation « officielle » d'un groupe appelé « École de Paris » entre 1924 et 1928, et si le phénomène École de Paris en art visuel se précise entre 1923 et 1925, notre tableau ne commence qu'en 1926. Il n'y a d'ailleurs aucun concert en 1928 organisé par Mihalovici « avec quelques amis émigrés en France », occasion pour laquelle, selon Porcile ou Michèle Reverdy dans l'*Histoire de la musique occidentale*, certains critiques auraient commencé à parler d'eux en termes d'École de Paris [36].

Une autre observation concerne la place accordée à certains compositeurs dans le tableau. Vittorio Rieti est un cas un peu particulier de musicien ne s'étant jamais installé à Paris (entre 1920 et 1940, il résidait à Rome), mais voyageant régulièrement dans la capitale française (ainsi qu'à Londres, Vienne, Bruxelles et Strasbourg), où il entretenait des rapports d'amitié avec plusieurs musiciens [37]. Dans les années 1930, il a joué un rôle important dans l'organisation de la vie musicale parisienne (il compte parmi les fondateurs de La Sérénade, 1931-1939), et ses œuvres figuraient souvent dans les concerts parisiens (à La Sérénade, on retrouve son nom dans un concert sur trois) [38]. Du côté de l'historiographie, Rieti a été considéré par Manfred Kelkel comme un des « membres tardifs » de l'École de Paris [39]. Si l'on ne veut pas renoncer à l'expression « École de Paris » pour indiquer le milieu musical international du Paris de l'entre-deux-guerres et qu'on souhaite néanmoins établir des critères d'inclusion pour en faire partie, on se trouve forcé d'évaluer ce cas limite de compositeur très présent – physiquement et par sa musique – dans ce milieu, même s'il réside ailleurs. Le critère de la résidence serait-il alors un critère valide pour définir l'« École de Paris » ? Ou serait-il plus approprié de juger plutôt selon le critère de la participation active à une association (comme La Sérénade) ou à un projet commun, comme le recueil *Parc d'attractions Expo 1937*, comprenant des pièces d'Ernesto Halffter (ne résidant pas à Paris lui non plus), Harsányi, Honegger, Mihalovici, Tchérepnine, Martinů, Mompou, Rieti et Tansman ?

Ce questionnement est valable aussi pour d'autres compositeurs qui n'habitent pas à Paris de manière stable, mais qui sont concrètement en contact avec la vie musicale parisienne. C'est le cas, par exemple, de Petros Petridis [40] ou de László Lajtha – qu'Antoine

36. Voir ci-dessus au chapitre III.

37. Franco Carlo Ricci, *Vittorio Rieti*, Roma, Edizioni scientifiche italiane, 1987 ; éd. électronique, [s. d.], http://www.liberliber.it/mediateca/libri/r/ricci/vittorio_rieti/pdf/ricci_vittorio_rieti.pdf, consulté en septembre 2014, p. 98 ; pour les séjours parisiens du compositeur, voir p. 97-122.

38. Voir Duchesneau, *L'avant-garde*, annexe 3. Le comité de direction de La Sérénade était composé par la violoniste Yvonne de Casa Fuerte (née Giraud), Auric, Desormière, Markevitch, Milhaud, Nabokov, Poulenc, Rieti et Sauguet (*ibid.*, p. 123-124). Rieti faisait aussi partie du comité de direction de l'homologue romain de La Sérénade, l'association I Concerti di primavera fondée par la collectionneuse et mécène Anna Laetitia Pecci Blunt ; voir Ricci, *Vittorio Rieti*, p. 92, n. 18.

39. Kelkel, « L'École de Paris, une fiction ? », dans Pierre Guillot (dir.), *Hommage au compositeur Alexandre Tansman (1897-1986)*, actes du colloque (Paris, 26 novembre 1997), Paris, Presses de l'Université de Paris-Sorbonne, 2000, p. 85-89, ici p. 86. Voir ci-dessus l'Introduction.

40. De nationalité grecque depuis 1913 (il était né en Turquie en 1892), Petridis avait étudié les sciences politiques et la musique à Istanbul et à Paris avant la Première Guerre mondiale, et enseigné le grec moderne à la Sorbonne de 1919 à 1921. À partir de 1922 il vivait entre Paris et Athènes (où il mourra en 1977).

Goléa, rappelons-le, avait placé parmi les membres de « son » École de Paris, et qui avait utilisé l'expression « École de Paris » dans son entretien avec Claude Chamfray en 1936[41]. Une réflexion similaire doit être formulée à propos des jeunes étrangers qui vont à Paris pour des séjours d'études, mais qui ne constituent pas de véritables immigrés. On pense par exemple à l'aristocrate anglais Lennox Berkeley ou au Bulgare Lubomir Pipkov[42]. Si nous avons choisi, dans le tableau 5, d'insérer leurs noms dans la colonne des « autres étrangers résidant à Paris » – à la différence des musiciens comme Rieti, insérés parmi les « autres étrangers résidant ailleurs qu'à Paris » –, c'est parce que venir étudier à Paris servait souvent de tremplin pour une carrière internationale, comme ce fut le cas aussi pour la plupart des « vrais » immigrés. Notre classement tient compte des nuances apportées par notre enquête au type de carrière que les musiciens étrangers mènent à Paris, mais il pourrait être différent en fonction d'autres critères. Cela ne fait que confirmer le caractère souvent peu objectif et complexe de toute classification et de tout regroupement[43].

De la même manière, l'ordre dans lequel les pièces étaient jouées ne correspondait que par hasard à un éventuel regroupement par nationalité des auteurs. Et si l'on regarde du côté des critiques, jamais on ne souligne le fait que deux ou trois des œuvres jouées formeraient une section de « musique d'immigrés » à l'intérieur du programme. En revanche, on remarquait souvent la nationalité des différents compositeurs, parfois le fait qu'ils s'étaient installés à Paris. En 1927, un critique autrichien assimile Harsányi et Tansman avec Honegger et Milhaud dans la *Komponistengarde* des jeunes résidant à Paris. Il ne s'agit pas d'une École de Paris qui existerait à côté des musiciens français, mais d'une seule vague de jeunes compositeurs réunis par leurs qualités d'écriture[44].

Ces considérations peuvent être développées en analysant deux documents qui ont contribué à forger l'image d'un regroupement de certains compositeurs étrangers. Il s'agit des recueils *Treize Danses* (1929) et *Parc d'attractions Expo 1937*, qui ont été perçus par l'historiographie comme des « Albums de l'École de Paris » (dans la tradition de l'*Album des 6*). Les exécutions en concert de ces deux recueils figurent dans le tableau 5 : les *Treize Danses* au concert organisé par La Sirène musicale (l'éditeur du recueil) le 4 mars 1930 et ensuite au concert de la SMI du 28 février 1931 ; *Parc d'attractions* à La Sérénade, le 28 novembre 1938. Dans l'édition du *Grove* de 1954, Weissmann aurait salué les *Treize*

---

41. Voir ci-dessus au chapitre III, section « Les étrangers à Paris : École de Paris au(x) sens large(s) ».

42. Berkeley et Pipkov font partie des jeunes étrangers qui se rendent à Paris pour approfondir leurs études musicales à l'École normale de musique avec Nadia Boulanger; les deux compositeurs suivent ce parcours entre 1926 et 1932. Voir l'annexe 3 pour d'autres cas similaires. Voir également Marie Duchêne-Thégarid, *« Les plus utiles propagateurs de la culture française » ? Les élèves musiciens étrangers à Paris pendant l'entre-deux-guerres*, thèse de doctorat, Tours, Université François-Rabelais, 2015.

43. Souvent, la difficulté de classification est due à la carence d'informations sur un compositeur. À titre d'exemple, Ferdinand Mazzi a été inclus parmi les « moins jeunes » de la dernière colonne du tableau 5 puisqu'il a publié des pièces à partir de 1902 ; toutefois, son nom de famille et le fait d'avoir composé un *Canto italico* en 1935 laissent supposer des origines italiennes que nous n'avons pu vérifier et en raison desquelles il se serait retrouvé dans la colonne des « autres étrangers ».

44. Paul Winkler, « Musikleben in Paris », compte rendu du concert du Quatuor Roth du 26 janvier 1927, coupure de presse du *Neues Wiener Journal* conservée dans le recueil *Programmes et comptes rendus de concert, Tibor Harsányi*, cahier 2 (BnF, Musique).

Danses comme l'« officialisation » de l'existence de l'École de Paris[45]. C'est sans doute en se référant à ce recueil que d'autres auteurs de notices d'encyclopédies ont attribué à Michel Dillard, directeur de La Sirène musicale, la paternité de l'École de Paris[46]. Quant à *Parc d'attractions*, il serait né de l'idée de Tchérepnine de créer une sorte de réponse au recueil *À l'exposition* publié par Deiss à l'occasion de l'Exposition internationale de 1937 à Paris. Si les pièces comprises dans *À l'exposition* sont de la plume de huit compositeurs français (Auric, Delannoy, Ibert, Milhaud, Poulenc, Sauguet, Schmitt et Tailleferre), *Parc d'attractions* comprend les compositions d'« un groupe de compositeurs étrangers vivant à ce moment-là à Paris (et qui [font] partie de ce que l'on a souvent appelé *L'École de Paris*) » – Mihalovici, Harsányi, Tansman et Martinů – ainsi que « d'autres compositeurs étrangers qui [ont] de grandes affinités avec Paris » – Mompou, Rieti, Honegger et Halffter[47]. Nous laissons de côté, pour l'instant, les *Treize Danses* et *Parc d'attractions*, auxquels nous allons consacrer une analyse détaillée dans le chapitre VIII – où il sera question de considérer l'expression « École de Paris » du point de vue du style compositionnel. Pour l'instant, poursuivons notre observation de la programmation des concerts afin d'avoir une idée plus globale de la présence des compositeurs immigrés dans le milieu musical parisien de l'époque.

Phénoménologie d'un milieu international, ou Les absents du tableau

Le choix même de n'inclure dans le tableau 5 que les concerts programmant au moins deux des six compositeurs considérés comme les « membres » principaux de la prétendue École de Paris laisse des vides importants dans ce qui était le panorama des concerts avec un nombre considérable de jeunes compositeurs immigrés. Il manque, par exemple, le concert qui a probablement poussé certains historiens à considérer Lajtha, Spitzmüller et Rieti comme des membres « ajoutés » au noyau principal de l'École de Paris. Il s'agit d'un concert assez tardif, celui du 29 avril 1936 au Triton, ayant au programme des œuvres de Markevitch, Spitzmüller, Lajtha, Rieti, Milhaud, Ibert et Barraud. Dans cette même catégorie de concerts, on peut citer une soirée remontant au 29 mai 1929 où le Quatuor Roth avait présenté des quatuors de Beck, Schulhoff et Lajtha à la Salle Pleyel.

En suivant la piste des présences à Paris du Quatuor Roth, nous trouvons, en plus des concerts cités dans les tableaux 4 et 5, tout d'abord des concerts réservés aux œuvres d'un seul compositeur, comme celui consacré à Harsányi (au Caméléon, 9 janvier 1927) ou à Hába (en mai 1927)[48]. Dans d'autres concerts du Quatuor Roth, le caractère

45. John S. Weissmann, art. « Harsányi, Tibor », dans *Grove5*, vol. 4, 1954, p. 117-119, ici p. 118.

46. Voir Arthur Hoérée et Barbara Kelly, art. « Tibor Harsányi », dans *GMO*, http://www.oxfordmusiconline.com/subscriber/article/grove/music/12457, consulté en septembre 2013, et Ivana Rentsch, art. « Martinů », dans *MGG*, vol. P/11, 2004, col. 1 211-1 224. Voir ci-dessus au chapitre I.

47. Mots d'Alexander Tchérepnine reportés dans les notes introductives au CD *Exposition Paris 1937*, Bennett Lerner, piano, 1 disque compact, Etcetera, KTC 1 061, 1988. L'auteur de ces notes ne fournit pas la référence des affirmations de Tchérepnine, se limitant à dire qu'il les prononça « plus tard ». L'utilisation tardive de l'expression « École de Paris » par les compositeurs concernés fera l'objet des trois dernières sections du chapitre VI du présent ouvrage.

48. Un compte rendu des concerts parisiens du Quatuor Roth lors de sa présence dans la capitale française en 1927 a été écrit par Arthur Hoérée (« Le Quatuor Roth à Paris », *Beaux-Arts*, 1er mars 1927, p. 77).

international du programme est prédominant : les nationalités des compositeurs joués sont inscrites sur le programme à côté de leurs noms (par exemple, le 18 juin 1928 : Harsányi, *Hongrois*; Coppola, *Italien*; Kodály, *Hongrois*; [Léon] Oulitzky, *Russe*)[49], et les critiques verbalisent dans leurs comptes rendus les différentes « influences ethniques » de chaque pièce[50]. Enfin, nous constatons que Harsányi figurait très souvent aux programmes du Quatuor Roth, ce qui est un indice du rôle clef joué par les compatriotes d'un compositeur étranger pour l'exécution de ses œuvres.

Cet exemple ouvre une voie de recherche que nous ne parcourrons pas ici de façon systématique parce qu'elle nous amènerait trop loin de notre objet : l'investigation du rôle des interprètes en tant que responsables d'une perception de groupements de compositeurs. Dans le cadre des arts plastiques, ce sont les galeristes – intermédiaires entre les peintres et le public – qui, dans l'entre-deux-guerres, profitent de l'étiquette « École de Paris » pour vendre les œuvres. Dans le cas des arts performatifs, la situation est plus complexe, car la diffusion des œuvres musicales s'effectue par un nombre plus important d'intermédiaires : les éditeurs, les interprètes et les sociétés de concerts. La Sirène musicale est un cas intéressant d'éditeur qui organise des concerts pour la diffusion des œuvres récemment publiées, parmi lesquelles se comptent celles de plusieurs jeunes compositeurs étrangers résidant à Paris. Il n'y a qu'un pas à faire pour établir un lien entre l'École de Paris et La Sirène musicale. Du côté des interprètes, nous n'avons pas trouvé de liens similaires, mais rien n'exclut que certains musiciens ne puissent avoir été considérés comme les représentants d'un milieu spécifiquement « École de Paris », de la même façon que Jean Wiéner était vu par Vuillemin comme l'empoisonneur introduisant à Paris la peste schoenbergienne. Certainement, des interprètes ayant des liens privilégiés avec les musiciens étrangers à Paris – Monique Haas, épouse de Mihalovici, ou encore Ina Marika[51], Manuel Rosenthal[52], André Huvelin[53], etc. – ont joué un rôle important dans la diffusion des œuvres de ces compositeurs.

49. Programme conservé dans le recueil *Programmes et comptes rendus de concert, Tibor Harsányi* (BnF, Musique).

50. Voir Pierre Wolff, « Quatuor Roth », *Le Courrier musical*, 1er décembre 1927, p. 593 : « Le charmant Finale [du *Quatuor n° 7* de Milhaud], dont le caractère pastoral accentué évoque intensément les verdoyantes campagnes de France. Changement de décor. L'Italie, une Italie à vrai dire un peu cosmopolite, mais très vivante, apparaît dans les *Trois Pièces* de M. Casella. [...] La Hongrie est représentée par le *Quatuor* op. 7 de M. Bela Bartok. Œuvre de longue haleine, qui souffre un peu de sa structure rigide en mouvements enchaînés. Les influences ethniques, là aussi, apparaissent très voilées ».

51. La forte réaction de la pianiste Ina Marika à la mort de Harsányi laisse imaginer un lien particulièrement étroit entre les deux. Voir la lettre de Mihalovici à Tchérepnine du 2 avril 1956 (Harsányi était mort depuis un an et demi) : « Quelle tristesse que la disparition de notre cher Tibor. Nous arrivons si mal à nous accoutumer que nous ne le reverrons plus, que nous ne le rencontrerons plus à St. Germain des Prés, que nous n'entendrons plus jamais ses réflexions, pleines d'intérêt, d'ironie et d'humour, sur toutes les choses de la vie... Marika va. Elle reprend le dessus » (PSS, Sammlung Alexander Tcherepnin, Korrespondenz).

52. Interviewé par Myriam Soumagnac en 1990, Rosenthal dit : « Je les ai tous joués. [...] C'était moi le seul qui avait la possibilité et le culot, il faut bien le dire, à l'époque, de jouer la musique de ces tout jeunes gens qui n'étaient pas acceptés facilement ». Myriam Soumagnac, « L'École de Paris », 5 épisodes, dans *Le matin des musiciens*, émission radiophonique, RF, France Musique, 4e épisode : « Conséquences », diffusé le 19 juillet 1990.

53. C'est chez le violoncelliste André Huvelin que les photos du « Groupe de Quatre » au Mont-Saint-Léger ont été prises (voir les illustrations 1 et 2).

Combinaisons variées

L'étude des programmes de concert qui a permis de réaliser le tableau 5 partait de l'hypothèse qu'une École de Paris telle que décrite par les histoires de la musique avait existé par l'entremise de concerts. Cependant, force est de constater que les concerts de ce prétendu groupement sont pratiquement inexistants. La réalité nous offre plutôt une combinaison variée d'œuvres de musiciens d'horizons les plus divers, jouées dans un même concert. Nous ne citerons ici que quelques exemples.

Pour son premier concert parisien, le 14 avril 1920 à la Salle des Agriculteurs, avec la violoniste Marguerite (Malgorzata) Berson, Tansman partage le programme avec des œuvres de deux maîtres du passé (Haendel et Beethoven), quelques classiques du répertoire pour violon (Giuseppe Tartini et Gaetano Pugnani – en réalité Fritz Kreisler, véritable auteur du *Prélude et Allegro* pour piano et violon au programme) et un géant de la musique française comme Saint-Saëns[54]. Un tel programme laisse croire à une stratégie pour se présenter au public français en s'insérant dans la grande tradition internationale, plutôt que de se présenter comme un musicien *polonais* voulant affirmer son identité nationale. Cela semble cependant en contradiction avec un certain discours du compositeur qui tient à affirmer son identité polonaise (nous allons le voir plus loin). Le début symphonique de Tansman, avec son *Intermezzo sinfonico* présenté aux Concerts Golschmann le 21 décembre 1922, se fait dans un environnement programmatique prestigieux : mis à part Milhaud, on y entend des musiques de Bach, Mozart, Schubert, Mendelssohn et Fauré. Cela s'inscrit dans une logique de programmation habituelle de la part des chefs d'orchestre : équilibrer, dans les programmes, création et répertoire. Nous pourrions étendre ces constats au début américain de Tansman : à titre d'exemple, dans un concert important comme celui dirigé par Arturo Toscanini à Carnegie Hall le 6 octobre 1932 (inauguration de la 91 e saison de la Philarmonic-Symphony Society of New York), on a entendu la première américaine des *Danses Polonaises* de Tansman à côté de la *Troisième Symphonie* (1883) de Johannes Brahms, de *La Mer* (1905) de Debussy, et de la transcription schoenbergienne du *Prélude et Fugue en mi bémol* de Bach. Donc, tant à Paris qu'aux États-Unis, le lancement de Tansman n'a pas été le résultat d'une stratégie basée sur la force du regroupement avec d'autres débutants ; au contraire, Tansman a su tisser des liens personnels avec les acteurs principaux de la programmation musicale pour assurer à ses œuvres une place dans les contextes les plus prestigieux. De plus, le choix de ces programmateurs n'a pas été orienté vers la promotion des jeunes étrangers en tant que groupe – comme c'était le cas dans le milieu des arts visuel, où l'étiquette « École de Paris » avait été utilisée, d'abord hors de France, dans le but de transmettre une image unitaire du mouvement artistique des peintres

54. Voir le programme dans *Le Guide du concert* (10-17 avril 1920, p. 213), qui mentionne également une *Chanson méditation* de [Maurice] Cottenet. Les œuvres de Tansman jouées à ce concert étaient : *Sonate [n° 2]*, vl-pn (1919) ; *Paysages polonais* [tirés de l'*Album polski*, perdu], pn (1916) ; *Flammes sombres* [?], pn (titre qui ne figure pas dans le catalogue des œuvres de Tansman (Gérad Hugon, « L'œuvre d'Alexandre Tansman : catalogue pratique », dans *Musica et memoria*, 2012, http://musimem.com/biographies.html, art. « Alexandre Tansman ») : il s'agit probablement de la pièce du même titre d'Alexandre Scriabine, seconde des *Deux Danses* de 1914). Des comptes rendus de ce début tansmanien sur la scène parisienne ont paru dans *Le Ménestrel* (23 avril 1920) et *Le Courrier musical* (15 mai 1920).

immigrés. Le lancement de Tansman a suivi, au contraire, la pratique habituelle de bâtir des programmes où la création d'un jeune s'entremêle au répertoire canonique.

Une situation un peu différente se trouve dans un des premiers concerts de Wyschnegradsky en 1921. Nous retrouvons ici la pratique d'insérer l'œuvre d'un jeune compositeur dans un programme de « maîtres ». Mais la différence avec les exemples concernant le lancement de Tansman est que, dans le cas de Wyschnegradsky, il existe un lien entre le jeune compositeur et les maîtres partageant le programme du concert, et c'est un lien de nationalité : comme il est Russe, le voilà dans le même programme que Alexandre Borodine, Sergueï Rachmaninov, Modeste Moussorgski et Igor Stravinski [55]. Pierre de Lapommeraye écrit dans *Le Ménestrel* que le programme de ce « Concert de musique russe » « semble avoir été composé pour enchâsser une symphonie de M. Wischnegradsky; [...] fort longue (quatre temps), sans grande originalité et composée surtout de réminiscences trop nombreuses et pas assez démarquées : il y a de tout, du Wagner, du Rimsky, du Saint-Saëns » [56]. Dans la même veine – un Russe parmi les Russes – citons le concert offert par Le Caméléon le 27 décembre 1923, où Alexandre Tchérepnine est présent en même temps que son père Nicolaï, en plus de Prokofiev, Stravinski et Joseph Strimer. André Schaeffner, dans *Le Ménestrel*, décrit cette pléiade comme le « mouvement russe moderne ou du moins [...] quelques maîtres représentatifs de l'art qui a succédé à l'école dite des "Cinq" ». Il ajoute :

> Beaucoup parmi nous ont pris l'habitude de considérer comme authentiquement russes les seules œuvres offrant ces mêmes effets de pittoresque qui ne saillaient que trop chez un Balakirev ou chez un Rimsky-Korsakov. Or, bien au contraire, sous des influences tantôt germaniques, tantôt françaises, ou à la suite d'une réaction très délibérée, des compositeurs comme Scriabine, Stravinsky ou Prokofieff apparaissent bien avoir rompu avec une « manière » que jusqu'alors nous croyions purement nationale. Aucun de ceux qui furent interprétés [...] n'évoquèrent en nous cet art « populaire » ou « barbare » que des « Cinq » nous avions trop précipitamment étendu à toute l'école russe [57].

La formule qui vise à présenter dans un concert la « jeune école » d'un pays en en soulignant le caractère d'avant-garde plutôt que la couleur locale n'est pas rare. Pierre de Lapommeraye souligne ainsi la différence entre les musiciens regroupés dans un « Concert de musique roumaine » de 1925 :

> D'une part, nous trouvons MM. Alessandresco, Enesco et Golestan. D'autre part, M. Rogalski, enfin MM. Mihalovici et Filip Lazar. Les premiers cherchent leur inspiration dans le folklore national : ils ne le transportent point servilement mais ils conservent à leur musique un mélange de charme oriental et de vigueur slave, la mélodie y règne en maîtresse, ils ne craignent point de chanter [...]. Rogalski [...] n'a pas oublié les exemples de Franck, Debussy et Ravel. [...] Filip Lazar et Mihalovici poussent au contraire une

55. Concert à la Salle Gaveau, 19 mars 1921, Félix Delgrange, chef d'orchestre, [?] Yovanovitch, piano. Wyschnegradsky : *Symphonie n° 4* [ou n° 3, tel qu'annoncé dans *Le Guide du concert*, 11 mars 1921, p. 351] / Borodine : Ouverture du *Prince Igor* (1869-1887) / Rachmaninov : *Concerto pour piano n° 2 en do mineur*, op. 27 (1906-1907) / Moussorgski : *Nuit sur le Mont-Chauve* (1866-1867) / Stravinski : *Feux d'artifice*, op. 4 (1908-1909).

56. Pierre de Lapommeraye, « Concert de musique russe », *Le Ménestrel*, 25 mars 1921, p. 130.

57. [André Schaeffner], « Concerts du "Caméléon" (27 décembre) », *Le Ménestrel*, 4 janvier 1924, p. 5.

> pointe d'avant-garde et la polytonalité ne leur paraît nullement procédé à réprouver. [...] Quant à M. Michel Jora, il cavalcade seul [...] [58].

À l'occasion d'un autre concert de « musique roumaine », c'est Stan Golestan lui-même, dans sa conférence introductive, qui souligne « la jeune esthétique [...] appartenant à la plus authentique avant-garde » de la *Sonate* pour violon et piano de Mihalovici ouvrant le concert qui se conclura avec la *Sonate n° 3 en la mineur « Dans le caractère populaire roumain »*, op. 25, d'Enesco pour le même effectif[59].

Cette tendance aux regroupements des compositeurs par nationalité rappelle, *mutatis mutandis*, la nouvelle organisation du Salon des Indépendants voulue par Paul Signac en 1923, et contraste donc avec l'idée d'une « École de Paris » revendiquant des événements « mixtes », « internationalistes ». La programmation de ces concerts à caractère national était souvent l'effet d'associations nées dans le but spécifique de regrouper les musiciens ressortissant d'un même pays et se trouvant à Paris. L'Association des jeunes musiciens polonais (AJMP), fondée en 1926 à Paris par Piotr Perkowski dans le but de promouvoir la musique polonaise par l'organisation de concerts et de conférences, est un cas emblématique. L'AJMP regroupait les interprètes et les compositeurs polonais qui venaient à Paris pour parfaire leur formation (notamment avec Nadia Boulanger)[60] ou lancer leur carrière[61]. Comme le dit un critique du *Monde musical*, les concerts de l'AJMP ont permis au public français « de connaître toute une phalange de compositeurs des plus intéressants »[62]. Tansman figurait au comité d'honneur de l'association; en 1927, il écrit à son ami et spécialiste de Chopin Édouard Ganche :

58. Pierre de Lapommeraye, « Concert de musique roumaine », *Le Ménestrel*, 27 mars 1925, p. 151. Un autre critique souligne aussi le caractère peu homogène du programme, nonobstant l'origine commune des compositeurs : « Il est fort rare de réussir parfaitement un concert qui groupe, comme celui-ci, divers compositeurs et des artistes fort différents ». Pierre Leroi, « Musique roumaine », *Le Courrier musical*, 1er avril 1925, p. 194. Le programme comprend : Golestan : *Quatuor n° 1 en la bémol majeur* (1927) / Alfred Alessandrescu : *Chansons populaires*; Mélodies [populaires] / Theodor Rogalski : *Quatuor* / Lazăr : *Suite*, pn / Mihalovici : *Sonatine*, hb-pn, op. 13 (1924) / Mihail Jora : *Joujoux pour Ma Dame*, pn, op. 7 (1925).

59. René Brancour, « La musique roumaine (26 mai) », *Le Ménestrel*, 3 juin 1927, p. 251. Le concert présentait, en plus des sonates de Mihalovici et Enesco, des mélodies d'Alessandrescu, Lazăr, [?] Cremer, [?] Andreesco, et des pièces pour piano de Golestan.

60. Par contre, plusieurs compositeurs roumains étaient des élèves ou d'anciens élèves de d'Indy à la Schola cantorum. D'Indy prononça en effet le discours d'ouverture d'un concert de « musique roumaine » (Mihalovici, Enesco, Georgescu, Alessandrescu, Audiu, Otescu, Golestan, Chœurs de l'Église roumaine) organisé à la Salle Érard par l'Association française d'expansion et d'échanges artistiques et la Fondatia Culturala Principele Carol (voir E. L., « Musique roumaine », *Le Ménestrel*, 7 mars 1924, p. 105, et Marcel-Bernheim, « Concert de musique roumaine », *Le Courrier musical*, 15 mars 1924, p. 166).

61. Renata Suchowiejko (« Le "debussysme" à la polonaise : sur les traces de la formation d'un mythe », dans Myriam Chimènes et Alexandra Laederich (dir.), *Regards sur Debussy*, Paris, Fayard, 2013, p. 463-475, ici p. 475, n. 2) fait une liste des membres de l'association, incluant parmi les compositeurs Piotr Perkowski, Feliks Łabuński, Michał Kondracki, Zygmunt Mycielski, Tadeusz Szeligowski, Antoni Szałowski, Bolesław Woytowicz, Roman Palester, Michał Spisak, Witold Rudziński. Nous ajouterions à cette liste, à partir des informations trouvées dans notre dépouillement des revues musicales et dans Ludwik Erhardt, *La musique en Pologne* (Varsovie, Interpress, 1974, p. 77-78), au moins Jerzy Fitelberg et Simon Laks; à la différence des autres, ces derniers ne furent pas élèves de Boulanger. Une liste des élèves polonais de Boulanger se trouve également dans l'article de Suchowiejko (p. 474, n. 2), qui les regroupe par période.

62. A. P., « Les jeunes musiciens polonais », *Le Monde musical*, novembre 1930, p. 390.

> Il s'est fondé ici cette Association de Jeunes Compositeurs Polonais dont parlait Vallas; comité d'honneur Ravel, Roussel, Schmitt, Szymanowski et... moi, en dépit d'une résistance énergique des aristocrates qui donnent l'argent. Je serai à la réunion mercredi exprès pour leur dire qu'il y a encore quelqu'un en France qui a le plus fait pour la musique polonaise ici et qui mérite... de les honorer par sa présence dans le comité. Je n'ai pas besoin de vous dire que c'est à vous que je pense[63].

Le fait de proposer des concerts « polonais » ne put qu'engendrer des commentaires sur l'essence ethnique commune des musiques écoutées; Georges Dandelot, par exemple, « félicit[e] les Musiciens polonais de rester Polonais, dans leur musique » :

> Certes, ils subissent des influences; toute la première partie du programme (je parle des mélodies) était assez imprégnée de Borodine ou de Gretchaninoff; d'autres pièces subissent l'attraction heureuse de Ravel ou de Roussel; mais on ne saurait nier qu'il se dégage de cette soirée une « atmosphère » ou un « parfum » spécial qui fait son charme[64].

Ces concerts d'étrangers sont donc accueillis avec faveur par le public et la critique française qui ne semblent plus éprouver le sentiment « d'envahissement » du début des années 1920. Un discours aux tons exotiques demeure à l'occasion (l'« atmosphère » et le « parfum spécial » de la musique polonaise évoqués par Dandelot), mais il est inoffensif. Au-delà du discours des critiques à l'égard du caractère « charmant » d'une nation musicale, il est très rare qu'un jeune expatrié soit inséré dans un programme tendant à l'« exotiser ». Dans le Paris de l'entre-deux-guerres, la tradition des découvertes « bizarres » au sein des expositions universelles[65] se traduit en un nombre important de concerts qui présentent la musique populaire de différents pays selon une approche de curiosité folklorique. Mais jamais on ne trouvera un Mihalovici inséré dans un concert de chants populaires roumains présentés par la Cantârea româniei[66], ni un Lourié avec

63. Lettre d'Alexandre Tansman à Édouard Ganche, 28 février 1927 (BnF, Musique, lettre 263). Ganche avait publié, en 1925, la monographie *Dans le souvenir de Frédéric Chopin* (Paris, Mercure de France, 1925); ami de Tansman, il a contribué à sa promotion notamment par des articles publiés dans la revue *La Pologne* (voir ci-après au chapitre VI).

64. Georges Dandelot, « Musique moderne polonaise (Salle Chopin) », *Le Monde musical*, mars 1931, p. 101.

65. Voir les recueils de transcriptions de « musiques bizarres » – musiques du monde (y compris roumaines) – entendues aux Expositions universelles de Paris et transcrites par Louis Benedictus et sa compagne Judith Gauthier : *Musiques bizarres à l'Exposition (1889)* (Paris, Hartmann, 1889); Judith Gauthier, *Musiques bizarres à l'Exposition de 1900* (6 vol., Paris, Sociétés d'éditions littéraires et artistiques / Enoch, 1900). Un exemple significatif de cette même attitude envers « l'autre musical » encore présent dans les concerts de l'entre-deux-guerres se reflète dans l'intitulé « Le chant populaire dans la langue originale de chaque pays », concert donné le 21 décembre 1931 (l'année de l'Exposition coloniale) par la cantatrice Sonia Verbitzky, qui, en s'accompagnant là où nécessaire à la guitare, le « tiple », la balalaïka ou le ukulélé, chantera dans l'ordre un chant suédois, finlandais, irlandais, norvégien, allemand, tchèque, serbe, hongrois, roumain, polonais, tahitien, shega de l'île Maurice, tarasque, colombien, mexicain, italien, napolitain, sicilien, français, canadien, japonais, chinois, arménien, juif, grec, hindou, espagnol, catalan, ukrainien et russe (programme dans *Le Guide du concert*, 2 janvier 1931, p. 338).

66. Le critique du *Monde musical* regrette cependant ce mélange manqué entre musique populaire et musique d'art d'un même pays : « Mais pourquoi n'a-t-on point profité de cette circonstance, que nous souhaitons voir se renouveler, pour nous permettre d'applaudir nos excellents amis Enesco, F. Lazar, Stan Golestan, Kiriac (un ancien élève de d'Indy à la Schola), auxquels il nous eut été agréable de témoigner, là, notre admirative sympathie ». L. Humbert, « "Cantarea romaniei" », *Le Monde musical*, février 1928, p. 61.

les Cosaques du Don ou un Martinů avec le Chœur Smetana et leurs chants populaires tchèques[67].

Les étrangers dans les sociétés de concerts

Les concerts de la SMI constituent un terrain de choix pour observer le très haut niveau de variété que peuvent atteindre les mélanges d'œuvres présentés dans un concert de musique contemporaine comprenant des compositeurs étrangers. Le tableau 6 établit la liste des premiers concerts donnés par chaque jeune immigré[68] au sein de cette institution ; l'astérisque indique les créations mondiales, le double astérisque les premières auditions françaises[69]. Pour que les jeunes compositeurs immigrés à Paris soient identifiables en un coup d'œil, nous n'écrivons pas leurs prénoms dans le tableau ; leurs noms complets ainsi que d'autres renseignements sont présentés dans l'annexe 3.

Date	Les « débutants »	Le reste du programme (en ordre alphabétique)
16 mai 1922	* Tansman : *Poème*, vl-pf	* Alexandre Cellier : *Quatuor n° 2* – * Maurice Delage, *Schumann*, pn – Jean Huré, *Sonate n° 1*, vl-pn – * Charles Koechlin : Mélodies, v-pn ; *Sonatines*, op. 59, pn – Maurice Ravel : *Duo*, vl-vc
12 avr. 1923	* Mihalovici : *Quatuor*	* Marthe Angot-Bracquemond : Mélodies, v-pn – François Berthet : *Quatuor* – * Henri Merckel, *Poème japonais*, v-pn – Georges Migot : *Trois Épigrammes*, pn
11 janv. 1924	* A. Tchérepnine : *Sonate*, vl-pn	* Gabriel Chaumette : Mélodies, v-pn – Roger de Francmesnil : *Quatuor* – * Étienne Royer : *Trois Chants lyriques*, v-pn – Florent Schmitt : *Ombres*, pn
5 mars 1924	* Poniridis : Mélodies, v-pn	* Émile Frey : *Sonate n° 2*, vl-pn – Jean Huré : *Quatuor* – * Marcel Noël : *Sonate*, vc-pn – * Petros Petridis : Mélodies, v-pn – * Renée Philippart : *La Flûte de jade*, v-fl-fa – Nicolas Tchérepnine : *Amaryllis*, v-pn

Il faut toutefois remarquer que des mélodies populaires écrites par des compositeurs classiques complétaient le programme : le « Busslied », op. 48/6, de Beethoven (sur un texte de Christian Fürchtegott Gellert) et *Chantons sur la musique* [?] de Jean-Philippe Rameau. Voir Joseph Baruzi, « "Cantârea româniei" (8 février) », *Le Ménestrel*, 17 février 1928, p. 75.

67. Voir Pierre de Lapommeraye, « Les cosaques du Don », *Le Ménestrel*, 30 mars 1928, p. 146 ; L. Humbert, « Chœur Smetana », *Le Monde musical*, juin 1925, p. 233.

68. Nous excluons de cette catégorie les compositeurs n'ayant pas résidé de manière stable à Paris (tels Petridis, Rieti ou Lajtha) ou ayant déjà une carrière confirmée avant la Première Guerre mondiale (tels Akimenko ou Gretchaninov).

69. Pour les détails de chaque concert voir Duchesneau, *L'avant-garde*, annexe 2.

10 févr. 1926	* Lourié : *Ave Maria* ; *Salve Regina*, og ; *Un grand sommeil noir*, *Vendange*, pn ; *Chant des gueuses*, 2v-ca-pn ; *Deux Berceuses*, v-pn	Théodore Akimenko : Mélodie, v-pn – * Louis Aubert : Mélodies, v-pn – Alfredo Casella : *Concerto*, qc – * Claude Delvincourt : *Boccaccerie*, pn – * Jean Déré : Trois Pièces, qc – ** Vladimir Dukelsky : *Triolets*, v-pn – * André Pascal : *Deux Nocturnes de la mer*, pn – * Alexandre Tchérepnine : *Neuf Inventions*, pn
4 juin 1926	* Nabokov : *Vocalise*, v-2fl-cl-pn ; *Trois Poèmes d'Omar*, v-2fl-cl	* Robert Casadesus : *Trio*, vl-vc-pn – * Jean Cras : *Deux Impromptus*, hp – * Albert Febvre-Longeray : *Architectures*, pn – * Arthur Hoérée : *Le Merveilleux Été*, v-pn – * Marc Mény de Marangue : Mélodies – * Georges Poniridis : *Le Chant de l'émigré*, v-cl-qc-pn ; Trois Mélodies, v-pn – * Florent Schmitt : *Danse d'Abisag*, pn
13 janv. 1927	* Harsányi : *Trio*, vl-vc-pn – * Rohozinski : *Suite en trio*, vl-cl-pn	* Janko Binenbaum : *Sonate*, vl-pn – * Louis Delune : *Collier des offrandes*, v-pn – * Suzanne Demarquez : *Deux Poésies de la Renaissance*, v-pn – * Arthur Hoérée : *Septuor*, v-fl-qc-pn – * Fernand Le Borne : *Sonate*, hb-pn [reportée] – * Renée Philippart : *Venise*, v-pn
2 mars 1927	* Beck : *Quatuor n° 3* – * Bennett : *Mercile beauté*, v-qc – * Lazăr : Mélodies, v-pn – * Vermeulen : Mélodies, v-pn	* François Berthet : *Sonate*, vl-pn – * [Robert] Delaney : *Quatuor* – * Georges Migot : *Le Premier Livre de divertissements français à deux et à trois*, fl-cl-hp – * Jean Rivier : *Radepont*, pn
1er juin 1927	* Berkeley : *Tombeaux*, v-pn – * Obouhov : *L'Amour*, v-pn	* Mario Castelnuovo-Tedesco : *Shakespeare Songs*, v-pn – * Jean Cras : *Deux Impromptus*, hp – Désiré-Émile Inghelbrecht : *Quintette*, qc-hp – * Filip Lazăr : *Suite n° 1*, pn – M. Macioce : *Un prélude pour Glas de Bitenta*, 5pn [pas joué] – Maurice Ravel : *Sonate*, vl-pn – Léo Sachs : *Chant élégiaque*, vc-pn
27 janv. 1928	* Villa-Lobos : *Les Seretas*, v-pn	Berkeley : *Prelude, Intermezzo et Finale*, fl-vl-al-pn – * Arthur Hoérée : *Six Poèmes*, v-fl-cl-bs-qc – Pierre Maillard : *Ballade*, pn – Florent Schmitt : *Quintette*, op. 51, qc-pn
26 févr. 1929	* Neugeboren : *Trio*, vl-vc-pn	* Berkeley : *Sonatine*, vl – * Claude Delvincourt : *Sonate*, vl-pn – * Renée Hansen : *Sonate*, al-hp – Pierre Vellones : *Planisphères*, 4hp

16 mai 1929	* Laks : *Petite Suite*, qc – * Pipkov : *Quatre Chants populaires bulgares*, v-fl-vc-pn	* Beck : *Sonatine*, vl-pn – * Lucien Chevaillier : *Sonatine*, op. 64, vl-pn – * Harsányi : *Sonate*, vc-pn – * Komitas : *Six Danses populaires arméniennes*, pn – * Rosy Wertheim : *La Chanson déchirante*, v-fl-pn
13 févr. 1930	Martinů : *Quatuor nº 2*	Joseph Canteloube : *Quatre Chants d'Auvergne*, v-pn – Renée Hansen : *Sonate*, al-hp – * Harsányi : *Cinq Poèmes*, v-pn – * Maurice Imbert : *Trois Chansons aigres-douces*, v-pn – * Lazăr : *Sonate*, op. 15, pn – * Nicolai Lopatnikoff : *Sonate*, vl-al-pn
2 mai 1930	* Citkowitz : Pièce, pn	* Beck : Pièce, pn – * Berkeley : Morceaux, qc – * Neugeboren : *Sonate*, vc-pn – Émile Passani : *Sonate*, v-pn – * Walter Schulthess : Pièce, pn – * Tansman : *Sonate*, vc-pn
22 (28 ?) févr. 1930	Prokofiev : *Toccate*, pn – * Szeligowski : *Chansons vertes*, v-pn	Victor Babin : *Fantasia, Aria, Capriccio*, pn – Claude Debussy : *Sonate*, vc-pn – Paul Hindemith : *Das Marienleben*, v-pn – ** Ernst Křenek : *Sonate nº 2*, pn – Laks : *Sonate*, vc-pn
31 mai 1933	Wyschnegradsky : *Quatuor*	Georges Dandelot : *Trio en forme de suite*, vl-vc-pn – René Delaunay : *Quatuor* – Suzanne Demarquez : *Le Diadème de Flore*, v-pn – Stan Golestan : *Sonatine*, fl-pn – Léon Moreau : Pièces, fl-pn – Marcelle Soulage : *Faintaisie hébraïque*, al-pn

Tableau 6. Les débuts des jeunes immigrés à la SMI.

Ce tableau donne une idée des nombreuses combinaisons de compositeurs se trouvant réunis au programme d'un même concert. Souvent, les débuts des jeunes immigrés à la SMI se font dans le cadre de concerts avec d'autres jeunes musiciens français ou étrangers (résidant ou non à Paris). Parfois, il arrive d'entendre dans le même concert le début d'un jeune étranger et une pièce d'un maître incontesté (Tansman avec Ravel, Citkowitz avec Debussy, etc.), selon une stratégie de programmation consacrée tendant à équilibrer nouveauté et répertoire.

Selon quels critères choisissait-on ces « voisinages » ? Une lettre de Martinů à Nadia Boulanger témoigne du fait que les liens d'amitié entre les compositeurs n'étaient pas négligés :

> Mademoiselle,
> M. Beck m'a dit que vous avez ‹ choisi › mon quatuor pour le faire représenter aux concerts de [la] S.M.I. Je vous serais bien reconnaissant si vous pouviez le placer au concert du 12 [*rectius* : 13] février avec les œuvres de mon ami Harsányi. J'ai à ma disposition un quatuor de jeunes compatriotes qui joueront ‹ volontairement › [bénévolement] mon œuvre, ils seront encore là au mois de février[70].

70. Lettre de Bohuslav Martinů à Nadia Boulanger, 3 janvier 1930 (BnF, Musique, lettre 323). Nous avons corrigé les nombreuses fautes de français présentes dans le texte. Concernant le mot « volontairement »

Le quatuor de Martinů fut effectivement joué au concert du 13 février 1930, interprété par O. Černý, F. Vohanka, V. Dvořák, I. Vectomov[71], en même temps que les *Cinq Poèmes* de Harsányi. Mais de là à en tirer la conclusion qu'ils tenaient à se présenter au public en tant que groupe, il y a un pas que rien ne permet de franchir. Cet exemple montre plutôt que la programmation d'un concert est le résultat de multiples contraintes et de situations particulières. Parmi ces situations, les liens d'amitié et la circulation de l'information au sein des réseaux d'amis jouent un rôle : Martinů demande un jour précis pour l'exécution de son quatuor, puisqu'il a appris de Beck que son œuvre avait été sélectionnée; s'il demande à être programmé le 13 février, c'est parce que son ami Harsányi est déjà inscrit à cette date, mais surtout parce que ses amis interprètes sont disponibles. On pourrait même soupçonner que Harsányi n'est qu'une excuse permettant à Martinů de demander que sa pièce soit jouée le plus tôt possible.

Il existe aussi des cas où le « voisinage » n'est pas du tout apprécié par les compositeurs. Ce serait une erreur de voir dans tout programme comportant une présence considérable de musiciens étrangers résidant à Paris une sorte de « manifeste » proclamant une entente entre eux. Le fait de partager le même statut d'immigré ne supprimait pas du tout les distances personnelles entre les individus. Prokofiev, par exemple, détestait Tansman. Cela ressort clairement de son journal, où chaque prétexte est bon pour glisser un mot aigre contre son collègue[72]. Prokofiev montre à plusieurs reprises son agacement face à l'attitude flatteuse de Tansman envers Koussevitzky; en décrivant une réception chez ce dernier, il remarque :

> Tansman, accroché à Koussevitzky tel un chien à son maître, fait tout le possible pour persuader la femme de ce dernier de l'intérêt de ses propres compositions [...]. Je me suis particulièrement amusé à entendre Dukelsky cracher sur Tansman, parce que Dukelsky n'a jamais pu accepter le « support aux sans talent » de Koussevitzky. En fait ce n'est vraiment pas une question très sérieuse : Koussevitzky est parfaitement conscient du fait que Tansman est au mieux une étoile avec une magnitude de second ordre, mais Tansman fait à Koussevitzky toute sorte de flatterie, et Koussevitzky aime ça et en reconnaissance joue à l'occasion une de ses œuvres[73].

(Martinů écrit « volontierment »), il s'agit visiblement d'un germanisme (*freiwillig*) pour « bénévolement ». Voir la lettre du 12 janvier 1930 (lettre 324), où le compositeur demande à Boulanger « un petit cachet de déplacement [d']à peu près 100 Fr. pour chacun ». Dans la lettre suivante (19 janvier 1930, lettre 325), on apprend que « M. Beck [lui] a raconté que tout est arrangé ».

71. Comme l'a démontré Joseph Colomb (« Un ensemble tchèque peut en cacher un autre : première audition française du *Quatuor n° 1* de Janáček », *Musica bohemica*, 2011, http://musicabohemica.blogspot.fr/2011/03/creation-fse-sonate-kreutzer.html, consulté en juin 2014), la presse française désignait ce quatuor sous le nom de « Quatuor Tchèque », alors qu'il s'agissait du Slovanské kvarteto (« Quatuor slovaque »).

72. À propos des difficultés à obtenir le permis de conduire, par exemple, Prokofiev ne peut s'empêcher de se défouler dans son journal en soulignant que Tansman avait raté trois fois l'examen. Sergueï Prokofiev, *Diaries, 1924-1933*, traduits du russe en anglais et annotés par Anthony Phillips, London, Faber & Faber, 2012, p. 399, entrée du 29 décembre 1926.

73. « *Tansman madly clinging to Koussevitzky's coat-tails and leaving no stone unturned to persuade the latter's wife of the attractions of his compositions [...]. I particularly enjoyed Dukelsky's venomous spitting about Tansman, for Dukelsky has never been able to reconcile himself to Koussevitzky's « support to the untalented ». In fact this is not really such a serious issue : Koussevitzky is perfectly well aware that Tansman is, in the most charitable analysis, a star of second-order magnitude, but Tansman flatters Koussevitzky in every conceivable way, Koussevitzky enjoys this and in gratitude occasionally performs a work by him* ». *Ibid.*, p. 367-368, entrée du 8 septembre 1926.

À l'opposé de Tansman, qui selon lui a besoin de conquérir Koussevitzky puisque sa musique ne pourrait pas être jouée sans l'aide du chef d'orchestre, Prokofiev se sent plutôt dans le rôle du flatté que du flatteur :

> Koussevitzky a montré envers moi tous les signes de l'amitié : ma célébrité en Russie est arrivée à Paris, apparemment, à travers le grand nombre de personnes qui viennent ici de là-bas[74].

Ces témoignages montrent clairement que lorsque des œuvres de Tansman et de Prokofiev sont au même programme, il serait injustifié de considérer leur présence comme la preuve d'une entente amicale, d'un désir d'être reconnus comme « membres » d'un groupement – qui n'est, dans le cas présent, pas plus amical qu'esthétique[75].

En définitive, en voulant chercher une prétendue « École de Paris » au sens étroit, le tableau 5 offre peut-être une image faussée et limitée de la présence des jeunes musiciens étrangers résidant à Paris dans les concerts de la ville. La programmation d'un ou deux compositeurs immigrés dans un concert est un cas de figure beaucoup plus fréquent que leur regroupement en tant que tel. Le tableau 7 se propose de donner un cadre plus global à ce panorama. Nous nous limitons aux concerts des principaux organismes consacrés à la diffusion de la musique de chambre : la Société nationale de musique (SN, 1919-1939)[76], la SMI (1919-1935), La Sérénade (1931-1939), le Triton (1932-1939), La Spirale (1935-1937) et la Jeune France (1936-1939)[77].

Ces données fournissent un éclairage précis de la situation. Un seul concert sur les 403 pris en considération dans ce tableau présente exclusivement des œuvres de compositeurs immigrés (il s'agit du concert du 24 avril 1932 dont le programme figure dans le tableau 4). Le pourcentage de la présence des compositeurs qui ont été classés parmi les « membres » de l'École de Paris par rapport aux autres étrangers vivant dans la ville confirme que les premiers ne représentent qu'une partie de ce milieu.

---

74. « *Towards me Koussevitzky displayed every mark of friendship : my celebrity in Russia has reached Paris, apparently, via the many people who come here from there* ». *Ibid.* D'autres exemples de l'énervement suscité chez Prokofiev par les rapports entre Tansman et Koussevitzky se trouvent aux p. 370 (entrée du 13 septembre 1926) ou 599 (entrée du 26 juin 1927), où Prokofiev remarque (avec jalousie ?) que Tansman et sa femme étaient tout le temps chez les Koussevitzky.

75. Koussevitzky programmait souvent Tansman et Prokofiev dans le même concert (voir ci-après le tableau 8), ce que Prokofiev ne devait pas apprécier, comme le suggère le commentaire à propos du concert du 28 mai 1927 : « Épouvantable [*dreadful*] symphonie de Tansman » (*Ibid.*, p. 590, entrée du 28 mai 1927). Bien entendu, le public et la critique pouvaient tout de même voir dans le programme une unité.

76. Dans les programmes de la SN, on ne trouve que les noms de Rohozinski (à partir du 28 février 1920), Prokofiev (24 mars 1923, c'est-à-dire dix ans avant la SMI), A. Tchérepnine (à partir du 1er janvier 1924, en même temps que la SMI), Martinů (2 mai 1925, cinq ans avant la SMI), Harsányi (5 mars 1927 et, dix ans après, 6 mars 1937), Mompou (jamais joué à la SMI ; à la SN à partir du 19 mars 1927), Mihalovici (à partir du 21 janvier 1928, cinq ans après la SMI), Lazăr (24 mars 1928), Ikonomov (jamais joué à la SMI ; à la SN à partir du 28 janvier 1933), Laks (11 février 1933 et 8 février 1936), Tansman (seulement à partir du 8 février 1936), Spitzmüller (8 janvier 1937 ; jamais joué à la SMI), Villa-Lobos et Wyschnegradsky (les deux très tardivement, le 5 mars 1938, Villa-Lobos ayant déjà quitté Paris depuis huit ans). Une précision à propos de Spitzmüller : la première exécution de sa *Sonate*, vc-pn, prévue dans le concert n° 579 du 10 avril 1937, fut reportée au concert n° 582 du 8 janvier 1938 ; voir Duchesneau, *L'avant-garde*, p. 301. Une autre pièce du compositeur sera jouée le 8 mars 1939 (concert n° 596).

77. Tout comme dans le tableau 6, nous excluons des données les compositeurs n'ayant pas résidé à Paris de façon régulière (tels Rieti ou Lajtha) ou ayant déjà une carrière confirmée avant la Première Guerre mondiale (tels Akimenko ou Gretchaninov).

Les organisations qui consacrent le plus d'écoute aux étrangers résidant à Paris sont Triton et La Sérénade, jeunes associations nées presque en même temps au début des années 1930 avec des mots d'ordre esthétiques pourtant très divergents. La première est partisane des recherches d'avant-garde (d'où le nom renvoyant à la dissonance) ; la seconde est proche du milieu des salons et de la musique plus « mondaine » héritière de la fraîcheur apportée par les Six (le nom de Sérénade est particulièrement significatif)[78].

	SN	SMI	La Sérénade	Triton	La Spirale	Jeune France
Concerts avec **au moins une** œuvre d'un compositeur immigré	37/180[79] (14 %)	35/124 (28 %)	8/22[80] (36 %)	32/52 (61,5 %)	3/13 (23 %)	0/12 (0 %)
Parmi ceux-ci, concerts dont le compositeur a été classé au moins une fois parmi les « **membres** » de l'École de Paris	12/37 (32 %)	18/35 (51 %)	1/8 (12,5 %)	22/32 (69 %)	2/3 (67 %)	–
Concerts consacrés **exclusivement** aux œuvres de compositeurs immigrés	0/180	1/124	0/22	0/52	0/13	0/12

Tableau 7. La distribution des œuvres de jeunes compositeurs immigrés dans quelques sociétés de concerts parisiennes (1919-1939).

La différence entre les deux associations se manifeste lorsque, au-delà des chiffres, on examine quels sont les compositeurs immigrés qui sont joués : au Triton, ce sont surtout ceux qui ont été considérés comme des « membres » de l'École de Paris (plusieurs d'entre eux ont appuyé l'association dès sa fondation, comme nous l'avons souligné au début du chapitre III). À La Sérénade, on trouve surtout Markevitch, Nabokov et Prokofiev. Ce constat renforcerait l'hypothèse que la classification des étrangers devenue récurrente

78. Le compositeur Henry Barraud, dans ses souvenirs de l'époque, distingue entre le « groupe cosmopolite » du Triton et le « groupe mondain » de La Sérénade. Voir son intervention dans Marc Dumont, « Direction Paris », dans *Musiques d'un siècle*, émission radiophonique, RC/RF/RTBF/RTSR, France Musique, diffusée le 12 mars 2000.

79. Dans 11 de ces 37 concerts, le seul musicien immigré présent est Rohozinski.

80. Les concerts de La Sérénade furent 23 plus un hors série. Des concerts 20 et 22, il n'y a pas de trace (Duchesneau, *L'avant-garde*, p. 330) et donc le total des programmes sur lesquels se base notre calcul est de 22. Nous n'avons pas inclus dans la catégorie « Concerts avec au moins une œuvre d'un compositeur immigré » les deux concerts ayant au programme des œuvres de Kurt Weill (11 décembre 1932 et 28 juin 1935) : le compositeur a vécu à Paris entre 1933 et 1934, et donc aux dates de ces deux concerts il était respectivement un étranger tout court et un compositeur étant passé par Paris, mais vivant désormais ailleurs.

chez les historiens de la musique a peut-être son origine dans des considérations de caractère technique : le groupe « École de Paris » désignerait ainsi des compositeurs qui auraient un langage musical commun. Cette idée – repoussée pourtant catégoriquement par ces prétendus « membres », comme nous le verrons sous peu au début du prochain chapitre – se présente parfois sous la plume des historiens et même des contemporains, mais avec des descriptions de ce « style commun » très divergentes. Si nous avons vu que « R » (Roussel ou Ravel)[81] aurait appelé ces jeunes étrangers les « constructeurs », en suggérant ainsi une attitude constructiviste face au langage, d'autres contemporains ont au contraire décrit leur recherche commune comme étant de nature « humaniste ». André Cœuroy, quelques jours après avoir promu le spiritualisme de la Jeune France, affirme que dans « ce qu'on appelle l'École de Paris [Cœuroy rend compte en particulier d'une œuvre de Lajtha], la recherche de la ligne est parente, très proche parente, de la spiritualité » de la Jeune France[82] :

> Il n'est plus question de jeu purement gratuit de formes sonores. Il n'est plus question de cette espèce d'égoïsme musical qui a desséché le courant créateur depuis la guerre. Il s'agit d'une recherche de l'*expression*, non pas certes à la façon déchaînée et rhétorique du romantisme, mais dans le sens de l'humain[83].

Pourtant, le tableau 7 montre clairement l'absence totale d'œuvres de musiciens immigrés dans les concerts organisés par la Jeune France. Si un rapprochement entre ces deux « groupes » de compositeurs a réellement eu lieu, il ne se manifesta jamais de manière concrète. Quant au fait que la recherche d'expression mise en évidence par Cœuroy en 1936 pourrait être une caractéristique de la « nouvelle vague » représentée par l'École de Paris après les années du constructivisme, nous y reviendrons avec des exemples analytiques dans le chapitre VIII.

La Jeune France est née dans le but d'organiser des concerts symphoniques pour les jeunes compositeurs. Si nous étendions notre étude aux programmes d'autres sociétés de concerts symphoniques actives surtout dans les années 1920, les résultats ne différeraient pas trop de ceux qui ressortent du tableau 7, focalisé sur des sociétés consacrées surtout à la musique de chambre. Sans avoir réalisé une telle enquête, nous avons néanmoins conduit une recherche sur l'ensemble des concerts organisés par des chefs actifs dans la promotion des jeunes compositeurs, dans le cadre des Concerts Koussevitzky et des Concerts Golschmann. Les données de ce dépouillement (travail qui ne peut malheureusement être considéré comme exhaustif en raison de

81. Pour des citations de passages où l'on affirme que Roussel utilisait l'expression « constructeurs », voir ci-dessus au chapitre II ; José Bruyr l'attribue plutôt à Ravel (voir ci-après au chapitre VI, n. 14).

82. L'orientation spiritualiste de la Jeune France dérive de La Spirale, une association qui n'organisait pourtant que des concerts de musique de chambre. La Jeune France voulait promouvoir par contre la création de la nouvelle musique orchestrale française, chose qui fut possible surtout, dans un premier temps, grâce aux ressources mises à disposition par Yves Baudrier. Voir Simeone, « *La Spirale* and *La Jeune France* », p. 13 et Lucie Kayas, *André Jolivet*, Paris, Fayard, 2005, p. 183-223.

83. André Cœuroy, « Bartok ; Lajtha ; Musique hongroise », *Beaux-Arts*, 19 juin 1936, p. 5 (c'est l'auteur qui souligne). L'article qui a lancé la Jeune France est : André Cœuroy, « Manifeste et concert des "Jeune France" », *Beaux-Arts*, 5 juin 1936, p. 6. Pour le rôle joué par Cœuroy dans la promotion des « quatre spiritualistes » (Baudrier, Daniel-Lesur, Jolivet et Messiaen), voir Simeone, « *La Spirale* and *La Jeune France* », p. 14-17.

l'éparpillement des sources documentaires)[84] nous amènent à constater que la norme est celle où une ou deux œuvres de musiciens immigrés partagent le programme avec celles d'autres compositeurs. Le tableau 8 donne quelques exemples qui confirment cette frilosité dans la programmation – plus typique des concerts symphoniques que des concerts de musique de chambre –, ce qui mène à concevoir des programmes qui associent les jeunes compositeurs immigrés avec des « maîtres ». Cette tendance trouve des exceptions notamment dans les « festivals » consacrés à un compositeur que les sociétés de concerts organisent en grand nombre et qui ont souvent pour protagoniste un compositeur étranger – comme le remarque avec un certain sarcasme Florent Schmitt en 1929 : « Festivals Strawinsky, Respighi, Falla, Honegger, Prokofieff, voilà ce que j'appellerai de la *philoxénie* »[85].

Date, Organisme	Compositeurs immigrés	Autres compositeurs
3 févr. 1921, G	Tansman	Bolsène, Mozart, Rimski-Korsakov, Verley, Weber
14 mars 1921, G	Tansman	Cools, Durey, Golestan, Mozart, Mendelssohn, Samson
21 déc. 1921, G	Tansman	Bach, Fauré, Milhaud, Mendelssohn, Mozart, Schubert
17 mai 1923, K	Prokofiev, Tansman	Bax, Beethoven, Liszt, Reed
8 mai 1924, K	Prokofiev, Tansman	de Falla, Honegger, Locatelli, Moussorgski (Ravel)
26 mai 1926, K	Tansman	Brahms, Gaillard, Tailleferre
3 juin 1926, K	Obouhov, Prokofiev	Stravinski, Tchaïkovski
[?] janv. 1926, G	Tansman	Chopin, Cools, Debussy, Fairchild, Fauré, Rachmaninov, Schumann
28 mai 1926, K	Prokofiev, Tansman	Moussorgski, Tailleferre
31 mai 1928, K	Lazăr	Brahms, Ferroud, Hindemith, Malipiero

Tableau 8. Les jeunes compositeurs immigrés dans les programmes des Concerts Golschmann (G) et des Concerts Koussevitzky (K) dans l'entre-deux-guerres (données partielles).

En conclusion de ce chapitre : notre étude sur le terrain de la réalité des concerts nous confirme que l'idée d'une École de Paris au sens étroit n'était pas une notion à laquelle les habitués des concerts étaient exposés régulièrement et qui aurait pu conditionner leur vision de certains musiciens immigrés en les considérant comme un groupe unitaire. Les cinq (plus un) concerts énumérés dans le tableau 4, au début du chapitre, sont les seuls où le programme affichait uniquement des œuvres de musiciens immigrés ; ces musiciens étaient toujours au nombre de quatre (Beck, Harsányi, Martinů et Mihalovici). Cette constatation ne permet cependant pas d'expliquer pourquoi on aurait dû parler d'École de Paris à propos d'un Tansman ou d'un Tchérepnine si cette définition s'appuyait sur ces soirées. Soirées qui, en outre, ne représentent qu'une partie minime de l'activité des musiciens étrangers résidant à Paris. Bref, si l'on définit l'École de Paris comme un groupe, non seulement a-t-on du mal à trouver des traces concrètes de sa présence,

84. Nous voulions procéder à une étude du dossier « Concerts Golschmann » du Fonds des programmes de concerts conservé à la BnF, Musique, mais il semble avoir été perdu après avoir été utilisé pour l'exposition sur Tansman de 1997 (!). Un dossier « Concerts Koussevitzky », par contre, n'a jamais été assemblé et, à notre connaissance, aucune étude n'a reconstruit la programmation de ces concerts.

85. Florent Schmitt, « Les concerts », *Le Temps*, 28 décembre 1929, p. 3 (c'est nous qui soulignons). On pourrait ajouter un Festival Tchérepnine aux Concerts Colonne, le 5 novembre 1928.

mais on ignore ainsi la réalité plurielle, où des dizaines de musiciens venaient à Paris pour des raisons diverses (du séjour d'études à l'immigration politique). Ces musiciens partageaient des expériences communes (des études avec les mêmes professeurs, la première exécution de leurs œuvres dans le même concert), se liaient d'amitié en raison d'affinités nationales (par exemple, au sein de l'Association des jeunes musiciens polonais) ou contribuaient à l'organisation de concerts (comité du Triton). Toutes ces situations et initiatives visaient avant tout le succès personnel. L'annexe 3, qui permet de comparer les séjours parisiens d'une quarantaine de compositeurs étrangers ayant résidé à Paris dans l'entre-deux-guerres, offre un aperçu de cette réalité diversifiée.

Paradoxalement, en ce qui concerne la fortune de l'expression « École de Paris » après la Seconde Guerre mondiale, nous constatons que l'étiquette a été utilisée à plusieurs reprises comme titre de concerts organisés ou retransmis par la radio française à partir des années 1960. La série de trois concerts de 1990 « Martinů et l'École de Paris » déjà décrite dans le tableau 1 (au chapitre I) avait au moins trois précédents dans les années 1960-1970 (tableau 9). C'est là une utilisation probablement plus commerciale et promotionnelle qu'esthétique (de la part des interprètes ou des organisateurs des concerts) qui n'est pas sans rappeler celle des galeristes de l'entre-deux-guerres et de la Galerie Charbonnier (dirigée par Raymond Nacenta) dans les années 1954-1963. Dans le prochain chapitre, nous verrons que cette tendance tardive au regroupement sous l'étiquette « École de Paris » vient, en grande partie, de certains compositeurs directement concernés.

Diffusion radiophonique	Titre	Programme	Interprètes
15 juill. 1967, France Culture	Musiciens de l'École de Paris	- Beck : *Duo*, 2vl - Tansman : *Six Chants* (de Bragança), v-pn - Tchérepnine : *Huit Pièces*, pn - Martinů : *Trois Madrigaux*, vl-al	M.-Th. Ibos, vl A. Jodry, vl M.-Th. Chailley, al H. Szymulska, v J. Sassier, pn M. Haas, pn
1er déc. 1971, France Culture	Concert de l'Orchestre de chambre de l'ORTF : L'École de Paris	Concert (Grand Auditorium de la Maison de la radio) : - Beck : *Petite Suite* - Tchérepnine : *Concertino*, pn-vl-vc-oc - Mihalovici : *Toccata*, pn-or - Harsányi : *Suite hongroise*	Orchestre de chambre de l'ORTF, dir. A. Girard I. Marika, pn M. Haas, pn M. Hugon, vl F. Morin, vc
[1978, production Radio France]	École de Paris	- Mihalovici : *La Follia* op. 105 - Martinů : *Concerto n° 2*, vl-or	Nouvel Orchestre philarmonique, dir. Jacques Mercier J. Prat, vl

Tableau 9. L'utilisation de l'étiquette « École de Paris » dans les concerts organisés ou retransmis par la radio française (1945-2014)[86].

86. Source : banque de données Inathèque (INA). Le concert du 1er décembre 1971 est disponible en ligne à l'adresse http://www.ina.fr/audio/PHD99244546/concert-de-l-orchestre-de-chambre-de-l-ortf-l-ecole-de-paris-audio.html.

CHAPITRE VI

L'ÉCOLE DE PARIS VUE PAR SES « MEMBRES »

> — C'est plutôt l'histoire qui vous a réuni dans un groupe.
> — Absolument, oui [1].

CHEZ BRUYR

> Il existe également un « Montparnasse » des musiciens ; peu importe s'il déborde les frontières d'un arrondissement, mais les propos qui s'y entendent pourraient être mis en parallèle avec ceux des peintres. [...] Ils viennent d'être recueillis pour la seconde fois par José Bruyr sous un titre qui prête à double sens : l'*Écran des musiciens* [2].

Une expression évitée

La seconde série d'entretiens de José Bruyr avec de jeunes musiciens, publiée en 1933 (la première était parue en 1930) [3], semble vouloir offrir un panorama de l'« École de Paris ». Le volume accueille des étrangers résidant à Paris (Alexandre Tansman, Tibor Harsányi, Conrad Beck, Bohuslav Martinů, Marcel Mihalovici, Filip Lazăr, Igor Markevitch, Federico Mompou, Sergueï Prokofiev, Nicolas Nabokov), un Français dont nous avons déjà souligné le statut « ambigu » (Manuel Rosenthal), trois Français « de souche » (Jean Rivier – qui faisait partie du comité du Triton –, Germaine Tailleferre et Olivier Messiaen). Le choix de regrouper ces musiciens dans un même

1. Michel Rostislav Hofmann et Alexandre Tansman dans Michel Rostislav Hofmann, « Alexandre Tansmann [*sic*] », 4 épisodes, dans *L'École de Paris*, émission radiophonique, ORTF, France Culture, diffusée le 20 juillet, le 27 juillet, le 3 août et le 10 août 1967 ; repris avec le titre « Quatre entretiens avec Michel Hoffmann [*sic*] », dans Alexandre Tansman, *Une voie lyrique dans un siècle bouleversé*, textes réunis par Mireille Tansman-Zanuttini, préfacés et annotés par Gérald Hugon, Paris, L'Harmattan, 2005, p. 311-361, ici p. 333.

2. André Schaeffner, « La musique – Romances sans paroles », *Beaux-Arts*, 28 juillet 1933, p. 5.

3. José Bruyr, *L'écran des musiciens*, Paris, Cahiers de France, [1930] ; José Bruyr, *L'écran des musiciens*, 2e série, Paris, Corti, 1933.

volume ne s'explique pas uniquement par la chronologie des entretiens. En général, les entretiens publiés dans le premier volume de *L'écran des musiciens* ont été réalisés en 1929 et publiés d'abord dans *Le Guide du concert* la même année, tandis que la seconde série d'interviews (dont il est question ici) a commencé à paraître dans cette même revue seulement en 1930. Il existe cependant des exceptions. L'entretien avec Harsányi, par exemple, aurait tout à fait pu être inclus dans la première série, puisque Bruyr avait déjà réalisé une interview avec le compositeur avant novembre 1929[4], soit bien avant la date de son entretien avec Henri Sauguet (mars 1930)[5] qui trouva néanmoins sa place dans le premier recueil. Celui-ci accueille les anciens membres du groupe des Six à l'exception de Tailleferre (dont l'emplacement dans le second recueil s'explique donc par un souci d'achèvement d'une série qui avait été laissée incomplète, sans doute pour des raisons pratiques plutôt que par choix)[6], deux représentants de l'École d'Arcueil (Sauguet et Maxime Jacob), deux compositeurs-musicographes (Roland-Manuel et Arthur Hoérée)[7] et une série d'« indépendants », terme souvent utilisé à l'époque pour désigner Georges Migot, Jacques Ibert, Marcel Delannoy, Maurice Jaubert et Pierre-Octave Ferroud. En ce qui concerne ce dernier, Bruyr l'aurait probablement inclus dans son second recueil s'il avait su qu'il fonderait le Triton l'année suivante. Le fait de ne pas publier l'entretien avec Harsányi dans le premier volume de *L'écran des musiciens* découle donc d'un souci de regroupement des interviewés, souci qui a guidé Bruyr dans la structuration des deux recueils. À ce propos, il est intéressant de remarquer que Bruyr a exclu du second volume certains compositeurs qu'il avait pourtant interviewés entre 1930 et 1933, mais

4. José Bruyr, « Un entretien avec… Tibor Harsanyi », *Le Guide du concert*, 1er novembre 1929, p. 119-122. L'entretien publié dans Bruyr, *L'écran* (2e série), p. 43-50 – très différent de celui du *Guide du concert*, même si certains points sont présents dans les deux – est daté « janvier 1931 » : il est possible que cette date ne se réfère pas à une seconde interview, mais tout simplement à la réécriture du texte pour sa publication dans *L'écran* (2e série).

5. José Bruyr, « Un entretien avec… Henri Sauguet », *Le Guide du concert*, 7 mars 1930, p. 631-634. Les deux textes parurent environ au même moment, *L'écran* (1re série) ayant été imprimé le 25 février 1930, mais sont complètement différents. Cela arrive aussi pour d'autres entretiens, notamment celui avec Louis Durey (José Bruyr, « Un entretien avec… Louis Durey », *Le Guide du concert*, 13 décembre 1929, p. 311-313; José Bruyr, *L'écran* [1re série], p. 48-56), tandis que dans d'autres cas, les deux textes sont presque identiques (par exemple, José Bruyr, « Un entretien avec… Darius Milhaud », *Le Guide du concert*, 18 octobre 1929, p. 55-58; José Bruyr, *L'écran* [1re série], p. 21-31).

6. L'entretien avec Tailleferre a été publié dans le *Guide du concert* le 10 octobre 1930 (p. 7-9) et sera amplement modifié lorsqu'il paraîtra en volume, sans pour autant donner l'impression qu'il agit de deux interviews différentes, comme dans les cas de Harsányi et de Durey cités ci-dessus. Cela confirme l'hypothèse que les dates accompagnant les textes dans les deux séries de *L'écran des musiciens* n'indiquent pas le moment de l'interview, mais celui de sa réécriture. Un cas très évident est celui de l'entretien avec Sergueï Prokofiev, dont le texte en volume est daté de février 1932 (Bruyr, *L'écran* [2e série], p. 10-31, ici p. 29), mais n'est qu'une paraphrase stylistiquement plus recherchée du texte paru dans *Le Guide du concert* du 17 octobre 1930 (p. 39-42). Il est indispensable de considérer ce filtrage, parfois en deux temps, du critique, lorsque l'on lit les propos des musiciens interviewés : les entretiens de Bruyr sont tout sauf neutres, étant plutôt des montages que des transcriptions.

7. Le statut de critique plutôt que de compositeur de Hoérée pousse Bruyr à commencer la publication de son entretien par une justification de son inclusion dans le recueil (Bruyr, *L'écran* [1re série], p. 118). La même attitude ouvrait l'entretien avec Roland-Manuel paru dans le *Guide du concert* (ensuite modifié dans *L'écran* [1re série]) : « Ce n'est pas la parole que je devrais donner à M. Roland Manuel, c'est la plume » (24 et 31 mai 1929, p. 951-953, ici p. 951).

qui étaient trop éloignés du jeune « Montparnasse des musiciens » (catégorie bien plus esthétique que géographique) [8] dont ce recueil offre un portrait : c'est le cas, entre autres, de Ravel, d'E. C. Grassi ou d'Eugène Cools [9], ainsi que d'étrangers (tels Stan Golestan, Dimitri Levidis ou Alexandre Gretchaninov) appartenant à une génération antérieure [10].

Dans sa préface au second recueil de Bruyr, André Cœuroy explicite le projet du critique :

> Français 100 %, le premier *Écran*, et sans vedette féminine. Celui-ci, autour de la chacharmante [*sic*] Germaine Tailleferre, gesticule et vocifère en russe, polon [*sic*], hongre [*sic*], schwyzerdütsch, tchèque, roumain, catalan... Avec une pointe d'accent yiddisch [11].

Le titre d'*Écran des musiciens* avait été expliqué par Cœuroy dans la préface au premier recueil :

> Des images qui parlent. Voilà ce qui vous plaît, hommes de 1930, qui n'avez plus le temps de lire. Voilà ce qui vous plaira dans ce petit livre vif : c'est d'être le premier « film sonore » des jeunes musiciens français [12].

Le second recueil serait par conséquent le premier « film sonore » des jeunes musiciens étrangers à Paris. On pourrait s'attendre à ce que, si l'expression « École de Paris » devait exister quelque part, ce serait bien ici. Elle n'est pourtant jamais utilisée – un recenseur parle plutôt de « Société des Nations musicale » [13]. Mais son absence crée une sensation de « silence bruyant » : à la lecture des entretiens, on a souvent l'impression que l'on parle d'École de Paris tout en faisant attention de ne pas la nommer. Le cas de l'interview avec Martinů est assez révélateur :

> [Martinů :] Je me découvris des amitiés auxquelles je suis resté fidèle : celle de Conrad Beck, celle d'Harsanyi et Mihalovici... — [Bruyr :] La musique par elle-même en est une. — [M :] Mais surtout, n'allez pas conclure à un pacte, à un groupement, à une

8. Comme le démontrent des affirmations telles que : « Durey, Montparnassien de naissance, est aussi peu que possible "montparno". Son art ne doit rien aux fumeuses théories qui s'élaborent à l'heure apéritive aux terrasses du Dôme » (Bruyr, « Un entretien avec... Louis Durey » [1930], p. 311).

9. Tous ces compositeurs ont pourtant discuté avec Bruyr de nationalisme musical et des apports étrangers à la musique française. José Bruyr, « Un entretien avec... Maurice Ravel », *Le Guide du concert*, 16 octobre 1931, p. 39-41 ; José Bruyr, « Un entretien avec... E. C. Grassi », *Le Guide du concert*, 20 novembre 1931, p. 199-200 ; José Bruyr, « Un entretien avec... Eugène Cools », *Le Guide du concert*, 11 mars 1932, p. 247-249. Le nom de famille de ce dernier ne doit pas induire en erreur : le compositeur naquit à Paris en 1877.

10. José Bruyr, « Un entretien avec... Stan Golestan », *Le Guide du concert*, 17 février 1933, p. 519-520 ; José Bruyr, « Un entretien avec... Dimitri Levidis », *Le Guide du concert*, 28 février 1930, p. 599-600 ; José Bruyr, « Un entretien avec... Alexandre Grétchaninoff », *Le Guide du concert*, 6 novembre 1931, p. 135-137. Nés respectivement en 1875, 1885 et 1864, ces trois musiciens ne faisaient pas partie des jeunes compositeurs nés à partir des années 1890 et constituant cette nouvelle génération de musiciens de Montparnasse.

11. André Cœuroy, « Préface », dans Bruyr, *L'écran* (2e série), p. 9-10, ici p. 9. Ce n'est sans doute pas un hasard si *Le Courrier musical* (M. I., « Bibliographie », *Le Courrier musical*, 1er avril 1933, p. 172) a regroupé le compte rendu de ce volume avec celui de Irving Schwerke, *Alexandre Tansman, compositeur polonais*, Paris, Eschig, 1931.

12. Cœuroy, « Préface », dans Bruyr, *L'écran* (2e série), p. 9.

13. [Anonyme], « À travers les livres », *Le Guide musical*, février-mars 1933, p. 107.

> conspiration... — [B :] Je ne conclus pas. Je ne fais que souvenir qu'un maître de la musique française - son autre *R* - vous a appelé un jour « les constructeurs »[14].

Mihalovici, pour sa part, semble s'énerver quand Bruyr cherche à l'inclure dans un groupe :

> [Bruyr :] Seriez-vous le romantique de ce petit groupe - Beck, Harsanyi... - où l'on vous range souvent ? — [Mihalovici :] Trop souvent. L'amitié est une belle chose. L'esthétique en est une autre. — [B :] Celle du petit groupe susdit... — [M :] ...encore ! — [B :] ...passe pour « néo-néo-classique »[15].

Au sujet de Harsányi, Bruyr explique à son lecteur que le musicien « forme en France, avec Beck et Martinù, une des ailes marchantes de la *Mittel Europa Musik* »[16]. On retrouve donc, dans le discours de Bruyr, une tendance à grouper Beck, Harsányi, Mihalovici et Martinů, sans pour autant que cette association ne s'exprime en termes d'« École de Paris » ou de « Groupe des Quatre ». Remarquons ici l'aversion très nette des compositeurs concernés envers cette tendance au regroupement : ils ne parlent pas d'eux comme d'un groupe au sens étroit et semblent vouloir éviter à tout prix que l'on les considère comme tel. Le recenseur déjà cité remarque justement que « les artistes contemporains, participant en cela à la lutte pour la vie, jouent fortement des coudes pour conquérir leur place au soleil et que le moi, moi, moi est au centre de leurs préoccupations »[17]. En revanche, ils n'ont aucun problème à parler de leurs liens d'amitié et de leur admiration réciproque. Ainsi, Nabokov affirme qu'« Auric, Sauguet, Markevitch : ce sont là des amis. N'allez point en conclure que je renie pour cela [...] Martinù, Harsanyi ou Conrad Beck »[18]. On retrouve un discours similaire chez Lazăr :

> J'aime tous ceux qui font de la bonne musique. J'accueille Conrad Beck, Harsanyi, Martinù, Nabokoff, Markevitch, et, parmi les Français, Ibert, Poulenc, Rivier, Delvincourt ; Delannoy avec son *Fou de la dame*, Roland Manuel avec son *Écran des jeunes filles*. [...] Je suis, parmi les Roumains, un indépendant : ne parlons que de ceux qui le sont comme moi : Alexandresco [*sic* pour Alessandrescu], Jora ou Mihalovici. Mihalovici : l'homme est mon cadet, le compositeur est mon aîné[19].

La tendance de Bruyr à regrouper Beck, Harsányi, Mihalovici et Martinů peut s'expliquer comme étant la traduction d'un discours courant (oral, du moins) dans le

---

14. Bruyr, *L'écran* (2ᵉ série), p. 63. Selon Bruyr, le « R » correspondrait à Ravel : « Ceux-là que Ravel, en réaction de certaine musique folklorique et parfois folkloristique, avait un jour nommés les Constructeurs ». José Bruyr, *La belle histoire de la musique*, Paris, Corrêa, 1946 ; 2ᵉ éd., *Histoire de la musique*, [Paris], Corrêa Buchet-Chastel / Club du livre du mois, 1957, p. 422. Selon Harry Halbreich (suivi par Guy Erismann), il s'agissait plutôt de Roussel (voir au chapitre II).

15. Bruyr, *L'écran* (2ᵉ série), p. 72.

16. *Ibid.*, p. 46. Dans la version de cet entretien publiée dans *Le Guide du concert*, Bruyr écrivait (le passage sera supprimé dans l'édition en volume) que Harsányi « se montre si peu assidu au syndicat de lancement que peu fidèle aux chapelles esthétiques ». Bruyr, « Un entretien avec... Tibor Harsanyi » (1929), p. 119.

17. [Anonyme], « À travers les livres » (1933).

18. Nicolas Nabokov dans Bruyr, *L'écran* (2ᵉ série), p. 84.

19. Filip Lazăr, dans *ibid.*, p. 79-80. Dans un entretien plus tardif publié au lendemain de sa mort en 1936, Lazăr nomme Milhaud, Prokofiev et Ferroud comme étant ses maîtres et parle de Mihalovici comme du « plus sûr espoir de la jeune musique de [son] pays ». José Bruyr, « Un entretien avec... Filip Lazar », *Le Guide du concert*, 13 novembre 1936, p. 167-168, ici p. 168.

milieu musical ; elle peut aussi trouver sa raison d'être dans une cause précise liée à un événement. Au moins deux des six concerts de ces quatre compositeurs ensemble se tiennent avant la publication du livre (voir ci-dessus tableau 4) ; Bruyr avait d'ailleurs présenté le premier, celui organisé par les éditions de La Sirène musicale en 1929, avec des musiques de Beck, Harsányi, Mihalovici, Martinů, Jean Cartan et Maurice Jaubert – ce qui expliquerait pourquoi, dans *L'écran des musiciens*, il ne nomme jamais Tansman ou Tchérepnine dans le groupe hypothétique qu'il évoque. Les seules traces que nous avons trouvées de cette intervention sont le programme du concert, qui signale que « M. José Bruyr dira quelques mots sur chaque compositeur »[20], et un compte rendu soulignant que Bruyr ne voulait surtout pas que l'on considère ces quatre musiciens comme un groupe :

> Dans la salle du Vieux-Colombier, La Sirène musicale avait eu l'heureuse pensée de faire entendre les plus récentes publications de quelques jeunes compositeurs. *Non pour annoncer la formation d'un nouveau groupe ; et c'est ce qu'à juste titre précisa dès le début M. José Bruyr*, qui, avant chaque œuvre [...], disait quelques mots qui permettaient de la situer biographiquement. *Indépendance*, et qui visiblement n'est pas seulement d'ordre extérieur[21].

Nous pourrions en conclure que Bruyr voulait en effet établir une distance par rapport à la tendance trop facile à considérer comme un groupe les jeunes compositeurs se trouvant à partager des caractéristiques (par exemple, le fait d'être étrangers) ou des événements (par exemple, le fait d'organiser un concert ensemble). En taquinant les quatre compositeurs à ce sujet dans ses entretiens, « le confesseur de la jeune musique à Paris »[22] semble donc avoir voulu leur faire exprimer clairement leur position à ce sujet. Le critique offre à ces jeunes étrangers un *écran* pour qu'ils se montrent sous leur vrai jour et non qu'ils soient interprétés par un discours (si l'on met de côté le processus de réécriture, qui dans les années 1930 n'est pas considéré comme un problème méthodologique)[23]. La stratégie particulièrement « réaliste » employée par Bruyr était la spécificité

20. Programme du concert conservé dans le recueil *Programmes et comptes rendus de concert, Tibor Harsányi* (BnF, Musique), cahier 3.

21. Joseph Baruzi, « Sirène musicale (27 avril) », *Le Ménestrel*, 2 mai 1929, p. 204 (c'est nous qui soulignons). On remarquera que le recenseur parle de façon très neutre de « quelques jeunes compositeurs » ; de plus, la présentation de Bruyr a probablement influencé sa perception de l'indépendance de chaque œuvre présentée. En tout cas, Mihalovici, en 1982, dira que « c'est Bruyr, le critique belge, qui avait trouvé cette étiquette qu'il nous accolait : l'École de Paris ». Propos tenus par Mihalovici dans Alain Pâris, « Marcel Mihalovici, témoin de son temps », 5 épisodes, dans *Semaine titre*, émission radiophonique, RF, France Culture, 3e épisode : « La vie musicale à Paris au début des années 20 », diffusé le 4 août 1982.

22. L'expression est de Stan Golestan, dans Bruyr, « Un entretien avec... Stan Golestan » (1933), p. 521. Interrogé à propos des jeunes musiciens roumains, le compositeur répond : « Parmi ceux qui viennent – mais vous les connaissez trop bien pour que je vous en parle, vous qui êtes le confesseur de la jeune musique à Paris ! – : Marcel Mihalovici, une vraie nature de musicien et un parfait indépendant. Au pays, Jora et Rogalsky [...] ».

23. À cela, il faut aussi ajouter une faible maîtrise du français chez certains de ces compositeurs, et, conséquemment, le travail de réécriture linguistique que Bruyr était obligé de faire. Par exemple, il nous dit que « Martinu qui entend fort bien le français, s'y exprime encore avec quelque peine », ce qui l'amène à « traduire » ses réponses (José Bruyr, « Un entretien avec... Bohuslav Martinu », *Le Guide du concert*, 29 janvier 1932, p. 455-457, ici p. 455). Il est toutefois possible d'imaginer que les entretiens « réécrits »

de *L'écran des musiciens* louée par Cœuroy dans sa préface du recueil : « des images qui parlent »[24] dans lesquelles le lecteur peut voir « tous ces jeunes êtres [...] avec leurs tics, leurs manies, leurs lubies, leurs œillères, leur mauvaise humeur courte, leurs illusions grandes, leur partialité vivante »[25]. En effet, Bruyr conduit le lecteur directement dans leur intimité, lui montre par un usage habile de la « caméra » les livres qu'ils ont sur leur table de chevet ou les tableaux qui ornent leurs murs[26].

Mon pays et Paris

Au début des années 1930, Bruyr est l'un des très rares journalistes à réaliser régulièrement des entretiens avec les jeunes compositeurs étrangers qui entament leur carrière à Paris[27]. Malgré les limites de la fiabilité de ces entretiens, profondément retravaillés par le journaliste, ils sont néanmoins des sources importantes – que nous compléterons par d'autres, notamment la correspondance – pour entrevoir comment ces musiciens considéraient leur présence dans la ville, quelle était leur position à l'égard de leur contribution à la musique (nationale ou internationale), et s'ils partageaient des positions esthétiques qui auraient poussé à les considérer comme un groupe unitaire.

Il suffit de comparer les mots de Tansman et de Harsányi pour répondre par la négative à cette dernière question. Tansman se montre fortement convaincu du caractère

---

par Bruyr aient été soumis à la relecture des compositeurs concernés. Sur les formes et les méthodes de présentation des entretiens à la fin du « siècle de la presse » (l'expression est de Christophe Charle, *Le siècle de la presse, 1830-1939*, Paris, Éditions du Seuil, 2004), voir Laurence Brogniez et Valérie Dufour (dir.), *Entretiens d'artistes : poétique et pratiques* (Paris, Vrin, 2016), et plus particulièrement les articles de Rémy Campos (« L'interview de compositeur : les débuts d'un genre biographique, 1880-1930 », p. 151-169) et de Michel Duchesneau (« Entrevues de musiciens dans la presse musicale française : l'ère des "interventions médiatiques", 1900-1939 », p. 169-185).

24. Cœuroy, « Préface », dans Bruyr, *L'écran* (1re série), p. 9.

25. *Ibid.*, p. 10.

26. Pour avoir un aperçu de la stratégie de mise en scène réaliste adoptée par Bruyr dans *L'écran des musiciens*, nous pouvons comparer l'*incipit* de l'entretien avec Harsányi tel que publié dans *Le Guide du concert* (texte 1 ci-dessous, où l'accent est mis sur la pièce musicale d'actualité, comme il est habituel de faire dans la presse) et sa réécriture pour le volume (texte 2 ci-dessous) :

1) « Craignons l'homme d'un seul livre, disait l'antique sagesse. Tibor Harsanyi, aux yeux – ou aux oreilles – de beaucoup, passe pour l'homme d'une seule œuvre : le *Quatuor* ». Bruyr, « Un entretien avec... Tibor Harsanyi » (1929), p. 119.

2) « Tibor Harsanyi – prononcez Harchani – habite à l'orée de Passy, dans une maison à façade d'un gothique 1900, une chambre carrée, vaste, haute, pourvue du meuble strictement indispensable. On y voit une table de travail, un divan de repos et un piano d'étude à contre-jour entre les deux fenêtres sans rideaux. Ajoutez à cela quelques bagages dans les coins. Chopin demandait à ses élèves ce qu'ils lisaient. Le cénobite de ce logis lit Pascal et La Fontaine : je vais le prouver tout à l'heure. Tous nos malheurs, disait le philosophe des *Pensées*, viennent de ce que nous ne restons pas dans notre chambre. Tibor Harsanyi, heureux homme, reste dans la sienne. Pour l'en faire sortir, fut-ce par le souvenir, il faut user de quelque insistante diplomatie. J'insiste donc, diplomatiquement ». Bruyr, *L'écran* (2e série), p. 43.

27. Tansman a réalisé en 1929 un entretien avec Lucien Chevaillier (*Le Guide du concert*, 8 février 1929, p. 535-537; repris dans Tansman, *Une voie lyrique*, p. 287-292). Pour d'autres interventions directes de ces compositeurs dans la presse parisienne, il faut attendre décembre 1935, quand Claude Chamfray commence à publier dans *Beaux-Arts* ses rencontres avec Nicolas Obouhov (« La croix sonore, ou la science et la foi », *Beaux-Arts*, 6 décembre 1935, p. 6), Tansman (10 janvier 1936, p. 6), Spitzmüller (10 avril 1936, p. 6), Mihalovici (17 avril 1936, p. 6), Martinů (24 avril 1936, p. 6) et Lajtha (1er mai 1936, p. 6).

national de la musique, tandis que Harsányi considère le nationalisme musical comme un phénomène appartenant au passé :

> [Bruyr :] Croyez-vous aujourd'hui à l'avènement d'une musique volapuko-genevoise, non, je reste sérieux : d'une musique spécifiquement européenne ? — [Tansman :] Spécifiquement, avez-vous dit : il me semble que ce seul adverbe fait de cette musique de l'avenir une pure utopie. Il vous sera simple de me prouver que de Gibraltar à Helsingfors, le style ou les procédés d'écriture des jeunes compositeurs semblent maintenant s'uniformiser. Il n'en reste pas moins vrai que *les plus universels des musiciens sont toujours ceux qui se sont le mieux exprimés dans la langue de leur pays.* Pour vous citer quelqu'un à mon tour – et quelqu'un de chez moi ! – je vous dirai comme Paderewski : « L'art doit porter les traits de sa race et le sens du national ». Ce que Strawinsky traduit en formule pittoresque : « Mieux que jamais, ayons chacun notre passeport en poche » [28].

> [Harsányi :] C'est que je ne crois plus [...] à l'âme nationale marquée des stigmates folkloristiques d'une race. Les sons sont-ils donc des couleurs pour créer ainsi la couleur dite locale ? Bartók et de Falla soutiennent avec génie une cause compromise, une cause perdue... [29]

Bruyr adapte son discours sur la musique des deux compositeurs à cette divergence d'opinions : il ne cesse de souligner l'âme polonaise de Tansman, tandis qu'il définit l'art de Harsányi en termes de « nouveau classicisme sans patrie – ou au-dessus d'elles – musique de la jeune Europe de demain » [30]. Si, dans les deux entretiens, le critique cède volontiers à la rhétorique exotique, c'est, dans le cas de Tansman, pour décrire sa musique, alors que, dans le cas de Harsányi, c'est pour marquer un contraste entre sa musique et la tentation que certains pourraient avoir de l'encadrer dans un imaginaire orientaliste :

> Pour préciser son [de Tansman] pays et sa race, on citera la longue phrase ondulante de la *Sonate pour flûte*, laquelle semble issue d'une mélopée hébraïque, et la lente inspiration de la « Sarabande » dans la *Suite pour piano*, chargée de rêverie polonaise. Mais le plus souvent, la phrase tansmanienne est lourde de cette poésie où affleure l'Orient, mais d'un Orient dépouillé de sa défroque bariolée : d'ailleurs, depuis 18, l'Asie commence peut-être aux frontières orientales de la Pologne [31].

> Ne vous donnez point la peine de chercher O'Kaniza sur votre atlas scolaire. Prenez plutôt le centre géographique de l'Alförd, de l'immense bas pays magyar. C'est là. La ville proche : Szegedin. Le fleuve voisin : la Tisza, qui coule vers le Danube. Et maintenant, devant les horizons de seigle mûr et de petits bois d'acacias, comme dans Petöfi, ce Mistral hongrois, évoquez au seuil de quelque ferme, de quelque pauvre tanya, la capricieuse mélancolie

---

28. Bruyr, *L'écran* (2ᵉ série), p. 33-34 (c'est nous qui soulignons).

29. *Ibid.*, p. 46. Voir la formulation de cette idée dans Bruyr, « Un entretien avec... Tibor Harsanyi » (1929), p. 121 : « Le nationalisme musical fut un phénomène probablement nécessaire ; c'est un phénomène de l'autre siècle. De Falla défend, avec génie si vous voulez, une cause perdue. Bela Bartók ne s'éloigne pas toujours du folklore. Mais s'il reste hongrois, c'est sans doute plutôt par la mentalité que par la recherche de cette "couleur locale", où il excella ».

30. Bruyr, « Un entretien avec... Tibor Harsanyi » (1929), p. 122. Dans la version de l'entretien publiée en volume, Bruyr nuance pourtant cette indépendance : « Harsanyi reste-t-il, jusque dans son néo-classicisme, hongrois profondément ». Bruyr, *L'écran* (2ᵉ série), p. 46.

31. Bruyr, *L'écran* (2ᵉ série), p. 39.

> dansante d'une czarda au violon d'un tzigane un peu mauvais garçon. Mais au fait, à quoi bon ? *Vous ne trouverez rien de tout cela en écho dans l'œuvre de Tibor Harsanyi*[32]. [...] De Brahms comme de Kodaly, impénitent tzigane, [Harsányi] a soigneusement écarté toute hongroiserie (dans sa langue natale, le préfixe *hon* ne signifie-t-il pas patrie ?)[33].

Tous les musiciens étrangers accueillis dans *L'écran des musiciens* ont en commun de considérer que Paris a joué un rôle capital dans le développement de leur style. Ainsi, le « très Polonais » Tansman affirme avoir trouvé son style en France :

> [Bruyr :] Mais n'a-t-on pas dit déjà que [dans] votre *Symphonietta* qui est, elle, de 1924, n'est-ce pas ? vous polytoniez, vous strawinskisiez, vous... pétrouchkiez même ? — [Tansman :] Cela et bien autre chose ! Mais depuis, j'ai mieux médité la grande leçon de décence et de goût de Fauré. *Il semble parfois que la pensée polonaise ait besoin, pour s'épanouir, de l'exil de la France*, si tant est que la France soit un exil à un Polonais. On sait aujourd'hui que le père de Chopin était d'Ambacourt dans les Vosges, et qu'il ne gagna Varsovie qu'à dix-sept ans. *Moi-même, c'est à la France que je devrai d'avoir dégagé ma personnalité, si elle est*[34].

Une position similaire est exprimée par Lazăr lorsqu'il affirme que « ce n'est qu'en France qu'on peut faire une œuvre, que je puis faire la mienne. L'Occident est un concert... — [Bruyr :] ...dont Paris donne le *la* »[35].

Dans le cas de Beck, par contre, c'est Bruyr et non le compositeur qui véhicule ce type de discours à propos de la francisation de son style :

> Après les leçons d'Arthur Honegger, dans l'obédience de qui il resta longtemps, il prit les conseils du latin Jacques Ibert. Ainsi à travers des œuvres sœurs – mettons seulement cousines germaines – Paul Hindemith et Conrad Beck, le jeune Siegfried germain et le jeune horloger helvétique vont-ils tous les deux sans l'avouer ou sans le savoir, vers cet équilibre latin et cette sagesse méditerranéenne à laquelle Nietzsche déjà se convertit. Une œuvre comme le *Concerto d'orchestre* (Straram 1930) peut encore vous sembler trop *made in Germany*. Et cependant sans qu'il tente rien pour vous plaire, et pris comme il l'est dans cette forme impersonnelle que les Allemands disent « sachtlich » [*sic*] et dans ce mouvement néo-bachéen [*sic*] qu'ils appellent « motorisch » (deux mots de passe de notre temps), un air de France le traverse [...][36].

En général, si on met temporairement de côté le discours de Tansman, il semblerait que ces jeunes compositeurs étrangers partagent une vision assez cosmopolite de la composition : ils ne cherchent pas à affirmer leur identité nationale comme le faisaient leurs compatriotes des générations précédentes[37], et se déclarent intéressés à l'exploration

---

32. *Ibid.*, p. 44 (c'est nous qui soulignons). La ville natale du compositeur était Magyarkanizsa, aujourd'hui Kanjiža.

33. *Ibid.*, p. 46.

34. *Ibid.*, p. 36 (c'est nous qui soulignons).

35. *Ibid.*, p. 76.

36. *Ibid.*, p. 54.

37. À ce sujet, en plus de la pensée de Harsányi déjà citée, voire par exemple cette déclaration de Lazăr : « [En 1924,] je me remis d'abord à écrire dans la tradition roumaine, nourrissant mon inspiration folkloristique. Chez nous, Brailoï [Constantin Brăiloiu], Bela Bartok et Demètre G. Kiriac [Dumitru Kiriac-Georgescu], mort il y a quelque deux ans, sont des "scientifiques", comme votre André Schaeffner qui s'embarque pour l'Afrique où les derniers cannibales iront s'égosiller devant son appareil. Je me suis libéré

du langage musical plutôt qu'à celle du chant populaire – les « constructeurs ». À titre d'exemple, citons Martinů qui déclare que les traditions populaires de sa terre natale s'insèrent, dans les pièces où elles sont présentes, dans un projet que Bruyr qualifiera de « transnational » :

> [Bruyr :] Mais *cette musique, tout en restant celle d'un paysan de la Moldau, n'en est pas moins « transnationale »*. [...] La *Sérénade* récente de Martinů – ce genre redevient décidément à la mode – garde comme un double écho d'une fête galante française et d'une fête populaire morave[38].
>
> [Martinů :] *Spalicek* [...] sera une suite de danses tchèques dans laquelle j'irai jusqu'à l'expression argotique : ce dont n'allez pas tirer vous-même d'immédiates conclusions au point de vue de mes « théories esthétiques ». Je n'en ai pas. Il ne s'agit ni de retour à la terre, ni de réalisme musical. Il ne s'agit non plus ni de renoncement, ni de dépouillement. *Seulement, en toute chose, je mets désormais la même volonté à discipliner mon écriture et ma pensée. Trois mots au programme de Bohuslav Martinù : Discipline – Classicisme – Musique*[39].

La même attitude se retrouve chez Mihalovici, qui affirme avoir été capable d'échapper tant à la « tyrannique emprise » de Stravinski (« le plus grand des maîtres actuels ») qu'« à l'obsession de la chanson populaire »[40] :

> Il faut aller très au fond de la chanson populaire, a dit Falla, pour ne pas tomber dans sa caricature. Tout en y allant le plus à fond possible, je n'en voulus conserver que la pure essence...[41]

Prokofiev, qui juge « puéril de vouloir encore jouer au russe "ours blanc et mangeur de chandelle" », trouve la formule : « Il me suffit d'être de mon pays malgré moi »[42].

Paris serait donc, pour ces musiciens, un endroit où trouver leur voie personnelle, puisqu'ils peuvent y entrer en contact avec un large éventail des tendances musicales les plus modernes et ainsi suivre librement celle(s) qui leur correspond(ent) le mieux :

---

d'eux depuis. Il me semble que c'est là une loi universelle : la musique en défroque qui enivre l'imagination s'en est allée après la musique à l'estompe qui triture les nerfs » (*ibid.*, p. 78).

38. *Ibid.*, p. 64 (c'est nous qui soulignons). Dans la version de l'entretien publiée dans *Le Guide du concert*, Bruyr ouvrait moins vers l'international : « Ce paysan de la Moldau [...] a gardé le sens intime et profond des forces vives de sa race ». Bruyr, « Un entretien avec... Bohuslav Martinu » (1932), p. 457.

39. Bruyr, *L'écran* (2ᵉ série), p. 65 (c'est nous qui soulignons). Il n'est pas clair si la dernière phrase a été prononcée par Martinů ou si elle était la conclusion de Bruyr – qui n'utilise aucun moyen graphique pour la séparer du discours du compositeur.

40. *Ibid.*, p. 71.

41. *Ibid.*

42. Prokofiev dans *ibid.*, p. 12-13. Cela n'empêche pas Bruyr de présenter le compositeur selon une rhétorique ethnique (« Strawinsky, partout chez lui, est russe par surcroît. Prokofieff est russe d'abord », *ibid.*, p. 12) et exotique : « En contraste avec Strawinsky, figure impérieuse et pointue, noire comme un dièse, Prokofieff évoque assez le grand barbare blond [...]. Rêvez donc, si ce rêve vous plaît, d'un ciel pâle, d'une mer de blé mûr, d'une steppe herbeuse de bouleaux blancs : visions d'une Russie d'imageries populaires. Le vent souffle. La mère de l'enfant joue du Chopin. Interminable hiver russe. Qui sait, c'est peut-être de tout cela pourtant qu'il a gardé, en notre âge de miniaturisme et de "bibeloteries", ce goût absolu de l'œuvre spacieuse... ». Bruyr, « Un entretien avec... Serge Prokofieff » (1930), p. 39.

> [Harsányi :] considérer New York comme le centre musical du monde [:] quelle erreur ! Il n'y a pourtant qu'à Paris où toute nouvelle musique puisse trouver un public intelligent et averti. [...] Paris joue maintenant le rôle que Vienne jouait il y a un siècle. [...] Paris, grand laboratoire de musique contemporaine, compte aujourd'hui plus de compositeurs que tout le reste de l'univers. Certains vont se plaignant de la politique qui les divise en clans opposés et en irréconciliables partis. Ils ont tort, puisque *Paris offre l'asile et l'accueil même à ceux qui ne veulent s'inféoder à aucun.* Et cette atmosphère de liberté et de fièvre où l'œuvre d'art éclot et mûrit si naturellement, ne la comptent-ils donc pour rien [43] ?

Plusieurs compositeurs ont rencontré dans la capitale française des maîtres qui leur ont donné les bases techniques pour pouvoir élaborer un style personnel. Ainsi, Roussel a servi de « catalyseur » pour Martinů [44]. Emblématique à cet égard est le cas de Mihalovici, ancien élève de Vincent d'Indy. Auprès de ce compositeur ouvertement nationaliste - responsable de « quelques intransigeantes boutades », selon les mots de Mihalovici [45] –, il n'a pas appris à écrire de la musique « française », mais a reçu une formation solide « sur les maîtres de la Renaissance ou sur l'esthétique de Wagner » [46]. Ensuite, une fois les études terminées, il s'est détaché de son professeur « par l'esprit, mais non pas par le cœur » [47].

Absents du discours des jeunes étrangers interviewés par Bruyr, l'appel au « génie de la race » (quelle que soit sa définition) et les discussions autour de la supériorité de la musique française sont cependant des sujets qui, comme nous le verrons dans le chapitre VII, inondaient les entretiens avec les compositeurs français et la musicographie en général. Le cas de Beck, Suisse allemand, est assez représentatif de l'attitude cosmopolite de plusieurs : le fait d'appartenir à une culture germanophone, affirme-t-il, n'a pas occasionné chez lui un attachement « naturel » envers l'Allemagne. Pour Beck, ce ne sont pas les liens du sang qui créent un sentiment d'appartenance à un peuple plutôt qu'à un autre, mais plutôt le vécu (faire la guerre ensemble, par exemple) ou un penchant personnel :

> [Bruyr :] par cette abondance même [Beck a déjà écrit cinq symphonies], et en votre qualité de Suisse alémanique, ne vous sentez-vous pas près d'eux ? — [Beck :] Près d'eux, peut-être. Avec eux ?... *Pour être avec quelqu'un aujourd'hui, il faut, avec lui, avoir fait la guerre.* Je ne l'ai pas faite. D'ailleurs, de famille suisse [...] dont le berceau est à Colmar, j'ai regardé vers la France dès mon jeune âge [48].

Si Tansman répondait à Bruyr qu'une musique européenne était une utopie et qu'il fallait parler « dans la langue de son pays », la réponse de Nabokov qui affirme exactement le contraire semble résumer plus justement les positions des autres interviewés : « Quant à une future musique européenne, je croirais plutôt, en dehors de toute école – la

---

43. Harsányi dans Bruyr, « Un entretien avec... Tibor Harsanyi » (1929), p. 120.
44. Bruyr, « Un entretien avec... Bohuslav Martinu » (1932), p. 455.
45. Bruyr, *L'écran* (2e série), p. 71.
46. *Ibid.*
47. *Ibid.*
48. *Ibid.*, p. 53 (c'est nous qui soulignons).

musique folklorique étant bien disparue – à l'avenir d'une musique mondiale »[49]. Ces affirmations permettent de comprendre que ces compositeurs ne vivent pas seulement le cosmopolitisme dans les faits (en travaillant dans un creuset culturel), mais sont aussi animés d'une pensée cosmopolite (en étant ouverts à l'idée de vivre partout et d'être influencés par des apports culturels variés). Chez certains de ces musiciens, cette façon de penser a des répercussions esthétiques, et ils cherchent à développer une musique intrinsèquement cosmopolite[50].

Dans son histoire de la musique publiée au lendemain de la Seconde Guerre mondiale, Bruyr reprend la question de l'existence d'une musique européenne en axant son discours sur les musiciens étrangers de Paris – sans jamais utiliser l'expression « École de Paris » :

> Pendant dix ans, Paris avait été le diapason de l'Europe. Imaginons (S.M.I. 24 avril 1932) un concert donné par le Suisse Conrad Beck (1901), le Roumain Marcel Mihalovici (1898), le Bohème Bohuslav Martinu (1890), le Hongrois Tibor Harsanyi (1898-1954) – trois quatuors, un Concertino – bref par ceux-là que Ravel, en réaction de [*sic*] certaine musique folklorique et parfois folkloristique, avait un jour nommés les Constructeurs. Car une musique nouvelle se construit. On en est alors – chaux et ciment, harmonie et contrepoint – aux fondations[51].

Une musique européenne serait, selon Bruyr, encore en construction, mais ces compositeurs annonceraient « le grand musicien européen de demain ». L'« École de Paris », si on veut l'appeler ainsi, serait alors un mouvement collectif vers un idéal internationaliste commun plutôt qu'un groupement, un grand laboratoire parisien où la musique est repensée dès ses fondations ; c'est ce qui émerge des propos rapportés par Bruyr dans *L'écran des musiciens* et ensuite synthétisés dans son *Histoire de la musique* :

> Il s'agirait de trouver l'équilibre où le constructivisme contrapuntique ne ligotera plus l'harmonie, où la sensibilité harmonique ne distendra plus le réseau contrapuntique. Et ce problème sera, sans doute, celui du grand musicien européen de demain. Pour annoncer sa venue, c'est, autour de Beck, d'Harsanyi, de Mihalovici, de Martinu, autour des constructeurs, un idéal concert auquel prennent part l'Italien Rieti, le Catalan Mompou, le Grec Petridis, le Bulgare Ikonomoff, le Polonais Tansman – et j'en passe[52] !

49. Selon Nabokov, l'exemple de cette musique mondiale serait à rechercher chez Prokofiev : « Ce qu'il recherche, ce que je recherche moi-même, c'est la matière première, le pain noir de la mélodie, la nourriture terrestre de la musique » (*ibid.*, p. 89). Dans l'interview avec Prokofiev, on peut lire : « [Prokofiev :] j'aurais dû faire ma vie trois fois, en Russie d'abord, puis en Amérique, enfin chez vous... — [Bruyr :] Y êtes-vous maintenant fixé pour toujours ? — [Prokofiev :] En dix ans, peut-être acquiert-on droit de cité... — (Ceci avec un rien d'hésitation. Car nul musicien n'est mieux que Prokofieff, dont dix peuples au moins ont formé l'âme, "habitant du monde et citoyen de la terre des hommes") » (*ibid.*, p. 20). Le fait que l'entretien avec Prokofiev ait été placé par Bruyr en ouverture de ce recueil n'est donc probablement pas sans signification – même si en exergue à la table des matières on lit « ...Mais sans question de préséance – ni de galanterie (Laforgue) » (*ibid.*, p. 8) ; dans le premier recueil, on lisait tout simplement, étant donné l'absence de dames, « Mais sans question de préséance (Laforgue) » (Bruyr, *L'écran* [1re série], p. 8). Le clin d'œil est sans doute au v. 12 de la « Complainte sur certains ennuis » de Paul Laforgue, dans *Les Complaintes*, Paris, Vanier, 1885, p. 79-80.

50. Pour les « modalités du cosmopolitisme » exposées par Louis Lourme (*Qu'est-ce que le cosmopolitisme ?*, Paris, Vrin, 2012, p. 13-16), voir ci-dessus l'Introduction.

51. Bruyr, *Histoire de la musique*, § 225, p. 422. Pour le concert cité, voir ci-dessus le tableau 4 au chapitre V.

52. *Ibid.*, p. 423.

Lettres

Si sur la scène publique durant l'entre-deux guerres, et notamment dans les interviews, ces compositeurs étrangers contestent fermement la tendance qu'ont certains à les regrouper, l'étude de leur correspondance semble montrer, au contraire, que l'idée d'être un « groupe » ne leur déplaisait pas du tout. Le fait que Beck, Harsányi, Martinů et Mihalovici aient décidé de former un « Groupe des Quatre » et qu'ils aient été connus sous cette étiquette par le milieu musical de l'entre-deux-guerres n'est aucunement prouvé; toutefois, le fait que ces quatre compositeurs, auxquels s'ajoute Tchérepnine, étaient très proches et qu'ils se considéraient comme un groupe d'amis émerge clairement à la lecture des lettres qui nous sont parvenues.

L'amitié entre ces quatre musiciens est incontestable. Elle se traduit souvent sous forme d'aide réciproque pour la diffusion de leurs œuvres. Dans certains cas, l'aide réciproque constitue la première phase d'un rapport qui deviendra ensuite amitié, ainsi qu'en témoignent les documents d'archive. C'est le cas notamment de Tchérepnine et de Harsányi. Dans une lettre non datée, Tchérepnine appelle Harsányi « cher Monsieur » tout en lui conseillant de contacter Mme Rose Fuchs Fayer (1884-1930), qui

> a fondé à Budapest (elle est hongroise) la section de la S[ocié]té Internationale pour la musique contemporaine. J'ai pensé que cela serait utile pour vous de faire sa connaissance et je lui ai beaucoup parlé de vous et de votre talent[53].

Le « cher Monsieur » se transforme bientôt en « cher ami » sans pour autant que l'activité de promotion ne s'arrête. En 1926, Tchérepnine cherche à trouver un éditeur pour Harsányi. En se réjouissant que M. Strecker, des éditions Simrock (*rectius* Schott ?), l'ait contacté, Tchérepnine souligne la sincérité avec laquelle il aide l'ami :

> Croyez-moi que j'aime *vraiment* ce que vous faites et je m'*intéresse vraiment* à votre musique – alors c'est tout naturel que j'aimerai que vous serez [*sic*] introduit dans des maisons d'édition importantes[54].

C'est une amitié sincère, qui va au-delà des rapports professionnels. À titre d'exemple, citons cette lettre que Tchérepnine envoie à Harsányi de Monte-Carlo entre 1927 et 1928 :

> Mon cher ami,
> Un petit mot pour vous demander une chose : vous êtes le seul qui sait que je suis à Monte-Carlo. N'importe qui vous demande, je vous prie de ne pas le dire. Excusez-moi de vous demander ce service, mais je file tout le monde, on m'a trop bousculé[55] !

53. Lettre d'Alexandre Tchérepnine à Tibor Harsányi, [avant 1926] (PSS, Sammlung Alexander Tcherepnin, Korrespondenz).

54. Lettre d'Alexandre Tchérepnine à Tibor Harsányi, [juillet 1926] (PSS, Sammlung Alexander Tcherepnin, Korrespondenz), c'est l'auteur qui souligne. Les lettres de Simrock se trouvent à la BnF, dans le recueil *Lettres à Harsányi et réponses* (lettres 194 à 197).

55. Lettre d'Alexandre Tchérepnine à Tibor Harsányi, Monte-Carlo, [1927-1928] (PSS, Sammlung Alexander Tcherepnin, Korrespondenz).

Les concerts de La Sirène musicale

La difficulté qu'éprouvent les jeunes compositeurs étrangers à trouver leur place dans le panorama musical parisien et international est un sujet récurrent dans leur correspondance. Plusieurs se plaignent notamment de la quantité d'énergie qu'il faut soustraire à la composition pour l'investir dans l'autopromotion. Harsányi et Tchérepnine réfléchissent ensemble sur la nécessité d'être agent de soi-même, de « quitte[r] la table de travail pour bâtir sa carrière »[56]. C'est dans ce contexte qu'il faut situer l'enthousiasme avec lequel Harsányi, en 1929, communique à Beck la « très bonne idée » de Michel Dillard, le directeur des éditions de La Sirène musicale :

> J'ai parlé hier avec Dillard. Il a une très bonne idée. Il veut faire un concert pour les « six » de la Sirène (Beck, Cartan, Jaubert, Harsányi, Martinu, Mihalovici) au mois d'avril des compositions publiées par lui, avec beaucoup de propagande. Il vous écrira pour vous demander ce que vous voudriez faire jouer dans ce concert. Je trouve cette idée très bonne, car le cadre sera bien intéressant. Même il veut faire une présentation verbale par quelqu'un. Je lui ai recommandé Hoérée[57].

Il s'agit ici du concert qui aura lieu le 27 avril 1929, soit le premier concert de la maison d'édition La Sirène musicale. Dans le tableau 4, nous l'avons considéré comme le premier concert regroupant les quatre étrangers réunis sous l'étiquette de « Groupe des Quatre » (Beck, Harsányi, Martinů et Mihalovici), avec en plus la participation de deux Français (Cartan et Jaubert). Si nous les considérions donc comme 4 + 2, il est tout à fait intéressant d'apprendre, d'après cette lettre de Harsányi, que la « très bonne idée » de Dillard était de proposer de nouveaux « Six » : les Éditions de la Sirène (qui deviendront ensuite La Sirène musicale) avaient publié, en 1918, *Le Coq et l'Arlequin*, considéré comme le manifeste du Groupe des Six ; dix ans plus tard, lorsque cette maison d'édition cherche à lancer six autres « nouveaux jeunes », l'association entre La Sirène musicale et les Six est encore très forte : des œuvres d'Auric, de Durey, de Honegger et de Milhaud (ainsi que d'Erik Satie) étaient parues et continuaient à paraître dans cette maison d'édition. En novembre 1929, à l'occasion du dixième anniversaire du Groupe des Six, un espace publicitaire dans *Le Guide du concert* annonce d'ailleurs les dernières œuvres de ce groupe parues chez l'éditeur[58]. Nous ne pouvons savoir avec certitude si l'association entre les jeunes choisis pour le premier concert de La Sirène musicale et

56. Lettre d'Alexandre Tchérepnine à Tibor Harsányi, Monte-Carlo, 27 septembre 1927 (PSS, Sammlung Alexander Tcherepnin, Korrespondenz).

57. Lettre de Tibor Harsányi à Conrad Beck, 26 février 1929 (PSS, Sammlung Conrad Beck, Korrespondenz). En 1982, Mihalovici s'attribuera la paternité de cette « très bonne idée » : « J'avais suggéré un jour à Dillard qu'au lieu de faire de la publicité dans les journaux pour les œuvres éditées, qu'il fasse des concerts, des séances ». Mihalovici, dans Pâris, « Marcel Mihalovici, témoin de son temps » (1982), 3e entretien.

58. « "Le groupe des Six", dernières publications », *Le Guide du concert*, 6 décembre 1929, p. 292. On y retrouve des œuvres récentes, comme les *Quatre Poèmes* pour voix et piano (1927) de Georges Auric sur des textes de Georges Gabory, mais aussi des pièces remontant aux débuts du « groupe », comme les *Chansons basques*, op. 23 (1919) de Durey sur des textes de Jean Cocteau, et même auparavant – le *Quatuor n° 1* de Honegger, écrit en 1916-1917. La page du sommaire de ce numéro de la revue présente d'ailleurs une photo du Groupe des Six dont la légende annonce le concert du dixième anniversaire (Théâtre des Champs-Elysées, 11 décembre 1929).

les Six désormais historiques avait été faite par Dillard lui-même, ou s'il faut l'attribuer à Harsányi. (On remarquera, de toute façon, que la ressemblance avec le « nouveau groupe des six [...] qu'on appellera bientôt École de Paris » dont parle François Porcile n'a rien à voir avec ce concert, car il le considère formé par le « petit groupe » des Quatre auquel s'ajoutent Tansman et Tchérepnine)[59]. La lettre que Dillard a envoyée à Beck pour lui proposer sa « très bonne idée » ne fait pas référence aux Six :

> Mon cher ami,
> Que devenez-vous ? Je voudrais bien avoir de vos nouvelles. Savez-vous que je donne un concert au mois d'avril pour présenter les jeunes compositeurs édités par la Sirène, soit : Conrad Beck, Jean Cartan, Maurice Jaubert, Bohuslav Martinu, Tibor Harsanyi, Marcel Mihalovici.
> Chacun me propose un artiste pour y jouer bénévolement une œuvre de lui. Qui me proposez-vous, et pour quelle œuvre ? Ce sera très probablement à la Salle Chopin en avril. Je compte avoir le Quatuor Roth pour Harsanyi.
> Soyez assez gentil pour me fixer le plus tôt possible[60].

De toute façon, comme on peut le comprendre par les mots de Harsányi, ce n'est pas l'idée de former un nouveau groupe qui l'enthousiasme, mais plutôt le « cadre » : cet événement (qui aura lieu au Vieux-Colombier, et non pas à la Salle Chopin comme prévu initialement) sera préparé avec « beaucoup de propagande » et introduit par un discours. Comme nous l'avons vu, ce n'est pas Hoérée qui le prononce, mais Bruyr, qui d'ailleurs – d'après les traces que nous avons de son intervention – prend le soin de préciser que ce concert n'a pas été organisé « pour annoncer la formation d'un nouveau groupe »[61]. De plus, après le concert, Dillard a prévu de recevoir chez lui « un grand nombre de musiciens afin de [les] faire connaître l'un à l'autre »[62], ce qui laisse entendre que le souhait de l'éditeur est de contribuer à l'élargissement du réseau des compositeurs programmés. Le titre du concert « Les dernières publications de quelques jeunes compositeurs »[63] met ainsi l'accent sur le caractère promotionnel de l'événement ; comme il est logique, La Sirène musicale veut bien promouvoir ces jeunes pour vendre leur musique. Fussent-ils amis ou non, étrangers ou français, ces « six » sont surtout liés par le fait d'être publiés par le même éditeur. Cela exclut du « groupe » notamment Tchérepnine, associé à Durand et Universal. Tansman est publié par Eschig,

59. François Porcile, *La Belle époque de la musique française, 1871-1940*, Paris, Fayard, 1999, p. 392. Nous avons commenté les propos de Porcile plus haut au chapitre II.

60. Lettre de Michel Dillard à Conrad Beck, 26 février 1929, sur papier à en-tête de La Sirène musicale (PSS, Sammlung Conrad Beck, Korrespondenz).

61. Baruzi, « Sirène musicale (27 avril) » (1929).

62. Lettre de Michel Dillard à Conrad Beck, 16 avril 1929, sur papier à en-tête de La Sirène musicale (PSS, Sammlung Conrad Beck, Korrespondenz).

63. Programme du concert conservé dans le recueil *Programmes et comptes rendus de concert, Tibor Harsányi* (BnF, Musique), cahier 3. *Elpenor* pour voix et piano (1927) de Jaubert, sur un texte de Jean Giraudoux, initialement prévue pour le concert, n'est pas jouée. Voir ci-dessus tableau 4. Voir également l'annonce dans *Le Guide du concert*, 19 avril 1929, p. 838 ; la revue consacre une « Étude musicale analytique » à chaque pièce – y compris *Elpenor* (p. 843). Dillard écrit à ce sujet à Harsányi dans une lettre du 22 mars 1929 : « Pouvez-vous me donner l'assurance que je puis compter définitivement sur le Quatuor Roth à cette date, qu'il voudra bien déchiffrer les 20 mesures d'*Elpenor* et que Antal voudra bien jouer la *Sonatine* de Beck ? » (BnF, Musique, *Lettres à Harsányi et réponses*).

mais, en 1928, La Sirène musicale publie ses *Cinq Mélodies* et en octobre 1929, ses *Deux Pièces* pour piano. Tansman fait ainsi partie de la « bande » de La Sirène, et le choix de ne pas l'inclure dans le concert fut dicté très probablement par une question de genre – il s'agissait d'un concert de musique de chambre.

Le deuxième concert de La Sirène musicale, à la fin de cette même année 1929, ne présente que les œuvres de trois compositeurs : Harsányi, Martinů et Rosenthal[64]. Encore une fois, cette sélection est due à des raisons éditoriales : « La Sirène musicale présente ses dernières publications de Tibor Harsanyi, Manuel Rosenthal, Bohuslav Martinu », annonce la publicité dans *Le Guide du concert*[65]. Cela nous confirme que seule la nouveauté des pièces préside au choix de musiciens sélectionnés pour jouer dans l'équipe de La Sirène musicale lors de ses concerts promotionnels.

Un concert « pour l'"école de Paris" »

Passons pour l'instant sur le projet de Dillard d'un album de *Treize Danses* par treize compositeurs dont nous parlerons dans le dernier chapitre, et continuons à chercher si les compositeurs étrangers vivant à Paris expriment entre eux un sentiment d'appartenance à un groupe. En fait, il faudrait préciser qu'ils n'étaient pas toujours « à Paris » : Beck, en cette période, habite surtout en Suisse, et d'autres voyagent beaucoup (Tansman effectue un tour du monde entre 1932 et 1934). Harsányi rend compte à Beck de ce qui se passe à Paris ; ainsi, avant l'été 1930,

> il y avait encore deux dîners du « groupe » très gentil mais sans résultat. On cherche l'argent pour les concerts. *Kunststück* ! Tout le monde cherche l'argent. La situation est devenue subitement très mauvaise ici[66].

Le problème est toujours le même, soit celui de « quitte[r] la table de travail pour bâtir sa carrière ». L'entraide parmi les jeunes compositeurs semble toutefois avoir changé : ce n'est plus un compositeur qui aide son ami. La stratégie est celle d'une collectivité. Qu'est-ce que ce « groupe » dont parle Harsányi ? Le groupe des compositeurs qui avaient été joués au concert de La Sirène musicale ? Le sous-groupe des quatre compositeurs étrangers de ce concert (le « Groupe des Quatre ») ? Une entité appelée peut-être « École de Paris » ? Une carte postale de Martinů à Beck, envoyée de son village natal, Polička, au cours de ce même été 1930, n'aide pas à clarifier la question et fait ressortir une possible « École de Paris » :

> Je part[s] semaine prochaine pour Prague, je vais voir Talich, je veux lui suggérer une idée de faire un concert pour « l'école de Paris » c'est-à-dire pour vous, Harsányi et moi[67].

64. Maison Pleyel, Salle Debussy, 17 décembre 1929. Harsányi : *Sonate*, vl-pn (1926) ; *Cinq Préludes brefs*, pn (1928) ; *Sonate*, vc-pn (1928) / Martinů : *Quintette*, 2vl-2al-vc (H. 164, 1927) / Rosenthal : *Cinq Chansons juives*, v-pn (1925) ; *Saxophon' Marmalade*, sax-pn (1929).

65. *Le Guide du concert*, 13 décembre 1929, p. 326.

66. Lettre de Tibor Harsányi à Conrad Beck, 9 juillet 1930 (PSS, Sammlung Conrad Beck, Korrespondenz).

67. Carte postale de Bohuslav Martinů à Conrad Beck, de Polička, 3 septembre 1930 (PSS, Sammlung Conrad Beck, Korrespondenz). Ce projet ne s'est probablement jamais matérialisé : comme le dit son biographe Jaroslav Mihule interviewé par Myriam Soumagnac, Martinů n'a jamais réussi à faire jouer la musique de son ami Beck par Václav Talich (1883-1961) et l'Orchestre philharmonique tchèque. Myriam

Cette carte postale est un document très précieux pour notre enquête. Elle montre que l'expression « École de Paris » était utilisée par les jeunes compositeurs étrangers, mais qu'elle ne revêtait pas une signification précise : Hoérée l'avait lancée dans *La Revue musicale* en décembre 1929 à l'occasion de son compte rendu des *Cinq Mélodies* de Tansman que nous avons cité dans le chapitre III ; cependant, Tansman ne figurait pas dans les concerts organisés par La Sirène musicale ni dans le trio de compositeurs évoqué par Martinů dans sa carte postale (lui-même, Beck et Harsányi). Ce trio, par sa nature même de « groupe de *trois* », exclut le fait que ces compositeurs (en plus de Mihalovici) puissent se considérer comme un « Groupe des Quatre » à géométrie invariable et que « Groupe de Quatre » et « École de Paris » soient deux expressions équivalentes et interchangeables. Il est certain que la nécessité de se regrouper avait des raisons pratiques – voir leurs œuvres jouées – et, par conséquent, le fait de se considérer comme un « groupe » n'est pas forcément lié à une visibilité publique, mais plutôt à une organisation interne des musiciens. Il est symptomatique, à ce propos, que Martinů, dans sa carte postale, dise vouloir faire un concert *pour* « l'École de Paris » et non *de* « l'École de Paris ». Le but est de s'entraider, par le biais des contacts de chacun, pour que les œuvres de tous soient exécutées. En lisant les documents privés tels que la correspondance ou les comptes rendus de concerts, il n'apparaît jamais que les jeunes compositeurs étrangers résidant à Paris dans l'entre-deux-guerres aient senti la nécessité de revendiquer leur identité commune d'expatriés et de créer un îlot protégé où ils pourraient présenter leur travail de création artistique. Les liens d'amitié proclamés dans les entretiens avec Bruyr s'expliquent alors mieux, après la lecture de ces documents privés. La situation changera complètement après la Seconde Guerre mondiale, comme nous le verrons à la fin de ce chapitre, lorsque les modifications profondes du milieu musical pousseront ces ex-jeunes à se constituer une identité de groupe pour survivre à l'histoire. Mais, avant de rendre compte de ce changement, analysons en détail ce que Tansman avait à dire à propos de cette École de Paris dans laquelle l'historiographie l'a toujours inclus.

L'École de Paris selon Tansman

Dans l'introduction à son édition des mémoires de Tansman, Cédric Segond-Genovesi écrit que

> les années 1927-1933 marquent plusieurs étapes décisives : premières tournées américaines (à partir de 1927), premiers enregistrements « pour la Gramophone » (en 1929), premières commandes rémunérées (en 1930), naissance officielle de l'École de Paris (en ce siècle d'avant-gardes, féru d'*Écoles*, de *groupes* et d'*-ismes* en tous genres, une telle démarche était loin d'être négligeable), tour du monde (en 1932-1933)[68].

Soumagnac, « L'École de Paris », 5 épisodes, dans *Le matin des musiciens*, émission radiophonique, RF, France Musique, 5ᵉ épisode : « Parisiannisme, nationalisme, exotisme », diffusé le 20 juillet 1990.

68. Cédric Segond-Genovesi, « Introduction » à Alexandre Tansman, *Regards en arrière : itinéraire d'un musicien cosmopolite au XXe siècle*, texte édité par Cédric Segond-Genovesi avec la collaboration de Mireille Tansman Zanuttini et Marianne Tansman Martinozzi, Château-Gontier, Aedam musicae, 2013, p. 9-37, ici p. 13 (c'est l'auteur qui souligne).

Puisque la « naissance officielle » de l'École de Paris est présentée ici comme un événement marquant de la vie de Tansman, on pourrait s'attendre à ce que le compositeur en parle dans ses mémoires ; pourtant, l'expression « École de Paris » n'est jamais employée au sein des quatre cahiers manuscrits (environ 380 pages) qu'il a laissés à la postérité. Au contraire, un des points de fierté de Tansman dans ses « regards en arrière » est son indépendance :

> Je pouvais donc regarder en arrière avec un sentiment de satisfaction d'y être arrivé par mon propre mérite, sans avoir jamais eu à mon service la publicité extra-professionnelle d'un Cocteau, un mouvement de snobisme, *une appartenance à un groupe* ou un lancement des salons[69].

Tansman écrit ses mémoires au milieu des années 1950, et Segond-Genovesi souligne à juste titre que, non seulement ces pages fourmillent d'erreurs dues à des souvenirs confus, mais que cette écriture de soi est aussi le résultat d'un « très solide *métier* »[70]. Autrement dit, le manque de référence à l'École de Paris peut être lu comme un oubli ou bien comme un évitement calculé : à travers ses *Regards en arrière*, Tansman raconte sa vie sous la forme d'un « récit flamboyant d'une *success story* personnelle »[71] où il est le protagoniste-étoile. Ainsi, il se peut qu'il ait décidé de cacher le fait d'avoir fait partie d'un regroupement puisque cela gâcherait les qualités de *self-made-man* qu'il souhaitait voir accoler au souvenir que l'histoire devait conserver de lui.

Cependant, même en passant du discours *a posteriori* au terrain d'investigation, nous ne trouvons pas de traces prouvant que Tansman aurait fait partie « officiellement » d'une École de Paris au sens étroit. Jamais il n'en parle dans les interviews réalisées dans l'entre-deux-guerres ou dans la décennie suivant la Seconde Guerre mondiale[72]. Jamais son nom n'est mentionné dans les lettres que nous avons parcourues dans la section précédente. Dans une courte interview accordée à Chamfray en 1936, on trouve néanmoins un clin d'œil au fait que seuls quelques compositeurs étrangers parmi les dizaines qui cherchaient fortune à Paris arrivaient à entrer dans l'histoire (ce qui, potentiellement, amenait à les regrouper sous une même étiquette) :

> Quand j'arrivai à Paris, il y a une quinzaine d'années, la mode était à la musique mécanisée. Une centaine de compositeurs internationaux se disputaient les faveurs du public. Qu'en reste-t-il ? Une dizaine tout au plus. Des autres, on ne parle plus. On ignore leurs noms[73].

---

69. Tansman, *Regards en arrière*, p. 154 (c'est nous qui soulignons).

70. Segond-Genovesi, « Introduction » à Tansman, *Regards en arrière*, p. 29 (c'est l'auteur qui souligne).

71. *Ibid.*

72. Six de ces entretiens (avec Chevaillier en 1929 ; avec Bruyr en 1933 ; avec Madeleine Milhaud en 1948 ; avec Georges Charbonnier en 1954 ; avec Daniel-Lesur et Bernard Gavoty en 1955 ; avec Chamfray en 1961) sont repris dans Tansman, *Une voie lyrique*. À ceux-là s'ajoutent trois entretiens non transcrits dans ce recueil : Claude Chamfray, « Alexandre Tansman », *Beaux-Arts*, 10 janvier 1936, p. 6 ; Yves Hucher, « Un entretien avec Alexandre Tansman », *Le Guide du concert*, 11 novembre 1949, p. 51-52 (Hucher ouvre son texte en soulignant le caractère cosmopolite de Tansman, mais sans jamais parler d'École de Paris : « Alexandre Tansman est né le 12 juin 1897 à Lodz. Il est devenu Français en 1920. La tourmente l'emporta en Amérique d'où il revint en 1946, après des concerts donnés à travers le monde. On le surnomme "le pèlerin d'Europe" ») ; Alexandre Tansman, « Entretien avec Alexandre Tansman », émission radiophonique, RDF, Chaîne nationale, diffusée en [1948] (où Tansman parle de sa musique vocale).

73. Tansman, dans Chamfray, « Alexandre Tansman » (1936).

Une des stratégies pour conserver sa place dans l'histoire serait-elle de jouer sur la force de l'union, de se regrouper autour d'une étiquette ? Tansman ne le dit pas, mais, nous le verrons dans les prochaines sections, notre supposition correspond à ce qui s'est passé après la Seconde Guerre mondiale.

Dans un article de 1938, Tansman utilise sans s'y attarder l'expression « école de Paris » dans un texte portant sur la musique en Pologne :

> Dans la plus jeune génération, on peut citer plusieurs noms de compositeurs aux dons variés : Perkowski, Laks, Szalowski, Gradstein, Kondracki, Mendelson, Palester, Neuteich, Maciejewski, etc. [...] Mais, objectivement parlant, il est encore difficile, dans cette jeune pléiade, de discerner une véritable personnalité créatrice ou une tendance esthétique généralisée et bien définie. On perçoit assez nettement des influences, souvent assimilées d'une manière toute superficielle, des divers courants occidentaux – *Stravinsky et l'école de Paris*, Hindemith, Schoenberg, etc., influences plus stylistiques et directes que digérées à travers une nature originale ou une nécessité intérieure[74].

L'École de Paris possède ici un sens différent qui tient compte d'une nuance stylistique – un « courant » qui semblerait être associé à Stravinski. Mais Tansman n'explique pas davantage sa vision.

En 1939, il utilise l'expression « école de Paris » (*é* minuscule) dans une lettre à Édouard Ganche à propos d'une étude que ce dernier entendait écrire sur le compositeur (qui venait de recevoir la nationalité française) :

> Je crois que tout en spécifiant ma naturalisation et nationalité française, il serait impossible d'omettre mon rôle dans la musique polonaise, d'autant plus que, sans fausse modestie, je crois que la musique contemporaine polonaise doit à mon œuvre une grande partie de sa rénovation. Toute mesure gardée, Stravinsky est aussi Français, mais il serait impossible d'imaginer un livre sur la musique russe sans en parler, ou Rachmaninoff, qui est naturalisé Américain – et il y en a d'autres.
> Je pense qu'il faudrait me traiter comme Français, mais juger ma musique dans le cadre de l'évolution de l'art polonais. [...] On devrait, certainement, spécifier *mon rôle général dans la musique moderne et dans l'école de Paris*[75].

C'est la seule occurrence de cette expression dans les 185 lettres que Tansman a écrites à Ganche entre 1922 et 1941[76]. C'est un document de grande importance qui nous laisse pourtant dubitatif à l'égard de la signification que Tansman attribuait à l'expression « École de Paris ». Encore une fois, sous la plume de Tansman, l'École de Paris semble désigner un courant stylistique, car l'« école de Paris » est évoquée en

74. Alexandre Tansman, « La musique en Pologne », *Revue internationale de musique*, mai-juin 1938, p. 259-262 ; repris dans Tansman, *Une voie lyrique*, p. 141-144, ici p. 142 (c'est nous qui soulignons).

75. Lettre d'Alexandre Tansman à Édouard Ganche, 26 octobre 1939 (BnF, Musique, lettre 381). On déduit que Ganche voulait écrire une étude sur Tansman dans *La Pologne*. Dans cette lettre, Tansman oriente son interlocuteur sur ce qu'il devrait écrire. Cela semble se confirmer dans la lettre suivante (29 octobre 1939, lettre 383) : « J'attends avec grand intérêt la sortie de toute votre étude » ; Tansman envoie à Ganche une photo et lui donne des informations à jour sur son catalogue. Dans la lettre suivante (3 février 1940, lettre 389), on apprend que l'étude a été censurée (on ne spécifie pas par qui) et Tansman exprime toute son indignation.

76. Cette riche correspondance (185 lettres de Tansman) paraîtra bientôt en volume : Alexandre Tansman, *Un musicien entre deux guerres : correspondance avec Édouard Ganche, 1922-1941*, rassemblée et annotée par Ludovic Florin et Mireille Tansman Zanuttini, Château-Gontier, Aedam Musicae, [à paraître].

parallèle à la « musique moderne ». On pourrait aussi l'entendre comme un milieu, mais pas comme un groupe. Dans plusieurs lettres des années 1930, Tansman revendique fermement son indépendance; en dénonçant la difficulté de faire exécuter ses œuvres à Paris, il écrit que « chaque compositeur a à Paris son ambassade, sa colonie, ses amis qui se forment par la propagande. Ce n'est pas mon cas »[77]. Tansman semble vouloir prendre ses distances du « groupe » d'entraide dont parlait Harsányi.

Dans ses derniers jours aux États-Unis avant de rentrer en France à la fin de 1945, Tansman a écrit une longue lettre à Marcel Mihalovici où il exprime sa hâte de revenir à Paris. En parlant de l'éditeur Eschig, il écrit :

> Ses représentants ici continuaient à publier mes œuvres récentes, mais c'est une maison (AMP) qui me paraît ici avoir des sympathies surtout allemandes et Europe Centrale. Pour ce qui est de *l'École de Paris, dont nous sommes tous*, la tâche est plus ardue, car chaque pays, même le plus petit, a sa propagande musicale propre ici, sauf la France : quand on fait un concert français officiel, ce n'est jamais la France d'aujourd'hui qui est représentée, c'est Franck, Saint-Saëns, Chabrier, etc. De Roussel on n'entend pas une note [...][78].

Ici, l'acception de *courant* et celle de *milieu* tendent à se fondre : Tansman semble en effet utiliser l'expression « École de Paris » au sens (large) de milieu de la modernité musicale parisienne, un milieu inclusif et qui comprendrait « nous » les étrangers, mais aussi un Roussel[79], et ce, pour se différencier de la musique française d'une autre génération stylistique (plutôt que chronologique). En fait, Roussel est né en 1869 – une trentaine d'années avant les compositeurs qui débutent sur la scène parisienne dans les années 1920 – et a été le maître de plusieurs compositeurs étrangers arrivant à Paris. Tansman l'inclut parmi « nous » sans doute à cause de son rôle de mentor de la modernité parisienne de l'entre-deux-guerres – ce que le compositeur semble désigner ici par « École de Paris ». Le témoignage de Martinů publié dans le numéro spécial que *La Revue musicale* dédie à Roussel après son décès en 1937 suggère bien le rôle joué par ce maître pour « rendre français » les jeunes étrangers :

> Tout ce que je suis venu chercher à Paris, je l'ai trouvé chez lui [...] : l'ordre, la clarté, la mesure, le goût et l'expression directe exacte et sensible, les qualités de l'art français que j'ai toujours admirées et que j'ai voulu connaître plus intimement. [...] *J'ai été son élève,*

77. Lettre d'Alexandre Tansman à Édouard Ganche, 10 mars 1934 (lettre 366).

78. Lettre d'Alexandre Tansman à Marcel (« Chip ») Mihalovici, de Los Angeles, 24 novembre 1945; reprise dans Tansman, *Une voie lyrique*, p. 423-427, ici p. 426 (c'est nous qui soulignons).

79. Tansman ne nomme ici que Roussel, mais dans ce milieu il aurait sans doute pu inclure aussi d'autres musiciens, par exemple Florent Schmitt ou Ravel, qu'il nomme ailleurs en trio avec Roussel (voir plus loin dans cette section). L'importance de la figure et de l'œuvre de Roussel pour les jeunes compositeurs qui se trouvent à Paris dans l'entre-deux-guerres apparaît avec évidence dans l'*Hommage à Albert Roussel* où des compositeurs français et étrangers résidants à Paris se sont réunis pour lui offrir chacun une courte pièce (pour un total de deux mélodies et six pièces pour piano). On y retrouve les noms de Beck et de Tansman, de Honegger, de Milhaud et de Poulenc, de Delage, de Hoérée et d'Ibert : *Hommage à Albert Roussel : deux mélodies et six pièces de piano inédites par Conrad Beck, Maurice Delage, Arthur Honegger, Arthur Hoérée, Jacques Ibert, Darius Milhaud, Francis Poulenc, Alexandre Tansman*, supplément de *La Revue musicale*, avril 1929.

et grâce à cela, je me sens un peu Français et j'en suis très fier et aussi j'espère bien un jour transmettre son message chez nous, à Prague, où il est admiré[80].

À la lecture de ces deux documents, on a encore une fois l'impression que ni Tansman ni Martinů ne tiennent à se différencier en tant qu'étrangers dans le panorama musical parisien.

Tansman parle plus régulièrement d'École de Paris dans les années 1960, à l'époque où l'idée d'un groupe de compositeurs bien défini s'appelant « École de Paris » commence à devenir récurrente dans plusieurs histoires de la musique, comme nous l'avons constaté dans le chapitre III. On peut citer au moins trois documents où le compositeur utilise cette expression dans un contexte autobiographique : un texte inédit sur « Les juifs et la musique française » rédigé probablement en 1962[81] ; une interview à la RTF dans la série d'émissions de Michel Hofmann consacrées à l'École de Paris en 1967[82] ; un « Autoportrait » paru dans le *Journal musical français* toujours en 1967[83].

L'histoire posthume de ce dernier texte nous offre un autre exemple de la manière dont les traces de l'École de Paris se confondent par manque de vérification des sources de la part des historiens. Le biographe polonais de Tansman, Janusz Cegiełła, reproduit une partie de l'« Autoportrait » de Tansman (en polonais) en indiquant comme source le « n° 157 (1967), p. 22-25 » de la revue *Musica*[84] : ce qui est évidemment une erreur puisque le numéro et les pages se réfèrent à un article paru dans le *Journal musical français* alors que la revue intitulée *Musica* n'a existé que de 1954 à 1966 (*Musica : revue d'informations et d'actualités musicales*, directeur Pierre Mayeux). Ludmila Korabelnikova, dans sa monographie sur Alexandre Tchérepnine, cite le texte de Tansman reporté par Cegiełła en indiquant comme source encore une fois le « n° 157 (1967), p. 22-25 », mais de la revue *Muzyka*[85]. Sans doute Korabelnikova a-t-elle pensé que Cegiełła citait un texte paru en polonais, et, par conséquent, elle a cru opportun de corriger *Musica* par *Muzyka* (la revue polonaise née en 1950). N'ayant pas vérifié la source, Korabelnikova – traduisant le texte du polonais en russe et ensuite cette version vers l'anglais – ne

80. Bohuslav Martinů, « Témoignage tchécoslovaque », *La Revue musicale*, novembre 1937, numéro spécial *À la mémoire d'Albert Roussel*, p. 366 (c'est nous qui soulignons).

81. Repris dans Tansman, *Une voie lyrique*, p. 265-276. Les auteurs de cette anthologie estiment que ce texte pourrait être la première version de la conférence « Y a-t-il une musique juive ? » organisée par le groupe Beth-Akarem (le texte de cette conférence est repris dans *ibid.*, p. 107-116). En cette occasion, Tansman ne nomme jamais l'École de Paris.

82. Hofmann, « Alexandre Tansmann [*sic*] » (1967). L'émission *L'École de Paris* comprenait deux autres entretiens : Michel Rostislav Hofmann, « Serge [*rectius* : Alexandre] Tchérepnine », 3 épisodes, dans *L'École de Paris*, émission radiophonique, ORTF, France Culture, diffusée le 17, le 24 et le 31 août 1967 ; et Michel Rostislav Hofmann, « Michel [*rectius* : Marcel] Mihalovici », 3 épisodes, dans *L'École de Paris*, émission radiophonique, ORTF, France Culture, diffusée le 1er, le 7 et le 14 septembre 1967. Ces émissions ne sont malheureusement pas disponibles dans les archives de l'INA.

83. Alexandre Tansman, « Autoportrait par Alexandre Tansman », *Journal musical français*, mai 1967, p. 22-25. Cet article n'a pas été repris dans Tansman, *Une voie lyrique*.

84. Janusz Cegiełła, *Dziecko szczęścia : Aleksander Tansman i jego czasy* [1986], 2e éd., Łódź, Wydawnictwo 86, 1996, vol. 1, p. 133-134, n. 6.

85. Ludmila Korabelnikova, *Alexander Tcherepnin : The Saga of a Russian Emigré Composer* [1999], traduit du russe par Anna Winestein, édité par Sue-Ellen Hershman-Tcherepnin, Bloomington, Indiana University Press, 2008. p. 67, n. 3 (à la p. 246).

tient pas compte de l'original en français. Il en résulte une utilisation abusive du mot *group* (traduction du polonais *grupa*) absent dans les faits du discours tansmanien (nous soulignons les correspondances) :

> [Original français :] On a souvent lié mon nom à l'École de Paris. Ce n'était pas une *école* à proprement parler, mais une réunion d'amis compositeurs [...]. Ce qui, je crois, nous était commun, à des amis de l'École de Paris [...] [86].
>
> [Traduction polonaise :] *Nie byla to właściwie szkoła w ścisłym tego słowa znaczeniu, raczej grupa kompozytorów [...]. Tym, co łączyło naszą grupę [...]* [87].
>
> [Traduction anglaise :] *It was not a school in the normal sense of the word but rather a group of composers [...]. What primarily connected our group [...]* [88].

Ce qui pourrait paraître comme un acharnement exagéré de notre part à traquer ce type d'erreur qui semble peut-être ne relever que du détail, est au contraire nécessaire pour mettre en lumière une vision historique – une vision que l'historien transmet dans ses écrits à travers le choix des mots utilisés. Comme le cas de l'emprunt de Korabelnikova le montre, les versions historiographiques de l'École de Paris émergent d'une série de détails combinés par les historiens, et ces versions passent facilement d'un historien à l'autre, devenant ainsi le récit dominant. Par son utilisation récurrente du mot « groupe » dans la traduction du texte de Tansman, Cegiełła se fait une idée de l'École de Paris en tant que groupe, et il réaffirme cette idée à plusieurs reprises dans sa biographie du compositeur. La section intitulée « L'École de Paris » s'ouvre significativement avec un paragraphe sur le Groupe des Six, tout en spécifiant qu'en 1923 Tansman a rejoint un autre groupe, l'École de Paris qui, à la différence des Six, n'avait pas une orientation stylistique et esthétique unique. À l'instar de ce qui était arrivé aux Six, poursuit Cegiełła, le nom École de Paris est paru dans une revue. En plus de Tansman, Harsányi, Martinů, Mihalovici et Nicolaï (*sic*) Tchérepnine font partie de ce groupe d'autres musiciens d'Europe centrale et orientale ayant choisi Paris plutôt que Berlin avec le Café du Dôme comme « quartier général » (« *głowną kwaterą* » [89]). Cegiełła insiste sur les différences entre ce groupe et les Six : l'École de Paris n'était pas, selon lui, réunie par un désir de polémique ni par un Cocteau qui alimenterait cette polémique. Son but n'était pas non plus d'apparaître dans la presse en tant que groupe. Ce qui pourrait caractériser la communauté de compositeurs ainsi réunie serait l'utilisation du folklore – voire d'un « folklore de l'imagination » (*folklor imaginacyiny*). Mais, en général, leur lien était plutôt celui d'une fréquentation amicale (*utrzymywaniu*

86. Tansman, « Autoportrait » (1967), p. 23 (c'est l'auteur qui souligne ; à remarquer : l'emphase n'est pas maintenue dans les traductions).

87. Cegiełła, *Dziecko szczęścia*, vol. 1, p. 133. Nous tenons à remercier Luca Lévy Sala pour sa traduction du polonais.

88. Korabelnikova, *Alexander Tcherepnin*, p. 67. Nous ignorons si la traductrice a traduit cette citation directement du russe ou si elle avait à disposition la version polonaise. Quoi qu'il en soit, dans l'original russe de son livre, Korabelnikova utilise le mot « *gruppa* » (*Alexandr Čerepnin : dolgoe stranstvie*, Moskva, Iazyki russkoi kul'tury, 1999, p. 98-99).

89. Cegiełła, *Dziecko szczęścia*, vol. 1, p. 132-33. Korabelnikova, *Alexander Tcherepnin*, p. 68, traduit en partie cette section, en corrigeant évidemment Nicolaï Tchérepnin par le nom du fils Alexander.

przyjaznich) et de la promotion réciproque des leurs pièces[90]. Korabelnikova, en citant une partie du paragraphe que nous venons de paraphraser dans son chapitre « European Destiny. The Paris School », introduira deux petites variantes : « quartier général » perdra les guillemets (*headquarters*), et « fréquentation amicale » sera traduite par *creative communication* (échanges créatifs)[91]. Ces petits détails sémantiques sont significatifs, car ils contribuent à accentuer l'idée de groupement artistique. Les encyclopédies et les histoires générales de la musique ne sont pas les uniques responsables du caractère flou de l'étiquette « École de Paris ». Même les études spécifiques sur les compositeurs concernés participent au maintien de l'opacité autour de l'étiquette. L'idée d'École de Paris en tant que groupe se poursuit dans les études sur Tansman, comme nous l'avons déjà vu à propos de l'édition de *Regards en arrière* par Segond-Genovesi ou du chapitre « L'École de Paris, une fiction ? » écrit par Manfred Kelkel[92]. À ces auteurs nous pouvons ajouter Gérald Hugon, responsable du catalogue des œuvres de Tansman, qui, lui aussi, parle du compositeur en tant que « membre » d'un groupe :

> Au début des années trente, on commence à parler d'« École de Paris » à propos d'un groupe de compositeurs établis dans la capitale française, tous amis et originaires d'Europe centrale et orientale. Il y avait le Roumain Marcel Mihalovici, le Russe Alexandre Tcherepnine, le Hongrois Tibor Harsányi, le Tchèque Bohuslav Martinu, le Suisse Conrad Beck et le Polonais Alexandre Tansman. Chacun écrivait sa musique. Tous apportaient au courant musical français une plus grande fermeté formelle, une vigueur rythmique soutenue par un raffinement de l'accentuation, des inflexions modales à la mélodie en provenance des différentes traditions musicales représentées dans le groupe, une pensée plus linéaire réactivant parfois des processus d'écriture abandonnés depuis la période baroque[93].

Notre exercice philologique nous permet de voir dans les textes de Tansman certaines nuances rendues plus évidentes par le contraste avec leurs traductions et interprétations. En fait, Tansman utilise le mot « groupe » une seule fois dans son « Autoportrait » de 1967 : après avoir évoqué ses premiers « rapports d'affectueuse amitié » (avec Ravel, Roussel et Schmitt), il précise : « Peu de temps après, je me suis lié avec un groupe

90. Cegiełła, *Dziecko szczęścia*, vol. 1, p. 133.

91. Korabelnikova, *Alexander Tcherepnin*, p. 68.

92. Kelkel (« L'École de Paris, une fiction ? », dans Pierre Guillot (dir.), *Hommage au compositeur Alexandre Tansman (1897-1986)*, actes du colloque [Paris, 26 novembre 1997], Paris, Presses de l'Université de Paris-Sorbonne, 2000, p. 85-89, ici p. 85) conduit un récit qui nous paraît un bon exemple de la distance qu'un discours peut prendre par rapport à celui proposé par le compositeur faisant l'objet spécifique de la recherche : « Le Polonais Alexandre Tansman et le Roumain Marcel Mihalovici, les premiers *membres du groupe* d'artistes qui sera baptisé "l'École de Paris", arrivent dès 1919 dans la capitale française. En 1922-23 leur succèdent le Russe Alexandre Tcherepnine et le Tchèque Bohuslav Martinu, puis le Hongrois Tibor Harsanyi en 1924. Ces jeunes gens se voyaient pratiquement tous les jours au café du Dôme, à Montparnasse, échangeant des idées, des opinions. Le mentor du groupe était Bohuslav Martinu, leur aîné de près d'une dizaine d'années. Sa personnalité puissante animait les réunions. Quelques années plus tard, ils sont rejoints par le Suisse Conrad Beck (1901-1989), l'Autrichien Alexander von Spitzmüller (né en 1894) et l'italien Vittorio Rieti (né en 1898) » (c'est nous qui soulignons).

93. Gérald Hugon, « Présentation du compositeur et de son œuvre », dans Guillot (dir.), *Hommage au compositeur Alexandre Tansman*, p. 15-27, ici p. 20.

de camarades appartenant à ce qu'on appelait l'"École de Paris" »[94]. Remarquons que Tansman utilise, lui aussi, la formule impersonnelle (« ce qu'on appelait »); il est donc loin de témoigner en faveur de l'existence « officielle » d'un groupe qui se serait autoproclamé « École de Paris ». Citons maintenant entièrement la section où le compositeur explique à ses lecteurs ce qu'il faut comprendre par cette étiquette (des numéros insérés entre crochets séparent les points exprimés par Tansman et qui seront discutés ci-dessous) :

> [1] On a souvent lié mon nom à l'École de Paris. [2] Ce n'était pas une *école* à proprement parler, mais une réunion d'amis compositeurs, [3] originaires, pour la plupart, d'Europe centrale ou orientale, [4] liés par affection, par leur attachement à la France et à sa civilisation. Il va de soi que nos préoccupations étaient celles du temps de notre jeunesse, [5] mais nous n'avons jamais constitué une « chapelle », un groupe inféodé à quelque mot d'ordre esthétique ou technique, à une activité collective. Chacun de [6] nous, qu'il s'agisse de mon ami Marcel Mihalovici, ou des regrettés Tibor Harsanyi et Bohuslav Martinu, suivait sa voie propre. Et d'ailleurs, [7] « les écoles de Paris » ont toujours existé[95], la capitale française étant un pôle d'attraction pour [8] des artistes qui viennent s'y nourrir de la sève du génie français et qui, de leur côté, apportent leur propre enrichissement ethnique. Songez à [9] Lully, Gluck, Albeniz, de Falla, Modigliani, Picasso, Chagall, Guillaume Apollinaire, Hemingway et [9a] même, dans une certaine mesure, Stravinski et Prokofiev ! [8a] Car Paris sait offrir aux artistes un prodigieux instinct de l'équilibre, de la clarté, de la finesse, sans jamais rien leur enlever de ce qu'ils possèdent de personnel. Ce qui, je crois, nous était commun, à des [2a] amis de l'École de Paris, de même qu'à nos aînés et à certains de nos cadets, c'était avant tout [10] une certaine conception du phénomène musical, une perspective de son évolution, de la fin qu'il poursuit sur le plan actif de la création et sur le plan passif de la perception[96].

Nous pouvons retenir les points suivants du discours de Tansman :

– [1] : Tansman n'a jamais adhéré à un groupe nommé « École de Paris » ;

– [2], [2a] : par École de Paris, il indique un milieu amical plutôt qu'esthétique ou technique, [10] dont les protagonistes partageaient certaines idées générales[97] ;

– [3] : les compositeurs faisant partie de ce milieu venaient surtout d'Europe centrale ou orientale ;

– [4] : ce qui les unissait était l'attachement affectif à la France ;

– [5] : il est inexact de considérer l'École de Paris comme un groupe artistique ;

– [6] : parmi les amis de ce milieu, Tansman nomme Harsányi, Martinů et Mihalovici ;

– [7] : il accepte la notion d'École de Paris au sens large ;

---

94. Tansman, « Autoportrait » (1967), p. 23.

95. Les traductions polonaises et anglaise dérivée optent pour le singulier : « *Zresztą zawsze istniala jakaś "École de Paris"* » (Cegiełła, *Dziecko szczęścia*, vol. 1, p. 133) ; « *A sort of "École de Paris" had always existed* » (Korabelnikova, *Alexander Tcherepnin*, p. 67).

96. Tansman, « Autoportrait » (1967), p. 23 (c'est l'auteur qui souligne). L'article de Tansman est préfacé par une introduction de la rédaction de la revue où on définit Tansman « musicien français » ayant appartenu « à ce qu'on a appelé l'École de Paris, conjointement avec Bohuslav Martinu, Marcel Mihalovici et Alexandre Tcherepnine » (p. 22).

97. Cette phrase s'explique dans la suite de l'article, où Tansman met en évidence le contraste entre sa conception de la musique avec celle des tendances des années 1960 dont il dénonce le manque d'expressivité (*ibid.*, p. 24). Cegiełła (*Dziecko szczęścia*, vol. 1, p. 134), coupe la citation de l'article de Tansman sur cette idée.

– [8] et [8a] : les artistes résidant à Paris se nourrissent de la culture française et enrichissent celle-ci grâce à leur différence « ethnique » ;

– [9] : dans l'École de Paris au sens large, on peut compter des peintres, des écrivains et des musiciens étrangers et français (Apollinaire) de toutes les époques ; [9a] Tansman introduit une nuance quant à l'appartenance à l'École de Paris (au sens large) de certains artistes ayant pourtant résidé une bonne partie de leur vie à Paris.

Dans son entretien radiophonique avec Michel Hofmann en cette même année (en 1967, on célébrait le 70ᵉ anniversaire du compositeur), Tansman exprime, de façon plus succincte, plusieurs de ces points. À Hofmann qui lui demande si « École de Paris [...] est-ce bien une appellation justifiée ou non », Tansman répond que « c'est une appellation justifiée comme toutes les appellations » :

– [2], [4] : « C'est une formule au fond qui ne veut rien dire sur le plan esthétique » ; « Sauf l'amitié qui nous liait et sauf l'attrait de la France, chacun suivait son cours » ;

– [10] : « Évidemment, nous avions les mêmes préoccupations de notre génération » ; « Il y avait notre génération et évidemment, il y avait nos recherches purement techniques, de toute une époque, qui nous liaient » ;

– [3], [6], [8] : « Bien sûr, il y avait certaines choses en commun [...] : nos origines » « Moi, je venais avec mon folklore polonais, Mihalovici faisait un petit peu de roumain, Martinu n'a jamais abandonné complètement le folklore tchécoslovaque, Harsányi avait aussi un côté hongrois, Tchérepnine, russe » ;

– [5] : « On se montrait nos œuvres, on se disait la vérité, ce qu'on en pensait ; mais enfin, je ne crois pas qu'il y avait un mot d'ordre » ; « [Hofmann :] Vous n'avez jamais publié de manifeste commun. – [Tansman :] Non, non, non » ;

– [1] : « [H :] C'est plutôt l'histoire qui vous a réuni dans un groupe. – [T] : Absolument, oui » [98].

On remarque, par rapport à l'« Autoportrait », l'absence de discours sur l'École de Paris au sens large et la présence de Tchérepnine parmi les amis *groupés par l'histoire* sous cette formule (l'affirmation est digne d'être soulignée). D'ailleurs, Tansman aurait difficilement pu oublier Tchérepnine : son entretien était le premier d'une série de trois que Hofmann consacrait explicitement à l'École de Paris ; les deux autres compositeurs participants étaient Mihalovici et Tchérepnine. L'introduction de l'animateur à cette série d'entretiens est la suivante :

> Il existe dans l'histoire de la musique toute une série de désignations par école, désignations souvent arbitraires, comme les célèbres « Cinq Russes » qui ne furent jamais cinq, mais trois, sept ou huit, et dont la cohésion a été de courte durée. Comme, par exemple, le Groupe des Six Français avec Honegger, Auric, Milhaud, Louis Durey, Germaine Tailleferre [et Poulenc]. Et comme par exemple l'École de Paris, à laquelle nous allons nous intéresser à partir d'aujourd'hui. *Cinq personnalités : Tibor Harsányi, Bohuslav Martinů, Marcel Mihalovici, Alexandre Tansman, Alexandre Tchérepnine. Leurs traits d'union : eh bien, tous les cinq sont d'origine étrangère. Mais aussi un désir*

98. Hofmann, « Alexandre Tansman » (1967 ; 2005), p. 332-333. Nous avons décomposé le texte afin de regrouper les affirmations de Tansman autour des points mis en évidence à propos de l'« Autoportrait » analysé précédemment.

> *commun d'humanisme en musique.* Les deux premiers, c'est-à-dire, Tibor Harsányi et Bohuslav Martinů, un d'origine hongroise, l'autre d'origine tchécoslovaque, ne sont plus de ce monde. Mais nous avons pu [nous] assurer la participation d'Alexandre Tansman, d'Alexandre Tchérepnine, de Marcel Mihalovici pour une série d'entretiens qui nous permettront de mieux connaître, croyons-nous, la très importante, la très attachante production musicale de cette école dite de Paris [99].

Hofmann délimite catégoriquement à cinq les « membres » de ce groupement (Beck en est absent) dont il met pourtant en question l'authenticité historique absolue. Il n'est pas anodin de remarquer que, bien que l'École de Paris soit le sujet même de ces entretiens, Tansman n'en parlera que lorsque l'animateur lui le demande de façon explicite, ce qui se produit au début de la deuxième émission. Tout au long de la première, le compositeur parcourt sa biographie sans jamais nommer l'École de Paris ni aucun de ses « membres », ce qui est sans doute révélateur du fait que l'« École de Paris » n'était pas un élément qu'il considérait comme essentiel à son récit autobiographique.

Le troisième et dernier texte où Tansman utilise l'expression « École de Paris » est le manuscrit non daté (mais remontant probablement à 1962) sur les Juifs et la musique française [100]. Dans ce texte, qui s'insère dans la tradition des réflexions sur la nature de la judaïté en musique, Tansman s'arrête entre autres sur quelques musiciens juifs ayant fait partie de l'École de Paris. L'expression est ici utilisée clairement dans son sens large (correspondant, dans notre analyse, aux points [7] et [9]), indiquant l'échange mutuel (point [8/8a]) favorisé par leur présence commune dans la capitale française :

> [7] Paris a de tous les temps été le centre d'attraction des artistes du monde entier. *L'École de Paris,* [9] que ce soit dans la littérature, la peinture, la musique, est aussi vieille que la civilisation française. [8] C'est que Paris a le secret d'offrir à l'artiste une ambiance unique au monde, une formation de clarté, de mesure, [8a] sans pour autant enlever quoi que ce soit de la personnalité originaire ou personnelle du créateur. Paris enrichit les artistes qui y viennent et s'en enrichit en même temps. C'est une sorte de symbiose très particulière et, en fait, le mouvement artistique français est parsemé des apports étrangers des artistes qui viennent puiser à ses sources et en font partie aussi naturellement que les affluents d'un fleuve [101].

Après avoir parlé des Juifs français Paul Dukas et Darius Milhaud et avant de traiter de « quelques grands interprètes et éducateurs juifs qui ont porté à travers le monde le renom de la musique française » [102], Tansman consacre une section à

99. *Ibid.*, p. 319 (c'est nous qui soulignons). Nous avons modifié la transcription là où elle nous semblait imprécise par rapport à l'enregistrement.

100. Tansman, « Les juifs et la musique française » (1962 ; 2005). Sur la production musicale d'inspiration juive de Tansman, voir Andrea Brill, *Jüdische Identität im 20. Jahrhundert : die Komponisten Darius Milhaud und Alexandre Tansman in biographischen Zeugnissen und ausgewählten Werken*, Neuried, Ars et unitas, 2003. Tansman a commencé à être touché par le destin des juifs au début des années 1940, comme il est évident dans les dernières lettres adressées à Ganche, où le compositeur s'oppose fermement à l'antisémitisme de son ami.

101. Tansman, « Les juifs et la musique française » (1962; 2005), p. 272. L'expression « École de Paris » est toujours en italique dans ce texte.

102. *Ibid.*, p. 266. Il parlera (p. 274-276) de Pierre Monteux, Vladimir Golschmann, Charles Bruck, Isidore Philipp et Lazare Lévy.

> quelques musiciens de grande envergure [3] venus jeunes en France de l'Europe centrale et orientale pour faire partie de la célèbre *École de Paris*, [8] pénétrée de la civilisation artistique de la France [8a] et lui apportant en même temps la saveur de leurs origines particulières dans une synthèse harmonieuse et profonde [103].

Comme il l'a fait pour les compositeurs, les interprètes et les éducateurs français, de la même façon, pour les étrangers de l'École de Paris, il ne parle que de musiciens qui lui sont contemporains :

> Pour ne citer que l'*École de Paris* musicale de notre temps, *dont j'ai eu le privilège de faire partie*, je veux parler de deux compositeurs éminents qui, comme moi, sont juifs, et dont l'œuvre, très personnelle, très caractéristique, fait partie du mouvement général artistique français, enrichie par l'esthétique française et enrichissant en même temps son patrimoine national par des œuvres marquantes, significatives et personnelles [104].

Et voilà que paraissent sous sa plume les noms de Harsányi (« très grand musicien juif de l'*École de Paris* »), de Mihalovici (dont l'œuvre « est un bel exemple de ce qu'est, en profondeur, l'*École de Paris* – une synthèse d'une civilisation nationale et des sources lointaines aboutissant à un résultat très particulier dans son unité et sa diversité ») et de Simon Laks (« Dans l'*École de Paris*, il faut citer encore, à titre de judaïsme, Simon Laks » [105]). Il nous semble que dans ce texte un point s'ajoute à notre liste :
– [11] : Tansman considère l'École de Paris comme une expérience passée.

Nous revenons ainsi à l'utilisation de l'expression « École de Paris » trouvée dans quelques textes tansmaniens de l'entre-deux-guerres, où le compositeur parle d'École de Paris :
– [12] en tant que « courant » : le milieu de la modernité parisienne de l'entre-deux-guerres.

Lorsqu'il affirme qu'il *a eu* le privilège de faire partie de l'École de Paris – et non pas qu'il en fait partie – Tansman circonscrit ce phénomène d'échange mutuel de moyens d'expression à une époque qui peut remonter très loin (Lully) et qui a connu dans l'entre-deux-guerres un moment d'apogée. Un phénomène que Tansman considère désormais terminé, et ce, non pas parce que dans les années 1960, il n'y a plus d'étrangers s'installant à Paris, mais parce que la direction prise par la musique s'est éloignée de cette conception d'échange entre particularités « ethniques » qui était, selon Tansman, la signification « profonde » de l'expression « École de Paris ». Ainsi, pour Tansman, le discours sur l'École de Paris produit après la Seconde Guerre mondiale sera toujours dans le registre des souvenirs. Nous en aurons confirmation lorsque nous aborderons des émissions radiophoniques les années 1980 où les souvenirs de Tansman se mêlent à ceux des autres étrangers arrivés à Paris durant l'entre-deux-guerres.

---

103. *Ibid.*, p. 266.

104. *Ibid.*, p. 272 (c'est nous qui soulignons).

105. *Ibid.*, p. 272-273. Dans son « In memoriam Simon Laks » prononcé à l'Institut Polonais en 1985 (repris dans Tansman, *Une voie lyrique*, p. 281-283), Tansman ne parle pas d'École de Paris.

Survivre à l'histoire

Contrairement à Tansman, les compositeurs Harsányi, Mihalovici et Tchérepnine, loin de reléguer l'expression « École de Paris » à une dénomination plus ou moins acceptée d'une époque définitivement terminée, emploieront, après la Seconde Guerre mondiale, beaucoup d'énergie pour perpétuer la mémoire de leur amitié des années 1920 et 1930. Non seulement ils acceptent alors l'étiquette d'École de Paris, mais ils la brandissent. Ainsi, le « fantôme de l'École de Paris » (l'expression est de Claude Rostand) [106] a continué à s'inscrire régulièrement dans le panorama musical français et a commencé à « hanter » les histoires de la musique.

Pendant la Seconde Guerre mondiale, la plupart des compositeurs qui, autour de 1930, avaient constitué le Montparnasse des musiciens ont quitté Paris : Beck est retourné en Suisse depuis 1931 ; des Juifs tels que Tansman ou Lourié se sont embarqués pour les États-Unis entre 1940 et 1941 ; Martinů aussi part pour New York en 1940 ; Tchérepnine vivait entre l'Amérique et Paris, et avait passé la plupart des années 1930 en Extrême-Orient. D'autres sont restés à Paris ou en France : Harsányi, Lazăr, Mihalovici ou Obouhov notamment [107].

Radio Harsányi

C'est au printemps 1945 que Harsányi présente à la radio une émission en six épisodes d'une demi-heure intitulée *L'École de Paris à travers l'histoire* [108]. Le compositeur y raconte l'histoire de l'École de Paris au sens large : de Jean-Baptiste Lully (né Giovanni Battista Lulli) à Gioachino Rossini, de Giacomo Meyerbeer (Jakob Liebmann Meyer Beer) à Frédéric (Fryderyk) Chopin, de Jacques (Jacob) Offenbach à Franz Liszt, jusqu'au XXe siècle. Il parlera alors d'Enesco, de Stravinski, de Tansman et de Falla. Les termes qui ouvrent cette série de causeries éclaircissent la volonté du compositeur de présenter un phénomène sur une très longue période s'étendant sur quatre siècles d'histoire de la musique et se basant sur l'idée que « Paris a toujours attiré le monde artistique » :

> En choisissant cette série de présentations intitulée *L'École de Paris à travers l'histoire* – c'est-à-dire, présenter quelques musiciens étrangers ayant choisi Paris comme lieu de leur activité –, je voulais traiter ce sujet non seulement à cause de son aspect pittoresque, ni [*sic*] de sa diversité. Je l'ai choisi d'une part comme un symptôme certain de la grandeur d'une ville, d'un pays. D'autre part, c'est pour vous démontrer par l'histoire et par l'activité de ces musiciens étrangers le mécanisme d'un mouvement musical ininterrompu depuis

---

106. Claude Rostand, « Le fantôme de l'École de Paris », *Carrefour*, 26 décembre 1951, p. 9.

107. Après la fin de la programmation du Triton en 1939 et les activités de l'Association de musique contemporaine (AMC) citées dans le tableau 2, nous n'avons pas identifié d'autres initiatives qui auraient pu lier ces compositeurs. Leurs contacts se limitèrent probablement, pendant la guerre, à des rencontres amicales. Parmi les documents qui témoigneraient de ces contacts, nous avons trouvé une esquisse au crayon dessinée par Harsányi et conservée dans les archives Mihalovici à la PSS et datée « Cannes, 1941 ».

108. La base de données de l'INA n'atteste pas de cette émission. Nous nous appuyons donc sur les dates marquées sur le manuscrit de Harsányi conservé à la BnF, Musique, RÉS MS-915 (7, I), qui indique que les six épisodes furent diffusés entre le 4 avril et le 9 mai 1945. Ce manuscrit est partiellement transcrit dans l'annexe 1a.

plus de deux siècles, dans lequel le grain français et étranger se confond à la fin pour produire un écran éblouissant du monde sonore [109].

Pour ce qui est du XXe siècle, Harsányi remarque que « la nationalité des "membres" de ladite "École de Paris" changera complètement et elle sera beaucoup plus variée » :

> Nous ne trouverons plus de musiciens allemands, ni italiens de valeur exceptionnelle parmi les compositeurs étrangers établis à Paris. Par contre, nous trouverons des citoyens de toutes les petites nations. Des Polonais, des Tchèques, des Roumains, des Suisses, des Hongrois et, surtout, les ressortissants de deux grands peuples renaissants : les Espagnols et les Russes, lesquels, et surtout ces derniers, prendront, avec leurs confrères français, bien entendu, la place la plus importante dans le mouvement musical parisien [110].

Enesco, par exemple, « appartient entièrement et intégralement à cette "École de Paris" contemporaine » [111], au même titre que Tansman. Harsányi ne suggère donc pas, dans cette émission, l'existence d'un groupe restreint de compositeurs appelé « École de Paris ». Au contraire, il considère Tansman comme membre à part entière d'une grande École de Paris, tout en spécifiant en même temps qu'il n'a jamais fait partie d'aucun des groupes menant « la bataille pour le succès, pour la renommée » dans le Paris des années 1920 [112].

Deux ans après, en 1947, Harsányi propose au public radiophonique une seconde édition de son émission. Le titre change significativement, passant de *L'École de Paris à travers l'histoire* à *École de Paris* [113]. Non que la perspective historique ait disparu du texte de Harsányi, mais son émission a été complètement réorganisée pour laisser une place prépondérante aux « membres de l'École de Paris "contemporaine" » [114], à savoir Martinů, Tchérepnine, Harsányi lui-même, Beck, Mihalovici, Prokofiev et Spitzmüller. Plutôt que de proposer un parcours chronologique aboutissant au XXe siècle lors de la dernière causerie, Harsányi divise chaque épisode en deux parties, la première, retraçant l'histoire de l'École de Paris et, la seconde, étant consacrée au portrait d'un contemporain (tableau 10).

---

109. Voir annexe 1a, p. I,1 (1).
110. *Ibid.*, p. V,2 (20).
111. *Ibid.*
112. *Ibid.*, p. VI,2-3 (25-26).
113. Cette émission, comme la première, n'apparaît pas dans la banque de données de l'INA. Le manuscrit conservé à la BnF, Musique, RÉS MS-915 (7, II) et partiellement reproduit dans l'annexe 1b la situe entre février et mars 1947. À la p. IV,3 (13), Harsányi ajoute au crayon quelques mots à prononcer en conclusion de l'émission qu'il appelle à présent « L'École de Paris ancienne et contemporaine ».
114. Voir annexe 1b, p. I,2 (2).

	L'École de Paris à travers l'histoire (1945)	*École de Paris* (1947)
1	Jean-Baptiste Lully Christoph Willibald Gluck	Antoine Reicha Bohuslav Martinů (*La Revue de cuisine*, H. 161, cl-bs-tr-vl-vc-pn)
2	Luigi Maria Cherubini Gasparo Spontini Vincenzo Bellini Gaetano Donizetti Gioachino Rossini	Luigi Maria Cherubini Alexandre Tchérepnine (*Concertino*, cl-bs-pn)
3	Giacomo Meyerbeer Jacques Offenbach	Gioachino Rossini Tibor Harsányi (*Histoire du petit tailleur*, fl-cl-bs-tr-vl-vc-pn-pc et récitant)
4	Frédéric Chopin Franz Liszt	Frédéric Chopin Conrad Beck (*Trio*, vl-al-vc)
5	Georges Enesco Igor Stravinski	Franz Liszt Marcel Mihalovici [extrait non précisé]
6	Alexandre Tansman (*Suite-Divertissement*; *Trois Mazurkas*) Manuel de Falla	Jacques Offenbach Sergueï Prokofiev [extrait non précisé] Alexander Spitzmüller (*Quintette*, vl-al-bs-pn)

Tableau 10. La distribution des portraits de musiciens dans les deux versions de l'émission de Harsányi. Nous signalons entre parenthèses les extraits des œuvres que Harsányi fait entendre.

L'absence de Tansman n'est pas anodine : non seulement Harsányi ne lui consacre plus, comme en 1945, un portrait, mais il ne le nomme jamais au cours des six épisodes ; « l'École de Paris, dont nous sommes tous » évoquée par Tansman dans sa lettre à Mihalovici en novembre 1945, semble, selon la version de Harsányi de 1947, plus restrictive [115].

La vie musicale de l'entre-deux-guerres est présentée de façon très différente d'une version à l'autre de l'émission : en 1947, Harsányi isole « quelques jeunes musiciens venus de l'Europe centrale et orientale » – à savoir lui-même, Beck, Martinů, Mihalovici et Tchérepnine [116]. À ce titre, une comparaison des deux versions est révélatrice (tableau 11).

115. La raison de cette restriction ne nous semble pas due à des questions personnelles. Une lettre de Tansman à Harsányi datée de 1953 (Tansman venait de perdre sa femme Colette Cras) témoigne au contraire d'un lien d'amitié sincère : « J'espère que l'affection de mes vieux amis et camarades tels que vous, que je voyais rarement, mais que j'aime sincèrement, me fera, sinon remplacer, du moins supporter courageusement le vide cruel qui s'est produit dans ma vie ». Lettre d'Alexandre Tansman à Tibor Harsányi, 18 mars 1953 (BnF, Musique, lettre 200).

116. Voir annexe 1b, p. III,3 (7).

L'École de Paris à travers l'histoire (1945)	*École de Paris* (1947)
À cette époque, ça veut dire entre 1920-1925, le mouvement musical parisien bat son plein. Toutes les tendances s'y alternent. Le groupe des « Six » mène la danse. La figure de Strawinsky plane sur [le] Paris musical. On pourrait appeler cette période la période allant vers une maturité musicale. En effet, un nombre incomptable de compositeurs se tue[nt] dans la bataille. Dans la bataille pour le succès, pour la renommée. Mais on croit déjà discerner la fatigue des uns, l'affaiblissement des autres. Période héroïque, parfois tragicomique dans ses luttes esthétiques, mais indispensable justement pour cet assainissement. Le calme revenu aujourd'hui, elle nous laisse un souvenir cher, malgré tout. Je ne crois pas que Tansman ait jamais fait partie d'aucun de ces groupes. On pourrait le désigner comme un « solitaire » plutôt. Sa musique reflète aussi cette solitude, mélancolique un peu. Tansman est un musicien essentiellement lyrique. Doué d'une veine mélodique, il se soucie peu des formules esthétiques. Pourtant, sa conception musicale, comme celle de presque tous ses confrères de sa génération, porte l'empreinte du « néoclassicisme ». Je veux dire par là que c'est la génération de Tansman qui coupe les derniers liens avec la conception impressionniste [117].	Il y a une vingtaine d'années, après la guerre de 1914-1918, la vie musicale parisienne était certainement la plus importante de toute l'Europe. Ravel, Roussel, Florent-Schmitt, Strawinsky, et parmi les plus jeunes : Darius Milhaud, Jacques Ibert, Honegger, Auric, Poulenc et bien d'autres créent un mouvement inégalé jusqu'à ce jour-là. Plusieurs groupes se forment. Plusieurs esthétiques se heurtent. La vie musicale bat son plein. Quelques jeunes musiciens venus de l'Europe centrale et orientale commencent, à ce moment-là, leur apprentissage musical dans le tourbillon parisien. Ce sont : le Tchèque Bohuslav Martinu, le Roumain Marcel Mihalovici, le Suisse Conrad Beck, le Russe Alexandre Tcherepnine et moi-même. Ils se rapprochent instinctivement, sans vouloir chercher une esthétique musicale commune. Ils écoutent des échos des divers groupes des musiciens français. Ils veulent assimiler le caractère de leurs différentes nationalités et de leur personnalité à l'atmosphère musicale de Paris. Et, en effet, ces musiciens, dont la renommée est, j'ose le dire, universellement reconnue aujourd'hui, réussissent à créer un style. Un style de « l'École de Paris » contemporaine. En gardant le caractère musical de leur pays natal, ils créent, pourtant, un art lequel n'a pu être créé qu'à Paris [118].

Tableau 11. Comparaison de la description faite par Harsányi de la vie musicale des années 1920 dans les deux versions de son émission.

Dans les deux textes, Harsányi affirme l'existence d'un style de l'École de Paris contemporaine. Mais, si le texte de 1945 l'affirme indirectement en étendant les caractéristiques du style de Tansman (écriture néoclassique sans revendications esthétiques) à « tous ses confrères de sa génération », le texte de 1947 explique clairement que des compositeurs bien précis ont *créé* un style qui mêle leurs racines nationales avec l'influence parisienne. Ce concept est développé lors de la cinquième causerie, où, à propos de Mihalovici, Harsányi affirme :

> C'est là [que] se trouve la vraie signification de « l'École de Paris » dont Mihalovici est l'un des membres les plus éminents. Ce compositeur venu de son pays d'origine a créé un style propre dans l'atmosphère parisienne. Ce style n'est peut-être pas français, mais il n'est plus roumain et il n'a pu être créé ailleurs qu'à Paris [119].

117. Voir annexe 1a, p. VI,2-3 (25-26).
118. Voir annexe 1b, p. III,3 (9).
119. *Ibid.*, p. V,3 (16).

L'absence d'esthétique musicale commune est également réaffirmée par Harsányi en 1947, et l'idée de néoclassicisme revient au sujet de Beck dont la « sensibilité extrême » rappelle d'ailleurs la mélancolie évoquée à propos de Tansman, tout comme à propos de Martinů :

> [Beck :] Sa sensibilité extrême, ses structures musicales dans les formes classiques, clarifiées par la conception française, lui désignent une place importante parmi les compositeurs de « l'École de Paris » [120].
>
> [Martinů :] Comme presque tous les musiciens de sa génération, sa conception musicale s'est orientée vers le néoclassicisme [121].

Comment expliquer ce changement dans la présentation de la situation musicale des années 1920 ? D'où vient ce désir de regroupement pourtant fermement contesté à l'époque des événements, notamment dans les interviews de Bruyr ? Plusieurs documents d'archives témoignent d'une transition dans le discours de Harsányi vers une utilisation de plus en plus fréquente de l'expression « École de Paris » après la Seconde Guerre. Deux documents qui n'ont rien à voir avec le milieu musical nous permettent de comprendre pourquoi il pouvait être avantageux pour le compositeur de ne pas être d'une école de Paris constituée par des étrangers, mais bien un musicien parfaitement intégré. Il s'agit d'une lettre adressée au Préfet de Police de Paris de 1934 et d'une autre au ministre de la Santé publique et de la Population (vers 1952) [122]. Dans les deux cas, Harsányi se sent victime d'une injustice en tant qu'étranger résidant en France et écrit aux hauts fonctionnaires pour démontrer son ancrage profond au milieu français. La première phrase est très similaire dans les deux lettres :

---

120. *Ibid.*, p. IV,3 (13).

121. *Ibid.*, p. I,3 (3).

122. Lettre de Tibor Harsányi au Préfet de Police de Paris, 1er mai 1934 ; lettre de Tibor Harsányi à Jules Catoire, Secrétaire d'État, ministre de la Santé publique et de la Population, brouillon non daté, mais 1952, dans le recueil *Lettres à Tibor Harsányi et copies de réponses, papiers personnels divers* (BnF, Musique). La première lettre concerne un cas que l'on pourrait classer comme de la xénophobie administrative : le 23 avril on avait renouvelé la carte d'identité de Harsányi en changeant son statut de « travailleur » en « non-travailleur », ce qui est grave parce que « pour le moindre travail on me demande ma carte d'identité "travailleur" et si je ne l'ai pas je me trouve dans l'impossibilité de gagner ma vie et de pouvoir rester en France ». La cause de ce changement résiderait précisément dans le fait qu'il était un étranger. L'employé au guichet lui aurait dit : « "Il y a les Français qui sont ici depuis leur naissance" ». Harsányi, dans sa lettre au Préfet, tentera par tous ses moyens de démontrer qu'il ne peut « faire aucune concurrence à aucun musicien français » : « Aucun des musiciens français ne se plaignaient de ma concurrence, car ils voient très bien que mon activité musicale ne peut qu'améliorer le mouvement général musical », et les critiques musicaux (il cite quelques extraits) ont bien souligné que « ce jeune compositeur hongrois, mais qui vit à Paris [...] veut bien être des nôtres » (Harsányi attribue cette phrase à André Georges dans *Les nouvelles littéraires* du 17 mars 1934). La seconde lettre est un véritable cas de guerre froide en sol français : les autorités françaises ont refusé la demande de naturalisation de Harsányi, refus motivé par le fait qu'il aurait des liens avec des « personnages suspects » de l'Union Soviétique, ce que Harsányi conteste ; voir les deux lettres que Harsányi a écrites à ce sujet à Claude Delvincourt, Directeur du Conservatoire national de musique (lettres du 27 septembre et du 15 novembre 1952, *ibid.*). Selon Bronislaw Horowicz, Harsányi serait devenu citoyen français le jour avant sa mort, sans probablement le savoir, à sa troisième requête de naturalisation ; voir Soumagnac, « L'École de Paris » (1990), 1re émission.

> [1934 :] Je suis un des très rares étrangers demeurant en France qui, par son travail et par sa production a réussi à être admis comme l'un des leurs par les gens les plus représentatifs du pays de mon métier et de prendre une part active aux mouvements et à la culture musicale française.
>
> [1952 :] Je vis en France depuis 28 ans. Je puis affirmer sans prétention et sans exagération que je suis parmi les rares, même très rares étrangers qui sont véritablement acceptés par les milieux français de leur profession.

Quand on passe ensuite du concept général à sa démonstration par l'énumération des institutions françaises auxquelles il est lié, on remarque sans difficulté que l'École de Paris n'est nommée que dans la lettre plus tardive :

> [1934 :] Je fais partie de la Société des Compositeurs Auteurs et Éditeurs depuis 1925 ; je suis membre du comité actif de la Société musicale « Triton », subventionnée par l'État depuis sa fondation. Mes œuvres sont publiées par les éditeurs français : Heugel, Senart, Leduc, La Sirène musicale, Deiss [...].
>
> [1952 :] Mon nom est connu dans les milieux musicaux de tous les pays comme l'un des membres les plus en vue de ladite « École de Paris » [corrigé : de l'École dite de Paris]. [...] J'ai été nommé sociétaire définitif *honoris causa* de la Société des auteurs et des compositeurs en 1945 à la même promotion qu'André Gide, Henri Bernstein, Serge Prokofieff etc. [...] La Radiodiffusion française me passe régulièrement des commandes musicales dont l'une a été envoyée officiellement au concours pour le « Prix Italia 1950 » en tant qu'une œuvre française. [...] D'autre part, j'ai porté l'uniforme de l'Armée française (54 e Train d'équipage à Grenoble) pendant la guerre comme engagé volontaire.

Triton est nommé dans la lettre de 1934, mais pas dans celle de 1952 – le souvenir de cette association est devenu trop faible –, alors qu'au contraire, l'École de Paris est probablement un concept beaucoup plus répandu au début des années 1950 que dans les années 1930.

Le premier document où Harsányi définit l'École de Paris (même s'il n'utilise pas l'expression) au sens étroit de groupe de cinq musiciens est un texte daté de 1946 – se situant donc entre les deux versions de son émission – intitulé *Quelques souvenirs de ma vie de musicien* :

> Il faut que je parle encore de deux groupes qui me sont très chers. Le groupe « Triton » tout d'abord [...]. L'autre groupe, c'est le petit noyau sur la grande marée musicale parisienne, balloté par les vagues. Cinq musiciens venus de tous les coins du monde deviennent amis, échangent leurs pensées musicales, présentent leurs œuvres en groupe. Ce sont : Martinu, Conrad Beck, Mihalovici, Alexandre Tcherepnine et moi-même. La guerre nous a dispersés un peu. Mais tout va rentrer dans l'ordre, j'espère. Et bientôt nous nous réunirons de nouveau avec le même enthousiasme qu'il y a vingt ans [123].

123. T. Harsányi, *Quelques souvenirs de ma vie de musicien*, tapuscrit, dans le recueil *Tibor Harsányi : émissions, conférences, articles* (BnF, Musique), n° 5. Le texte n'est pas daté, mais la phrase « Il y a 23 ans, le 1 er septembre exactement, que je suis arrivé à Paris. [...] C'était en 1923 » permet de situer sa rédaction en 1946. Les archives de l'INA datent du 19 août 1957 l'émission où Harsányi a lu ce texte (à la suite duquel il a joué *Le tourbillon mécanique*) ; cependant, il s'agit probablement d'une faute de frappe, et l'émission fut transmise plutôt en 1947. En effet, Harsányi au lieu de dire « il y a 23 ans » dit « il y a 24 ans », modification du texte écrit qui s'explique par la radiodiffusion tardive (mais un et non onze ans plus tard) de son texte. Voir

Le caractère programmatique de ce texte est flagrant : Harsányi envisage une renaissance des activités de son groupe d'amis. Cette renaissance s'accompagnerait d'une institutionnalisation du groupe même dont un des moments les plus significatifs est justement la seconde version de l'émission « L'École de Paris » fixée non plus « dans l'histoire », mais dans le présent. À partir de son retour à Paris après la libération, Harsányi devient très actif à titre d'animateur radiophonique. Dans un texte-manifeste écrit à cette époque, il affirme clairement l'importance du rôle du critique et de la radiophonie pour guider le public après la stagnation conservatrice de la programmation musicale dans le Paris occupé[124]. Parmi les séries d'émissions qu'il consacre à la musique hongroise, à la musique française, aux musiciens de l'Europe Centrale ou aux « vieilles avant-gardes » (un titre de 1948)[125], les deux sur l'École de Paris sont les seules où le compositeur a établi sa version de l'histoire de ce « groupe ». Ailleurs, son récit évite cette caractérisation au sens étroit : en 1949, la seizième émission de la série *Musiciens de l'Europe centrale* est consacrée à Mihalovici, Harsányi, Martinů et Enesco, présentés tout simplement comme « quelques compositeurs qui, bien qu'originaires de l'Europe Centrale, ont choisi la France pour leurs activités musicales »[126]. Harsányi propose ensuite une autre série d'émissions « qu'on pourrait intituler : *Où en sommes-nous?* (quelques réflexions sur la musique contemporaine) »; la neuvième émission est alors consacrée aux « compositeurs déracinés » qui, comme Stravinski, « gardent leur caractère national, mais sont influencés par le pays où ils vivent. Ici je conte [*sic* pour "compte"] Prokofieff, Martinu, Mihalovici, Honegger »[127].

Si ces derniers exemples montrent que le cadre conceptuel d'« École de Paris » n'était pas le seul utilisé par Harsányi pour parler rétrospectivement des musiciens étrangers résidant à Paris, il est pourtant indispensable de remarquer que cette possibilité discursive existait et était largement utilisée par le compositeur. On pourrait alors se demander s'il a été le seul à élaborer sa « version des faits », quand et pour quelles raisons. Encore une fois, c'est à partir de la correspondance que nous pouvons reconstituer cette étape

« Interview Tibor Harsanyi » [*Quelques souvenirs de ma vie de musicien* (1946)], émission radiophonique, RTF, diffusée le 19 août 1957 [*rectius* : 1947?]. En 1954, dans l'émission de Robin Livio, *Parisien, d'où viens-tu?*, Harsányi lit à nouveau la première partie de ce texte, en le modifiant, et dit alors « il y a 29 ans ». La partie que nous avons citée a été coupée. Par contre, en répondant à une question de l'interviewer sur les raisons qui l'on poussé à rester à Paris, Harsányi répond : « Je suis resté parce que j'aimais l'atmosphère, j'ai fait des amis musiciens, j'ai pris une part active dans le mouvement musical [...]. Paris est une ville où l'on vient de partout et d'où l'on ne part plus » (Robin Livio, *Parisien, d'où viens-tu?*, émission radiophonique, RTF, Chaîne nationale, enregistré le 23 octobre 1953, diffusée le 1er janvier 1954).

124. Tibor Harsányi, *Un aperçu de la « saison » et de l'atmosphère musicale actuelle*, Ms, [1944-1945], dans le recueil *Tibor Harsányi : émissions, conférences, articles* (BnF, Musique), n° 3. Nous déduisons la date de la rédaction de ce texte des passages suivants : « Rentré à Paris après quatre ans d'absence »; « La saison musicale 1944-1945 a commencé dans le [*sic* pour "sous le"] signe de la libération »).

125. Les textes de toutes ces émissions – dont aucune, étonnement, n'est inventoriée dans les archives de l'INA – se trouvent dans le recueil *Tibor Harsányi : émissions, conférences, articles* (BnF, Musique).

126. Tibor Harsányi, *Musiciens de l'Europe centrale*, émission radiophonique, 16 épisodes, Chaîne nationale, diffusée du 22 janvier au 7 mai 1949, Ms conservé dans le recueil *Tibor Harsányi : émissions, conférences, articles* (BnF, Musique), n° 13.

127. Tibor Harsányi, *Proposition d'une série d'émissions*, [1949 ou après], Ms conservé dans le recueil *Tibor Harsányi : émissions, conférences, articles* (BnF, Musique), n° 22. Nous pensons que le plan manuscrit de douze émissions paginé « 1 » dans ce dossier soit à relier à la proposition dactylographiée paginée « 4 ».

de l'utilisation – on pourrait même dire de l'appropriation – de l'étiquette « École de Paris ». Une appropriation qui, d'une certaine façon, est une exploitation plus ou moins promotionnelle et mémorielle.

En quête d'un éditeur

Les éditions de La Sirène musicale ont cessé leurs activités pendant la guerre et ont été rachetées par Eschig en 1943. Dans une lettre adressée à Beck, Michel Dillard se souvient du « temps merveilleux qui [lui] faisait réunir les célébrités en herbe » :

> En 1943 Max Eschig a racheté le fonds de la Sirène – je le regrette toujours [...]... mais c'était la guerre et il fallait vivre. J'ai donc opté pour l'imprimerie qui actuellement me fait imprimer la plus grande partie des pochettes de disques français... mais c'est très prosaïque. Je rêve *moi aussi* au temps merveilleux qui me faisait réunir les célébrités en herbe. J'aurais peine à le faire maintenant étant donné la pauvreté de la composition contemporaine en France. Je reste donc avec mes précieux souvenirs et l'amitié que je vous garde à tous et qu'il me plaît de vous redire ici avec mes meilleurs vœux et mes souvenirs affectueux [128].

Nous avons souligné le « moi aussi », qui démontre que Beck (et probablement ses amis anciennement « en herbe ») rêvait encore avec nostalgie, dans les années 1950, de la période des concerts de La Sirène musicale. Cette nostalgie s'est traduite en un désir de faire revivre le passé, ou mieux, de donner à l'étiquette « École de Paris » une signification bien précise. La première étape est de trouver un éditeur qui puisse promouvoir ce groupe d'ex-jeunes compositeurs – les cinq nommés dans la seconde version de l'émission de Harsányi – sous la bannière d'« École de Paris ».

Cette étape est documentée par une lettre de 1946 où Tchérepnine, en voyage, informe Mihalovici qu'il est en train de proposer leur projet à différents éditeurs étrangers :

> Cher Chip,
> Je n'ai pas encore la réponse de [Ralph] Hawkes [des éditions Boosey & Hawkes], mais j'ai parlé aujourd'hui de notre projet à [Max?] Hinrichsen [des éditions Peters]. Je lui ai dit qu'il s'agit des œuvres de toi, de Tibor, d'Honegger, Martinu et moi. Sous le titre École de Paris. Son édition n'est pas aussi grande, mais il est énergique et semble être de bonne volonté et intéressé. Il m'a demandé de lui faire une proposition précise avec le titre des œuvres, leur envergure et leur durée et comment que [*sic*] nous le voyons – autrement dit exactement ce que nous voulons. Alors si tu veux faire suite à ce projet et nos collègues serait [*sic*] d'accord écris-moi une proposition précise que je lui communiquerai [129].

---

128. Lettre de Michel Dillard à Conrad Beck, 28 octobre [1957?] (PSS, Sammlung Conrad Beck, Korrespondenz), c'est nous qui soulignons. La date 1957 est déduite du fait que Dillard précise que, depuis quatorze ans, les œuvres de Beck ne sont plus à La Sirène musicale, donc vraisemblablement depuis 1943, année où il affirme avoir vendu à Eschig. Même si Cecil Hopkinson (*A Dictionary of Parisian Music Publishers, 1700-1950*, London, chez l'auteur, 1954, p. 113) écrit que La Sirène musicale cessa ses activités en 1936, cela est contredit par le fait qu'il existe des partitions publiées par cet éditeur jusqu'en 1942. Dillard donnera un sursaut de vie posthume à sa maison d'édition lorsque, en 1958, il publie son « musicomélodrame » *Le Hot doge ou la Gondole aux filles-mères*.

129. Lettre d'Alexandre Tchérepnine à Marcel Mihalovici, de Londres, 5 mars 1946 (PSS, Sammlung Alexander Tcherepnin, Korrespondenz).

Ce qui est particulièrement significatif dans cette lettre est que ces compositeurs semblent avoir un projet bien précis : se faire publier ensemble, probablement sous la forme d'un recueil de pièces, sous l'étiquette d'« École de Paris ». Beck n'est pas cité parmi ces compositeurs, mais il s'agit probablement d'un oubli de la part de Tchérepnine. En fait, à peu près au même moment, ils préparent un concert ensemble à l'École normale de musique, comme en témoigne une lettre que Beck a reçue de Harsányi [130].

Pour revenir aux projets éditoriaux, les efforts de Tchérepnine n'aboutirent apparemment à aucun résultat. Mais deux ans après, en janvier 1948, Harsányi annonce à Beck une bonne nouvelle : la maison Heugel, désormais dirigée par les fils de Jacques – Philippe et François – « renait de ses cendres » :

> Ils veulent faire beaucoup de choses, entre autres, un effort pour « l'École de Paris ». Mihalovici, Tcherepnine et moi, nous sommes allés voir Philippe Heugel. Le résultat est le suivant.
> Tout d'abord : il veut éditer un album de musique de piano composé par les membres de l'École de Paris. C'est-à-dire : de Martinu, de Harsanyi, de vous, de Mihalovici, de Tcherepnine et de moi. Nous avons pensé, pour donner une unité à cet album, que chacun prenne un quartier de Paris comme titre du morceau. (Naturellement, vous pouvez composer la musique que vous voulez.) Car ainsi, on pourra peut-être en faire un petit ballet plus tard.
> Secundo : il veut bien éditer une chose d'orchestre de chacun. (Éventuellement une musique de chambre.)
> Ainsi, je vous demande de me répondre *tout de suite*, si vous vouliez composer un morceau pour cet album, puis si vous aviez une chose d'orchestre (ou musique de chambre). [...] La chose est urgente puisqu'il part le 7 février pour l'Amérique où il restera 2 mois. Il faudrait arranger l'affaire avant son départ, en principe, au moins. Après, vous lui fournirez les morceaux quand vous voudrez. Toutefois, l'album devrait paraître avant la fin de cette saison [131].

En réalité, cet « Album de l'École de Paris » ne sortira jamais. En juin, Philippe Heugel écrit aux « Compositeurs de l'École de Paris » qu'ils recevront prochainement le contrat [132], mais il n'y a pas de trace de ce document dans la correspondance des

130. « Notre concert à l'École normale, dont je vous ai parlé. Ce concert est fixé maintenant pour le 14 ou le 15 mars ». Lettre de Conrad Beck à Tibor Harsányi, 2 février 1946 (PSS, Sammlung Conrad Beck, Korrespondenz). Nous n'avons pas trouvé de traces de ce concert.

131. Lettre de Tibor Harsányi à Conrad Beck, 24 janvier 1948 (PSS, Sammlung Conrad Beck, Korrespondenz), c'est l'auteur qui souligne. Les fils de Jacques Heugel faisaient partie des personnes entretenant des liens d'amitié de longue date avec les compositeurs étrangers à Paris. Une lettre envoyée par Philippe Heugel à Tchérepnine en 1925 constitue le témoignage le plus ancien de cette amitié : « Cher ami, [...] c'est avec le plus grand plaisir que j'appuierai votre demande de naturalisation, considérant que la France ne peut faire de meilleure acquisition que la vôtre ». Lettre de [Philippe] Heugel à Alexandre Tchérepnine, 24 décembre 1925 (PSS, Sammlung Alexander Tcherepnin, Korrespondenz).

132. Nous avons trouvé la lettre de Heugel à la fois dans la correspondance de Beck et de Harsányi : « Concernant votre morceau de piano, qui doit faire partie de l'album consacré aux Compositeurs de l'École de Paris, voici les grandes lignes du contrat que nous vous proposons [...]. De plus, dans le cas de la publication en album des œuvres cédées par les compositeurs groupés sous le nom "Compositeurs de l'École de Paris" et dont l'œuvre faisant l'objet de la présente cession est partie, il serait appliqué à cet Album les mêmes conditions que celles ci-dessus [...]. Nous vous enverrons le contrat à signer, dès que nous aurons reçu votre accord ». Lettre de Philippe Heugel à Conrad Beck, 2 juin 1948, sur papier à en-tête de la maison

musiciens concernés. Encore en décembre, Tchérepnine écrivait à Mihalovici de Chicago :

> Et que devient notre recueil de Heugel ? Ça serait si bien si je pouvais l'avoir et Heugel en pourrait vendre facilement une centaine d'exemplaires. Il serait bien si sur la couverture ou sur une feuille séparée il y avait un article sur l'École de Paris [133].

Le catalogue Heugel ne présente aucun album similaire (mais nous chercherons à le reconstruire dans le dernier chapitre). Par contre, le second projet avec cet éditeur – publier des pièces de chacun de ces compositeurs – semble avoir été partiellement réalisé : en 1948, chez Heugel, sortent la *Sonatine n° 2* pour violon et piano de Beck et la *Sonate* op. 47 pour alto et piano de Mihalovici ; en 1949, la *Sonate n° 1* pour violoncelle et piano de Martinů et une autre pièce de Mihalovici, le *Quatuor à cordes n° 3*, op. 52 ; en 1950, une œuvre pour orchestre de Harsányi, les *Danses variées* composées en 1945.

Promotion internationale

La promotion du « fantôme de l'École de Paris » prend, grâce à Tchérepnine, une dimension intercontinentale. Nous avons déjà cité la lettre où le compositeur, alors professeur à Chicago, envisage de pouvoir « vendre facilement une centaine d'exemplaires » de l'album de l'École de Paris, sans doute à travers son activité d'enseignant. Dans la même lettre, il écrit à Mihalovici qu'il va commencer sous peu « un cours spécial sur la production musicale d'après-guerre et les problèmes musicaux actuels » :

> Naturellement l'École de Paris sera au premier plan et mon cher Chip [...] s'il te plaît envoie-moi *des données biographiques sur toi, la liste de tes œuvres, de tes disques* ; recommande-moi une œuvre que je pourrai soit jouer moi-même, soit faire jouer par un ensemble des élèves (avancés) [...]. S'il te plaît tâche de persuader Tibor de faire de même – parce que je veux consacrer à chacun de vous une séance entière (2 heures) [...] [134].

Plusieurs années plus tard, en 1966, ce sera à Mihalovici de contacter Tchérepnine pour un événement à l'étranger, un « concert École de Paris » en Allemagne.

> J'ai proposé à Bochum, en Allemagne, un concert École de Paris pour orchestre de chambre. Toi, naturellement, tu es des nôtres. Le chef d'orchestre qui dirigera le concert [sera Yvon Baarspul] – moi je ferai le *laius* avant chaque œuvre. J'ai intitulé mon discours : *L'École de Paris (fünf Musiker – fünf Porträts)* [...] [135].

Il s'agit donc encore d'un projet à cinq. Cependant, ce concert n'eut probablement pas lieu [136]. Un autre document semble attester qu'un projet similaire, soit un concert

---

Heugel (PSS, Sammlung Conrad Beck, Korrespondenz) ; lettre de Philippe Heugel à Tibor Harsányi, 2 juin 1948, sur papier à en-tête de la maison Heugel (BnF, Musique, Lettres de Philippe Heugel).

133. Lettre d'Alexandre Tchérepnine à Marcel Mihalovici, de Chicago, 8 décembre [1948] (PSS, Sammlung Alexander Tcherepnin, Korrespondenz).

134. *Ibid.*

135. Lettre de Marcel Mihalovici à Alexandre Tchérepnine, 11 mai 1966 (PSS, Sammlung Alexander Tcherepnin, Korrespondenz).

136. La dernière trace trouvée de ce projet est une lettre de Mihalovici à Tchérepnine datant du 4 juillet 1966 : « Plus aucune nouvelle de Baarspul. Il m'a écrit, il y a un mois, pour me dire que rien ne lui allait de tout

de groupe à l'échelle internationale, avait été tenté vingt ans auparavant, au Festival de la SIMC de 1946. Dans une lettre lui annonçant que sa pièce a été retenue, Harsányi est prié de transmettre à Mihalovici et Tchérepnine les regrets du secrétaire puisqu'ils n'ont pas été sélectionnés[137]. On peut en déduire que les trois compositeurs avaient proposé leurs œuvres ensemble, plausiblement dans le but de faire un « concert de l'École de Paris » à la SIMC – ce qui aurait été un baptême (ou plutôt une confirmation) de leur identité dans le milieu de la musique contemporaine internationale d'après-guerre.

Un autre chapitre américain de l'École de Paris après la Seconde Guerre s'ouvre en 1968, lorsque Tchérepnine demande à Mihalovici de lui écrire « une courte histoire (si possible en anglais) de notre École de Paris » :

> S.t.p. Chip, pourrais-tu m'écrire une courte histoire (si possible en anglais) de notre École de Paris ? Et de [*sic*] me la faire parvenir pendant que je suis encore ici – ce sera utile pour donner renseignement aux ‹ rédacteurs › d'un livre paru ici[138].

La requête est étrange : pourquoi Tchérepnine ne pouvait-il pas écrire lui-même ce texte ? On a l'impression que Mihalovici, après la mort de Harsányi en 1954, est devenu le porte-parole officiel du groupe, celui qui détient la mémoire historique – ou plutôt la version officielle de la construction discursive de l'École de Paris entamée par l'émission de Harsányi de 1947. Mihalovici envoie à Tchérepnine son texte dans l'espace de quelques jours, en français ; il lui est « impossible de le mettre en "Angliche" » : à l'ami de le traduire ou de le faire traduire :

> Je crois y avoir dit l'essentiel. Dis-moi s'il te convient. [...] Je n'ai pas ajouté les biographies – je crois que l'Encyclopédie de la musique (Fasquelle éd.), ou le Grand Larousse, ou le nouveau Riemann, et tant d'autres dictionnaires, regorgent de nos noms, de nos exploits...[139]

La « version de Mihalovici » (que nous reproduisons intégralement dans l'annexe 2a) est intéressante à plus d'un égard. Le compositeur commence par présenter l'École de Paris au sens large (« un concept assez élastique et lointain, puisqu'on peut le faire remonter au Haut Moyen-Âge, à l'École de Notre Dame ») ; il poursuit en rappelant que l'expression « École de Paris » a été empruntée par la musique à la peinture dans l'entre-deux-guerres :

---

ce que je lui avais proposé comme zizique pour son fameux concert, qu'il m'écrirait dès son retour de Belgique. Depuis, je suis comme sœur Anne : j'attends... Monique [Haas, la femme de Mihalovici] m'avait prévenu : c'est un enquiquineur de first class. On verra bien » (PSS, Sammlung Alexander Tcherepnin, Korrespondenz).

137. Lettre de l'International Society for Contemporary Music à Tibor Harsányi, 9 mai 1946, dans le recueil *Lettres à Tibor Harsányi et copies de réponses, papiers personnels divers* (BnF, Musique) : « *Please convey my regrets to Mr. Mihalovici and Mr. Tcherepnine that their works were not selected* ».

138. Lettre d'Alexandre Tchérepnine à Marcel Mihalovici, de New York, 15 avril 1968 (PSS, Sammlung Alexander Tcherepnin, Korrespondenz). Il ne nous a pas été possible d'identifier le livre en question.

139. Lettre de Marcel Mihalovici à Alexandre Tchérepnine, 20 avril 1968 (PSS, Sammlung Alexander Tcherepnin, Korrespondenz). Le texte de Mihalovici est transcrit dans l'annexe 2a. Nous avons déjà examiné les entrées des encyclopédies Fasquelle et Larousse (voir ci-dessus aux chapitres I et III) ; en ce qui concerne l'édition du *Musik-Lexikon* de Hugo Riemann parue entre 1959 et 1975 (le « nouveau Riemann » auquel Mihalovici fait référence), on peut souligner qu'il n'y a pas d'article consacré à Harsányi. Voir Wilibald Gurlitt, Hans Heinrich Eggebrecht et Carl Dahlhaus (dir.), *Riemann Musik-Lexikon*, 12ᵉ éd. en 3 + 2 vol., Mainz, Schött, 1959-1975.

> Avec cette différence, qu'en peinture *tous* les peintres vivant à Paris, français ou étrangers, se rattachent à cette École, alors qu'en musique, la critique a collé cette étiquette d'abord à quatre musiciens venus d'Europe centrale qui, par hasard, se sont rencontrés dans la grande ville, qui tous, ou à peu près tous, ont fait leurs études à Paris, qui tous se voyaient édités par un même éditeur[140].

Mihalovici insiste sur le fait qu'ils étaient quatre (Beck, Harsányi, Martinů et Mihalovici) et sur le rôle de Michel Dillard de La Sirène musicale, qui « avait pris l'habitude d'organiser des concerts où il faisait entendre les œuvres des quatre compositeurs, alors inconnus, qu'il éditait »[141]. Comme nous l'avons vu au chapitre V, parler d'habitude est tout à fait inexact : seulement un des concerts de La Sirène musicale fut consacré dans son entièreté à ces quatre compositeurs (programme du 12 janvier 1933, époque à laquelle ils n'étaient plus du tout inconnus). Évidemment, Mihalovici souligne l'absence d'« une doctrine esthétique commune », mais, en même temps, affirme qu'ils voulaient s'opposer à « une esthétique quelque peu légère qui, en ce temps-là, dominait l'école française moderne » et parcourir plutôt les voies de la construction classique[142].

Mihalovici attribue aux critiques la dénomination « École de Paris » :

> La critique, qui aime les classifications, a toujours continué de les désigner sous le sigle [*sic*] de Groupe de l'École de Paris, et même lorsque l'un ou l'autre de ces compositeurs passait seul dans un programme de concert. Certes, on aurait pu y ajouter les noms de Tansman, de Honegger, de Prokofieff et de pas mal d'autres étrangers de Paris, mais seuls Beck, Harsanyi, Martinu et Mihalovici, on ne sait pourquoi, bénéficiaient de cette appellation, si l'on peut dire, « contrôlée »...[143]

Mihalovici semble prendre ses distances avec cette étiquette, mais l'accepte toutefois et même de façon rigide : l'École de Paris, ce n'est qu'eux quatre. Et ce sont eux qui ont le pouvoir de décider qui fait partie du groupe (le mot est tout à fait pertinent dans le cadre de ce récit), comme le démontre le fait que, après la Seconde Guerre mondiale, ils ont « coopté un cinquième »[144]. Ces « co-associés », ces « nouveaux cinq » ont alors commencé à donner une série de concerts en commun, tout en gardant le souvenir des années d'avant-guerre[145].

---

140. Marcel Mihalovici, *L'École de Paris*, 1968. Voir annexe 2a, fol. 1 (c'est l'auteur qui souligne).

141. *Ibid.*, p. 2.

142. *Ibid.*

143. *Ibid.*

144. *Ibid.*, p. 3.

145. *Ibid.* Voir aussi la nécrologie de Tchérepnine écrite par Mihalovici dans la revue *ADAM* : « Peu à peu, surtout par l'entremise de Tibor Harsanyi, avec qui il était fort lié, [...] je vis Tcherepnine de plus en plus. Il s'associa même à notre groupe, que la critique musicale de ce temps-là avait étiqueté du sigle [*sic*] "École de Paris" : Martinu, Harsanyi, Beck et moi-même. École de Paris – dénomination empruntée aux arts plastiques : on disait, à partir de 1910, que les peintres et sculpteurs travaillant à Paris appartenaient à l'École de Paris. D'autres musiciens ayant vécu et travaillé à Paris, auraient eu le droit de figurer dans ce groupe. Les musiciens de l'École de Notre Dame, les musiciens de la Renaissance, plus tard Lully, Mozart, Wagner. Sans parler de Chopin, de de Falla, d'Enesco, de Honegger, de Stravinsky, de Prokofieff, de Copland et, bien sûr, de notre camarade de toujours, Alexandre Tansman ». Marcel Mihalovici, « Adieu à Alexandre Tcherepnine », *ADAM*, vol. 41, n°s 404-406, 1978, p. 18-19, ici p. 19.

Nous nous apercevons de plus en plus que, lorsque nous interrogeons les discours des compositeurs, nous nous trouvons face à de véritables récits historiographiques. Les protagonistes de l'histoire ne se contredisent pas moins que les historiens, les versions des faits des uns ne sont pas moins construites que celles des autres. Lorsqu'ils racontent, ils construisent et ils reconstruisent, contribuant ainsi à perpétuer des inexactitudes ou des « versions des faits » alternatives qui tantôt se contredisent, tantôt contribuent, une fois combinées, à la reconstruction des événements. Leur parole a souvent été prise pour « véridique » par les historiens, mais, à l'évidence, elle devrait plutôt inciter à la prudence. Elle répète certaines choses et en transforme d'autres en fonction des impératifs du moment – ce qui est une constante dans les écrits des artistes[146].

Une confrontation du texte sur l'École de Paris écrit en 1968 par Mihalovici et d'un autre qu'il rédige en 1981 ne peut que renforcer ce constat. Ici, Tansman, le grand exclu des groupes tels que décrits auparavant par Harsányi et Mihalovici, est finalement considéré membre de l'« École de Paris » au même titre que Tchérepnine :

> Il était donc tout à fait naturel qu'un Alexandre Tcherepnine, un Alexandre Tansman vinssent se joindre au premier groupe de cette École de Paris d'il y a un peu plus d'un demi-siècle. N'oublions pas que dans ces années lointaines, les groupes, les Écoles étaient fréquents dans la « Ville Lumière » : Groupe des Six, École d'Arcueil, Groupe de la Spirale, etc.[147].

C'est probablement le double constat que l'union fait la force et qu'il faut aider l'histoire à se rappeler d'eux qui a poussé ces amis à devenir « groupe » après la Seconde Guerre mondiale – lorsque uniquement deux entre eux, Harsányi et Mihalovici, étaient encore « de Paris ».

En 1982, à l'occasion de son long entretien radiophonique avec Alain Pâris, Mihalovici modifiera une dernière fois son récit[148]. Il se dira opposé à l'utilisation de l'expression « École de Paris », et ce, pour des raisons qui changent au fur et à mesure qu'il les exprime. Tout d'abord, en ne considérant groupés sous cette étiquette que Beck, Harsányi, Martinů et lui-même, il conteste la justesse du mot « école » :

> La dénomination « École de Paris » est une dénomination je crois usurpée, surtout dans la mesure que [*sic*] nous n'étions que quatre compositeurs qui ne nous étions jamais réunis pour faire une école. Tous simplement, nous avions un même éditeur qui était Michel Dillard, qui dirigeait à ce moment-là les Éditions de la Sirène et qui nous éditait[149].

Ensuite, il conteste son affirmation initiale, à savoir qu'« École de Paris » indique eux quatre :

> Mais l'École de Paris, vous le savez, elle est énorme l'École de Paris ! Ça remonte à l'École de Notre-Dame, n'est-ce pas… plus près de nous alors il y avait un Manuel de Falla, il y

146. À ce sujet, voir Michel Duchesneau, Valérie Dufour et Marie-Hélène Benoit-Otis (dir.), *Écrits de compositeurs : une autorité en question (XIXe et XXe siècles)*, Paris, Vrin, 2013, plus particulièrement l'Introduction et la contribution de Valérie Dufour (« Le dédoublement du compositeur : autorité et rhétorique de Stravinski au miroir de ses écrits », p. 17-25).

147. Marcel Mihalovici, *L'École de Paris*, 1981, Ms (PSS, Sammlung Alexander Tcherepnin, Korrespondenz). Voir annexe 2b.

148. Pâris, « Marcel Mihalovici, témoin de son temps » (1982), et particulièrement le troisième épisode.

149. *Ibid.*

> avait un Albéniz, un Prokofiev, un Enesco, un Mozart, un Wagner… N'est-ce pas ? Tous ont travaillé à Paris et ont travaillé de façon différente qu'ils ne l'ont fait plus tard. Si vous regardez *Tannhäuser*, regardez la « Bacchanale » : elle a tout un autre aspect orchestral. Cette « Bacchanale » a été écrite pour l'orchestre de Paris, pour l'orchestre de l'Opéra de Paris qui avait tous ces moyens extraordinaires. Déjà d'ailleurs on voit la musique de Reicha, n'est-ce pas, qui est un peu avant lui […] : sa musique est extraordinairement virtuose pour l'époque et pour nos jours aussi ; c'est qu'il trouvait déjà à ce moment-là des instrumentistes de qualité exceptionnelle à Paris. C'est en ça que je dis que Wagner peut être aussi rattaché à l'École de Paris. Et Mozart […]. Mais il y a beaucoup de musiciens ici : il y a Tansman, il y a Tchérepnine – qui d'ailleurs, Tchérepnine, s'est joint à nous après la guerre, nous avons fait des concerts ensemble, n'est-ce pas… nous, les quatre de fondation – si je puis dire – et Tchérepnine nous avons fait pas mal de concerts. Mais, je dois dire que personnellement je suis un peu gêné de cette limitation qu'on a faite à ce nom d'École de Paris [150].

Mais l'interviewer le ramène à parler d'École de Paris en tant que groupe :

> [Pâris :] Mais il y avait tout de même – quand vous évoquiez tous ces grands noms du passé, que ce soit Wagner, que ce soit Mozart, etc. – il y avait tout de même quelque chose qui vous différenciait, vous les quatre d'origine de l'École de Paris, de tous ces grands musiciens, et c'était que vous étiez installés à Paris, vous n'étiez pas de passage, mais vous étiez installés. Vous veniez de différents pays d'Europe centrale et vous vous étiez tous installés à Paris. — [Mihalovici :] Oui… Ceci dit… Nous étions… J'étais, je crois, le seul de formation musicale française, parce que Beck, oui, il avait travaillé un peu avec Nadia Boulanger ici, mais sa formation a été faite entièrement en Suisse ; Harsányi était élève de Kodaly, n'est-ce pas, à Budapest ; Martinů était un autodidacte qui est venu travailler un peu avec Roussel, mais Roussel n'avait rien à lui apprendre : il savait tout, cet homme-là […] — [P :] Et qu'est-ce qui vous rapprochait ? Est-ce qu'il y avait un lien esthétique, en dehors évidemment de cet éditeur commun ? — [M :] Non… C'est-à-dire que nous avons, si quelque chose nous a rapprochés… c'était l'époque où on faisait de la musique ici qui était de la musique qui devait… comment dirais-je… être… ressortir plutôt de la musique foraine, de la musique… du cirque, de la musique légère, et nous voulions faire des choses très sérieuses. […] — [P :] Alors, après les quatre d'origine il y a donc Tansman et plus tard Tchérepnine qui sont venus se joindre à vous. — [M :] Oui, surtout Tchérepnine. Tansman est resté toujours un peu indépendant, quoique nos relations soient les meilleures de la terre, c'est mon plus vieux camarade de Paris : je le connais depuis 1920, ça fait des années qu'on se connaît… — [P :] Mais vous n'aviez pas cette sorte d'animateur-imprésario qu'avaient les Six en la personne de Cocteau — [M :] Ah, non, non… Non, d'ailleurs, nous ne le recherchions même pas, c'est-à-dire que nous ne comprenions pas au début pourquoi on avait mis « École de Paris »… pourquoi on nous accolait cette étiquette… Nous ne comprenions pas, puis nous l'avions acceptée, pourquoi pas, mais… nous ne la recherchions pas [151].

Concerts des « Cinq »

Un élément est incontestable dans le récit proposé par Mihalovici dans son texte de 1968 sur l'École de Paris : après la Seconde Guerre mondiale, ces « nouveaux cinq »

---

150. *Ibid.*
151. *Ibid.*

(Beck, Harsányi, Martinů, Mihalovici et Tchérepnine) ont donné plusieurs concerts ensemble, et surtout à la radio. Comme Harsányi collaborait régulièrement avec la Radiodiffusion française et que Beck était le directeur musical de Radio-Bâle, cela n'étonne aucunement.

En novembre 1945, la première ébauche des concerts « École de Paris » tels qu'organisés par Harsányi à la radio française semble s'engager pour la survie du « fantôme » après la Seconde Guerre mondiale. L'orchestre de chambre André Girard joue alors une pièce de Harsányi (*Concertino* pour piano et orchestre de chambre) et une autre de Martinů (*Concerto n° 1* pour piano et orchestre, H. 149)[152]. C'est le même couple de compositeurs dont Roland-Manuel rend compte un mois plus tard dans son article « Autour de l'École de Paris. Œuvre de Martinu et Harsányi »[153] – même si leurs œuvres n'ont pas été jouées dans le même concert[154].

En 1946, la radio transmet un autre concert de l'orchestre de chambre André Girard, sous la direction de Harsányi. Cette fois-ci, il s'agit d'un concert à cinq, mais pas des « cinq » cités par Harsányi dans son émission de 1947 (à la place de Beck, on trouve Honegger) :

Martinů : *Sérénade*, och, H. 199 (1930)
Mihalovici : *Suite de « Karagueuz »* (1926)
* Honegger : *Sérénade à Angélique* (1945, 1re audition)
Harsányi : *Divertissement n° 1*, 2vl-och (1941)
Tchérepnine : *Jeu de la Nativité*, op. 45 (1945)[155]

Les dates de composition des pièces jouées témoignent du mélange des œuvres de l'entre-deux-guerres avec d'autres très récentes (même une première exécution). Elles sont révélatrices du fait que ces concerts en groupe n'étaient pas conçus comme des « concerts historiques » reproduisant une situation figée dans le temps – à savoir, celle du lien amical des années passées ensemble à Paris pendant leur jeunesse, qui s'enrichirait de l'étiquette « École de Paris » en en anticipant *a posteriori* l'existence. Bien que seuls Harsányi et Mihalovici vivent désormais dans la capitale française, ils ne trouvent pas incohérent de faire survivre le « fantôme de l'École de Paris ». Exactement dans le même esprit que les expositions organisées à la galerie Charpentier par Nacenta dans les années 1950[156], le message à transmettre vise à rendre réelle la persistance de

152. « Orchestre André Girard », concert radiophonique de l'Orchestre de chambre André Girard, RDF, enregistré le 20 novembre 1945. La fiche de l'INA ne donne pas la date de sa diffusion radiophonique.

153. Roland-Manuel, « Autour de l'École de Paris : œuvre de Martinu et Harsanyi », *Combat*, 30-31 décembre 1945, p. 2. Voir ci-dessus au chapitre III, section « Un groupement géostylistique ».

154. La *Symphonie n° 1* (H. 289, 1942) de Martinů a été exécutée à la Société des concerts sous la direction de Charles Munch, tandis que Manuel Rosenthal avec l'Orchestre National a proposé la *Cantate de Noël* (1939) de Harsányi.

155. « Concert public de l'ancien Conservatoire de musique de chambre », concert radiophonique public, Orchestre de chambre André Girard, Tibor Harsányi, chef d'orchestre, RDF, Salle de l'ancien Conservatoire, [4 décembre] 1946. La pièce de Mihalovici n'est pas indiquée dans la fiche de l'INA, et plusieurs coquilles dans les noms des œuvres et des compositeurs (notamment : « Archani » pour Harsányi) expliquent pourquoi une recherche par mot-clé dans ces archives ne peut malheureusement pas donner des résultats considérés comme « définitifs ». Il est par conséquent possible que d'autres documents émergent ultérieurement.

156. Voir ci-dessus au chapitre IV.

l'École de Paris et à faire croire que dans l'après-guerre, Paris pouvait continuer à être le centre cosmopolite des décennies passées. Sur le plan purement pratique, ces amis ont poursuivi leur entraide réciproque dans le but de trouver des occasions d'être joués (pas forcément tous ensemble) et, sur le plan de la reconnaissance, ils ont cherché à institutionnaliser l'École de Paris par le biais de concerts les regroupant et d'une publication commune.

Sur le front suisse, en cette même année 1946, Beck organise un concert de la Basler Orchester-Gesellschaft avec le programme suivant :

Martinů : *Sérénade*, och, H. 199 (1930)
Harsányi : *Divertimento* [*n° 1*, 2vl-oc (1941), *n° 2*, tr-oc (1943), ou *Divertissement français* (1946) ?]
Mihalovici : *Variations*, [cv-]oc (1946)
Tchérepnine : *Suite géorgienne*, pn-oc, op. 57 (1938) [157]

Il s'agit ici d'un « groupe des quatre modifié » – Tchérepnine au lieu de Beck, même si ce dernier était l'organisateur du concert. Il est aussi possible que l'idée du concert fût de Harsányi, et que Beck ait simplement contribué à sa réalisation en vertu de sa position de directeur musical de la Radio-Genossenschaft Basel (une position qui l'empêche probablement de programmer sa propre musique). En effet, Harsányi n'hésitait pas à organiser des concerts radiophoniques de « son » École de Paris à l'étranger, et notamment en Suisse ; en 1947, il est en relation avec Radio-Genève pour le concert suivant :

Martinů : *Sérénade*, och, H. 199 (1930)
Mihalovici : *Toccata*, pn-or (1938-1940)
Tchérepnine : *Danses russes*, or, op. 50 (1933)
Beck : *Concertino n° 1*, pn-or (1928)
Harsanyi : *Figures et Rythmes*, or (1945) [158]

Comme ce dernier cas le démontre, l'étude de la correspondance confirme l'engagement de Harsányi dans l'organisation des concerts pour son groupe d'amis. Cette activité s'étend jusqu'en 1954, lorsque Harsányi meurt soudainement le 19 septembre. Un an et demi plus tard, Mihalovici écrit à Tchérepnine (qui réside alors aux États-Unis) : « Avec ce pauvre Tibor on avait encore fait des concerts de notre groupe, mais depuis sa mort nous n'avons plus eu d'activité dans ce sens » [159]. Le tableau 12 offre une reconstitution, à travers les lettres, des activités du « groupe » entre 1946 et 1954.

157. Voir les lettres et la copie des contrats envoyées par Beck à Harsányi en octobre et novembre 1946 concernant l'enregistrement de ce concert à la mi-janvier 1947 (PSS, Sammlung Alexander Tcherepnin, Korrespondenz). La pièce de Mihalovici est indiquée comme *Variations pour cordes*, mais ces *Variations* sont écrites pour cuivres et cordes (1946).

158. Voir la lettre de Radio-Genève à Tibor Harsányi, 10 novembre 1947, concernant l'émission du 10 décembre 1947 à 20 h 30, dans le recueil *Lettres à Tibor Harsányi et copies de réponses, papiers personnels divers* (BnF, Musique).

159. Lettre de Marcel Mihalovici à Alexandre Tchérepnine, 2 avril 1956 (PSS, Sammlung Alexander Tcherepnin, Korrespondenz). Leur effort pour poursuivre l'activité de Harsányi en faveur des concerts « de l'École de Paris » consiste notamment à tenter d'organiser en 1966 un concert avec Yvon Baarspul (voir ci-dessus).

<table>
<tr><td>14 ou 15 mars 1946,
École normale de musique</td><td>[?]
[Il n'y a pas de trace de ce concert dans Le Guide du concert]</td></tr>
<tr><td colspan="2">Harsányi à Beck (2 févr. 1946) (PSS Beck) :
« Notre concert à l'École normale, dont je vous ai parlé [...] est fixé maintenant pour le 14 ou le 15 mars, mais [Diran] Alexanian me dit qu'un petit accident est survenu au sujet de votre Suite pour cordes : la maison Schott ne veut que louer le matériel, elle ne veut pas le vendre [mais comme ce sont les élèves qui jouent, ils ont peur qu'ils perdent ou déchirent le matériel]. »</td></tr>
<tr><td>[janv.] 1947, Radio-Basel</td><td>- Martinů : Sérénade, och, H. 199 (1930)
- Harsányi : Divertimento [n° 1, 2vl-oc (1941), n° 2, tr-oc (1943), ou Divertissement français (1946) ?]
- Mihalovici : Variations, [cv-]oc (1946)
- Tchérepnine : Suite géorgienne, pn-oc, op. 57 (1938)</td></tr>
<tr><td colspan="2">Beck à Harsányi (BnF, Musique, Lettres de Conrad Beck) :
Lettres et copies de contrats à Harsányi sur papier à en-tête Radio-Genossenschaft Basel pour l'enregistrement en studio (à la mi-janvier) avec l'orchestre de la Basler Orchester-Gesellschaft.</td></tr>
<tr><td>3 mars 1948, RDF</td><td>- Beck : 1re Suite, oc [Kleine Suite oc (1930) ?]
- Tchérepnine : Concerto da camera, fl-vl-och, op. 33 (1924)
- Harsányi : Trois Chansons du Vivarais, qvo-5 instruments (1946)
- Martinů : Trois Ricercari, och, H. 267 (1938)
- Mihalovici : Séquences, or (1948)</td></tr>
<tr><td colspan="2">Harsányi à Beck (6 nov. 1947) (PSS Beck) :
« La date du concert de l'École de Paris à la Radiodiffusion française, dont je vous ai parlé, est fixée pour le 5 mars 1948. C'est encore loin, mais puisqu'il s'agit de votre 1re Suite pour orch. à cordes dont vous devez procurer le matériel et la partition, je vous la signale dès maintenant. »

Harsányi à Beck (22 janv. 1948) (PSS Beck) :
« Je vous écris de nouveau au sujet de ce concert public que je dirigerai à la Radiodiffusion française le 3 mars. Je vous en ai déjà parlé, d'ailleurs. Le programme sera le suivant [...]. »</td></tr>
<tr><td>24 oct. 1948, Radio Budapest</td><td>Beck, Sérénade, fl-cl-oc (1935-1936)
[+ autres œuvres de « l'école de Paris »]</td></tr>
<tr><td colspan="2">Harsányi à Beck (14 oct. 1948, de Budapest) (PSS Beck) :
« Je veux vous dire seulement que je joue votre Sérénade pour flûte, clarinette et orch. à cordes à la Radio avec les œuvres de l'école [é minuscule] de Paris, le 24 oct. à 19 h (même heure qu'en Suisse). »</td></tr>
<tr><td>14 juin 1950, [RDF]</td><td>- Mihalovici : Prélude et Invention, oc (1937)
- Martinů : Concertino, vl-or [160] (soliste : « un violoniste américain qui a l'exclusivité » [161])
- Beck : Cantate [= Lyrische Kantate] , vf-or (1932)
- Harsányi : Concertino, pn-oc (1931) (soliste : Ina Marika)</td></tr>
</table>

160. Il n'existe pas de composition similaire dans le catalogue de Martinů. Tout laisse penser qu'il s'agisse du *Concerto n° 1*, vl-or (H. 232bis, 1933), transcription du *Concertino*, vl-vc-pn-oc (H. 232, 1933).

161. Kaufman, selon le programme du concert publié dans *Le Guide du concert*, vol. 30, n° 16, 9 juin 1950, p. 305.

Harsányi à Beck (24 mai 1950) (PSS Beck) :

Il a reçu la partition de la *Cantate* (« Ça me fait grand plaisir de pouvoir la jouer le 14 juin. [...] Le programme du concert est le suivant »).

[oct.] 1951, idée pour Radio-Basel	- Martinů : *Revue de cuisine*, cl-bs-tr-vl-vc-pn, H. 161 (1927) (15 min) - Mihalovici : *[Suite de] Karagueuz*, fl-hb-cl-bs-cr-tr-tn-pn (1926-1928) (15 min) - Harsányi : *L'Histoire du Petit Tailleur*, fl-cl-bs-tr-vl-vc-pn-pc (1939) (25 min, 30 avec récitant)

Harsányi à Beck (14 juill. 1951) (PSS Beck) :

« Je viens de voir [Pierre] Capdevielle [1906-1969] qui me fait savoir que notre concert de l'École de Paris qui a été raté pour cette saison pour des raisons multiples, aura lieu en *décembre prochain*. Je dois lui proposer un programme en septembre. [...] Ça me fera grand plaisir de pouvoir conduire de nouveau l'École de Paris à la gloire (?!) et de vous revoir probablement de nouveau à Paris.

Bien sûr, je ne demanderais pas mieux que de se revoir à Bâle. Voici pourquoi je vous propose une petite chose. Vous me direz si c'est réalisable. Je pense à une œuvre de Martinu, de Mihalovici et de moi-même, pour une toute petite formation, œuvres inconnu[e]s au public, et qui formeraient le programme de tout un concert [liste des œuvres] ». Il pense que 3 séances seront suffisantes pour répét. et enregistrement : « Ce sont trois choses tout à fait différentes, amusantes et agréables à entendre. Quand serait-il possible de réaliser le projet ? ». Il propose tout de suite après le 8 octobre, quand il sera à Baden-Baden. « Marika pourrait jouer la partie de piano dans toutes les 3 choses. (Elles sont assez importantes.) »

18 déc. 1951, [RDF]	1re hypothèse (lettre du 27 sept. 1951) : - Martinů : *Partita*, oc, H. 212 (1931) - Mihalovici : *2 Études* [= *Étude en deux parties*], 11 instruments-pn (1951) - Harsányi : *Cantate de Noël*, 4v-fl-oc (1939) - Beck : *Concerto*, al-or (1949) Programme définitif (d'après le compte rendu de Rostand) : - Martinů : *Sinfonietta*, [pn-]oc [*Sinfonietta giocosa*, H. 282 (1941) ou *Sinfonietta La Jolla*, H. 328 (1950) ?] [162] - Beck : *Concerto*, al-och (1949) - Mihalovici : *Étude en deux parties*, pn-iv-pc (1951) - Harsányi : *Divertissement [= Divertimento] n° 2*, tr-oc (1943)

Harsányi à Beck (27 sept. 1951) (PSS Beck) :

« Le concert public de "l'École de Paris" dont je vous ai parlé l'autre jour, aura lieu le 18 décembre. C'est votre *Concerto pour alto* qui figurera pour ce programme. Les autres numéros du programme sont [...]. »

Harsányi à Beck (23 nov. 1951) (PSS Beck) :

Il a reçu tout le matériel du *Concerto* qui sera joué par [Étienne] Ginot [1901-1978].

162. Rostand, « Le fantôme de l'"École de Paris" » (1951) parle d'une « *Sinfonietta* pour cordes ».

Harsányi à Beck (4 janv. 1952) (PSS Beck) :

« J'ai encore eu d'excellents échos sur notre concert du 18 déc. Les gens en parlent. C'est déjà quelque chose. Je n'ai vu qu'une seule critique. Celle de Claude Rostand dans *Carrefour* – très gentille du reste. »

[fin 1952], [RDF]	[?]

Harsányi à Beck (11 nov. 1952) (PSS Beck) :

« J'ai parlé hier avec Capdevielle au sujet de notre concert annuel "École de Paris" avec orchestre de chambre. Il m'a dit qu'il lui est impossible de faire un concert public pour nous cette saison. Mais, il est possible de faire un concert non public. (Je ne sais pas à quelle date.) J'ai vu une chose de vous chez Marika. Une œuvre sans titre pour piano et orch. de chambre. Est-ce que ça vous plairait que je la mette sur ce programme ? Si oui, donnez-moi le titre exact, le minutage exact et la composition exacte de l'orchestre. »

7 mars 1954, [RDF]	1 re hypothèse : - Mihalovici : *Sinfonia giocosa*, or (1951) - Martinů : *Sinfonia concertante* [*n° 1*, 2or, H. 219 (1932) ou *n° 2*, vn-vc-hb-bn-och, H. 322 (1949) ?] - Beck : *Divertimento*, 2vl [?] [163] ou *Rhapsodie*, pn-och (1936) ou *Concertino*, pn-or (1928) ou *Concerto*, vl-or (1940) Programme définitif : - Beck : *Sérénade*, fl-cl-oc (1935-6) - Harsányi : *Concertino*, 2 vl-och [= *Divertimento n° 1* (1941) ?] - Mihalovici : *Sinfonia giocosa* (1951)

Harsányi à Beck (3 oct. 1953) (PSS Beck) :

« Capdevielle vient de m'avertir qu'une émission de l'École de Paris aura lieu, avec orchestre de chambre, le 7 mars 1954, sous ma direction. Ça sera un dimanche soir et *non public*. Comme programme je ferai : *Sinfonia giocosa* de Chip ; *Sinfonia concertante* de Martinu ; probablement votre *Divertimento* pour 2 violons. J'ai pensé dans le temps déjà à votre *Rhapsodie* pour piano et orch. mais Marika m'a dit que vous auriez des difficultés pour le matériel. Vous lui avez recommandé votre *Concertino* pour piano et orch. Je suis d'accord. Mais Chip m'a dit dernièrement que vous voudriez bien faire jouer votre *Concerto* pour violon. Je ne sais pas si ce dernier ne dépasse pas le cadre d'un concert d'orch. de chambre ». Il lui demande plus d'informations pour pouvoir choisir.

Harsányi à Beck (26 févr. 1954) (PSS Beck) :

« Je vous écris pour vous dire que le "fameux" concert de "l'École de Paris", dont je vous ai déjà parlé, aura lieu le 7 mars à 22 h 45. Malheureusement, il y aura de[s] changement[s] dans le programme. [...] D'autre part, je ne peux pas faire de Martinu à ce concert, étant donné que la durée de l'Émission est 1 h [...]. En conséquence le programme est le suivant [...]. »

Tableau 12. Les concerts de l'École de Paris (1946-1954) à travers la correspondance de Harsányi. Nous intégrons les titres et les effectifs avec la date de composition et le numéro de catalogue, s'il y a lieu [163].

163. Il n'existe pas de composition similaire dans le catalogue de Beck. Serait-il possible que Harsányi se mêle avec son propre *Divertimento n° 1* qui figurera effectivement dans le programme définitif (sous le titre de *Concertino*) ?

C'est à l'occasion du concert du décembre 1951 que Claude Rostand a parlé de « fantôme de l'"École de Paris" » :

> En son dernier concert public de musique de chambre, la radio vient de nous offrir un bien joli cadeau de Noël en ressuscitant un peu de ce que fut, avant-guerre, l'École de Paris, et en réveillant le souvenir du défunt Triton, organe de ladite école, société de musique de chambre qui, dans les années 1930, consacra son activité à la jeune musique[164].

Deux choses remarquables émergent de cet *incipit*. Premièrement, les quatre compositeurs au programme (Beck, Harsányi, Martinů et Mihalovici) sont présentés par Rostand comme une partie de la défunte École de Paris. Bien que l'activité harsányienne d'après-guerre tende à promouvoir une conception restrictive de l'École de Paris, ceux qui comme Rostand avaient suivi le milieu musical parisien entre les deux guerres ne se reconnaissent pas dans cette définition, puisqu'ils se souviennent qu'à l'époque on utilisait l'appellation « École de Paris » d'une façon beaucoup plus ouverte :

> On appela École de Paris, entre les deux guerres, un groupement de jeunes compositeurs étrangers ayant accompli leur formation et une partie de leur carrière en France, où sont venues s'épanouir les tendances respectives de leurs arts nationaux : Suisse, Allemagne, Roumanie, Hongrie, Tchécoslovaquie, Russie, Autriche, etc.[165].

Rostand aime ces compositeurs et veut les « immortaliser convenablement », comme il l'a écrit à Harsányi trois ans auparavant lorsqu'il s'engage à mentionner Mihalovici et Harsányi dans son livre de « haute vulgarisation » sur la musique de piano que lui a commandé l'éditeur Plon[166]. (À remarquer : Tansman aussi trouve sa place dans cette publication, mais Rostand ne l'inclut pas dans l'École de Paris et il n'en parle pas à Harsányi[167]. Lorsqu'il écrira son livre sur *La musique française contemporaine* quelques années plus tard, aucun de ces compositeurs ne sera pourtant évoqué[168].)

La seconde chose digne d'être notée dans l'*incipit* du compte rendu est la référence à la société musicale Triton. Rostand s'y réfère comme « l'organe » de l'École de Paris.

---

164. Rostand, « Le fantôme de l'"École de Paris" » (1951).

165. *Ibid.*

166. Claude Rostand, *Les chefs-d'œuvre du piano*, Paris, Plon / Éditions Le bon plaisir, 1950. À la BnF (Musique, Lettres de Claude Rostand), on trouve deux lettres de Rostand à Harsányi à propos de cette question ; on peut les dater entre 1948 et 1949, sûrement après la parution du livre *Cent opéras célèbres*, qui précède celui de Rostand dans la collection « Petit guide de l'auditeur de musique » et que l'on termine d'imprimer le 10 février 1948 (Jean Chantavoine, *Cent opéras célèbres*, Paris, Plon / Éditions Le bon plaisir, 1948). Rostand cite cet ouvrage dans sa première lettre, où il demande à Harsányi une liste de ses œuvres pour piano et une analyse de deux ou trois pièces significatives : « Or l'École de Paris ne sera évidemment pas très copieusement représentée du point de vue clavier, mais je tiens à ce que Marcel Mihalovici et vous-même y figuriez » (lettre de Claude Rostand à Tibor Harsányi, 8 juin [1948 ou 1949]). Harsányi répond évidemment à cette demande avec un « petit mot » qui, lui dit Rostand, « va me permettre de contribuer à vous immortaliser convenablement » (lettre de Claude Rostand à Tibor Harsányi, 16 juin [1948 ou 1949]).

167. Tansman est cité dans la section « Pologne » : « Ce compositeur polonais, parisien d'adoption depuis vingt ans » (Rostand, *Les chefs-d'œuvre du piano*, p. 311-312). Harsányi est cité dans la section « Hongrie » : « Il fait partie de ce groupe de musiciens d'origine mitteleuropéenne qui, entre les deux guerres, s'est constitué dans notre capitale et que l'on appelle l'École de Paris » (*ibid.*, p. 307) ; Mihalovici, dans la section « Roumaine », est présenté ainsi : « Il fait partie de ce groupe de compositeurs d'Europe centrale dont la formation et la carrière sont surtout parisiennes et que pour cette raison on nomme *École de Paris*, qui fonda, avant la dernière guerre, une société de musique de chambre appelée *le Triton* » (*ibid.*, p. 308).

168. Voir ci-dessus au chapitre III.

Effectivement, dans sa conception d'École de Paris comme ensemble de compositeurs étrangers dans la capitale entre les deux guerres, cette affirmation a du sens : le Triton se voulait une association cosmopolite où l'on jouait la musique contemporaine de toute provenance. Dans des entretiens radiophoniques d'après-guerre, Mihalovici a toujours beaucoup parlé du Triton, mais sans jamais désigner la société comme l'« organe de l'École de Paris ». Un entretien de 1954 avec Georges Charbonnier est particulièrement instructif à ce propos [169]. Charbonnier lui demande :

> Marcel Mihalovici, vous êtes un des fondateurs d'un groupe qui a tenu une place très importante dans la musique en France : quels étaient les buts de ce groupe [170] ?

Par la « déformation professionnelle » due à notre enquête, nous nous demandons si Mihalovici va parler de groupe des quatre, des cinq, d'École de Paris... Au contraire, il comprend, dans la question qui lui est posée, une référence au Triton :

> Nous avons senti la nécessité de former ici un *groupe* [il souligne le mot avec la voix] de musiciens qui fasse connaître les œuvres de musique de chambre et d'orchestre de chambre les plus importantes qu'on écrivait à cette époque-là en Europe, dans toute l'Europe. Aussi, ce premier comité fut-il formé de neuf compositeurs. Il y avait quatre compositeurs français... non, cinq compositeurs français et quatre compositeurs étrangers habitant Paris. Il y avait donc d'abord Ferroud, le fondateur, il y avait Milhaud, Ibert, Rivier et Tomasi comme compositeurs français et il y avait Honegger, Prokofiev [171], Harsányi et moi-même comme compositeurs étrangers habitant Paris. [...] Je ne pense pas qu'aucun de nous ait été... formé par le groupe Triton. On dit souvent que le groupe Triton était particulièrement axé sur la musique mitteleuropéenne : ce n'est pas vrai, ce n'est pas vrai [172] !

Nous avons déjà remarqué en analysant la programmation du Triton (voir au chapitre V, tableau 7) que considérer cette société comme l'« organe » d'une École de Paris au sens étroit serait faux. Le premier concert, moment clef de l'impression que l'on veut donner d'une nouvelle entité, présente des œuvres composées spécialement pour l'occasion (les membres du comité se sont donné la tâche de composer chacun

169. Georges Charbonnier, « Marcel Mihalovici », dans *Dialogues et musiques*, n° [30], émission radiophonique, RTF, Chaîne nationale, diffusée le 20 août 1954.

170. *Ibid.*

171. Dans son journal, Prokofiev écrit avoir été entraîné dans Triton : « Chez Honegger en soirée, pour une rencontre de travail de la nouvelle organisation de musique de chambre dans laquelle on m'a traîné » (« *To Honegger's in the evening for a business meeting of the new chamber-music organisation into which I have been dragged* » ; *Diaries 1924-1933*, p. 997, entrée du 30 mai 1932). Il avait lui-même proposé des noms pour l'association, mais celui suggéré par Tomasi l'emporta : « Chez Honegger, parmi d'autres questions, nous avons cherché à trouver un nom pour l'organisation. J'ai suggéré quelque chose dans le genre de "*fa* dièse", mais ma suggestion n'a pas été retenue puisqu'ils voulaient plutôt un nom composite. Puis j'ai suggéré "Nousomcontem" (un jeu de mots entre "nous sommes contents" et "nouvelle société de musique contemporaine"), mais cela a été jugé trop léger. Finalement quelqu'un a sorti "Triton" et, même si ce n'était pas si brillant, nous étions tous fatigués et l'avons donc accepté » (« *At Honegger's, among other matters for discussion, we were trying to think up a name for the organisation. I suggested something along the lines of "F sharp", but the suggestion was not taken up, as they wanted more of a composite name. Next I suggested "Nousomcontem" (a play on words* "nous sommes contents" *and* "nouvelle société de musique contemporaine"*) but this was judged too flippant. Eventually someone came up with "Triton" and although this was not particularly successful we were all tired and so accepted it* » ; *ibid.*, p. 1002, entrée du 6 juin 1932).

172. Marcel Mihalovici, dans Charbonnier, « Marcel Mihalovici » (1954).

une œuvre qui serait jouée pendant la première année)[173] : une pièce d'un compositeur étranger souvent de passage à Paris (Lajtha), une autre de l'« étranger » de la jeune musique française par excellence (Honegger), une autre d'un étranger résidant à Paris au prestige établi (Prokofiev) et enfin une dernière du professeur-mentor du milieu des musiciens immigrés (Roussel)[174].

Harsányi meurt soudainement, « tout seul, presque dans la misère complète »[175], en septembre 1954. Avec lui cesse la programmation régulière de concerts pour son groupe d'amis (« notre concert annuel "École de Paris" »). Nous pourrions chercher à comprendre les raisons de son engagement dans la survivance du « fantôme » de l'École de Paris dans la réalité parisienne de l'après-guerre. Une première interprétation, appelons-la psychologique, réside dans le fait que la France ne l'a jamais accepté (les vicissitudes pour sa naturalisation en témoignent très concrètement). Il a alors accepté, et même poussé et voire étalé avec orgueil, son essence « École de Paris ». Une deuxième interprétation serait plutôt d'ordre sociologique, et s'expliquerait par un besoin accru de cohésion entre immigrés à une époque où les artistes étrangers sont moins nombreux. Une autre interprétation est davantage orientée vers une stratégie musico-politique : se réunir serait un moyen, d'une part, de pouvoir se réinsérer dans la programmation musicale d'après-guerre[176] et, d'autre part, de survivre aux nouvelles tendances et aux nouvelles puissances qui prennent de plus en plus de place dans la vie musicale parisienne. Mais cette dernière hypothèse pourrait être vraie surtout à partir des années 1950, et notamment de 1954, année de fondation du Domaine musical et de la mort de Harsányi. Une certaine intolérance vis-à-vis les « bouléziens » sera d'ailleurs manifestée par Mihalovici dans une lettre à Tchérepnine de 1966, à l'occasion de la polémique suscitée par la promotion du compositeur Marcel Landowski comme chef du service de la musique au ministère des Affaires culturelles[177]. Mihalovici prend la défense d'André Malraux (à l'époque ministre des Affaires culturelles)[178], de Milhaud et de Landowski contre « ces messieurs Boulez et consorts » :

> Voilà cent ans que l'on rouspète ici de n'avoir pas un MUSICIEN dans les services des Beaux-Arts [...]. Pour une fois que nous y avons un homme du « bâtiment », laissons-le faire [...]. Sans parler que l'éventail des goûts de Landowski est beaucoup plus large que celui des Bouléziens, et qu'il va de la musique traditionnelle à celle qui s'adonne uniquement à la recherche. Si les hommes de Boulez avaient pris les choses en main, c'eût été la chapelle dans tout son éclat, et adieu tout ce qui n'est pas admis au Domaine, y compris Dallapiccola et des tas d'autres musiciens remarquables...[179]

173. Voir le récit de Mihalovici dans Pâris, « Marcel Mihalovici, témoin de son temps » (1982), 3ᵉ épisode.

174. École normale de musique, 16 décembre 1932. Gabriel Fauré : *L'Horizon chimérique*, op. 118, textes de Jean de la Ville de Mirmont, v-pn (1921) / Arthur Honegger : *Sonatine*, vl-vc (1932) / László Lajtha : *Quatuor n° 3*, op. 11 (1929) / Prokofiev : *Sonate*, op. 56, 2 vl (1932) / Albert Roussel : *Quatuor*, op. 45 (1931-1932). Interprètes : Claire Croiza, voix; Jacques Février, piano; Quatuor Roth. Voir Duchesneau, *L'avant-garde*, p. 331.

175. Tansman, *Regards en arrière*, p. 392.

176. Voir le manuscrit de Harsányi, *Un aperçu de la « saison » et de l'atmosphère musicale actuelle* cité ci-dessus.

177. Voir Marcel Landowski, *Batailles pour la musique*, Paris, Éditions du Seuil, 1979.

178. André Malreaux occupe ce poste du 8 janvier 1959 à juin 1969.

179. Lettre de Marcel Mihalovici à Alexandre Tchérepnine, 4 juillet 1966 (PSS, Sammlung Alexander Tcherepnin, Korrespondenz). En réalité, ce n'était pas depuis cent ans qu'il manquait un musicien (ou

La crainte de tomber dans l'oubli à cause des vagues musico-politiques est certainement une motivation forte pour le resserrement autour d'une identité bien définie. Quoi qu'il en soit, l'engagement de Harsányi pour son groupe d'amis et son utilisation assidue et très exclusive de l'étiquette « École de Paris » – désormais promue au rang de *nom* d'un *groupe* bien défini – ne fait que confirmer le caractère de phénomène discursif de cette expression : non seulement les critiques et les historiens l'ont utilisée de façon variable selon les exigences de leurs récits, mais les protagonistes eux-mêmes s'en sont servi différemment selon les époques et les circonstances. Lorsque, dans les années 1950-1960, l'histoire de l'art affirme le caractère vague et l'incommensurabilité de l'École de Paris, en musique on réduit l'étiquette à un groupe spécifique qui ne compte qu'un petit nombre de compositeurs; choix délibéré de ces mêmes compositeurs. Lorsque le critique d'art Georges Limbour écrit qu'il serait impossible de déterminer le nombre de peintres qui composent l'École de Paris (« plusieurs centaines, certainement et allons même jusqu'au millier » [180]), Harsányi fixe, à la même époque, le nombre des musiciens de l'École de Paris à cinq, en excluant du sens étroit de l'expression un musicien qui rentrera par contre dans la définition restreinte la plus fréquemment accueillie par l'historiographie subséquente, c'est-à-dire Tansman.

Souvenirs

Comme les extraits d'entretiens et les textes que nous avons cités dans la dernière section le montrent, le récit des protagonistes de l'histoire a un caractère changeant qui dépend des circonstances et de la distance temporelle entre les événements et leur narration. Ce caractère changeant se manifeste surtout dans les entretiens radiophoniques. En 1982, Pâris introduit sa *Semaine titre* consacré à Mihalovici « témoin de son temps » avec la réflexion suivante :

> La radio devient un moyen nouveau de transmission de ces témoignages. Le compositeur est bien sûr un observateur privilégié, mais est-il un bon témoin? Sait-il se détacher suffisamment des éléments subjectifs ou reste-t-il simplement le témoin de la défense ou celui de l'accusation [181] ?

Le caractère oral de cette forme de « chasse aux souvenirs » (on parle à ce propos d'« archives provoquées » et de « mémoires tardives » [182]) permet d'apprécier la tendance

du moins un musicophile) au ministère investi de la culture : Édouard Herriot, ministre de l'Instruction publique et des Beaux-arts entre 1926 et 1928, à l'époque où Mihalovici et ses amis cherchent leur place dans le milieu musical parisien, fut salué par *Comœdia* comme « Le ministre musicien » (Jules Véras, « Le ministre musicien », *Comœdia*, 12 mars 1928, p. 1) : « Mais quelle aubaine pour les musiciens d'avoir enfin un ministre de l'Instruction publique et des Beaux-Arts qui s'intéresse à la musique! ». Herriot était effectivement en train d'écrire un livre sur Beethoven (Édouard Herriot, *La vie de Beethoven*, Paris, Gallimard, 1929).

180. Georges Limbour, « La nouvelle École de Paris », *L'Œil*, octobre 1957, p. 58-71, ici p. 59. Il rajoute d'ailleurs : « Le seul caractère qui leur serait commun est qu'ils vivent à Paris. Ce serait encore beaucoup affirmer, car un grand nombre travaillent en province ».

181. Pâris, « Marcel Mihalovici, témoin de son temps » (1982), 1er épisode.

182. Voir Fabrice d'Almeida et Denis Maréchal, « L'histoire orale en questions », avant-propos à Fabrice d'Almeida et Denis Maréchal (dir.), *L'histoire orale en question*, Bry-sur-Marne, INA, 2013, p. 5-10, ici p. 6 : « À présent, l'historien se mesure à un foisonnement d'archives orales qui présentent toutes un

du récit à s'adapter aux questions et aux interruptions de l'interviewer. Le tableau 13 fait la liste les entretiens avec Beck, Harsányi, Martinů, Mihalovici, Tansman et Tchérepnine présents dans la banque de données de l'INA (il s'agit donc d'entretiens transmis par la radio française, et cette liste n'est pas forcément exhaustive) :

Année	Interviewé	Interviewer / Émission	Sujet	« École de Paris »
[1947]	Harsányi	– (Texte de Harsányi : *Quelques souvenirs de ma vie de musicien*)	BIO	OUI
1948	Tansman	– (Texte de Tansman)	SP	non
1952	Mihalovici	Madeleine Milhaud (*Témoignages*)	SP [183]	non
1952	Harsányi	Madeleine Milhaud (*Témoignages*)	SP	non [184]
1954	Harsányi	Robin Livio (*Parisien, d'où viens-tu?*)	BIO	non
1954	Harsányi	Georges Charbonnier (*Dialogues et musiques*, [14])	SP	non
"	Mihalovici	Georges Charbonnier (*Dialogues et musiques*, [30])	BIO	non
"	Tansman	Georges Charbonnier (*Dialogues et musiques*, 37)	SP	non
"	Tchérepnine	Georges Charbonnier (*Dialogues et musiques*, 38)	SP	non
1955	Tansman	Bernard Gavoty, Daniel-Lesur (*Pour ou contre la musique moderne*)	SP	non
[1956]	Martinů	[?] [185]	[BIO]	[non]

point commun : il s'agit d'une parole "provoquée", il s'agit de témoignages suscités et enregistrés *a posteriori* de l'événement considéré et dont les finalités sont multiples, qu'elles soient patrimoniales, culturelles, scientifiques ou pédagogiques. Ces paroles recueillies peuvent certes convoquer des "mémoires tardives", celles des derniers témoins, mais ces traces n'en restent pas moins des irremplaçables marques du temps ». L'expression « archives provoquées » est employée par Philippe Joutard, « La pratique de l'histoire orale en France », *ibid.*, p. 11-33, ici p. 28-29.

183. Même s'il s'agit d'une émission sur l'opéra *Phèdre* (1948-1949), Madeleine Milhaud demande à Mihalovici quelques souvenirs du Quartier Latin. Le compositeur trace alors un bref portrait du cosmopolitisme de ces années-là, sans pour autant citer l'École de Paris : « [Mihalovici :] Comme tout étudiant qui se respecte, j'étais installé au Quartier latin et j'y fréquentais d'autres étudiants qui, comme moi, étaient passionnés de poésie et d'art. Avec quelques-uns d'entre eux, j'avais fondé une revue littéraire qui paraissait en plusieurs langues. — [Milhaud :] Plusieurs langues, vous voulez dire en français, en anglais, en italien... — [Mihalovici :] En japonais même! ». Madeleine Milhaud, « Marcel Mihalovici », dans *Témoignages*, émission radiophonique, RTF, Chaîne nationale, enregistré le 17 mars 1952, diffusée le 29 juin 1952.

184. Madeleine Milhaud ne classe pas non plus Harsányi dans l'École de Paris (qu'elle ne nomme pas), et elle l'exclut même de « l'école hongroise à Paris » : « Tibor Harsányi, ayant vécu de longues années en France, *ne peut être considéré comme le représentant de l'école hongroise à Paris*, car son art ne doit que peu au folklore de son pays natal. Sa musique est simplement humaine : clairement écrite, économe de moyens, elle affirme l'individualité du compositeur dont les sentiments ne s'expriment que très stylisés ». Madeleine Milhaud, « Tibor Harsányi », dans *Témoignages*, émission radiophonique, RTF, Chaîne nationale, enregistré le 24 mars 1952, diffusée le 1er juin 1952. Il est par contre intéressant de remarquer qu'à la suite de cet entretien, se terminant par un extrait musical de Harsányi, la radio transmit une œuvre de Beck, la *Sonatine n° 2*, vl-pn.

185. Il s'agit d'une interview à une radio suisse; un extrait est cité dans l'émission de Luc Terrapon *et alii*, « Musiciens en quête d'une patrie : émigrés en Europe », dans *Musiques d'un siècle*, émission radiophonique, RC/RTBF/RTSR, France Musique, diffusée le 23 avril 2000, rediffusée le 19 juillet 2001.

1967	Tansman	Michel Rostislav Hofmann (« L'École de Paris »), 4 épisodes	BIO	OUI
"	Tchérepnine	Michel Rostislav Hofmann (« L'École de Paris »), 3 épisodes	[BIO]	[OUI]
"	Mihalovici	Michel Rostislav Hofmann (« L'École de Paris »), 3 épisodes	[BIO]	[OUI]
[1968]	Tchérepnine	Henri Jaton [186]	BIO	OUI
1969	Tchérepnine	Michel Rostislav Hofmann (*Nouvelles musicales*)	[BIO]	[?] [187]
"	Tchérepnine	Joëlle Witold (*La musique et les hommes*)	[BIO]	[OUI] [188]
1977	Tchérepnine	Claude Maupomé (*Le Concert egoïste*)	BIO	non
1979-1980	Tansman	Marie Hélène Pinel (*Les chemins de la connaissance*), 3 épisodes	BIO	OUI
1982	Mihalovici	Alain Pâris (« Marcel Mihalovici, témoin de son temps », *Semaine titre*), 5 épisodes [189]	BIO	OUI
"	Mihalovici	Alain Pâris (« Marcel Mihalovici, témoin de son temps »), 2 épisodes		
1985	Tansman	[Alain Jomy], 2 épisodes	BIO	OUI [190]
1986	Tansman	Nicole Millienne, Krystina de Obaldia (*Mémoires du siècle*)	BIO	OUI

Tableau 13. Entretiens avec Beck, Harsányi, Martinů, Mihalovici, Tansman et Tchérepnine présents dans la banque de données de l'INA [191].

186. Il s'agit d'une interview à une radio suisse ; un extrait est cité dans l'émission de Terrapon *et alii*, « Musiciens en quête d'une patrie » (2000).

187. D'après le résumé de l'émission sur la fiche de l'INA : « Alexandre Tchérepnine : son enfance à Paris ; anecdotes ; différentes phases de son activité ; son 70e anniversaire ».

188. D'après le résumé de l'émission sur la fiche de l'INA : « Alexandre Tchérepnine : ses origines russes ; l'École de Paris avec Mihalovici, Tansman et Harsányi ; la "Collection Tchérepnine" ». Des extraits de cet entretien ont été retransmis par Karine Le Bail, « Marcel Mihalovici », 2 épisodes, dans *Les greniers de la mémoire*, émission radiophonique, RF, France Musique, diffusée le 24 septembre et le 1er octobre 2006, 1er épisode.

189. Plusieurs extraits de ce long entretien ont été cités dans l'émission de Le Bail, « Marcel Mihalovici » (2006).

190. L'École de Paris est évoquée uniquement dans le texte de présentation de l'émission : « Pour l'histoire de la musique, à laquelle il appartient sans contexte, il fait partie de ce qu'on a coutume d'appeler "École de Paris", à côté du Tchèque Bohuslav Martinů, du Hongrois Tibor Harsányi, du Roumain Marcel Mihalovici et du Russe Alexandre Tchérepnine ». Dans la fiche de l'INA, le nom de l'interviewer n'est pas clairement identifié : parmi les extraits sonores utilisés dans le premier épisode, on insère aussi « Entretien A. Tansman ; Ph[ilippe] Morin » ; toutefois, le nom de Morin ne paraît pas dans le générique de l'émission, où le seul auteur indiqué est Alain Jomy.

191. En gris, les documents non consultables puisque perdus ou abîmés. Dans la colonne « Sujet » : BIO = biographie ; SP = sujet spécifique. La dernière colonne indique si le compositeur parle ou pas d'« École de Paris » (le « oui » ou le « non » sont entre crochets lorsque nous pouvons déduire cette information pour des entretiens non consultables). Les références complètes des entretiens se trouvent dans la Bibliographie.

Sauf dans quelques cas, où les compositeurs sont interviewés spécifiquement pour s'exprimer sur un sujet de l'actualité musicale ou sur un trait de leur langage musical (nous les avons classés comme SP dans le tableau), ces entretiens sont autobiographiques : il est demandé aux compositeurs de refaire le parcours de leur vie et de leur carrière, tout en racontant des anecdotes et des souvenirs sur les personnalités rencontrées au cours des années.

Nous avons déjà analysé le discours de Tansman dans la série d'émissions que Hofmann a consacrées à trois compositeurs de « L'École de Paris » en 1967. Malheureusement, les entretiens avec Mihalovici et Tchérepnine ne sont pas consultables. L'année suivante, Tchérepnine s'exprime en ces termes au microphone de Henri Jaton :

> J'habitais Paris... [...] Où j'appartiens à la fin de fin [*sic*] ? J'ai voyagé toute ma vie : je suis Russe, j'étais né en Russie, j'étais en Géorgie et les Géorgiens pensent que je suis compositeur géorgien, les Russes pensent – et je suis sûr que je suis – un compositeur russe, mais je suis aussi considéré comme compositeur chinois, comme compositeur de l'École de Paris et comme compositeur américain. Et alors je dois dire que si je pense vraiment « Où je suis le plus à la maison ? », c'est encore à Paris : j'y ai rentré [*sic*] toujours, j'ai toujours eu un appartement [...] [192].

« Compositeur de l'École de Paris » est une des identités multiples de Tchérepnine : il est à la fois géorgien, russe, chinois, américain et « École de Paris » (non pas « français », ce qui est digne de mention). Ce sentiment d'être un musicien de Paris sans pour autant (pouvoir) être français est exprimé de la même manière par Martinů :

> [Roussel] m'a corrigé à la façon française, vous savez, ne pas faire beaucoup de notes. Il m'a pas corrigé si j'ai de tempérament slave, parce que ça il pouvait pas [il rit] [193].

Quelques jours avant sa mort, en 1977, Tchérepnine exprime les mêmes impressions à propos de son identité cosmopolite au microphone de Claude Maupomé, mais, à la différence de 1968, il ne parle pas d'École de Paris :

> [Maupomé :] D'origine russe, mais assez cosmopolite, non? — [Tchérepnine :] J'ai vécu un peu partout. [...] Je suis venu m'installer ici quand j'avais 22 ans et depuis que j'ai 22 ans je n'ai jamais cessé d'avoir un appartement à Paris, seulement je n'étais pas toujours là. — [Maupomé :] Même rarement ! — [Tchérepnine rit. Il poursuit son récit en affirmant qu'il est difficile pour lui de dire s'il est russe, français, américain : il se sent partout à la maison. Il a toujours vécu comme ça :] Je n'ai jamais cessé de voyager [194].

Dans les deux cas, en 1968 comme en 1977, Tchérepnine ne nomme jamais ses « amis » étrangers de Paris au sein de son récit autobiographique. En fait, dans un extrait de 1969, le compositeur affirme sa conception élargie d'École de Paris tout en faisant référence, en même temps, au « groupe » auquel il appartenait (et dans lequel il inclut Honegger) :

---

192. Alexandre Tchérepnine, interview de 1969 ; reprise dans Terrapon *et alii*, « Musiciens en quête d'une patrie » (2000).

193. Bohuslav Martinů, dans *ibid.*

194. Claude Maupomé, « Alexandre Tchérepnine », dans *Le concert egoïste*, émission radiophonique, RF, France Musique, enregistré le 19 septembre 1977, diffusée le 30 octobre 1977. Tchérepnine mourra dix jours après cet entretien, le 29 septembre.

> [Tchérepnine :] Les compositeurs français et les compositeurs étrangers se mélangeaient. Il y a eu ce petit bar à Montparnasse qui s'appelait Caméléon où alors on jouait, on se rencontrait... C'est le patron qui a transformé la petite salle de belote, du billard, dans une salle d'expositions; les compositeurs y ont apporté un piano, et alors parmi les expositions on jouait des œuvres, et je jouais devant un tableau où était une femme qui donnait naissance et la tête de l'enfant sortant de l'endroit où ça doit sortir... Alors, c'est comme ça, vous savez, *à Paris le climat, ce ‹ qui s' › appelle l'École de Paris, je crois que c'est le climat éternel parisien*, qui ne fait pas des gens qui – des étrangers, compositeurs étrangers disons comme Chopin autrefois, comme Wagner, qui passaient par Paris – ils ne les francisent pas, mais il leur ouvre ce qu'ils sont eux-mêmes et leur démontre à être eux-mêmes au plus grand degré. Alors je crois que si Chopin était resté en Pologne il serait beaucoup moins polonais qu'il l'est devenu en venant à [Paris] — [Witold :] Peut-être parce qu'il aurait moins eu la nostalgie de son pays, comme il l'a pu l'exprimer dans ses œuvres — [Tchérepnine :] Exactement, et aussi peut-être parce que les milieux parisiens sont intéressés dans ce que quelqu'un peut apporter et pas dans ce quelqu'un va les imiter. C'est très différent de... avec les autres pays : très souvent un compositeur qui a reçu une éducation dans un des autres pays devient comme un compositeur de ces pays. J'ai vu des Japonais éduqués en Allemagne qui faisaient de la musique allemande, j'ai vu des Américains éduqués en Angleterre qui faisaient de la musique anglaise... Mais les Américains éduqués à Paris, comme Copland, comme Piston, comme ça, ils ont formé la première école américaine nationale. Et alors c'est de cette manière qu'ici les compositeurs... *ce groupe-là par exemple, auquel j'appartenais*, comme Mihalovici qui était Roumain, Harsányi qui était Hongrois, Conrad Beck qui était Suisse, Tansman qui était Polonais, — [la journaliste lui suggère : Martinů] — Martinů qui était — [la journaliste lui suggère : Tchèque] — Tchèque, Honegger qui nous joignait aussi – il faisait le double emploi chez les Six et chez nous — [ils rient] — et moi-même qui étais Russe, bien, chacun de nous est resté nous-mêmes, on n'a pas commencé à ressembler un de l'autre, mais on était des amis, on poursuivait tout le monde la même idée, on tâchait de faire de son mieux et d'exprimer ce qu'on a dans soi-même [195].

Tansman, en 1980, décrit lui aussi le dynamisme international du Paris des années 1920 sans se soucier de grouper les noms :

> Il n'y avait pas de rupture entre les générations : j'étais très ami avec des gens beaucoup plus âgés que moi, comme Ravel, Roussel, Schmitt, Stravinski plus tard; avec ma génération, le Groupe des Six, avec des plus jeunes... Je ne sais pas, il y avait une fraternité : on se montrait des œuvres... Et grâce à Ravel, après disons six mois de séjour, je faisais déjà partie de la vie musicale internationale, car Paris était le centre du monde en ce moment, tout le monde était à Paris. En dehors des grands compositeurs français, il y avait Manuel de Falla, il y avait Malipiero, Casella, Prokofiev, tout le monde était à Paris [196].

C'est son interviewer, Marie Hélène Pinel, qui le conduit à parler spécifiquement de l'École de Paris :

---

195. Joëlle Witold, [« Alexandre Tchérepnine »], dans *La musique et les hommes*, émission radiophonique, ORTF, France Culture, diffusée le 26 février 1969; extrait retransmis dans Le Bail, « Marcel Mihalovici » (2006), 1er épisode.

196. Alexandre Tansman, dans Marie Hélène Pinel, « Alexandre Tansman », 3 épisodes, dans *Les chemins de la connaissance*, émission radiophonique, RF, France Culture, diffusée le 1er, le 8 et le 15 mars 1980, 2e épisode.

> [Pinel :] Indépendamment des salons, vous avez appartenu à un regroupement de musiciens qui s'est appelé « L'École de Paris » — [Tansman :] Oui... Bah, c'était un groupement d'amis plutôt que sur le plan des esthétiques ou... Ce sont de jeunes musiciens d'Europe centrale ou d'Europe orientale qui ont choisi Paris comme centre de leur activité, mais chacun écrivait sa musique, n'est-ce pas... Il y avait Martinů qui était Tchèque, très influencé par le folklore tchèque, Mihalovici était Roumain, Harsányi était Hongrois, Tchérepnine était Russe... C'était un groupe d'amis, chacun avait sa propre esthétique, sa propre direction musicale[197].

On a une impression similaire lorsque, en 1986, lors de sa dernière interview, Tansman est poussé par l'interviewer à parler de l'École de Paris. Sans la demande explicite de l'interviewer, il n'en aurait probablement rien dit :

> [Obaldia :] On vous considérait en fait comme faisant partie de l'École de Paris — [Tansman :] Oui. Enfin, c'était un groupe qui était un groupe d'amis, on n'écrivait pas... ce sont des compositeurs qui sont venus de l'Est ou de l'Europe centrale : il y avait Mihalovici Roumain, Harsányi Hongrois, Tchérepnine Russe, Martinů Tchèque... Enfin, chacun écrivait sa musique, mais enfin, c'était plutôt un groupe d'amis, on ne faisait pas... — [Obaldia :] Et d'où est venu ce nom de l'École de Paris ? — [Tansman :] Oh c'est un journaliste, comme le Groupe des Six... c'est venu de Cocteau, c'est venu, je crois, dans un article de *Comœdia* – il y avait un journal artistique, *Comœdia*...[198]

Tansman, en tant que protagoniste de cette histoire de la musique du XXe siècle qui fait de l'entre-deux-guerres un moment-clé, ressent la nécessité de répondre, même s'il est conscient que sa mémoire et les faits historiques ne coïncident pas toujours. Il est assez significatif que le compositeur se souvienne davantage de la genèse du baptême du Groupe des Six (encore que de façon imprécise : l'article dans *Comœdia* était de Collet et non pas de Cocteau) que du « groupe » dont il était censé faire partie. Sa conscience de n'être qu'une source partielle d'une mémoire historique ressort avec force plus loin dans l'interview lorsqu'il commente sa biographie écrite par Cegiełła. Il se dit complètement émerveillé de la quantité de données que le musicologue a pu trouver sur sa vie et du nombre de documents dont lui-même ne soupçonnait pas l'existence.

À la fin de cette deuxième partie, il est temps de récapituler notre enquête. Nous avons analysé les versions souvent divergentes des faits, exprimées par plusieurs témoins : des critiques musicaux qui rendent compte de la réalité musicale à leurs contemporains, des historiens de la musique qui produisent des études sur des musiciens spécifiques ou bien plus générales, des animateurs radiophoniques, des compositeurs et notamment les compositeurs concernés par l'étiquette qui fait l'objet de notre procès – « École de Paris ». Nous avons aussi constaté l'usage polyvalent de l'étiquette pour désigner le phénomène très général de l'immigration artistique à Paris, pour désigner un style (pictural ou musical) qui s'opposerait à l'« École française » et pour nommer un groupe spécifique de compositeurs. Cette étiquette a été à la fois timidement suggérée,

---

197. *Ibid.*

198. Nicole Millienne et Krystina de Obaldia, « Alexandre Tansman, compositeur », dans *Mémoires du siècle*, émission radiophonique, RF, France Culture, diffusée le 10 août 1986. Pour la question du premier emploi de l'étiquette « École de Paris », voir ci-dessus aux chapitres I et III.

énergiquement contestée, exploitée à des fins promotionnelles et acceptée sans réflexion par les compositeurs qu'elle regroupe. Cela ne peut qu'être la meilleure preuve du fait que nous faisons face à un phénomène discursif qui prend des formes différentes selon les époques, le statut de celui qui le produit, les circonstances qui le suscitent et le *medium* qui l'accueille et le fixe. Le discours devient lui-même un *fait*. Le discours autour des peintres devient le fait sur lequel s'appuie l'importation de l'expression « École de Paris » en musique, et le récit proposé par Harsányi dans son émission de 1947 devient, entre autres, le fait sur lequel s'appuie l'organisation de publications et de concerts communs autour de cette étiquette. Le terrain qui permet aux discours de s'épanouir est en grande partie un terreau verbal.

Dans la troisième partie, nous étendrons notre examen au contexte discursif qui caractérise la critique musicale française de l'entre-deux-guerres, c'est-à-dire au discours à travers lequel les jeunes compositeurs immigrés sont perçus et leur musique verbalisée. C'est ce discours qui a mené ultérieurement à une distinction nette entre Français et École de Paris dans la lutte entre compositeurs pour maintenir une place au sein de l'histoire et qui a suggéré l'existence d'une différence intrinsèque entre la musique écrite par des compositeurs nés en France et celle conçue par ceux qui y ont passé au moins une partie de leur vie.

Troisième partie

MUSIQUE

Prologue à la troisième partie

« NOUS SOMMES DES SANG-MÊLÉS »

> Doit-on considérer l'art français comme une notion ethnique ou comme une notion purement esthétique[1] ?

La « formule-choc » « nous sommes des sang-mêlés » a été choisie comme titre pour un *Manuel d'histoire de la civilisation française* écrit à quatre mains en 1950 (mais inédit jusqu'à tout récemment) par le cofondateur des *Annales*, Lucien Febvre, et François Crouzet, alors jeune assistant d'histoire à la Sorbonne[2]. Ce livre, rédigé à la demande de l'Unesco, se voulait une histoire internationaliste de la France visant à « éradiquer de l'enseignement de l'histoire les ferments conscients et surtout inconscients du racisme, du nationalisme, du refus ou de la peur de l'altérité, de la bêtise »[3] ainsi qu'à promouvoir une conscience pacifiste et tolérante qui permettrait d'éviter des conflits ultérieurs basés sur les idéologies identitaires, comme ceux des deux guerres mondiales. Dans l'Introduction, les historiens s'adressent « à un petit Français » – la nouvelle génération d'après-guerre, soit le public cible du manuel –, l'invitant à réfléchir sur le fait que tout ce qu'il croit être une caractéristique de son statut de « Français » n'est que le résultat d'un processus d'hybridation multiple et millénaire :

> Tous les matériaux qui leur ont servi à bâtir, à construire leur civilisation, la civilisation française, tes aïeux les ont pris de toutes parts, de toutes mains, partout où ils les trouvaient, où ils les pouvaient prendre[4].

1. Waldemar George, « Le Salon des Indépendants », *L'Amour de l'art*, vol. 4, n° 2, février 1924, p. 44.

2. Lucien Febvre et François Crouzet, *Nous sommes des sang-mêlés : manuel d'histoire de la civilisation française*, Paris, Albin Michel, 2012. Pour l'histoire du texte, que l'on croyait perdu, et l'explication du choix du titre, voir l'« Avant-propos » par Denis Crouzet et Élisabeth Crouzet-Pavan, p. 7-15 (l'idée de « formule-choc » est exprimée à la p. 12). La revue des *Annales* a été fondée en 1929 (sous le titre d'*Annales d'histoire économique et sociale*) par Marc Bloch et Lucien Febvre et a été le berceau d'une historiographie « par problématiques » et « globale » qui allait à l'encontre de la tradition « événementielle » alors dominante. *Nous sommes des sang-mêlés* s'inscrit pleinement dans l'esprit des *Annales*. Voir, par exemple, George Huppert, « Lucien Febvre and Marc Bloch : The Creation of the *Annales* », *The French Review*, vol. 55, n° 4, 1982, p. 510-513.

3. Febvre et Crouzet, *Nous sommes des sang-mêlés*, p. 15.

4. *Ibid.*, p. 19-20.

Ainsi, Febvre (responsable de la première partie du livre, « Emprunts et civilisation ») commence par montrer l'internationalisme des objets de la vie quotidienne et de la nature constituant le paysage de France. Le processus d'emprunt et de métissage s'appliquerait à tout : « C'est vrai des plantes, des arbres, des légumes et des fleurs qui composent le paysage si vanté de ton pays. C'est vrai des aliments dont tu te nourris chaque jour, toi et les tiens. Vrai des vêtements qui te protègent du chaud et du froid » [5]. Bref, l'idée d'« identité française » est déconstruite soigneusement à partir de ses aspects les plus saisissables, « car une civilisation, par essence, est un fait international » [6].

Après avoir capté l'intérêt du jeune lecteur en lui parlant de sa vie quotidienne, Febvre aborde la question « de la race et du sang » (c'est le titre du deuxième chapitre de cette première partie). En passant de ce qui entoure les Français aux Français eux-mêmes, l'historien propose sa « formule-choc » : « Nous sommes des sang-mêlés, et c'est très bien ainsi… » [7]. Comme un terrain d'alluvion, « la population française est ainsi le fruit d'un grossissement alluvionnaire poursuivi pendant des millénaires » [8]. Au demeurant, Febvre attaque la notion de pureté, trop souvent évoquée de façon positive par rapport à une « race » dite nationale :

> La notion de *pureté* est une de ces notions religieuses qui nous viennent du fond des âges. […] Qui réintroduisent des conceptions d'hommes préhistoriques au milieu même de nos conceptions d'hommes du XXe siècle, prétendument nourris de science rationnelle. […] Partout, on se heurte à des exigences de pureté qui nécessitent des rites et des cérémonies de purification destinés à laver l'impur de ses souillures. Et quand nous parlons de « race pure », ou de « race impure », c'est à ces très vieilles notions, à ces notes préhistoriques, à ces concepts de primitifs que […] nous nous référons. Alors que, de toute évidence, elles ne peuvent plus avoir pour nous de sens positif [9].

Finalement, dans le troisième chapitre de cette partie plus générale (avant que le récit historique de ces rencontres culturelles commence), Febvre élargit ses considérations au « domaine de l'esprit » : même l'art est une « coopérative de peuples » [10], et les formules telles « un art qui "plonge toutes ses racines dans le sol d'une nation" […] ne répondent, en fait, à aucune réalité » [11]. D'après l'historien, on ne saura expliquer la façon dont l'artiste (ou le scientifique) est en « lien avec sa patrie » par une sorte d'essence commune à ceux nés dans la même région; l'appartenance à sa propre nation est quelque chose qui relève de l'éducation reçue et de ce que nous pourrions appeler les habitudes de vie développées dans un milieu [12]. Ces habitudes suscitent chez l'individu le sentiment d'appartenance identitaire au milieu dans lequel il a grandi. Ce sont des habitudes concernant différentes sphères de la culture (matérielle et spirituelle) autour des éléments que le géographe culturel Joël Bonnemaison a décrits comme « les quatre

5. *Ibid.*, p. 20.
6. *Ibid.*, p. 24.
7. *Ibid.*, p. 45.
8. *Ibid.*, p. 46.
9. *Ibid.*, p. 48 (c'est l'auteur qui souligne).
10. *Ibid.*, p. 55.
11. *Ibid.*, p. 56-57.
12. *Ibid.*, p. 58.

pôles du système culturel » : un savoir, un patrimoine technique, des croyances et un espace [13]. On ajoutera à ces quatre dimensions les institutions. Comme l'écrit Gérard Noiriel pour expliquer la montée des nationalismes à l'ère actuelle caractérisée par l'élargissement planétaire des relations quotidiennes, « les individus [sont] profondément marqués par, et attachés aux institutions qui leur sont familières » [14].

Si nous commençons cette partie par la présentation de *Nous sommes des sang-mêlés*, c'est parce que ce livre de 1950 promeut une façon de penser l'identité qui est encore valable aujourd'hui et qui s'oppose de manière programmatique à celle qui émerge du discours de la critique musicale ayant construit, discursivement, l'identité des étrangers à Paris dans les années 1920-1930. L'exigence d'écrire un livre comme *Nous sommes des sang-mêlés* s'explique comme une réaction à chaud à la Seconde Guerre mondiale ; en même temps, ce livre se veut une réponse à une tradition culturelle datant de la fin du XIXe siècle et qui caractérise non seulement la vie sociale et politique, mais aussi, et parfois même de façon plus diffuse, le discours artistique. Issue du discours identitaire soutenu au tournant du siècle par des historiens et des géographes tels Ernest Lavisse et Paul Vidal de la Blache [15], cette tradition est entrée dans la mentalité collective entre autres par le biais des manuels scolaires [16]. Ces ouvrages enseignent que le long processus de métissage des différentes ethnies qui se sont installées sur le sol de l'Hexagone depuis l'Antiquité est alors terminé : les Français constitueraient désormais un peuple unitaire, permettant ainsi l'opposition entre l'homme appartenant à la nation et l'étranger [17]. À l'époque qui nous intéresse, l'idée d'une spécificité nationale du langage et de la sensibilité musicale est sur toutes les lèvres, même celles de ceux qui n'auraient probablement pas élargi ce discours aux plans social et politique. En d'autres termes, avoir une conception nationaliste et « raciale » de l'art ne correspond pas forcément à une attitude chauvine ou xénophobe. Il n'en demeure pas moins que le domaine artistique n'est pas sans connaître une division entre des factions au discours violent, des idéologies militantes et des phénomènes de ségrégation.

---

13. Joël Bonnemaison, *La géographie culturelle*, cours de l'Université Paris IV-Sorbonne (1994-1997) établi par Maud Lasseur et Christel Thibault, Paris, Éditions du C.T.H.S., 2000, p. 89-99.

14. Gérard Noiriel, *Population, immigration et identité nationale en France, XIXe-XXe siècle*, Paris, Hachette, 1992, p. 180. Il précise aussi : « Comme les champs en lanière ou les paysages de bocage, les institutions portent en elles les traces de notre histoire et continuent à structurer notre mentalité collective » (p. 164).

15. Le *Tableau de la géographie de la France* de Vidal de La Blache, père de la géographie française, constitue le premier tome de la monumentale *Histoire de France depuis les origines jusqu'à la Révolution* dirigée par Ernest Lavisse (9 t. en 18 vol., Paris, Hachette, 1900-1911). Lavisse dirigera ensuite une non moins imposante *Histoire de France contemporaine depuis la Révolution jusqu'à la paix de 1919*, 10 vol., Paris, Hachette, 1921-1922.

16. Les manuels de Lavisse ont été notamment utilisés dans les écoles françaises de 1876 (*La première année d'Histoire de France*, Paris, Colin, 1876) jusqu'à 1953 (année de la 51e édition de son *Histoire de France. Cours moyen*, Paris, Colin, 1912).

17. Nous résumons ici l'histoire de la conception identitaire dans l'historiographie française narrée par Noiriel (*Population*, p. 5-41, et plus particulièrement p. 30-31). Le même auteur a détaillé l'histoire de l'hétérogénéité de la population française dans une perspective de longue durée dans ses ouvrages *Le creuset français : histoire de l'immigration, XIXe-XXe siècle* (Paris, Éditions du Seuil, 1988) et *Immigration, antisémitisme et racisme en France, XIXe-XXe siècle : discours publics, humiliations privées* (Paris, Fayard, 2007).

CHAPITRE VII

MUSIQUE FRANÇAISE ?

The French are not a particularly musical race; but they have other qualities to make up for it[1].

Cataloguer la musique européenne de nos jours – rude besogne pour les musicographes à venir[2].

Dans la première et la deuxième parties, nous avons appris à nous méfier de l'expression « École de Paris »; nous appliquerons maintenant la même attitude de prudence critique à l'expression « musique française ». Pour paraphraser Gérard Noiriel, lorsque l'on utilise un marqueur de nationalité (ici, « français »), on tombe souvent dans des « habitudes de langage » qui nous font courir le risque de confondre les musiques réelles – dans leur diversité et dans leurs divergences sur le plan technique et esthétique – et l'entité nationale à laquelle elles appartiennent[3]. Ainsi, il est important ici de cerner tout ce qui se cache derrière cette expression dans le creuset des tendances musicales de l'entre-deux-guerres parisien.

Le but de ce chapitre sera d'analyser ce discours pour comprendre quelle place occupent dans la musique « française » du premier XXe siècle les compositeurs étrangers résidant à Paris. L'approfondissement du discours à propos des caractéristiques ethniques et nationales attribuées à la musique par la critique et les compositeurs de l'entre-deux-guerres permettra de mieux contextualiser les discours à propos des échanges que les compositeurs étrangers sont censés rechercher et entretenir pendant leur séjour parisien. Cet examen est nécessaire pour répondre à une des questions

1. « Les Français ne sont pas une race particulièrement musicale, mais ils ont d'autres qualités qui compensent ». Lennox Berkeley, « Reports from Paris » [décembre 1931], dans *Lennox Berkeley and Friends : Writings, Letters and Interviews*, éd. Peter Dickinson, Woodbridge, Boydell, 2012, p. 31-32, ici p. 32.

2. Frederick Goldbeck, « Concerts Straram; Concert "pro musica"; "Musique d'aujourd'hui"; Festival Stravinsky », *Le Monde musical*, 31 mars 1929, p. 108-109, ici p. 108.

3. « Ces habitudes de langage nous font [...] courir le risque de confondre les individus réels, dans leur diversité, dans leurs divergences d'opinions et dans leurs conflits d'intérêts, avec l'unité nationale à laquelle ils appartiennent ». Gérard Noiriel, *Population, immigration et identité nationale en France, XIXe-XXe siècle*, Paris, Hachette, 1992, p. 6.

posées dans le milieu des arts visuels à la même époque : en quoi l'« École de Paris » n'est-elle pas (ou ne peut-elle pas être ?) l'« École française » ?

Les nationalismes musicaux

Nous commencerons cette section en relatant les propos d'un auteur dont le discours est à contre-courant de celui que l'on trouve habituellement dans les revues et les livres des années 1920-1930 : Boris de Schlœzer. Attaqué par d'autres critiques puisque, en tant qu'étranger, il n'aurait pas su (et pu) apprécier l'essence du « génie français », Schlœzer écrit, en 1926, une courte note où il se montre sarcastique envers la conception unitaire de la « musique française » : « Je m'imaginais que le Génie Français était infiniment riche et varié, et qu'il y avait plusieurs traditions françaises ; mais il n'y en a qu'une, paraît-il. *Mea culpa* »[4].

Une caricature merveilleusement bien réussie du discours dominant autour du « génie français » – sortie de la plume caustique d'Émile Vuillermoz en 1902 – aidera à comprendre contre quoi Schlœzer se positionnait. Dans une fiction dialoguée, Vuillermoz imagine une rencontre avec le « génie français » en personne, un « gentlemen phosphorescent » assis à son côté lors de la première représentation de *Siegfried* de Richard Wagner à l'Opéra[5] :

> « Je suis la personnification de votre esprit national : je suis la Clarté, je suis la Raison, je suis la Mesure. Je représente ce qu'il y a d'essentiellement français dans la mentalité française. Je défends jalousement le patrimoine intellectuel de la patrie. Chez les Français de France j'ai su discréditer Ibsen et imposer d'Annunzio, j'ai fait siffler Wagner et acclamer Rossini car je n'aime point les étrangers. En moi se résument les qualités les plus pures de la race gauloise car je suis le Génie Latin ». Il dit, et, entr'ouvrant ses vêtements, m'aveugla de tout l'éclat de ses surnaturelles irradiations[6].

Schlœzer développe sa position critique dans deux articles parus dans *La Nouvelle Revue française* (*NRF*), datant respectivement de 1933 et 1940[7], qui appellent à la remise en cause des habitudes discursives ancrées dans une conception raciale des nations, dans la même veine de ce que Lucien Febvre écrira en 1950 dans *Nous sommes des sang-mêlés*[8]. Schlœzer dénonce le discours – que l'on retrouve à la fois dans la prose sur

---

4. Boris de Schlœzer, post-scriptum à « À mes critiques », *Revue Pleyel*, 15 mars 1926, p. 15.

5. Émile Vuillermoz, « Autour de *Siegfried* », *La Revue dorée*, avril 1902, p. 115-119, ici p. 115. La première parisienne de *Siegfried* (1876) est très tardive, comme le remarque Jules Combarieu dans la *Revue d'histoire et de critique musicales* : « À Paris, on le voit, nous en sommes réduits à découvrir *Siegfried* quelque vingt-cinq ans après sa première représentation à Bayreuth (16 août 1876) » (« R. Wagner : la musique de *Siegfried* », janvier 1902, p. 10-15, ici p. 11).

6. *Ibid.*, p. 116.

7. Boris de Schlœzer, « À propos de Mozart », *Le Nouvelle Revue française*, 1er juin 1933, p. 987-991 ; repris dans Boris de Schlœzer, *Comprendre la musique : contribution à La Nouvelle revue française et à La Revue musicale, 1921-1956*, éd. établie et présentée par Timothée Picard, Rennes, Presses universitaires de Rennes, 2011, p. 236-239. Boris de Schlœzer, « L'esprit de la musique française », *Le Nouvelle Revue française*, 1er mars 1940, p. 398-402 ; repris dans *Comprendre la musique*, p. 239-242.

8. Voir le Prologue à la troisième partie.

l'art (ici un livre de Henri Ghéon sur Mozart discuté en 1933) [9] et dans les contributions musicologiques (ici une conférence de Paul Collaer discutée en 1940) [10] – selon lequel il existe des races artistiques et des caractéristiques nationales qui seraient propres à tous les produits de l'esprit issus d'un même peuple, sans lien avec l'histoire :

> Ces recherches d'une sorte de commun dénominateur entre musiciens, entre poètes ou philosophes que tout sépare hormis leur origine, m'ont de tout temps paru le plus vain des exercices. Confronter Pérotin, Guillaume de Machaut, Couperin, Berlioz, Debussy, Milhaud en faisant abstraction de ce qu'ils ont de particulier pour en *extraire ce qu'on appellera l'essence ou l'esprit de la musique française, c'est en somme faire abstraction de la musique*, négliger cela précisément par quoi Pérotin, Debussy nous sont précieux en tant qu'artistes et demeurent toujours vivants [11].

Schlœzer touche ici à un élément clef : parler de « musique française » empêche de parler des œuvres concrètement. Le musicologue comprend qu'il s'agit là d'un phénomène discursif, d'« exercices purement verbaux » qui « dissolvent » le fait musical : finalement, dans le discours de Collaer qui fait l'objet de sa critique, « la musique française, c'est tout simplement la bonne musique et tout compositeur, qu'il soit Allemand, Italien ou Russe se trouve proche parent de [Clément] Jannequin et de Poulenc dans la mesure où il produit des œuvres parfaites » [12]. Un bel exemple de cette dérive est le livre de Ghéon sur Mozart. L'ouvrage s'inscrit d'ailleurs dans une longue tradition de « francisation » du compositeur [13]. Si l'on postule, en recourant – comme Ghéon – « à la psychologie des races, à ces "monstres de raison" que l'on nomme l'âme germanique, latine, française », que ce qui est allemand est « trouble, chaotique, démesur[é], romantique » par opposition à ce qui est français qui serait « la pureté, la mesure, la perfection » (en bref, « le classicisme »), la conclusion que Mozart serait « le plus parfait représentant de l'esprit classique français » va de soi :

> Le procédé est très simple : on commence par s'emparer du monopole de la forme, de la mesure, de la pureté, du fini, puis, lorsqu'on est obligé de reconnaître ces qualités en autrui, on affirme qu'il vous en est redevable. Du coup, Mozart, le classique par excellence, se trouve être « le plus grand musicien français » [14].

Schlœzer propose alors à la communauté intellectuelle qui lit la *NRF* un projet culturel : « Renoncer à ces lieux communs, à ces formules qui prétendent épuiser et limiter *a priori* les puissances d'une race, d'une nation » [15].

---

9. Henri Ghéon, *Promenades avec Mozart : l'homme, l'œuvre, le pays*, Paris, De Brouwer et Cie, 1932.

10. Paul Collaer, « L'esprit de la musique française », conférence prononcée aux Amis de la France (Bruxelles), *La Revue musicale*, août-novembre 1939, p. 79-85.

11. Schlœzer, « L'esprit de la musique française » (1940/2011), p. 240 (c'est nous qui soulignons).

12. *Ibid.*, p. 241.

13. Voir par exemple William Gibbons, *Building the Operatic Museum : Eighteenth-Century Opera in Fin-de-Siècle Paris* (Rochester, University of Rochester Press, 2013, et plus particulièrement le chap. 4, p. 60-80).

14. Schlœzer, « À propos de Mozart » (1932/2011), p. 237. On remarquera qu'à la même période les Allemands germanisent Mozart avec les mêmes arguments; voir Mathias Pape, « Mozart – Deutscher? Österreicher ? Oder Europäer ? Das Mozart-Bild in seinen Wandlungen vor und nach 1945 », *Acta Mozartiana*, vol. 56, n°s 3-4, 1997, p. 53-84. Nous tenons à remercier Marie-Hélène Benoit-Otis pour avoir attiré notre attention sur cet aspect.

15. *Ibid.*

Nous ne reconstituerons pas ici l'histoire du discours dominant contre lequel Schlœzer se positionne, celui de la « psychologie des races », mais nous en observerons les manifestations dans la période qui nous intéresse – l'entre-deux-guerres [16]. Nous isolerons quelques points récurrents qui caractérisent ce type de discours et nous nous questionnerons sur son interaction avec une réalité qui devenait de plus en plus cosmopolite et où les acteurs de la musique en France n'étaient souvent pas français.

*Les « races » musicales dans l'*épistémé *de l'entre-deux-guerres*

Parler de « race » aujourd'hui impose l'utilisation des guillemets. Toutefois, à l'époque qui fait l'objet de notre étude, « race » était un mot utilisé couramment, bien que pas toujours de façon univoque [17]. Il est donc important de le considérer comme un concept (ou mieux, un réseau de concepts) ayant une portée historique et d'en analyser les utilisations, les présupposés et les liens avec d'autres concepts similaires. En d'autres termes, il est important de situer le discours sur les « races musicales » dans l'*épistémé* de l'époque (pour utiliser le concept foucaldien indiquant l'ensemble des rapports entre les discours) [18] : qui parlait de « races » ? En quels termes ? Quels rapports existent-ils entre les discours scientifiques, politiques et esthétiques utilisant le même mot de « race » ? Ce mot désignait-il toujours la même chose ? Nous allons voir qu'en effet le sens accordé au mot « race » par les critiques musicaux n'est pas forcément le même que celui entendu par les géographes, les anthropologues ou les historiens.

La question des origines et les attitudes qui lui sont connexes (racisme, xénophobie, stigmatisation, antisémitisme) se sont affirmées dans le discours public français durant les années de l'affaire Dreyfus, et notamment à la suite du succès de *La France juive* (1886) d'Édouard Drumont, ouvrage fondateur de l'antisémitisme contemporain [19]. Le

16. Pour une étude de la naissance du discours sur la « race musicale » en France dans la période précédant la Première Guerre mondiale, voir Jann Pasler, « Theorizing Race in Nineteenth-Century France : Music as Emblem of Identity », *The Musical Quarterly*, vol. 89, n° 4, 2006, p. 459-504. Une contribution portant sur la construction d'une « musique française » après Sedan est à citer : Annegret Fauser, « Gendering the Nations : The Ideologies of French Discourse on Music, 1870-1914 », dans Harry White et Michael Murphy (dir.), *Musical Constructions of Nationalism*, Cork, Cork University Press, 2001, p. 72-103. Une brève reconstruction des enquêtes sur la musique française menées au début du siècle se trouve dans Scott Messing, *Neoclassicism in Music : From the Genesis of the Concept through the Schoenberg/Stravinsky Polemic*, Rochester, University of Rochester Press, 1988, p. 10-12. Une contribution axée sur les enjeux de la question de la « race » dans la France contemporaine se trouve dans Herrick Chapman et Laura L. Frader, *Race in France : Interdisciplinary Perspectives on the Politics of Difference*, New York, Berghahn Books, 2004.

17. Pour une étude approfondie de cette question, nous renvoyons aux actes du colloque *L'idée de « race » dans les sciences humaines et la littérature, XVIII*e*-XIX*e *siècles* (dir. Sarga Moussa, Paris, L'Harmattan, 2003), et plus particulièrement aux contributions de Sylvianne Rémi-Giraud (« Le mot *race* dans les dictionnaires français du XIXe siècle », p. 205-221), Guy Barthèlemy (« Race ou altérité ? De quelques implications textuelles du regard porté sur la diversité humaine », p. 409-426) et Michel Fontana (« Race et cosmopolitisme », p. 427-437).

18. Nous adoptons ici l'interprétation antistructuraliste de l'*épistémé* avancée par Judith Revel (*Foucault, une pensée du discontinu*, Paris, Mille et une nuits, 2010, p. 35 *sqq*). L'*épistémé* d'une époque ne serait pas un système fermé et sujet à des changements en bloc, mais un réseau de rapports continuellement changeants.

19. Édouard Drumont, *La France juive : essai d'histoire contemporaine*, Paris, Gautier, 1886. Nous suivons ici la reconstruction proposée par Gérard Noiriel dans *Immigration, antisémitisme et racisme en France, XIX*e*-XX*e *siècle : discours publics, humiliations privées*, Paris, Fayard, 2007, chap. 4 : « L'affaire Dreyfus et la

mot « ethnie » a été forgé par l'anthropologue Georges Vacher de Lapouge en 1896 pour indiquer un « groupement naturel » défini à la fois par ses caractéristiques morphologiques (« raciales ») et culturelles[20]. Un autre mot, « mentalité », a été importé de l'anglais *mentality* par le psychologue et sociologue Gustave Le Bon, et désignait « les caractéristiques psychologiques communes à un peuple » à travers le temps : « Le fait d'appartenir à une race historique donne une "constitution mentale" qui n'évolue qu'avec une extrême lenteur »[21]. Ces termes ne s'arrêtent pas dans les couloirs de la très conservatrice Société d'anthropologie de Paris et de son organe, la *Revue d'anthropologie*[22], mais entrent directement dans le débat politique au Parlement ainsi que dans les journaux au début du siècle lorsqu'il est question de l'immigration (mot qui s'imposera dans le discours public dans les années 1920, « le plus souvent associé au mot "problème" »[23]). Les questions qui commencent à surgir et qui s'intensifieront pendant la Grande Guerre, lorsque la France entamera un programme d'« immigration choisie » visant à remplacer les soldats au front par des travailleurs étrangers[24], seront celles posées par le démographe Jacques Bertillon : « Comment empêcher la France de disparaître ? Comment maintenir sur terre la race française ? »[25]. Ces préoccupations quitteront rapidement la sphère démographique pour s'appliquer à l'art et notamment à la musique.

Même si, sur la scène politique, les députés les plus à gauche ont tendance à préférer le mot « ethnie » à celui de « race », décidément connoté comme appartenant à un discours de droite dès les premières années du siècle[26], les manuels scolaires de l'entre-deux-guerres confirment que le mot « race » n'est pas exclu du vocabulaire appris par les jeunes Français, même si on en trouve des acceptions variées. Le mot « race » pouvait indiquer aussi bien une communauté de sang ou de sol, une double acception qu'il partageait d'ailleurs avec d'autres termes courants. La définition de « peuple / nation » tirée d'un manuel de géographie de 1920 en est un exemple :

---

stigmatisation des origines », p. 207 *sqq*. D'après l'analyse proposée par Noiriel, le succès du livre de Drumont est dû à la forme captivante de son écriture – une véritable « chasse au scandale » – et à sa promotion par la presse conservatrice et catholique.

20. *Ibid.*, p. 273.

21. *Ibid.*, p. 274. Voir aussi Alfred Feuillée, *Psychologie du peuple français*, Paris, Alcan, 1898.

22. La Société d'anthropologie de Paris, fondée par Paul Broca en 1859, privilégiait l'étude des caractéristiques physiques des différentes « races » dans une optique de déterminisme scientifique et dans une perspective colonialiste, en contraste avec la plus moderne approche ethnologique qui se développait à l'époque dans le monde anglo-saxon. Voir Jean-Claude Wartelle, « La Société d'Anthropologie de Paris de 1859 à 1920 », *Revue d'histoire des sciences humaines*, n° 10, 2004, p. 125-171.

23. Noiriel, *Immigration*, p. 319.

24. Sur cette question, voir *ibid.*, chap. 5 : « L'invention de l'immigration "choisie" », p. 287 *sqq*. Pour un encadrement de l'immigration artistique parmi les différents types d'immigration dans la France de la Troisième République, voir l'Introduction à Karen L. Carter et Susan Waller, *Foreign Artists and Communities in Modern Paris, 1870-1914 : Strangers in Paradise*, Farnham, Ashgate, 2015, p. 1-24.

25. Jacques Bertillon, *La dépopulation en France*, Paris, Alcan, 1911, p. 1 ; cité par Noiriel, *Immigration*, p. 276.

26. Voir l'exemple du débat à propos de la loi sur les nomades (16 juillet 1912) dans *ibid.*, p. 283-286.

> Un peuple, ou une nation, est un ensemble d'hommes appartenant *à un même État ou à une même famille ethnographique*[27].

Le mot « race » est utilisé dans ce manuel surtout au sens morphologique et propre à l'anthropologie de l'époque :

> *Races.* L'espèce humaine, considérée au point de vue de la forme et des couleurs, présente quatre variétés principales désignées sous le nom de *races.*
> La *race blanche* peuple surtout l'Europe, l'Asie sud-occidentale, l'Afrique septentrionale, l'Amérique et l'Australasie.
> La *race jaune* peuple l'Asie orientale et l'Insulinde.
> La *race noire* ou nègre peuple le centre de l'Afrique ainsi que des parties de l'Amérique et de l'Océanie.
> La *race rouge* comprend les indigènes de l'Amérique[28].

Un discours plus spécifique sur les différences au sein des populations européennes trouvera une place importante dans le programme scolaire de 1937, dont le manuel sur l'Europe d'Étienne Baron paru en 1939 est un exemple[29]. L'auteur explique que « la variété est le caractère principal de l'Europe », et plus spécifiquement en ce qui concerne sa population[30]. Trois « races » autochtones (les Méditerranéens, les Nordiques et les Alpins) seraient la souche de la population européenne ; d'autres (la race Dinarique, les Slaves, les Hamites, les Sémites, les Juifs et même des Jaunes) s'y mêlèrent au cours des millénaires, donnant pour résultat que « le peuplement de l'Europe est fait d'un mélange de ces races »[31] :

> Races des époques préhistoriques et historiques se mélangent entre elles. *L'Europe est ainsi le continent le plus mêlé au point de vue de la population.* Dès l'antiquité, il était déjà difficile de reconnaître l'origine des peuples [...]. Aujourd'hui, le brassage est tellement complet qu'il est inutile (les plus grands savants y ont perdu leur temps) d'essayer de distinguer les Européens par la race. Chaque État enferme dans ses frontières des hommes fort différents les uns des autres [...]. On voit combien il est antiscientifique de se baser sur la notion de race pour proclamer par exemple la supériorité d'un peuple[32].

Ces affirmations particulièrement engagées (surtout dans le contexte politique de 1939) forment la prémisse du concept subséquent, celui de « groupe ». Un groupe, d'après les explications de Baron, est la seule distinction possible à l'intérieur de la population européenne, les « races » étant désormais trop mélangées :

> Ce qui est arrivé, c'est que des hommes se sont groupés volontairement ou par nécessité, et que chaque groupement a adopté des usages communs et des langues analogues dérivées d'une langue commune. Si la religion était aussi la même, le groupe se sentait encore plus

27. *Géographie-Atlas du cours supérieur (ancien cours moyen) par une réunion de professeurs*, Tours, Mame, 1920, p. 5 (c'est nous qui soulignons).

28. *Ibid.*, p. 7-8 (c'est l'auteur qui souligne).

29. Étienne Baron, *L'Europe : classes de Quatrième et 2e année des Écoles primaires supérieures, programme du 30 août 1937*, Paris, Éditions École et collège, 1939.

30. *Ibid.*, p. 62-63.

31. *Ibid.*, p. 63-65.

32. *Ibid.*, p. 65-66 (c'est l'auteur qui souligne).

uni. Après quoi, les hommes qui le composaient ont fini par se persuader eux-mêmes qu'ils appartenaient à une même race [33].

Les « groupes » ainsi décrits par Baron sont les groupes latin, germanique, slave, et trois groupes secondaires (les groupes secondaires blancs, jaunes et les Juifs qui seraient « par exception une communauté de race » [34]). Par exemple, le groupe latin est formé par « les peuples dont la langue dérive du latin et qui ont une façon latine de penser et de sentir », à savoir les Français, les Espagnols, les Portugais, les Italiens, les Roumains, les Wallons, les Suisses français et italiens [35].

Du côté des ouvrages savants, Charles Seignobos, dans son *Histoire sincère de la nation française* (1933) [36] – décidément moderne pour l'époque dans son principe que « l'évolution d'une nation dépend des conditions matérielles dans lesquelles elle a vécu » [37] et que l'histoire ne peut pas s'écrire seulement à partir de documents officiels [38] – affirme sans gêne (cela rejoint d'ailleurs l'esprit de « sincérité » qu'il évoque dans le titre de son ouvrage) [39] que « les Français sont un peuple de métis » [40]. Dès les premières pages, Seignobos s'oppose à l'idée que l'on puisse généraliser les attitudes des hommes en les déduisant de la nature du pays où ils vivent (le « milieu ») ou de leurs caractéristiques anthropologiques (les « races » [41]). Il fait appel à la tripartition des races européennes originaires, constate que « la population actuelle de la France présente un mélange très hétérogène des trois races de l'Europe », pour ensuite en conclure qu'« il n'existe ni une race française, ni un type français » [42]. La négation d'une unité anthropologique des Français sera accompagnée, tout le long de l'ouvrage, par la négation d'une unité sociale, politique ou religieuse : Seignobos raconte en effet les « transformations »

33. *Ibid.*, p. 66.

34. *Ibid.*, p. 66-67. Ce n'est pas ici le lieu pour approfondir la question de la perception de la communauté juive en France dans l'entre-deux-guerres. Nous nous limitons à remarquer que Baron considère les Juifs comme un groupe à part, ce qui contredit le principe de territorialité qu'il applique dans la définition des autres groupes. Pour plus de détails sur la question, nous renvoyons à Noiriel, *Immigration* et à des ouvrages plus spécifiques tels que Michel Winock, *La France et les Juifs, de 1789 à nos jours* (Paris, Éditions du Seuil, 2004) ou Ralph Schor, *L'antisémitisme en France dans l'entre-deux-guerres, prélude à Vichy* (Paris, Complexe, 2005), et plus particulièrement le chap. « Un portrait physique et moral répulsif » (p. 83 *sqq.*) qui traite spécifiquement de la perception de la différence « raciale » juive.

35. Baron, *L'Europe*, p. 66.

36. Charles Seignobos, *Histoire sincère de la nation française*, Paris, Presses universitaires de France, 1933 ; 7ᵉ éd. 1969.

37. *Ibid.*, p. 13.

38. « L'histoire de France, enseignée dans les écoles et connue du public, est surtout l'œuvre des historiens en renom des deux premiers tiers du XIXᵉ siècle [...]. Les documents dont ils se servaient provenaient tous des classes privilégiées, hommes d'Église, hommes de loi, hommes de guerre, qui s'intéressaient peu à la masse inférieure de la population [...]. Personnellement liés aux autorités, clergé, royauté, grands seigneurs, ils étaient enclins à s'exagérer l'importance des grands personnages et l'efficacité des règles officielles dans la vie de la nation. Cette tendance des documents a passé dans l'histoire ; elle est devenue un panégyrique inconscient des autorités officielles ». *Ibid.*, p. 7.

39. « Le titre insolite et probablement ridicule donné à cet ouvrage [...] signifie que j'ai dit sincèrement comment je comprends le passé, sans réticence, sans aucun égard pour les opinions reçues, sans ménagement pour les conventions officielles, sans respect pour les personnages célèbres et les autorités établies ». *Ibid.*

40. *Ibid.*, p. 29.

41. *Ibid.*, p. 13, n. 1 *sqq.*

42. *Ibid.*, p. 29.

à travers lesquelles « s'est constituée la nation française »[43]. À la différence des historiens traditionnels auxquels il s'oppose, il n'utilise pas des expressions ayant comme sujet grammatical « la France » – par exemple, « la France commençait à s'inquiéter », pour citer une phrase de Jacques Bainville, journaliste à l'*Action française* qui représente bien la catégorie d'historiens visée par les critiques de Seignobos[44]. Car « la France » pour lui est un ensemble socialement hétérogène et chronologiquement changeant[45]. Nous pouvons imaginer que, si l'historien avait pris en considération (en plus des dimensions sociologiques, politiques et religieuses) l'art et la musique, il aurait adopté un discours similaire au sein duquel aucune unité faisant appel à une essence « française » n'est postulée. Il faut dire, en vérité, que même les historiens plus à droite comme Bainville admettent le fait que, du point de vue anthropologique, les Français ne sont pas une race ; toutefois, ce fait est jugé positivement du point de vue de la qualité de la cohésion résultante : « La fusion des races a commencé dès les âges préhistoriques. Le peuple français est un composé. *C'est mieux qu'une race*. C'est une nation »[46].

Notre intrusion dans les manuels scolaires et dans les livres d'histoire est loin d'être une recherche exhaustive, mais permet de montrer le caractère à la fois omniprésent (autant chez les auteurs plus à gauche que chez ceux plus à droite, autant dans les manuels destinés aux écoliers que dans les textes universitaires) et changeant de concepts tels que « race », « peuple » ou « nation » dans l'*épistémé* française de l'entre-deux-guerres. Surtout, nous remarquons que les distinctions « raciales » sur base nationale, si communes dans le discours esthétique (arts visuels, littérature et musique), sont plutôt absentes du discours véhiculé au sein des manuels de géographie. Dans le manuel de 1920 déjà cité, la distinction des « races » s'arrête aux caractéristiques physiques, tandis que Baron nie la possibilité d'une distinction par le paramètre des races physiques en fixant comme niveau maximum de découpage des caractéristiques culturelles communes des « groupes » supranationaux définissables surtout par leur affinité linguistique. En suivant cette logique, il aurait sans doute été difficile, pour Baron, de tracer des différences entre les « races musicales » polonaise et tchèque. En effet, dans sa conception de la géographie humaine, les Polonais et les Tchèques partagent les caractéristiques culturelles d'un même groupe (le groupe slave) : ce ne sont donc pas des raisons « raciales » qui les ont groupés ensemble, mais un choix ou la nécessité ; et c'est en vivant ensemble qu'ils ont développé une « façon slave de penser et de sentir ».

Du côté des rapports officiels concernant l'« immigration choisie » pendant la Grande Guerre, les mots utilisés sont « race » pour différencier les Blancs, les Noirs et les Jaunes, et « ethnie » pour les différences internes à ces trois grandes « races » ; le « type » de chacun de ces groupes est décrit à partir de ses traits physiques et de sa

43. *Ibid.*, p. 7.

44. Jacques Bainville, *L'Histoire de France*, Paris, Fayard, 1924 ; Paris, Tallandier, 2007. p. 419.

45. À titre d'exemple, Seignobos consacre des chapitres différents aux vilains (chap. 7), aux nobles (chap. 8), aux bourgeois (chap. 9) et aux clercs (chap. 10).

46. Bainville, *L'Histoire de France*, p. 21 (c'est nous qui soulignons).

« mentalité collective »[47]. La capacité de travail de chacun de ces groupes ethniques est soigneusement mesurée et classée[48].

Lorsque l'on plonge dans la littérature artistique, le niveau du découpage entre les « races » est aussi fin que celui que l'on retrouve dans les rapports gouvernementaux officiels. De la même façon que, dans ces derniers, on distingue la rentabilité des Italiens de celle des Malgaches[49], on distingue sans problèmes dans le discours artistique les caractéristiques du « génie français » de celles du génie espagnol ou italien. La critique musicale fait appel au concept de « race » pour désigner une nation (par exemple, la France ou la Pologne), mais aussi une communauté de sang (les Juifs notamment). L'influence de la « race » sur la musique peut se manifester autant dans le folklore que dans la recherche moderniste. Les citations qui suivent présentent des exemples de ces utilisations du concept de « race » :

> Il y a, à Paris, une élite essentiellement française, et une élite étrangère, compréhensive du génie de notre race, compréhensive avec intuition, avec amitié, avec générosité[50].
>
> Mais sans doute la musique populaire est-elle la plus difficilement exprimable par des musiciens d'un autre pays, puisqu'elle procède directement du génie de la race[51].
>
> Pour la première fois peut-être dans l'histoire de ces derniers siècles, deux Juifs semblent manifester les dons de la véritable inspiration musicale : Arnold Schönberg et Darius Milhaud. [...] Si les Juifs se montrèrent longtemps incapables de création originale, ce n'était certes pas de leur part impuissance réelle. Mais ils avaient le tort de ne point répondre à l'appel de leur race. Ils ne cherchaient qu'à ressembler à des Européens, à des Occidentaux : tels Meyerbeer, Halévy et tant d'autres. Ils se limitaient délibérément à l'imitation, au pastiche. Ils n'exprimaient rien de leur âme propre et s'efforçaient en vain à entrer dans des façons de sentir qui leur demeuraient étrangères. Et voici qu'un Schönberg, qu'un Milhaud renoncent enfin à ce projet insensé de se construire une âme d'emprunt. Ils s'avouent, ils s'affirment juifs, sans honte. [...] D'ailleurs, cette langue musicale des modernes, ils la transforment dans le sens de leur instinct atavique. Ils en abolissent ou du moins ils en masquent le caractère tonal harmoniquement défini, qui est l'essence même de la musique européenne, de la musique occidentale. Les Orientaux ont préféré à notre plaisir rationnellement organisé une jouissance plus libre. Une musique polytonale ou atonale est peut-être pour satisfaire au mieux une âme orientale. Un Schönberg et un Milhaud reviennent au goût de leurs ancêtres. Et, par eux, l'Orient nous parle encore une fois et vient rajeunir notre art [...][52].

---

47. Noiriel, *Immigration*, p. 296-297.

48. *Ibid.*, p. 300. La concordance de « race » et « nation » est la position du fondateur de l'« ethnochimie », le neurologue Edgar Bérillon, dans son livre *Les caractères nationaux : leurs facteurs biologiques et psychologiques*, Paris, Legrand, 1920. Voir Noiriel, *Immigration*, p. 333.

49. Noiriel, *Immigration*, p. 296-297.

50. Jane Catulle-Mendès, [lettre ouverte], *Le Ménestrel*, 10 juin 1921, p. 246.

51. Germaine Liodon, « Festival et musique polonaise (11 juin, Opéra) », *Le Courrier musical*, 1er juillet 1925, p. 365-366, ici p. 366.

52. Paul Landormy, « Darius Milhaud », 3e partie, *Le Ménestrel*, 28 août 1925, p. 361-363, ici p. 362-363. Le passage continue ainsi : « Cet Orient auquel nous devons les premiers éléments de notre musique occidentale, puisque notre musique moderne est née du chant grégorien, lui-même issu en grande partie des chants de la synagogue, – cet Orient qui, par l'intermédiaire des Russes, nous apportait, il y a quelque quarante ans, toutes sortes de gammes nouvelles et fournissait à Debussy la riche matière, colorée et diverse, d'un système imprévu, – cet Orient où notre art, plus savant, plus réfléchi, mais exposé à se dessécher à la

Les conceptions de la « race » comme communauté *de sang* (les Juifs) et comme communauté *de sol* (les Français) semblent donc coexister dans le discours. Ces deux « types » de « race » entrent parfois en conflit : c'est le cas des différents « peuples » réunis sous une seule et même administration politique, ou bien de ceux dont l'administration est fragmentée sur plusieurs États. La Russie constitue un exemple du premier cas. La « Semaine d'art ethnographique russe » révèle au public parisien, en 1925, que la musique « russe » est en réalité une somme de musique de « races » différentes :

> Cet ensemble de chansons populaires russes [...] a donné un rapide aperçu des *différentes races de cette immense réunion de peuples* simples et bien loin de notre civilisation. D'étranges instruments, tels la doumba et d'autres aussi bizarres méritent d'aviver notre curiosité [...]. Les chansons d'Ouzbeck, Kirghiz, Baschkir, d'Ukraine, du Caucase, Tartares, toutes créent une atmosphère différente [...] [53].

Pour ce qui est du second cas, on célébrait au début des années 1920 la naissance de nouveaux États dont l'unification politique se fit à l'issue de la Grande Guerre. Les critiques musicaux remarquent alors une correspondance entre l'affranchissement politique et l'éclosion des écoles musicales nationales : « Se pourrait-il », se demande Roland-Manuel, « que le Traité de Versailles ait eu l'exceptionnelle vertu de faire naître ou de ressusciter des nationalités musicales ? » [54]. Andrew A. Fraser, dans les pages de la revue *The Chesterian*, parle à ce propos du « réveil de la conscience raciale » (« *awakening race-consciousness* ») comme étant l'une des influences du monde moderne sur la musique [55]. La Pologne est l'un des cas les plus commentés dans la presse musicale (sans

longue s'il est abandonné à lui-même, va inévitablement puiser comme à une source toujours fraîche où il n'y a qu'à plonger la main pour ramener des trésors merveilleux. À nous, les Occidentaux, si habiles à composer des ensembles, de mettre ensuite en valeur pour notre propre goût, si nous le jugeons à propos, les joyaux disparates juxtaposés en un somptueux désordre par la fantaisie orientale ».

53. G. D., « Semaine d'art ethnographique russe », *Le Courrier musical*, 15 juillet-1er août 1925, p. 417 (c'est nous qui soulignons).

54. Roland-Manuel, « L'édition musicale – Alexandre Tansman », *La Revue musicale*, janvier 1922, p. 94.

55. « Des sympathies nationales sont stimulées (et fréquemment exagérées), on fait constamment appel aux droits des petites nations, et l'"autodétermination" devient le mot d'ordre du jour. Cet éveil de la conscience de la race, bien qu'encore plutôt impuissant, a amené à une compréhension plus vraie et profonde de la musique folklorique. Nous avons peut-être entendu la dernière rapsodie écossaise écrite par un Allemand, la dernière fantaisie espagnole d'un Russe et la dernière suite orientale d'un Anglais. L'élégant cosmopolitisme de ces guides de terres étrangères a laissé sa place à une préservation zélée de leur propre art national de la part des natifs. Bloch, Sibelius et Janáček ont parlé pour leur peuple avec des accents raciaux fiers et sans complexes. Béla Bartók, Vaughan Williams et de Falla ont recueilli, arrangé et utilisé avec une érudition méticuleuse la musique folklorique de leur pays respectif. Si Liszt avait fait cela, il aurait été davantage un artiste qu'un histrion, mais les vrais pionniers dans ce type de travail furent le "Cinq" Russes, à moins de considérer les virginalistes de l'époque élisabéthaine. Ce qui était alors exceptionnel, c'est maintenant la règle » (« *National sympathies are aroused (and not infrequently exaggerated), appeal is constantly being made to the rights of small nations, and "self-determination" becomes a catch-word of the day. This awakening race-consciousness, though still rather helpless, has led to a more real and thorough understanding of folk-music. We have probably heard the last of the Scottish rhapsodies written by Germans, Spanish fantasias by Russians, Oriental suites by Englishmen. The elegant cosmopolitanism of these guides to foreign lands gives place to a zealous preservation by nationals of their own native art. Bloch, Sibelius, Janáček, have spoken for their people in racial accents proud and unashamed. Béla Bartók, Vaughan Williams, de Falla, have, with scrupulous scholarship, collected, arranged and utilized the folk-music of their respective countries. Liszt might have done it, had it been less of a showman and more of an artist, but the real pioneers in this work were the Russian "Five", unless we include the Elizabethan*

doute à cause de Chopin et, de façon générale, de la taille considérable de la communauté polonaise en France et de la sympathie de la France pour la Pologne)[56], et celui choisi par Roland-Manuel pour valider son intuition. Paul de Stoecklin, en faisant la recension de *La musique polonaise* (1918) de Henryk Opieński en 1919, remarque que, mis à part Chopin, « nous ignorions tout de la musique polonaise » :

> Cela tient sans doute à ce que la malheureuse Pologne morcelée entre trois États tyranniques et puissants, n'a jamais pu se manifester, ni même se rappeler à l'Europe, qui se contentait d'applaudir ses virtuoses, les Winiawski [*sic* pour Wieniawski] et les Paderewski, tandis que d'autres races qui, elles aussi, avaient perdu leur indépendance, la Bohème, par exemple, avaient conservé une unité qui permit à ses artistes de faire œuvre nationale et à ses érudits de mettre en valeur le patrimoine des ancêtres[57].

Tansman, rejoignant le cercle de *La Revue musicale* peu après son arrivée à Paris, trouvera sa place dans la revue en tant que connaisseur de la musique polonaise qu'il présentera aux lecteurs français dans une série d'articles[58]. Tansman utilise le concept de « race » une seule fois dans ses articles sur la musique polonaise. En décrivant le « caractère nettement polonais » de la musique de Karol Szymanowski, il affirme que celle-ci est pourtant dépourvue de tout recours au folklore ; selon Tansman, sa musique peut néanmoins être « bien slave, bien polonaise », puisque « les Polonais sont des Slaves de civilisation latine et non byzantine, différence capitale pour la formation des éléments esthétiques de la race »[59]. En Szymanowski, « Slave occidental », fusionnent les éléments caractéristiques des civilisations latines et slaves :

> la musique de Szymanowski au charme mélancolique slave, à sa vigueur, à sa puissance sonore, à son tragique fatalisme joint la profondeur, la conception merveilleuse de la construction architectonique, le sens de la mesure et de la forme, la lucidité occidentale, la clarté latine[60].

---

writers for the virginals. Then, it was exceptional; now, it is the rule »). Andrew A. Fraser, « Music and the Modern World », *The Chesterian*, décembre 1928, p. 92-96, ici p. 93.

56. La sympathie de la France envers la Pologne était un sentiment largement partagé dans la société, à un niveau similaire (mais inversé) des sentiments envers l'Allemagne. Voir par exemple ce passage de la *Petite histoire de France* pour enfants écrite par Jacques Bainville en 1930 : « L'Allemagne devait rendre l'Alsace et la Lorraine et restituer tout ce qu'elle avait pris autrefois aux peuples nos amis, par exemple aux Polonais ». Jacques Bainville, *Petite histoire de France*, imagée par Job [Jacques-Marie-Gaston Onfroy de Bréville], Tours, Mame, 1930, p. 159.

57. Paul de Stoecklin, « Musique polonaise », *Le Courrier musical*, juillet 1919, p. 206.

58. Entre mai 1921 et février 1925, Tansman écrit huit articles consacrés à la Pologne dans la section « La musique en France et à l'étranger » de *La Revue musicale* (voir Bibliographie). Nous rajouterons qu'en 1922 (octobre ou novembre), Tansman écrit à Ganche qu'il a l'intention d'organiser une conférence sur la « Musique polonaise moderne » (BnF, Musique, lettre 206). D'autres articles de Tansman sur la Pologne se retrouvent ailleurs : par exemple, Alexandre Tansman, « Musical Life in Poland », *The Chesterian*, juillet 1922, p. 242-243.

59. Tansman, « Karol Szymanowski », *La Revue musicale*, mai 1922, p. 97-109, ici p. 99 ; repris dans Alexandre Tansman, *Une voie lyrique dans un siècle bouleversé*, textes réunis par Mireille Tansman-Zanuttini, préfacés et annotés par Gérald Hugon, Paris, L'Harmattan, 2005, p. 224.

60. *Ibid.* L'année suivante, dans un compte rendu probablement de Prunières où Szymanowski est défini « slave latinisé », *La Revue musicale* démontre avoir assimilé cette leçon de Tansman. [Henri Prunières], « Œuvres de Karol Szymanowski et de Manuel de Falla », *La Revue musicale*, août 1923, p. 75-76, ici p. 75.

Il est clair que Tansman se trouve dans la position privilégiée d'être un des premiers en France à pouvoir proposer un récit descriptif des caractéristiques polonaises en musique, un récit qui décrit, au fond, *sa* musique. La critique française, en retrouvant dans les œuvres de Tansman les traits qu'il a décrits comme étant propres à la « race musicale polonaise » – cette « race » résultat d'une fusion, ni russe ni française, mais douée d'une identité néanmoins spécifique –, aurait dû, selon les intentions du compositeur, reconnaître en lui un représentant idéal de la musique polonaise. Tansman aurait ainsi pris sa revanche sur son pays, qui ne le considérait pas comme Polonais puisque Juif[61]. Malheureusement, même en France il a été l'objet de l'antisémitisme de certains critiques musicaux, comme nous le verrons sous peu.

Des lettres adressées à Édouard Ganche nous permettent de mieux comprendre la position de Tansman sur le sujet des « races musicales » et sur la question juive. En 1927, Ganche vient de publier le résultat de ses études démontrant les origines lorraines du père de Chopin, une découverte que Tansman accueille ainsi :

> Si cette découverte laisse hors de doute le polonisme psychique et musical de Chopin, il n'en est pas de même pour le problème racique [*sic*] et héréditaire. Chopin devient ici non seulement la plus belle fleur éclose par la synthèse de deux cultures, mais aussi de deux sangs. Cela place aussi le problème de l'assimilation racique [*sic*] dans une lumière tout à fait nouvelle. (Je ne crois pas que votre retentissante découverte sera bien vue par la plupart de mes compatriotes !)[62].

Dans le discours de Tansman, la « race » de sang (« le problème racique et héréditaire ») de Chopin semble, en définitive, avoir moins d'importance que le sol (la culture) où il a vécu et qui a forgé sa personnalité et sa musique (« le polonisme psychique et musical »). C'est un discours que Tansman tiendra aussi à propos de lui-même et notamment concernant ses origines juives : le sang est, selon lui, beaucoup moins déterminant que le sol dans le développement de son style national. En commentant les comptes rendus antisémites que le puissant musicologue lyonnais Léon Vallas[63] écrit à propos de ses

---

61. Voir par exemple cette lettre de Tansman à Édourard Ganche, 13 janvier 1925 (BnF, Musique, lettre 218) : « Pour mon bonheur je suis venu en France, et ce pays, que depuis 5 ans j'ai appris à aimer comme ma seconde patrie, a été hospitalier pour mon œuvre en lui ouvrant les portes et par ça les portes de l'Europe. C'est bien amer d'aimer son pays, comme je l'aime, et d'y être si peu payé en retour. Pour le pavillon polonais à l'Exposition – j'en sais rien. Je suppose que *comme dans toutes les manifestations artistiques officielles* je serai tenu à l'écart, si la presse française avancée, qui m'a toujours considéré comme le meilleur musicien polonais de notre temps, ne s'en mêle pas » (c'est l'auteur qui souligne).

62. Lettre d'Alexandre Tansman à Édouard Ganche, 21 janvier 1927 (BnF, Musique, lettre 261). Ganche publie le résultat de ses recherches dans le numéro de *La Pologne* paru le 15 janvier 1927 ; cet article est signalé dans *La Revue musicale*, 1er février 1927, p. 191.

63. L'attribution à Vallas de certains articles signés « Sixte-Quinte » (un pseudonyme utilisé pour la critique musicale de *L'Impartial français*) se justifie par une comparaison des propos tenus dans ces articles avec ceux que l'on retrouve dans des textes signés par le critique. Une note dans le Fonds Vallas (Bibliothèque municipale de Lyon) explique que Sixte-Quinte est « une signature utilisée d'abord par Émile Vuillermoz puis imposée à Léon Vallas, qui alterne entre celle-ci et sa propre signature » (http://pleade.bm-lyon.fr/doc-tdm.xsp?id=FR693836101_009FA_d0e62597-note-20990&fmt=tab&base=fa&root=&ss=&as=&ai=¬e=true, consulté le 3 juillet 2014). Les propos antisémites de Vallas ne font pas de doute si l'on se réfère à son « Ethnologie musicale » (*L'Impartial français*, 1er mars 1927, p. 14) : « Darius Milhaud, Français de nation, appartient à une très vieille race étrangère. Nous ne pouvons la mesurer à notre aune locale. De son propre

œuvres – des textes dans lesquels le critique nie leur caractère polonais (auquel il tient justement beaucoup) en raison des origines juives du compositeur –, Tansman écrit à Ganche :

> Les : « né en Pologne », « symphoniette », « occasion d'introduire des trombones », « gentille musique » et « *évidemment* aucun caractère slave » (pour une œuvre qui en est tant ‹ imbriquée ›, et tout le Scherzo est un *Mazurka*) etc., tout cela est tellement méprisable [...] [64].
>
> Mais que cet imbécile n'a pas assez d'intelligence, qu'en citant votre découverte sur Chopin il contredit lui-même sa thèse, en démontrant que malgré le sang mélangé, Chopin a été le plus polonais des musiciens... peut-être même grâce à cela ; que l'ambiance, l'atmosphère de l'enfance, l'éducation, l'entourage national, l'aspiration et les tendances artistiques, enfin la nature et la conscience intérieure de la race font plus que la pureté « slave » du sang [65]. Dans tous ses comptes rendus sur moi, M. Vallas ne parle que de mon origine confessionnelle et me conteste le droit à être Polonais dans la *Sonatine* (Andante en mazurka), *Symphonietta* (Scherzo-Mazurka), *Concerto* (Andante), *Pièces polonaises*, enfin toutes mes œuvres dont soit le style soit la sensibilité sont une aspiration à continuer celle de Chopin, qui a presque disparu jusqu'à moi – tous les autres musiciens faisant de la musique allemande. Je tends à cette merveilleuse synthèse de la sensibilité polonaise ‹ flétrie › par la clarté et mesure française, dont le plus beau fruit a été Chopin [66].

Tansman sera très cohérent dans l'affirmation de la suprématie du sol sur le sang. Au début de la Seconde Guerre mondiale, dans ses dernières lettres à Ganche devenu alors nettement antisémite, le compositeur défend l'idée que rien n'empêche une pluralité cosmopolite de former un peuple unitaire :

> Vous vous placez au point de vue racique [*sic*], moi pas. Sans être un homme de science, je sais que celle-là [la science] n'a jamais distingué que les races blanche, noire, jaune et rouge, et que la composition de sang à l'intérieur de chacune d'elles est pareille. La France elle-même se compose d'apports très divers, ce qui ne l'empêche point d'être une nation et un peuple uni et homogène, dans lequel les juifs peuvent être parfaitement intégrés et l'ont été [67].

Plus tard, dans sa conférence « Y a-t-il une musique juive ? » de 1962, Tansman sera très clair sur ce point :

---

aveu, il se croit devenu tout latin, à cause du long séjour de ses ancêtres auprès des Papes d'Avignon : il nous apparaît, autant que son congénère d'Autriche Arnold Schoenberg, Juif essentiellement ». Un commentaire antisémite adressé à Tansman (« la souplesse de sa race, manifestée sans relâche ») se trouve dans Léon Vallas, « Retour à la simplicité », *L'Impartial français*, 31 mai 1927, p. 14.

64. Lettre d'Alexandre Tansman à Édouard Ganche, 3 février 1926 (BnF, Musique, lettre 242, c'est l'auteur qui souligne). Nous n'avons pas pu retracer la critique contre laquelle Tasman s'insurge.

65. Tansman réagit ici à l'article de Sixte-Quinte [*alias* Léon Vallas ?], « *De omni re scibili...* », *L'Impartial français*, 8 février 1927, p. 14. La section « De l'ethnologie » de cet article s'attaque à la musique de Tansman, « musique très internationale comme il convient à un musicien dont le nom indique que le sang slave ne coule point dans ses veines » ; l'article se clôt sur des commentaires sarcastiques sur les rapports entre Chopin, la Pologne et la France : « Le père du fameux Polonais était un Français de pure race ; pourtant son fils se montra entièrement de Pologne. Mystère assez troublant pour passionner longtemps les musicologues qui ne craignent pas de remuer des idées générales ».

66. Lettre d'Alexandre Tansman à Édouard Ganche, 11 février 1927 (BnF, Musique, lettre 262).

67. Lettre d'Alexandre Tansman à Édouard Ganche, 23 mai 1941 (BnF, Musique, lettre 399).

> La musique française est celle qui a été composée par des compositeurs français, sur une étendue territoriale qui est la France. Le climat, le paysage, le genre de vie ayant formé cette nation se réverbèrent aussi bien dans son art. Les juifs ont quitté la Terre Sainte à un moment où la formation de l'art n'avait pas encore été individualisée. Ils ont été formés par le climat, par les paysages, par les mœurs des pays dans lesquels ils ont vécu. Ils y ont apporté leurs qualités particulières et cela est énorme. Mais la recherche d'une musique nationale de nos jours est un effort dépassé et non actuel. Elle ressort plus d'une ethnographie que d'une réelle nécessité fertile[68].

La vision intégratrice de Tansman, selon laquelle le sol a préséance sur le sang dans la définition des « races musicales », ne reflète certainement pas le discours dominant qui est, quant à lui, beaucoup plus déterministe. Ce discours dominant émerge constamment dans les comptes rendus, sans prendre la forme d'argumentations structurées – nous allons citer de nombreux exemples tout au long de ce chapitre. Une des réflexions les plus développées sur le sujet de « la musique et la race » publiées dans la presse musicale française de l'entre-deux-guerres se retrouve dans un article paru en 1929 en première page du *Courrier musical*, signé par le compositeur Jacques Janin. Nous pouvons comparer la position de Tansman à celle exposée par Janin, dont la thèse est que « par la race, l'art se rattache au sol »[69]. Janin situe le concept de « race » dans l'espace et dans le temps. Dans l'espace, « la race est l'"individualité géographique", ou plus exactement l'individualité collective humaine par rapport à un lieu géographique déterminé ». Du lieu géographique – du sol – dépendent étroitement, d'après Janin, les « affinités de tempérament, de caractère, d'usages et de mœurs, de langue, d'intérêts » ; c'est le milieu, « condition physiologique » de la « race », qui « nous baigne, nous nourrit et nous contraint, sculpte notre type physique, éveille et retient notre esprit ». Dans le temps, la « race » est la tradition liée au sol (qui côtoie la tradition « une et invariable » liée à l'« essence homme ») : « Mise en relation avec le milieu, la tradition se divise et s'adapte », « la tradition s'orchestre entre les races comme une partition entre des instruments ». Bref, la tradition est le « mode d'action » de chaque race dans la « tradition générale » de l'homme. Par conséquent,

> la race est profondément infiltrée dans l'individu [et] il faut qu'elle le soit aussi dans l'art. [...] Au siècle du bluff, on voit surgir des candides arrivistes qui se croient en dehors de leur race, à moins qu'ils ne s'en proclament les représentants exclusifs. Prétention doublement insoutenable.

Toutefois, continue Janin, nous ne sommes pas enchaînés à notre race : il y a une marge de liberté laissée aux choix de l'individu, et, grâce à cette liberté, les races « se renouvellent » : « D'où il suit que si l'individu n'est pas en dehors de la race, la race n'est pas sans un certain nombre d'individus puissamment représentatifs ». Somme toute, on ne peut pas échapper à sa race (ce serait comme naître sans père), ni « prétendre exprimer par un individu ou par une tendance isolée la somme d'une race ».

---

68. Alexandre Tansman, « Y a-t-il une musique juive ? », conférence donnée le 1er mars 1962, organisée par le groupe Beth-Akarem ; texte repris dans Tansman, *Une voie lyrique*, p. 107-116, ici p. 112.

69. Jacques Janin, « La musique et la race », *Le Courrier musical*, 15 mai 1929, p. 329-330, ici p. 329, d'où nous tirons les passages cités dans ce paragraphe.

Les conséquences de ces prémisses dans la musique ne sont pas difficiles à imaginer chez Janin : comme la tradition humaine s'orchestre entre plusieurs races, ainsi « la musique européenne s'orchestre entre plusieurs types raciques [*sic*] : le slave, le germanique, l'espagnol, l'italien, le français » et d'autres encore. Nous remarquons que les « types raciques » de Janin correspondent parfois à des unités politiques nationales, parfois à des entités plus vastes : par exemple, le type slave comprend « la musique tzigane, bohême, roumaine, serbe, bien que chacune ait sa nuance distinctive ». L'attachement au sol est une constante de chaque « race », mais « chaque art n'est pas également apte à faire parler le sol qui l'a nourri ». Les deux extrêmes sont, pour Janin, la musique slave (qui « chante d'abord la terre slave », et seulement ensuite « la spontanéité irruptive [*sic*] et tumultueuse de ses représentants ») et la musique germanique (qui n'est au contraire qu'expression du sentiment et de la « contemplation philosophique »). Quant à la France, qui « a beaucoup reçu de la nature et des dieux », elle est « équilibrée dans son climat et dans son sol, et par conséquent dans sa race » [70]. Les « mouvements extrêmes » sont donc impossibles pour les Français en raison de leur « race », qui les sauve ainsi de la noyade dans le « rêve allemand » et de l'exaspération dans le « mysticisme russe ». Janin constate enfin le manque de véritables musiciens français, en niant ce statut à Berlioz (« homme excessif et plein de rêves énormes, il est très peu français ») autant qu'à Debussy (« trop littéraire et trop littéral »), à Saint-Saëns et à Massenet (qui « ne peuvent, pour des raisons opposées, prendre rang parmi les grands musiciens »), et évidemment à ceux qui ne sont pas de « race française » comme Franck. Ces limites seraient causées par un déterminisme racial : l'équilibre français, parfait pour l'architecture, la littérature ou la philosophie, ne serait pas capable de fournir des œuvres d'art musicales. Mais en contrepartie, Janin constate la puissance de la volonté individuelle sur le déterminisme de la « race » : « La volonté des peuples peut faire céder les déterminations ethniques et historiques les mieux établies. Que fera, pour la France, la volonté des Français ? ».

L'article de Janin nous semble révélateur de l'importance accordée au concept de « race musicale » et de la facilité avec laquelle on en discutait à l'époque où les jeunes compositeurs immigrés s'affirment sur la scène parisienne – l'article est paru en mai 1929, c'est-à-dire entre le premier concert de La Sirène musicale et le premier concert de la SMI présentant des pièces de musiciens considérés appartenir à l'« École de Paris » au sens étroit (voir le tableau 5 au chapitre V). Janin n'exprime évidemment que sa position personnelle et il serait abusif de le considérer comme le porte-parole d'une pensée dominante. Toutefois, l'identification de « races musicales » et de nations est bien présente dans plusieurs comptes rendus, comme celui où Georges Dandelot, en 1935, louange l'idée du Triton de regrouper dans un même concert les musiciens d'un seul pays, car, malgré les différences, « on retrouve presque toujours le caractère de la race qui, à travers le talent déployé ou quelquefois malgré ce talent, transparaît et rattache toutes ces œuvres par un lien subtil et fort » [71].

70. *Ibid.*, ici p. 330, d'où nous tirons les passages cités à partir d'ici dans ce paragraphe.

71. Georges Dandelot, « Triton : Festival de musique tchécoslovaque », *Le Monde musical*, 28 février 1935, p. 65-66, ici p. 65. Il s'agit du compte rendu du concert de musique tchèque organisé par le Triton le

Ce type de discours trouve certainement son origine dans une tradition de valorisation du patrimoine artistique par le critère national qui se traduit en une tradition d'histoires de l'art, de la littérature et de la musique basées sur des « écoles nationales » – la tradition contre laquelle se positionne Schlœzer. Nous avons déjà cité l'*Histoire de la musique* d'Ernest Van de Velde qui, avec sa structure par grandes écoles nationales caractérisées chacune par des traits qu'il résume par des devises prégnantes (« L'École Allemande, à la musique savante, qui fait autorité. – L'École Anglaise, à la musique distinguée, correcte et élégante », etc.)[72], est un exemple emblématique de cette tradition. Nous pouvons distinguer, dans le cadre de ce discours « nationaliste » (ou « nation-centriste »[73]) sur l'art (et, en ce qui nous concerne, sur la musique), deux attitudes principales : un *nationalisme musical monolithique* (fermé, *exclusif*), qui présuppose une série de traits stylistiques regroupés dans un bloc unitaire et figé (« monolithique ») – ces traits caractérisent une école nationale tout en excluant de cette école la musique s'éloignant de ces traits; un *nationalisme musical pluraliste* (ouvert, *inclusif*), qui accepte le changement des traits stylistiques avec les époques, et comprend en une même école nationale des musiques même très différentes, mais écrites par des compositeurs d'une seule nationalité. Évidemment, ces deux attitudes ne sont pas toujours clairement distinguées l'une de l'autre : notre étude se base sur des discours subjectifs et éphémères, dont les traces subsistent dans des articles de revues et de quotidiens, et non pas dans des traités scientifiques ou philosophiques. Il est toutefois utile d'isoler les deux attitudes pour mieux comprendre quelles sont les possibilités laissées ouvertes, par ces discours, au fait que des étrangers écrivent de la « musique française ».

La « musique française » d'après le nationalisme musical monolithique (fermé, exclusif)

Un exemple emblématique de nationalisme musical monolithique apparaît dans l'article « Le nationalisme en art » publié par le compositeur Albert Bertelin dans *Le Courrier musical* en 1913[74]. Son attitude est *exclusive*, puisqu'il part d'une définition *a priori* de la musique française qui exclut du statut de « musiciens nationaux » tous ceux qui ne s'y conforment pas. L'idée de base de cette attitude est que,

> lorsqu'on rapproche les œuvres si diverses que ces musiciens ont produites, on est bien forcé de reconnaître que sous la variété apparente du style, elles possèdent des qualités communes qui n'appartiennent pas à l'individu, mais qui font partie du patrimoine de la race dont il est issu[75].

15 février 1935 et qui comprend des œuvres de Silvestr Hipman [puis Hippmann], Leoš Janáček, Jaroslav Ježek, Karel Boleslav Jirák, Jaroslav Křička, Bohuslav Martinů, Ladislav Vicpálek et Boleslav Vomáčka.

72. Ernest Van de Velde, *Histoire de la musique des origines à nos jours*, Tours, Van de Velde, 1940, p. 27. Voir ci-dessus au chapitre II.

73. « Nationaliste » au sens de centré sur la dimension nationale (on pourrait donc dire « nation-centriste » ou « nation-centrique »). C'est le niveau de découpage standard des identités des individus. Nous ne voulons pas ici attribuer à ce terme l'idée de « patriotisme » ou d'affirmation de supériorité d'une nation en particulier.

74. Albert Bertelin, « Le nationalisme en art », *Le Courrier musical*, 15 juin 1913, p. 362-368.

75. *Ibid.*, p. 364.

D'après Bertelin, on peut écrire de la musique ayant ces qualités nationales soit en s'appuyant sur le folklore, soit en suivant la tradition. Ainsi, les fondateurs de la Société nationale ont su créer une école française moderne puisqu'ils ont mis dans leur production, pourtant si variée, les traits caractéristiques de la « race » française : « Souci de clarté, de précision, d'élégance des lignes [...], d'harmonie, de proportions, [...] d'équilibre architectural »[76].

Une fois postulées les caractéristiques d'une « race musicale », on peut, selon le nationalisme exclusif de Bertelin, classer les différents compositeurs en fonction du fait que leur musique réponde ou non à ces caractéristiques. Certains compositeurs seront ainsi exclus de la liste des représentants de leur école nationale. Par exemple, il n'est pas possible d'inclure la production d'un Tchaïkovski ou d'un Rubinstein dans la catégorie « musique russe », parce que « le style général de leurs œuvres s'apparente à tel point à celui de l'école allemande qu'il est impossible pour des étrangers de découvrir ce qu'il peut y avoir de particulièrement russe dans leur tempérament musical »[77]. (On remarquera l'importance accordée au fait que la marque nationale soit reconnue *par des étrangers*, véritable besoin de distinction identitaire dans une compétition pour la supériorité sur les autres nations : Bertelin affirmera en effet la « supériorité de notre école nationale sur ses rivales étrangères », et que « nous possédons une musique bien française qui, par ses qualités propres et originales, mérite d'occuper une place importante en Europe »[78].) Parmi les musiciens français que Bertelin exclut de la musique française, nous retrouvons notamment Debussy et « les impressionnistes ». Ce qui est reproché à cette musique est d'avoir eu « la prétention de rompre tout lien avec ses ascendants »[79]. Il lui manque, par conséquent, l'ensemble des caractéristiques indispensables pour la qualifier de « française » ; elle n'en présente que quelques-unes, ce qui n'est pas suffisant (c'est l'idée de « monolithe », à savoir que ces caractéristiques forment un seul bloc indivisible) :

> Les qualités de la musique de M. Debussy ont-elles [*sic*] des qualités vraiment et uniquement françaises ? Si, par une certaine simplicité, par un souci de pureté de la ligne [...] M. Debussy peut revendiquer sa filiation à l'école nationale, il est d'autres côtés par lesquels il s'en détache complètement. Sans aller jusqu'à l'accuser, comme je le ferais pour ses imitateurs, de n'avoir nul souci de la forme et de l'architecture, [...] il néglige de parti-pris la précision dans la construction[80].

Cette accusation – dont la question de savoir si elle est fondée ou non ne nous préoccupe pas ici – est particulièrement grave, puisqu'elle mène tout droit vers le plus grand danger envisageable par le nationalisme français représenté ici par Bertelin, soit le risque d'écrire de la musique allemande :

76. *Ibid.*, p. 365.
77. *Ibid.*
78. *Ibid.*
79. *Ibid.*, p. 363.
80. *Ibid.*, p. 366.

> L'abus de cette liberté devient facilement de la licence, et nous avons pu nous rendre compte de ce qu'il pouvait en résulter de fâcheux en écoutant certains poèmes symphoniques aux dimensions géantes, dus à la plume d'un musicien célèbre au-delà du Rhin [...] [81].

Comme si l'accusation de germanisme ne suffisait pas à convaincre son lecteur, Bertelin ajoute celle d'italianisme :

> Ils [les « impressionnistes »] pousseraient certainement de furieux cris de protestation si je les comparais à Rossini, Donizetti et *tutti quanti* : mais, à part la différence des procédés employés, leur art, purement descriptif et décoratif, n'a ni plus de fond, ni plus de consistance que celui des Italiens de 1830, il est purement superficiel, sans grandeur comme sans profondeur [82].

Il est alors clair que « les impressionnistes se trouvent en dehors de notre tradition nationale », conclut Bertelin [83].

Le fait de recourir à une série de traits stylistiques considérés comme distinctifs d'un art national n'a pas complètement disparu de la musicologie contemporaine. Pour justifier l'existence d'un *Cambridge Companion to French Music* (paru en 2015), Simon Trezise argumente que, même si l'entité « France » est relativement récente, il est tout de même possible de parler de « musique française » de l'âge carolingien jusqu'à nos jours, puisque les

> qualités qui constituent l'identité nationale française, évidentes, par exemple, dans un style particulier de mise en musique des textes et en général dans un certain raffinement [...], encouragent à croire que certaines choses ont conservé une sorte de familiarité pendant plusieurs siècles [84].

Dans l'entre-deux-guerres, la position monolithique se manifeste sans cesse dans la presse, chaque fois qu'un critique procède à l'énumération traditionnelle des traits stylistiques « français » que Bertelin résumait en « souci de clarté, de précision, d'élégance des lignes [...], d'harmonie, de proportions, [...] d'équilibre architectural ». Pierre Lalo en produit un catalogue exemplaire dans une conférence radiophonique intitulée *Défense et illustration de la musique française* :

> Clarté, sobriété, vivacité, sens de l'ordre, de la mesure et de la proportion; grandeur sans emphase, sensibilité sans fadeur, douceur sans mollesse et sans afféterie, fermeté et précision de la forme, « style fier », qu'au temps du grand roi les étrangers disaient n'appartenir qu'à nous; goût du rythme, que nous eûmes longtemps plus qu'aucun autre peuple, avant que nous l'eussions laissé affaiblir, autrefois par l'influence de l'Italie, récemment par celles de la valse viennoise et de la danse nègre; sens du pittoresque, de

81. *Ibid.*, p. 367. Le « Musicien célèbre » est probablement Richard Strauss, qui est de la même génération que celle de Debussy (Strauss est né en 1864, Debussy en 1862).

82. *Ibid.*

83. *Ibid.*

84. « *Qualities that constitute a French cultural identity, evident in a certain style of text-setting and general refinement, for instance, [...] encourage the belief that some thing have retrained a familiarity over many centuries* ». Simon Trezise, « Préface », dans Simon Trezise (dir.), *The Cambridge Companion to French Music*, Cambridge, Cambridge University Press, 2015, p. xvii-xix, ici p. xvii.

la couleur instrumentale; amour de l'accent juste, de la diction pénétrante et vraie, de l'expression et de l'émotion dramatiques [85].

Ce type de définitions existe également pour les autres « races musicales » dont le style est censé être bien défini et reconnaissable. C'est le cas notamment de la Russie. Dans son compte rendu de la *Fantaisie russe* pour violoncelle et orchestre de Karjensky (*rectius* Nicolas Karjinsky), Pierre de Lapommeraye conteste l'usage de l'adjectif « russe » dans le titre de l'œuvre, car la musique ne correspond pas aux attentes créées chez lui par cet adjectif : « Très sage, presque trop sage, elle n'a guère de russe que le nom de son auteur, on n'y retrouve ni la fantaisie symphonique d'un Rimsky, ni la grandeur d'un Moussorgsky, ni l'originalité novatrice d'un Stravinsky » [86]. La même chose est arrivée à Stravinski, qui se voit nier par Landormy le qualificatif de Russe puisque sa musique n'intégrerait pas les traits distinctifs de l'« art russe » [87]. Ce « déracinement » opéré par les critiques envers certains compositeurs assume toutefois, sous la plume des critiques plus progressistes, une nuance positive : lorsque Roland-Manuel affirme, en 1924, que « [Stravinski] n'est pas un grand musicien russe : il est un génie européen » [88], il est loin de vouloir l'insulter. Cependant, comme nous le verrons plus loin dans ce même chapitre, être « européen » (plutôt qu'incarner le « génie » de sa nation) était plus souvent une dépréciation qu'un compliment.

Un exemple de nationalisme monolithique utilisant une rhétorique particulièrement forte est celui d'Edmond Bastide qui, pour convaincre ses lecteurs de 1921 d'aimer la musique française contemporaine – trop peu exécutée à son avis –, joue sur la référence culturelle à la Grèce antique pour transmettre le message qu'une école de musique française moderne non seulement existe, mais dépasse en valeur les autres (on doit comprendre : l'allemande) [89]. Il commence par nommer les compositeurs de cet « aéropage [*sic*] » qui n'aurait pas d'équivalents à l'étranger : Debussy, Ravel, Fauré, d'Indy, Schmitt, Roussel, Ernest Chausson, Henri Duparc, Albéric Magnard, Emmanuel Chabrier, Alfred Bruneau, Henri Rabaud, – noms « à peu près inconnus à la masse du public » et victimes d'« ostracisme » [90]. Selon Bastide, une telle situation est causée par le fait que le public est en général « réfractaire à la nouveauté » ; cependant – et voilà le cœur de l'argumentation du critique – en Grèce, les choses se passaient différemment : « L'art grec était essentiellement populaire », et ce, parce que « franchement national » [91]. Les premiers noms qui paraissent dans l'article après ceux des compositeurs bénéficiant de son plaidoyer sont alors ceux de Sophocle, de Homère et de Phidias, ces « titans » dont les « géniales conceptions » ne pouvaient qu'être admirées par tous les Hellènes, puisque

85. Pierre Lalo, « Défense et illustration de la musique française », dans *Le théâtre lyrique en France depuis les origines jusqu'à nos jours : conférences sur la musique*, vol. 1, Paris, Radio-Paris, 1935-1936, p. 7-16, ici p. 8.

86. Pierre de Lapommeraye, « Concerts-Pasdeloup », *Le Ménestrel*, 9 février 1923, p. 65.

87. Paul Landormy, « L'art russe et Igor Stravinsky », *Musique*, 15 juin 1929, p. 935-939, ici p. 936.

88. Roland-Manuel, « L'héritage de Gabriel Fauré », *Revue Pleyel*, 15 novembre 1924, p. 20-21, ici p. 21. Quelques mois plus tard, Schlœzer qualifiera Stravinski de « metanational » (Boris de Schlœzer, « Prokofiev », *Revue Pleyel*, 15 mai 1925, p. 10-13, ici p. 10).

89. Edmond Bastide, « Pour la musique moderne française », *Le Courrier musical*, 1er février 1921, p. 38-39.

90. *Ibid.*, p. 38.

91. *Ibid.*, p. 39.

« tout le génie de la race s'étalait superbement alors et faisait vibrer harmonieusement tous les cœurs »[92]. Le parallèle entre les anciens et les modernes devrait désormais être clair pour le lecteur, mais Bastide en rajoute :

> Nous possédons cet art national, où toutes les qualités françaises étalent non moins splendidement leur incomparable richesse. Sachons donc, dégagés de toute influence étrangère, sachons l'honorer et l'aimer comme il convient; apprenons à aimer notre musique. Laissons-nous aller au charme, à l'élégance exquise d'un Fauré, à la subtilité un peu précieuse d'un Debussy ou d'un Ravel, à la sublimité d'un Chausson, à l'esprit d'un Chabrier, à la rudesse même un peu ancestrale d'un Magnard ou d'un Vincent d'Indy, au coloris vibrant d'un Florent Schmitt, d'un Rabaud ou d'un Bachelet, à l'austère grandeur d'un Guy Ropartz ou d'un Bruneau, et toutes ces qualités multiples qui sont *nôtres* nous feront aimer *notre* musique [...][93].

Si « nous » avons des qualités communes (même si, selon le discours de Bastide, elles sont multiples), c'est parce que « nous » formons un seul corps. Dans son attitude monolithique, le nationalisme artistique considère en effet la nation comme une personne : quand l'historien Bainville écrit que « la France commençait à s'inquiéter », il ne fait qu'attribuer à « la France » une individualité – au sens d'entité séparée des autres (la France n'est pas l'Allemagne) et possédant une identité « une » malgré ses composantes multiples. Des références classiques suggérant la métaphore de la nation comme individu remontent par exemple à l'image anthropomorphe de la France proposée par Jules Michelet (« L'Angleterre est un empire, l'Allemagne un pays, une race; la France est une personne »[94]) ou encore à la conférence *Qu'est-ce qu'une nation?* prononcée par Ernest Renan en 1882 : « La nation, *comme l'individu*, est l'aboutissement d'un long passé d'efforts »[95]. Emblématique à cet égard est l'*incipit* du *Génie de la France* (1944) de Louis Hourticq : « Un peuple, *ou un individu*, se révèle dans son art, comme une plante se classe par sa fleur »[96]. L'art de ce peuple-individu ne peut donc qu'être un. Lorsque Tansman écrit que « le *caractère personnel* de la musique polonaise a disparu après la mort de Chopin »[97], il ne fait qu'adopter cette vision.

Le nationalisme musical pluraliste (ouvert, inclusif)

La métaphore du corps permet néanmoins également une interprétation pluraliste du nationalisme. Les phrases mêmes de Michelet et de Renan citées ci-dessus renvoient à cette vision : dans les deux cas, un cœur ou une âme tiennent ensemble les différentes

---

92. *Ibid.*

93. *Ibid.*

94. Jules Michelet, *Histoire de France*, 5 t., Paris, Hachette, 1833-1841, t. 2 (1833), livre 3 : « Tableau de la France », p. 126.

95. Ernest Renan, *Qu'est-ce qu'une nation?*, conférence (Paris, Sorbonne, 11 mars 1882); texte repris dans Raoul Girardet, *Le nationalisme français : anthologie, 1871-1914*, Paris, Éditions du Seuil, 1983, p. 65-67, ici p. 65 (c'est nous qui soulignons).

96. Louis Hourticq, *Génie de la France*, Paris, Presses universitaires de France, 1944, p. 5 (c'est nous qui soulignons).

97. « *The personal character of Polish music has disappeared since the death of Chopin* ». Tansman, « Musical Life in Poland » (1922), p. 242 (c'est nous qui soulignons).

parties du corps-France. Lorsque cette vision s'applique au nationalisme musical, le point de départ ne repose plus alors sur une liste de traits stylistiques, mais sur la nationalité du compositeur : n'importe quel compositeur né dans un pays est ainsi un représentant de son « école nationale ». Cette attitude est particulièrement courante lorsqu'il s'agit de « jeunes pays » dont les traits musicaux liés à la « race » n'ont pas encore émergé de façon distinctive. On *inclut* alors dans l'ensemble « musique polonaise », à titre d'exemple, tous les compositeurs nés en Pologne, peu importe si leurs musiques possèdent des traits communs ou pas.

Le numéro spécial de *La Revue musicale* intitulé *Géographie musicale 1931*[98], pour citer un cas emblématique, explore l'état de la musique dans quinze pays : quinze articles, un par pays (ou groupes de pays considérés homogènes à l'instar des pays nordiques ou de l'« Amérique espagnole »), proposent des portraits qui, loin de renier la validité d'un classement de la musique et des musiciens par nations, n'épousent cependant pas l'équation entre style et nation. Ces articles visent plutôt à montrer la grande variété des tendances existantes. Henry Prunières, dans son article sur « Les tendances de la jeune école française », est très clair à ce sujet : « L'art musical français ne me semble pas réductible à une formule »[99], bien qu'« une certaine parenté spirituelle relie des œuvres de facture très différente et soumises à des esthétiques antagonistes »[100]. En d'autres termes, tous les musiciens de nationalité française auraient quelque chose les distinguant de ceux d'autres nationalités, et ce, sur le plan de la « vie intérieure » et de la « sensibilité » davantage que sur le plan technique[101]. Par conséquent, ce « quelque chose » ne se limiterait pas aux traits que l'on a traditionnellement définis comme « français » :

> On décrétait que la musique n'était française que si elle se soumettait à un certain idéal de mesure et de clarté, de goût, de finesse et d'esprit. Certes, ce sont là de belles qualités de chez nous et sans doute celles qui, le plus évidemment, séparent nos artistes de ceux des autres pays. Mais enfin, il y a aussi en France des grands musiciens qui ne sauraient relever de cet idéal[102].

Prunières explique alors que la sensualité, par exemple, ne peut être l'apanage de la musique française, mais qu'il existe tout de même une différence entre le « côté sensuel et plastique » d'un Milhaud, « affectant plutôt nos sens que notre âme », et cette « sensualité freudienne » que l'on retrouve chez les « Autrichiens modernes »[103]. Bref, Prunières, en proposant un numéro de sa revue sur le thème d'une « géographie musicale », veut affirmer la coexistence de deux phénomènes tendanciellement

---

98. *Géographie musicale 1931, ou Essai sur la situation de la musique en tous pays*, numéro spécial de *La Revue musicale*, juillet-août 1931.

99. Henry Prunières, « Les tendances de la jeune école française », dans *Géographie musicale 1931*, p. 97-104, ici p. 98.

100. *Ibid.*, p. 97.

101. « Il me paraît cependant qu'à y bien regarder, ce qui sépare les écoles de France, d'Allemagne, d'Italie, etc., c'est beaucoup moins une question de procédés techniques particuliers qu'une question de vie intérieure et de sensibilité » (*ibid.*, p. 99).

102. *Ibid.*, p. 98.

103. *Ibid.*, p. 99.

contradictoires : d'une part, le fait que, sur le plan technique, les tendances contemporaines ne connaissent pas les frontières nationales (« Il faut reconnaître que les tendances d'ordre technique qui se font jour au sein de la jeune école française diffèrent peu de celles qui s'exercent sur toute la musique européenne »[104]) ; d'autre part, le besoin de retracer quand même un « quelque chose » qui distingue les musiques des différentes nations et qui justifie l'organisation géographique de ce panorama de la musique contemporaine mondiale. La conciliation entre une vision pluraliste (la musique d'un pays comprend tous les musiciens de ce pays) et une vision monolithique (il y a « quelque chose » qui permet de distinguer la musique d'un pays de celle d'un autre) se révèle problématique. La conséquence en est que la macrostructure nation-centriste du numéro spécial de *La Revue musicale*, *Géographie musicale 1931*, est contredite par la microstructure des articles, où l'on est forcément porté à organiser la matière par compositeurs, chacun ayant son propre style[105].

Cette tendance à la conciliation entre unité de la « race » et pluralisme des styles n'était pas une nouveauté. Nous pouvons la trouver dix ans avant la publication de *Géographie musicale 1931*, par exemple dans un article sur « La musique moderne espagnole » particulièrement intéressant pour des raisons paratextuelles. Écrit par un René Simon[106], cet article est placé, dans *Le Courrier musical* de février 1921, juste après celui de Bastide sur « La musique moderne française » que nous avons analysé plus haut : les deux titres se trouvent ainsi l'un à côté de l'autre sur deux pages successives se faisant face. Après la conclusion de l'article de Bastide où il fait la liste des « qualités multiples qui sont les *nôtres* » et qui créent l'unité de la musique française comme les qualités de la « race » grecque le faisaient 2 500 ans auparavant, le lecteur découvre, par contraste éclatant, qu'« il n'y a guère de pays où les tendances musicales présentent moins d'unité que l'Espagne »[107]. Car, dans les faits, c'est à un niveau inférieur à la nation, celui des provinces, que la notion de « race musicale » s'applique au cas espagnol :

> Chaque province inculque à ses habitants les penchants et les sentiments d'un atavisme lointain que reflètent les œuvres de ses artistes. Les Basques, graves et réfléchis, n'ont pas le tempérament des Catalans nerveux et expansifs et les Sévillans possèdent à la fois l'élégance et la fougue des Castillans et l'âme nostalgique des Maures, les anciens possesseurs de l'Andalousie[108].

104. *Ibid.*

105. L'organisation du discours par compositeurs dans le numéro spécial intitulé *Géographie musicale 1931* se révèle d'ailleurs par des titres tels que « Musiciens nordiques » (par Gustav Hetsch), « Nouvelles musiques néerlandaises » (par Paul F. Sanders) ou « Quelques musiciens et folkloristes d'Amérique espagnole » (par Julieta Telles de Menezes). D'autres titres accentuent le caractère d'unité nationale : « L'École belge » (par Arthur Hoérée), « L'École anglaise contemporaine » (par Suzanne Demarquez) ou « La jeune musique polonaise » (par Mateusz Glinski). Le « Coup d'œil sur les musiques allemandes d'aujourd'hui » d'Armand Machabey, nonobstant le pluriel de son titre, est sans doute l'article qui vise le plus à décrire des traits communs à plusieurs musiciens, et ce, sur les plans technique et esthétique plutôt que « racial » ; l'extrême contraire est atteint par le petit mot de Georges Enesco sur la musique roumaine.

106. René Simon, « La musique moderne espagnole », 2e partie, *Le Courrier musical*, 1er février 1921, p. 39-40 ; la 1re partie est dans *Le Courrier musical*, 15 janvier 1921, p. 22-23.

107. Simon, « La musique moderne espagnole » (1921), 2e partie, p. 39.

108. *Ibid.*

Qu'elle s'applique au niveau national ou provincial, cette vision déterministe penche à la fois du côté du nationalisme monolithique (au sens où tous les habitants d'une même région sont supposés composer une musique ayant les mêmes traits musicaux) et du côté du nationalisme pluraliste : en effet, tous ces compositeurs, bien que différents les uns des autres, sont considérés comme les représentants de la « musique moderne espagnole », et ce, parce qu'ils sont nés en Espagne.

Le découpage en États nationaux, héritage du XIXe siècle, gouverne la musicographie comme en général la société : « On vit désormais dans un monde où tout individu doit être rattaché à un État »[109]. Emblématique à cet égard est la question des réfugiés politiques arrivant en France dans les années 1920. Le statut de « réfugié » n'existant pas encore, et la nationalité d'un individu étant déterminée par l'État auquel il était rattaché, les réfugiés n'ont, pour les autorités françaises qui les accueillent, aucune nationalité. Une nationalité leur est donc conférée d'office sur la base de leur langue maternelle ou de leur religion ; ou bien, s'ils avaient séjourné dans un autre pays avant d'arriver en France (par exemple, les Russes qui passaient souvent par l'Allemagne), l'Hexagone les considère citoyens du pays de transition[110]. Si l'identité des individus est déterminée en premier lieu par leur nationalité, ceux-ci sont à la fois des sujets *actifs* de leur nationalité (c'est-à-dire que l'on considère que leur nationalité détermine leurs actions et leurs discours) et des sujets *passifs* (leur nationalité détermine les actions qu'ils subissent et les discours que l'on tient sur eux). Ainsi, un compositeur espagnol écrira forcément de la musique espagnole (il est sujet actif de sa nationalité) et sa musique, inversement, sera qualifiée d'espagnole d'abord en raison de la carte d'identité de son auteur, puis ensuite seulement pour ses traits stylistiques (la musique est sujet passif de la nationalité de son compositeur). Ces traits stylistiques sont souvent induits et relatés dans le discours des critiques sur la base des idées reçues concernant les caractéristiques d'une « race musicale » donnée. Quelques exemples vont clarifier cette double attitude.

La musique de Tchérepnine est souvent considérée comme faisant partie de la catégorie « musique russe ». Harsányi le dira encore dans son émission sur l'École de Paris en 1947 : « Sa musique porte, sans doute, les marques de sa race »[111]. Parfois, le caractère de l'œuvre jouée se prête à des commentaires comme celui-ci :

> Cette curieuse composition [...] c'est une évocation sans frein de toutes les sonorités, de tous les mouvements, danses, marches, fanfares, rêveries aussi après l'emportement, et nostalgie des steppes...[112]

109. Noiriel, *Immigration*, p. 337.

110. *Ibid.*, p. 337-340.

111. Voir annexe 1b, p. II,3 (6).

112. Henri de Curzon, « Société des concerts du Conservatoire », *Le Ménestrel*, 11 février 1927, p. 60-61, ici p. 61. Le regard orientaliste sur Tchérepnine peut aller encore plus loin, comme le démontre cet extrait tiré de Michel-Léon Hirsch, « Concert Alexandre Tcherepnine (22 novembre) » (*Le Ménestrel*, 29 novembre 1935, p. 364) : « M. Alexandre Tchérepnine donnait un concert consacré à la musique chinoise et japonaise et à ses propres œuvres. [...] On connait la musique de M. Tchérepnine, et en particulier sa *Sonate en la* et ses *Entretiens*, dont la forme et l'inspiration sont si étroitement rattachées aux œuvres de son pays d'origine. L'Orient et l'Extrême-Orient sont unis par des liens profonds, et c'est pourquoi sans doute M. Tchérepnine [...] a paru avoir mêlé sa musique si intimement à celle de l'ancien Empire du Levant ».

L'imaginaire exotique réveillé par la *Rhapsodie géorgienne* pour violoncelle et orchestre (1922) dont il est question ici s'insère dans un discours courant sur la musique russe (bien que, évidemment, cette musique soit « géorgienne » et non pas « russe »). D'ailleurs, Tchérepnine ne cesse pas d'être un représentant de la « musique russe » et de l'« école slave » même lorsqu'il compose le *Concerto da camera* (1924), une pièce inspirée par le jazz et qui tend à un pastiche néoclassique, comme nous le rappelle le compte rendu de Paul Bertrand :

> Un brillant festival de musique russe, présentant en raccourci l'évolution de l'École slave depuis Glinka jusqu'à ce jour. [...] L'évolution de l'art russe à partir de *Petrouchka* n'était marquée au programme par aucune des dernières œuvres de Stravinsky; mais elle se trouvait suggérée par le *Concerto da camera* de M. Alexandre Tcherepnine [...]. Elle se rattache à cette conception nouvelle qui s'assimile tout le pittoresque et toute la richesse rythmique du jazz, tout le piquant (déjà un peu suranné), de superpositions tonales, et ne recule pas [...] devant une caricature discrète, mais plaisamment irrévérencieuse, d'un scherzo célèbre de Beethoven [113].

L'abandon d'une conception trop « pittoresque » de la musique russe – cette même conception qui poussait Lapommeraye à réfuter l'adjectif « russe » de la *Fantaisie russe* de Karjinsky – est d'ailleurs soutenu par des critiques tels André Schaeffner, qui, dans quelques lignes à propos d'un concert d'œuvres de Nicolaï et Alexandre Tchérepnine, Stravinski, Strimer et Prokofiev, manifeste une vision pluraliste de la musique russe :

> Beaucoup parmi nous ont pris l'habitude de considérer comme authentiquement russes les seules œuvres offrant ces mêmes effets de pittoresque qui ne saillaient que trop chez un Balakirev ou chez un Rimsky-Korsakov. Or, bien au contraire, sous des influences tantôt germaniques, tantôt françaises, ou à la suite d'une réaction très délibérée, des compositeurs comme Scriabine, Stravinsky ou Prokofieff apparaissent bien avoir rompu avec une « manière » que jusqu'alors nous croyions purement nationale. Aucun de ceux qui furent interprétés [...] n'évoquèrent en nous cet art « populaire » ou « barbare » que des « Cinq » nous avions trop précipitamment étendu à toute l'école russe [114].

Il est intéressant de constater qu'au début des années 1920 le régime soviétique n'a pas encore influencé l'imaginaire français concernant la musique russe. « Après une tournée en U.R.S.S. » en 1926, le pianiste et musicographe Henri Gil-Marchex relate dans *Le Monde musical* que « les bouleversements sociaux ne changent pas l'âme d'un peuple » : « Plus que jamais, les Russes restent toujours les gens les plus naturellement musiciens, et pour s'en rendre compte il suffit d'entendre chanter les soldats rouges » [115].

Aux yeux des critiques, il est difficile pour Tansman d'éviter de teinter les procédés du modernisme musical avec sa double origine (juive et polonaise). Ainsi, dans son *Quatuor n° 3* (1925), on reconnaît « une forte influence de Ravel (un Ravel judaïsé au caractère savoureux d'Europe centrale) » [116]. Le contraste entre les différents critiques

113. Paul Bertrand, « Concerts-Colonne (dimanche 6 janvier) », *Le Ménestrel*, 21 janvier 1927, p. 25-26, ici p. 25.

114. [André Schaeffner], « Concerts du "Caméléon" (27 décembre) », *Le Ménestrel*, 4 janvier 1924, p. 5.

115. Henri Gil-Marchex, « La musique en Russie : après une tournée en U.R.S.S. », *Le Monde musical*, octobre 1926, p. 345-347, ici p. 345.

116. [André Schaeffner], « Guarneri-Quartett (27 octobre) », *Le Ménestrel*, 4 novembre 1927, p. 450-451.

de son *Concerto n° 1* pour piano et orchestre (1925)[117] peut servir à prouver que les caractéristiques nationales « objectives » d'une œuvre ne sont pas le seul facteur qui déterminait le recours par la critique à un commentaire les évoquant. Le critique du *Courrier musical* juge que « l'origine polonaise du compositeur apparaît dans le caractère des thèmes et dans leur mise en œuvre harmonique »[118]. Le critique du *Ménestrel*, au contraire, ne semble pas avoir saisi le caractère polonais de l'œuvre, ce qu'il regrette :

> Je suis fort embarrassé pour vous parler du *Concerto* pour piano et orchestre de M. Tansman. Si j'en crois le programme c'est une forte belle chose. Or, je n'ai distingué qu'un déluge de fausses notes, de dissonances sans saveur, et le moins qu'on puisse dire est qu'il distille un profond ennui. [...] Maintenant, si j'en juge par un lot de compatriotes polonais qui applaudit vigoureusement au milieu du morne silence général, tout cela est-il peut-être fort beau et n'y ai-je rien compris. [...] Après cette léthargie pleine de cauchemars, nous fûmes réellement heureux d'être emmenés par Rimsky-Korsakoff dans une Espagne de fantaisie, mais remplie de soleil, de couleurs chatoyantes, de danses et de rires[119].

Un troisième critique, cette fois-ci dans *Le Monde musical*, apprécie l'œuvre et sa modernité sans pour autant lui attribuer une nationalité : « C'est une œuvre plaisante, légère, et ardente, tout à la fois, avec les hardiesses qui conviennent aujourd'hui, quand on ne veut pas passer pour un affreux réactionnaire »[120]. Il se dégage de ces comptes rendus l'idée que ce que l'on aperçoit avant tout dans le *Concerto* de Tansman est sa modernité plutôt que sa « polonité ». Toutefois, le premier critique adopte une attitude proche du nationalisme pluraliste, en affirmant que, puisque le compositeur est polonais, son œuvre l'est aussi – et ce, avec des justifications très vagues : « le caractère des thèmes » et « leur mise en œuvre harmonique ». Le deuxième critique a une attitude renvoyant à son tour à une forme de nationalisme pluraliste : lui et les autres Français présents dans la salle n'ont pas aimé l'œuvre car trop moderne, contrairement aux compatriotes du compositeur ; on imagine que ce n'est pas parce que les Polonais apprécient le modernisme davantage que les Français, mais parce qu'ils ont sans doute reconnu dans l'œuvre quelque chose de plus proche de leur sensibilité. La « léthargie pleine de cauchemars » renvoie probablement à une image sombre de la Pologne (cette mélancolie polonaise moult fois attribuée à Chopin) dont l'opposé est l'Espagne « remplie de soleil, de couleurs chatoyantes, de danses et de rires ». (Il se peut aussi que le commentaire de ce critique soit purement xénophobe, tendant à dénoncer de façon sarcastique la « chapelle » d'étrangers venus subvertir les règles de l'art.) Finalement, le troisième critique n'a pas du tout une attitude nationaliste : comme nous le verrons dans la prochaine section sur le « nationalisme manqué », cette attitude est celle le plus couramment suivie face aux compositeurs étrangers résidant à Paris.

---

117. Concerts Pasdeloup, 18 février 1928. Beethoven : *Symphonie n° 9 en ré mineur*, op. 125 (1824) — Debussy : *Trois Proses lyriques* (1895) — Tansman : *Concerto pour piano et orchestre n° 1* (1925) — Rimsky-Korsakov : *Capriccio espagnol*, op. 34 (1887).

118. Lucien Haudebert, « Concerts Pasdeloup (18 février) », *Le Courrier musical*, 15 mars 1928, p. 178-179, ici p. 179.

119. J. Lobrot, « Concerts-Pasdeloup (samedi 18 février) », *Le Ménestrel*, 24 février 1928, p. 85.

120. Edmond Delage, « Concerts Pasdeloup », *Le Monde musical*, 29 février 1928, p. 57.

Adopter une approche nationaliste pluraliste la plus ouverte possible mène à ne rien induire à partir de la nationalité d'un compositeur : il est né en Pologne, il est donc classé parmi les représentants de la « musique polonaise », mais sans qu'une signification précise et homogène soit attribuée à cette expression. Bref, le classement se limite à la nationalité du compositeur, sans avoir de répercussions sur la classification stylistique du musicien. C'est le type de discours de Tansman dans son article de 1921 sur la jeune école polonaise[121]. Tansman ne dresse pas un portrait homogène, mais procède en énumérant cinq « personnalités » (c'est-à-dire cinq musiciens qui « di[sent] des choses intéressantes d'une façon particulière »[122]), à chacune desquelles il consacre une section autonome (comme des brèves notices d'encyclopédie). Le premier compositeur, qui est d'ailleurs celui qui est le plus longuement discuté, est Ludomir Różycki. Il est présenté comme « le musicien polonais dont la musique se rapproche de plus de l'école française, surtout de l'impressionnisme français ». La position de Tansman ne pourrait être plus pluraliste : la jeune école polonaise est représentée avant tout par un musicien dont le style est « français ». La « race » ne joue évidemment, pour Tansman, aucun rôle dans la définition de sa musique nationale. Il affirme qu'« il est bien possible que sous deux cieux différents des esthétiques parentes se soient formées et développées parallèlement ». Le sol a quand même agi un peu, considérant que « Rozycki garde en même temps une note slave, ce qui empêche de le considérer [comme] un simple épigone du debussysme ». Le pluralisme est d'autant plus affirmé dans les lignes consacrées aux autres représentants de la jeune école polonaise : Félicien (Felicjan) Szopski, compositeur d'opéras wagnériens; Franciszek Brzeziński, qui emploie la musique populaire; Grégoire (Grzegorz) Fitelberg (le père de Jerzy), dont la musique « révèle les influences de Richard Strauss et Scriabine »[123]; Karol Hubert Rostworowski est enfin présenté comme un indépendant absolu. Si on lisait l'article de Tansman sous l'angle du nationalisme monolithique, on n'aurait aucun doute quant à l'absence manifeste d'une « jeune école polonaise »; mais dans une optique de nationalisme pluraliste, la nationalité est suffisante pour que tous ces musiciens, si différents soient-ils, soient regroupés sous une seule étiquette.

Cette attitude s'applique aussi à la « musique française ». C'est notamment le cas des événements internationaux, comme les festivals de la SIMC, où le nombre semble compter plus que la substance : les plaintes à propos de la présence française à ces manifestations concernent bien plus le nombre trop limité de représentants de la « musique française » que la remise en cause du caractère français des œuvres choisies pour représenter la France. Henri Gil-Marchex est très satisfait de la présence française au festival de la SIMC de Salzbourg en 1923 : le « génie français » y était représenté par huit compositeurs aussi variés que Ravel, Roussel, Schmitt, Koechlin, Milhaud, Honegger, Roland-Manuel et Poulenc[124]. En revanche, l'année suivante, il critique la

121. Tansman, « Pologne – La jeune école polonaise » (1921).

122. *Ibid.*, p. 177; repris dans Tansman, *Une voie lyrique*, p. 219.

123. *Ibid.*, p. 179; repris dans Tansman, *Une voie lyrique*, p. 222.

124. Henri Gil-Marchex, « Le Festival de musique contemporaine de Salzbourg », *Le Monde musical*, août 1923, p. 270-271. Pour les programmes des festivals de la SIMC, voir Anton Haefeli, *Die Internationale Gesellschaft für Neue Musik (IGNM) : ihre Geschichte von 1922 bis zur Gegenwart*, Zürich, Atlantis Musikbuch-Verlag, 1982, p. 479 *sqq*.

sélection du jury : trop peu de Français (la moitié par rapport à l'année précédente) et pas assez de grands noms [125]; Koechlin, membre de ce « bizarre jury » attaqué par Gil-Marchex, lui répondra qu'il était impossible de faire autrement :

> Au jury de 1924, l'internationalisme ne fut point favorisé par la méthode adoptée. Si l'on avait examiné les œuvres par ordre alphabétique on eût moins pris garde à la nationalité de chacune. Au contraire, les paquets étaient là [...] un de chaque pays. Pour décider du choix, on procéda en passant d'une nation à l'autre : ainsi l'on voyait explicitement le nombre d'œuvres acceptées pour la France, pour l'Angleterre, pour l'Italie, etc. Et dans ces conditions il devenait assez délicat d'insister, de vouloir faire accepter deux ou trois fois plus d'œuvres françaises, que d'italiennes par exemple, ou d'anglaises [126].

Nous reviendrons sur les effets nationalistes de l'internationalisme de la SIMC. Pour l'instant, il nous suffira de remarquer que ces rencontres internationales favorisaient une acception de la « musique française » très axée sur la nationalité des compositeurs et beaucoup moins sur leur style : le statut de « musicien français » que Bertelin, en 1913, niait à Debussy en raison du manque de traits essentiels de la « race musicale » française dans sa musique, est désormais accordé sans problème à un Ravel ou à un Milhaud en même temps qu'à un Roussel ou à un Satie. Même Stravinski, résidant en France, figure dans la section française de la SIMC [127] – mais il n'est pas compté par Gil-Marchex parmi les « musiciens français ». C'est une question que nous développerons sous peu à propos des jeunes compositeurs immigrés.

Le nationalisme manqué

Le « nation-centrisme » est certainement une dimension très importante de la société française de l'entre-deux-guerres. Cependant, toute la critique musicale n'est pas nation-centriste. Il est, au contraire, très intéressant de constater que seule une faible proportion des comptes rendus des œuvres des compositeurs étrangers résidant à Paris fait appel à un commentaire centré sur leur identité nationale.

La musique des jeunes nations

On pourrait penser que la raison de ce nation-centrisme limité serait, tout simplement, l'absence d'un discours établi sur les traits musicaux spécifiques des pays d'origine de certains compositeurs. Mis à part les Russes ou les Espagnols, qui, parmi les Hongrois, les Roumains ou les Tchèques, pouvait compter sur une définition des traits spécifiquement nationaux de sa musique qui soit utilisable par les critiques français

125. Henri Gil-Marchex, « Le Festival de Salzbourg », *Le Monde musical*, juillet-août 1924, p. 285. Les compositeurs français joués sont Satie, Milhaud, Auric et Poulenc. Trois autres Français (Schmitt, Honegger et Roussel) ont été joués aux concerts symphoniques tenus à Prague en mai-juin. Gil-Marchex pense qu'il est « absolument inadmissible que les dernières œuvres de Ravel, Roussel, Schmitt, Maurice Delage, Honegger aient été omises ».

126. Charles Koechlin, « Les concerts de Salzbourg et le jury de la S.I.M.C. », *Le Monde musical*, octobre 1924, p. 347-348, ici p. 347.

127. *Ibid.*

dans leur discours ? En d'autres termes, tout le monde savait « définir » la musique russe (selon la perspective du nationalisme monolithique), et, par conséquent, les critiques pouvaient avantageusement réutiliser ces « connaissances » partagées pour commenter la musique d'un Tchérepnine ou d'un Obouhov. En revanche, les définitions monolithiques d'autres « races musicales » dont la tradition nationale est plus récente restent moins ancrées dans le discours courant. À quoi bon, par exemple, discuter dans une critique du degré de « roumanité » de la musique d'un Mihalovici si le concept de « musique roumaine » n'est pas partagé ?

Cette hypothèse – à savoir que la rareté d'un commentaire nation-centriste à propos des jeunes étrangers résidant à Paris est le résultat de l'absence d'une définition univoque de leur musique nationale – semble trouver un appui dans le fait que, dans les années 1920, les revues véhiculent un discours très « occidentaliste » au sujet de ces traditions musicales. Ce discours vise à les présenter comme des traditions sœurs de la musique française plutôt que comme des produits « orientaux »[128]. À propos de la musique tchèque, Karel Boleslav Jirák rejette l'association entre la musique de son pays et un exotisme qui serait le résultat de l'utilisation du folklore :

> Il était de mode, encore à la fin du XIXe siècle, de rechercher un certain exotisme musical [...]. Ces tendances trouvaient leur satisfaction, généralement par suite d'une compréhension erronée, dans les œuvres de Dvorak. Il en allait de même pour certaines œuvres de Smetana. Mais la musique tchécoslovaque évoque quelque chose de mieux qu'une simple transplantation de mélodies et de danses populaires dans le champ de la musique savante ; celui qui la jugerait encore de ce point de vue trahirait une mentalité inféodée aux idées du siècle passé[129].

Cet appel à une « déorientalisation » de la vision partagée sur la musique tchèque, que l'on assimile souvent à la musique russe dans un grand ensemble étiqueté « musique slave », se fait entendre aussi du côté français, notamment dans une conférence de Léon Vallas :

> Les Français ne sont-ils pas victimes d'une confusion géographique, quand ils jugent les Tchèques ? D'une part, en effet, ils ont tendance à identifier la musique slave avec l'orientalisme d'un Balakirew ou d'un Rimsky ; et d'autre part, ils assimilent volontiers l'une à l'autre les musiques russe et tchèque, reconnaissant à celle-ci un caractère oriental, alors que la musique tchèque atteste, avant tout, des influences occidentales[130].

Vallas plaide donc pour l'appréciation de la différence nationale de la musique tchèque, en la séparant nettement de la musique russe. Il s'agit d'une position qui relève du nationalisme monolithique, tout en assumant pourtant des traits anti-exotiques.

Dans un long article écrit après une tournée en Tchécoslovaquie au lendemain de la Grande Guerre, la pianiste Blanche Selva pousse encore plus loin cette tendance à

---

128. Nous adoptons ici le terme « occidentalisme » proposé par Marcello Flores comme substitut au très connoté « impérialisme » et forgé comme complément à l'« orientalisme » d'Edward Said. Voir Marcello Flores, *Il secolo mondo : storia del Novecento*, Bologna, Il Mulino, 2002, vol. 1 : *1900-1945*, p. 42 et n. 3.

129. K[arel] B[oleslav] Jirák, « La musique tchécoslovaque moderne », *Le Monde musical*, août 1924, p. 275-277, ici p. 275.

130. Léon Vallas cité par Paul Le Flem, « Musique tchèque », *Comœdia*, 28 février 1924, p. 2.

distinguer la musique tchèque de la musique russe ou allemande par une autre association : elle y affirme que la musique française et la musique tchèque sont très proches, et ce, à cause de la « parenté intime [de leurs] génies respectifs »[131]. Selva s'oppose avec vigueur à l'idée reçue si répandue en France selon laquelle le peuple, et par conséquent la musique tchèque, serait « membre de l'unité germanique ». En sortant de cet aveuglement, dit-elle, il ne faut pourtant pas tomber dans une autre erreur aussi répandue, à savoir de « rattach[er] à la race slave » le peuple tchèque (et, par extension sa musique) et ainsi d'« imaginer en lui un exotisme tout oriental et quasiment barbare »[132]. Non, dit Selva aux musicophiles français ainsi qu'aux tchèques (elle cite de longs passages d'un article qu'on lui avait demandé d'écrire là-bas), « *la vraie nature tchèque est de même essence que la nature française* »[133] :

> L'art français et l'art tchèque ont un fond commun de finesse, de solidité dans la délicatesse, de simplicité sincère de l'expression, de discrétion dans les moyens, de variété dans l'invention, de « bon goût », de spiritualité, enfin, qui les opposent à jamais à la lourdeur, à l'empâtement monstrueux, à l'emphase grandiloquente, au matérialisme grossier (même sous des dénominations spiritualistes), de l'art germanique[134].

La verve antigermanique de Selva, loin d'être une exception en 1919 (l'article est daté du 15 décembre 1919), se traduit par un appel pour que les deux peuples, tchèque et français, s'intéressent de plus en plus l'un à l'autre dans une lutte pour résister à « ce qui serait contraire au génie de sa race »[135] : « Et que l'art français et l'art tchèque, mutuellement, s'échangent et rayonnent dans nos deux pays, comme patrie du plus haut idéal humain »[136].

L'idée de la proximité entre la musique roumaine et la musique française est également assez fréquente dans la presse des années 1920. Charles Tenroc, à propos d'œuvres d'Enesco, d'Alessandrescu et de Golestan, propose de parler de « musique franco-roumaine », puisque ces compositeurs « ont fait de notre art le complément de leur tempérament national »[137]. Ce tempérament roumain est d'ailleurs décrit dans *Le Ménestrel* comme se plaçant à mi-chemin entre l'Orient et l'Occident :

---

131. Blanche Selva, « Notes musicales sur un voyage au pays tchèque », *Le Monde musical*, janvier 1920, p. 7-10, ici p. 8. Sur les circonstances entourant la tournée tchèque de Selva, voir Guy Selva, *Une artiste incomparable : Blanche Selva, pianiste, pédagogue, musicienne*, La Touche, Association Blanche Selva, 2010, p. 97-101.

132. *Ibid.*, p. 10 : « Nous nous attendons à des choses bizarres, barbares, des excès de couleur, de matière, des rythmes étranges, des mélodies à saveur orientale, des harmonies baroques [...]. Nous reléguons le pays tchèque dans une région fantaisiste, lointaine, vaguement asiatique, sans réfléchir à la situation géographique qui en fait l'une des régions les plus favorables au développement de la civilisation, à l'équilibre des éléments ».

133. *Ibid.*, p. 9 (c'est l'auteure qui souligne).

134. *Ibid.*

135. *Ibid.*

136. *Ibid.*, p. 10. Un discours très similaire – la recherche d'une alliance anti-allemande basée sur une présumée analogie raciale – avait été formulé dès le début du siècle par Henri Collet à propos de l'Espagne. Voir Samuel Llano, *Whose Spain ? Negotiating « Spanish Music » in Paris, 1908-1929*, Oxford, Oxford University Press, 2013, chap. 1 : « "Spanish Music" As Allied Propaganda : Henri Collet », p. 3-48.

137. Charles Tenroc, « Festival de musique roumaine », *Le Courrier musical*, 15 avril 1924, p. 224. Pour une panoramique des différents modèles de synthèse musicale franco-roumaine, voir Clemansa Firca, « Le "modèle français" dans la musique roumaine de 1890 à 1930 », dans Claude Viala (dir.), *Colloque*

> « Musique roumaine ». La Roumanie est politiquement une véritable marche latine au milieu des peuples slaves ou orientaux : elle a malgré tout subi l'influence de ses voisins. Il y a dans sa musique ce besoin de mélodie et de chant qui caractérise l'art italien [...], mais on y retrouve aussi cette mélancolie lointaine, cet éclair d'infini qui frappe dans le regard des femmes roumaines et qu'elles tiennent de la proximité de l'Orient [138].

Cet exotisme lié à la Roumanie se concrétise par ailleurs à travers le choix du *Guide du concert* de publier un *Chant roumain* (figure 4). Par ce choix, la revue donne à ses lecteurs une « curiosité » côtoyant d'autres transcriptions publiées au cours des années 1920 et 1930, telles cette *Chanson hongroise* ayant « une saveur et un piquant très séduisants » (figure 5), « recueillie » lors d'une « mission musicale », ainsi qu'un *Air irlandais* ou une *Sanguaraña, danse péruvienne* [139].

La Hongrie « piquante et séduisante » – paradigme exotique sans doute hérité de l'imaginaire romantique des *Rhapsodies hongroises* (1847) de Liszt ou des *Danses hongroises* (1868-1880) de Brahms [140] – est présente, parfois, dans les discours au sujet de Harsányi et de son « inspiration autochtone » :

> M. Tibor Harsanyi est un authentique musicien hongrois. Élève de Zoltan Kodaly, disciple de Bela Bartok, il a étudié comme eux les chansons et les danses populaires de la Hongrie. Il leur a demandé le meilleur de son inspiration ; il a interprété et transfiguré les plus beaux de leurs thèmes. Il s'est servi de leur gamme à cinq sons et a suivi leur singulière liberté rythmique. [...] Après avoir recueilli dans son oreille et dans son âme le meilleur de la musique de son pays, il est parti pour en porter ailleurs le chant et la poésie. Il a parcouru l'Autriche, l'Allemagne, la Hollande ; et comme Liszt, dont il s'est peut-être souvenu, il s'est enfin fixé à Paris pour se faire consacrer par lui. [...] Dans toutes ces œuvres il faut admirer la spontanéité et la richesse mélodiques, un accent populaire d'une couleur et d'un mouvement inimitables [141].

Franco-Roumain, actes du colloque (Paris, 4-6 octobre 2001), Paris, Académie musicale de Villecroze, 2006, http://www.academie-villecroze.com/pdf/Colloques/Colloque%20franco-roumain/09%20-%20Firca.pdf, consulté le 10 janvier 2016.

138. E. L., « Musique roumaine », *Le Ménestrel*, 7 mars 1924, p. 105.

139. *Chanson hongroise* (*Le Guide du concert*, 20 avril 1928, p. 828) ; *Chant roumain* (*Le Guide du concert*, 12 avril 1929, p. 796) ; *Air irlandais* (*Le Guide du concert*, 26 avril 1929, p. 860) ; *La Sanguaraña, danse péruvienne* (*Le Guide du concert*, 11 et 18 avril 1930, p. 797-798).

140. Un bel exemple du type de discours entourant ce répertoire se retrouve dans le texte de présentation des *Rhapsodies hongroises* prononcé par une élève de l'École normale de musique (elle-même hongroise ?) lors d'un récital et ensuite publié dans *Le Monde musical*, où on lit notamment que « les quatre points principaux qui caractérisent la musique hongroise sont : l'absence de modulation, ses intervalles, ses rythmes essentiellement propres à la race, l'abondance de "fioritures" éminemment orientales. L'absence des modulations donnait lieu au passage brusque d'un mode dans un autre qui ne lui est pas apparenté, à l'image du Bohémien qui passe brusquement d'un état d'âme à un état contraire ». Arpini Inayetan, « Les *Rhapsodies hongroises* », *Le Monde musical*, avril 1924, p. 134-135, ici p. 134.

141. André Delacour, « Un musicien hongrois : Tibor Harsányi », *L'Européen*, 19 novembre 1930, p. 2.

Figure 4. *Chant roumain* publié par *Le Guide du concert* en 1929 (vol. 15, n° 28, 12 avril, p. 796).

Figure 5. *Chanson hongroise* publiée par *Le Guide du concert* en 1928 (vol. 14, n° 29, 20 avril, p. 828).

Cette description exagère le côté « Hongrie de carte postale » de Harsányi et de sa musique – ce côté dont José Bruyr, par exemple, niait fermement l'existence[142]. Dans le même paradigme de nationalisme monolithique, un autre commentateur affirme aussi que ce serait « son origine hongroise [qui] lui perme[t] un lyrisme fougueux »[143]. Simultanément, une autre Hongrie – celle-là impériale – offre une approche discursive différente pour parler de la musique de Harsányi. Dans un compte rendu signé Étienne Royer, ces deux Hongries se fondent : les *Six Poèmes de Heine* (1923) « sont conçu[s] dans le style du "lied" allemand, mais avec des contours mélodiques révélant néanmoins la nationalité hongroise du compositeur et relevés d'ailleurs, d'harmonies souvent curieuses et piquantes », tandis que la *Sonatine* pour violon et piano (1918) « est en général d'un caractère très national : tout à fait "viennois" »[144]. À part ces exceptions, la référence à la terre natale de Harsányi est presque toujours absente du discours le concernant.

Musique sans papiers

Le principe de l'occidentalisation d'une tradition potentiellement « orientale » – une occidentalisation qui l'ennoblit et la rend universelle tout en gardant le caractère de la « race » – trouve un exemple parfait dans la figure de Chopin, qui projette son ombre sur les jeunes musiciens polonais. Le registre des propos tenus par Ganche dans son livre sur Chopin de 1925 est particulièrement révélateur de cette situation[145]. Nous le citons en le commentant entre crochets :

> Cette musique, venue du rêve [Orient] et de la réalité [Occident], partit de la Pologne inspiratrice [la « race polonaise »] et s'étendit jusqu'à l'universalité des esprits [universalisme]. Au début de ses chants [inspiration populaire], dont les rythmes et les mystères conviennent au cœur de tous les vivants [universalisme], on pourrait écrire et répéter sans cesse : Pologne, Pologne, Pologne [nation-centrisme]. C'est le seul et vrai nom des œuvres de Frédéric Chopin.[146]

142. Voir ci-dessus au chapitre VI.

143. André de Coudekerque-Lambrecht dans *Ideal et réalité*, coupure de presse conservée dans le recueil *Programmes et comptes rendus de concert, Tibor Harsányi* (BnF, Musique), cahier 2, datée mars 1925.

144. Étienne Royer, « L'édition musicale », *Le Guide du concert*, 5 février 1926, p. 510.

145. Ganche n'était pas une exception. Voir à ce propos les différentes nuances dans l'articulation du rapport entre Pologne, France et universalisme présentes dans trois éloges de Chopin parus dans la presse musicale française entre 1923 et 1927 : celui d'Ignacy Jan Paderewski (« Chopin », *Le Monde musical*, juin 1923, p. 193-195); celui d'Auguste de Radwan (« Chopin », *Le Monde musical*, novembre 1926, p. 391-392); et celui d'Étienne Royer (« Chopin (Essai sur le style musical) », *Le Guide du concert*, 4 novembre 1927, p. 122-123). Très significatif, dans un cadre extérieur à la France (mais d'auteur français) est aussi l'article de Georges Jean-Aubry, « The Soul of Poland : Frederic Chopin » (*The Chesterian*, février 1921, p. 385-388; version française « Hommage à Chopin » dans G. Jean-Aubry, *La musique et les nations*, Paris, Éditions de la Sirène / Londres, Chester, 1922, p. 33-37). Le numéro spécial de *La Revue musicale* consacré à Chopin en décembre 1931 offre nombre d'autres sources utiles au développement de ce sujet. Ces documents d'inscrivent dans une longue tradition d'interprétations plus ou moins libres du caractère polonais de Chopin; voir à ce propos Jeffrey Kallberg, « Hearing Poland : Chopin and Nationalism », dans R. Larry Todd (dir.), *Nineteenth-Century Piano Music*, New York, Schirmer, 1994; New York, Routledge, 2004, p. 221-257.

146. Édouard Ganche, *Dans le souvenir de Frédéric Chopin*, Paris, Mercure de France, 1925, p. 8.

Il aurait été simple d'appliquer ce paradigme à un Tansman, qui visait ouvertement, d'ailleurs, à se présenter comme le continuateur de la tradition chopinienne solidement ancrée dans l'âme polonaise [147]. Pourtant, les critiques qui usent des mêmes termes patriotiques au sujet de Tansman sont fort rares. S'il arrive souvent, dans les comptes rendus, que l'on se réfère à Tansman comme à un « compositeur polonais », sa nationalité ne caractérise pourtant pas davantage son œuvre. Joseph Baruzi, par exemple, salue le « jeune compositeur polonais » en soulignant l'influence de Stravinski dans son *Scherzo symphonique*, « et notamment du Stravinsky de *Petrouchka* » [148] (c'est-à-dire, un Stravinski très russe). Quinze ans plus tard, alors que Tansman est beaucoup plus connu, Georges Dandelot remarque la présence du « style Tansman » dans la *Partita* (1933) : « La *Partita* d'Alexandre Tansman est tout à fait dans la "manière" du compositeur polonais ; très rythmique, très classique, d'une belle ordonnance et d'un équilibre sonore parfaitement réussi » [149]. Si la nationalité de Tansman est encore associée à son nom, elle demeure cependant absente de la description de sa musique.

Le fait de ne pas mettre en relief les caractéristiques nationales de la musique des compositeurs étrangers à Paris est une tendance générale dans les guides d'écoute (les « études musicales analytiques ») proposées de façon hebdomadaire par *Le Guide du concert* en lien avec les concerts de la semaine. À partir de 1927, les œuvres des compositeurs que l'on a ensuite considérés comme faisant partie de l'École de Paris au sens le plus étroit commencent à être présentées dans cette rubrique. Si nous considérons la période 1927-1933 (moment où l'affirmation de ces compositeurs sur la scène parisienne était chose faite), on peut compter dix « études musicales analytiques » d'œuvres de Tansman, sept d'œuvres de Harsányi, six de Tchérepnine, quatre de Beck, de Martinů et de Mihalovici, respectivement. Ces textes n'utilisent que fort rarement une perspective nation-centriste et presque jamais un vocabulaire exotique. Évidemment, lorsque une pièce utilise des rythmes ou des thèmes populaires, cela est signalé dans le commentaire : ainsi, dans la *Sonate* pour violoncelle et piano (1928) de Harsányi, « différents rythmes se superpos[ent] parfois à des éléments populaires » [150]. Ce caractère populaire est qualifié de « roumain » dans le cas de deux œuvres de Mihalovici, la *Sonatine* pour hautbois et piano (1924) « dont certaines idées ont une

147. Voir la lettre d'Alexandre Tansman à Édouard Ganche, 20 décembre 1931 (BnF, Musique, lettre 347) : « En ce qui me concerne, j'y suis comme toujours traité "à la polonaise". Ceci n'empêche point que j'ai publié mes *Vingt Petites Pièces polonaises* et écrit et publié mes *Mazurkas* à une époque où tout le monde (sans exception) faisait en Pologne du Strauss et du Scriabine. C'est assez drôle d'avoir été l'initiateur d'un mouvement et d'être présenté comme un émule, mais ce n'est pas la première fois que cela m'arrivera. Je compte que l'avenir rétablira les choses, car les dates sont là, et on n'a qu'à comparer les œuvres de la même époque de tous les compositeurs polonais et les miennes pour constater les tendances. J'ai *commencé* mon œuvre par le retour à Chopin et à la musique nationale à un moment où personne n'y songeait, et j'ai le courage d'affirmer qu'en cela j'ai donné l'exemple même à mes aînés. Tous [*sic*] les *Mazurkas* innombrables écrites par des auteurs polonais sont postérieures à mes *Pièces* et à mes *Mazurkas* (dont le premier publié est de 1918) ».

148. Joseph Baruzi, « Concerts Koussevitzky (17 mai) », *Le Ménestrel*, 25 mai 1923, p. 236-237, ici p. 237.

149. Georges Dandelot, « Orchestre philarmonique », *Le Monde musical*, 31 mai 1938, p. 131.

150. « Études musicales analytiques – *Sonate*, Tibor Harsanyi », *Le Guide du concert*, 13 décembre 1929, p. 331.

allure populaire roumaine »[151] et *Cortège des divinités infernales* (1928) : « Certains rythmes et fragments mélodiques s'efforcent de garder, comme la plupart des œuvres de Mihalovici, une allure populaire roumaine, sans pour cela faire un usage direct du Folk-Lore [*sic*] »[152]. Le choix de l'expression « allure populaire roumaine » et celui du verbe « s'efforcent » sont intéressants. On a l'impression que le caractère « roumain » de ces traits d'écriture est très vague – en d'autres termes, il est *roumain* parce que son compositeur l'est. Mais on pourrait le percevoir facilement comme *hongrois* ou *polonais*, tout dépendant du passeport de l'artiste qui signe l'œuvre (d'autant plus que le matériau musical de la pièce ne fait aucune référence directe à un produit du folklore d'un pays spécifique).

Parallèlement, on n'hésite pas à souligner le nationalisme manqué d'une pièce : ainsi, la *Rapsodie Haïdouk* pour violon et orchestre (1932) de Boyan Ikonomov (qui avait étudié à la Schola cantorum et à l'École normale de musique) est présentée comme un « hommage à une époque féconde en chants populaires bulgares, l'époque des Haïdouks [c'est-à-dire les rebelles balkans luttant contre les Turcs] qui précède la libération du peuple », et pourtant cette rapsodie « n'emprunte aucun thème au folklore bulgare »[153]. La constatation de l'absence d'un caractère national de l'œuvre est plus nuancée à propos des *Quatre Danses polonaises* (1931) de Tansman, qui « ne font aucun emprunt direct au folklore, mais sont conçues dans son ambiance mélodique, harmonique et rythmique »[154]. Cette version du commentaire, publiée à la fin de 1933, diverge sensiblement de celle publiée en 1931 où l'on écrit que, dans cette pièce, Tansman utilise des « thèmes originaux » pour « évoquer plutôt [que] styliser l'atmosphère du chant populaire polonais »[155]. Sans doute le rédacteur de ce texte a-il cru opportun d'interpréter les thèmes comme « originaux » parce que le titre même de l'œuvre renvoie à une individuation univoque de la « nationalité » de son matériau.

Un cas similaire de titre qui fournit une identité nationale certaine à la musique est celui de la *Rhapsodie géorgienne*, déjà citée, de Tchérepnine. Le commentaire analytique tient à souligner une différence entre ce qui est réellement « géorgien » de ce qui est plus « génériquement slave » : « Seule la structure rythmique de l'œuvre renferme des éléments empruntés à la Géorgie. Quant aux thèmes eux-mêmes, ils ont, d'une manière générale, une allure slave, qu'ils soient authentiquement populaires ou [qu'ils] appartiennent à l'auteur »[156]. Cette « allure slave » rappelle l'« allure populaire roumaine » évoquée à propos des matériaux utilisés par Mihalovici et ne peut que confirmer notre

151. « Études musicales analytiques – *Sonatine*, Marcel Mihalovici », *Le Guide du concert*, 19 avril 1929, p. 843.

152. « Études musicales analytiques – *Cortège des divinités infernales*, Marcel Mihalovici », *Le Guide du concert*, 17 octobre 1930, p. 59.

153. « Études musicales analytiques – *Haidouk* (1 re audition), Boyan Ikonomow », *Le Guide du concert*, 27 janvier 1933, p. 440.

154. « Études musicales analytiques – *Quatre Danses polonaises*, Alexandre Tansman », *Le Guide du concert*, 10 novembre 1933, p. 151.

155. « Études musicales analytiques – *4 Danses polonaises*, Alexandre Tansman », *Le Guide du concert*, 11 décembre 1931, p. 312-313.

156. « Études musicales analytiques – *Rhapsodie géorgienne* pour violoncelle, Tcherepnine », *Le Guide du concert*, 28 novembre 1930, p. 251.

impression générale. D'une part, ces commentaires musicaux ont tendance à minimiser plutôt qu'à accentuer le caractère national de la musique de ces compositeurs et, d'autre part, en suivant la tendance au « nation-centrisme », on cherche parfois à attribuer une identité nationale précise à un matériau musical (roumain plutôt que géorgien), sans pour autant pouvoir toujours appliquer ces distinctions géopolitiques à quelque chose dont on reconnaît surtout une « allure » populaire, génériquement slave. De toute façon, la majorité des commentaires n'offrent aucune caractérisation nationaliste de la musique de ces compositeurs, et jamais on n'évoque la « race musicale » pour la décrire. Une seule fois nous avons trouvé l'utilisation d'un vocabulaire exotique dans les commentaires analytiques publiés dans *Le Guide du concert*, alors qu'il est question de « sauvagerie » et de « rythmes d'un caractère primitif, barbare » à propos de la *Danse* (1924) de Harsányi [157].

En conclusion, nous constatons donc que la question de la « race musicale » ne se trouve pas souvent au centre du discours sur la musique des compositeurs retenus par l'histoire comme les « membres » de l'École de Paris. On souligne parfois leur « modernisme ethnique » – c'est-à-dire le fait que leur écriture utilise parfois des traits issus des traditions musicales orales en tant que matériaux non traditionnels réélaborés dans le cadre d'une recherche linguistique personnelle [158] – plutôt que d'expliquer et de justifier leur langage par leur nationalité. En revanche, d'autres compositeurs étrangers à Paris sont presque systématiquement exotisés et racialisés par la critique, qui ne parle pas des caractéristiques ethniques de leur musique en tant que choix, mais plutôt en tant que nécessité dictée par la « race », éléments jaillissant de l'« âme nationale » se manifestant naturellement dans leur musique. Un exemple significatif est celui de Villa-Lobos :

> L'art de Villa-Lobos s'inspire en droite ligne des simples scies et rengaines natales que son génie sut merveilleusement s'assimiler. Nature généreuse, violente, d'une mobilité paradoxale, il crée des œuvres à son image. Non qu'il ne sache à l'heure dite [...] déposer sa cuirasse d'airain [...]. Mais, même dans les plus pathétiques attendrissements et les plus intimes confidences, on sent sourdre impérieusement la folie latente du mouvement et du rythme [...] [159].

---

157. « Études musicales analytiques – *Danse*, Tibor Harsanyi », *Le Guide du concert*, 9 mars 1928, p. 680. Cette pièce est d'ailleurs l'objet d'autres commentaires utilisant une rhétorique qui en accentue le caractère « oriental », comme dans Pierre de Lapommeraye, « Concerts-Colonne (samedi 10 mars) », *Le Ménestrel*, 16 mars 1928, p. 122 : elle « représent[e] assez bien la fougue de ces danses orientales, mi-tziganes mi-russes, un peu sauvages, qui ne tardent pas à amener une sorte de griserie lasse et de rêve tourmenté. Les rythmes en sont curieux et l'orchestration pittoresque ».

158. Nous n'utilisons pas le concept de « modernisme ethnique » dans le sens très élargi de tout produit artistique de la modernité créé par un individu dont on perçoit la différence ethnique dans la communauté où il vit (c'est le sens donné à cette expression par Werner Sollors, *Ethnic Modernism*, vol. 6 de *The Cambridge History of American Literature*, Cambridge, Cambridge University Press, 2002). Nous insistons sur le fait que les artistes reconnaissent leur différence et l'incorporent dans leur poétique. Les « modernistes ethniques » qui ont le plus influencé les jeunes compositeurs de l'entre-deux-guerres sont notamment Bartók et Stravinski. Voir par exemple David E. Schneider, *Bartók, Hungary, and the Renewal of Tradition : Case Studies in the Intersection of Modernity and Nationality*, Berkeley, University of California Press, 2006 ; Richard Taruskin, *Stravinsky and the Russian Traditions : A Biography of the Works through Mavra*, 2 vol., Berkeley, University of California Press, 1996.

159. Florent Schmitt, « Les concerts », *Le Temps*, 28 décembre 1929, p. 3.

Ce qui est intéressant dans le cas de Villa-Lobos, c'est qu'il ne s'agit pas tant d'un exotisme *subi*, mais plutôt d'une *auto-exoticisation* volontairement recherchée. Villa-Lobos s'inscrit parmi ces jeunes compositeurs qui, pendant leur période parisienne (et peut-être à cause du déracinement), tiennent à revendiquer leur identité nationale et demandent à ce que leur musique soit accueillie selon le paradigme nation-centriste (nous approfondirons cet aspect dans la prochaine section).

Dans un contexte où l'identité individuelle est déterminée par la nationalité, le fait de revendiquer pour sa propre musique un esprit national n'étonne pas, surtout chez des immigrés. Comme le dit Tchérepnine dans une interview déjà citée, si Chopin était resté en Pologne, il serait beaucoup moins polonais qu'il ne l'est devenu à Paris[160]. D'ailleurs, comme Benedict Anderson l'a montré, les nations sont des communautés imaginaires qui « se distinguent non par leur fausseté ou leur authenticité, mais par le style dans lequel elles sont imaginées »[161] : la façon dont on parle de la Pologne est différente de celle dont on parle de la Russie, ce qui porte à les distinguer comme deux entités séparées. Cette façon dont on évoque une nation peut être verbale, mais aussi musicale. Le fait de revendiquer un folklore polonais différent d'un folklore russe est, dans les faits, bien plus une opération contribuant à former la communauté imaginaire « Pologne » que la revendication d'un droit territorial, puisque dans les faits plusieurs traditions folkloriques coexistaient sur le territoire polonais, de la même façon que plusieurs traditions étaient vivantes en Russie (ou mieux, sur le territoire qui, à un certain moment de l'histoire, s'appelait Russie). Bref, la musique est l'un des critères imaginaires qui contribuent à la définition d'une nation, et ce, en deux sens : *déductif* (la France existe, et, par conséquent, il y a une musique française) et *inductif* (ce chant populaire est chanté dans une région qui maintenant appartient à la Pologne, et, par conséquent, si je l'utilise dans mes compositions je fais de la musique polonaise).

Il n'est donc pas étonnant que les critiques n'identifient pas systématiquement la musique des compositeurs étrangers comme ayant une identité « autre », comme nous l'avons vu dans la section précédente. Lorsque les critiques le font, il s'agit presque immanquablement de discours basés sur des idées reçues et des applications à la musique du découpage national imposé par l'actualité sociopolitique. Mais est-on vraiment certain qu'un critique musical français écoutant des pièces de Harsányi et de Mihalovici était capable de distinguer le caractère proprement hongrois du premier du caractère roumain de l'autre ? N'est-il pas plus probable qu'il entendait, notamment là où des rythmes ou des mélodies populaires étaient employés, une présence folklorique, et que jamais il n'aurait su distinguer les caractéristiques propres à la « race musicale hongroise » de celles typiques de la « race musicale roumaine » si les pièces de ces deux compositeurs lui avaient été proposées sans leur titre et sans le nom (et la nationalité)

160. Propos tenus par Alexandre Tchérepnine dans Joëlle Witold, [« Alexandre Tchérepnine »], dans *La musique et les hommes*, émission radiophonique, ORTF, France Culture, diffusée le 26 février 1969. Voir ci-dessus au chapitre VI, section « Souvenirs ». Il s'agit du phénomène commun aux artistes de toutes les disciplines de se « découvrir nationaux à Paris » souligné par Pascale Casanova (*La république mondiale des lettres* [1999], Paris, Éditions du Seuil, 2008, en particulier p. 57-58).

161. Benedict Anderson, *L'imaginaire national : réflexions sur l'origine et l'essor du nationalisme*, traduit de l'anglais par Pierre-Emmanuel Dauzat, Paris, Éditions La Découverte, 1996, p. 20.

des auteurs ? Ce n'est pas un hasard si parfois les nationalités des compositeurs étrangers en France étaient mal indiquées dans les comptes rendus. Une chronique du premier concert symphonique de Tansman à Paris (Concerts Golschmann, 3 février 1921) présente l'auteur des *Impressions* (1920) comme un « jeune compositeur russe »[162]. La nouvelle géographie européenne née avec le Traité de Versailles a donné l'indépendance politique à des territoires qui pendant des décennies avaient fait partie d'un empire (c'est le cas de la Hongrie) ou qui étaient divisées entre plusieurs États (c'est le cas de la Pologne, autrefois partagée entre la Russie, l'Autriche et l'Allemagne) ; mais la différence musicale entre un Polonais et un Russe, ou entre un Hongrois et un Roumain, est difficilement repérable par les critiques musicaux, surtout si le titre de sa pièce ne permet pas de faire la différence.

Le nationalisme revendiqué

Exoticisation et auto-exotisme

Néanmoins, certains musiciens forcent l'imaginaire pour affirmer une différence, et ainsi la mettre sciemment en évidence. Ils le font avant même que les critiques ne s'y affairent. Joaquín Nin, dans un entretien de 1932 avec José Bruyr, affirme que les compositeurs espagnols n'ont « rien à gagner [...] à [se] déguiser en Européens : musicalement, les Pyrénées existent toujours »[163]. Nin – qui d'ailleurs n'est pas Espagnol, mais Cubain – parle fièrement de la musique espagnole en utilisant le « nous » et démontre l'existence de sa communauté par une généalogie érudite, selon la tactique rhétorique qui consiste à invoquer une série de données en les présentant comme des faits universellement reconnus. Le fait qu'il tient à distinguer le « nous », c'est-à-dire les musiciens espagnols, des « espagnoleries » des compositeurs étrangers vise, dans sa tradition imaginée, à faire prévaloir la « race » sur le style. Il ne peut concevoir que ces espagnoleries (qu'il reconnaît pourtant comme antérieures à son « nous ») pourraient avoir contribué à ce que la musique de son pays soit reconnue comme *espagnole* et non plus simplement comme un folklorisme indéterminé :

> Il y a bien une admirable école classique espagnole, que j'ai tenté de sauver en republiant[164] Padre Soler, [Vicente] Rodriguez, [Narciso] Casanovas, [Rafael] Anglés ou [José] Gallés ; du Freixanet, du Cantallos, du Mateo Ferrer ou du Mateo Albeniz, mort il y a un siècle : car pour en arriver à la renaissance de notre grand Isaac Albeniz, il nous fallut attendre [Felipe] Pedrell lequel fut, dans ses *Pirineos*, le Glinka et le César Cui à la fois, l'initiateur et le théoricien de notre nouveau groupe. Vous voyez que nous datons de trente ans, exactement. Tout le monde avait fait des espagnoleries avant nous, Bizet, Chabrier,

162. [Auguste Mangeot], « Concerts Golschmann (3 février) », *Le Monde musical*, 15 et 28 février 1921, p. 54.

163. Propos tenus par Joaquín Nin dans José Bruyr, « Un entretien avec... Joaquin Nin », *Le Guide du concert*, 11 novembre 1932, p. 135-137, ici p. 136.

164. Il s'agit de deux recueils de « sonates anciennes d'auteurs espagnols » parus chez Eschig en 1925 et 1928.

> Rimsky, Debussy et Ravel. Inutile donc de verser dans le Strawinsky ou le Schoenberg : soyons plutôt nous-mêmes. Et gardons, en Espagnols, l'orgueil des vieilles races... [165]

Il faut préciser que, lorsqu'il est question de l'Espagne, la critique musicale accentue le lien entre le discours nationaliste (la « race » musicale liée au sang et au sol) et le discours exotique (vocabulaire orientaliste) [166]. La presse de l'entre-deux-guerres – cette même presse qui ne souligne pas les liens entre style musical et nationalité d'un Tansman ou d'un Martinů – applique presque systématiquement cette rhétorique à un Falla, comme l'illustre la petite anthologie d'exemples qui suit :

> Manuel de Falla, Andalou authentique, possède la vigueur d'accents d'un coloris puissant ; il a en même temps la tristesse rêveuse d'un poète arabe [167].

> Le maître musicien espagnol nous conduit au pays des gitanes, pays où l'amour n'a de piment que s'il atteint l'envoûtement, ou s'il est le fruit de quelque sorcellerie. [...] En magicien du rythme et de la couleur, Manuel de Falla a écrit une partition éclatante, où il semble que l'on aime et que l'on danse jusqu'au sang [168].

> L'éminent virtuose du clavier Ricardo Vinès a tenu à nous faire réentendre *Nuits dans les jardins d'Espagne* de M. de Falla. Nous ne doutons pas qu'il ait eu parfaitement raison de nous faire ressouvenir de la poésie toute locale qui se dégage de cette œuvre nocturne. En ces pages, la « race » s'affirme dès les premières mesures, cela est moins marqué que chez Albeniz ; néanmoins, l'on y peut savourer des teintes douces, des rythmes accusés, très « Espagne » [169].

Ce paradigme discursif s'est greffé à la tradition critique, et on le retrouve encore dans des ouvrages très récents comme la monographie sur le compositeur publiée par Jean-Charles Hoffelé en 1992 :

> On sait que la voix, en Andalousie, constitue avec la guitare le seul moyen d'expression musicale. Ce rapport naturel avec l'écriture vocale tient plutôt au sang et à la race dont Falla est issu qu'à sa propre intégrité d'artiste [170].

Dans ce cadre discursif autour de la musique espagnole, il est intéressant de signaler un article paru dans la revue *Musique* en 1929, où le critique espagnol Adolfo Salazar invite à différencier l'exotique du national :

> Un auditeur non espagnol doit reconnaître aux compositeurs espagnols le droit d'être las des mêmes rythmes, des mêmes tours, des mêmes poncifs et lieux communs dans lesquels tombe la musique nationale si elle n'est pas attentive à se rénover [171].

165. Nin dans Bruyr, « Un entretien avec... Joaquin Nin » (1932), p. 136.

166. Pour une analyse très approfondie du discours des Français sur la musique espagnole entre 1908 et 1929, nous renvoyons à Llano, *Whose Spain ?*.

167. Simon, « La musique moderne espagnole » (1921), 2e partie, p. 39.

168. Auguste Mangeot, « Théâtre Bériza », *Le Monde musical*, mai 1925, p. 179.

169. Charles Tournemire, « Société des concerts du Conservatoire », *Le Courrier musical*, 15 novembre 1927, p. 566.

170. Jean-Charles Hoffelé, *Manuel de Falla*, Paris, Fayard, 1992, p. 11.

171. Adolfo Salazar, « Un ballet espagnol à Paris : la *Sonatina* d'Ernesto Halffter », *Musique*, février 1929, p. 758-761, ici p. 758 (où se trouvent tous les passages cités ci-après).

Bref, pour ce critique, national et exotique ne peuvent ni ne doivent être confondus par le public parisien se trouvant à juger de l'œuvre d'un jeune compositeur espagnol (à l'occurrence, Ernesto Halffter). « L'attrait pittoresque », explique Salazar, a l'avantage d'attirer le public vers la musique espagnole, mais comporte aussi le désavantage de fixer les attentes du public qui refuse par conséquent de reconnaître comme espagnole la musique qui « dissimule ou simplement proscrive cet aspect pittoresque » (c'est le phénomène Karjinsky déjà évoqué – le refus de l'adjectif « russe » à une musique qui ne correspond pas aux attentes de « russité » du public parisien). Au contraire, d'après Salazar, le style national est en constante évolution :

> Le compositeur approfondit les données premières de l'art « national » et, s'il a du talent, arrive à transformer les modes d'expression de son art d'une façon que l'on reconnaîtra bientôt comme aussi « nationale », sinon davantage, que ce qu'on considérait comme tel jusqu'alors.

La position de Salazar apparaît toutefois comme étant minoritaire dans la presse.

Le cas de Villa-Lobos déjà évoqué plus haut s'inscrit dans la tendance dominante représentée par la réception critique de Falla, mais l'exploitation du nationalisme pittoresque sert davantage l'image du jeune compositeur étranger qui semble maîtriser le discours. Anaïs Fléchet a bien montré quelle était sa tactique : certains critiques ont tenu un discours exotique sur lui en raison de ses origines brésiliennes (bien que sa musique ne le justifiât pas), et Villa-Lobos a choisi de soutenir ce discours et même d'en gonfler la portée [172]. Comme d'autres études sur le compositeur le montrent également, le cas de Villa-Lobos est à problématiser : il vend sa musique comme exotique, mais les pièces que le compositeur appelle *chôros* pourraient s'appeler sans problèmes symphonie, trio, quatuor, duo. Villa-Lobos ne serait donc pas du tout un « moderniste ethnique », mais plutôt un cosmopolite qui choisit la stratégie d'appliquer à lui-même et à son œuvre un discours exotique : c'est dans ce sens que nous avons défini, plus haut, son attitude comme de l'« auto-exotisme » – Fléchet parle d'alimentation de la rhétorique de l'altérité [173].

Le cas de Villa-Lobos s'inscrit dans un contexte de redéfinition de l'imaginaire national du Brésil. Après 1920, le Brésil est perçu en France en fonction du paradigme de l'exotisme (tendance à valoriser son côté « nègre » et mystérieux), alors que jusque-là le pays d'Amérique du Sud est considéré comme « un petit frère » de la France, plus européen qu'exotique [174]. Parallèlement s'installe au Brésil un besoin d'affirmation de l'identité nationale accompagné par une rupture de la dépendance culturelle vis-à-vis

---

172. Voir Anaïs Fléchet, *Villa-Lobos à Paris : un écho musical du Brésil*, Paris, L'Harmattan, 2004, p. 13 : « À Paris, il se découvre Brésilien et réinvente le nationalisme musical » ; voir aussi p. 78-79.

173. *Ibid.*, p. 78. Derek B. Scott utilise pour cette attitude le terme « auto-orientalisme » (« "I Changed My Olga for the Britney" : Occidentalism, Auto-Orientalism and Global Fusion in Music », dans Vesa Kurkela et Markus Mantere (dir.), *Critical Music Historiography : Probing Canons, Ideologies and Institutions*, Farnham, Ashgate, 2015, p. 141-158).

174. Fléchet, *Villa-Lobos à Paris*, p. 18-19. Fléchet s'appuie ici sur les études de Pierre Rivas. Sur le plan musical, les œuvres de Milhaud ont probablement contribué à ce changement de paradigme perceptif du Brésil.

de la France[175]. Le jeune Villa-Lobos reçoit, en 1922, une bourse du gouvernement brésilien motivé par ce que nous pourrions définir comme un critère de *nationalisme anti-exotique* : « Refuser à Villa-Lobos le droit d'aller en Europe [pour] montrer que nous sommes plus que les Oito Batutas qui y ont joué et dansé la samba, c'est refuser que nous pensions musicalement [...] »[176].

Durant ses premières années à Paris (il arrive en 1923), on joue ses pièces « à la française » (par exemple, *Quatuor*, *Trio*, *Épigrammes ironiques et sentimentales*) : c'est pour ce genre de compositions qu'il avait reçu la bourse, pour démontrer qu'il existe une identité brésilienne dans la sphère de la musique savante occidentale bien différente d'une identité qui serait limitée à un exotisme issu de la musique populaire. On joue aussi des pièces qui se veulent ouvertement « autres » (par exemple, *Légende indigène*, *Fantaisie brésilienne*). Dans ce cas, la critique a tendance à utiliser un discours exotique plutôt que nationaliste vis-à-vis du compositeur. Sans pouvoir vraiment définir la musique brésilienne, Isidore Philipp affirme que « les danses caractéristiques *africaines* de H. Villa-Lobos sont colorées et amusantes »[177]. Villa-Lobos décide de promouvoir un discours de cette nature, affichant ouvertement un rapport avec un exotisme dont l'essence le distingue[178].

En 1927, on lui offre l'occasion – une vitrine importante – de deux concerts à la Salle Gaveau (un concert de musique de chambre, l'autre symphonique, par les Concerts Colonne), et il choisit de se plonger entièrement dans l'imaginaire exotique. Sur le plan de la critique, il écrit avec Lucie Delarue-Mardrus « L'aventure d'un compositeur : musique cannibale »[179], où il s'exotise en tant que homme. Villa-Lobos raconte à Delarue-Mardrus d'avoir vécu dans la forêt, prisonnier des sauvages – « des vrais, avec des plumes sur la tête » –, et d'avoir profité de cette aventure pour apprendre leur musique – « sang-froid qui donne le vertige quand on songe que c'étaient les "danses de la mort" précédant son trépas imminent ». Rescapé de cette « effrayable aventure », le compositeur a pu apporter à sa musique « un bagage de rythmes et de modulations » inédits, ce que Delarue-Mardrus appelle « une belle gageure » à l'époque des jazz-bands, des Milhaud et des Poulenc. Voilà donc, comme résultat, une « musique hallucinante [qui] sent le sauvage à plein nez » : « c'est une belle revanche d'avoir transmuté sa propre mort en harmonie ! ».

175. *Ibid.*, p. 17-18. Fléchet s'appuie ici sur les études de Mario Carelli.

176. Discours de Gilberto Amado à la Chambre des députés de Rio de Janeiro, août 1921 ; *ibid.*, p. 34.

177. Isidore Philipp, « La musique brésilienne », *Le Monde musical*, mai 1921, p. 154 (c'est nous qui soulignons). Philipp écrivait en début de la critique que « de la musique brésilienne nous connaissons en France peu de choses, quelques morceaux de H[enrique] Oswald et d'Arthur Napoléon [Arthur Napoleão dos Santos] ».

178. Le vocabulaire typique du registre orientaliste est présent dans le commentaire des pièces plus « occidentales » du jeune compositeur, où l'on souligne, par exemple, sa *curiosité* (René Doire, « Mme Janacopoulos et Yvonne Astruc [23 octobre] », *Le Courrier musical*, 15 novembre 1923, p. 360), ce qui s'explique sans doute par le pays d'origine de Villa-Lobos.

179. Lucie Delarue-Mardrus, « L'aventure d'un compositeur : musique cannibale », *L'Intransigeant*, 13 décembre 1927, p. 1 (d'où nous tirons les passages cités ultérieurement dans ce paragraphe). Par une sorte de litote, Delarue-Mardrus s'exclame : « Quelle réclame ! s'il avait voulu s'en servir » – en effet, c'est ce qu'il est en train de faire par la publication de l'article.

Mais tout cela est pure invention [180]. L'influence de ce récit aura bientôt des échos dans le discours des critiques : par exemple, Florent Schmitt écrira que Villa-Lobos « a toutes les férocités d'un habitant de la jungle » [181]. Sur le plan musical, Villa-Lobos ne choisit pour ce concert que des pièces renvoyant à l'imaginaire exotique : *Chôros nos 2, 4, 7* et *8*; *Serestas*; *Rudepoema*. Dans ses concerts subséquents, il demeurera attaché à ce paradigme, en proposant d'autres *Chôros, Trois Poèmes indiens, Saudades des forêts brésiliennes, Danses africaines*, etc. Un critique dont nous avons souligné l'attention qu'il portait aux jeunes compositeurs étrangers à Paris, Arthur Hoérée, affirme que Villa-Lobos, par cette « vision nouvelle, primitive et qui suggère par ses thèmes populaires empruntés aux Indiens, ses rythmes entrelacés, sa complexité polyphonique, tout le mystère touffu, tiède et coloré des forêts équatoriales » a « créé un style *Amérique latine* contemporain » [182].

Le choix de Villa-Lobos serait-il un choix stratégique dicté par la nécessité d'avoir une identité frappante dans un milieu hautement concurrentiel? Quoi qu'il en soit, le compositeur est allé à l'encontre des raisons qui avaient poussé le gouvernement brésilien à lui octroyer une bourse pour se rendre à Paris. Loin d'appuyer l'imaginaire du Brésil en tant que pays occidental, Villa-Lobos adopte une perspective opposée : l'identité musicale brésilienne « authentique » est celle des « chers sauvages de [sa] terre natale » [183]. Le compositeur prône ainsi la promotion d'une musique dont l'appartenance nationale est inscrite dans le sol plutôt que dans le sang : il n'y a pas de communauté de sang entre les autochtones et le compositeur, mais c'est uniquement par l'immersion dans le sol (qui est constitué à la fois par la forêt et ses habitants) qu'il peut écrire une musique « brésilienne ». Ce sol serait, selon le discours de Villa-Lobos, le dépositaire d'une musique qui « est restée identique ou à peu près, dans sa forme et dans son esprit, à ce qu'elle était à l'aube de la race » [184]. Ainsi, en choisissant de puiser dans cette source primitive, le compositeur inscrit directement sa musique dans le paradigme exotique et orientaliste selon lequel l'autre est sauvage, naturel. Le résultat fait en sorte qu'il est lui-même (et avec lui tout le Brésil) assimilé au sauvage, et ce, par choix délibéré :

> « En sorte que – m'a dit Villa-Lobos avec son accent tropical et inimitable – vous avez devant vous un musicien qui retourne à l'état sauvage. N'ayez pas peur : ça n'est pas méchant… ». Le diable sait pourtant si ce visage sculpté par quelque énergique ciseau, si ce noir regard plein de lueurs inquiétantes, si cette chevelure romantique (allons-y pour « romantique » !), si, enfin, cet aspect de Gorgone moderne qu'enveloppe un nuage de cigare… [185]

180. Lisa Peppercorn, *The World of Villa-Lobos in Pictures and Documents*, Aldershot, Scholar Press, 1996, p. 96. Voir Fléchet, *Villa-Lobos à Paris*, p. 75-76.

181. Florent Schmitt, « La musique », *La Revue de France*, 1er janvier 1930, p. 136-150. Voir aussi les autres articles de Schmitt cités par Fléchet, *Villa-Lobos à Paris*, p. 50-51.

182. Arthur Hoérée, « Chronique musicale (Concert S.M.I.) », *Beaux-Arts*, 1er mars 1928, p. 77-78, ici p. 78 (c'est l'auteur qui souligne).

183. Propos tenus par Heitor Villa-Lobos dans Jules Casadesus, « Un entretien avec… Villa-Lobos », *Le Guide du concert*, 6 juin 1930, p. 951-953, ici p. 951.

184. *Ibid.*

185. *Ibid.*

Villa-Lobos a donc accepté et promu cette rhétorique qui s'installe dans le discours des critiques parisiens [186] et qui finit par intégrer les histoires de la musique. C'est Bruyr qui nous régale d'un portrait qui fait la somme de toutes les briques qui ont construit le phénomène Villa-Lobos dans le Paris de l'entre-deux-guerres :

> Enfin le Brésil a un Milhaud bien à lui, c'est-à-dire un musicien – et un conquistador. Voici, trois quarts de dieu, avec des yeux de braise et des dents de crocodile, tel que Florent Schmitt le dit [187], Heitor Villa-Lobos, qu'une revue américaine appela le Rabelais de la musique. Chassant le folklore par l'immense savane piquée d'aloès, le jeune Heitor fut, paraît-il, fait prisonnier et, comme tel, vit s'approcher l'heure de la sauce indienne. Il garda de cette aventure un coriace amour pour cette race magnifique et déchue. Ses *Choros* sont une forme synthétique et nouvelle de l'art indo-brésilien. Ce sont façons de sérénades, allant du gratis de la guitare solo au plus forcené *tutti* d'un orchestre hachuré de tam-tam obligé, crécelles et hochets à pierre, disons *caracas*, *reco-reco* et *kucalhos* onomatopéiques. Une aile d'oiseau-mouche frôlant une corolle d'orchidée. Une tornade dévastant l'Amazone ou l'Orénoque. Sensible à l'énormité comme à la limite, l'art de Villa-Lobos, précieux et incohérent, chaotique et délicat, c'est la voix même, élémentaire et multiple, de l'immense Amérique Latine [188].

Eurocolonialisme

Une forme très différente de nationalisme revendiqué, qui se situerait même à l'opposé de l'auto-exotisme, est celle postulant l'affiliation musicale à la France comme la meilleure solution pour libérer les nouvelles nations musicales du joug allemand. Cette position non seulement occidentaliste, mais clairement impérialiste, implique l'idée que certaines « races » musicales (notamment l'allemande, dangereuse, et la française, saine) sont plus puissantes que d'autres (notamment, celles des « jeunes nations »). Le durcissement des relations franco-allemandes pendant la Grande Guerre est à l'origine de cette attribution à la France du rôle de guide pour ses alliés. Camille Mauclair exprime cette idée dès 1916 :

> C'est dès maintenant qu'il faut songer au destin de l'école française et à l'hospitalité méritée chez nous par certains alliés. [...] La symphonie française pourra s'étendre glorieusement vers l'Europe et rejoindre l'art slave par-delà les décombres de l'omnipotence allemande [...] [189].

186. Voir par exemple André Cœuroy, « Les concerts », *Beaux-Arts*, 27 mars 1936, p. 6 (nous soulignons les mots qui renvoient au paradigme orientaliste) : « Le rythme est *tyran*, et la dissonance est *cruelle*. Cette *violence*, cette *curiosité* rythmique, cette *ardeur* dissonante conservent tout leur prix [...]. Les cadets se sont dégoûtés de voir ces frénésies déchaînées à tout bout de champ pour le plaisir gratuit de se déchaîner. Chez un Villa-Lobos elles sont l'essence même de son être musical ; et nulle part elles n'ont mieux de raison d'existence que dans cette illustration sonore d'une légende indienne, où le compositeur brésilien n'a qu'à se laisser aller pour être lui-même ».

187. Bruyr fait référence à Florent Schmitt, « La musique », *La Revue de France*, 1er janvier 1928, p. 123-242, ici p. 38-139 ; repris partiellement dans Fléchet, *Villa-Lobos à Paris*, p. 135-136. Schmitt écrit exactement : « Ce jeune trois-quarts de dieu aux dents de crocodile et aux yeux de radium ».

188. Bruyr, *La belle histoire de la musique*, Paris, Corrêa, 1946 ; 2e éd., *Histoire de la musique*, [Paris], Corrêa Buchet-Chastel / Club du livre du mois, 1957, § 227, p. 462.

189. Camille Mauclair, « Pour l'amour de la fée », *Le Courrier musical*, 1er décembre 1916, p. 2-5, ici p. 3-4.

Après la guerre, la supériorité à l'échelle universelle de la musique française est dans un premier temps un souhait et un engagement (« notre but [...] est de *faire de la France le premier pays au monde pour la musique* »[190]), et peu après un fait que les critiques considèrent comme unilatéralement acquis et dont l'évidence n'est pas discutable :

> [En 1919 :] Notre musique sera d'autant plus universelle qu'elle sera plus française si rien n'était plus français que Racine ou l'art classique qui a ravi le monde pendant un siècle et demi. [...] La paix sera ce que notre labeur, notre sincérité, notre volonté le feront. Puisque nous voilà délivrés des Boches, délivrons-nous de l'exotisme, des musiciens nègres, des baladins russes, des danseurs slaves, des décorateurs chinois, délivrons-nous de nous-mêmes, de nos habitudes, dévêtons notre cœur de la chatoyante écharpe de coutumes qui l'enserre et l'empêche de battre librement. Les membres disparus de la Patrie attendent que les vivants achèvent leur victoire et que l'âme de la France libérée enchante et domine l'univers[191].

> [En 1922 :] l'école musicale française existe. Elle commence même à faire beaucoup parler d'elle dans l'univers. On s'accorde à reconnaître que sa nouveauté et sa vitalité lui assurent une suprématie évidente sur toutes les autres[192].

Par conséquent, pour que « l'école française » garde son premier rang dans le monde[193], il faut tout d'abord que la musique française soit jouée abondamment sur les scènes parisiennes[194], que l'édition musicale puisse la répandre convenablement à l'international[195] et, finalement, que la France exerce un rôle de guide pour ces nations musicales qui cherchent un modèle pour s'épanouir. Par exemple, les Danois,

> qui sont depuis le moyen âge sous le joug musical germanique, se sentent absolument étrangers et réfractaires à la nouvelle musique allemande; ils veulent se libérer de cette

190. Ainsi affirme l'éditorial par lequel s'ouvre le premier numéro d'après-guerre du *Monde musical* (Auguste Mangeot, « 1914-1919 », *Le Monde musical*, janvier 1919, p. 1-2, ici p. 1, c'est l'auteur qui souligne).

191. Paul de Stoecklin, « La délivrance », *Le Courrier musical*, 15 juin 1919, p. 177-178, ici p. 178.

192. Émile Vuillermoz, « L'édition musicale – La protection de l'édition musicale française », *Le Temps*, 24 février 1922, p. 2. Cette phrase sert de point de départ à André Cœuroy, « Pour la musique française », *La Revue musicale*, 1er avril 1922, p. 92-94.

193. « L'École française tient, sans conteste, le premier rang dans le monde : il est indispensable qu'elle le garde ». André Messager, « La situation actuelle des compositeurs français au concert et au théâtre », *Le Courrier musical*, 1er janvier 1921, p. 1-2, ici p. 2.

194. Voir la lettre ouverte contre le « scandale qui doit cesser » du manque de musique française dans les concerts envoyée par une dizaine de compositeurs à *Comœdia* en 1920 et le débat qu'elle a suscité : Gabriel Fauré, André Messager, Georges Hüe, Albert Roussel, Alfred Bachelet, Pierre de Bréville, Vincent d'Indy, Alfred Bruneau, Gustave Samazeuilh, Henri Rabaud, Paul Dukas, « On écrit », *Comœdia*, 24 novembre 1920, p. 3. Voir aussi la rhétorique messianique de qui salue en Paris « le centre musical du monde », non à cause de son cosmopolitisme mais de la musique française « dont l'Univers souhaite obscurément la révélation lumineuse » (J[ean] P[oueigh], « Paris, centre musical du monde », *Le Monde musical*, septembre 1919, p. 236-237).

195. La question du protectionnisme de l'édition musicale française fait l'objet d'une explication très claire dans Vuillermoz, « L'édition musicale – La protection » (1922). Le débat voit plusieurs interventions dans la presse. Voir à ce sujet Rachel Moore, « "À ne pas ouvrir pendant la guerre" : l'union sacrée et la mobilisation de l'édition musicale, 1914-1918 », dans Florence Doé de Maindreville et Stéphan Etcharry (dir.), *La Grande Guerre en musique : vie et création musicales en France pendant la Première Guerre mondiale*, Bruxelles, PIE Peter Lang, 2014, p. 253-269.

tutelle pesante en s'initiant au mouvement musical du monde entier, et c'est en particulier vers les musiciens de France que vont leurs dilections [196].

Une tendance similaire est constatée par Hoérée chez les Hollandais [197], et nous avons déjà cité l'alliance franco-tchèque prônée par Blanche Selva. Cette application intra-européenne du colonialisme est, selon les mots de Jean-Aubry, « la véritable tradition française » qui, en ne s'identifiant pas « dans la craintive aigreur d'un protectionnisme hargneux » [198], se manifeste plutôt en termes d'influence dans la compréhension et dans l'encouragement du « génie musical étranger » [199] :

> Son influence s'est déjà généreusement exercée : elle a joué son rôle dans la libération de la musique d'Espagne et d'Italie ; elle a contribué à éveiller en Angleterre le désir d'une expression nationale ; elle peut faire naître des nouvelles sources [200].

Au début des années 1930, l'idée que les compositeurs français puissent interpréter et intégrer de façon artistique les traditions musicales « autres » mieux que les autochtones émerge dans un certain nombre de textes comme dans celui où Henri Petit explique la préférence (la sienne et celle du public parisien) pour l'assimilation exotique opérée par un Ibert plutôt que pour la confrontation directe avec leur propre patrimoine national d'un Villa-Lobos ou d'un Tansman :

> Le programme ressemblait à quelque Société des Nations musicale, où Hongrie, Brésil, Pologne seraient venus confronter leurs points de vue avec les nôtres. [...] Dans *Amazonas* de M. Villa-Lobos, on assiste à un déchaînement de forces élémentaires qui ne manque pas de vie ; l'emploi d'un violiniphone vient renforcer l'attrait que veut provoquer l'œuvre, attrait où la curiosité a plus de part que la séduction [201] : dans l'auditoire, « réactions diverses ». Quant à M. Tansman, il vint lui-même défendre son 2 e *Concerto* [pour piano et orchestre], d'un dynamisme bondissant, où l'on croit voir, par instants, l'ombre de Chopin passant furtive dans un bureau de dactylos en action. Du côté français, le *Poème* de Chausson, joué par Mlle Cizel, faisait figure, dans sa noble émotion, d'un véritable ancêtre. Mais voici les lumineuses *Escales* de M. Jacques Ibert, qui nous mènent à Palerme, à Tunis, à Valence : quelle élégante sûreté dans tout ce qu'écrit ce musicien de race, et comme, avec un tel pilote, on ferait bien volontiers le tour entier de la terre [202] !

---

196. Gabriel Grovlez, « Concert de musique danoise (Association française d'expansion et d'échanges artistiques, 23 novembre) », *Le Courrier musical*, 15 décembre 1923, p. 400-401, ici p. 401.

197. D'une matinée consacrée à la « Musique hollandaise moderne » se dégage, « sinon une esthétique proprement nationale, du moins une volonté commune, celle de rompre définitivement avec l'école allemande polyphonique et de réagir contre la spéculation thématique. [...] C'est vers la pensée française (Debussy et surtout Ravel) et vers l'internationalisme d'un Strawinsky que s'oriente la majorité des œuvres entendues ». Arthur Hoérée, « Musique hollandaise moderne », *Le Ménestrel*, 18 février 1927, p. 74.

198. Jean-Aubry, *La musique et les nations*, p. 11.

199. *Ibid.*, p. 10.

200. *Ibid.*, p. 11.

201. Le « violiniphone » (ou violinophone, ou violon à pavillon, ou violon Stroh) est un violon muni d'un pavillon en cuivre. L'instrument est associé à la fois à la technologie et au folklore. En fait, il a été développé par Augustus Stroh au début du XX e siècle dans le but d'améliorer l'enregistrement phonographique du violon et il est en même temps devenu un instrument typique de la région de Bihor, en Transylvanie (la *vioară cu goarnă*).

202. Henri Petit, « Concerts Poulet », *Le Courrier musical*, 1 er janvier 1932, p. 10.

L'Exposition coloniale de 1931 avait sans doute injecté une vigueur nouvelle au sentiment impérialiste de la culture française[203]. Nous avons déjà cité, avec la promesse d'y revenir, le passage où le même Henri Petit invoquait la naissance non d'une « École de Paris », mais d'une « école de la plus grande France » qui, « infusant à notre art » le « sang nouveau » des compositeurs venus « de nos plus lointaines colonies », puisse la sauver de la décadence[204]. Si, d'un côté – et surtout dans l'immédiat après-guerre –, la France se donne pour tâche humanitaire de sauver les jeunes nations de la musique allemande, d'un autre côté, on suggère ici l'idée que les étrangers sont nécessaires à la survie de la musique française. C'est probablement dans ce cadre « transfusionnel » qu'il faut comprendre l'« assimilation » de certains compositeurs étrangers résidant à Paris parmi les représentants de la « musique française ». Comme avec une naturalisation politique, on accorde à certains étrangers « le droit de cité parmi nous »[205]. À la différence d'une naturalisation politique, cette carte d'identité musicale est accordée ou refusée d'un critique à l'autre : Tansman était irrémédiablement étranger pour Henri Petit, alors que Edmond Delage lui conférait son « droit de cité » et le classait « définitivement parmi les plus remarquables de Pologne… et de France »[206], et que René Brancourt, en rendant compte du même concert recensé par Petit avec des œuvres de Villa-Lobos et Ibert, saluait la musique de Tansman comme « la vraie, […] la bonne et saine musique »[207]. Nous n'avons pas trouvé de concessions similaires concernant les autres musiciens étrangers considérés ensuite comme « membres » de l'École de Paris. Lorsque l'on ne tient pas un discours exotique ou nation-centriste à l'égard de leur musique, elle est considérée tout au plus comme « internationale » ou « européenne », mais jamais comme « française ». Ce statut d'« assimilé »[208] que l'on réservait à Tansman déjà au début des années 1930 explique probablement pourquoi il n'a pas été inclus parmi les « amis de l'École de Paris » par Harsányi au moment où ce dernier commence ses démarches de réanimation du « fantôme » de l'École de Paris. Tansman, malgré ses

203. Voir aussi le compte rendu de Paul Ramain (« Le VIIe Festival de la Société internationale de musique contemporaine à Genève », *Le Courrier musical*, 1er mai 1929, p. 312), où les *Sept Haï-Kaïs* (1923-1924) de Maurice Delage auraient sauvé la place de premier rang de la musique française dans un cadre international menacé par « les produits de l'Europe centrale et de l'israélisme proche-oriental » : l'inspiration orientale du compositeur « authentiquement français » est, pour le critique, tout à fait noble, tandis que les musiciens « orientaux » (c'est-à-dire : de l'Europe de l'Est et notamment juifs) ne constituent qu'une Tour de Babel.

204. Henri Petit, « Musique coloniale », *Le Courrier musical*, 1er juillet 1934, p. 241. Voir ci-dessus au chapitre III, section « Dans la presse de l'entre-deux-guerres : clins d'œil ».

205. Edmond Delage, « Concerts Pasdeloup », *Le Monde musical*, mars 1931, p. 93-94, ici p. 93 : « La seule nouveauté, d'ailleurs, charmante et fort réussie, de ces deux concerts fut la *Sonatine transatlantique* du jeune compositeur polonais Tansman, qui a depuis, d'ailleurs, son droit de cité parmi nous ».

206. Edmond Delage, « Concerts Pasdeloup », *Le Monde musical*, 31 décembre 1931, p. 377-378, ici p. 378.

207. René Brancour, « Concerts Poulet (dimanche 20 décembre) », *Le Ménestrel*, 25 décembre 1931, p. 551.

208. On se rappellera (voir ci-dessus au début du chapitre III) que Cœuroy considérait Lourié et Tansman comme faisant partie des « Français et assimilés » tandis que Harsányi, Martinů, Mihalovici étaient classés comme « étrangers » (André Cœuroy, « Le Triton », *Beaux-Arts*, 21 janvier 1938, p. 6). Un an et demi après sa naturalisation, Tansman écrit à Ganche : « Je ne m'y suis jamais senti étranger et ma "naturalisation morale" a été un fait accompli bien avant la légale. Elle doit vaincre car c'est le dernier rempart de l'humanité ». Lettre d'Alexandre Tansman à Édouard Ganche, 20 janvier [1940] (BnF, Musique, lettre 387).

origines d'Europe de l'Est et son séjour parisien dans les mêmes années que les autres, a acquis le statut de « musicien français » bien avant ses camarades et n'a donc pas besoin, au lendemain de la Seconde Guerre mondiale, d'une identité « École de Paris » pour survivre dans le milieu musical français. Harsányi, au contraire, vivait une situation bien différente, comme nous l'avons vu. Un « j'accuse » très subtil et ironique de son manque d'intégration parmi les « musiciens français » se trouve dans son émission de 1945 intitulée *L'École de Paris dans l'histoire*. En parlant de l'intégration immédiate de Rossini dans le monde musical parisien, il ouvre une parenthèse sur cette « anomalie » – et nous comprenons sans équivoque que l'« anomalie » qu'il explique devrait être, d'après lui, la normalité :

> Avant de poursuivre l'analyse de la carrière de Rossini, nous devons faire une constatation. Une constatation qui pourra éclairer cette anomalie, si l'on peut dire : l'anomalie de l'époque où un musicien pouvait être considéré comme compositeur italien et comme compositeur français en même temps. En effet, à cette époque-là, les frontières musicales n'étaient pas établies aussi strictement que de nos jours. Nous avons déjà vu le même phénomène avec Gluck ou avec Lulli. Les musiciens étaient tout d'abord des musiciens. Ils portaient, certes, en eux-mêmes, les caractéristiques de leur race, de leur peuple. Mais, arrivés dans un autre pays, ils entraient aussitôt dans le mouvement musical de leur nouvelle demeure[209].

Il est possible de citer cependant une exception concernant Harsányi, un compte rendu de Georges Dandelot où le critique souhaite que le compositeur soit davantage considéré parmi les grands musiciens de France (sinon français) :

> Harsanyi [...] prend tous les jours une place de plus en plus importante [...]. Un fragment de l'opéra *Les Invités*, sur un livret de Jean-Victor Pellerin, nous fit terriblement regretter que la seule audition en fut donnée... en Allemagne! Quand nous apercevrons-nous, en France, que nous avons quelques grands musiciens, mais que ce ne sont pas ceux qui se proclament tels...[210].

Au contraire, Beck non seulement n'est pas considéré comme Français, mais est carrément positionné parmi les musiciens allemands par Armand Machabey – sans pour autant être en mesure de l'être à 100 % :

> Conrad Beck ne fait pas figure de premier rôle parmi les musiciens allemands contemporains. Cela tient à deux causes : son origine et sa culture d'une part; de l'autre, la nature de son inspiration. Il peut même paraître inexact de classer parmi les artistes germaniques ce compositeur né à Schaffhausen (Suisse) et dont les études se sont partagées entre Zurich et Paris; telles de ses œuvres dédiées à Albert Roussel révèlent, sans doute avec précision, l'influence qu'il a subie dans notre pays et qui a été déjà signalée. Cependant son écriture, sa technique, les formes mêmes qu'il adopte ou qu'il se propose comme modèles le rattachent à l'école allemande beaucoup plus qu'au groupe français, avec lequel il a peu d'attaches; par contre, celles-ci suffisent à l'isoler quelque peu en Allemagne, malgré ses qualités de musicien et les succès qu'il a remportés dans diverses manifestations artistiques[211].

---

209. Voir annexe 1a, p. II.3 (8).

210. Georges Dandelot, « Œuvres de T. Harsanyi et M. Mihalovici », *Le Monde musical*, 30 avril 1935, p. 129.

211. Armand Machabey, « Conrad Beck », *Le Ménestrel*, 19 février 1932, p. 77-79, ici p. 77.

Les internationalismes musicaux

Européens

Villa-Lobos, nous l'avons vu, « n'a pas obtenu de succès en intégrant un mouvement musical européen, mais en se présentant comme autre »[212]. D'autres compositeurs, tels que Joaquín Nin, poussaient leur différence nationale en craignant de se faire « déguiser en Européens ». Une alternative se présente entre, d'un côté, le choix (esthétique et promotionnel) de jouer la carte du nation-centrisme et même de l'auto-exotisme et, de l'autre, d'être « européen ». Pour les compositeurs étrangers résidant à Paris, l'alternative se pose entre le nationalisme et l'internationalisme : soit la « race » correspondant à leur nationalité émerge clairement de leur musique, soit leur langage est perçu comme moderniste et ainsi plus artificiel que sincère, potentiellement dangereux pour la musique française. Dans les comptes rendus des concerts, les critiques parlent régulièrement de « Mitteleuropa Musik » sur un ton qui flirte avec le mépris et accusent parfois les étrangers de vouloir ramener la musique occidentale à une ère de barbarie :

> Le Tchèque Alba [*sic* pour Hába], le Polonais Szymanowski, l'international Busoni ont proposé de même [que Eugène-Cinda Grassi, « compositeur français d'origine extrême-orientale »[213],] le jeu des quarts, voire des tiers de ton. Pourquoi pas des commas? Ainsi, la musique tendrait peu à peu vers le véritable et continu *glissando* des musiciens primitifs[214].

L'association entre dissonance et bruit prémusical (et donc barbare ou primitif) est bien présente dans certaines critiques relatives à la musique de Tansman, de Harsányi et de Mihalovici :

> [...] âprement polytonale, dont les éléments ne sont peut-être pas d'une « qualité » musicale réelle, mais où il y a une vie rythmique et dynamique (qui nous reporte aux premiers âges de l'Homme), agissant incontestablement sur les foules[215].

> Musique de chambre ? Nous dirons plutôt : improvisations pour salons internationaux, qui ne savent pas y retrouver, maladroitement déformés par les Mittel-Europa et les Scythes, les originaux signés de Debussy ou Strawinsky[216].

Pierre-Octave Ferroud se lance dans une longue description des traits de cette « Mitteleuropa Musik » dans son compte rendu du 4ᵉ Festival de la SIMC (Zurich, 18-23 juin 1926) pour la *Revue Pleyel*[217]. Le compositeur remarque « la prépondérance

---

212. Fléchet, *Villa-Lobos à Paris*, p. 74.

213. Grassi est né à Bangkok.

214. Sixte-Quinte [*alias* Léon Vallas ?], « La musique et les musiciens », *L'Impartial français*, 8 février 1926, p. 2.

215. Adolphe Piriou, « Concerts Poulet », *Le Monde musical*, 30 novembre 1929, p. 272-273, ici p. 273. Il s'agit d'un compte rendu de l'*Ouverture symphonique* (1926) de Tansman.

216. Lucien Rebatet, « À la S.M.I. ; Espagne », *L'Action française*, 21 février 1930, p. 3. Il s'agit du compte rendu du concert SMI du 13 février 1930. Le commentaire cité se réfère en particulier au *Quatuor n° 2*, H. 150 (1925) de Martinů et aux *Cinq Poèmes* sur des textes de Robert Edward Hart, v-pn (1927) de Harsányi.

217. Pierre-Octave Ferroud, « À propos du IVᵉ Festival de la S.I.M.C. à Zurich », *Revue Pleyel*, 15 juillet 1926, p. 17-19.

de la musique de l'Europe centrale » et le fait que « tous les musiciens qui vivent et produisent entre le Rhin, le Danube et la Vistule parlent à peu près la même langue »[218]. Ferroud liste, parmi les « caractéristiques de l'art "mitteleuropéen" », tout d'abord le « grave défaut » d'« ignorer le rythme », ensuite la haine de la simplicité et la présence « de vieux relents de romantisme ». Il continue en jugeant que « c'est un art volontaire et sans joie, parfois laid, et dépourvu de ce goût dont même une saine vulgarité n'est pas exempte, en tout cas prétentieux et presque entièrement artificiel ». Toutefois, Ferroud fait suivre cette critique tranchante d'une sorte d'appel au relativisme culturel où l'on reconnaît l'esprit d'ouverture internationale du futur fondateur du Triton :

> Toutes ces critiques loyales ne l'empêchent pas d'exister. Elles me mettent d'autant plus à l'aise pour louer, dans une musique contre laquelle s'insurgent toutes les aspirations de notre race, mais dont on peut être curieux sans pour cela l'aimer, une grandeur, une puissance, parfois aussi une poésie qui ne peuvent laisser indifférent, si l'on est juste. [...] Français, nous l'écoutons avec des oreilles justement férues de notre propre musique [...]. Les Allemands écoutent la nôtre avec des dispositions sans doute comparables et inverses. Ces points de vue « humains, par trop humains » sont inconciliables[219].

D'autres critiques qualifient ce modernisme européen (et donc non français) de façon variable par des expressions tirées du langage politique comme « extrême gauche musicale » ou « bolchevisme musical », ayant comme mot d'ordre « la fausse note »[220]. Les jeunes compositeurs sont invités par les critiques les plus bienveillants à ne pas souscrire à ce parti internationaliste – dont on craint notamment le pouvoir de « conquête » sur la musique française[221] –, mais de rechercher plutôt dans leur musique nationale une identité plus sincère :

> Mihalovici est un des mieux doués parmi les compositeurs roumains de la jeune génération [...]. Dans la *Fantaisie* qui était donnée ce soir en 1re audition, le savoir-faire nous a paru parler un peu trop en maître, s'asservissant des idées de valeur bien inégale, et

218. *Ibid.*, p. 18, où se trouvent également les autres passages cités dans ce paragraphe.

219. *Ibid.*, p. 19. Arthur Hoérée poursuivra les réflexions entamées par Ferroud dans le numéro suivant de la revue : Arthur Hoérée, « Querelles esthétiques : la musique, langage proprement national. En marge du Festival de Zurich », *Revue Pleyel*, 15 août 1926, p. 17-20. Aux appels verbaux à l'ouverture s'accompagnaient, sur le champ, des véritables bagarres entre « nations musicales », comme celle suscitée par l'exécution du *Trio à cordes*, op. 20 d'Anton Webern au 6e Festival de la SIMC (Sienne, 10-15 septembre 1928), alors que la police dut séparer le camp des Italiens « à qui la musique atonale est insupportable » de celui des « étrangers de la Mittel-Europa [...] qui prirent les défenses du morceau incriminé » (Yvonne Casella, « Italie – Le Festival international de Siena », *Musique*, 15 octobre 1928, p. 603-606, ici p. 605).

220. Voir ces trois comptes rendus de la *Sonate pour violon et piano* (1926) de Harsányi : « Jeune compositeur de l'extrême gauche musicale, l'auteur, visiblement influencé par Strawinsky, abuse certainement de procédés irritants, mais il a les dons du mouvement et de la vie » (G., « Société Nationale (5 mars) », *Le Ménestrel*, 11 mars 1927, p. 111-112) ; « c'est le parti pris atonal qu'y manifeste son auteur qui est discutable, et qui heurte le sentiment de la majorité des auditeurs, le mien aussi » (André Himonet, « Société Nationale (5 mars) », *Le Courrier musical*, 1er avril 1927, p. 190.) ; « un parti pris de fausse note à outrance ne saurait tenir lieu d'invention et de personnalité » (Lucien Chevalier [*rectius* Chevaillier], « Société nationale », *Le Monde musical*, mars 1927, p. 105).

221. « Dans l'*Interludiem* [*sic*], de Marcel Mihalovici, nous trouvons le mélange le plus divers, la facture la plus moderne, l'influence de l'Occident et de Stravinsky, la musique physiologique, l'atonalité, le rythme sauvage, etc. – tout – c'est à dire l'œuvre d'un conquérant ». H. D., « Festival de musique roumaine à Prague (Musique de chambre et musique d'orchestre) », *Le Monde musical*, mars 1929, p. 91.

> versant dans le poncif moderne dont M. Hindemith s'est fait le commis voyageur le plus tenace [...]. Enfin nous attendions de M. Mihalovici une œuvre plus personnelle. Son pays d'origine possède un folklore riche et savoureux ; que n'y a-t-il puisé ? Précisément pour affirmer une originalité plus singulière et plus libre, pense-t-il sans doute. Je crois qu'il se trompe, et *qu'il aurait montré plus de grâce et d'aisance dans sa tunique roumaine que sous la livrée internationale, stricte et coupée à la dernière mode, dont il a préféré s'affubler*[222].

Parce que Paris est une ville cosmopolite, elle permet de transformer les compositeurs en de « bons Européens » (qualité positive pour certains critiques, diabolique pour d'autres)[223]. Comme l'écrit Suzanne Pagé à propos des peintres, « cette ville apparaît comme le creuset d'une dynamique de la différence impulsée par ces "Étrangers" qui faisaient alors de Paris le champion moderne d'un certain universel "cosmopolite" entendu comme l'addition de vraies singularités souvent exogènes à sa sensibilité et à sa tradition propres »[224]. Le Triton naîtra expressément dans le but de faire jouer des œuvres qui, peu importe la nationalité de leur auteur, ont en commun la modernité de leur écriture. Une dizaine d'années avant la fondation du Triton, la Société internationale de musique contemporaine (SIMC) est créée avec un objectif similaire. Il n'est pas étonnant qu'un critique de *La Revue musicale* se réfère ainsi au modernisme international dont on a traité dans cette section comme étant le « style SIMC »[225]. Toutefois les principes internationalistes de la SIMC se traduiront, dans les faits, par une accentuation des frontières nationales.

« Union sacrée de la paix »

Un mois avant son célèbre article sur les « Six Français »[226], Henri Collet lança un appel pour la fondation d'une « Société internationale de musique » à des fins purement musicales (et non musicologiques comme son homonyme d'avant-guerre)[227]. Son idée est née, dans l'atmosphère de la création de la Société des Nations (1919), d'une aspiration pacifiste : « Une guerre n'est possible que si des "uniformes" révèlent la "nation". Supprimez les "uniformes", et les guerres sont terminées »[228]. En dehors de

222. André Himonet, « M. Maurice Vieux (17 avril) », *Le Courrier musical*, 1er mai 1930, p. 304.

223. Voir Probus, « La musique tchécoslovaque d'après-guerre » (dans *Géographie musicale 1931*, p. 166-177, ici p. 172), où on remarque que Martinů, « tout en conservant son caractère tchèque, [...] doit à son séjour à Paris de devenir, comme l'a remarqué la critique parisienne, un "bon Européen" ».

224. Suzanne Pagé, « Avant-propos », dans *L'École de Paris, 1904-1929 : la part de l'autre*, catalogue de l'exposition (Musée d'art moderne de la Ville de Paris, 30 novembre 2000-11 mars 2001), Paris, Paris-Musées, 2000, p. 17-19, ici p. 18.

225. Raymond Petit écrit à propos du *Nonette* (1927) de Harsányi : « Parfois le souvenir de Bartok est-il un peu sensible. [...] L'œuvre se rangerait volontiers parmi celles que l'on pourrait appeler "de style S.I.M.C." ». Raymond Petit, « Les concerts », *La Revue musicale*, octobre 1929, p. 248-249, ici p. 249.

226. Henri Collet, « Un ouvrage de Rimsky et un ouvrage de Cocteau : les Cinq Russes, les Six Français et Erik Satie », *Comœdia*, 16 janvier 1920, p. 2.

227. La Société internationale de musique (SIM) naît en 1899 et disparaît avec la guerre. En 1927, Henry Prunières propose de la refonder et ainsi naît la Société internationale de musicologie (SIM / IMS). À cette époque, Prunières l'appelle encore « Société internationale de *musique* » ; voir Henry Prunières, « Pourquoi a été fondée la Société internationale de musique », *Comœdia*, 10 octobre 1927, p. 3.

228. Henri Collet, « L'internationalisme musical », *Le Courrier musical*, 15 décembre 1919, p. 307-308, ici p. 307. Les citations qui suivent sont issues de la même page.

la métaphore, Collet milite en faveur d'un internationalisme musical dont une Société internationale de musique serait garante. Ladite société s'organiserait tout de même en « sections nationales », puisque « le mot "internationalisme" (*inter nationes*) ne signifie pas autre chose qu'une entente entre les nations » et que « si les nations n'existaient pas, il faudrait [...] les inventer ou biffer du dictionnaire le mot "international" qui n'aurait plus de sens ». Selon le projet de Collet, le but de chaque section serait de sélectionner des œuvres de jeunes compositeurs pour les produire en public à l'occasion de festivals périodiques se déroulant alternativement dans des villes différentes : « Et nous serions ainsi tous, professionnels et amateurs de musique, avertis des moindres avancées de notre art, de même que tel lecteur d'un grand journal est informé des nouvelles du monde entier ». En plus de ce rôle de sélection et de diffusion de « tout ce qui semblerait neuf et d'une valeur technique prouvée », la Société devrait régler le marché de l'édition musicale (« les destinées de notre art "universel" ne peuvent dépendre du caprice d'un imprimeur »), par la fondation d'une « coopérative d'édition »[229]. Collet réclame la « fondation urgente » de cette Société, qui pourrait avoir son siège à Paris et faire ainsi de la capitale française « la métropole de l'internationalisme musical »[230].

L'appel de Collet n'aura pas d'écho dans le milieu musical français, dont les aspirations de suprématie nationale prévalent probablement sur celles d'un internationalisme égalitaire. Si Paris devient néanmoins « la métropole de l'internationalisme musical » (en raison de l'attrait que la ville exerce sur les jeunes musiciens étrangers, et non en vertu d'un mandat institutionnel), c'est à Salzbourg que la société rêvée par Collet prend naissance. La SIMC, formée en 1922 (trois ans après la Société des nations), incarne dans ses principes un esprit cosmopolite fait d'échanges et de synthèses entre des acteurs qui se positionnent sur un plan d'égalité. La vision est opposée à l'esprit colonialiste où le multiculturalisme est conçu comme un principe d'appropriation et de collage décontextualisé de traits « autres » dans un produit artistique qui demeure éminemment occidental[231]. Les bases de l'internationalisme promu par la SIMC demeurent, dans les faits, très attachées aux nations politiques : exactement comme Collet l'avait imaginé, la société fonctionne par sections nationales chargées de sélectionner les œuvres qui seront jouées lors des festivals annuels[232]. Ce n'est pas étonnant : on retrouve à plusieurs reprises, dans la musicographie, cette conception de l'internationalisme comme une entente entre nations – véritable « union sacrée de la paix »[233] – plutôt que comme dépassement de l'idée de nation en vue d'un universalisme

229. *Ibid.*, p. 308.

230. *Ibid.*, p. 307.

231. Pour plus de détails sur le principe d'appropriation de l'« autre » musical, voir notamment Georgina Born et David Hesmondhalgh (dir.), *Western Music and Its Others : Difference, Representation, and Appropriation in Music*, Berkeley, University of California Press, 2000 ; Timothy D. Taylor, *Beyond Exoticism : Western Music and the World*, [Durham], Duke University Press, 2007.

232. Sur l'histoire et le fonctionnement de la SIMC nous renvoyons à Haefeli, *Die Internationale Gesellschaft für Neue Musik*.

233. Une « union sacrée de la paix » était prônée également au sein de la nation ; voir Louis-Charles Bataille, « Art et solidarité », *Le Courrier musical*, 1er octobre 1919, p. 230 : « Que les musiciens, créateurs, interprètes, tout en conservant une personnalité indispensable, voire en formant des écoles diverses, travaillent dans un même élan, dans une même foi ; que l'intérêt égoïste, générateur de l'étroitesse d'idées, de

artistique. Jean-Aubry a été très clair à ce propos (dans un texte écrit, lui aussi, avant la fondation de la SIMC)[234] : il considère les sociétés nationales comme la base des échanges fondés sur le principe de réciprocité (« le seul digne des grandes nations libres »[235]). À l'encontre d'un enfermement « dans les bornes d'un nationalisme ombrageux », il prône une « fédération de nationalités », une « Société Inter-Nationale de Musique [...] *dont les éléments seraient le plus nationaux possible*, et qui, dans une pacifique rivalité, en confronterait, pour le profit de tous et de chacun, les tentatives et les réalisations »[236].

Le président de la SIMC, Edward J. Dent, a présenté la Société au milieu musical français dans un article paru dans *La Revue musicale* en 1923[237]. Nous pourrions résumer son texte en cinq points :

1) Le but de la SIMC est musical et non politique (ce qui la distingue de la Société des Nations), en réaction contre l'utilisation politique de la musique pendant la guerre :

> L'art n'a rien à voir avec la politique. Pendant la guerre [...] l'art a pu être employé à des fins de propagande politique. Mais la propagande politique n'est pas la fonction de l'art[238].

2) Par utilisation politique de la musique, Dent fait référence surtout à la conception nationaliste de la musique qui fonde l'appréciation non sur des critères esthétiques, mais identitaires :

> Si un Anglais dit qu'il aime la musique anglaise « parce qu'elle est anglaise », il n'y a pas là trace de jugement esthétique : il aime cette musique non pour sa valeur d'art, mais pour les associations sentimentales qu'elle provoque[239].

3) La SIMC a comme but de lutter contre cette conception afin de promouvoir l'individualité et l'indépendance des artistes :

> La musique moderne proclame le droit de l'artiste à être lui-même et rien que lui-même. [...] En fondant la Société Internationale nous avons voulu soutenir les compositeurs qui sont jeunes et possèdent une individualité. Si nous avons divisé la société en sections nationales, c'est une question de pure commodité pratique[240].

4) Le contexte de plus en plus cosmopolite a été une des raisons principales de cette emphase sur l'artiste plutôt que sur sa nationalité :

> Il est difficile d'assigner à tel compositeur une nationalité définie. Beaucoup de compositeurs, parmi les plus originaux d'aujourd'hui, vivent dans des pays qui ne sont

---

la sécheresse de cœur, soit banni du sein de la divine Euterpe et que, par des moyens différents, mais dans un but commun, et dans une fraternelle union, tous concourent à porter plus haut encore la gloire et le renom de la "Musique française" ».

234. Jean-Aubry, *La musique et les nations*, et plus particulièrement le chapitre « Les sociétés nationales de musique », p. 229-244.

235. *Ibid.*, p. 243.

236. *Ibid.*, p. 244.

237. Edward J. Dent, « Internationalisme et musique », *La Revue musicale*, août 1923, p. 58-60. Henry Prunières, directeur de *La Revue musicale*, était à la tête de la Section française de la SIMC.

238. *Ibid.*, p. 58.

239. *Ibid.*

240. *Ibid.*, p. 58 et 59.

> pas les leurs ; ils ont perdu contact avec leur pays d'origine et ont peu de points communs avec le pays où ils ont élu domicile[241].

5) Par conséquent, chaque artiste contribuera individuellement à la musique contemporaine, définie comme quelque chose qui dépasse les frontières nationales. Les œuvres sélectionnées pour les festivals annuels de la SIMC devront être représentatives de la « musique moderne mondiale » :

> Il va sans dire que certains pays ne sont pas satisfaits. « Je ne pense pas que votre choix représente la musique anglaise », me dit un musicien anglais. Mais l'objet de notre Société n'est pas de « représenter la musique anglaise ». Nous avons choisi de la musique qui représente *la musique moderne mondiale*, et ce compositeur peut être heureux de voir que trois Anglais ont été choisis *non pas pour représenter leur propre pays, mais pour représenter la musique moderne en général*[242].

En conclusion, Dent se dit bien conscient de la difficulté à transmettre son message :

> Au jour d'aujourd'hui, surtout dans les contrées les moins cultivées du globe, il est difficile d'amener le public à envisager « mondialement » la musique. Un musicien m'écrivait récemment que ses compatriotes ne pouvaient comprendre l'idée d'un festival international, sous prétexte de « prestige national » : et il s'agissait d'un État qui n'existait pas encore avant le Traité de Versailles[243] !

Effectivement, l'idée d'un style international qui l'emporte sur les spécificités locales allait à l'encontre de l'habitude consistant à relier chaque compositeur à sa « race » et à promouvoir les frontières politiques par la valorisation (ou la création, dans le cas des nouvelles nations) d'une culture spécifiquement ancrée dans le Traité de Versailles. De la même façon que la Société des nations refusa la proposition d'utiliser l'espéranto comme langue de travail (et il est significatif que ce refus ait été initié par le délégué français, Gabriel Hanotaux, qui ne voulait pas que le français perde sa position de langue de la diplomatie européenne), le « style SIMC » ne pouvait être accepté tel quel. Il était considéré par une grande partie des critiques musicaux comme une menace à une individualité nationale que la plupart n'était pas disposée à sacrifier en faveur d'une « musique neutre pour un monde neutre »[244]. Camille Mauclair s'exprime ouvertement sur ce sujet, mais à propos de l'art visuel. Sa pensée peut s'appliquer aussi à la musique :

> Quand on a inventé l'espéranto, on a pu affirmer son utilité en tant que langage d'échange commercial. Mais on a vite compris que ce ne pourrait être une langue d'art, parce que les chefs-d'œuvre littéraires naissent de la sensibilité propre à chaque race et du génie de son idiome[245].

Si Dent ne voyait dans les sections nationales qu'une « pure commodité pratique », ce message n'était pas facile à transmettre dans le contexte nationaliste que nous avons

241. *Ibid.*, p. 59.
242. *Ibid.* (c'est l'auteur qui souligne).
243. *Ibid.*
244. Nous devons l'idée de cette formule efficace à Michel Duchesneau.
245. Camille Mauclair, *La farce de l'art vivant II : les métèques contre l'art français*, Paris, La Nouvelle Revue critique, 1930, chap. « Vers un "espéranto" pictural », p. 57-63, ici p. 57.

décrit, et les festivals de la SIMC se prêtaient facilement à devenir des terrains de batailles entre nations[246] : c'est un « concert européen »[247] auquel chacun participe avec sa voix nationale spécifique. Et bien que les musicographes favorables à un internationalisme musical, comme les Collet et les Jean-Aubry, soulignent l'importance de sa nature d'inter-*nation*alisme, ils se heurtent à une forte résistance de ceux qui étaient xénophobes et nationalistes. C'est le cas de Louis Vuillemin qui craint que l'échange *international* se transforme en un aplanissement *cosmopolite* (« ces niveleurs de frontières »[248]) et qui dénonce ce péril. Le critère du jugement esthétique passerait de la confrontation avec la tradition (nationale) à la confrontation avec un style (neutre), privilégiant ainsi dans l'évaluation d'une œuvre sa modernité (son progrès technique) plutôt que sa fidélité à un idéal de beauté universelle qui paradoxalement s'inscrirait dans l'évolution spécifique à chaque « race ». Toujours selon Vuillemin, il faut condamner le retour à la barbarie provoqué par le modernisme cosmopolite, car la disparition des racines nationales conduit à un abrutissement[249].

Un condensé des positions anti-internationalistes se trouve dans un texte de Georges Migot de 1928[250] : 1) l'exigence d'une coïncidence entre race et génie artistique ; 2) la crainte du langage artificiellement déraciné ; 3) l'intérêt pour l'Autre attaché à son « chez lui » (ce qui peut constituer une source de plaisir exotique) – ce que Roland-Manuel juge être un « internationalisme intelligent »[251] – et, par contre, la crainte du cosmopolitisme ; 4) la conception des rencontres internationales comme des vitrines pour valoriser l'art de sa propre nation :

> [1] Je crois à l'internationalisme en art, pour ce qui est de la compréhension des œuvres. Quant à leur création, je crois à l'influence ethno-géographique[252]. [...] Il me semble que n'ont été et ne sont reconnus grands musiciens internationaux que ceux qui s'expriment parfaitement dans la langue adéquate à leur géographie, à leur ethnographie. Il me

246. Voir à ce propos le compte rendu par Roland-Manuel du 3e Festival de la SIMC (Prague, 15-20 mai 1925), « Au Festival de Prague », *Revue Pleyel*, 15 juin 1925, p. 18-21.

247. L'expression est utilisée par exemple par Yves Margat (« Variations... sans thème (*harmonioso*) », *Le Guide du concert*, 5-12-19 avril 1935, p. 716).

248. Louis Vuillemin, « Musique et nationalisme (Notes sans mesure) », *Le Courrier musical*, 15 février 1923, p. 65.

249. Voir Louis Vuillemin, « Les dieux à la foire (Notes sans mesure) », *Le Courrier musical*, 1er juin 1921, p. 175-176, ici p. 175 : « Comprenez bien : on ne pense plus ; on n'agit plus. On danse ! On danse tout le temps. La vie d'aujourd'hui devient la plus plaisante du monde. La société moderne, après des siècles d'évolution, est parvenue enfin à sa forme parfaite : c'est un dancing ! Le dancing d'après-guerre, contemporain des tâches : le dancing 1921 ! Et tous les danseurs s'imitent et se ressemblent. Il n'y a plus de frontières. L'internationalisme atteint à ses fins radieuses : tous les hommes sont frères dans les États-Unis du potentat Polichinelle ! ».

250. Georges Migot, [réponse à l'enquête], *Musique*, 15 septembre 1928, p. 500-509. Au sujet de cette enquête, voir ci-dessus au chapitre V, n. 14.

251. Roland-Manuel, « Coup d'œil sur la saison », *Musique*, 16 juin 1928, p. 389-392, ici p. 390 : « La culture musicale d'outre-Rhin a dès longtemps prouvé son excellence en mesurant sa sympathie pour les écoles étrangères au degré de fidélité qu'elles témoignent chacune à son génie propre et à ses traditions éternelles. Telle est la condition d'un internationalisme intelligent. L'expérience de ces dernières semaines nous invite à cultiver cet internationalisme-là ».

252. Migot, [réponse à l'enquête], p. 505.

semble que l'évolution totale d'un musicien n'est réalisée qu'avec l'identification de sa personnalité et du génie musical de sa race[253].

[2] Aucun langage artistique ne peut être un volapück [*sic*] s'il veut atteindre à l'expression totale[254].

[3] J'aime l'étranger qui vient à moi avec toute la richesse artistique de chez lui. Et sa venue me procure la joie de connaître des perfections que j'ignorais et dont j'ai besoin pour ma satisfaction artistique. J'aime peu celui qui vient à la fois de partout et de nulle part, chargé de moyens disparates qu'il veut m'imposer jusque dans la réalisation de mon œuvre[255].

[4] Il faut offrir aux voisins ce que l'on a réalisé de mieux chez soi, et non pas un pastiche de ce qu'on possède déjà[256].

Concrètement, cette impasse idéologique (oui à l'internationalisme, mais dans le but que « ma » nation soit mieux promue à l'étranger et non pas pour arrêter de penser en termes de nation) s'est traduite par le fait que plusieurs critiques ont contesté les choix des œuvres sélectionnées pour le festival annuel de la SIMC par les comités nationaux. Le fait que, comme nous l'avons dit, les critiques français se plaignent de la faible représentation de la musique française au festival, ou encore se réjouissent de la supériorité manifeste des œuvres de leurs compatriotes par rapport aux autres[257] est la preuve d'un manque de compréhension de l'esprit SIMC tel qu'expliqué par Dent (notamment dans ce que nous avons indiqué comme le point 5 de son article). Quelques années après la fondation de la SIMC et de son festival annuel, André Cœuroy entamera son *Panorama de la musique contemporaine* « sous le signe du "national" »[258], en débutant par la constatation que « chaque race a son style musical », et ce, bien que « longtemps l'on [ait] cru que la musique n'était qu'un langage international »[259] :

> [En créant la] S.I.M.C. les musiciens rêvaient d'États-Unis d'Europe. C'était un mirage de fraternité sonore. Bientôt il apparut que la création d'un esprit et d'un langage musical européens était chose impossible. De ces rencontres, chacun revient avec le sentiment aigu qu'il appartient à un groupe national, que ce groupe, s'il n'est pas meilleur que les autres, est au moins fort différent, qu'il s'en distingue par des traits précis dont un secret indistinct commande d'accentuer encore la vigueur. Jamais époque ne fut plus éprise d'internationalisme, et jamais les compositeurs qui marquent n'ont été plus nettement nationaux[260].

253. *Ibid.*, p. 509.

254. *Ibid.*, p. 505.

255. *Ibid.*

256. *Ibid.*, p. 505, n. 2.

257. Voir à ce propos la querelle entre Gil-Marchex et Koechlin dont nous avons parlé ci-dessus.

258. « Sous le signe du "national" » est le titre de l'introduction au *Panorama de la musique contemporaine* [1928] d'André Cœuroy (Paris, Kra, 1930, p. 9-14). Ce texte a été repris dans *Le Ménestrel* le 3 février 1928 (p. 45-46).

259. *Ibid.*, p. 9.

260. *Ibid.*, p. 10-11.

Cette impression, partagée également par des commentateurs appartenant à la gauche politique tel Koechlin, n'était pourtant pas sans opposants, tel de Schlœzer[261] – et ceci nous ramène au début de ce chapitre. À la veille de la Seconde Guerre mondiale, la promotion d'une « union sacrée de la paix » donne lieu à une nouvelle initiative : la fondation de *La Revue internationale de musique* par Stanislas Dotremont en 1938. Dans son éditorial d'ouverture, celui-ci déclare que la revue « ignorera tout esprit de chapelle et tout nationalisme systématique »[262]. La revue cesse son activité en 1940, après avoir republié de façon significative « Internationalisme et musique » de Dent[263].

SIMC et École de Paris

Il y a un point dans le programme de la SIMC tel que décrit par Dent dans *La Revue musicale* (c'est le point 4 de notre résumé) qui, au-delà de la réalité idéologique des nationalismes, s'appuyait de façon pragmatique sur le cosmopolitisme en tant que réalité sociologique : beaucoup de compositeurs vivent dans des pays qui ne sont pas le leur[264].

Le 6 décembre 1930, Prokofiev note dans son journal :

> J'ai participé à une réunion d'un sous-comité constitué dans le but de choisir des œuvres pour le festival international qui aura lieu cet été à Oxford. Chaque pays a son propre comité, mais, *comme il y a tellement de compositeurs étrangers qui vivent en France, on a créé un sous-comité spécialement pour eux*. Les membres nommés pour en faire partie ont été moi-même, Nin, Harsányi, Honegger et Sasha [Alexandre] Tchérepnine. Les deux derniers n'étaient pas là, et donc je me suis retrouvé dans l'appartement de Nin avec lui et Harsányi, un insignifiant compositeur hongrois. J'ai proposé la *Symphonie n° 2* de Dukelsky et rejeté un truc de Tansman. Parmi mes compositions, Harsányi a proposé le *Quintette*. Tous les membres du comité pouvaient proposer leurs propres compositions, puisque si le fait d'intégrer le comité avait empêché qu'on prenne en considération ses œuvres, alors personne n'aurait accepté de s'engager[265].

---

261. Voir par exemple Charles Koechlin, « Les compositeurs et la critique musicale » (*La Revue musicale*, septembre 1927, p. 108-116; repris dans *Écrits*, vol. 2 : *Musique et société*, présenté et annoté par Michel Duchesneau *et alii*, Wavre, Mardaga, 2009, p. 175-185, et plus particulièrement p. 180-181), où Koechlin tisse un éloge du « génie latin ». Boris de Schlœzer lui répondra que cette formule est « particulièrement dangereuse, car elle est prétentieuse et vide » (Boris de Schlœzer, « Réflexions sur la musique », *La Revue musicale*, octobre 1927, p. 249-250, ici p. 250).

262. Stanislav Dotremont, « Éditorial », *Revue internationale de musique*, mars-avril 1938, p. 5-6, ici p. 6.

263. Dent, « Internationalisme et musique » (1923); repris dans *La Revue internationale de musique*, janvier 1940, p. 50-51. La publication de la revue reprendra de 1950 à 1952. Ajoutons, pour éviter toute confusion, qu'une *Revue internationale de musique* avait déjà existé en 1898-1899 et une *Revue internationale de musique et de danse* de 1927 à 1932.

264. Pour les distinctions relatives au concept de cosmopolitisme, voir l'Introduction.

265. « *I attended a meeting of a sub-committee assembled to choose works for the international festival to be held this summer in Oxford. Each country has its own committee, but* since so many foreign composers live in France a special sub-committee was set up for them, *and the members appointed to serve on it were myself, Nin, Harsányi, Honegger and Sasha Tcherepnin. The two last-named were away, and so there gathered in Nin's apartment he, I and Harsányi, an insignificant Hungarian composer. I proposed Dukelsky's* Second Symphony *and struck out something by Tansman. From my compositions Harsányi proposed the* Quintet. *Committee members are allowed to propose their own compositions, since if membership were to preclude consideration of one's own work, nobody would agree to serve* ». Sergueï Prokofiev, *Diaries, 1924-1933*, traduits du russe et annotés par Anthony Phillips, London, Faber & Faber, 2012, p. 982-983 (c'est nous qui soulignons).

Ce que Prokofiev raconte est clair : en plus des comités nationaux qui, depuis sa fondation en 1922, sélectionnent les œuvres à envoyer au Festival annuel de la SIMC, on a créé, pour l'édition de 1931 (Oxford, 21-28 juillet 1931), un « sous-comité » spécifiquement pour les compositeurs étrangers vivant à Paris. Prokofiev n'utilise pas l'expression « École de Paris », mais l'important est que l'on reconnaisse alors, au niveau international, les « étrangers résidant à Paris » comme une entité aussi objective que la nationalité légale des uns ou des autres. Il semblerait donc que, exactement comme dans les expositions de Moscou et Venise de 1928 (voir chapitre IV), la France exportait son « École de Paris » (utilisons par extension l'étiquette employée dans les expositions) comme quelque chose de *différent*. Est-ce vraiment le cas ? Encore une fois, l'étude de la correspondance[266] permet d'éclairer les circonstances de la création de ce sous-comité. Comme nous allons le montrer, cela n'implique aucunement l'existence d'une « École de Paris » reconnue comme groupement ayant une identité propre.

Dans un premier temps, il faut mentionner que les œuvres de certains compositeurs étrangers résidant en France étaient jugées, dès le premier festival de la SIMC de 1923, par la Section française. C'est le cas des œuvres notamment de Stravinski, comme Koechlin le déclare ouvertement dans sa réponse à Gil-Marchex citée plus haut où il décrit en détail le déroulement du travail de sélection[267]. D'autres étrangers moins « assimilés » devaient cependant faire appel au comité de leurs nations respectives. Tansman, qui ne se sentait pas apprécié par sa mère patrie puisque juif, écrit à Ganche en 1926 qu'il envisage de démissionner de la section polonaise de la SIMC et d'« entrer dans la Section Française, qui me recevra à bras ouverts »[268].

Harsányi, quant à lui, rencontre un problème majeur : bien qu'une section hongroise de la SIMC existe nominalement depuis 1923, aucun comité de sélection ne s'active avant 1932[269]. Pour le festival de 1927, Harsányi a ainsi soumis son *Trio* avec piano (1926) directement au comité central de la SIMC à Londres[270], mais le secrétaire lui répond que « les compositeurs domiciliés dans un pays où il existe une Section Nationale de la

266. En effet, Haefeli (*Die Internationale Gesellschaft für Neue Musik*), ne parle pas de ce sous-comité (voir particulièrement les sections « Die Arbeit der Sektionen », p. 138-143, et « Die Musikfeste Oxford / London 1931 bis Amsterdam 1933 », p. 170-175). Dans un article spécifique sur les compositeurs expatriés au sein de la SIMC, l'auteur explique que « les émigrés n'avaient pas une section, ne pouvaient pas se regrouper ensemble autrement et n'avaient pas de grosses chances (du moins au début de leur exil) de devenir actifs dans la section de leur pays d'accueil » (« *Die Emigranten hatten also weder eine Sektion, noch konnten sich sonstwie als Kollektiv formieren, noch hatten sie (mindestens am Anfang ihres Exils) große Chancen, in der Sektion des Gastlandes aktiv zu werden* »). Anton Haefeli, « Die Emigranten und ihr Einfluß auf die Profilierung und Politisierung der Internationalen Gesellschaft für Neue Musik (IGNM) », dans Horst Weber (dir.), *Musik in der Emigration, 1933-1945 : Verfolgung, Vertreibung, Rückwirkung*, Stuttgart, Metzler, 1994, p. 136-152, ici p. 146.

267. « On a choisi l'*Octuor* de Strawinsky (Strawinsky habitant la France, compte dans notre section) ». Koechlin, « Les concerts de Salzbourg » (1924), p. 347.

268. Lettre d'Alexandre Tansman à Édouard Ganche, 25 septembre 1926 (BnF, Musique, lettre 254).

269. Haefeli, *Die Internationale Gesellschaft für Neue Musik*, p. 739, n. 7a.

270. Comme une lettre déjà citée de Tchérepnine adressée à Harsányi le laisse entendre (voir au chapitre VI, au début de la section « Lettres »), ce dernier a probablement contacté Rose Fuchs Fayer pour établir un lien avec la Section hongroise, mais sans que rien ne puisse se conclure.

Société, comme en France, sont obligés d'envoyer leurs œuvres d'abord à la Section »[271]. Par conséquent, il lui suggère de contacter Prunières, pour que le comité français puisse analyser son *Trio* et, éventuellement, le recommander. Harsányi lui répond qu'un « compositeur domicilié dans un pays étranger n'est pas bien placé ». Le secrétaire lui explique alors que « sa position a été longtemps considérée avant que les règles ne fussent confirmées » :

> La justification de cette règle se trouve ainsi; vous admettrez que l'envoi par Sections est nécessaire, non seulement pour nous décharger le travail, mais parce que l'envoi indépendant inonderait le Jury d'œuvres pour les trois quarts sans valeur pour la Société. Alors, vu que le principe d'envoi par Sections est accepté, il a paru impossible de défendre aux compositeurs d'un pays de proposer leurs œuvres autrement que par leur Section, tandis que les étrangers domiciliés dans ce même pays restaient libres d'envoyer leurs compositions direct [*sic*] au Jury. C'est-à-dire, il paraît impossible de vous ôter le désavantage dont vous vous plaignez, sans vous mettre dans une position bien plus favorable que celle des compositeurs français. Vous apprécierez, j'en suis sûr, la difficulté des deux côtés. Néanmoins, je vous donne mon assurance que, recommandé par la Section française ou non, votre *Trio* sera présenté au Jury, dont les membres décideront eux-mêmes s'ils désirent l'examiner[272].

Malgré la gentillesse du secrétaire, le *Trio* de Harsányi n'a pas été sélectionné[273]. Pour l'année suivante, Harsányi reprend contact avec le bureau central de la SIMC pour savoir comment il pourrait faire pour présenter son œuvre de manière régulière. Le secrétaire lui répond que, si la Section française ne sélectionne pas son œuvre, il ne pourra pas l'envoyer de façon indépendante. Il lui conseille donc d'entrer en relation avec la Section française, d'écrire à Roland-Manuel « pour lui demander comment se constitue cette section, et si vous êtes éligible pour en devenir membre. [...] Vous deviendrez membre, alors, seulement si la Section se montre sympathique envers vous; autrement vous sacrifieriez le droit d'envoi direct pour rien ». Entre-temps, le secrétaire dit avoir écrit à Dent, qui sera bientôt à Paris, pour parler du cas Harsányi avec la Section française[274]. Quelques jours après, Harsányi reçoit effectivement une lettre de Dent. Le président de la SIMC « regrette beaucoup que la Section Hongroise ne s'est jamais formellement constituée ». Il a exhorté les musiciens de Budapest à résoudre ce vide, mais sans résultat. Dent propose de rencontrer Harsányi lors de son passage à Paris en octobre 1927 et conclut : « Si vous êtes de domicile [*sic*] en France, vous devriez envoyer [vos œuvres] à la Section française : et sur ce point je prendrai l'occasion d'en parler à M. Roland-Manuel. C'est précisément pour le voir que je viens à Paris »[275]. Nous n'avons pas de traces concernant la suite de cette affaire, mais, ce qui est certain, c'est qu'aucune pièce de Harsányi ne fut jouée au festival de 1928.

---

271. Lettre du sécretaire de la SIMC à Tibor Harsányi, 20 décembre 1926, dans le recueil *Lettres à Harsányi et réponses* (BnF, Musique), où se trouvent également les lettres citées ci-dessous.

272. Lettre du sécretaire de la SIMC à Tibor Harsányi, 24 décembre 1926.

273. Lettre du sécretaire de la SIMC à Tibor Harsányi, 2 février 1927 : « Conformément à ma promesse, j'ai placé votre œuvre devant le Jury International, qui, cependant, n'ont [*sic*] pas pu l'accepter pour le Festival ».

274. Lettre du sécretaire de la SIMC à Tibor Harsányi, 21 septembre 1927.

275. Lettre d'Edward J. Dent à Tibor Harsányi, 24 septembre 1927.

Pour l'édition de 1929 du festival (Genève, 6-10 avril), Harsányi soumet son *Ouverture symphonique*, qui, elle non plus, ne sera pas sélectionnée[276]. Le fait que ce soit Dent en personne qui communique ce refus au compositeur laisse croire que Harsányi n'est pas passé par la sélection de la Section française, mais qu'il a envoyé directement sa pièce au comité central. Il est probable que l'œuvre de Harsányi n'ait pas plu au comité. Toutefois, les refus consécutifs ont peut-être une autre explication liée au problème de l'exécution des musiques des compositeurs hongrois. En effet, rien ne précisait à qui revenait la charge des frais d'exécution. Le statut du compositeur, à cheval entre deux pays, aurait fait en sorte que personne ne voulait prendre en charge les cachets pour faire jouer ses œuvres. Cette hypothèse est soutenue par le fait qu'en 1930, Harsányi reçoit une lettre du comité pour le festival lui indiquant qu'aucune œuvre de compositeurs hongrois ne sera jouée[277]. Harsányi écrit alors à Prunières, lequel lui répond avoir « donné lecture de [sa] lettre au Comité ». Il enjoint le compositeur à faire parvenir à Dent une lettre qui résume les délibérations du Comité français du 2 mai 1930 :

> Le Comité de la Section française, après avoir entendu le rapport de M. Jacques Ibert sur les incidents relatifs au refus du Jury d'examiner l'œuvre de M. Tibor Harsanyi, présentée par elle ;
> Sans vouloir juger du bien-fondé des raisons qui ont incité le jury à exclure en bloc les œuvres hongroises ;
> Croit de son devoir de protester énergiquement contre l'extension de cette mesure à l'œuvre d'un compositeur appartenant depuis plusieurs années à la Section française et qui devait être exécutée, éventuellement, aux frais de la section française ;
> Elle saisit cette occasion pour attirer de façon pressante l'attention de Monsieur le Président [...] sur les tendances qui semblent s'affirmer de plus en plus au sein du jury de tenir compte de la nationalité des œuvres proposées dans l'élaboration des programmes, alors qu'aux termes des statuts seule leur valeur respective devrait entrer en considération[278].

Il semblerait donc que Harsányi ait été admis dans la Section française, mais que le comité central du festival de 1930 l'ait cependant considéré comme Hongrois. Dent clarifie la question : « Le problème n'affecte pas directement les Hongrois qui sont membres de quelque section étrangère », et il a toujours souhaité que les Hongrois organisent une section. Mais lorsque des œuvres hongroises sont exécutées au Festival, la situation est toujours embarrassante : qui paie ? D'habitude, ce sont les sections nationales qui absorbent les coûts :

---

276. Lettre d'Edward J. Dent à Tibor Harsányi, 18 décembre 1928.

277. Lettre du jury de la SIMC à Frankfurt-am-Main (signée Max Butting, Jacques Ibert, Gian Franceso Malipiero, Paul Pisk et Erwin Schulhoff) à Tibor Harsányi, 22 mars 1930 : « Le jury du Festival de la Société internationale de musique contemporaine 1930 refuse à l'unanimité d'examiner les œuvres des compositeurs hongrois, car il considère qu'il serait nécessaire de créer une section hongroise, et il croit qu'étant donné le grand nombre de représentations d'œuvres hongroises qui ont déjà eu lieu à la Société, il serait du devoir des compositeurs hongrois de rejoindre une telle section. Les membres du jury demandent instamment à leurs collègues hongrois de se joindre à la Société en tant que section hongroise » (« *Die Jury für das Musikfest der Internationalen Gesellschaft für Neue Musik 1930 lehnt es einstimmig ab, die Werke der ungarischen Komponisten zu sichten, da sie das Bestehen einer ungarischen Sektion für erforderlich hält, und in Anbetracht der vielen bisherigen Aufführungen ungarsischer Werke durch die Internationale Gesellschaft auch an eine Verpflichtung der ungarsischen Komponisten dazu glaubt. Die Mitglieder der Jury richten die dringende Bitte an ihre ungarischen Kollegen sich an die Internationale Gesellschaft als ungarische Sektion anzuschliessen* »).

278. Lettre de la Section française (signée Henry Prunières) à Tibor Harsányi, 3 mai 1930.

> Le Conseil des Délégués a établi très définitivement que les compositeurs « indépendants » sont responsables eux-mêmes pour les frais d'exécution etc. Il me semble que les compositeurs hongrois refusent d'accepter cette responsabilité [...]. La Section française s'est montrée très généreuse en accueillant beaucoup de compositeurs étrangers, mais vous comprendrez bien que vous auriez encore plus de chance si vous pouviez compter sur l'appui d'une section hongroise en même temps[279].

Nous connaissons déjà la fin de ces tractations. À l'automne 1930, Prunières écrit à Harsányi une dernière fois :

> La Section Française de la S.I.M.C. dans sa séance du 19 oct[obre], a décidé de créer une sous-section composée d'étrangers domiciliés en France. Elle a désigné quatre personnalités pour constituer cette sous-section à leur convenance et en former le Comité Directeur : MM. Arthur Honegger, Tibor Harsanyi, Joaquin Nin et Alexandre Tcherepnine.
> Il serait indispensable que vous vous réunissiez le plus tôt possible et que vous désigniez quelques personnalités étrangères habitant Paris pour constituer votre jury et arrêter la liste des œuvres à envoyer à Oxford (musique de chambre, musique d'orchestre, musique religieuse).
> Alexandre Tcherepnine étant reparti pour le Midi et Arthur Honegger s'excusant, en raison des répétitions de son opéra, de ne pouvoir prendre cette fois part à vos travaux, il conviendrait que vous agissiez d'urgence, d'accord avec M. Nin [...].
> Le jury international se réunit à Cambridge le 12 janvier, il faudra donc que les œuvres soient expédiées avant Noël[280].

Nin écrira bientôt à Harsányi que Prokofiev a accepté de faire partie de la sous-section[281]. Rendez-vous est pris le 5 décembre 1930, comme Prokofiev l'a noté dans son journal. (À remarquer : Honegger continuait à être considéré comme un étranger.)

La création de la sous-section « composée d'étrangers domiciliés en France » de la Section française de la SIMC n'est donc aucunement due à une politique de ghettoïsation de la part de l'establishment musical parisien, visant à isoler l'« École de Paris » (dans le sens de compositeurs étrangers) de l'« École française ». Les musiciens français ne voulaient pas, par cette initiative, que les étrangers résidant à Paris soient perçus à l'international comme un groupe distinct de celui des Français de souche, comme c'était le cas durant ces mêmes années dans le milieu des arts visuels – nous l'avons constaté notamment dans les expositions de l'École de Paris à Moscou et à Venise. Cette sous-section naît, au contraire, dans le but d'aider ces étrangers qui se trouvaient victimes d'un vide procédural de la machine SIMC. Ce sont les étrangers mêmes, et en particulier Harsányi, qui poussent pour la mise sur pied d'un mécanisme qui génère involontairement une « École de Paris » qui n'aura pourtant pas comme but de présenter aux festivals de la SIMC des œuvres « de l'École de Paris » – le but étant de faire jouer les œuvres de tel ou tel compositeur, et non pas d'un groupe. Par conséquent, des affirmations telles que « il représenta l'École de Paris à Florence en 1934 » – phrase écrite en 1960 dans

279. Lettre d'Edward J. Dent à Tibor Harsányi, 3 mai 1930.
280. Lettre de la Section française (signée Henry Prunières) à Tibor Harsányi, 21 novembre 1930.
281. Lettre de Joaquin Nin à Tibor Harsányi, 2 décembre 1930.

le numéro de *La Revue musicale* consacré à Neugeboren [282] – répondent à cette logique tout en n'ayant aucune justification historique. Les compositeurs étrangers résidant en France continueront à être identifiés comme compositeurs français (par un phénomène d'addition à leur identité hongroise ou polonaise ou tchèque…) par le comité central de la SIMC. Harsányi verra enfin une de ses œuvres (le *Nonette*, 1927) programmée au festival SIMC de Vienne en 1932, année où la Section hongroise s'est constituée. Mais nous ne savons pas si l'œuvre fut sélectionnée par la France ou par la Hongrie. Il faudra attendre 1946 pour rencontrer ce qui ressemble à un projet de « concert de l'École de Paris » au sein d'un festival de la SIMC – nous l'avons vu dans le chapitre VI.

Voici une liste des œuvres de compositeurs étrangers résidant à Paris aux festivals de la SIMC entre les deux guerres [283] :

1923, Salzbourg : Prokofiev, *Ouverture sur des thèmes juifs*, cl-qc-pn ; Stravinski, *Concertino*, qc et *Trois Pièces*, qc ;
1924 [a], Prague (musique symphonique) : Prokofiev, *Concerto*, vl-or ; Stravinski, *Chant du rossignol*, or ;
1924 [b], Salzbourg (musique de chambre) : Stravinski, *Octuor* ;
1925 [a], Prague (musique symphonique) : Martinů, *Half-Time*, or ; Stravinski, *Symphonies d'instruments à vent* (pièce prévue mais pas jouée) ;
1925 [b], Venise (musique de chambre) : Villa-Lobos, *Quattro Epigrammi ironici e sentimentali*, v-pn ; Stravinski, *Sonate*, pn ;
1926, Zurich : Tansman, *Danse de la sorcière*, or ;
1927, Francfort-sur-le-Main : Beck, *Quatuor n° 3* ;
1928, Sienne : Stravinski, *Les Noces* ; Martinů, *Quatuor n° 2* ; Prokofiev, *Quintette*, hb-cl-vl-al-cb (pièce prévue mais pas jouée) ;
1929, Genève : Nabokov, *Chants à la Vierge*, v-pn ;
1930, Liège et Bruxelles : Stravinski, *Symphonies d'instruments à vent* ; Mihalovici, *Fantaisie*, or ; Martinů, *Quintette*, qc-al ;
1931, Oxford : rien ;
1932, Vienne : Beck, *Innominata*, or ; Harsányi, *Nonette*, qv-qc ;
1933, Amsterdam : Stravinski, *Symphonie de psaumes*, ch-or ;
1934, Florence : Markevitch, *Psaume*, v-or ; Neugeboren, *Trio*, cl-vl-vc ;
1935, Prague : rien ;
1936, Barcelone : Mihalovici, *Concerto quasi una fantasia*, vl-or ; Berkeley, *Ouverture* ;
1937, Paris : Laks, *Suite polonaise*, vl-pn ; Woytowicz, *Trio*, fl-cl-bs (ces pièces de membres de l'AJMP ont été jouées dans le cadre du Concert de la Section polonaise) ; Beck, *Sérénade*, fl-cl-qc ;
1938, Londres : Markevitch, *Le Nouvel Âge*, or ;
1939, Varsovie et Cracovie : Beck, *Cantate*, vf-or ; Mihalovici, *Prélude et Invention*, oc.

Pour terminer cette section, arrêtons-nous à un fait curieux. Dans un article sur la SIMC publié en 1937, Fred Goldbeck évoque les premiers jours de cette institution, qu'il définit comme une « ligue pour la défense et la création de la musique de notre temps » :

282. Jean-Jacques Duparcq, « Notice biographique », *La Revue musicale*, n° 246, 1960, numéro spécial *Henrik Neugeboren dit Henri Nouveau, 1901-1959*, p. 4-6, ici p. 5.

283. Source : Haefeli, *Die Internationale Gesellschaft für Neue Musik*, p. 479-497. Tel que nous l'avons expliqué au chapitre V, nous ne comptons pas Honegger et Rieti parmi les compositeurs étrangers résidant à Paris.

« C'était le lendemain de la guerre. On reprenait contact. Première confrontation de l'École de Paris avec l'École de Vienne, et de Strawinsky avec Bartók »[284]. L'« École de Paris » est ici synonyme de musique française moderne, certainement pas de musique des étrangers à Paris – Stravinski fait lui-même partie d'une autre catégorie, et la plupart des protagonistes de notre enquête n'ont pas encore franchi, en 1922, les portes de la capitale française.

En conclusion, nous avons constaté la coexistence de plusieurs façons d'interpréter les liens entre la nationalité d'un compositeur et sa musique. Premièrement, il y a ce que nous avons appelé le *nationalisme musical monolithique* (fermé, exclusif), à savoir l'idée que chaque « race » a un correspectif musical figé constitué par des traits stylistiques immuables. Deuxièmement, il y a le *nationalisme pluraliste* (ouvert, inclusif), qui considère que tous les compositeurs ressortissants d'une même nation appartiennent à une école nationale, mais que celle-ci peut être le résultat de tendances stylistiques aussi variées que le sont les productions de ses représentants.

Du côté des compositeurs, nous avons ensuite distingué 1) une attitude de *modernisme ethnique* (un compositeur exploite les particularités musicales de son pays pour développer un langage personnel, selon un esprit moderniste de dépassement individuel de la tradition) et 2) une attitude d'*auto-exotisme* (qui s'appuie sur le paradigme orientaliste encore très répandu consistant à voir dans la musique des caractéristiques indéfiniment « autres » plutôt que liées à une tradition musicale circonscrite dans des confins nationaux).

Nous avons constaté que des attitudes discursives opposées peuvent coexister chez les critiques et les compositeurs. On peut tenir un discours « racial » sur un compositeur qui se considère au contraire comme un moderniste ethnique, ou bien on peut souligner uniquement les traits modernistes d'une pièce sans remarquer qu'en utilisant certains matériaux le compositeur expatrié vise à s'insérer dans la tradition de son pays natal (voilà une occasion de « nationalisme manqué »).

Le *nation-centrisme* est à la base de tous ces discours où il est question d'interpréter la musique par des catégories géopolitiques, et il envahit aussi les lieux où l'on prône plutôt un dépassement de ce type de liens au bénéfice d'une conception internationaliste et cosmopolite de la musique. Les compositeurs étrangers à Paris ont fait l'objet de toutes les variantes de la rhétorique concernant la nationalité de leur musique, mais jamais ils n'ont été considérés comme une « nation » à part. On considérait que les compositeurs étrangers vivant à Paris écrivaient de la musique liée tantôt à leur nationalité, tantôt à un style internationaliste européen. Ils étaient même parfois catégorisés comme des « assimilés » au milieu de la musique française. Si l'existence d'une « musique française » était toujours affirmée avec force – même si cette expression, en fonction des intervenants, signifiait quelque chose de différent –, la « musique de l'école de Paris » est une catégorie qui n'a pas d'existence propre dans le discours de l'époque, à la différence de ce qui se passe dans le milieu des arts visuels.

284. Frederick Goldbeck, « Heur et malheur de la musique actuelle : en marge du livre vert de la S.I.M.C. », *La Revue musicale*, juin-juillet 1937, p. 85-91, ici p. 86. Dans les pages suivantes, Goldbeck nomme Martinů en qualité de représentant des jeunes Tchèques sur l'échiquier musical international – et non pas des jeunes « à Paris », parmi lesquels il ne cite que Honegger, Ferroud, Martelli, Delannoy et Jolivet (p. 88).

Chapitre VIII

MUSIQUE DE L'ÉCOLE DE PARIS ?

> Ses trois mouvements constituent une œuvre exemplaire de « L'École de Paris », alliant une vigueur rythmique bien d'Europe centrale à une transparence de timbres très française, avec parfois des formations frénétiques propres à la musique jazz [1].

Ces trois lignes écrites par Gérald Hugon à propos du *Septuor* (1934) de Tansman constituent probablement le plus récent exemple de définition de « musique de l'École de Paris ». S'ancrant dans la tradition de ceux qui ont défini l'École de Paris de façon stylistique (voir chapitre III), ce « géostyle » résulterait d'une fusion entre la clarté traditionnellement attribuée à la musique française et les différentes formes du modernisme (le jazz aussi bien que le modernisme ethnique représenté ici par la « vigueur rythmique bien d'Europe centrale » – c'est-à-dire à la Bartók, dédicataire du *Septuor*).

L'idée d'un « style École de Paris » est d'ailleurs présente dans les arts visuels. Pour exemplifier l'esprit de synthèse qui serait la caractéristique de ce style, Kate Kangaslahti présente le cas du *Nu couché à la toile de Jouy* (1922) de Léonard Tsugouharu Foujita, portrait de Kiki de Montparnasse (nom d'artiste d'Alice Prin, sujet parisien et représentatif de la modernité scandaleuse – comme le jazz) qui renvoie à l'iconographie de l'odalisque (une tradition de la peinture française aboutissant notamment à l'*Olympia* d'Édouard Manet de 1863) tout en la traitant selon une technique de coloration empruntée à la tradition japonaise (illustration 5) [2].

La tentation de vouloir définir un style École de Paris qui soit l'exemplification même du cosmopolitisme compositionnel est forte puisqu'elle est intrinsèque à l'étiquette « École de Paris », qui peut être interprétee comme étant « ce qu'on apprend à Paris et qui modifie (sans pour autant l'effacer) nos habitudes compositionnelles ». Cependant, puisque l'étiquette même pose tous les problèmes que nous avons soulevés jusqu'ici, sa

1. Gérald Hugon, « Alexandre Tansman : origines et trajectoire d'un accomplissement artistique », dans Alexandre Tansman, *Une voie lyrique dans un siècle bouleversé*, textes réunis par Mireille Tansman-Zanuttini, préfacés et annotés par Gérald Hugon, Paris, L'Harmattan, 2005, p. 7-50, ici p. 20.

2. Kate Kangaslahti, « The École de Paris, Inside and Out : Reconsidering the Experience of the Foreign Artists in Interwar France », dans Jaynie Anderson (dir.), *Crossing Cultures : Conflict, Migration and Convergence*, actes du *32e Congrès international d'histoire de l'art* (Melbourne, 13-18 janvier 2008), Victoria, Miegunyah Press / Melbourne University Publishing, 2009, p. 602-606, ici p. 604.

réduction au simple plan stylistique est difficilement soutenable. Tous les compositeurs étrangers ayant séjourné à Paris pour poursuivre leurs études et lancer leur carrière n'ont en effet pas opéré le même type de synthèse entre la tradition locale (populaire ou académique) de leur pays d'origine et leur expérience parisienne. Le simple fait d'avoir étudié, à Paris, avec des maîtres aussi différents que Vincent d'Indy ou Albert Roussel est un indicateur non négligeable des différentes formes de la « tradition française » qu'ils ont pu absorber dans leur musique. Plus généralement, nous sommes convaincu que la meilleure façon de saisir ce que le séjour parisien leur a apporté réside dans l'analyse approfondie de la production de chacun dans le but de les *différencier*.

Nous devrions changer de perspective, et au lieu de chercher à décrire un style, affirmer plutôt qu'il existe une *opportunité* École de Paris. Cette dernière se traduirait en différents styles selon les auteurs et selon les œuvres. En fait, la notion de « style d'un compositeur » semble être elle-même simpliste, surtout dans un contexte d'incessantes recherches linguistiques et d'ouverture continue aux nouveautés et aux stimulations des collègues. Par « opportunité École de Paris », nous suggérons au contraire qu'un jeune compositeur étranger résidant dans le Paris de l'entre-deux-guerres avait la possibilité d'avoir accès à une pluralité de tendances compositionnelles, et ce, grâce à la rencontre entre son foyer d'origine et son foyer d'accueil : 1) les formes de « musique française » plus académiques (d'Indy, Roussel, Fauré, Saint-Saëns, etc.), plus vénérées (Debussy, Ravel, etc.) ou plus expérimentales (constructivisme néogothique ou néoclassique à la Stravinski, dépouillement à la Six, etc.) ; 2) les formes de « modernisme ethnique » trouvées en France (le Stravinski d'avant-guerre) ou dans le pays d'origine (Bartók, Kodály, Janáček, etc.) ; 3) les exemples de « compositeurs nationaux » du pays d'origine (Chopin, Szymanowski, Rimski-Korsakov, Smetana, etc.) ; 4) les différentes formes de l'avant-garde étrangère (Schoenberg, Webern, Varèse, etc.) ; 5) les nouvelles musiques populaires qui rythment la vie nocturne parisienne (le « jazz » sous toutes ses formes)[3] et 6) le patrimoine folklorique du pays d'origine.

Nous ne pouvons évidemment pas, dans le cadre du présent ouvrage, étudier comment chaque compositeur étranger résidant à Paris a traduit dans sa production l'« opportunité École de Paris » ni quelle a été la dynamique des relations entre les stimulations musicales parisiennes et préparisiennes de chacun. Nous allons plutôt continuer notre enquête, dans ce dernier chapitre, en analysant des recueils collectifs qui ont joué un rôle clé dans la construction discursive, historiographique et identitaire d'une entité « École de Paris » : l'album intitulé *Treize Danses* et publié par La Sirène musicale en 1929, souvent considéré comme le noyau originaire de l'« École de Paris » au sens étroit[4]; l'album intitulé *Parc d'attractions Expo 1937*, réponse des étrangers

3. « Jazz » est, à l'époque, une étiquette désignant un champ sémantique qui comprend *modern life*, métissage culturel (Afrique-Amérique-France), danse, nouveaux timbres et primitivisme. Pour une mise en contexte culturelle du jazz en France dans l'entre-deux-guerres, voir Jeffrey H. Jackson, *Making Jazz French : Music and Modern Life in Interwar Paris* (Durham, Duke University Press, 2003, et plus particulièrement p. 1-33) ainsi que Martin Guerpin, *Adieu New York, bonjour Paris ! Les enjeux esthétiques et culturels des appropriations du jazz dans le monde musical savant français (1900-1930)*, 2 vol., thèse de doctorat, Paris / Montréal, Université Paris-Sorbonne / Université de Montréal, 2015, en cours de publication dans la présente collection.

4. Voir chapitres I et V, et notamment l'affirmation de John Weissman dans le *Grove5* : « L'existence "officielle" de leur groupe fut signalée par la publication, en 1929, d'un recueil de pièces pour piano intitulé

de Paris à l'album *À l'Exposition* signé uniquement par des compositeurs français[5]; et finalement, le projet d'un album de l'École de Paris avec l'éditeur Heugel en 1948, dont parle la correspondance.

1929 : *Treize Danses*

Comme nous l'avons déjà vu au chapitre VI, Michel Dillard de La Sirène musicale a organisé en 1929 le premier concert des jeunes compositeurs qu'il publiait. La même année, l'éditeur diffuse une anthologie de *Treize Danses* (tableau 14) : treize morceaux pour piano écrits par treize compositeurs, homogènes par les dimensions (entre deux et quatre pages chacun) et par les titres (tous se réfèrent plus ou moins explicitement à la danse)[6]. Parmi les treize auteurs, sept sont étrangers (dont cinq résidant à Paris : Beck, Harsányi, Martinů, Mihalovici et Tansman; non résidants : Lopatnikoff et Schulhoff) et six Français (dont trois très liés au milieu international : Wiéner, le promoteur de Schoenberg à Paris; Ferroud, futur fondateur du Triton; Rosenthal, interprète assidu des jeunes compositeurs immigrés). Tous ont une trentaine d'années, avec comme seule exception Larmanjat, compositeur né à Paris en 1878 et ayant étudié et travaillé toute sa vie dans la capitale française.

La genèse de cet album remonte à la période du premier concert de La Sirène musicale (27 avril 1929) – l'idée du recueil est probablement née au cours de cette même soirée. Quelques jours plus tard, Dillard écrit en effet à Beck (qui n'a pu participer au concert en raison d'un deuil) :

> Vous ai-je dit que je demandais à tous mes musiciens de m'écrire une danse moderne de 2 pages maximum afin de constituer un album pour paraître en septembre. Je serai très heureux si vous pouviez m'envoyer au plus tôt votre manuscrit[7].

Deux éléments attirent notre attention : le concept de « danse moderne » (le *nec plus ultra* de l'exécrable selon Louis Vuillemin : « La société moderne, après des siècles d'évolution, est parvenue enfin à sa forme parfaite : c'est un dancing ! »[8]) et le fait que Dillard ait demandé à *tous* ses musiciens de participer au projet (Dillard conçoit vraisemblablement La Sirène musicale comme une grande famille : « J'ai toutes les

---

Treize Danses, qui contenait une contribution de chacun et était édité par Harsányi » (« *The "official" existence of their group was signalized by the publication in 1929 of a collection of pianoforte pieces entitled* Treize Danses, *containing one contribution by each and edited by Harsányi* »). John S. Weissmann, art. « Harsányi, Tibor », dans *Grove5*, vol. 4, 1954, p. 117-119, ici p. 118.

5. *À l'Exposition : illustrations musicales de Georges Auric, Marcel Delannoy, Jacques Ibert, Darius Milhaud, Francis Poulenc, Henri Sauguet, Florent Schmitt, Germaine Tailleferre*, Paris, Deiss, R. D. 7 540-7 647, 1937; Paris, Salabert, SLB 453 500, 1959; *Parc d'attractions Expo 1937 : recueils de pièces pour piano de Ernesto Halffter, Tibor Harsanyi, Arthur Honegger, Bohuslav Martinù, Marcel Mihalovici, Frédéric Mompou, Vittorio Rieti, Alexandre Tansman, Alexandre Tcherepnine*, Paris, Eschig, M. E. 5 678-5 686, 1938.

6. *Treize Danses*, Paris, La Sirène musicale, S. M. 156-168, 1929.

7. Lettre de Michel Dillard à Conrad Beck, 8 mai 1929 (PSS, Sammlung Conrad Beck, Korrespondenz).

8. Louis Vuillemin, « Les dieux à la foire (Notes sans mesure) », *Le Courrier musical*, 1er juin 1921, p. 175-176, ici p. 175. Voir ci-dessus au chapitre VII, section « Union sacrée de la paix ».

photographies de mes musiciens dans mon bureau, amicalement dédicacées »[9]). Le nombre de treize danses n'a donc pas d'autres raisons que le nombre des réponses reçues par l'éditeur à sa proposition.

	Auteur	Titre	Dédicace	Mesures [avec les refrains]
1	Conrad BECK	*Danse*	à Bobuslav [*sic*] Martinu	57
2	Marcel DELANNOY	*Rigaudon*	à Ricardo Viñes	113 [140]
3	Pierre O. FERROUD	*The Bacchante (Blues)*		64 [127]
4	Tibor HARSÁNYI	*Fox-Trot*	à la mémoire de W. A. Johnson	58
5	Jacques LARMANJAT	*Valse*	à Michel Dillard	48
6	Nicolai LOPATNIKOFF	*Gavotte*	–	83 [103]
7	Bohuslav MARTINŮ	*La Danse*	à mon ami Conrad Beck	43
8	Georges MIGOT	*La Sègue (Danse lente)*	–	39 [55]
9	Marcel MIHALOVICI	*Chindia (Danse paysanne roumaine)*	à Michel Dillard	125
10	Manuel ROSENTHAL	*Valse des pêcheurs à la ligne*	à Michel Dillard	48
11	Erwin SCHULHOFF	*Boston*	–	100
12	Alexandre TANSMAN	*Burlesque*	à Arthur Hoérée	69
13	Jean WIÉNER	*Rêve*	pour ma Femme	46

Tableau 14. Le contenu du recueil *Treize Danses*, Paris, La Sirène musicale, 1929.

Un « Album des 13 » ?

Cette observation est particulièrement significative si l'on considère (comme Harsányi l'a fait)[10] le premier concert de La Sirène musicale comme un concert des « six » de La Sirène, ce qui porterait à considérer les *Treize Danses* comme un clin d'œil (sinon une réponse directe, dix ans exacts après) à l'*Album des 6*[11]. Ce dernier recueil, né à l'initiative de Jean Cocteau, comprend six courtes pièces pour piano d'Auric, Durey, Honegger, Milhaud, Poulenc et Tailleferre (en ordre alphabétique rigoureux, exactement comme ce sera le cas pour les *Treize Danses*). Le titre de chaque pièce renvoie soit à des formes de danse de différentes époques et pays (« Sarabande » de Honegger, « Mazurka »

9. Lettre de Dillard à Beck, 8 mai 1929.

10. Voir la lettre de Tibor Harsányi à Conrad Beck, 26 février 1929 déjà citée au chapitre VI, section « Les concerts de La Sirène musicale ».

11. *Album des 6*, Paris, Demets, E. D. 3 120, 1920. L'album fut publié au début de 1920, mais les pièces furent composées (exception faite de celle de Milhaud, remontant à 1914) pendant le second trimestre de 1919, comme l'indiquent les dates dans la partition (la seule date qui manque est celle de Honegger), soit exactement dix ans avant les danses de La Sirène.

de Milhaud et « Valse » de Poulenc) ou à des genres (« Prélude » d'Auric, « Romance sans paroles » de Durey et « Pastorale » de Tailleferre). Toutefois, dans l'esprit ironique et non conventionnel de ces « nouveaux jeunes » que Cocteau souhaite promouvoir, les titres créent souvent un horizon d'attente qui entre en conflit (ou du moins en contrepoint) avec l'écriture – on pourrait presque parler d'un rapport polytonal entre le titre et l'écriture s'ajoutant, sur un plan plus métaphorique, à l'harmonie polytonale qui est le procédé majoritairement employé pour l'organisation verticale des hauteurs dans ces courtes pièces.

Par exemple, la « Romance sans paroles » de Durey n'a rien de romantique, nonobstant son titre : sa mélodie modale renvoie à une atmosphère prébaroque, et le mètre ternaire l'apparente à un menuet « boiteux » [12] (exemple 1).

Exemple 1. Louis Durey, « Romance sans paroles », dans *Album des 6* (1920), p. 4-5 : a) mes. 1-6 (réduction) : mélodie modale (mode de *la* sur *fa* dièse) [13] et rythme de « menuet boiteux » (phrases de 9 *tactus* au lieu de 6) ; b) mes. 13-18 (réduction) : le « menuet » devient encore plus « boiteux » (phrases de 7 *tactus*).

La « Valse » de Poulenc présente le même esprit de jeu avec les attentes liées au titre. Poulenc exploite au maximum un des traits caractéristiques de la valse, la « dissonance métrique » entre la régularité de l'accompagnement et la liberté de la mélodie (exemple 2) [14]. Procédé en soi traditionnel, cet écart entre le mètre perçu et le rythme ternaire « envahit » chez Poulenc le domaine harmonique, l'accompagnement étant insensible non seulement aux glissements métriques de la mélodie, mais aussi à son parcours tonal (la triade de *do* majeur ne sera abandonnée qu'à la mesure 33). Dans la « Valse » de Poulenc, comme dans la « Romance sans paroles » de Durey, le Romantisme n'est que dans le titre. Poulenc écrit une valse machiniste, trop rapide pour être dansée (♩. = 96), aux hémioles agressives (*clusters* en *ff*) qui renvoient ironiquement aux hémioles des danses romantiques plutôt que leur rendre hommage.

12. Nous utilisons ici et plus loin dans ce chapitre l'adjectif « boiteux » sans aucune nuance péjorative, mais au sens métaphorique renvoyant à l'image de l'homme qui boite et de l'irrégularité de sa marche.

13. Le sixième degré, note caractérisant le mode de *la* par rapport au mode de *ré*, est absent de la mélodie, mais présent dans l'harmonisation (et comme basse tenue) en tant que *ré*, ce qui nous mène à indiquer le mode de *la* sur *fa* dièse. À la mesure 33, Durey introduira un *ré* dièse dans la ligne mélodique, virant ainsi vers le mode de *ré* sur *fa* dièse.

14. Sur la « dissonance métrique » et d'autres caractéristiques formelles des valses viennoises, voir Eric McKee, *Decorum of the Minuet, Delirium of the Waltz : A Study of Dance-Music Relations in ¾ Time*, Bloomington, Indiana University Press, 2012, chap. 3 ; et plus particulièrement sur la « dissonance métrique », p. 115-119 et 190-191.

Exemple 2. Francis Poulenc, « Valse », dans *Album des 6* (1920), p. 8-10 : a) mes 1-8 : anacrouse initiale sur le temps fort et première hémiole ; b) mes. 17-20 : d'autres types d'hémioles.

Les tactiques de décalage entre le titre et l'écriture ainsi que de déformation d'une forme traditionnelle sont des procédés présents aussi dans les *Treize Danses*[15]. La « Valse » de Larmanjat, en 5/8, en est un exemple significatif : le mètre ternaire est respecté et souligné dans la première partie de chaque mesure, tandis que, dans la seconde moitié, l'absence de la troisième croche donne une impression d'instabilité qui rappelle l'allure boiteuse des pièces de Durey et de Poulenc (exemple 3)[16].

Exemple 3. Jacques Larmanjat, « Valse », dans *Treize Danses* (1929), p. 14-15, mes. 5-8.

15. Nous avons déjà discuté une partie des exemples proposés ici, dans une perspective très différente, dans notre *Danza, incantesimo e preghiera : il « rinnovamento espressivo » nella musica francese degli anni '30 del Novecento*, thèse de doctorat, Pavia, Università degli studi di Pavia, 2011, p. 140-150. Notre étude visait alors à analyser les moyens utilisés par les compositeurs français de l'entre-deux-guerres pour composer des danses instrumentales.

16. Cette rare utilisation lyrique du 5/8 pourrait avoir un lien avec le deuxième mouvement de la *Symphonie n° 6 en si mineur*, op. 74, « Pathétique » (1893) de Piotr Ilitch Tchaïkovski (nous tenons à remercier François de Médicis pour cette suggestion). Toutefois, soulignons une différence fondamentale entre les deux pièces relativement à notre propos : Tchaïkovski n'intitule pas ce mouvement « Valse », mais « Allegro con grazia » ; il n'existe donc pas, dans cette symphonie, le décalage qu'on retrouve chez Larmanjat entre les attentes créées par le titre et l'écriture.

La « musique française de France »[17] réclamée par Cocteau dans *Le Coq et l'Arlequin* (1918) et exemplifiée par l'*Album des 6* se proposait d'être mélodique, modale, polytonale, construite sur des structures simples héritées de la tradition (dûment revisitée en termes ironiques). Ce recueil est, en ce sens, très homogène. La suite que forment les *Treize Danses* est, au contraire, assez excentrique. Tout d'abord, les titres nous renvoient à des mondes musicaux très diversifiés :

– formes de danses anciennes ou romantiques : « Rigaudon » (Delannoy), « Valse » (Larmanjat), « Gavotte » (Lopatnikoff), « Valse des pêcheurs à la ligne » (Rosenthal);

– danses jazz : « The Bacchante (Blues) » (Ferroud), « Fox-Trot » (Harsányi), « Boston » (Schulhoff);

– danses populaires : « Chindia (Danse paysanne roumaine) » (Mihalovici);

– titres génériques : « Danse » (Beck), « La Danse » (Martinů), « La Sègue (Danse lente) »[18] (Migot), « Burlesque » (Tansman), « Rêve » (Wiéner).

La danse qui clôt le recueil, « Rêve » de Wiéner, est une sorte d'image condensée de cette variété. Dans l'esprit « salade » qui l'avait rendu célèbre au début des années 1920, Wiéner compose une danse-suite. Entre les occurrences d'un refrain onirique à la Satie s'enchaînent dans l'ordre un épisode « viennois » (une valse), un épisode « jazz » (un foxtrot) et un « tango » – les titres des épisodes sont indiqués entre parenthèses dans la partition.

Soulignons que la diversité des *Treize Danses* ne respecte pas strictement le passeport des compositeurs : Harsányi écrit un foxtrot et non pas une danse hongroise, Tansman une « Burlesque » et non pas une mazurka, Lopatnikoff (d'origine bulgare et non résidant en France) une gavotte. Les seuls qui composent une danse ouvertement rattachée à leur pays d'origine sont Mihalovici, dont la « Chindia (Danse roumaine) » existe aussi en version pour radio-orchestre (op. 28, 1929), et Delannoy, avec un très français « Rigaudon ».

On pourrait dire que l'absence d'homogénéité des *Treize Danses* est tout à fait représentative d'une conception d'École de Paris comme creuset cosmopolite de tendances variées. Mais il ne faut pas oublier que deux des auteurs du recueil n'étaient parisiens ni d'origine ni d'adoption. Les *Treize Danses* auraient pu constituer aux yeux du public musical parisien un écho à l'*Album des 6*, une réponse donnée par un « Groupe de La Sirène » qui, à la « musique française de France », opposerait une « musique internationale de Paris ». Toutefois, ce type de réception semble absent de la presse musicale de l'époque. Les comptes rendus du concert où les *Treize Danses* furent présentées, jouées par Harsányi (à la Salle Debussy de la Maison Pleyel, le 4 avril 1930) et sous le titre

17. Voir Jean Cocteau, *Le Coq et l'Arlequin : notes autour de la musique*, Paris, Éditions de la Sirène, 1918, p. 29; repris dans *Écrits sur la musique*, textes rassemblés, présentés et annotés par David Gullentops et Malou Haine, Paris, Vrin, 2016, texte n°33, p. 97-129, ici p. 109.

18. Nous avons deux hypothèses concernant l'interprétation de ce titre. La première est que « sègue » renvoie au mot espagnol « seguida » (continuation, suite) et à la danse qui dérive de ce mot, la séguedille. Mais la séguedille est une danse rapide, alors que celle de Migot est lente. L'autre hypothèse est que « Sègue » serait le nom de quelqu'un. Cette hypothèse s'appuie sur le fait qu'une autre danse pour piano de Migot, *La « Nimura »* (1935) est explicitement dédiée « au maître-danseur Nimura ». D'ailleurs, l'absence de dédicace dans « La Sègue » peut induire à penser que le titre soit une dédicace en soi.

d'*Album de Treize danses*[19], ne décrivent pas ce recueil comme le produit d'un groupe ni comme un album stylistiquement homogène (donc ni « style École de Paris », ni « style Sirène musicale »). Le seul « style Sirène musicale » dont on parle est un style de *marketing* et non pas d'écriture. Georges Dandelot louange le fait qu'un éditeur organise des concerts pour présenter la musique qu'il diffuse, et souhaite que d'autres suivent cet exemple[20]. Joseph Baruzi souligne le caractère diversifié des « pièces inégalement brèves » de ce recueil « intensément vivant [...] ne fût-ce que grâce aux confrontations qu'il permet »[21]. En particulier, il s'attarde à une comparaison contrastée des pièces de Beck et de Mihalovici :

> Conrad Beck adoptait le titre générique : « Danse ». Et n'est-il en effet attiré avant tout par un art conceptuel, où le pathétique lui-même vient s'enserrer en une sorte de géométrie sonore ? La « Chindia » de Marcel Mihalovici, au contraire, semble criblée de feux, et toute exultante de la force des sèves et des glèbes[22].

Le caractère « conceptuel » de la danse de Beck a d'ailleurs été critiqué par Dillard. La lecture de leur correspondance porte à croire que Beck avait envoyé une danse à Dillard en septembre 1929[23], mais qu'à la dernière minute (en novembre, quand l'album est déjà prêt pour l'impression), il a décidé d'en proposer une autre. Dillard dans un premier temps accepte, car il trouve la pièce de Beck « un peu Schoenbergienne »[24]; toutefois, après avoir reçu la seconde, l'éditeur choisit de conserver la première, « car [celle]-là est tout excepté une danse tandis que [la première] par ses répétitions, peut être à la rigueur interprété[e] chorégraphiquement »[25]. Effectivement, la « Danse » de Beck – qui d'ailleurs, en raison de l'ordre alphabétique, ouvre le recueil – ne présente ni un mètre régulier ni la récurrence d'un rythme caractéristique, deux éléments par lesquels on reconnaît traditionnellement une danse. L'ambiguïté métrique de la pièce, un trait que nous avons déjà trouvé dans les valses de Poulenc et de Larmanjat, est encore plus confondante, puisque le titre « Danse » ne suggère aucun modèle d'écoute prédéfini (comme dans le cas d'une valse, par exemple). Ainsi, une lecture en trois – suggérée par le motif mélodique – semble prévaloir sur le 4/4 qui organise l'écriture, mais elle bute contre un obstacle déjà après deux répétitions du pied ternaire. Si l'on suit plutôt la basse, une lecture binaire semble s'imposer tout de suite après le premier pied ternaire, mais avec les accents décalés par rapport à l'écriture en 4/4 (exemple 4).

---

19. Voir l'annonce dans *Le Guide du concert*, 28 mars 1930, p. 742. L'année suivante, le recueil fut joué au 151ᵉ concert de la SMI (28 février 1931) par Lucette Descaves, sous le titre de *Treize Danses (Album de La Sirène)*. Voir Michel Duchesneau, *L'avant-garde musicale à Paris de 1871 à 1939*, Sprimont, Mardaga, 1997, p. 325.

20. Georges Dandelot, « Éditions de la Sirène musicale », *Le Monde musical*, juin 1930, p. 246.

21. Joseph Baruzi, « Concert de la Sirène musicale (4 avril 1930) », *Le Ménestrel*, 11 avril 1930, p. 169-170, ici p. 170..

22. *Ibid.*, p. 169-170.

23. Lettre de Michel Dillard à Conrad Beck, 2 septembre 1929 (PSS, Sammlung Conrad Beck, Korrespondenz).

24. Lettre de Michel Dillard à Conrad Beck, 23 novembre 1929 (PSS, Sammlung Conrad Beck, Korrespondenz).

25. Lettre de Michel Dillard à Conrad Beck, 28 novembre 1929 (PSS, Sammlung Conrad Beck, Korrespondenz).

Exemple 4. Conrad Beck, « Danse », dans *Treize Danses* (1929), p. 1-3, mes. 1-4.

Pour compenser cette indétermination métrique, Beck ajoute à la danse, comme Dillard l'a remarqué, beaucoup de répétitions – ce qui permet de considérer cette « Danse » comme une *danse*. Elle comporte en fait une structure ABAB', où A présente la répétition variée d'un premier motif gestuel *a* (une descente chromatique en anacrouse qui remonte ensuite par un arpège brisé ascendant en *crescendo*) et B celle d'un deuxième motif gestuel *b* complémentaire au premier (un appui solide sur le temps fort de la mesure qui saute à l'aigu pour ensuite s'éteindre en *diminuendo* ; exemple 5).

Exemple 5. Conrad Beck, « Danse », dans *Treize Danses* (1929), p. 1-3 : les deux motifs gestuels (*a* : mes. 1-2 ; *b* : mes. 17).

« Chindia » de Mihalovici, que Baruzi donne comme exemple de style à l'opposé de celui de Beck, laisse Henri Petit perplexe : il la juge « jolie », tout en remarquant qu'elle « n'appelait peut-être pas une harmonisation aussi compliquée »[26]. Ce commentaire, en soi neutre, acquiert tout son sens dans le contexte du compte rendu, où Petit exprime, au fond, un certain mépris pour tout ce qui a une saveur trop « Europe centrale ». C'est un risque qu'il signale entre les lignes en décrivant les *Treize Danses* comme « un recueil de pièces signées de compositeurs modernes, que "La Sirène" vient d'éditer suivant en cela une pratique assez courante en Europe centrale »[27]. Petit apprécie surtout le « Rigaudon » de Delannoy et la « Valse » de Larmanjat, suivies par « Chindia » de Mihalovici et la « Burlesque » de Tansman. Il qualifie Migot de « chercheur de curieuses sonorités » et aime l'esprit des pièces « jazz » de Harsányi et de Ferroud, mais au final, il tranche net en disant qu'« à côté de ces pages, il en est d'assez insignifiantes, n'ayant de danse que le titre ». La « Danse » de Beck, « La Danse » (H. 177) de Martinů et sans doute la « Gavotte » de Lopatnikoff sont les pièces que nous croyons les plus visées par ce dernier commentaire. Non seulement parce que le terme « danse » figure dans leur titre, mais aussi et surtout parce que ces pièces partagent des caractéristiques d'écriture considérées avec un certain mépris comme étant « Mittel-Européennes », des caractéristiques qui se retrouvent justement dans l'harmonisation compliquée que Petit critique

26. Henri Petit, « S.M.I. (28 février) », *Le Courrier musical*, 1er avril 1931, p. 226.
27. *Ibid.*

dans « Chindia ». Cette dernière unit l'inspiration populaire d'un court motif diatonique continuellement répété à des éléments harmoniques et contrapuntiques contrastants dans un esprit que l'on pourrait qualifier de bartókien (exemple 6)[28].

Exemple 6. Marcel Mihalovici, « Chindia (Danse populaire roumaine) », dans *Treize Danses* (1929), p. 22-25 : a) mes. 1-7 : le premier épisode où la répétition du thème populaire est répétée et harmonisée ; b) mes. 79-84 : le traitement du thème en canon.

Exemple 7. Nicolai Lopatnikoff, « Gavotte », dans *Treize Danses* (1929), p. 16-17, mes. 1-14.

28. On peut trouver de nombreux exemples de ce type d'écriture dans les six volumes de *Microkosmos*, op. 105 (1926-1939).

En plus de jouer sur la dureté des combinaisons verticales – rencontres d'une mélodie diatonique avec des accords étant en soi des clusters ou créant des clusters par leur superposition à la mélodie –, les pièces de Martinů et de Lopatnikoff ont recours au déplacement continu des accents : un trait que Petit pouvait sans doute apprécier dans « Chindia » compte tenu de son inspiration ouvertement populaire, mais qu'il trouvait vraisemblablement inacceptable pour des « danses » s'appelant tout simplement « danse » (Beck, Martinů) ou, pire encore, « gavotte » (Lopatnikoff). Cette dernière, en particulier, a peut-être heurté la sensibilité nationaliste de Henri Petit, puisqu'il s'agit d'une déformation « Europe centrale » d'une forme musicale française (exemple 7).

Un « Éventail de Serge » ?

Le caractère « non français » du recueil des *Treize Danses* est clairement annoncé, et avec force, par la couverture de l'album. Comme chaque éditeur le sait, l'illustration de couverture constitue le premier point de contact avec le potentiel lecteur et contribue à façonner son horizon d'attentes par rapport à l'œuvre. Celle choisie par La Sirène musicale pour illustrer les *Treize Danses* est un dessin de Michel Larionov ; un second dessin de cet auteur se trouve en quatrième de couverture. Larionov – peintre russe immigré à Paris, membre de l'École de Paris des peintres (organisateur notamment de l'*Exposition de l'art moderne français* à Moscou en 1928)[29], ami de plusieurs compositeurs immigrés[30], et un des protagonistes, avec sa femme Natalia Gontcharova, de l'aventure des Ballets russes[31] – donne à la couverture des *Treize Danses* un esprit « russe » (dans le sens exotique que l'on lui attribuait à l'époque)[32] qui va à l'encontre de l'iconographie s'appuyant sur les qualités réputées françaises de « souci de clarté, de précision, d'élégance des lignes [...], d'harmonie, de proportions, [...] d'équilibre architectural »[33]. Une comparaison entre la couverture de l'*Album des 6* et celle des *Treize Danses* est révélatrice à cet égard (figures 6 et 7).

29. Voir au chapitre IV.

30. Larionov était notamment ami de Mihalovici ; voir José Bruyr, *L'écran des musiciens*, 2ᵉ série, Paris, Corti, 1933, p. 68-69. Dans une interview radiophonique, Mihalovici dit avoir rencontré Martinů chez le peintre. Cet extrait est retransmis dans Myriam Soumagnac, « L'École de Paris », 5 épisodes, dans *Le matin des musiciens*, émission radiophonique, RF, France Musique, 3ᵉ épisode : « Triton », diffusé le 18 juillet 1990. L'animatrice l'introduit ainsi : « L'un des meilleurs peintres des Ballets Russes, Michel Larionov, a été lié à plusieurs membres de l'École de Paris et il est à l'origine d'une rencontre entre deux de nos musiciens ». Prokofiev possédait un tableau peint par la femme de Larionov, Natalia Gontcharova (« une admirable figure de Gontcharowa [...] qui semble surveiller, du dessus du divan, notre conversation », Bruyr, *L'écran* [2ᵉ série], p. 20).

31. Michel (Mikhaïl) Larionov (1881-1964), collaborateur de Diaghilev, scénographe et costumier pour des spectacles tels *Chout* (1921) de Prokofiev, les *Histoires naturelles* (1916) de Ravel ou *Renard* (1922) de Stravinski, écrira et illustrera aussi un livre sur les Ballets russes (Michel Larionov, *Diaghilev et les Ballets Russes*, Paris, La Bibliothèque des arts, 1970).

32. Voir ci-dessus au chapitre VII, section « Les nationalismes musicaux ».

33. Albert Bertelin, « Le nationalisme en art », *Le Courrier musical*, 15 juin 1913, p. 362-368, ici p. 365.

Figure 6. Couverture de l'*Album des 6*, Paris, Demets, 1920.

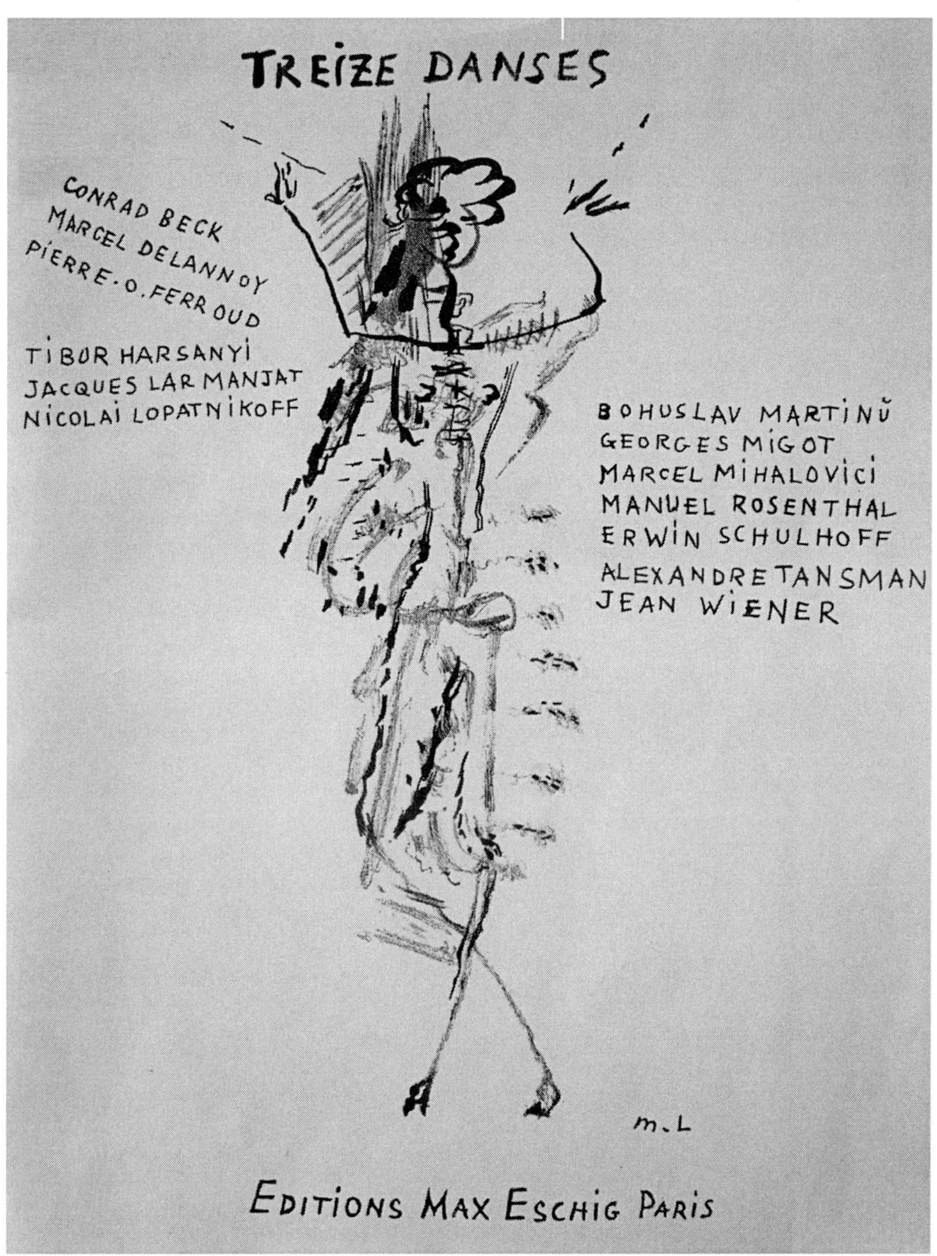

Figure 7. Couverture de l'album *Treize Danses*, Paris, La Sirène musicale, 1929.

Pour l'*Album des 6*, l'éditeur Demets a choisi une iconographie à la fois classique et simple : par le moyen d'une ligne, on suggère une colonne grecque. Aucun détail n'est laissé au hasard afin d'engendrer un résultat symétrique et équilibré tout en usant d'un nombre limité d'éléments. On remarquera notamment l'exploitation de la spirale (inspirée à la fois d'un chapiteau ionique et d'une volute de violon) pour suggérer la colonne, pour contrebalancer à la base de la page ce chapiteau virtuel et pour aligner les noms d'Auric et de Durey – plus courts que les autres – sur ceux de leurs collègues. La couverture des *Treize Danses* utilise des moyens graphiques très différents. Aucune symétrie, mots écrits à la main et iconographie renvoyant à la liberté expressive et à la corporalité de la danse promues par les Ballets russes dans laquelle le mouvement et les taches de couleur prédominent sur la géométrie linéaire du ballet classique.

Un autre élément de comparaison significatif est la lyre, symbole typique des couvertures de partition depuis au moins un siècle. Comme c'est souvent le cas, les symboles les plus exploités deviennent la cible de déformations ironiques. Ainsi, dans deux clichés devenus célèbres, Fauré tient dans ses mains un *ombi* (une harpe guinéenne) comme s'il s'agissait d'une lyre, et Stravinski serre carrément un radiateur d'automobile[34]. La lyre présente sur la couverture de l'*Album des 6* n'a rien d'ironique et plonge l'observateur directement dans une Grèce un peu rococo – ce qui contraste avec la « clarté » des autres éléments iconographiques de cette page. Par contre, la lyre des *Treize Danses*, qui se trouve sur la quatrième de couverture (le second dessin de Larionov dans ce recueil), reflète pleinement l'esthétique « russe » de la couverture (figure 8) : l'homme-animal qui tient la lyre (les pieds qui semblent des pattes d'oiseau, les petits traits sur les jambes qui font penser à une fourrure) est plus proche d'un « primitif » sorti du *Sacre du printemps* que d'un *Apollon musagète*.

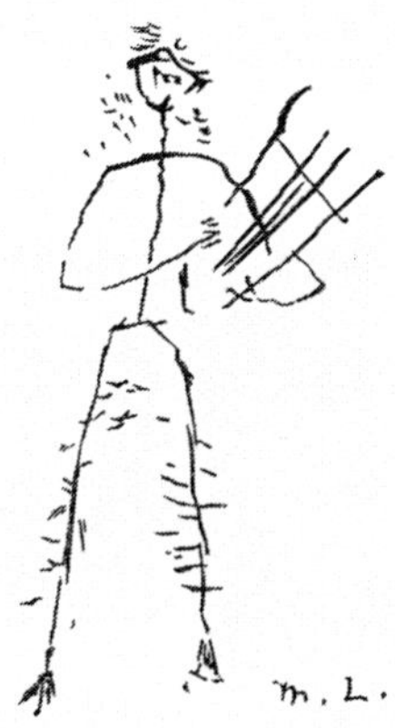

Figure 8. La lyre sur la quatrième de couverture des *Treize Danses*, Paris, La Sirène musicale, 1929.

34. On peut voir ces photos respectivement dans Jean-Michel Nectoux, *Gabriel Fauré : la voix du clair-obscur* (Paris, Fayard, 2008, ill. 12), et dans Roger Nichols, *The Harlequin Years : Music in Paris, 1917-1929* (London, Thames & Hudson, 2002, p. 262).

Si l'on compare ce dessin au monogramme des Éditions de la Sirène (ancien nom de La Sirène musicale) tel qu'il paraît, par exemple, dans les *Sept Pièces brèves* pour piano (1921) de Honegger (figure 9)[35], il est clair que l'éditeur non seulement jouait avec la tradition de la lyre, mais aussi avec son propre logo : très classique en 1920, lorsque Honegger venait d'être lancé comme un des « Six Français »[36], le logo se transforme alors qu'il prend place sur la partition des *Treize Danses*. La tendance de La Sirène musicale à modifier son logo régulièrement, et parfois au cas par cas selon le caractère du produit ou de l'événement, est confirmée par deux versions de l'iconographie de la sirène. La première, contemporaine à l'image pour les *Treize danses*, est le logo utilisé pour les concerts de La Sirène musicale (voir les illustrations 2 et 3 au chapitre V) : une sirène-ange non dépourvue d'un côté provocateur. La seconde est antérieure et figure sur plusieurs couvertures des Éditions de la Sirène de 1918, dont *Le Coq et l'Arlequin* (figure 10) : on y retrouve un « s » déguisé en queue de sirène qui englobe sa propre tête, très proche quant à elle des masques africains que Picasso, auquel ce logo est attribué, réélaborait dans ses tableaux.

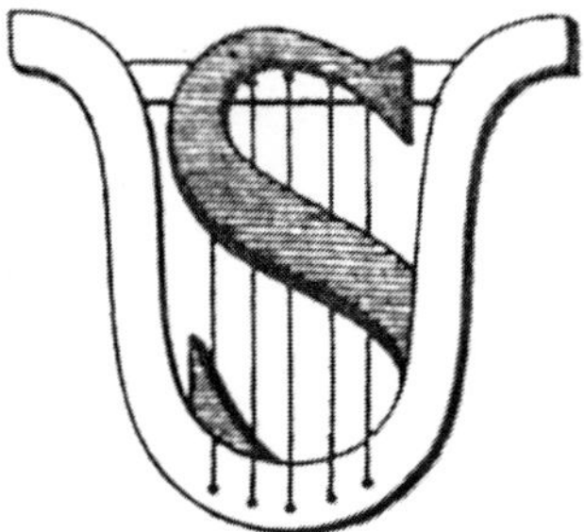

Figure 9. La lyre sur la couverture d'Arthur Honegger, *Sept Pièces brèves, pour piano*, Paris, Éditions de la Sirène, 1921.

Figure 10. Extrait de la couverture de l'édition originale de Jean Cocteau, *Le Coq et l'Arlequin : notes autour de la musique* (Paris, Éditions de la Sirène, 1918) : monogramme attribué à Picasso.

35. Arthur Honegger, *Sept Pièces brèves, pour piano*, Paris, Éditions de la Sirène, E. D. 42 L. S., 1921.

36. Sur le contexte de publication des *Sept Pièces brèves*, voir Theo Hirsbrunner, « Die *Sept pièces brèves* (1920) von Arthur Honegger in ihrem musikhistorischen Umfeld », dans Hermann Danuser (dir.), *Die Klassizistische Moderne in der Musik des 20. Jahrhunderts*, actes du colloque (Bâle, Paul Sacher Stiftung, 1996), Winterthur, Amadeus, 1997, p. 103-116.

En effet, la lyre de Larionov ne suggère pas la Grèce du XVIIIe siècle (néoclassique ou rococo) qui domine dans la couverture de l'*Album des 6*. Elle ne renvoie pas non plus à l'exotisme colonial selon lequel on pourrait interpréter la photo de Fauré (la musique composée en France qui s'approprie la musique « autre » sans pour autant changer d'attitude – l'*ombi* est joué comme une lyre) ni au machinisme urbain du radiateur stravinskien. La lyre de Larionov signale plutôt une attitude d'appropriation d'une tradition par des moyens issus d'une autre culture : d'une part, le peintre s'approprie l'iconographie de la lyre et, d'autre part, il réélabore (de façon non moins personnelle) le *lubok*, l'iconographie populaire russe des XVIIIe et XIXe siècles que Larionov connaissait très bien, ayant lui-même organisé une exposition sur ce répertoire à Moscou en 1913[37]. Une simple observation aidera à saisir ce réseau d'influences. Les traits que nous avons signalés sur les jambes de l'homme tenant la lyre et que nous avons associés à des poils – et donc à un imaginaire primitiviste – sont en fait typiques des xylographies *lubok*, utilisés à la fois pour dessiner des poils (c'est le cas des fourrures d'animaux) et pour créer un effet de volume au sein de superficies monochromatiques (*campiture*; illustration 6).

Larionov réutilise cette technique dans un contexte différent sur deux aspects : sur le plan iconographique, puisque la lyre est issue d'une tradition néoclassique d'Europe occidentale, et sur le plan technique, puisque les traits, dans son dessin, créent du volume ou une impression de fourrure, voire les deux, en dehors d'une *campitura* (les jambes de son personnage n'étant que des lignes simples et le procédé graphique étant également utilisé autour de la tête). Le message transmis par la couverture des *Treize Danses* pourrait donc être lu de la façon suivante : un album de pièces qui revisitent la tradition académique (la lyre, l'idéal de la Grèce apollinienne) par des traits d'écriture issus de traditions populaires elles aussi réélaborées. À tout bien considérer, le résultat de cette opération correspond à l'idée d'un art de la rencontre, où l'art musical français ne communiquerait pourtant pas les principes de clarté et d'équilibre à une musique « autre » qui serait à la base « barbare ». Au contraire, l'art français est ici déformé par l'artiste s'inspirant d'une tradition populaire. En d'autres termes, Larionov n'ajoute pas de « clarté française » au *lubok*, mais, à l'inverse, modifie le modèle académique français par le *lubok*. Ainsi, Lopatnikoff s'approprie une gavotte en la déformant par des rythmes « barbares » (dans le sens de l'*Allegro barbaro* de Bartók), et Ferroud rend blues (genre considéré comme du folklore d'Amérique) l'« Air sur la corde de sol » (exemple 8).

Exemple 8. Pierre-Octave Ferroud, « The Bacchante (Blues) », dans *Treize Danses* (1929), p. 8-10, mes. 1-4.

37. Alla Sytova, *The Lubok : Russian Folk Pictures, 17th to 19th Century*, Leningrad, Aurora Art Publishers, 1984, p. 5.

Le recueil de La Sirène musicale, tel que présenté par le paratexte éditorial, s'inscrit ainsi d'une certaine façon dans la lignée des Ballets russes. Avec le recul du temps, le décès de Diaghilev au cours de cette même année 1929 pourrait conduire à percevoir cet album comme un « tombeau de Diaghilev » : un recueil de danses, écrites en grande partie par des ressortissants d'Europe orientale et illustré par Larionov, proche collaborateur du célèbre impresario russe.

Pour compléter le réseau intertextuel dans lequel sont nées les *Treize Danses*, il ne faut pas oublier finalement que le 4 mars 1929 (un an et un mois avant le concert au cours duquel elles sont jouées) se tient la première exécution publique (à l'Opéra, après celle privée du 16 juin 1927) d'un autre ouvrage collectif inspiré de la danse : *L'Éventail de Jeanne*, ballet en un acte dédié à Jeanne Dubost (mécène qui dirige entre autres une école de danse pour enfants), composé de dix danses écrites par dix compositeurs[38]. Parmi ces dix compositeurs (tous Français), figurent deux musiciens qui participent aussi aux *Treize Danses* (Delannoy et Ferroud) et trois des anciens Six (Auric, Milhaud et Poulenc), en plus de Ravel, Ibert, Roland-Manuel, Roussel et Schmitt. On y retrouve des danses baroques (bourrée, sarabande, canarie), d'autres typiques du XIXᵉ siècle (valse, polka), d'autres encore vaguement liées aux sons du quotidien (fanfare, marche) ou de l'imaginaire populaire (pastourelle)[39]. La couverture de la partition pour piano nous révèle que, encore une fois, les éditeurs ont cherché à ce que l'aspect visuel de la partition soit représentatif du contenu (figure 11).

Les *Treize Danses*, accompagnées de la couverture de Larionov, font donc partie d'un réseau intertextuel les reliant tout en les opposant à deux antécédents : l'*Album des 6* et *L'Éventail de Jeanne*. Les trois ouvrages collectifs ont en commun le fait d'avoir été commandés par une personne proche des compositeurs (Cocteau, Jeanne Dubost et Dillard) qui visait à créer un produit artistique possédant une certaine unité. Toutefois, les *Treize Danses* sont sans doute le recueil le plus problématique sous cet aspect : même si l'iconographie de la couverture peut faire penser à une sorte d'« éventail de Serge (de Diaghilev) » – maître de la danse « russe » au même titre que Jeanne (Dubost) serait reine de la danse « française » –, toutes les pièces ne vont pas dans cette direction. Les *Treize Danses* ne sont pas un manifeste d'un « style École de Paris » défini comme une rencontre de la musique populaire Est-Européenne avec la tradition française. S'il y a, dans l'album, des pièces qui se prêtent à ce type de description (notamment la

38. Jeanne Dubost a transmis à chacun des dix compositeurs une partie d'un de ses éventails pour qu'ils s'en inspirent dans le but de composer un ballet pour les jeunes élèves de son école de danse. Selon une autre version des faits, l'idée d'écrire une pièce à partir de ce cadeau ne vient pas de la mécène, mais serait un hommage que les dix compositeurs décidèrent de lui offrir. Voir Myriam Chimènes, *Mécènes et musiciens : du salon au concert à Paris sous la IIIᵉ République*, Paris, Fayard, 2004, p. 269-70. Pour plus de détails sur la figure anticonformiste de Dubost et sur son rôle dans la vie musicale française (elle encourageait notamment l'exécution de la musique internationale et était membre des comités de l'Orchestre symphonique de Paris, de La Sérénade et de la Jeune France), voir *ibid.*, p. 266-271. En mai 1929, Dubost est la dédicataire d'un autre ballet, *Près du bal* de Sauguet.

39. *L'Éventail de Jeanne : ballet de Maurice Ravel, Pierre-Octave Ferroud, Jacques Ibert, Roland-Manuel, Marcel Delannoy, Albert Roussel, Darius Milhaud, Francis Poulenc, Georges Auric, Florent Schmitt*, réduction pour piano, Paris, Ménestrel/Heugel, H. 29811, 1928 : Ravel, « Fanfare » ; Ferroud, « Marche » ; Ibert, « Valse » ; Roland-Manuel, « Canarie » ; Delannoy, « Bourrée » ; Roussel, « Sarabande » ; Milhaud, « Polka » ; Poulenc, « Pastourelle » ; Auric, « Rondeau » ; Schmitt, « Kermesse-valse ».

« Gavotte » de Lopatnikoff – lui qui n'habitait même pas à Paris), ce recueil nous révèle plutôt une variété d'approches à la forme de danse très révélatrice de la multiplicité de styles personnels des jeunes compositeurs qui gravitaient autour de La Sirène musicale. Dillard ne voulait surtout pas promouvoir un groupe École de Paris avec un style École de Paris, mais encourager des individualités émergentes à partager leur vision de la modernité (on se rappellera que Dillard avait demandé à tous *ses* musiciens de lui écrire une danse *moderne*). Pour certains, une « danse moderne » devait être inspirée du folklore de leur pays d'origine (une approche de « modernisme ethnique » que l'on retrouve dans « Chindia » de Mihalovici ou dans « La Danse » de Martinů). D'autres ont composé leur danse d'après un modèle formel déjà « moderne » en soi – le jazz – exploité comme un filtre déformateur du répertoire canonique (le blues sur Bach de Ferroud). D'autres encore ont repensé leur conception de l'idée de danse (c'est le cas de Beck, mais aussi de Migot), ont ironisé sur la forme informe du pot-pourri (Wiéner) ou ont réinterprété, comme les Six dans leur *Album*, des formes traditionnelles (la valse « boiteuse » de Larmanjat).

Si l'album de La Sirène peut nous enseigner quelque chose, c'est que l'équivalent musical de l'École de Paris des peintres (au sens large de milieu cosmopolite et antiacadémique) n'a pas d'homogénéité stylistique, et que les occasions ayant réuni un certain nombre de ces compositeurs (un concert et un recueil de danses) n'ont rien du manifeste stylistique d'un *Album des 6*. Les *Treize Danses* ne sont qu'un éventail de possibilités. Elles pourraient sans doute être perçues comme un hommage à un père artistique dont elles auraient voulu (du moins en partie) perpétuer l'esthétique – un « éventail de Serge ». Mais elles sont surtout un « hommage » à un éditeur qui, par ce recueil, voulait promouvoir des jeunes compositeurs et sa petite maison d'édition – un « éventail de Michel (Dillard) ».

Figure 11. Couverture de *L'Éventail de Jeanne*, réduction pour piano, Paris, Ménestrel / Heugel, H. 29 811, 1928.

1937 : *PARC D'ATTRACTIONS EXPO 1937*

Français vs non-Français

Dans le cadre de l'Exposition internationale des arts et techniques dans la vie moderne que Paris héberge en 1937, un autre hommage rendu à une personnalité de la vie musicale française (cette fois-ci, la pianiste et pédagogue Marguerite Long) sert de prétexte à la création de deux recueils regroupant de courtes pièces pour piano. D'un côté, huit compositeurs français composent les « illustrations musicales » pour enfants *À l'Exposition*, de l'autre, neuf compositeurs étrangers (la plupart résidant à Paris) se regroupent autour du thème *Parc d'attractions Expo 1937* et composent chacun un morceau pour piano.

À la différence des rapports intertextuels complexes que nous avons retracés dans la section précédente et qui ne constituent qu'un exercice herméneutique, les liens entre ces deux nouveaux recueils sont documentés. Premièrement, sur le plan de la genèse, le recueil *Parc d'attractions* est né explicitement comme une réponse à celui *À l'Exposition* ; deuxièmement, sur le plan de leur création, les premières exécutions des deux albums ont lieu dans le même contexte global de l'Exposition à quelques semaines d'intervalle. Un troisième plan de comparaison est suggéré par les circonstances d'exécution : l'album des Français est joué par des enfants pour l'inauguration du Pavillon de la femme et de l'enfant[40], et l'album des étrangers est joué par des virtuoses dans le cadre cosmopolite des Archives internationales de la danse (AID) – fondés en 1931 par Rolf de Maré, l'ancien directeur des Ballets suédois de 1920 à 1925[41]. On pourrait croire à un style d'écriture programmatiquement différent (pièces pour enfants *vs* morceaux de bravoure) empêchant une comparaison juste des deux recueils, mais il suffit d'un coup d'œil rapide aux partitions pour constater que le niveau de difficulté des pièces ne varie pas en fonction du recueil concerné : si *Parc d'attractions* est globalement plus riche en morceaux de bravoure que *À l'Exposition*, certains passages de ce dernier recueil demandent tout de même une technique d'exécution avancée – ce qui s'expliquerait par le souhait de mettre en relief les qualités techniques des élèves de Marguerite Long.

Long était professeure au Conservatoire en plus de diriger sa propre école de musique. Les récitals de ses élèves sont connus depuis 1920 par le public parisien qui apprécie particulièrement le fait que Long met tout de suite ses jeunes pianistes en contact avec la production musicale française contemporaine[42]. La genèse de l'album

40. La première a lieu le 24 juin 1937. Au piano, des jeunes élèves de l'École Marguerite Long, dont Jean-Michel Damase (alors âgé de 9 ans) et, comme Milhaud le relate, « la petite-fille du président de la République [Albert Lebrun] » (Darius Milhaud, *Ma vie heureuse* [1987], Bourg-la-Reine, Zurfluh, 1998, p. 207). Voir aussi Cecilia Dunoyer de Segonzac, *Marguerite Long (1874-1966) : un siècle de vie musicale française*, Paris, Findakly, 1993, p. 167 ; Carl B. Schmidt, *Francis Poulenc (1899-1963) : A Catalogue*, Oxford, Clarendon Press, 1995, p. 268-269.

41. Dans le cadre de l'Exposition, les Archives internationales de la danse (AID) ont organisé l'exposition *Les danses populaires d'Europe*. Selon Hugon, la création de *Parc d'attractions* aurait lieu en août 1937 dans la Salle des AID et Tansman aurait joué (au moins) sa pièce (Gérard Hugon, « L'œuvre d'Alexandre Tansman : catalogue pratique », dans *Musica et memoria*, 2012, http://musimem.com/biographies.html, art. « Alexandre Tansman », consulté le 10 octobre 2014). Selon Dunoyer de Segonzac (*Marguerite Long*, p. 168), « c'est Nicole Henriot, élève de Marguerite Long dans sa classe au Conservatoire cette année-là, qui fut choisie pour la première de ce recueil, joué à l'Exposition » ; il apparaît toutefois certain que Henriot a joué le recueil au 19ᵉ concert de La Sérénade, le 28 novembre 1938 (Duchesneau, *L'avant-garde*, p. 330). Janusz Cegiełła, pour sa part, parle de la création de l'album en termes de ballet et en attribue la chorégraphie à Lucette (Lycette) Darsonval (*alias* Alice-Andrée-Marie Perron) (Janusz Cegiełła, *Dziecko szczęścia : Aleksander Tansman i jego czasy* [1986], Łódź, Wydawnictwo 86, 1996, vol. 1, p. 471). Cette dernière information se réfère dans les faits à un événement de mars 1940 : un ballet organisé par les AID dans le but de recueillir des fonds. Ce ballet s'intitulait *Le Parc d'attractions à l'Exposition*, chorégraphie de Victor Gsovsky (Juif d'origine russe réfugié à Paris) et Darsonval, décor, parmi d'autres, de Larionov et Gontcharova. Ce ballet, proposé en collaboration avec l'Association de musique contemporaine (voir le tableau 2 au chapitre III), naît de la fusion des deux recueils *À l'Exposition* et *Parc d'attractions* en un seul ouvrage chorégraphique. Voir à ce propos Patrizia Veroli, « Les Archives internationales de la danse : une histoire dans l'histoire » (dans Inge Baxmann, Claire Rousier et Patrizia Veroli, *Les Archives internationales de la danse, 1931-1952*, Pantin, Centre internationale de la danse, 2006, p. 12-43, ici p. 31 et n. 97) ; le concert d'août 1937 ne figure pas dans la chronologie présentée dans cet ouvrage.

42. Dunoyer de Segonzac, *Marguerite Long*, p. 180-181.

À l'Exposition s'inscrit dans le cadre de cette tradition instituée par Long, qu'il soit né de l'initiative « d'un groupe de compositeurs français [qui] décidèrent de s'associer et d'écrire un recueil de pièces dédié à Marguerite Long » – une des « principales ressources artistiques » que la France étalait à l'Exposition[43] –, ou qu'il soit au contraire le résultat d'une commande de la pianiste « qui demanda à un groupe de musiciens d'écrire des pièces de piano sur l'Exposition »[44]. (La seconde hypothèse nous semble plus probable, car toutes les pièces ne sont pas dédiées à Marguerite Long : celle de Schmitt est dédiée à Aline van Bärentzen, ancienne élève de Long et emblème de l'excellence de sa professeure – elle avait en effet gagné le Premier Prix de piano du Conservatoire alors qu'elle n'avait pas encore douze ans, en 1909[45].)

L'autre album est né comme un cadeau fait à Marguerite Long en parallèle à celui des huit Français : sa nature d'« Hommage à Marguerite Long » est explicitée dans le haut de la couverture. À défaut d'avoir trouvé, dans les archives, des sources primaires concernant la genèse de ce recueil, nous devons nous fier au récit de Bennett Lerner, le pianiste qui a enregistré les deux recueils sur CD en 1988[46], et ce, même si les limites de cette source sont évidentes dès les premières lignes de sa présentation, lorsqu'il affirme que l'album *À l'Exposition* a été publié par Salabert alors que Raymond Deiss s'en est chargé[47]. Lerner rappelle la position de Tchérepnine (évoquée au chapitre V) qui eut l'idée de « faire la même chose » que les huit Français d'*À l'Exposition* « avec un groupe de compositeurs étrangers vivant à ce moment-là à Paris (et qui faisaient partie de ce que l'on a souvent appelé *L'École de Paris*) » :

> J'ai donc invité mes amis Mihalovici, Harsányi, Tansman et Martinu à se joindre à moi. Ils vinrent un soir dîner à la maison avec Marguerite Long, et après le repas, nous allâmes tous visiter le Parc d'attractions de l'Exposition internationale. Au cours de la visite, chacun de

43. *Ibid.*, p. 167.

44. Milhaud, *Ma vie heureuse*, p. 207. Une version similaire est donnée aussi par Sauguet, lors d'un échange verbal tardif avec Bennet Lerner : « Le choix des compositeurs fut fait par Mme Marguerite Long » (propos cités dans le livret joint au CD *Exposition Paris 1937*, Bennett Lerner, piano, 1 disque compact, Etcetera, KTC 1 061, 1988, p. [5]).

45. Voir Anne Bongrain, *Le Conservatoire national de musique et de déclamation, 1900-1930 : documents historiques et administratifs*, Paris, Vrin, 2012. p. 400-401. Le livret joint au CD *Exposition Paris 1937* précise que la première pièce présentée par Schmitt pour ce recueil était *Suite sans esprit de suite*, op. 88 (Lerner écrit fautivement 89), mais qu'elle fut jugée trop longue et remplacée par l'actuelle (« La Retardée »). *Suite sans esprit de suite* n'avait d'ailleurs aucune relation avec l'Exposition ; voir la description de la pièce faite par le compositeur et citée dans Yves Hucher, *Florent Schmitt*, Paris, Plon / Le bon plaisir, 1953, p. 199-200.

46. CD *Exposition Paris 1937*. En 1987, c'est par l'exécution de ces deux recueils que Lerner a ouvert son marathon pianistique newyorkais consacré à la musique américaine « conservatrice et francophile » – selon les mots du critique Will Crutchfield, « Bennett Lerner in a Piano Marathon », *The New York Times*, 25 mars 1987, en ligne, www.nytimes.com/1987/03/25/arts/music-bennett-lerner-in-a-piano-marathon.html (consulté le 20 septembre 2014).

47. Livret joint au CD *Exposition Paris 1937*, p. [2] et [5]. Raymond Deiss a été un des premiers éditeurs de la musique de Harsányi en 1924. Dans les années 1930, il a publié entre autres des œuvres de Martinů, Mihalovici et Tchérepnine. En octobre 1940, il imprimera *Pantagruel*, « le premier journal libre de la France occupée » (comme l'indique la plaque commémorative au 5, rue Rouget-de-L'Isle, Paris). Nous verrons plus loin que Deiss a joué un rôle important dans la conception graphique de l'album *À l'Exposition*. Les éditions Salabert, qui le republieront en 1959 (édition encore en commerce), ont par ailleurs imprimé, en 1937, un recueil de chansons en lien avec l'Exposition (*Bouquet Salabert : un souvenir musical de Paris 1937. Les 16 chansons en vogue que vous entendez à l'Exposition*, Paris, Salabert, 1937).

> nous choisit une attraction. Nous avons ensuite invité d'autres compositeurs étrangers qui avaient de grandes affinités avec Paris (Mompou, Rieti, Honegger et Halffter) [48].

Il est toujours assez étonnant de remarquer que Honegger était considéré comme un compositeur étranger. Mais dans le cas présent, ce sont peut-être des raisons spécifiquement musicales, comme nous allons le montrer dans les prochaines pages, qui expliquent son absence du recueil des « Français » – au sein duquel on retrouve quatre des anciens Six (Durey, l'autre absent, s'était déjà mis à l'écart des ouvrages collectifs en 1921, à l'occasion du ballet de Cocteau *Les Mariés de la Tour Eiffel*). Selon le récit de Tchérepnine, *Parc d'attractions* est né, sans ambiguïté, dans un esprit d'hommage *des étrangers* – réponse à celui *des Français* – à la pianiste. Les cinq amis Harsányi-Mihalovici-Martinů-Tchérepnine-Tansman (Tansman et non Beck) ont invité d'autres étrangers à se joindre à eux pour cet ouvrage collectif – une preuve de plus qu'ils ne se considéraient alors pas (encore) comme un groupe exclusif ayant besoin d'une consécration par le biais d'un album publié et d'un concert. De plus, l'inclusion d'un Rieti comportait des avantages : membre du comité de direction de La Sérénade, ce fut sans doute grâce à lui que *Parc d'attractions* fut joué un an et demi plus tard au sein de cette association (le 28 novembre 1938) – le seul concert de La Sérénade au cours duquel des œuvres de l'un ou l'autre de ces cinq compositeurs (beaucoup plus proches, comme nous l'avons vu, du milieu « antagoniste » du Triton) furent exécutées. Dans un compte rendu du concert, Florent Schmitt (un des coauteurs de l'album *À l'Exposition*) ne fait aucune distinction entre les compositeurs étrangers résidants à Paris et ceux qui « avaient des grandes affinités » avec la ville, se référant plutôt à tous comme étant « neuf compositeurs européens » :

> À la Sérénade [...] un *Parc d'attractions Exposition 1937* dédié à Mme Marguerite Long et dû à la collaboration de neuf compositeurs européens dont l'Espagnol Mompou, le Suisse Honegger, le Tchèque Martinu, le Hongrois Harsanyi, le Roumain Mihalovici [49].

Style des Français vs *style des non-Français ?*

Les deux recueils ayant comme inspiration extramusicale un même sujet, la comparaison des choix musicaux des différentes pièces est particulièrement intéressante et justifiée. Bien qu'il s'agisse de deux « hommages », il ne nous semble pas révélateur de se demander si les compositeurs ont cherché à écrire des œuvres avec une parenté stylistique, parenté qui aurait été dictée d'une façon ou d'une autre par la dédicataire, puisque celle-ci est une interprète et non un compositeur [50]. Nous proposons plutôt une comparaison s'appuyant sur une grille qui vise à retracer la distribution, parmi les 17 pièces des deux recueils, de certains éléments formels, rhétoriques et d'écriture significatifs sans lien avec la dédicataire.

48. Tchérepnine cité dans le livret joint au CD *Exposition Paris 1937*, p. [5]. Le texte de présentation du CD est en anglais et en français. Le nom du traducteur n'est pas spécifié. Lerner ne donne pas non plus la référence de sa citation, ni la langue de l'original.

49. Florent Schmitt, « Les concerts », *Le Temps*, 14 mai 1938, p. 3.

50. Bien que Long se soit beaucoup investie dans l'interprétation des œuvres de Fauré, Debussy et Ravel, les pièces contenues dans les deux recueils qu'on lui a dédiés ne cherchent pas à rappeler ces compositeurs.

Le paratexte

Le premier niveau de notre observation comparée des deux recueils sera encore une fois le paratexte. Celui-ci comprend les éléments graphiques, notamment les couvertures, mais avant tout les titres des pièces, qui ont suggéré des liens extramusicaux dès les créations en concert des deux recueils. Le tableau 15 illustre les liens extramusicaux établis par les titres.

	Auteur	*Titre*	*Référence :* générique à l'Exposition	spécifique à un pavillon	spécifique à une attraction/un évènement	à un lieu de Paris	à la culture régionale française	à la culture extrafrançaise (européenne)	à la culture extraeuropéenne	au machinisme
À l'Exposition	Georges AURIC	*La Seine, un matin…*				X				
	Marcel DELANNOY	*Dîner sur l'eau*				(X)				
	Jacques IBERT	*L'Espiègle du village de Lilliput*			X					
	Darius MILHAUD	*Le Tour de l'Exposition*	X							
	Francis POULENC	*Bourrée, au Pavillon d'Auvergne*		X			X			
	Henri SAUGUET	*Nuit coloniale sur les bords de la Seine*		(X)	X	X			X	
	Florent SCHMITT	*La Retardée*								
	Germaine TAILLEFERRE	*Au Pavillon d'Alsace*		X			X			
Parc d'attractions Expo 1937	Alexandre TCHÉREPNINE	*Autour des Montagnes russes (Le Guichet ; Les « On dit » ; Le « Swing » ; Et voilà !)*			X					X
	Bohuslav MARTINŮ	*Le Train hanté*			X					X
	Federico MOMPOU	*Souvenirs de l'Exposition (Tableau de statistique ; Le planétaire ; Pavillon de l'élégance)*	X	X						
	Vittorio RIETI	*La Danseuse aux lions*			X				(X)	
	Arthur HONEGGER	*Scenic-Railway*			X					X
	Ernesto HALFFTER	*L'Espagnolade*						X		
	Alexandre TANSMAN	*Le Géant*			X					
	Marcel MIHALOVICI	*Un danseur roumain*			X			X		
	Tibor HARSÁNYI	*Le Tourbillon mécanique*			?					X

Tableau 15. *À l'Exposition* et *Parc d'attractions Expo 1937* :
les titres des pièces et leurs liens extramusicaux.

La majorité des pièces porte un titre qui renvoie à l'Exposition, tantôt dans son ensemble (les deux tours proposés par Milhaud et Mompou), tantôt en référence à des pavillons (Poulenc, Tailleferre, Mompou), à des attractions spécifiques – celles du parc d'attractions notamment[51] – ou à des événements (la « Nuit coloniale sur les bords de la Seine »[52]). La Seine le long de laquelle l'Exposition se déploie, protagoniste des soirées à l'Exposition dans le cadre des Fêtes de la lumière – un rêve de « petite Venise illuminée »[53] –, est évoquée par trois morceaux du recueil *À l'Exposition* (la pièce de Delannoy en est une évocation indirecte). L'Exposition est l'occasion pour ces compositeurs de rendre hommage à Paris. C'est d'autant plus évident que la conception spatiale et architecturale de l'Exposition met en valeur la ville alors que l'Exposition coloniale de 1931 s'est déroulée hors de la ville, à Vincennes[54]. Cette importance de la ville de Paris est d'ailleurs soulignée par la couverture d'*À l'Exposition* (illustration 7). Par contre, la couverture de *Parc d'attractions* n'offre aucune image de Paris. Elle présente plutôt un choix d'éléments graphiques renvoyant, d'une part, à la France (les couleurs) et, d'autre part, à la modernité technique (les polices de caractères) célébrée par l'Exposition et notamment les manèges du Parc d'attractions (illustration 8).

La couverture du recueil *À l'Exposition* correspond à l'esprit d'« illustration musicale » exprimé par le sous-titre. Le style croquis du dessin trouve une correspondance dans les deux polices utilisées respectivement pour le titre, le sous-titre, la liste des compositeurs et le nom de l'éditeur. Le titre est carrément peint à la main, et les autres éléments utilisent une police de catégorie *script* (récréant l'impression d'écriture

51. Dans « La Retardée », op. 90 n° 2, Schmitt n'évoque pas une femme atteinte d'un retard mental – une attraction un tant soit peu délirante en lien avec un spectacle de cirque –, mais fait référence aux reports continus de l'exécution de son ballet *Oriane et la Sans-Égale* (écrit entre 1932 et 1934, première exécution orchestrale le 12 février 1937, première version scénique le 7 janvier 1938 sous le titre d'*Oriane et le Prince d'Amour*). Voir Catherine Lorent, *Florent Schmitt*, Paris, Bleu nuit, 2012, p. 95. Il est possible par contre que « Le Tourbillon mécanique » de Harsányi soit effectivement un rappel de l'un des manèges de l'exposition, bien que le « tourbillon mécanique » soit en réalité un mécanisme d'horlogerie : Harsányi pourrait donc faire référence aux dernières inventions en horlogerie présentées à l'Exposition ; l'idée de mécanisme est traduite musicalement par un *perpetuum mobile*.

52. La section coloniale de l'Exposition se trouvait en plein milieu de la Seine, sur l'Île des cygnes. Cette raison nous incite à considérer que la pièce de Sauguet faisait référence (de manière implicite) à des pavillons spécifiques.

53. L'expression est tirée de G. J., « Ce que devrait être l'Exposition de 1937 », *Le Petit Journal*, 8 juillet 1933, p. 2 ; cité par Simon Texier, « Paris sur Seine », dans Myriam Bacha (dir.), *Les expositions universelles à Paris de 1855 à 1937*, Paris, Action artistique de la Ville de Paris, 2005, p. 191-196, ici p. 191. Pour le calendrier des Fêtes de la lumière, voir *La Revue musicale*, juin-juillet 1937, p. 101 ; voir également Nigel Simeone, « Music at the 1937 Paris Exposition : The Science of Enchantment », *The Musical Times*, vol. 143, n° 1 878, 2002, p. 9-17. On remarquera que, parmi les compositeurs participant aux deux recueils pour Marguerite Long, Delannoy, Honegger, Ibert, Milhaud et Schmitt ont aussi composé pour les Fêtes de la lumière.

54. Le nouveau Palais de Chaillot, « entrée d'honneur » de l'Exposition, était à la fois porte de la manifestation et fenêtre sur Paris : « L'essence du nouveau Palais de Chaillot, sa raison d'être, consistait en la vue qu'il offrait du Champs de Mars et de la ville de Paris plus loin » (« *The essence of the new Palais de Chaillot, its* raison d'être, *consisted of the vista it provided of the Champs de Mars, and of the city of Paris beyond* ». James D. Herbert, *Paris 1937 : Worlds on Exhibition*, Ithaca, Cornell University Press, 1998, p. 22). Pour une lecture de la symbolique nationaliste liée au nouveau Palais de Chaillot par rapport à l'ancien Palais du Trocadéro, voir Ihor Junyk, *Foreign Modernism : Cosmopolitanism, Identity, and Style in Paris*, Toronto, University of Toronto Press, 2013, p. 114-122.

à la main) et de typologie *flowing* (les lettres sont liées) / *casual* (accentuant le niveau informel de la graphie)[55]. Cette même impression d'écriture à la main perdure dans la table des matières ainsi que dans l'en-tête de chaque pièce (titre et auteur).

La couverture de *Parc d'attractions* évoque, au contraire, surtout le modernisme technique et l'Europe. L'impression de croquis véhiculée par la graphique du paratexte d'*À l'Exposition* laisse plutôt la place à une série de références à la « vie moderne » célébrée par l'Exposition. Une analyse des choix typographiques aidera à mettre en relief cet aspect. Le tableau 16 analyse la « dramaturgie graphique » qui règle l'emploi des trois catégories de police possibles (*script* ou à la main, *serif* ou à empattements, et *sans-serif* ou sans empattements) sur la couverture de *Parc d'attractions*. Nous mettons en évidence aussi le dialogue qui existe entre cette couverture et d'autres documents concernant l'Exposition (deux affiches, le plan, la couverture du guide officiel et une carte postale du Parc d'attractions; illustrations 9 à 13).

Élément	Police	Particularités et liens intertextuels
Titre		
A) « Parc d'attractions Expo »	*serif/slab + modern*	- empattements carrés (*vs* Guide-A : empattements triangulaires) - épaisseur des traits très contrastée (*cf.* Guide-A) - verticalisation
B) « 1937 »	*sans-serif/geometric* (italique)	- forme un logo avec « Expo » - chiffre 1 avec nez (*vs* Affiche-A)
Compositeurs	*sans-serif/grotesque + geometric*	- C, O, E et F très géométriques (*cf.* Guide, Plan et Carte postale) - R, P et A débalancés vers le bas (*cf.* Affiche-B) - S débalancés ver le haut (*cf.* Affiche-B) - irrégularités dérivant de l'écriture à la main
Éditeur	*sans-serif/grotesque + geometric*	- presque la même police employée par les Compositeurs (*cf.* les R dont la jambe remonte), mais non à la main et avec les S non débalancés
Dédicace	*script/flowing, formal*	- calligraphique
Sous-titre	*script/flowing, upright*	- enfantine

Tableau 16. Analyse de la « dramaturgie graphique » de la couverture de l'album *Parc d'attractions Expo 1937*.

Les illustrations 9 à 13 permettent une comparaison entre les polices utilisées dans la couverture de l'album *Parc d'attractions* et celles employées dans certains documents promotionnels de l'Exposition. Aucun logo officiel de l'Exposition n'existe, et les graphistes utilisent souvent plusieurs catégories de polices à la fois, comme nous le montrons dans les légendes des illustrations 9 à 12. Les cartes postales privilégient des

55. Nous utilisons la classification des polices typographiques présentée dans Allan Haley *et alii*, *Typography Referenced : A Comprehensive Visual Guide to the Language, History, and Practice of Typography* (Beverly, Rockport, 2012), et plus particulièrement les chapitres rédigés par Allan Haley, (« Type Classification and Identification », p. 52-67) et Jason Tselentis (« Typefaces and Specimens », p. 142-206).

caractères typographiques en capitales, d'épaisseur fine et sans empattements – un souci de clarté et de linéarité – comme sur la carte postale reproduite qui donne une idée partielle du Parc d'attractions. Une police similaire est utilisée dans la couverture de l'album *Parc d'attractions* pour les noms des compositeurs. La police du titre accentue la verticalité des lettres ainsi que leur espacement et le contraste entre des traits très épais et très fins : tous ces éléments visent la clarté et la simplicité, renonçant au déploiement d'arabesques et de fanfreluches, tout en mettant à profit un effet de déformation (lettres allongées, contraste accentué entre les épaisseurs). « 1937 » est écrit dans une troisième police, en italique (ce qui engendre une impression de mouvement au sein d'un titre pour lequel la verticalité est privilégiée), et est superposé à « Expo », comme pour former un logo. Le caractère « machiniste » de la typographie du titre du recueil (la typologie *slab serif* – à empattement carré – est également appelée *mechanistic*)[56] est d'autant plus accentué par contraste avec l'écriture « à la main » de la dédicace à Marguerite Long (l'élément plus « humain ») et de la phrase « Recueil de pièces de piano de », dont la police écolière peut être perçue comme un clin d'œil à l'album *À l'Exposition*. L'élément « Exposition internationale » de la couverture du guide officiel (illustration 10), en police de catégorie *serif/moderne*[57], se retrouve repris dans le titre de *Parc d'attractions*, mais de façon beaucoup plus stylisée par le biais d'empattements carrés et du contraste de l'épaisseur des traits accentué à l'extrême. La verticalisation des lettres trouve un parallèle dans l'élément « Arts et techniques » du guide, ce qui incite à voir dans ce trait typographique un lien avec la modernité. De plus, la couverture du recueil *Parc d'attractions* incorpore (pour les noms des compositeurs) la police géométrique sans empattements que l'on retrouve dans la plupart des documents concernant l'Exposition et qui était emblématique du design moderniste de la fin des années 1920. Il est intéressant de remarquer, par ailleurs, que l'affiche préparée par Jean Carlu pour l'Exposition (illustration 13) présente plusieurs éléments graphiques qui se retrouveront de façon identique sur la couverture de *Parc d'attractions* : la police utilisée pour « Paris 1937 » dans l'affiche est la même que celle de l'élément « Parc d'attractions Expo » sur la couverture; il en va de même pour « Arts et techniques » (affiche) et les noms des compositeurs (couverture). De plus, dans les deux cas, les marges du haut et du bas sont délimités par deux bandes horizontales. Cependant, dans *Parc d'attractions*, le caractère international de l'événement qu'a souligné Carlu par le collage multicolore de drapeaux du monde est complètement absent – ce qui peut surprendre, étant donné la nature du recueil – de la couverture de la partition, qui utilise exclusivement les couleurs du drapeau français.

Est-ce que la différence suggérée par la présentation graphique des deux recueils pour piano trouve un parallèle dans l'inspiration extramusicale évoquée par les titres des pièces qu'ils contiennent? L'élément de modernité machiniste suggéré par la présentation graphique du recueil *Parc d'attractions* est effectivement présent dans presque la moitié des titres de ce recueil et complètement absent de l'album *À l'Exposition*. En ce qui concerne le rapport avec Paris, la France et l'Europe, deux

56. Tselentis, « Typefaces and Specimens », dans Haley, *Typography*, p. 182.

57. La police utilisée est un dérivé de la police Didot, police standard dans la typographie française « moderne » du XIXe siècle. Voir Tselentis, « Typefaces and Specimens », dans Haley, *Typography*, p. 161.

pièces du recueil des non-Français sont en lien avec le pays d'origine des compositeurs (l'Espagne de Halffter et la Roumanie de Mihalovici) et, parallèlement, deux pièces du recueil des Français s'inspirent de deux pavillons régionaux (Auvergne et Alsace). Un lien avec la provenance familiale de leurs auteurs peut être établi pour la première (le père de Poulenc était auvergnat), mais ce n'est pas le cas pour la seconde. Aucune pièce des Français ne s'inspire d'un pavillon d'un autre pays européen. Les colonies françaises évoquées par le titre de la pièce de Sauguet (« Nuit coloniale sur les bords de la Seine ») ne trouvent aucun pendant dans le recueil des étrangers[58]. Pour résumer : le paratexte (forme et contenu des couvertures et des titres) du recueil *À l'Exposition* parle surtout de Paris et de la France (ses régions et ses colonies), tandis que celui de *Parc d'attractions* évoque plutôt le modernisme technique et l'Europe.

À la lumière de ces constatations, on est en droit de se demander si les différences présentes entre les deux recueils sur le plan prémusical du paratexte se traduisent dans leurs musiques respectives. Peut-on observer une tendance à une homogénéité stylistique propre à chacun de deux albums (et les différenciant l'un de l'autre), en lien avec le caractère de chacun présenté par le paratexte ? Le cas échéant, cette homogénéité peut-elle être décrite par des catégories en quelque sorte plus « françaises » d'un côté, et plus européennes ou modernistes de l'autre ? L'analyse proposée dans les prochaines sections vise à répondre à ces questions, dans le but de déterminer s'il est pertinent de parler, dans le cas de ces deux recueils, d'une opposition entre un « style français » et un « style École de Paris ».

La forme

Nous commencerons par des observations se situant au niveau formel. La plupart des pièces du recueil *À l'Exposition* emploient un schéma formel simple (ABA') ou issu de la tradition classique (rondo, thème et variations). En revanche, une seule pièce de *Parc d'attractions* est en forme ABA', tandis que les autres modèlent leur structure sur le contenu extramusical suggéré par le titre, les sous-titres des épisodes dans lesquels les pièces sont divisées (dans le cas des œuvres de Tchérepnine et Mompou) ou les didascalies descriptives insérées dans la partition. Deux auteurs du recueil *Parc d'attractions* (et aucun du recueil des Français) utilisent un procédé formel non traditionnel, issu de la leçon de Debussy, de Stravinski ou de Bartók, que nous appellerons « répétition variée » – la répétition d'un thème-objet observé à chaque fois sous une lumière différente (par des variations du registre, de l'harmonie ou du contrepoint). En général, il apparaît donc que les auteurs de *Parc d'attractions* tendent majoritairement à ne pas s'appuyer sur les principes formels de la tradition académique (carrure des phrases, formes préconstituées, parcours tonal structurant la forme, etc.). Ils considèrent plutôt la forme comme l'un des éléments que le compositeur peut (et doit) choisir de modeler selon ses exigences.

L'observation de la structure des thèmes est reliée à celle de la forme globale. Les pièces « figuratives » qui prévalent dans *Parc d'attractions* sont dépourvues d'un thème

58. Le seul élément « exotique » suggéré par le paratexte de *Parc d'attractions* est constitué par les lions de Rieti : mais il s'agit probablement plus d'un spectacle de cirque que d'une démonstration ethnologique.

principal dont le développement structurerait la pièce. Elles privilégient une conception gestuelle de l'écriture. C'est le contraire pour les pièces de l'album *À l'Exposition* qui présentent majoritairement un thème construit selon les règles de la carrure classique (un *tight-knit theme*, selon la formule de William E. Caplin) [59] : une mélodie accompagnée divisée en antécédent / conséquent, en phrases et en périodes comportant un nombre pair de mesures, qui respecte, dans la plupart des cas, un parcours tonal traçant des trajectoires entre la tonique et la dominante. Toujours simple et chantant, le thème fournit le matériau de base pour l'ensemble de la composition. L'œuvre se limite au développement d'une seule et même idée. Nous l'appellerons donc « thème de base » en raison de son caractère élémentaire ainsi que de sa fonction de fondement de l'œuvre. Ce n'est pas un hasard si, dans *Parc d'attractions*, on trouve des « thèmes de base » surtout dans les épisodes bâtis sur une structure ABA'. Un « thème de base » peut se prêter aussi à une élaboration du type « répétition variée » (c'est le cas de la pièce de Mihalovici), qui toutefois peut exploiter un thème de nature différente (c'est le cas des épisodes 2-4 de la pièce de Mompou). En revanche, dans les deux recueils, il est rare qu'une forme simple ABA' ne soit pas bâtie sur un « thème de base » (la seule exception est la pièce de Delannoy, qui exploite plutôt le principe de l'arabesque).

Si le « thème de base », en raison de son caractère facilement reconnaissable et de sa carrure, se prête à être traité selon le modèle des pages d'album du début du XIXe siècle en forme ABA', un autre type de thème (nous l'appellerons « tête-désinence ») pousse à modeler la forme d'une façon différente, basée sur la répétition. Il s'agit encore une fois d'un modèle debussyste [60] (à partir notamment du *Prélude à l'après-midi d'un faune* de 1894) qui sera repris et développé entre autres par Varèse (un exemple éclairant se trouve dans *Intégrales* de 1926) et, dans les années 1930, par André Jolivet (qui avait étudié avec Varèse) et Olivier Messiaen (fin connaisseur de Debussy) – c'est-à-dire par les représentants les plus novateurs du groupe Jeune France, né en 1936 en réaction à la « banalité » promue par La Sérénade ainsi qu'à la froideur antihumaniste que ses fondateurs attribuent au dodécaphonisme [61]. Le principe de « tête-désinence » consiste à faire suivre à une « tête » thématique toujours identique une « désinence » toujours changeante et de longueur variable. Cette technique donne comme résultat formel

---

59. William E. Caplin, *Classical Form : A Theory of Formal Functions for the Instrumental Music of Haydn, Mozart, and Beethoven*, Oxford, Oxford University Press, 1998, p. 17 et partie 2.

60. Sur la nouveauté de la structure des thèmes de Debussy, voir par exemple James A. Hepokoski, « Formulaic Openings in Debussy », *19th-Century Music*, vol. 8, n° 1, 1984, p. 44-59. L'utilisation de la notion de « désinence » pour décrire une section d'une mélodie remonte à Olivier Messiaen, *Technique de mon langage musical*, Paris, Leduc, 1944, chap. 15. Les formes de répétition présentes dans l'œuvre de Debussy ont été répertoriées par Sylveline Bourion, *Le style de Claude Debussy : duplication, répétition et dualité dans les stratégies de composition*, Paris, Vrin, 2011.

61. Sur l'esthétique de la « banalité », voir Duchesneau, *L'avant-garde* (p. 132-133) et Francis Poulenc, *J'écris ce qui me chante* (textes et entretiens réunis, présentés et annotés par Nicolas Southon, Paris, Fayard, 2011, p. 77-83). À propos des critiques formulées par les musiciens spiritualistes à l'égard de la froideur schoenbergienne, cette déclaration de Jolivet est particulièrement significative : « La musique devant être avant tout un phénomène sonore [...], c'est d'ailleurs en fonction de l'acoustique que Varèse et moi-même avons adapté la technique de Schönberg, dont le moins qu'on puisse dire c'est qu'elle ne s'est pas toujours préoccupée du résultat sonore ». André Jolivet, « Douze entretiens avec Antoine Goléa » (1960), repris dans *Écrits*, édités par Christine Jolivet-Erlih, Sampzon, Delatour, 2006, 2e entretien, vol. 1, p. 282.

une succession d’épisodes commençant par la même « tête » et poursuivant chacun selon un chemin nouveau. Nous trouvons un exemple de cette technique dans la pièce composée par Schmitt pour le recueil *À l’Exposition* et dans celle de Martinů pour *Parc d’attractions* (qui insère le principe « thème-désinence » dans une structure ABA’ où les deux sections contrastantes se basent sur deux « têtes » différentes). Bien qu’il soit fondé sur la répétition variée, le principe de « tête-désinence » ne doit pas être confondu avec celle que nous avons désignée plus haut comme « répétition variée ». Dans ce dernier procédé, l’élément varié est la « couleur » (timbre, harmonie, registre, etc.) d’un thème toujours pareil à lui-même, et non une constituante du thème. En d’autres termes, la variation dans une structure de « tête-désinence » est surtout horizontale, tandis que, dans la « répétition variée », elle est surtout verticale – « surtout », puisque, dans les faits, chaque répétition de la « tête » comporte des modifications (timbre, registre, etc.) qui la laissent néanmoins reconnaissable. Le thème d’une « répétition variée » peut lui aussi subir des changements mineurs (tableau 17).

a

(T = tête ; D = désinence. La note indique le pôle. Les nombres indiquent la durée en noires.)

T	D1	T	D1	T’	D2	T”	D3	transition
fa	*fa* >	*mi*♭	*mi*♭ >	*la*♭	*sans pôle*	*fa*	*modulant*	vers B
3+3	6	3=3	6	2	22	2	22	15

b

(Le thème est joué par la main droite et l’accompagnement par la main gauche. L’intervalle de transposition est indiqué à la droite du thème. Chaque répétition variée est de 4 mesures.)

m.d.	a	a +8^{e}	b	b +16^{e}	a +5^{e}	c	a +8^{e}	b -8^{e}	a’
m.g.	α		β		γ	δ	ε	ζ	η

Tableau 17. Comparaison de la structure « tête-désinence » (a) et de la structure à « répétition variée » (b) : a) Bohuslav Martinů, « Le Train hanté », dans *Parc d’attractions Expo 1937* (1938), p. 7-12, mes. 1-34 (section A de la pièce) ; b) Marcel Mihalovici, « Un danseur roumain », *ibid.*, p. 37-9, mes. 1-36.

Le tableau 18 résume les considérations formelles étudiées jusqu’à maintenant. Les deux recueils sont très différents sur le plan de la structure formelle et de la conception thématique des pièces. Dans le recueil *À l’Exposition*, l’absence totale de structures à « répétition variée » et figuratives (où l’enchaînement des gestes suit un programme extramusical), et la prévalence des « thèmes de base » sur d’autres formes d’organisation motivique sont des indices de la prédilection des « anciens » jeunes compositeurs français des années 1920 pour la formule de la mélodie accompagnée structurée selon un modèle qui remonte aux pages d’album schumanniennes. Cette structure est présente aussi dans l’album *Parc d’attractions*, mais principalement pour les sous-sections des pièces dont l’articulation suit un programme extramusical (c’est le cas du premier épisode des morceaux de Mompou et de Tchérepnine).

Entendues avec les oreilles de l'époque, ces différences menaient-elles à percevoir le premier album comme plus « français » que l'autre ? D'une part, le « thème de base » et la forme ABA' sont surement une incarnation des caractéristiques identifiées par les définitions « monolithiques » de l'art français : « Souci de clarté, de précision, d'élégance des lignes [...], d'harmonie, de proportions, [...] d'équilibre architectural »[62]. D'autre part, c'est Debussy qui a introduit dans la musique d'art produite en France le thème en « tête-désinence » et la répétition variée. La pièce de Martinů, en intégrant « tête-désinence » et ABA', représenterait alors le *nec plus ultra* de la musique « française » – bien que son auteur soit un compositeur étranger.

	À l'Exposition	*Parc d'attractions*
ABA'	- Delannoy (arabesque) - Ibert (T) - Poulenc (T) - Sauguet (T) - Tailleferre (1re partie – T)	- Martinů (T-D) - Mompou (1er épisode – T) - Tchérepnine (1er épisode – T)[a]
Formes classiques	- Auric : thème et variations (T) - Milhaud : rondo[b]	- Halffter : rondo/rhapsodie[c]
Répétition variée	–	- Mihalovici (T) - Mompou (épisodes 2-4) - Harsányi (G)[d]
Tête-désinence pure	- Schmitt (T-D)	–
À épisodes	- Tailleferre : deux valses, « Moderato » et « Allegro »	- Mompou (4 épisodes avec titres) - Tchérepnine (4 épisodes avec titres)
Figurative	–	- Honegger (G) - Rieti (G et T)[e] - Tansman (avec didascalies) (G)

Tableau 18. Comparaison des choix formels des pièces contenues dans les recueils *À l'Exposition* et *Parc d'attractions Expo 1937*. Nature des thèmes : « T » : « Thème de base » ; « T-D » : « Tête-désinence » ; « G » : « Gestuel » (pas de thème).

[a] « Autour des Montagnes russes » de Tchérepnine s'articule selon la forme suivante :
- 1er épisode, « Au guichet » : ABA' (T) ;
- 2e épisode, « Les "on dit" » : transition-C-transition ;
- 3e épisode, « Le "swing" » : figuratif ;
- 4e épisode, « Et voilà » : D(aba' = T)-E-F-A'.

[b] « Le Tour de l'Exposition » s'articule selon la forme suivante : ABA'C(=A+B)D(+A")B'D'A'".

[c] « L'Espagnolade » de Halffter s'articule selon la structure AA'BA"C (*da capo*)-*coda*.

[d] Dans le cas du « Tourbillon mécanique » d'Harsányi, il vaudrait mieux parler de « répétition transposée » du geste figuratif au sein de la pièce (parcours des transpositions : *si* – *do* dièse – *la* – *mi* – *fa* dièse – *si*).

[e] « La Danseuse aux lions » s'articule en une longue section gestuelle (A) suivie par une forme BCB' où B présente un T.

62. Albert Bertelin, « Le nationalisme en art », *Le Courrier musical*, 15 juin 1913, p. 362-368, ici p. 365. Voir ci-dessus au chapitre VII.

Les topoi[63]

Sur le plan des *topoi* musicaux utilisés pour la traduction des images extramusicales suggérées par les titres des pièces ou des épisodes, nous remarquons également une prédilection des compositeurs du recueil *À l'Exposition* pour les figures héritées du passé, un élément qui est au contraire presque absent de *Parc d'attractions*. Ainsi, tout ce qui, dans le premier, est en relation avec l'eau et par extension avec la Seine (aucune référence à l'eau n'est par ailleurs présente dans le second) est en mètre ternaire selon le *topos* de la barcarolle : le thème de « La Seine, un matin… » d'Auric est une barcarolle ; le « Dîner sur l'eau » de Delannoy superpose une mélodie binaire à un accompagnement ternaire ; et la « Nuit coloniale sur les bords de la Seine » de Sauguet est en 6/8 (« Tempo di barcarola »). L'emploi de *topoi* hérités du passé musical savant et populaire des régions de France est un élément unificateur des pièces du recueil des Français. Les pièces de *Parc d'attractions*, au contraire, ont en commun l'absence de ces *topoi*, et privilégient l'adoption d'autres *topoi* davantage liés au modernisme international.

Dans l'album *À l'Exposition*, la référence presque constante aux éléments du passé musical baroque et classique ne se limite pas au plan formel, mais se manifeste également dans le choix des formules mélodico-rythmiques. Les formules néobaroques sont les constituants de base de « L'Espiègle du village de Lilliput » d'Ibert, qui veut probablement faire allusion au XVIIIe siècle des *Voyages de Gulliver* par le biais de matériaux pseudo-bachiens (voir notamment le clin d'œil, mesure 26, à la Fugue en *do* mineur BWV 847 du *Clavier bien tempéré*, premier livre). L'écriture des variations d'Auric est, quant à elle, plutôt néomozartienne. À la mesure 33, Auric rend explicite la nature de *gruppetto* des premières notes du thème de la barcarolle ; à partir de ce moment, la pièce sera écrite en style néomozartien (exemple 9).

Poulenc se sert directement du modèle (explicité par le titre) de la bourrée, danse originaire de l'Auvergne selon une tradition musicologique qui remonte au *Dictionnaire de musique* (1768) de Rousseau[64]. Poulenc accentue ce caractère populaire : l'accompagnement en bourdon, le diatonisme, la seconde moitié du « thème de base » construite en écho et commençant par une sorte d'appel de trompette (exemple 10).

63. Nous utilisons ici le concept de *topos* musical (pluriel *topoi*) de façon assez large – un geste plus ou moins standardisé riche en références extramusicales, mais aussi un genre ou un style. Pour une discussion sur l'opportunité de restreindre le concept de *topos* pour qu'il ne désigne que « les styles et les genres musicaux retirés de leur contexte d'origine et utilisés dans un autre » (« *musical styles and genres taken out of their proper context and used in another one* ») tout en excluant les figures rhétoriques et les conventions d'écriture, voir Danuta Mirka, « Introduction », dans Danuta Mirka (dir.), *The Oxford Handbook of Topic Theory*, Oxford, Oxford University Press, 2014, p. 1-57, ici p. 2.

64. Jean-Jacques Rousseau, art. « Bourrée », dans *Dictionnaire de musique* [1768], éd. critique par Claude Dauphin, Bern, Lang, 2008, p. 146.

Exemple 9. Georges Auric, « La Seine, un matin… », dans *À l'Exposition* (1937), p. 1-3, mes. 1 et 33-40.

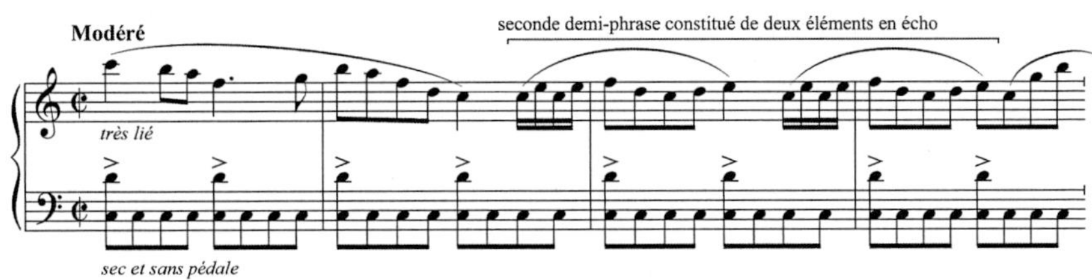

Exemple 10. Francis Poulenc, « Bourrée, au Pavillon d'Auvergne », dans *À l'Exposition* (1938), p. 13-15 : première phrase, mes. 1-4.

Par ailleurs, la dernière section de la pièce pousse à l'extrême l'idée de l'écho présente dès la seconde moitié du « thème de base » alors que celle-ci se répète sept fois en *crescendo* : ce qui, au début, pouvait être perçu comme un trait de simplicité paysanne pourrait être entendu alors comme du machinisme urbain – sorte de sillon fermé schaefferien[65]; nous reconnaissons dans ce procédé un élément cher à Poulenc, soit le fait de jouer avec les attentes de son auditeur que nous avons mis en évidence plus haut à propos de sa « Valse » pour l'*Album des 6* (voir l'exemple 2 ci-dessus).

Un autre clin d'œil au patrimoine folklorique des régions de France – et à son intégration dans la musique savante – semble être présent aux mesures 79-82 du « Tour de l'Exposition » de Milhaud. On dirait que le compositeur se promène ici devant le pavillon de Provence (sa région natale), car il paraphrase l'Andantino du « Carillon » de *L'Arlésienne* (1872) de Georges Bizet (œuvre « provençale » par excellence), caractérisé par l'inhabituel intervalle d'octave diminuée (exemple 11).

65. Le « sillon fermé » et la « cloche coupée » sont les deux expériences qui, en 1948, on conduit Pierre Schaeffer au développement de la musique concrète. Voir à ce sujet Michel Chion, *Guide des objets sonores : Pierre Schaeffer et la recherche musicale*, Paris, Buchet-Chastel / Bry-sur-Marne, INA, 1983, p. 20.

Exemple 11. Milhaud paraphrase Bizet : a) Darius Milhaud, « Le Tour de l'Exposition », dans *À l'Exposition* (1937), mes. 79-82 ; b) Georges Bizet, « Entr'acte : Carillon », dans *L'Arlésienne*, op. 23, partition chant et piano, Paris : Choudens, s.d. [1873] (A. C. 2484), n° 18, mes. 64-68 (transposées pour aider la comparaison ; l'original est en *do* dièse mineur).

D'autres références au répertoire du XIXe siècle trouvent place dans l'album *À l'Exposition*. La « Nuit coloniale » de Sauguet n'exploite pas de formules orientalistes comme on pourrait s'y attendre, mais se colore en deux moments d'une teinte wagnérienne[66]. Lerner voit, dans la seconde section de la pièce « Au Pavillon d'Alsace » de Tailleferre, une référence à la valse des Filles-fleurs dans *Parsifal* et au chant des Filles du Rhin dans *L'Or du Rhin*, ce qu'il interprète comme « une référence possible aux racines culturelles germaniques de l'Alsace et au fleuve qui borde cette province »[67]. En réalité, ces échos wagnériens nous semblent difficilement reconnaissables[68]. Beaucoup plus frappante est la succession de passages « en style » (nous évitons d'étiqueter ces emprunts et ceux que nous soulèverons plus loin comme des procédés « néo- ») dans la première partie de la pièce qui pourrait être perçue comme une sorte de pot-pourri de traits traditionnellement considérés comme « français » : la sixte ajoutée au *sol* bémol majeur des premières mesures (qui pourraient appartenir à un opéra de Gounod) ; un passage ouvertement chopinien (mesure 13 *sqq.*) ; un autre rendu « impressionniste » par l'utilisation du mode myxolydien et de l'arabesque (mesures 30-33).

À l'opposé, aucun procédé néobaroque, néoclassique ou romantique n'est utilisé par les compositeurs de *Parc d'attractions*. La seule pièce qui recourt intensivement à des *topoi* traditionnels est « L'Espagnolade » de Halffter, où le compositeur exploite tous les traits habituellement associés à la musique espagnole : tétracorde phrygien descendant, seconde augmentée, ornementation, effets de *rasgueado* de guitare et le principe des

66. Ces deux moments correspondent à l'accord de Tristan à la mesure 15, et à la progression aux mesures 34-42.

67. Lerner, livret joint au CD *Exposition Paris 1937*, p. [6].

68. Le seul point commun que nous trouvons est la figure rythmique dépourvue de temps fort qui ouvre la seconde valse (Allegro) de Tailleferre et celle des Filles-fleur, mais le profil mélodico-harmonique des deux pièces demeure très différent.

compás (cycles rythmico-harmoniques typiques des chants mesurés du flamenco)[69]. Il s'agit de l'une des deux pièces « auto-exotiques » du recueil, l'autre étant « Un danseur roumain » de Mihalovici. Ici, à la différence de ce qu'il avait fait dans « Chindia (Danse paysanne roumaine) » (dans l'album des *Treize Danses*), le compositeur ne se sert pas d'un matériau populaire pour élaborer un langage personnel (l'attitude que nous avons appelée « modernisme ethnique »), mais reproduit plutôt l'improvisation sur un thème populaire telle qu'elle pourrait être faite par des musiciens traditionnels.

Dans ces derniers paragraphes, nous avons interprété certains traits de l'écriture selon leur valeur symbolique plutôt que simplement musicale : par exemple, le choix néobaroque d'Ibert nous semble dicté par le programme extramusical de sa pièce qui se veut descriptive du village de Lilliput. D'autres cas d'écriture « en style » sont toutefois moins justifiés par des facteurs extramusicaux. Ainsi, lorsque la pièce d'Auric cesse d'être une barcarolle et devient une variation mozartienne, son caractère descriptif (« La Seine, un matin… ») est remplacé par un style d'écriture qui correspond à la poétique musicale du retour à la facilité d'écoute et au classicisme réclamée vingt ans auparavant par *Le Coq et l'Arlequin*, en suivant notamment le modèle de Mozart que Henri Ghéon, en 1933, avait promu comme étant particulièrement *français*[70]. Ce type d'écriture « en style », détachée de tout objectif descriptif, semble se manifester lorsque certains coauteurs de *Parc d'attractions* utilisent des *topoi* beaucoup plus récents, notamment stravinskiens. Les deux premiers épisodes de la pièce « Autour des Montagnes russes » de Tchérepnine sont presque une citation directe du *Sacre du printemps* (1913) de Stravinski. Mais justifier ce choix par une association symbolique avec les montagnes *russes* nous paraît une surinterprétation. Les gestes stravinskiens, combinés aux associations extramusicales explicitées par Tchérepnine, fonctionnent très bien en tant que *topoi*, mais ce sont des *topoi* de la modernité davantage que de la « russité » (tableau 19). La figure de rythme obsessif aux accents irréguliers des « Augures printaniers » du *Sacre*, unie au chant populaire évoqué au chiffre 19 de cette même section du ballet, convient bien en effet pour traduire l'empressement à la fois excité et craintif au guichet des montagnes russes. L'évocation du geste du cor anglais dans l'« Action rituelle des ancêtres » est utile à Tchérepnine pour créer une transition vers l'angoisse provoquée par les rumeurs d'accidents (les rumeurs ne sont, au fond, que des « on dit » *ancestraux* – répétés depuis toujours comme des acquis ancrés dans la mémoire collective) (exemple 12).

On remarquera d'ailleurs que le thème d'origine populaire de l'épisode « Au Guichet », bien que structuré en antécédents / conséquents et en phrases, évite la carrure classique chère aux « thèmes de base » : le conséquent *b* commence en effet sur la cadence de l'antécédent *a'* (mesure 7). Lorsque dans « Et voilà » Tchérepnine compose un véritable « thème de base », la carrure parfaite est encore évitée par l'insertion d'une mesure supplémentaire avant la reprise. Dans l'épisode décrivant le « swing » de l'attraction, Tchérepnine exploite la ressource gestuelle employée notamment par *Le Vol du bourdon* du troisième acte du *Conte du tsar Saltan* (1900) de Rimsky-Korsakov, à savoir un *perpetuum mobile* de gammes chromatiques rapides. Ce *topos* de la vitesse

69. Sur la classification du flamenco et sur les *compás*, voir Philippe Donnier, « Flamenco : structures temporelles », *Cahiers d'ethnomusicologie*, vol. 10, 1997, p. 127-151.

70. Voir ci-dessus au début du chapitre VII.

animale est utilisé comme *topos* de la vitesse mécanique également dans « Scenic-Railway » de Honegger (mesures 14-17). Comme le tableau 19 le résume, plutôt que de s'appuyer sur des *topoi* ancrés dans la tradition, Tchérepnine puise dans le répertoire moderne, et, par le biais d'un programme extramusical, transforme en *topoi* (figures rhétoriques riches en signification) des passages d'œuvres d'autrui et des procédés d'écriture contemporains.

Épisode	Programme de Tchérepnine[71]	Geste	Source du geste
« Le Guichet »	« Vous prenez un billet »	mélodie diatonique et rythme obsessif aux accents irréguliers	*Le Sacre du printemps*, « Les Augures printaniers, danse des adolescentes »
« Les "On dit" » (mes. 1-2)	« Vous êtes angoissés par les rumeurs d'accident »	appoggiature chromatique ascendante de tierce mineure s'arrêtant sur une note tenue	*Le Sacre du printemps*, « Action rituelle des ancêtres », mélodie du cor anglais
« Le "Swing" » (mes. 15 *sqq.*)	« Vous décidez de ne pas monter sur le manège »	gammes chromatiques rapides	(geste mimique utilisé pour imiter la vitesse)
« Et voilà » (mes. 1-13)	« Et après vous rentrez chez vous, soulagé ! »	« thème de base »	le modèle d'écriture promu par l'*Album des 6*

Tableau 19. Emploi rhétorique de gestes dans la pièce « Autour des Montagnes russes » de Tchérepnine.

Exemple 12. Alexandre Tchérepnine, « Autour des Montagnes russes », dans *Parc d'attractions Expo 1937* (1938), p. 1-6 : a) « Le Guichet », mes. 1-9 et 22-27 : références aux « Augures printaniers » du *Sacre du printemps* (1913) ; b) « Les "On dit" », mes. 1-2 : référence à l'« Action rituelle des ancêtres » du *Sacre du printemps* (1913).

71. Texte cité par Lerner dans le livret du CD *Exposition Paris 1937*, p. [7].

L'organisation des hauteurs

Les pièces du recueil *À l'Exposition* et de *Parc d'attractions* présentent donc des différences importantes sur les plans de leur conception formelle et de leur dimension rhétorique et gestuelle que nous avons analysée à travers l'observation des *topoi*. En ce qui concerne le niveau plus microscopique de l'organisation des hauteurs, nous pouvons observer encore une fois des différences notables entre les deux recueils. L'hypothèse selon laquelle les différences entre les paratextes des deux albums sont un reflet de leurs différences musicales (différences entre les deux recueils qui dériveraient d'une tendance stylistique globalement commune aux pièces de chacun) semble donc s'avérer fondée. Toutefois, il faudra se questionner, une fois l'analyse terminée, sur la pertinence de considérer les tendances communes au sein de chaque album comme constituant un « style ». Tout comme il faudra s'interroger sur l'utilité d'étiqueter ces deux tendances en termes de « musique française » et de « musique École de Paris », sachant qu'elles présentent des différences, mais aussi des traits communs.

La moitié des morceaux du recueil *À l'Exposition* sont, au moins en partie, de caractère tonal (Auric, Poulenc, Sauguet et Tailleferre), tandis que, dans *Parc d'attractions*, seule « L'Espagnolade » de Halffter utilise clairement la tonalité selon les règles habituelles. Dans la pièce de Poulenc, une écriture diatonique plus libre, avec des accords par tierces défonctionnalisés ou très stylisés, côtoie la tonalité au sens strict : nous parlerons pour ce type d'écriture de « tonalité libre »[72], et on la retrouve dans les pièces de Milhaud et de Schmitt du premier recueil ainsi que dans celles de Harsányi, Mihalovici, Rieti et Tchérepnine du second.

L'emploi des gammes modales est également très présent dans le recueil des Français. La pièce d'Ibert est entièrement modale (A : *sol* sur *sol*; B : *ré* sur *sol*); celle de Delannoy crée des effets de polymodalité en combinant deux modes différents pour la mélodie et l'accompagnement; Milhaud se sert de la modalité comme d'une ressource parmi d'autres; Tailleferre inclut dans sa première valse le passage myxolydien déjà cité. Aucune pièce de *Parc d'attractions* n'est modale; la modalité est utilisée uniquement dans quelques passages des pièces de Tchérepnine et de Mihalovici.

L'emploi de gammes de moins de sept notes ou librement modifiées par rapport aux modèles existants prévaut parmi les compositeurs de ce recueil. Les compositeurs utilisent la gamme acoustique (Martinů) et la gamme par tons (Tansman) ainsi que la gamme pentatonique (Tchérepnine et Honegger) – que nous retrouvons également chez Milhaud (le refrain de son rondo, exemple 13) et Sauguet (qui ne l'utilise pas pour un effet de couleur « coloniale » que l'on pourrait qualifier de « facile », mais lui donne une fonction modulante ou de suspension)[73].

Honegger se sert de gammes incomplètes (pentatonique de quatre notes, gamme par tons de cinq notes) ou modifiées expressément dans le but d'éviter une gamme reconnaissable et classifiable, à l'instar de la gamme « presque pentatonique » à la mesure 18, main droite (*la* bémol – *si* bémol – *ré* bémol – *mi* bémol – *fa* bémol); il combine souvent

72. Nous préférons « libre » à « élargie » pour souligner le manque de fonction – plutôt que la multiplication de leur fonction – des triades en succession.

73. Voir les mesures 4, 73 et 74.

ces gammes personnalisées de façon « polytonale » – au sens de superposition contrapuntique de deux systèmes de hauteurs indépendants[74]. Un riche éventail de gammes personnalisées – ou, plutôt, d'ensembles de hauteurs (*pitch classes*) sélectionnés – se trouve dans la pièce de Mompou. Son « Tableau de statistiques » se base sur une gamme octatonique (modèle *do* – *ré* bémol etc.) enrichie par une note pivot (le *fa*) qui crée une symétrie entre les deux tétracordes[75]. Les deux accords qui alternent en accompagnement à la mélodie initiale (mesures 1-4 et 16-19) appartiennent à un seul ensemble de hauteurs (forme de référence 4-16 : 0157)[76]. L'idée de bâtir une section sur un champ harmonique statique est réutilisée dans « Le Planétaire » : la première partie consiste en un tapis sonore dans l'ensemble de hauteurs 5-6 (01256), transformé dans la seconde partie en une gamme presque par tons (6-34 : 013579; exemple 14).

Exemple 13. Darius Milhaud, « Le Tour de l'Exposition », dans *À l'Exposition* (1937), p. 9-12, mes. 1-4.

Exemple 14. Federico Mompou, « Souvenirs de l'Exposition », dans *Parc d'attractions Expo 1937* (1938), p. 13-18, « Le Planétaire », p. 15, mes. 1 et 6.

74. Sur les problèmes terminologiques concernant la polytonalité, voir François de Médicis, « La polytonalité selon Darius Milhaud : "Plus subtile dans la douceur, plus violente dans la force…" », dans Michel Fischer et Danièle Pistone (dir.), *Polytonalité/Polymodalité : histoire et actualité*, Paris, Université de Paris-Sorbonne / Observatoire musical français, 2005, p. 91-115.

75. Le résultat est : *do* – *ré* bémol – *mi* bémol – *mi* – *FA* – *sol* bémol – *sol* – *la* – *si* bémol. Cette cohérence est « salie » par un *la* bémol étranger à l'échelle employée qui paraît quatre fois sur 24 mesures en 6/8. Le même principe d'organisation de l'échelle par tétracordes symétriques se retrouve dans la section « Bien rythmé » du « Pavillon de l'élégance », dernier épisode de la pièce de Mompou. Ici, le compositeur utilise la structure intervallique T-T-DT[DT pivot]DT-T-T (*do* bémol – *ré* bémol – *mi* bémol – *fa* bémol / *fa* – *sol* bémol – *la* bémol – *si* bémol), c'est-à-dire, deux tétracordes 4-11 (0135) disposés symétriquement à distance d'un demi-ton.

76. De façon similaire, la première phrase de la pièce (mesures 1-8) présente l'alternance de deux accords ayant la même structure intervallique (3-8 : 026). La liste des formes de références (*prime forms*) des ensembles de hauteurs (*pitch-class sets*) a été établie par Joseph N. Straus dans son traité *Introduction to Post-Tonal Theory* [1990] (4ᵉ éd., New York, Norton, 2016).

Le chromatisme est absent de l'album *À l'Exposition*, exception faite de certains passages de la pièce de Tailleferre et des appoggiatures de Schmitt. En revanche, comme nous l'avons vu, l'échelle chromatique est le constituant essentiel du *topos* de la vitesse mécanique chez Tchérepnine et Honegger, et elle est aussi utilisée par Rieti et Tansman dans un but grotesque (la représentation du lion et des pas du géant, exemple 15).

Exemple 15. Alexandre Tansman, « Le Géant », dans *Parc d'attractions Expo 1937* (1938), p. 35-36, mes. 1-2.

En plus de ces utilisations figuratives du chromatisme (auxquelles on pourrait ajouter celle plus pittoresque de Halffter), Martinů l'exploite de façon structurelle. Son « Train hanté » utilise une écriture atonale polarisée (la note *fa* étant la *finalis* d'un mode chromatique qui développe ses épisodes à partir de cette note pour enfin la retrouver) [77] qui, dans la section A de la pièce (mesures 1-34), se base sur l'intervalle de quarte, et, au début de la section B, dessine des phrases employant le total chromatique (exemple 16).

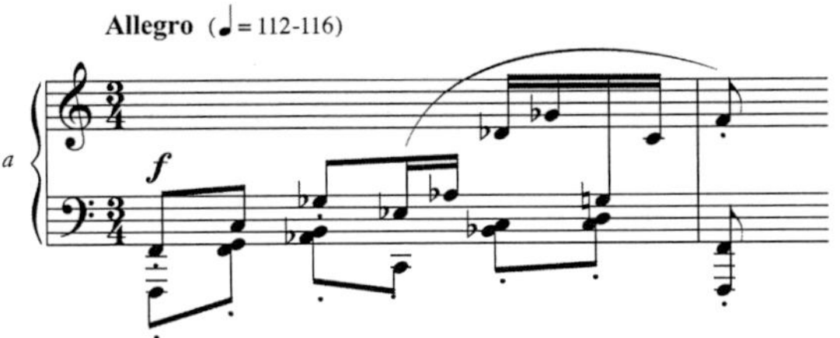

Exemple 16. Bohuslav Martinů, « Le Train hanté », dans *Parc d'attractions Expo 1937* (1938), p. 7-12 : a) mes. 1-2, la tête du thème par quartes de la section A ; b) mes. 35-40, la tête du thème de la section B exploitant le total chromatique.

77. Cette polarisation assume les contours d'une harmonie tonale lorsque, aux mesures 17-22, s'alternent les accords de tonique et de dominante de *fa* mineur.

Le principe selon lequel une pièce se construit à partir d'un intervalle (la quarte chez Martinů) trouve un seul adepte parmi les auteurs du recueil *À l'Exposition* : Schmitt, dont la pièce est également bâtie sur l'intervalle de quarte. La ligne mélodique de la tête du thème dérive d'une succession de quartes, et ce même principe revient dans l'un des motifs utilisés dans les désinences (exemple 17). Finalement, cette structure horizontale se condense dans un accord de quartes superposées (*sol* – *do* dièse – *fa* dièse – *si* – *mi* – *la*) qui, joué *ff* et accentué (mesure 92), marque l'aboutissement de la pièce avant le commencement de la *coda*.

Exemple 17. Florent Schmitt, « La Retardée », dans *À l'Exposition* (1937), p. 19-22 : a) mes. 1-2, le début de la tête du thème ; b) mes. 23-24, le motif par quartes de la désinence.

Des accords de quartes se retrouvent d'ailleurs dans les premières mesures de « Scenic-Railway » de Honegger, et ce même intervalle forme la structure du tourbillon de Harsányi (qui dans sa forme de base consiste en une alternance, sur une pédale de *si*, des quartes *si* – *mi* et *do* dièse – *fa* dièse). Un emploi très clair d'un nombre limité d'intervalles (quartes / quintes et secondes majeures) est à la base du premier épisode de la pièce de Mompou.

Le timbre

L'organisation des hauteurs n'est pas seulement une question de gammes et d'ensembles de hauteurs, mais aussi de registre – paramètre qui, dans l'écriture pianistique, est intimement lié au timbre. De façon générale, les pièces plus traditionnelles (basées sur la carrure, le « thème de base » et une harmonie tonale ou modale) utilisent une extension limitée du clavier et évitent les contrastes entre le très aigu et le très grave (Auric, Ibert, Sauguet) ; lorsque les mains sont appelées à parcourir le clavier, elles le font normalement sous forme d'arpèges (Delannoy, Tailleferre).

Dans le cas de *Parc d'attractions*, la situation est différente, et plusieurs des compositeurs recherchent le contraste des registres. Tchérepnine offre ainsi des exemples de coprésence des extrêmes grave et aigu du piano (exemple 18) ; Martinů déploie ses phrases sur tout le clavier (un trait qu'il partage avec Schmitt) ; Mihalovici exploite les registres comme des fonctions structurelles, son thème étant transposé à chaque répétition à une hauteur différente (la première note se positionnant, selon les répétitions, dans un espace compris entre mi_2 bémol et mi_5 bémol ; voir au tableau 17 ci-dessus) – un procédé présent également dans la bourrée auvergnate de Poulenc (voir la répétition à l'octave aiguë aux mesures 18-21).

Exemple 18. Alexandre Tchérepnine, « Autour des Montagnes russes », dans *Parc d'attractions Expo 1937* (1938), p. 1-6, « Le Guichet », mes. 28-31.

Harsányi exploite le timbre pour souligner les accents (un élément sans doute dérivé de Stravinski) ; dans son « Tourbillon mécanique », l'accord initial *sffz* de quatre *si* étalés sur cinq octaves revient régulièrement (sur des notes différentes) afin de marquer les césures formelles, en plus d'être l'élément fondateur d'un épisode rythmique basé sur un jeu d'accents (« très rythmé », mesure 25 *sqq.* ; exemple 19).

Exemple 19. Tibor Harsányi, « Le Tourbillon mécanique », dans *Parc d'attractions Expo 1937* (1938), p. 40-45, mes. 23-26.

Le registre assume aussi une valeur figurative, notamment dans « La Danseuse aux lions » de Rieti. La pièce débute par un « rugissement » de quatre octaves et demi (Rieti écrit « féroce » dans la partition) ; l'évocation du lion dans l'extrême-grave répond ensuite en alternance au thème décrivant les mouvements de la danseuse dans le registre de soprano (mesure 13 *sqq.* ; exemple 20). L'utilisation du grotesque de l'extrême grave se retrouve aussi chez « Le Géant » de Tansman (voir l'exemple 15 ci-dessus).

Exemple 20. Vittorio Rieti, « La Danseuse aux lions », dans *Parc d'attractions Expo 1937* (1938), p. 19-21, mes. 13-14.

Le rythme

Le traitement du rythme est, encore une fois, différent dans les deux recueils. Les pièces se déroulant du début à la fin sur un mètre constant et régulier faisant appel à un nombre limité de figures rythmiques et sans déplacements d'accents se situent majoritairement dans l'album des Français (*À l'Exposition* : Auric, Ibert, Sauguet, Tailleferre; *Parc d'attractions* : Mompou, épisodes 1, 2 et 4).

Pour ce qui est des procédés visant à déstabiliser la régularité métrique et rythmique, nous constatons leur absence commune dans les deux recueils. L'organisation par blocs (superposés ou juxtaposés) typique du *Sacre du printemps* et du langage stravinskien subséquent[78] – une technique très exploitée, d'ailleurs, dans la seconde moitié des années 1930, par la nouvelle génération des Jolivet et des Messiaen[79] – ne semble pas faire partie des outils employés dans les recueils étudiés.

Des procédés polyrythmiques se retrouvent dans les deux recueils (par exemple, la mélodie en deux temps sur un accompagnement en trois temps du « Dîner sur l'eau » de Delannoy, ou le « trois contre deux » visant à abolir la perception de la pulsation dans l'épisode du planétaire chez Mompou, voir l'exemple 14). Par contre, la création de rythmes aux accents irréguliers est une prérogative de *Parc d'attractions* (Tchérepnine, Halffter, Tansman, Mihalovici, Harsányi). Ces rythmes dérivent tantôt d'une écriture qui segmente le mètre en modules inégaux (comme au début de la pièce deTchérepnine, voir l'exemple 12), tantôt d'une succession d'accents mettant le rythme au premier plan (Harsányi offre différents exemples : voir les exemples 19 et 21).

Exemple 21. Tibor Harsányi, « Le Tourbillon mécanique », dans *Parc d'attractions Expo 1937* (1938), p. 40-45, mes. 57-59.

Notre analyse comparée a montré la distance, à tous les niveaux, entre les deux recueils (le tableau 20 permet une vision globale et synoptique de nos observations).

78. Nous faisons référence aux structures rythmiques que Pieter Van der Torn (*Stravinsky and The Rite of Spring*, Berkeley, University of California Press, 1987, chap. 4) a classifiées comme de type I (superposition de couches aux cycles inégaux) et de type II (juxtapositions de blocs aux mètres et longueurs différents).

79. La présence des deux structures est évidente notamment dans les *Danses rituelles* (1938) de Jolivet, comme nous l'avons montré dans notre *Danza, incantesimo e preghiera*, partie 2. Messiaen anticipa ses considérations sur l'analyse rythmique du *Sacre du printemps* en 1939 (Olivier Messiaen, « Le rythme chez Igor Stravinsky », *La Revue musicale*, mai-juin 1939, p. 330-332). Son étude sur les « personnages rythmiques » du ballet commencée vers 1930 (selon ses réponses à Claude Samuel, *Permanences d'Olivier Messiaen : dialogues et commentaires*, Arles, Actes Sud, 1999, p. 107) est disponible dans Olivier Messiaen, *Traité de rythme, de couleur et d'ornithologie, 1949-1992*, Paris, Leduc, t. 2, 1995, p. 91-124.

		topoi				hauteurs						t[re]	rythme					
		XVIII e siècle	XIX e siècle	XX e siècle / révisités	Folklore	tonalité	libre tonalité	modalité	chromatisme	autres gammes	intervalle générateur	contrastes extrêmes	régulier	nombre limité de figures rythmiques	polyrythmie horizontale	polyrythmie verticale	sections purement rythmiques / motifs ryth.	*perpetuum mobile* ou tapis sonore
À l'Exposition	AURIC	X	X			X							X	X				
	DELANNOY		X					X					X	X		X		
	IBERT	X						X					X	X				
	MILHAUD		x	x		x	X	x		X			X	X		x		
	POULENC	X		X	X	X	X		x			X	X	X				
	SAUGUET	X	X			X			x	x			X	X				
	SCHMITT	X		X			X		X		X	X	X	X				
	TAILLEFERRE		X			X		x	X				X	X				
Parc d'attractions Expo 1937	TCHÉREPNINE			X	x		X	X	X	X		X			X		x	X
	MARTINŮ			X					X	X	X	x			X			
	MOMPOU			X					X	X	X	x	X	X		X		X
	RIETI		x				X		X			X						
	HONEGGER			X					X	X	X							X
	HALFFTER		X		X	X			x				X		X			
	TANSMAN								X	X		X					X	
	MIHALOVICI				X		X	x		X		X	X		X			
	HARSÁNYI			X			x		X		X	X			X	X	X	X

Tableau 20. Grille d'analyse synoptique des recueils *À l'Exposition* et *Parc d'attractions Expo 1937*. Les grands « x » indiquent les éléments prédominants, les petits « x » indiquent les éléments épisodiques.

Du côté des Français, on retrouve principalement un attachement au langage hérité du passé, alors que du côté des étrangers, on privilégie des modèles plus récents et on crée des pièces aux structures plus libres. Ce que le paratexte des deux recueils suggérait se trouve donc confirmé sur le plan du langage musical. Du côté de l'album *À l'Exposition*, le caractère « à la main » de l'illustration de couverture et des polices typographiques se traduit en une écriture linéaire (les « thèmes de base », le langage tonal et modal, les rythmes réguliers, etc.). La centralité de Paris et de la France (la Seine, la Tour Eiffel) sur l'illustration de couverture se concrétise musicalement par des « images » qui s'adaptent au discours référant aux qualités « françaises » de l'art : l'*équilibre* de la forme ABA' et de la carrure, la *clarté* de la mélodie accompagnée. En même temps, les pièces transmettent, grâce aux *topoi* établis par la tradition, le contenu extramusical suggéré par leurs titres : les barcarolles décrivent l'eau de la Seine, les clins d'œil au patrimoine musical régional et national sous forme de citations (*L'Arlésienne* et les *topoi* du folklore stylisé) ou de passages « en style » (chopinien, impressionniste, etc.) dressent un panorama varié de la France musicale.

Du côté du recueil *Parc d'attractions*, le caractère plus moderniste et machiniste du paratexte se traduit à la fois sur les plans de la technique musicale et de l'inspiration extramusicale. La technique exploite des ressources d'écriture issues de l'exemple debussyste (ce que seul Schmitt effectue dans le premier recueil) et de celui de Stravinski, tout en se pliant aux exigences extramusicales de chaque pièce. Le recueil témoigne d'une diversité de moyens propres à des contextes poétiques différents. L'inspiration extramusicale pousse ainsi les compositeurs à abandonner les formules stylistiques et rhétoriques traditionnelles pour en trouver d'autres plus adaptées au sujet moderne qui fait l'objet de leur souvenir musical – le *Parc d'attractions*. On explore notamment, par différents moyens – dont des procédés développés par une attitude de « modernisme ethnique » –, le thème de la vitesse. L'hommage à Paris et aux régions de France laisse place à des pièces qui s'inspirent des pays d'origine des compositeurs selon une pratique de l'« auto-exotisme ».

Peut-on affirmer que *À l'Exposition* est un album de « musique française » et *Parc d'attractions*, de « musique de l'École de Paris » ? Nous éviterons évidemment ce type d'étiquetage. Bien que globalement homogènes lorsque l'on les compare l'un à l'autre, les deux recueils demeurent tout de même diversifiés dans leurs composantes internes et possèdent aussi de nombreux points en commun, comme nous l'avons remarqué dans l'analyse. *À l'Exposition* héberge prioritairement *une certaine « musique française »* s'inspirant en grande partie de l'esthétique de « musique française de France » prônée vingt ans auparavant par *Le Coq et l'Arlequin* de Cocteau. Toutefois, même dans les pièces qui partagent les bases de cette esthétique (et ce n'est pas le cas de la totalité des pièces du recueil), les différences de réalisation sont parfois très marquées, allant du néobaroque au pentatonisme. L'héritage debussyste – déploré par Cocteau après la Première Guerre mondiale, mais devenu désormais, dans les années 1930, un constituant essentiel de la « musique française » – y trouve une place très modeste. De plus, les tendances compositionnelles s'affirmant en cette seconde moitié des années 1930 à travers l'œuvre de Jolivet et de Messiaen notamment sont totalement absentes.

De même, en ce qui concerne *Parc d'attractions*, des tendances communes (qui se définissent par contraste avec l'autre recueil) ne constituent pas un véritable « style ». La coprésence d'une attitude « auto-exotisante » et du « modernisme ethnique » suffit pour couper court à toute tentation de réduction à une seule étiquette. On se rappellera d'ailleurs que tous les participants à cet album ne résident pas à Paris : le « style École de Paris » représenté par ce recueil serait donc plutôt un « style européen », un « style "tout-sauf-français" » auquel il manque cependant des tendances très fortes sur la scène internationale – du dodécaphonisme germanique à la néorenaissance italienne, en passant par l'intégration du jazz dans la musique savante occidentale. Ces tendances étaient cependant présentes en force dans les *Treize Danses*. Il est encore plus difficile de définir ce « style » comme une rencontre entre les traditions nationales et la leçon de la musique française (mais laquelle ?). Cette tentation de trouver des formules générales plutôt que de se concentrer sur des cas de rencontres ponctuelles risque de mener à des stigmatisations des traits musicaux. Au lieu d'un « *style* École de Paris » il est plus opportun – et plus intéressant – de mettre en relief une *attitude* face aux modèles compositionnels qui serait commune à plusieurs jeunes compositeurs européens vivant dans le milieu artistique éclectique du Paris de l'entre-deux-guerres. Il s'agit d'une attitude d'exploration des possibilités offertes par différentes traditions musicales (académiques et populaires) et par les différents protagonistes du modernisme (peu importe leur nationalité), et ce, sans se soucier d'ériger des barrières géographiques. Le cosmopolitisme n'est pas un langage, mais une attitude ouverte au pluralisme. L'« opportunité École de Paris » rend possible cette multiplicité de rencontres, que chacun absorbe dans ses œuvres de façon personnelle[80].

1948 : L'« Album Heugel »

Ni les *Treize Danses* ni *Parc d'attractions Expo 1937* ne peuvent ainsi être considérés de plein droit comme des « Albums de l'École de Paris » au sens étroit. Les sources de l'époque n'en parlent pas en ces termes, et ces deux recueils sont plutôt des lieux de rencontre (autour d'un éditeur dans le cas du premier, et autour d'un événement et d'une dédicataire dans le second) que des marques de revendication d'une identité de groupe. Finalement, les pièces regroupées par ces recueils, tout en partageant l'*attitude* à l'ouverture que nous avons remarquée, ne partagent pas un *style* véritablement commun. Un cas très différent, du moins en ce qui concerne sa genèse, est celui du projet d'un « album de musique de piano composé par les membres de l'École de Paris »[81] lancé par l'éditeur Heugel en 1948 et qui restera inachevé. Comme nous l'avons déjà mentionné au chapitre VI, ce projet naît dans le contexte de la stratégie d'inscription dans une histoire de la musique dont l'écriture, après la Seconde Guerre mondiale, tend à écarter bien des compositeurs au profit des principaux représentants des courants qui sont à l'origine de l'avant-garde des années 1950 et 1960. Cet album regroupe autour de l'étiquette « École de Paris » Beck, Harsányi, Mihalovici, Martinů et Tchérepnine. Dans cette dernière section, nous tenterons de reconstituer cette œuvre collective jamais parue. Notre reconstruction n'est qu'une hypothèse, qui ne nous permettra pas de juger par l'analyse si ce recueil, dans l'éventualité d'une parution, aurait donné une image unitaire des cinq compositeurs et de leur musique. Bref, nous ne pourrons pas être certain que, dans le cadre de cet ouvrage collectif ouvertement revendicateur d'une identité commune, on aurait pu finalement parler d'un « style École de Paris » reconnaissable. Dans la

80. Pascale Casanova (*La république mondiale des lettres* [1999], Paris, Éditions du Seuil, 2008, p. 135 *sqq.*) a remarqué le rôle joué par Paris en tant que lieu du « présent artistique », l'endroit où l'on peut rentrer en contact avec la plus grande variété de tendances et par conséquent établir les critères nécessaires pour être « moderne » au niveau mondial.

81. Lettre de Tibor Harsányi à Conrad Beck, 24 janvier 1948 (PSS, Sammlung Conrad Beck, Korrespondenz). Voir au chapitre VI, section « En quête d'un éditeur ».

lettre que Harsányi envoie à Beck pour lui faire part du projet, il écrit clairement que le thème des pièces est imposé (« que chacun prenne un quartier de Paris comme titre du morceau »), mais pas le style (« Naturellement, vous pouvez composer la musique que vous voulez »). L'idée du thème commun devait permettre de « donner [une] unité à cet album » dans le but de « peut-être en faire un petit ballet plus tard » [82].

Il est possible de contextualiser encore une fois ce projet par des liens intertextuels : l'idée d'un hommage à Paris après l'exil de la guerre se retrouve notamment dans la suite *Paris* composée par Milhaud en cette même année 1948, et qui comprend six morceaux mettant en valeur six éléments caractéristiques de la ville (« Montmartre », « L'Île Saint-Louis », « Montparnasse », « Bateaux Mouches », « Longchamp », « La Tour Eiffel ») [83]. C'est cet esprit qui, selon les biographes de Martinů, lui aurait inspiré *Les Bouquinistes du Quai Malaquais* (H. 319) :

> Avec [Stanislav] Novák ils achetaient chez les marchands de livres d'occasion de Prague des livres que, le plus souvent déçus, ils revendaient à moitié prix une semaine plus tard. Puis vinrent les années vingt et trente à Paris, et l'exaltation ne faiblit point : longtemps après, Martinů déclare qu'au-dessus des pupitres des bouquinistes il a bien passé au moins une année de sa vie. Il évoque cette époque heureuse dans une petite composition pour piano, écrite à New York en 1948, *Les Bouquinistes du Quai Malaquais* [84].

La date de composition de cette pièce (mai 1948) ainsi que son thème extramusical (un hommage à une particularité de Paris) nous portent à émettre l'hypothèse que Martinů l'ait composée pour le projet d'album proposé par Heugel [85]. L'éditeur publiera la pièce isolément en 1954 [86].

En ce qui concerne les autres pièces qui auraient formé l'« Album de l'École de Paris », les hypothèses s'avèrent plus difficiles à formuler. La contribution qui nous semble être la moins problématique à identifier est celle de Harsányi, auteur d'une *Flânerie* dont le manuscrit est daté de juillet 1948 [87]. Le titre, bien qu'il ne se réfère pas spécifiquement à « un quartier de Paris », renvoie tout de même à une activité parisienne par excellence, et nous n'avons pas trouvé trace d'autres pièces qui pourraient avoir été écrites comme contribution à l'album. Le fait que Harsányi, chef de file du « fantôme de l'École de Paris », ait contribué à ce projet nous semble évident et certain. Cela dit, la

---

82. *Ibid.*

83. Au sujet de cette suite de Milhaud, voir Jens Rosteck, « La portrait urbain dans la musique instrumentale de Milhaud », dans Jacinthe Harbec et Marie-Noëlle Lavoie (dir.), *Darius Milhaud : compositeur et expérimentateur*, Paris, Vrin, 2014, p. 89-97, p. 89-97.

84. Jaroslav Mihule, *Bohuslav Martinů* [1966], Praha, Orbis, 1972, p. 14.

85. La seule autre pièce pour piano composée par Martinů en 1948 est *Le Cinquième Jour de la cinquième lune – Su-Tangpo* (H. 318). La dédicace à la femme de Tchérepnine, Hsien-Ming Lee-Tsherepnin, pourrait nous porter à formuler l'hypothèse d'un lien avec le projet d'album de l'École de Paris, mais son sujet n'a rien de parisien, ce qui nous pousse à écarter cette possibilité. Guy Erismann parle des *Bouquinistes* (dédiés à Charlotte, la femme de Martinů) et du *Cinquième Jour* comme de « petites choses » dont Martinů s'occupa « pour se faire plaisir » avant de repartir pour l'Europe (Guy Erismann, *Martinů : un musicien à l'éveil des sources*, Arles, Actes Sud, 1990, p. 260).

86. Bohuslav Martinů, *Les Bouquinistes du Quai Malaquais, pour piano*, Paris, Heugel, H. 31 657, 1954.

87. Tibor Harsányi, *Flânerie, pièce pour piano*, partition manuscrite (BnF, Musique, MS-18997). Ms au stylo (avec corrections au crayon) daté « Paris, juillet 1948 » ; une page-titre et 5 fol. *r°/v°* de musique paginés. Métronome (= 88 env.) et minutage (2'45") ajoutés au crayon. Allegretto con moto, mètre varié (90 mes.).

date indiquée sur le manuscrit nous paraît trop tardive : le projet remonte à janvier 1948, et, en avril, Harsányi écrivait à Beck que François Heugel s'inquiétait de ne pas avoir encore reçu un morceau de lui[88] – ce qui nous permet de supposer que Harsányi avait déjà fait parvenir sa pièce à l'éditeur avant cette date. Beck envoya probablement sa pièce avant le 2 juin, date à laquelle Heugel fit parvenir aux compositeurs participant au projet la lettre avec la proposition de contrat[89]. Par conséquent, le manuscrit de *Flânerie* conservé à la Bibliothèque nationale de France pourrait être soit une version remaniée de la pièce que Harsányi avait composée quelques mois auparavant pour le recueil, soit un autre morceau n'ayant rien à voir avec le projet de Heugel tel que nous le connaissons. L'éditeur publiera finalement *Flânerie* en 1952, deuxième d'une série de *Trois Impromptus* (« Mouvement », « Flânerie », « Nocturne »)[90].

La pièce proposée par Beck pourrait être le *Prélude pour piano* daté de 1948 dont le manuscrit est conservé dans les archives de la Fondation Paul Sacher (PSS). Bien que le titre ne fasse aucunement référence à Paris, d'autres éléments paratextuels nous incitent fortement à croire qu'il s'agit du morceau destiné à l'« Album de l'École de Paris » : il est dédié à Mihalovici et une annotation stipule « Man. bei Heugel » (manuscrit chez Heugel)[91]. La pièce est demeurée inédite, et nous en reproduisons les *incipit* des deux sections dans l'exemple 22 ci-après.

La PSS conserve aussi deux manuscrits d'une même pièce qui serait peut-être celle écrite par Tchérepnine pour ce projet. Bien que le titre *Rondo* soit aussi neutre que celui de la pièce de Beck, la date indiquée sur l'une de ces deux sources, le 30 janvier 1948, est un indice important, même si philologiquement problématique. En fait, les sources présentent deux dates différentes, qui ont introduit une confusion dans la littérature scientifique :

> A) Ms au crayon daté 30 janvier 1948, sans titre ;
> B) Photocopie du Ms écrit au stylo (copie au propre) sur lequel on a ajouté au crayon le titre (« Rondo »), l'auteur (« A. Tcherepnin ») et la date « 194S » [*sic*], qui a été interprétée tout d'abord comme « 1945 », ensuite corrigé à l'encre rouge en « 1946 » (mais la bonne correction était sans doute « 1948 »)[92].

88. « J'ai vu François Heugel hier. Il s'inquiète de n'avoir encore rien reçu de vous. C'est à dire : l'œuvre promise. Envoyez-la-lui donc ! ». Lettre de Tibor Harsányi à Conrad Beck, 14 avril 1948 (PSS, Sammlung Conrad Beck, Korrespondenz). Dans la lettre du 24 janvier citée plus haut, où il lui annonçait le projet, Harsányi avait dit à Beck que Heugel partirait pour l'Amérique pendant deux mois à partir du 7 février (voir ci-dessus au chapitre VI, section « En quête d'un éditeur ») : il est donc probable que, le 13 avril, le compositeur et l'éditeur se soient rencontrés pour la première fois après le retour de ce dernier, lequel constatait n'avoir rien reçu de la part de Beck pendant son absence.

89. Voir ci-dessus au chapitre VI, section « En quête d'un éditeur ».

90. Tibor Harsányi, *Trois Impromptus pour piano*, Paris, Heugel, H. 31 395, 1952.

91. Conrad Beck, *Prélude pour piano*, partition manuscrite (PSS, Sammlung Conrad Beck). Ms au crayon daté 1948, 3 fol. écrits au *r°*, « Marcel Mihalovici zugeeignet », « Man. bei Heugel » ; « – Eschig » a été ajouté à côté de « Heugel » ; au même crayon, p. 2*v°* : « Hommage de l'éditeur à Marcel Mihalovici – Prélude pour piano ». Moderato, C (15 mes.) ; Allegretto, C (37 mes.).

92. Alexandre Tchérepnine, [*Rondo*], partition manuscrite (PSS, Sammlung Alexander Tcherepnin). « Andantino ♩ = 76) » (indication présente uniquement dans le Ms B), 55 mes.

Exemple 22. Conrad Beck, *Prélude pour piano*, Ms, 1948, les *incipit* des deux sections.

Dans le catalogue de l'œuvre du compositeur établi par Lily Chou, cette pièce est donnée, sans numéro d'opus, comme *Rondò à la russe,* titre sous lequel l'éditeur Gerig l'a publiée en 1975. Chou donne comme date de composition 1946[93]. Dans le livret du CD contenant le premier enregistrement de cette pièce, Benjamin Folkman affirme que *Rondò à la russe* a été publié en 1946 et probablement composé autour de cette date[94]. En revanche, Folkman affirme que la pièce écrite par Tchérepnine dans le cadre du projet Heugel serait *La Quatrième*, une marche pour piano écrite pour « célébrer le retour de la démocratie dans la France d'après-guerre à travers l'instauration de la Quatrième République »[95]. Effectivement, le sujet de cette pièce est lié, sinon à Paris, du

93. Alexandre Tchérepnine, *Rondò à la russe, für Klavier*, Köln, Gerig, 1975. Le catalogue de Lily Chou se trouve en annexe à Ludmila Korabelnikova, *Alexander Tcherepnin : The Saga of a Russian Emigré Composer*, traduit du russe par Anna Winestein, édité par Sue-Ellen Hershman-Tcherepnin, Bloomington, Indiana University Press, 2008, p. 211-239. Le *Rondò à la russe* est à la page 221, et la date d'édition est indiquée de façon erronée comme 1976.

94. Benjamin Folkman, « Alexander Tcherepnin and His Piano Music », dans le livret joint à Alexandre Tchérepnine, *Piano Music, 1913-61*, Alexandre Tchérepnine et Mikhail Shilyaev, piano, 1 disque compact, Toccata Classics, TOCC 0079, 2012, p. 2-13, ici p. 8.

95. « *Celebrate the return of democracy to post-war France through the establishment of the Fourth Republic* ». *Ibid.*, p. 11.

moins à la France. Chou date de 1948-1949 la composition de *La Quatrième*[96], qui sera publiée par Heugel en 1954, tout de suite après *Les Bouquinistes du Quai Malaquais* de Martinů (le cotage des deux pièces est respectivement H. 31 658 et 31 657)[97].

Finalement, la recherche de la pièce que Mihalovici pourrait avoir écrite pour l'album Heugel ne nous a conduit à aucun résultat probant. La seule pièce pour piano composée par Mihalovici en 1948 semble être un « Impromptu » que Heugel publiera en 1951 comme première des *Trois Pièces nocturnes*, op. 63, suivi par « Rêve » et « Épilogue ». L'« Impromptu » est daté du 14 juin 1948, tandis que les autres deux morceaux sont plus tardifs[98]. Il n'est pas impossible que l'« Impromptu » soit né dans le but de faire partie de l'« Album de l'École de Paris ». Il se peut aussi que Mihalovici n'ait rien composé pour l'ouvrage collectif, et que ce soit la raison (ou l'une des raisons) pour laquelle le projet a échoué. La découverte éventuelle d'autres sources pourra documenter de façon plus précise l'histoire de ce projet inachevé. Pour l'instant, nous devons nous contenter de notre reconstruction hypothétique, résumée dans le tableau 21.

Compositeur	Pièce(s) hypothétique(s)	Destinée de la pièce
C. BECK	« Prélude »	inédit
T. HARSÁNYI	« Flânerie »	*Trois Impromptus* (n° 2), Heugel 1952
B. MARTINŮ	« Les Bouquinistes du Quai Malaquais »	Heugel 1954
M. MIHALOVICI	« Impromptu »	*Trois Pièces nocturnes* (n° 1), Heugel 1951
A. TCHÉREPNINE	a) « Rondo »	a) *Rondò à la russe*, Gerig 1975
	b) « La Quatrième »	b) Heugel 1954

Tableau 21. Reconstruction hypothétique de l'« Album de musique de piano composé par les membres de l'École de Paris » projeté par l'éditeur Heugel en 1948.

Nous sommes convaincu que cet album, quelles que soient les pièces qui auraient dû en faire partie, n'avait pas pour but de présenter un « style École de Paris » homogène. Aucun manifeste esthétique ni aucun maître commun n'ont poussé ces cinq compositeurs à revendiquer une identité de groupe après la Seconde Guerre mondiale. Lorsque, dans son émission *École de Paris* de 1947, Harsányi affirme que lui et ses amis « réussissent à créer un style », « un style de "l'École de Paris" contemporaine » qu'il définit comme une musique qui « en gardant le caractère musical de leur pays natal » ne pourrait avoir été pourtant conçue qu'à Paris[99], il ne fait, en effet, qu'affirmer l'existence d'une *attitude* École de Paris dérivée de l'*opportunité* École de Paris. Loin de faire appel à une technique commune, la musique des compositeurs étrangers à Paris est le résultat – il faudrait en réalité pouvoir dire « les résultats », rajoutant pour une dernière fois ce

96. Nous n'avons pu retracer le manuscrit de cette pièce – qui ne fait pas partie du fonds Tchérepnine à la PSS – afin de vérifier cette information.

97. Alexandre Tchérepnine, *La Quatrième, pour piano*, Paris, Heugel, H. 31 658, 1954.

98. « Rêve » est daté 16 avril 1951 et « Épilogue », 9 juillet 1951 ; les dates sont marquées sur la partition imprimée : Marcel Mihalovici, *Trois Pièces nocturnes, pour piano, op. 63*, Paris, Heugel, H. 31 391-31 393, 1951. Le cotage rapproche cette publication des *Trois Impromptus* de Harsányi (H. 31 395).

99. Voir l'annexe 1b, p. III,3 (7) et le tableau 11 au chapitre VI.

« s » soulignant la multiplicité et la coexistence que nous avons revendiquées à plusieurs reprises tout au long de ce livre – d'une exploration des moyens musicaux que Paris rendait possible dans l'entre-deux-guerres par la variété des courants artistiques qui s'y côtoyaient. Cette « expérience École de Paris » caractérisée par des rencontres et des échanges n'était pas une exclusivité des étrangers. N'importe quel Parisien ou n'importe quel Breton, par exemple, pouvait en profiter au même titre qu'un Polonais ou un Espagnol. Le « style École de Paris » est une attitude plutôt qu'une technique, une attitude que tous les artistes partageant ce riche foyer pouvaient choisir d'adopter ou d'ignorer.

Illustration 1. « Bohuslav Martinů et Les Quatre (École de Paris) » [« *Bohuslav Martinů se Čtyřkou* (École de Paris) »], probablement Mont-Saint-Léger, 1949 ou 1953.
De gauche à droite : Conrad Beck, Marcel Mihalovici, Bohuslav Martinů et Tibor Harsányi.

Illustration 2. « Bohuslav Martinů et Les Quatre » [« *Bohuslav Martinů se Čtyřkou* »], Mont-Saint-Léger, été 1949.
De gauche à droite : Tibor Harsányi, Bohuslav Martinů, Conrad Beck, Marcel Mihalovici.

Illustration 3. Affiche d'auteur non identifié pour l'exposition *Chefs-d'œuvre de l'art français, 1400-1900* (Paris, Palais de Tokyo, 1937), 118x75 cm.

Illustration 4. Affiche de Henri Matisse pour l'exposition *Les Maîtres de l'art indépendant, 1895-1937* (Petit Palais, Musée des Beaux-Arts de la Ville de Paris, 1937), 74,5x49,5 cm, Petit Palais, Musée des Beaux-Arts de la Ville de Paris.

Illustration 5. Léonard Tsugouharu Foujita, *Nu couché à la toile de Jouy* (1922), 130x195 cm, Musée d'art moderne de la ville de Paris.

Illustration 6. *Lubok – Velikoe Zertsalo* (*L'effroyable parabole du « Grand Miroir »*), xylographie colorée (*ca* 1760), Saint-Pétersbourg, Bibliothèque nationale de Russie.

Illustration 7. Couverture du recueil *À l'Exposition*, Paris, Deiss, R. D. 7 540-7 647, 1937.

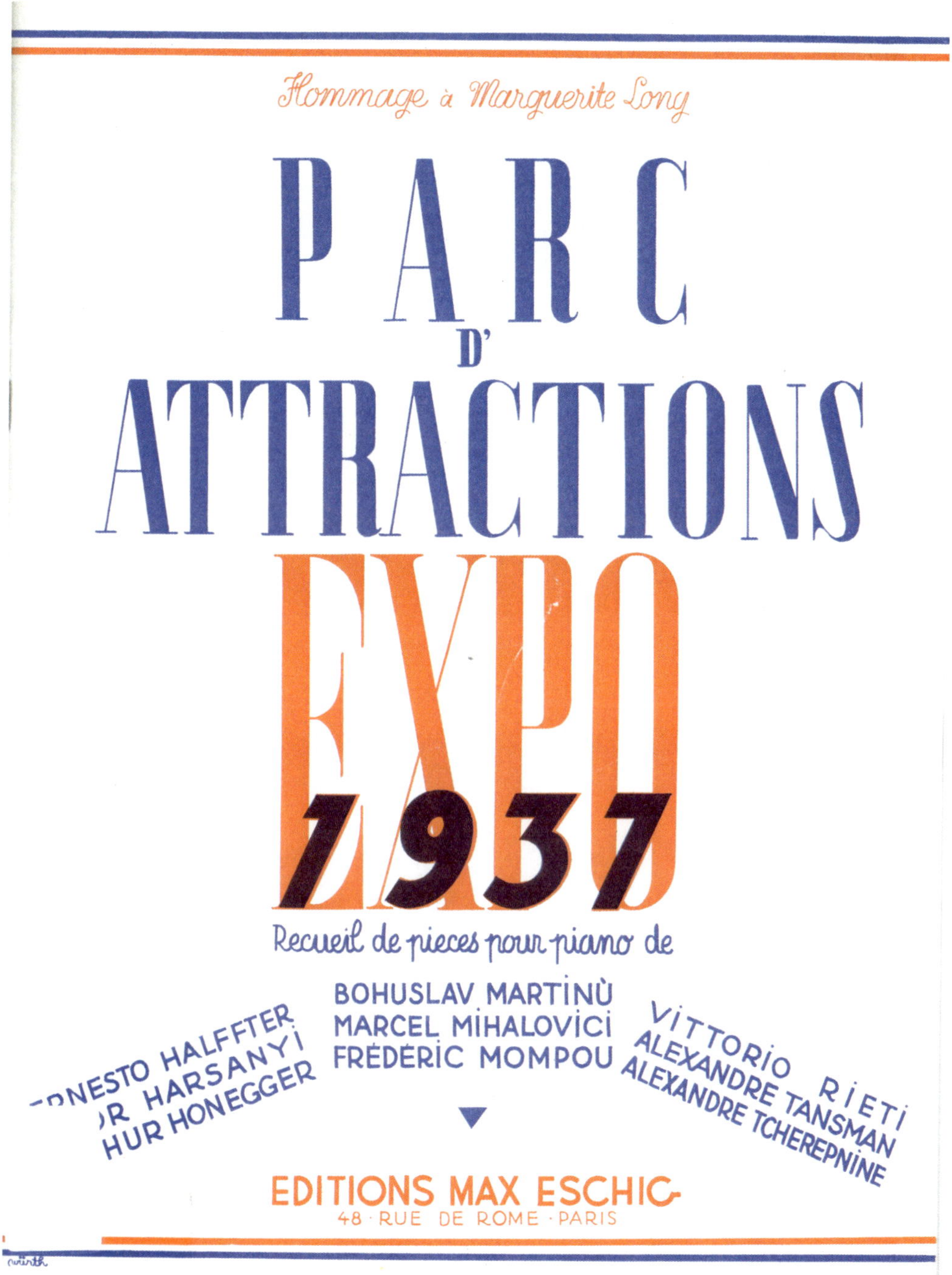

Hommage à Marguerite Long

PARC D'ATTRACTIONS EXPO 1937

Recueil de pieces pour piano de

BOHUSLAV MARTINÙ
MARCEL MIHALOVICI
FRÉDÉRIC MOMPOU

NESTO HALFFTER
OR HARSANYI
HUR HONEGGER

VITTORIO RIETI
ALEXANDRE TANSMAN
ALEXANDRE TCHEREPNINE

EDITIONS MAX ESCHIG
48 · RUE DE ROME · PARIS

Illustration 8. Couverture du recueil *Parc d'attractions Expo 1937*, Paris, Eschig, M. E. 5 678-5 686, 1938.

Illustration 9. Affiche de Leonetto Cappiello pour l'Exposition internationale Arts et techniques – Paris 1937, 160x120 m.

Deux catégories de polices sont présentes dans cette affiche : 1) pour l'élément « Paris 1937 » : *sans-serif/géometrique* caractérisé par le 9 ouvert (à l'instar de la police Bauhaus) ; 2) les autres éléments : *sans-serif/grotesque + géométrique* caractérisé par les débalancements vers le bas des A et des R, et vers le haut des E et des S.

Illustration 10. *Exposition internationale Arts et techniques – Paris 1937 : guide officiel*, Paris, Société pour le développement du tourisme, 1937, couverture.

Deux catégories de polices sont présentes : 1) pour les éléments « Exposition internationale » et « Paris 1937 » : *serif/moderne* avec les O à axe incliné ; 2) pour les éléments « Arts et techniques » et « Guide officiel » : *sans-serif/grotesque* caractérisé par les lettres très fermées (notamment les S et les C).

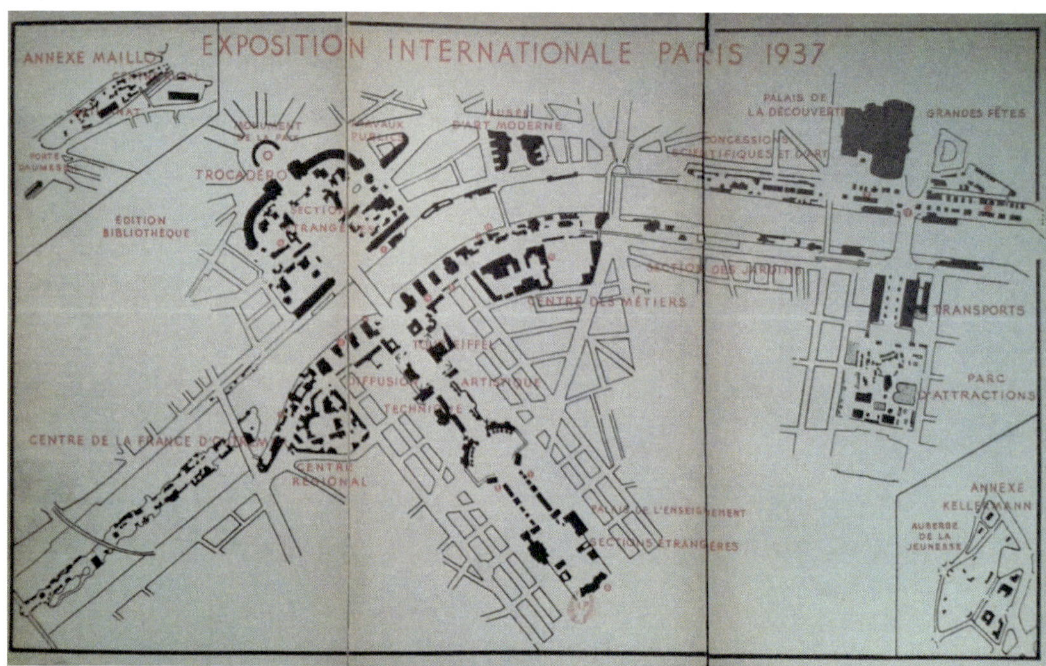

Illustration 11. Plan de l'exposition (dans *Exposition internationale Arts et techniques – Paris 1937 : guide officiel*, Paris, Société pour le développement du tourisme, 1937).

La catégorie de police utilisée pour tous les éléments est *sans-serif/géométrique*, très proche des polices Futura et Kabel (notamment le Q), symboles du design moderniste de la fin des années 1920.

Illustration 12. Carte postale du Parc d'attraction.

La catégorie de police utilisée pour tous les éléments est *sans-serif/géometrique*, très proche de celle employée dans le Plan de l'exposition (voir illustration 11).

Illustration 13. Affiche de Jean Carlu pour l'Exposition internationale Arts et techniques – Paris 1937, 120x80 cm.

CONCLUSION

> Bien que le mot *École* soit impropre et qu'on l'emploie faute d'un autre qui reste encore à inventer, une réalité se cache bien derrière ce terme, une réalité mouvante et complexe, que l'intuition saisit mieux que le raisonnement, car elle est de l'ordre de la passion. Son caractère est affectif. [...] L'École de Paris, c'est donc avant tout, un centre de passion, un climat plus ou moins fiévreux ou exalté, de recherches, d'inspiration, de suggestions et d'échanges d'idées; un foyer d'ardeur et d'émulation [1].

À l'issue de notre enquête, nous nous retrouvons avec des questions qui ont trouvé une ou plusieurs explications et d'autres qui restent sans réponse. En ce qui concerne les premières, nous pouvons affirmer désormais en guise de verdict final qu'aucun groupe de compositeurs nommé « École de Paris », réunissant un nombre précis et limité de membres, n'a été fondé à Paris durant l'entre-deux-guerres. Il est toutefois vrai qu'après la Seconde Guerre mondiale, certains compositeurs ont accepté et promu l'idée de se regrouper sous ce label, en appuyant les projets communs proposés par Harsányi à la suite de son émission *L'École de Paris* de 1947 : des concerts, des projets éditoriaux et des écrits proposant une « définition officielle » de l'École de Paris. Le terme « École de Paris », utilisé jusqu'à alors au sens large (tous les compositeurs de n'importe quelle époque ayant vécu au moins une partie de leur vie à Paris, ou bien le milieu moderniste s'opposant à la musique « française » dans l'entre-deux-guerres), se transforme ainsi en étiquette. Celle-ci est absorbée comme telle par l'historiographie musicale qui l'utilisera pourtant de façon changeante : par exemple, Harsányi incluait Beck, Martinů, Mihalovici et Tchérepnine mais pas Tansman, alors que ce dernier se retrouve systématiquement considéré comme « membre » de l'École de Paris par les travaux historico-musicaux. Il existe donc dans le discours musico-historique et historiographique différentes École*s* de Paris. La pluralité des choix doit être présente à l'esprit lorsque l'on décide de continuer à se servir de cette expression dans le cadre d'une étude historique sur cette époque (figure 12).

1. Georges Limbour, « La nouvelle École de Paris », *L'Œil*, octobre 1957, p. 58-71, ici p. 59.

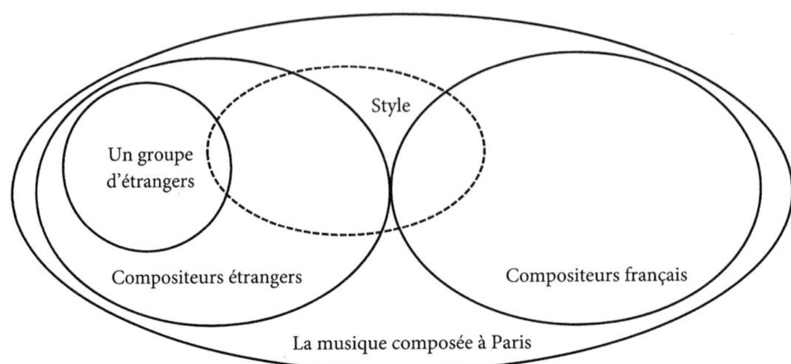

Figure 12. Graphique montrant la polyvalence de l'expression École de Paris aux sens large et étroit.

La question de la circulation effective de l'expression « École de Paris » dans le milieu musical de l'entre-deux-guerres reste cependant ouverte. Hoérée voulait-il vraiment emprunter ce nom pour une association, comme une lettre de Roussel le suggère en 1930 ? Bruyr (ou peut-être un autre critique) a-t-il vraiment utilisé cette étiquette pour indiquer au sens étroit quatre ou cinq compositeurs, à la suite notamment des concerts organisés par La Sirène musicale à cette même époque ? Cette expression était-elle employée de façon informelle, dans certains échanges amicaux dont nous n'avons pas de traces écrites ? La découverte d'autres témoignages de ce discours complexe que nous avons tenté de mettre au jour dans ses composantes les plus variées (de la critique musicale à la correspondance, des récits – écrits et oraux – des compositeurs à ceux des historiens, des documents factuels à l'analyse musicale) pourra sans doute contribuer, à l'avenir, à préciser davantage ces questions auxquelles il n'a pas encore été possible d'apporter une réponse définitive[2].

L'analyse des preuves apportées durant notre enquête sur l'emploi inconstant de l'expression « École de Paris » nous a permis non seulement d'éclairer ce sujet spécifique, mais également d'aborder des considérations plus générales sur le processus de construction historiographique. La question de la relation entre les preuves directes (les traces laissées par les faits) et les preuves indirectes (les discours tenus en parallèle des faits) se révèle particulièrement complexe. Lorsque Harsányi commence à promouvoir l'idée d'une « École de Paris » au sens étroit, il crée une série de faits (le projet d'album avec Heugel, les concerts radiophoniques) qui s'appuient sur un discours (véhiculé notamment par son émission de 1947). Ce discours s'appuie à son tour sur d'autres faits (l'amitié qui a réuni, avant la guerre, *une partie* des étrangers résidant à Paris) et sur d'autres discours (l'emploi au sens large de l'expression « École de Paris »). Paradoxalement, la matérialisation de l'École de Paris par Harsányi pourrait être à la fois une preuve directe (c'est le compositeur même qui parle) et une preuve contraire de

2. L'analyse entamée par Aleš Březina de la correspondance inédite et des articles écrits par Martinů à Prague constitue à ce propos un témoin d'importance. Cette analyse a fait l'objet de sa communication « École de Paris – Fact of Fiction ? » au colloque *City of Light : Paris, 1900-1950* (Londres, 27-29 mai 2015).

l'existence de l'« École de Paris » telle que la plupart des histoires de la musique nous la présentent (avec Tansman, notamment).

La conception foucaldienne du discours comme un « champ de régularité » (et non comme expression d'une synthèse déjà existante) nous semble particulièrement pertinente pour l'étude de l'expression « École de Paris » :

> On renoncera [...] à voir dans le discours un phénomène d'expression – la traduction verbale d'une synthèse opérée par ailleurs ; on y cherchera plutôt un champ de régularité pour diverses positions de subjectivité. Le discours, ainsi conçu, n'est pas la manifestation, majestueusement déroulée, d'un sujet qui pense, qui connaît, et qui le dit : c'est au contraire un ensemble où peuvent se déterminer la dispersion du sujet et sa discontinuité avec lui-même. Il est un espace d'extériorité [...] [3].

L'enquête autour de l'expression « École de Paris » a effectivement permis de montrer l'absence d'une directive commune – dictée par un fait fixant une fois pour toutes les règles du discours (un événement, une déclaration autoritaire, etc.) –, et ce, parmi tous les protagonistes du discours. On retrouve en effet « diverses positions de subjectivité » (chacun utilise « École de Paris » à sa manière, chacun a sa définition du « style École de Paris », etc.) dotées d'un certain niveau de régularité (notamment, l'utilisation de l'expression « École de Paris »), qui ne constituent en rien un commentaire personnel autour d'une synthèse établie préalablement. En ce sens, le discours ne se pose pas sur le plan herméneutique (de l'interprétation : un espace d'intériorité), mais épistémologique (de la connaissance : un espace d'extériorité).

Soulignons également que notre enquête nous a permis d'identifier de nombreuses « habitudes rhétoriques », pour utiliser encore une fois un concept foucaldien. Foucault définit en ces termes l'une des constituantes (avec les « règles de construction formelle », moins pertinentes dans notre cas) d'un texte qu'il est significatif d'analyser dans une perspective d'analyse du discours [4]. L'habitude rhétorique liée au champ lexical orientaliste, par exemple, nous a servi de guide pour retracer les nuances du discours nationaliste – et non seulement du discours verbal, mais aussi musical (la tendance à l'« auto-exotisme »). La « dispersion anonyme [des concepts] à travers textes, livres *et œuvres* » dont parle Foucault s'applique aussi aux œuvres musicales et picturales qui, bien que non verbales, font tout de même partie du discours puisque leurs formes expressives participent, par le biais de certains *topoi*, du vocabulaire rhétorique partagé par un certain milieu culturel.

Une dernière considération méthodologique concerne le rapport entre notre enquête et l'« archéologie » développée par Foucault. D'une part, nous avons constaté le caractère préconceptuel du discours – qui est surtout le lieu où les concepts émergent plutôt que le lieu où des concepts préexistants sont ordonnés [5] –, et ce, à la fois au niveau historique et historiographique. D'autre part, nous ne pouvons pas nous limiter, comme

3. Michel Foucault, *L'archéologie du savoir*, Paris, Gallimard, 1969, p. 78.

4. *Ibid.*, p. 83. Retracer ces constituants permet de « déterminer selon quels schèmes [...] les énoncés peuvent être liés les uns aux autres dans un type de discours [...]. Ces schèmes permettent de décrire – non point les lois de construction interne des concepts, non point leur genèse progressive et individuelle dans l'esprit d'un homme – mais leur dispersion anonyme à travers textes, livres et œuvres » (p. 84).

5. *Ibid.*, p. 86-87.

Foucault l'établit dans le premier point de sa définition de l'archéologie du savoir, à la réécriture de ce discours sans en dévoiler les non-dits. L'archéologie « ne traite pas le discours comme *document*, comme signe d'autre chose, comme élément qui devrait être transparent, mais dont il faut souvent traverser l'opacité importune »; elle « n'est pas une discipline interprétative : elle ne cherche pas un "autre discours" mieux caché »[6]. Pourtant, dans le cas de l'École de Paris, il était indispensable de chercher si l'utilisation de cette étiquette cachait – ou avait comme « mobile » – la xénophobie entourant la même expression dans le milieu des arts visuels. Il était indispensable de se demander quelle stratégie (autopromotion, survivance à l'histoire, etc.) poussait Harsányi à s'approprier la rhétorique faisant de l'« École de Paris » un véritable regroupement, alors que lui et ses amis en avaient rejeté l'idée même pendant des années. Il était nécessaire d'explorer par l'analyse des discours les raisons qui ont contribué à l'édification d'un « style École de Paris ». Pour pouvoir reconstituer et réécrire le discours sur l'« École de Paris », il est nécessaire de l'interpréter.

Un contexte comme celui du Paris des années 1920 et 1930, où de nombreuses communautés d'artistes étrangers cherchent une place au sein de la culture dite « française » (que d'autres artistes étrangers, comme Chopin, avaient par ailleurs contribué à alimenter dans le passé), est un terrain très fertile pour des réflexions qui ne sont pas sans résonances avec certaines questions d'ordre culturel parmi les plus saillantes de notre société contemporaine. Pour emprunter les termes d'une historienne de l'École de Paris dans les arts visuels, « à un moment où [...] la "globalisation" ranime les crispations nationales voire régionalistes, y compris dans le champ "affranchi" de l'art, les débats et violentes attaques de la période retenue ici [...] ne manqueront pas de faire sens »[7].

Le caractère pluriel du phénomène que nous avons analysé ne peut qu'inciter à une ouverture à cette pluralité. La « néfaste toute-puissance de la formule » décriée par José Bruyr – moyen typiquement français, d'après lui, de construire les réputations des individus par des « classifications pittoresques » ou des « images portatives »[8] – a effectivement contribué à l'isolement et même à l'oubli d'un nombre important de compositeurs ayant vécu à Paris dans l'entre-deux-guerres. Il est souhaitable qu'ils fassent l'objet d'études monographiques qui, sans nier certaines tendances communes, soulignent en même temps l'individualité de leur échange culturel. Il en va de même aujourd'hui, dans un monde où la « migration des cerveaux » est un phénomène habituel (nous-même faisons partie de ce courant migratoire international). Les compositeurs expatriés de notre étude n'avaient pas tous le même type de relation et d'échange avec leur culture d'accueil. La question de savoir comment la présence des musiciens étrangers à Paris a modifié leur style compositionnel, et en quoi eux-mêmes

6. *Ibid.*, p. 188 (c'est l'auteur qui souligne).

7. Suzanne Pagé, « Avant-propos », dans *L'École de Paris, 1904-1929 : la part de l'autre*, catalogue de l'exposition (Musée d'art moderne de la Ville de Paris, 30 novembre 2000-11 mars 2001), Paris, Paris-Musées, 2000, p. 17-19, ici p. 18.

8. José Bruyr, *L'écran des musiciens*, 2e série, Paris, Corti, 1933, p. 20-21 : « En France rien ne sert mieux une réputation qu'une classification pittoresque ou qu'une image portative. [...] La néfaste toute-puissance de la formule [...] ».

ils ont influencé la musique des Français, serait donc, finalement, à décliner au singulier. Voilà une question qui pourrait servir de coup d'envoi à de futurs travaux pour lesquels les quelques centaines de pages de notre enquête se veulent une longue, mais incontournable, introduction.

Annexe 1

1A. Tibor Harsányi, *L'École de Paris à travers l'histoire* (1945)

Diffusion : 4 avril-9 mai 1945 (6 épisodes) ; une annotation de l'archiviste sur la pochette contenant le manuscrit spécifie « Chaîne A ».

Date du manuscrit : [1945]

28 fol. avec pagination double : au stylo, chaque causerie est paginée à partir de 1 ; au crayon, pagination continue 1-28. Nous indiquons les deux paginations selon le modèle : « p. I,1 (1) », à lire comme « 1re causerie, p. 1 (p. 1 de la pagination continue) ».

BnF, Musique, RÉS VMA MS-915 (7, I)

Reproduction partielle (le symbole [...] signale les *omissis*).

1re causerie

Pour l'émission du 4 avril 1945 de 16h15 à 16h45.

[p. I,1 (1)] En choisissant cette série de présentations intitulée *L'École de Paris à travers l'histoire* – c'est-à-dire, présenter quelques musiciens étrangers ayant choisi Paris comme lieu de leur activité –, je voulais traiter ce sujet non seulement à cause de son aspect pittoresque, ni [*sic*] de sa diversité. Je l'ai choisi d'une part comme un symptôme certain de la grandeur d'une ville, d'un pays. D'autre part, c'est pour vous démontrer par l'histoire et par l'activité de ces musiciens étrangers le mécanisme d'un mouvement musical ininterrompu depuis plus de deux siècles, dans lequel le grain français et étranger se confond [*sic*] à la fin pour produire un écran éblouissant du monde sonore.

Paris a toujours attiré le monde artistique. Si nous le regardons du moment même, cet état de choses n'est pas encourageant. Une grande partie de ces musiciens attirés par la lumière de la ville ne pourra s'adapter à ce climat musical, faute de capacité suffisante, en général. Mais si nous regardons le passé ou même le présent un peu plus près, où ces déchets sont déjà disparus, nous voyons surgir quelques grandes, même parfois très grandes figures qui, elles aussi, attirées par la lumière, par le mouvement, ont été et sont capables d'y ajouter un rayon nouveau, ou un rythme encore inconnu. Influencés à leur arrivée par le mouvement du moment, ils influenceront à leur tour le mouvement futur. Et leur temps passé, ils resteront figés dans l'histoire comme les piliers inamovibles de l'époque et feront partie intégrante du mouvement éternel de la Ville Lumière et, si j'ose dire, de la musique française.

C'est de ces musiciens que je me propose de vous entretenir dans ma série de causeries depuis l'époque de Louis XIV jusqu'à nos jours. Je voudrais accentuer, si possible, l'importance locale de leur présence à Paris, d'une part; d'autre part, je chercherai à mesurer l'influence sur le monde musical européen exercée par ces musiciens internationaux par excellence.

[p. I,2 (2)] Le premier de ces grands musiciens migrateurs dont je veux vous parler est Jean-Baptiste Lulli, né à Florence en 1633. [...]

[p. I,3 (3)] [S]a musique [...] exprime l'époque : justesse et noblesse de l'expression musicale; passions bien mesurées; musique pleine de clarté et d'esprit : qualité essentiellement françaises. C'est de cette conception musicale que Jean-Philippe Rameau tirera ses leçons, plus tard, dans ses futurs opéras, et il sera vaincu à son tour par l'italianisme renaissant. Aujourd'hui, nous pouvons considérer Lulli comme le premier artisan de l'opéra français proprement dit. [...]

Avec Jean-Baptiste Lulli nous quittons un monde facile, léger, prospère. Une grande époque comme elle est appelée dans l'histoire. Vingt ans après la mort de ce dernier naquit un autre musicien, qui nous annoncera un autre monde, plus tragique. Il s'agit de Christoph-Willibald Gluck, dit le chevalier Gluck, de nationalité allemande [...].

Si nous voulons connaître le vrai aspect d'une époque, le mieux est de nous adresser à ses chefs-d'œuvre littéraires, artistiques ou musicaux. Là, nous trouverons infailliblement toutes les misères, toutes les joies, toutes les aspirations de l'époque. [p. I,4 (4)] « Il me semble – écrivait Voltaire en 1744 – que Louis XVI et M. Gluck vont créer un nouveau siècle... ». En effet, un nouveau siècle est en train de se reformer et ce n'est pas par hasard que le chevalier Gluck choisit, peut-être inconsciemment, la France, Paris comme lieu de son activité, qui révolutionnera toutes les conceptions dramatiques de l'opéra français et de l'opéra tout court. [...]

Je n'oserais pas considérer Gluck comme compositeur français au même titre que Lulli. Pourtant, le sol et l'atmosphère parisiens étaient indispensables pour le développement de son art. En tout cas, il est le grand réformateur de l'opéra français, et ses partitions écrites sur le texte français [p. I,5 (5)] restent le grand exemple pour tous les musiciens de l'art dramatique de toute époque. [...]

2e causerie

Émission du 11 avril 1945, 16h15-16h45.

[p. II,1 (6)] La mort de Gluck survenue en 1787 marque la fin de l'esprit et de la conception musicale du XVIIIe siècle. En effet, en musique comme dans les autres domaines, un esprit nouveau souffle sur l'Europe. La musique cesse d'être la distraction des privilégiés. L'État reconnaît l'importance de sa portée sur le peuple [...].

Parmi les inspecteurs nommés pour l'organisation de toutes les fêtes révolutionnaires, nous retrouvons encore une figure illustre de ladite École de Paris : Luigi-Marie Cherubini. Né à Florence en 1760, il arrivait à Paris en 1788. [...]

La musique de Cherubini représentait la conception musicale de l'époque à Paris. En effet, sa musique n'a rien de personnel. On dirait du Haydn, du Beethoven, [p. II,2 (7)] mais sans la fantaisie, sans le génie de ces musiciens. Toutefois, il représentait le souffle de l'époque, en artisan honnête. [...] Si nous voulons situer la place exacte de Cherubini dans l'histoire de la musique, nous devons dire qu'il représentait la branche française du classicisme de l'époque. [...]

Parmi les musiciens étrangers à Paris contemporaines de Cherubini, nous devons citer encore Gasparo Spontini, Vincenzo Bellini et Gaetano Donizetti. [...]

[p. II,3 (8)] Après Cherubini, Bellini, Donizetti et Spontini, tous Italiens, mais Parisiens à un degré plus ou moins grand, nous arrivons maintenant à l'une des plus intéressants figures de l'histoire de la musique. Il s'agit de Gioacchino [*sic*] Rossini. Musicien italien dans le vrai sens musical du mot, il est certainement le plus parisien parmi tous les compositeurs étrangers ayant choisi Paris comme leur seconde patrie. De ce fait et étant donné son talent extraordinaire, Rossini devient l'une des personnalités les plus importantes de l'histoire de l'opéra. Il a créé, avec le *Barbier de Séville*, le prototype même de l'opéra italien. Avec *Guillaume Tell*, écrit sur des paroles françaises, il est l'un des artisans certains de la grande lignée de l'opéra français.

Avant de poursuivre l'analyse de la carrière de Rossini, nous devons faire une constatation. Une constatation qui pourra éclairer cette anomalie, si l'on peut dire : l'anomalie de l'époque où un musicien pouvait être considéré comme compositeur italien et comme compositeur français en même temps. En effet, à cette époque-là, les frontières musicales n'étaient pas établies aussi strictement que de nos jours. Nous avons déjà vu le même phénomène avec Gluck ou avec Lulli. Les musiciens étaient tout d'abord des musiciens. Ils portaient, certes, en eux-mêmes, les caractéristiques de leur race, de leur peuple. Mais, arrivés dans un autre pays, ils entraient aussitôt dans le mouvement musical de leur nouvelle demeure, ils composaient sur les paroles de la langue de leur nouveau pays et, bientôt, en bons artisans, ils faisaient [p. II,4 (9)] partie intégrante du mouvement, pour le plus grand bonheur de l'art musical international. [...]

Avec la mort de Rossini, la dernière grande figure des « envahisseurs italiens » disparaît. D'autres musiciens – comme Meyerbeer, comme Offenbach, et plus tard Liszt et Chopin – venus d'autres pays prendront la place des Italiens. Ils viendront avec une autre mentalité, avec une autre conception musicale. Ça sera le sujet de mes prochaines causeries. [...]

3e causerie

Émission du 18 avril 1945, 16h15-16h45.

[p. III,1 (10)] Au milieu du XIXe siècle, Paris est incontestablement le centre musical du monde. Toutes les tendances s'y affrontent. Un mouvement musical de qualité très rare s'offre à nos yeux. Hector Berlioz, Louis-Joseph Hérold, Fromental Halévy, Adolphe Adam, Félicien David, Ambroise Thomas, Charles Gounod, pour les citer pêle-mêle, frôlent les musiciens étrangers venus de tous les coins du monde. Meyerbeer, Rossini, Chopin, Liszt, Offenbach, Wagner se fixent à Paris. Une activité musicale extraordinaire règne entre les murs de la Ville Lumière. C'est Paris de cette époque qui voit la fin de l'opéra « historique » avec Meyerbeer; c'est Paris où germe le grain de l'opérette française avec Offenbach; c'est Paris de cette époque qui voit la naissance du romantisme avec Berlioz, Liszt et Wagner.

Aujourd'hui, je vous parlerai de deux musiciens de l'École de Paris, les deux plus illustres figures du théâtre lyrique de l'époque. Je vous parlerai de Giacomo Meyerbeer et de Jacques Offenbach.

Jacob Meyerbeer naquit à Berlin le 23 septembre 1791. Il italianisa son prénom plus tard. [...]. [p. III,2 (11)] Un accueil enthousiaste est réservé [...] à ses opéras [...]. Mais il songe déjà à une nouvelle expérience. Il voudrait s'instruire maintenant auprès des Français et faire dans ses œuvres la synthèse des styles allemand, italien et français. Paris était alors la capitale du monde musical. C'est là qu'on obtenait les succès les plus décisifs. Et Meyerbeer part à la conquête de Paris.

Il serait beaucoup trop long de poursuivre la carrière parisienne de Meyerbeer. Il devint en peu de temps le roi de l'opéra français. [...]

[p. III,3 (12)] Avec Offenbach, l'autre grande figure de l'époque, nous sortons de la musique poussiéreuse. [...] En effet, Offenbach et la musique d'Offenbach, c'est l'instinct de l'époque. Sous la façade distinguée de la musique de Meyerbeer, la société de l'époque retrouva sa dignité, le bon ton, qualités indispensables d'une « bonne société ». Mais quelques pas plus loin, au boulevard, on peut entendre une autre sorte de musique. Une musique du rire, une musique effrénée, une musique endiablée. La musique d'Offenbach. [...]

[p. III,4 (13)] À 14 ans il vient à Paris, où Cherubini lui refuse l'entrée au Conservatoire à cause de sa nationalité étrangère. Il entreprend, comme violoncelliste, des tournées en Allemagne. Il donne des concerts à Londres. À l'âge de 20 ans, il se fixe définitivement à Paris où il épouse Mlle Herminie de Alcain. À partir de ce moment, il devient peu à peu parisien et incontestablement un compositeur français. Il est certainement le père de l'opérette française. Et comme tel, il fait rayonner la renommée de la vie musicale française dans le monde entier. [...]

Avec Meyerbeer et Offenbach, nous quittons les « membres » allemands de l'École de Paris. Avec la mort d'Offenbach, le rayonnement que je dise [*sic*] italien et allemand disparaît du firmament musical parisien. Un jeune mouvement musical commence à naître dans les petits pays d'Europe, dont les représentants tourneront leurs regards aussi vers Paris. Je parlerai la prochaine fois de Chopin et de Liszt. [...]

4ᵉ causerie

Émission du 25 avril, 16h15-16h45.

[p. IV,1 (14)] Aujourd'hui, je vous parlerai de deux très grand musiciens dont l'activité musicale ainsi que la vie privée et sociale sont indissolublement liées aux pavés de Paris. Il s'agit de Frédéric Chopin et de Frantz [*sic*] Liszt.

Chopin arrive en 1831 à Paris, où triomphent à ce moment-là les opéras d'Auber, de Hérold, de Rossini et de Meyerbeer. Liszt y arrive à l'âge de 12 ans en 1823. Et l'apparition de ces deux jeunes musiciens, de même âge, marque une étape très importante dans le mouvement musical parisien, ainsi que dans l'histoire de la musique. [...] Leur apparition, avec Hector Berlioz, marque le commencement d'une grande période musicale symphonique et le déclin de l'opéra à Paris en tant que signification sociale. [...]

Frédéric Chopin était né le 22 février 1810 à Zelazowa Wola, près de Varsovie, d'un père d'origine lorraine, probablement, et d'une mère polonaise. [...] Les premiers mois de son séjour à Paris furent assez difficiles. Il chercha vainement de se faire connaître. Sa situation pécuniaire était déplorable, c'est le hasard qui le tira d'embarras. Introduit par un [p. IV,2 (15)] ami dans un soirée chez le baron James de Rothschild, il y obtient un succès foudroyant. Et voici d'un coup, Chopin qui devient le virtuose préféré des salons parisiens. Il faut constater, pourtant, que malgré ses succès éclatants, malgré la haute appréciation de sa personne dans ces milieux, la société parisienne de l'époque ne se doutait point de la signification réelle de Chopin. [...] L'influence de Chopin sur la littérature pianistique est immense. Aussi de grands compositeurs comme un Gabriel Fauré ou Claude Debussy prennent leur départ à la source chopinienne. Parmi les plus jeunes, c'est surtout Francis Poulenc qui est le plus près de cette conception dans ses œuvres pianistiques. [...] Il repose dans la terre parisienne, qu'il a tant aimée, au Père-Lachaise. [...]

[p. IV,3 (16)] Dans son plein épanouissement, la société parisienne applaudit les opéras de Rossini, de Halévy, de Meyerbeer. Berlioz ronge ses freins dans l'incompréhension totale de ses contemporains. Huit ans plus jeune que Berlioz, Franz Liszt, qui sera, avec ce dernier, le père du grand mouvement du romantisme musical, est une des personnalités les plus choyées de la même société. [...]

Né en Hongrie, il quitte très jeune ce pays dont il oubliera la langue. Le français sera sa langue maternelle. Arrivé à Paris, il deviendra bientôt l'une des personnalités les plus marquantes de la société [...].

5ᵉ causerie

Émission du 2 mai 1945, 16h15-16h45.

[p. V,1 (19)] Je commencerai, dans cette émission, la deuxième partie de ma présentation de l'École de Paris à travers l'histoire. Après avoir tracé la place et l'importance de quelques grandes figures musicales du passé de ladite École, nous voici au seuil du XXᵉ siècle. Notre propre histoire musicale qui commence. Par ce fait, cette causerie ainsi que les suivantes auront une importance plus grande que les précédentes au point de vue « propagande musicale » pour le dire. Il faut que je demande la compréhension et la bonne volonté de l'auditeur, car nous allons traiter maintenant notre propre monde, analyser nos propres sentiments et observer notre propre société à travers de ce rideau sonore et multicolore qui représente pour nous le mouvement musical actuel de Paris. Parmi cette musique de toutes les tendances, de toutes les couleurs, que je lui ferai entendre, l'auditeur ne [les] trouvera pas toutes à son goût. Mais, qu'on le veuille ou non, chaque morceau de cette musique qu'il entendra représente une parcelle de notre propre vie spirituelle et sentimentale, selon la sensibilité différent[e] de chaque auteur. Mais ce qu'on pourra discerner dès aujourd'hui dans ces différentes expressions musicales malgré la nationalité et l'origine différentes de leurs auteurs, c'est une certaine atmosphère commune dégageant de chacune de ces œuvres.

C'est l'atmosphère de Paris, c'est la vie de Paris avec ses pulsations, et enfin, c'est le grand chant de Paris d'aujourd'hui, arrivé jusqu'à nous à travers les siècles.

Mon rôle de présentateur devra subir aussi quelques modifications. Jusqu'à présent, les auteurs traités dans nos causeries étaient les grandes figures, déjà célèbres, de l'histoire [p. V,2 (20)] musicale. À partir de maintenant, il faut que je vous présente effectivement ces musiciens dont une partie, du moins, n'est pas bien connue par le grand public de la radiodiffusion. Pour mieux faire comprendre leur musique, il faudra souligner la différence de leur origine et orienter la pensée de l'auditeur vers les pays étrangers mère-patries de ces musiciens. Nous aurons à penser à beaucoup de pays d'Europe. Il est intéressant de noter, en effet, qu'à partir de l'époque de Liszt et de Chopin la nationalité des « membres » de ladite « École de Paris » changera complètement et elle sera beaucoup plus variée. Nous ne trouverons plus de musiciens allemands, ni italiens de valeur exceptionnelle parmi les compositeurs étrangers établis à Paris. Par contre, nous trouverons des citoyens de toutes les petites nations. Des Polonais, des Tchèques, des Roumains, des Suisses, des Hongrois et, surtout, les ressortissants de deux grands peuples renaissants : les Espagnols et les Russes, lesquels, et surtout ces derniers, prendront, avec leurs confrères français, bien entendu, la place la plus importante dans le mouvement musical parisien.

Je n'observerai aucun ordre chronologique ni ethnique dans la présentation de ces musiciens. Je tâcherai de vous rendre cette dernière heure, en parole comme en musique, aussi variée que possible. Ainsi, je vous parlerai aujourd'hui d'Igor Strawinsky et de Georges Enesco.

Georges Enesco est né en Roumanie, mais son éducation et son développement musical porte[nt] l'empreinte de Paris. Il fut l'élève de Gedalge au Conservatoire nationale de musique. Depuis, Enesco est entré comme une des personnalités les plus remarquables dans la vie musicale parisienne et il appartient entièrement et intégralement à cette « École de Paris » contemporaine. [...]

[p. V,3 (21)] Après Enesco, tournons nos regards vers une autre grande figure de la musique contemporaine, vers Igor Strawinsky. Le nom de Strawinsky n'est inconnu à personne un peu versée dans le mouvement artistique contemporai[n] et europée[n]. [...] Il n'est comparable, en tant qu'apparition fulgurante et décisive sur ses contemporains, qu'à cet autre grand artiste de la peinture : Pablo Picasso. Il est important de noter que ces deux « chefs » du mouvement artistique de nos jours, nés en des coins opposés de l'Europe, ont choisi, ils ont dû choisir nécessairement Paris comme point central de leurs activités, où en s'intégrant dans le mouvement artistique déjà existant, ils lui ont pu donner un nouvel éclat pour le faire rayonner dans le monde entier. [...]

6e causerie

Émission du 9 mai 1945, 16h15-16h45.

[p. VI,1 (24)] Dans le mouvement de la jeune musique européenne du XXe siècle, les musiciens espagnols prennent une place importante et spéciale. En effet, les musiciens de l'Espagne renaissante, contrairement à ceux des pays occidentaux, cherchent et prennent leurs inspirations dans leur folklore. Nous avons vu se produire ce phénomène dans tous les pays d'Europe orientale et balkaniques. Mais, parmi les grands pays d'Occident, c'est l'Espagne seule qui se voit pourvue d'une richesse folklorique extraordinaire. [...] Tous ces compositeurs espagnols tournent leurs regards vers Paris, centre artistique et musical incontesté du monde actuel. Ainsi, nous y verrons tout un groupe de musiciens de ce pays, devenus parisiens, mais gardant jalousement le caractère national de leur art.

Je voudrais vous entretenir aujourd'hui aussi de la musique d'un autre jeune pays bien éloigné de la péninsule ibérique, mais dans une période de renaissance bien semblable à [p. VI,2 (25)] celle de l'Espagne. C'est la Pologne. Le caractère folklorique de la musique polonaise n'est pas aussi déterminé que celui de l'Espagne. La situation géographique lui a fait subir bien de vicissitudes politiques, ainsi que des influences diverses sur son art et sur sa musique nationale. Les musiciens du mouvement polonais contemporain s'efforcent pourtant de redonner un style, un caractère uni à leur musique nationale. Eux aussi, ils se tournent vers Paris dans l'atmosphère duquel il leur sera possible de pouvoir épanouir le germe de leur art national en l'intégrant dans le grand mouvement européen.

Je vous parlerai aujourd'hui de deux musiciens de ces deux pays, les plus illustres parmi leurs compatriotes dans le mouvement musical parisien. Je vous parlerai de l'Espagnol Manuel de Falla et du Polonais Alexandre Tansman.

Alexandre Tansman appartient à la génération dite « jeune ». Il a 47 ans maintenant. Arrivé à Paris il y a une vingtaine d'années, il prend part à toutes les manifestations musicales et bientôt il devient une figure en vue de la vie musicale parisienne. À cette époque, ça veut dire entre 1920-1925, le mouvement musical parisien bat son plein. Toutes les tendances s'y alternent. Le groupe des « Six » mène la danse. La figure de Strawinsky plane sur [le] Paris musical. On pourrait appeler cette période la période allant vers une maturité musicale. En effet, un nombre incomptable de compositeurs se tue dans la bataille. Dans la bataille pour le succès, pour la renommée. Mais on croit déjà discerner la fatigue des uns, l'affaiblissement des autres. Période héroïque, parfois tragicomique dans ses luttes esthétiques, mais indispensable justement pour cet assainissement. Le calme revenu aujourd'hui, elle nous laisse un souvenir cher, malgré tout. Je ne crois pas que Tansman [p. VI,3 (26)] ait jamais fait partie d'aucun de ces groupes. On pourrait le désigner comme un « solitaire » plutôt. Sa musique reflète aussi cette solitude, mélancolique un peu. Tansman est un musicien essentiellement lyrique. Doué d'une veine mélodique, il se soucie peu des formules esthétiques. Pourtant, sa conception musicale, comme celle de presque tous ses confrères de sa génération, porte l'empreinte du « néoclassicisme ». Je veux dire par là que c'est la génération de Tansman qui coupe les derniers liens avec la conception impressionniste. [...]

Avec la musique de Manuel de Falla, nous entrons dans une tout autre atmosphère. Là il y a de la force et même du tragique. De Falla, qui appartient à la génération de Strawinsky, de Bartók et de Schönberg, est, avec ces trois nommés, certainement le compositeur le plus important de notre époque. De Falla nous apporte l'âme, la force barbare, la poésie de son peuple. [p. VI,4 (27)] Il ne se contente pas d'harmoniser servilement quelques chants populaires, ou de les varier. [...]

L'influence de de Falla sur les jeunes fut énorme. Toute une pléiade de musiciens espagnols, Arbos, Turina, Joaquin Nin, Mompou, Hallfter, Joaquin Rodrigo suivent les chemins tracés par de Falla. Depuis bien longtemps, la musique espagnole prend une place très importante [p. VI,5 (28)] dans le mouvement musical européen. Tous ces espagnols nommés sont, ou étaient, parisiens plus ou moins. C'est à [la] Vienne de Beethoven, de Brahms, de Richard Strauss que l'importance musicale de Paris est comparable pendant les années entre [les] deux guerres. [...]

1B. Tibor Harsányi, *École de Paris* (1947)

Diffusion : février-mars 1947. Les seules dates présentes sur le manuscrit sont « 22/2 » et « 22.III.1947 », ajoutées à crayon au début de la 2e et de la 3e causeries. Une annotation de l'archiviste sur la pochette contenant le manuscrit spécifie « Club d'essai » et indique comme date de diffusion de la 1re causerie le 6 mars 1947, et le 22 mars 1947 pour la 2e et la 3e causeries.

Date du manuscrit : [1947]

Le manuscrit a été redonné à Harsányi après avoir été copié, probablement par la rédaction radiophonique, comme en témoignent des annotations telles que « déjà copié » (au début de la 1re causerie), « en 4 ex[emplaires] » (au début de chacune des causeries suivantes), et « Retour à l'auteur, avec nos remerciements [signature] ».

20 fol. avec pagination double : au stylo, chaque causerie est paginée à partir de 1 ; au crayon, pagination continue 1-20. Nous indiquons les deux paginations selon le modèle : « p. I,1 (1) », à lire comme « 1re causerie, p. 1 (p. 1 de la pagination continue) ».

BnF, Musique, RÉS VMA MS-915 (7, II)

Reproduction partielle (le symbole [...] signale les *omissis*).

1re causerie

[p. I,1 (1)] En choisissant cette série de présentations intitulée *École de Paris* – c'est-à-dire, présenter quelques musiciens étrangers ayant choisi Paris comme lieu de leur activité –, je voulais traiter ce sujet non seulement à cause de son aspect pittoresque, ni [*sic*] de sa diversité. Je l'ai choisi comme un symptôme certain de la grandeur d'une ville, d'un pays. D'autre part, c'est pour vous démontrer par l'histoire et par l'activité de ces musiciens étrangers le mécanisme d'un mouvement musical ininterrompu depuis plus de deux siècles, dans lequel le grain français et étranger se confond [*sic*] à la fin pour produire un écran éblouissant du monde sonore[1].

Voici aujourd'hui un musicien des plus curieux. Il est un peu oublié de nos jours, et pourtant sa renommée de compositeur et surtout son action en tant qu'esthéticien et professeur fut, en son temps, considérable. Il s'agit d'Antonin Reicha, compositeur tchèque ayant vécu et travaillé une grande partie de sa vie à Paris où il fut même naturalisé Français et nommé membre de l'Institut. [...]

Pendant l'occupation française de 1805, Reicha rencontra à Vienne le violoncelliste Baillet qui le décida à s'établir à Paris. Napoléon favorise ce projet, mais ce fut surtout Louis XVIII qui lui témoigna un intérêt spécial en le nommant professeur [p. I,2 (2)] de contrepoint au Conservatoire de Paris. [...]

1. Ce premier paragraphe est identique au début de la 1re causerie de l'émission de 1945 (voir ci-dessus).

Comme compositeur, Reicha fut un précurseur. Il préconisa la notation du chant populaire, chose absolument inusité[e] alors, il veut rétablir le quart de ton, dont l'emploi devait être un moyen de rénovation pour l'art moderne. Reicha écrit des morceaux polyrythmiques et même polytonaux. Il écrit des partitions entières à 5 temps, bien révolutionnaires pour l'époque ! [...]

Parmi les membres de « l'École de Paris » contemporaine, c'est Bohuslav Martinu qui aura la place d'honneur aujourd'hui. Bohuslav Martinu, également d'origine tchèque, s'établit à Paris très jeune, où il travailla avec Albert Roussel. Ses dons musicaux attirent bientôt l'attention du monde musical parisien. Les chefs d'orchestre s'intéressant à la musique contemporaine, comme Walther Straram, Pierre Monteux et plus tard Charles Münch inscrivent ses œuvres dans leur répertoire. [...] [p. I,3 (3)] Comme presque tous les musiciens de sa génération, sa conception musicale s'est orientée vers le néoclassicisme. Il exprime ses pensées sans ornements par les lignes, par les rythmes, dans une structure purement musicale. [...]

2ᵉ causerie

22/2[/1947].

[p. II,1 (4)] La mort de Gluck[2], survenue en 1787, marque la fin de l'esprit et de la conception musicale du XVIIIᵉ siècle. En effet, en musique comme dans tous les autres domaines, un esprit nouveau souffle par l'Europe. La musique cesse d'être la distraction des privilégiés. L'État reconnaît l'importance de sa portée sur le peuple. [...]

Parmi les inspecteurs nommés pour l'organisation de toutes les fêtes révolutionnaires, nous retrouvons encore une figure illustre de ladite École de Paris : Luigi-Marie Cherubini. Né à Florence en 1760, il arrivait à Paris en 1788. [...] Son opéra *Anacréon* a été sifflé à Paris. C'était, disait-on, de la musique allemande.

[L]a musique de Cherubini représentait la conception musicale de l'époque à Paris. En effet, sa musique n'a rien de personnel. On dirait du Haydn, du Beethoven, mais sans la fantaisie, sans le génie de ces derniers. [p. II,2 (5)] Toutefois, il représentait le souffle de l'époque, en artisan honnête. [...] Si nous voulons situer la place exacte de Cherubini dans l'histoire de la musique, nous devons dire qu'il représentait la branche française du classicisme de l'époque. [...]

Aujourd'hui, nous sommes bien loin de Cherubini et de tout ce qu'il représentait dans son époque. Les musiciens étrangers établis à Paris depuis ont bien changé leur conception musicale et même leur nationalité se diffère entièrement de [celles des musiciens] de l'époque de Cherubini[3]. Il est intéressant de noter, en effet, qu'à partir de l'époque de Liszt et de Chopin, la nationalité des « membres » de ladite « École de Paris » changera complètement et elle sera beaucoup plus variée. Nous ne trouverons plus de musiciens allemands ni italiens de valeur exceptionnelle parmi les compositeurs

2. Harsányi commence sa 2ᵉ causerie exactement comme dans la 2ᵉ causerie de la version 1945, sans pourtant avoir parlé de Gluck dans la 1ʳᵉ causerie (comme il était le cas en 1945).

3. Le passage qui commence ici se trouvait, en 1945, dans la 5ᵉ causerie, lorsque Harsányi commençait à parler de l'époque contemporaine.

étrangers établis à Paris. Par contre, nous trouverons des citoyens de toutes les petites nations. Des Polonais, des Tchèques, des Roumains, des Suisses, des Hongrois et surtout [p. II,3 (6)] les ressortissants de deux grands peuples renaissants : les Espagnols et les Russes, lesquels, et surtout ces derniers, prendront, avec leurs confrères français, bien entendu, la place la plus importante dans le mouvement musical parisien.

Parmi ces compositeurs russes nous parlerons aujourd'hui d'Alexandre Tcherepnine[4]. Alexandre Tcherepnine naquit à St. Petersbourg en 1899. Il descend d'une famille d'artistes et de musiciens. Son père, Nicolas Tcherepnine, fut l'un des plus illustres représentants de la vie musicale russe du début de notre siècle. La formation musicale du jeune Alexandre est entièrement liée à Paris. [...] Sa musique porte, sans doute, les marques de sa race. Pourtant, dans presque toutes ses œuvres nous retrouvons une saveur, une atmosphère qui désignent son auteur comme un musicien parisien, malgré son origine d'un pays lointain.

3e causerie

22/3/1947

[p. III,1 (7)] Après Cherubini, Bellini, Donizetti et Spontini, tous Italiens, mais Parisiens à un degré plus ou moins grand, nous arrivons maintenant à l'une des plus intéressants figures de l'histoire de la musique. Il s'agit de Gioacchino [*sic*] Rossini. Musicien italien dans le vrai sens musical du mot, il est certainement le plus parisien parmi tous les compositeurs étrangers ayant choisi Paris comme leur seconde patrie. De ce fait et étant donné son talent extraordinaire, Rossini devient l'une des personnalités les plus importantes de l'histoire de l'opéra. Il a créé, avec le *Barbier de Séville*, le prototype même de l'opéra italien. Avec *Guillaume Tell*, écrit sur des paroles françaises, il est l'un des artisans certains de la grande lignée de l'opéra français.

Avant de poursuivre l'analyse de la carrière de Rossini, nous devons faire une constatation. Une constatation qui pourra éclairer cette anomalie, si l'on peut dire : l'anomalie de l'époque où un musicien pouvait être considéré comme compositeur italien et comme compositeur français en même temps. En effet, à cette époque-là, les frontières musicales n'étaient pas établies aussi strictement que de nos jours. Nous avons déjà vu le même phénomène avec Gluck ou avec Lully[5]. Les musiciens étaient tout d'abord des musiciens. Ils portaient, certes, en eux-mêmes, les caractéristiques de leur race, de leur peuple. Mais, arrivés dans un autre pays, ils entraient aussitôt dans [p. III,2 (8)] le mouvement musical de leur nouvelle demeure, ils composaient sur les paroles de la langue de leur nouveau pays et, bientôt, en bons artisans, ils faisaient partie intégrante du mouvement, pour le plus grand bonheur de l'art musical international. [...]

Avec la mort de Rossini, la dernière grande figure des « envahisseurs italiens » disparaît. D'autres musiciens – comme Meyerbeer, comme Offenbach, et plus [p. III,3

4. En 1945, l'exemple de musicien russe était Igor Stravinski.

5. Harsányi copie l'entièreté de ce passage de la version 1945 ; il garde aussi cette phrase, même si, dans sa nouvelle version de l'émission, il ne parle plus de Gluck ni de Lully.

(9)] tard Liszt et Chopin – venus d'autres pays prendront la place des italiens. Ils viendront avec une autre mentalité, avec une autre conception musicale[6]. […]

Il y a une vingtaine d'années, après la guerre de 1914-1918, la vie musicale parisienne était certainement la plus importante de toute l'Europe. Ravel, Roussel, Florent-Schmitt, Strawinsky, et parmi les plus jeunes : Darius Milhaud, Jacques Ibert, Honegger, Auric, Poulenc et bien d'autres créent un mouvement inégalé jusqu'à ce jour-là. Plusieurs groupes se forment. Plusieurs esthétiques se heurtent. La vie musicale bat son plein.

Quelques jeunes musiciens venus de l'Europe centrale et orientale commencent, à ce moment-là, leur apprentissage musical dans le tourbillon parisien. Ce sont : le Tchèque Bohuslav Martinu, le Roumain Marcel Mihalovici, le Suisse Conrad Beck, le Russe Alexandre Tcherepnine et moi-même. Ils se rapprochent instinctivement, sans vouloir chercher une esthétique musicale commune. Ils écoutent des échos des divers groupes des musiciens français. Ils veulent assimiler le caractère de leurs différentes nationalités et de leur personnalité à l'atmosphère musicale de Paris. Et, en effet, ces musiciens, dont la renommée est, j'ose le dire, universellement reconnue aujourd'hui, réussissent à créer un style. Un style de « l'École de Paris » contemporaine. En gardant le caractère musical de leur pays natal, ils créent, pourtant, un art lequel n'a pu être créé qu'à Paris.

[p. III,4 (10)] Vous allez entendre aujourd'hui une œuvre intitulée *L'Histoire du Petit Tailleur* de Tibor Harsanyi. […]

4e causerie

[p. IV,1 (11)] Aujourd'hui, je vous parlerai d'un très grand musicien dont l'activité musicale ainsi que la vie privée et sociale sont indissolublement liées aux pavés de Paris. Il s'agit de Frédéric Chopin.

Frédéric Chopin était né le 22 février 1810 près de Varsovie, d'un père d'origine lorraine[7] et d'une mère polonaise. […] Les premiers mois de son séjour à Paris furent assez difficiles. Il chercha vainement de se faire connaître. Sa situation pécuniaire était déplorable, c'est le hasard qui le tira d'embarras. Introduit par un ami dans un soirée chez le baron James de Rothschild, il y obtient un succès foudroyant. Et voici d'un coup, Chopin qui devient le virtuose préféré des salons parisiens. Il faut constater, pourtant, que malgré ses succès éclatants, malgré la haute appréciation de sa personne dans ces milieux, la société parisienne de l'époque ne se doutait point de la signification réelle de Chopin. […] [p. IV,2 (12)] L'influence de Chopin sur la littérature pianistique est immense. Aussi de grands compositeurs comme Gabriel Fauré ou Claude Debussy prennent leur départ à la source chopinienne[8]. […] Il repose au Père-Lachaise, dans la terre parisienne qu'il a tant aimée. […]

Parmi les jeunes musiciens étrangers établis à Paris après 1918, dont nous avons parlé dernièrement, c'est le Suisse Conrad Beck qui aura la place d'honneur aujourd'hui. Conrad Beck, qui est actuellement directeur de la musique de la Radio Suisse à Bâle, vint

6. Ce passage est rayé au crayon.
7. Harsányi avait écrit « probablement » comme en 1945 pour ensuite le casser au crayon.
8. Harsányi coupe ici la référence à Poulenc présente dans la version de 1945.

à Paris en 1923, où il travailla avec Albert Roussel et avec [p. IV,3 (13)] Jacques Ibert. De ce fait, Conrad Beck est peut-être le seul compositeur suisse (excepté Honegger, qui est né en France) dont la formation musicale a subi une influence marquée de la conception des musiciens français contemporains. Ce qui ne veut pas dire qu'il n'ait pas gardé sa personnalité. Sa sensibilité extrême, ses structures musicales dans les formes classiques, clarifiées par la conception française, lui désignent une place importante parmi les compositeurs de « l'École de Paris ». [...]

5ᵉ causerie

[p. V,1 (14)] Avec Frédéric Chopin, dont nous avons parlé dernièrement, c'est Franz Liszt qui est le musicien le plus important dans la vie musicale parisienne de la même époque.

Franz Liszt arrive à Paris en 1823 à l'âge de 12 ans, où triomphent à ce moment les opéras d'Auber, de Hérold, de Rossini et de Meyerbeer. Et l'apparition de ce musicien, ainsi que celle de Chopin de même âge que Liszt, marque une étape très importante dans le mouvement musical parisien, ainsi que dans l'histoire de la musique. [...] Leur apparition, avec Hector Berlioz, marque le commencement d'une grande période musicale symphonique et le déclin de l'opéra à Paris en tant que signification sociale. [...]

Né en Hongrie, il quitte très jeune ce pays dont il oubliera la langue. Le français sera sa langue maternelle. Arrivé à Paris, il deviendra bientôt l'une des personnalités les plus marquantes de la société [...].

[p. V,2 (15)] Parmi les musiciens étrangers vivant à Paris actuellement, c'est certainement Marcel Mihalovici qui est le plus parisien. Je veux dire par là qu'il est le plus sensible pour capter et assimiler en lui les couleurs, la pulsation [p. V,3 (16)] de cette atmosphère parisienne et de nous les communiquer après, coulées dans des structures musicales. D'origine roumaine, Mihalovici considère Paris comme sa patrie. Pourtant, dans sa musique, il entonne des chants, il élabore des rythmes dont les origines se perdent dans les temps anciens des pays lointains. Et c'est là [que] se trouve la vraie signification de « l'École de Paris » dont Mihalovici est l'un des membres les plus éminents. Ce compositeur venu de son pays d'origine a créé un style propre dans l'atmosphère parisienne. Ce style n'est peut-être pas français, mais il n'est plus roumain et il n'a pu être créé ailleurs qu'à Paris. [...]

6ᵉ causerie

[p. VI,1 (17)] Au milieu du XIXᵉ siècle, Paris est certainement le centre musical du monde. Toutes les tendances s'y affrontent. Un mouvement musical d'une qualité très rare s'offre à nos yeux. Hector Berlioz, Louis-Joseph Hérold, Fromental Halévy, Adolphe Adam, Félicien David, Ambroise Thomas, Charles Gounod, pour les citer pêle-mêle, frôlent les musiciens étrangers venus de tous les coins du monde. Meyerbeer, Rossini, Chopin, Liszt, Offenbach, Wagner se fixent à Paris. Une activité musicale extraordinaire règne entre les murs de la Ville Lumière. C'est Paris de cette époque qui voit la fin de l'opéra « historique » avec Meyerbeer ; c'est Paris où germe le grain de l'opérette française avec Offenbach ; c'est Paris de cette époque qui voit la naissance du romantisme avec Berlioz, Liszt et Wagner.

Aujourd'hui, je vous parlerai de l'un[e] des plus illustres figures du théâtre lyrique de l'époque. Il s'agit de Jacques Offenbach[9]. [...] À 14 ans il vient à Paris, où Cherubini lui refuse l'entrée au Conservatoire à cause de sa nationalité étrangère. Il entreprend, comme violoncelliste, des tournées en Allemagne. Il donne des concerts à Londres. À l'âge de 20 ans, il se fixe définitivement à Paris où il épouse Mlle Herminie de Alcain. À partir de ce moment, [p. VI,2 (18)] il devient peu à peu parisien et incontestablement un compositeur français. En effet, la musique d'Offenbach fait partie intégrante de la musique française[10]. Il est certainement le père de l'opérette française. Et comme tel, il fait rayonner la renommée de la vie musicale française dans le monde entier.

La musique d'Offenbach, c'est l'instinct de l'époque. Sous la façade distinguée de la musique de Meyerbeer, la société de l'époque retrouva sa dignité, le bon ton, qualités indispensables d'une « bonne société ». Mais quelques pas plus loin, au boulevard, on peut entendre une autre sorte de musique. Une musique du rire, une musique effrénée, une musique endiablée. La musique d'Offenbach. [...]

[p. VI,3 (19)] Nous allons continuer notre émission par le compositeur russe Serge Prokofieff qui vient pendant des longues années à Paris et dont la carrière musicale est indissolublement liée à cette ville. [...]

[p. VI,4 (20)] Pour terminer, je vous ferai entendre une œuvre d'Alexandre Spitzmüller. Spitzmüller, d'origine autrichienne, vient s'établir à Paris quelques années avant la guerre. Comme tous les musiciens de sang et d'esprit viennois, il sent aussi le besoin d'épanouissement dans l'atmosphère musicale de Paris, proche parente de celle de Vienne. Je n'oserais pas dire que la musique de Spitzmüller subissait l'influence directe de la musique française. Pourtant, sa clarté d'expression et de structure la rapproche beaucoup à la conception musicale latine. [...]

9. Si toute la partie introductive de cette causerie est copiée de la 3ᵉ causerie de 1945, Harsányi ne parle désormais que d'Offenbach au détriment de Meyerbeer.

10. Cette phrase a été ajoutée en 1947.

Annexe 2

2A. Marcel Mihalovici, *L'École de Paris* (1968)

Tapuscrit daté à la main « Paris, 20.04.1968 ».
Envoyé à Alexandre Tchérepnine le 20 avril 1968.
3 fol. non paginés, écrits au *recto*.
PSS, Sammlung Alexander Tcherepnin, Korrespondenz : Marcel Mihalovici

[fol. 1] *Le concept*

~~La dénomination~~ *École de Paris* est, au fond, un ~~dénomination~~ concept assez élastique et lointain, puisqu'on peut le faire remonter au Haut Moyen-Âge, à l'École de Notre-Dame. Car, toujours, des musiciens étrangers sont venus à Paris, s'y sont ~~enrichis~~ frottés à la musique, au style, à la technique de leurs confrères français, mais ont laissé, à leur tour, des traces sur l'école française. À travers les âges l'on peut voir de grands ~~noms~~ compositeurs étrangers qui, tous, en séjournant à Paris, ont parfois changé leur manière d'envisager l'art qu'ils pratiquaient, mais n'ont pas manqué, ~~à leur tour~~ eux aussi, ~~de changer~~ de modifier, parfois pour très longtemps, l'art ~~de la musique française~~ des musiciens français. Lully, Gluck, Rossini, Chopin, Wagner (et même Mozart, dans un certain sens), Strawinsky, Honegger, Prokofieff, Enesco, de Falla, et tant d'autres.

À vrai dire, la dénomination ÉCOLE DE PARIS a été empruntée à la peinture. Et ceci entre les deux dernières guerres. Avec cette différence, qu'en peinture *tous* les peintres vivant à Paris, français ou étrangers, se rattachent à cette École, alors qu'en musique, la critique a collé cette étiquette d'abord à quatre musiciens venus d'Europe centrale qui, par hasard, se sont rencontrés dans la grande ville, qui tous, ou à peu près tous, ont fait leurs études à Paris, qui tous se voyaient édités par un ~~seul~~ même éditeur. Cet éditeur fut le regretté Michel Dillard, qui, ~~vers 1925~~ il y a plus de 40 ans, dirigeait les Éditions de la Sirène (édition qui publia quelques années plus tôt les premières œuvres de Milhaud, Honegger, Poulenc, Auric et de leurs camarades du Groupe des Six).

[fol. 2] Michel Dillard avait pris l'habitude d'organiser des concerts où il faisait entendre les œuvres des quatre compositeurs, alors inconnus, qu'il éditait, et dont voici les noms : Conrad Beck, Suisse, Tibor Harsanyi, Hongrois, Bohuslav Martinu, Tchèque, Marcel Mihalovici, Roumain. Beck fut l'élève, à Paris, de Nadia Boulanger et Jacques Ibert ; Martinu, celui d'Albert Roussel ; Mihalovici, celui de Vincent d'Indy. Seul Harsanyi fit ses études à Budapest avec Kodaly, mais le contact, plus tard avec la musique de Ravel et, surtout, le contact personnel avec ce célèbre compositeur, eurent un vif écho dans son travail. Rien, en ce temps lointain, ne devait ~~être moins doctrinaire~~ ressembler moins à une doctrine esthétique commune ~~entre~~ de ces quatre jeunes musiciens, si ce n'est leur désir très profond d'en finir avec une esthétique quelque peu légère qui, en ce temps-là, dominait l'école française moderne, et de ~~se rattacher à~~ retrouver certains principes quelque peu oubliés, principes qui ont donné les grandes œuvres de ~~romantique~~ l'école classique ou romantique des pays germaniques.

Ces quatre musiciens avaient continué de donner des concerts ensemble, et cela plus tard même, alors qu'ils avaient trouvé d'autres éditeurs. Mais la critique, qui aime les classifications, ~~les~~ a toujours continué de les désigner sous le sigle de Groupe de l'École de Paris, et même lorsque l'un ou l'autre de ces compositeurs passait seul dans un programme de concert. Certes, on aurait pu y ajouter les noms de Tansman, de Honegger, de Prokofieff et de pas mal d'autres étrangers de Paris, mais seuls Beck, Harsanyi, Martinu et Mihalovici, on ne sait pourquoi, bénéficiaient de cette appellation, si l'on peut dire, « contrôlée »...

Après la dernière guerre, ces quatre compositeurs ont quand [fol. 3] même coopté un cinquième, leur ami et camarade de longue date, le compositeur d'origine russe Alexandre Tcherepnine. Celui-ci était venu vers 1920 à Paris[1], où il travailla aussi avec des maîtres français. Mais comme, en les années où les fameux concerts des Éditions de la Sirène avaient lieu dans les salles parisiennes, Tcherepnine, qui, déjà, avait un nom international, voyageait beaucoup à l'étranger et ~~avait~~ voyait ses œuvres éditées par les plus grands éditeurs d'Europe, il n'avait pas été inclus par messieurs les critiques dans le groupe alors ainsi dénommé. Cette erreur fut donc réparée après [19]44, et il y eut de nombreux concerts après où ces « nouveaux-cinq » se sont souvent manifestés dans la vie musicale parisienne et ailleurs, toujours ensemble, coude à coude, pour le meilleur et pour le pire...

Il faut dire aussi que les concerts de la société Triton qui, en 1932, avait été fondée par P.O. Ferroud (Honegger, Milhaud, Tomasi, Harsanyi, Rivier, Ibert, Ferroud, Prokofieff, Mihalovici en furent le premier comité), société qui jusqu'en 1939 eut une grande action dans la musique de chambre internationale d'alors, fut une superbe tribune pour *tous* les musiciens étrangers de Paris[2].

Voilà donc brièvement l'histoire de la genèse du Groupe de l'École de Paris. Deux d'entre eux, Harsanyi et Martinu, ont, hélas !, quitté ce monde, il y a plus de dix ans déjà. Leur souvenir reste vivant parmi leurs coassociés, le souvenir de ~~leurs~~ ces grandes discussions qui, souvent, duraient une bonne partie de la nuit, devant un verre de bière, au Café du Dôme de Montparnasse, le souvenir de leurs combats communs, et ainsi de suite.

Pour ce qui est des biographies de tous ces « cinq », elles existent dans nombre d'encyclopédies et de dictionnaires de toute sorte.

1. Mihalovici écrit : « était venu à Paris vers 1920 à Paris ».
2. Ce paragraphe a été rajouté à la main.

2B. Marcel Mihalovici, *L'École de Paris* (1981)

Manuscrit daté « Paris, septembre 1981 ».
3 fol. paginés, écrits au *recto*.
PSS, Sammlung Alexander Tcherepnin, Korrespondenz : Marcel Mihalovici

[p. 1] Le terme d'École de Paris, pour ce qui est d'un certain groupe de compositeurs étrangers qui habitaient, dans les années vingt, [à] Paris, a été emprunté par un critique musical à l'art plastique. En effet, certains peintres, sculpteurs et graveurs français et étrangers d'avant-garde, Matisse, Bonnard, Léger, Picasso, Braque, Zadkine, Larionow, Brancusi, Lipschitz [*sic*], Gris, Modigliani, Lannens [Lemmen ?], Gontcharova et tant d'autres, avaient fait de Paris depuis le début de notre siècle et jusqu'à~~près~~ 1940, le centre artistique du monde. La critique de ce temps-là les réunit tous, et malgré leurs orientations esthétiques différentes, sous le vocable d'École de Paris.

Vers 1925, et ce, pendant une vingtaine d'années, un même éditeur, Michel Dillard (Les Éditions de la Sirène Musicale), éditait les œuvres de quatre compositeurs non français, mais parisiens : Conrad Beck, Suisse, [p. 2] Tibor Harsanyi, Hongrois, Bohuslav Martinu, Tchèque, Marcel Mihalovici, Roumain. Cet éditeur organisait des concerts où il faisait exécuter les musiques qu'il publiait. C'est alors que le critique José Bruyr appela ces 4 jeunes *Groupe de l'École de Paris*. Mais il y eut toujours des musiciens étrangers qui ont vécu et travaillé à Paris. Depuis le Haut Moyen-Âge, depuis la Renaissance et jusqu'à notre époque. Depuis Mozart, Wagner, Liszt, Chopin, de Falla, Enesco, Strawinsky, Prokofieff, les 4 Tcherepnine (Nicolas, Alexandre, Serge, Ivan), Tansman, Honegger et mille autres musiciens. Ils ont, tous, œuvré dans la capitale de la France, ils ont, tous, respiré l'air de cette ville incomparable, et cet air a, sans conteste, passé dans leur travail. Si l'on écoute attentivement la musique de ces compositeurs, on sentira, certes, le lien mystérieux qui les relie à la musique française, même dans la [p. 3] grande diversité de leur pensée, de leur style.

Il était donc tout à fait naturel qu'un Alexandre Tcherepnine, un Alexandre Tansman vinssent se joindre au premier groupe de cette École de Paris d'il y a un peu plus d'un demi-siècle. N'oublions pas que dans ces années lointaines, les groupes, les Écoles étaient fréquents dans la « Ville Lumière » : Groupe des Six, École d'Arcueil, Groupe de la Spirale, etc. Je crois qu'il n'est pas besoin d'ajouter qu'aucune tendance formelle ou spirituelle n'est commune aux compositeurs de l'École de Paris, dont, ce soir, vous entendrez les œuvres, sinon celle d'essayer, chacun, de faire de la musique, rien que de la musique…

Annexe 3

COMPOSITEURS ÉTRANGERS RÉSIDANT À PARIS (1919-1939)

Le tableau ci-dessous permet de comparer les séjours parisiens d'une quarantaine de compositeurs étrangers résidant à Paris durant l'entre-deux-guerres. Notre sélection de données vise à comparer l'âge auquel les différents compositeurs sont arrivés à Paris, la raison qui les a poussés à s'y installer (par exemple, en séjour d'études), l'enseignement qu'ils ont reçu dans la capitale française et les institutions au sein desquelles ils ont été actifs (par exemple, Triton).

Sont exclus de cette liste les compositeurs ayant acquis la nationalité française avant 1919, ceux qui avaient une carrière parisienne établie avant la Première Guerre mondiale (comme Igor Stravinski), ou qui étaient installés à Paris depuis leur enfance (comme Arthur Honegger ou René Leibowitz). Sont exclus également les compositeurs qui n'ont pas vécu à Paris de façon stable pendant au moins deux ans, soit la période minimale de résidence requise pour faire partie de la Société des auteurs, compositeurs et éditeurs de musique (SACEM) – par exemple, Kurt Weill, à Paris entre 1933 et 1934, ou des compositeurs tels que Vittorio Rieti ou Petros Petridis qui ont été en contact étroit avec le milieu musical parisien durant plusieurs années, mais sans jamais s'installer dans la capitale française. Plusieurs étudiants de Nadia Boulanger appartiennent également à cette catégorie (par exemple, Walter Piston et Vladimir Dukelsky) et ne trouvent par conséquent pas leur place dans ce tableau.

Sauf dans les cas où la source d'une information est spécifiquement indiquée, les données présentées ici sont tirées des principaux ouvrages de référence en musicologie (*DEUMM*, *DBM*, *GMO* et *MGG*). Les renseignements sur certains compositeurs demeurent incomplets.

Nom	Naiss.-Décès	Nationalité	Séjour à Paris	Notes
AKIMENKO, Feodor	1876-1945	Ukrainien	1928-mort	Professeur de Stravinski à Saint-Pétersbourg, où il enseigne de 1914 à 1923.
ANTHEIL, George	1900-1959	Américain	1923-1927	Proche de la communauté littéraire réunie autour de la librairie Shakespeare & Company
BECK, Conrad	1901-1989	Suisse	?-*ca*1931	Élève de Roussel, de Honegger et de Boulanger.
BENNETT, Robert Russell	1894-1981	Américain	1926-1929	Séjour d'études. Élève de Boulanger (École normale de musique).
BERKELEY, Lennox	1903-1989	Anglais	1927-1935	Séjour d'études. Élève de Boulanger (École normale de musique).
BERNARD, Robert	1900-1971	Suisse, Français (année ?)	1925-? [1]	Élève d'Aubert.
CITKOWITZ, Israel	1909-1974	Polonais, Américain (depuis l'enfance)	1927-1931 ?	Séjour d'études. Élève de Boulanger (École normale de musique).
FAIRCHILD, Blair	1877-1933	Américain	1905-1933	Élève de Widor au Conservatoire.
FITELBERG, Jerzy	1903-1951	Polonais	1933-1940	[Membre de l'AJMP] [2].
GRETCHANINOV, Alexander	1864-1956	Russe, Américain (1946)	*ca* 1922-1939	Professeur de composition à l'Institut de Moscou jusqu'en 1922.
HARSÁNYI, Tibor	1898-1954	Hongrois, Français (1954)	1923-mort	Membre du Triton.
IKONOMOV, Boyan	1900-1973	Bulgare	*ca* 1926-1934	Élève de d'Indy et de Lioncourt (Schola cantorum) ; de Boulanger (École normale de musique) ; de Roussel.
KOMITAS (SOGOMINIAN)	1869-1935	Arménien	1919-1935	Spécialiste de musique arménienne. Vit interné dans un hôpital.

1. Au moment de la rédaction de la notice consacrée à Bernard dans le *Dictionnaire des musiciens suisses* (Zürich, Atlantis, 1964, p. 47-48), Bernard vivait à Antibes.

2. Information déduite du fait qu'il a été le lauréat du concours de composition de cette association en 1934. Voir Georges Dandelot, « Salle Gaveau : œuvres de J. Fitelberg », *Le Monde musical*, janvier 1934, p. 20.

Kosma, Joseph	1905-1969	Hongrois, Français (1949)	1933-mort	Compositeur de musiques de film.
Laks, Simon (Szymon)	1901-1983	Russe/Polonais, Français (?)	*ca* 1926-mort	Élève de Rabaud et de Vidal (Conservatoire). Membre de l'AJMP.
Lazăr, Filip	1894-1936	Roumain	1915-mort	Membre du Triton.
Levidis, Dimitri (Dimitrios)	1885?-1951	Grec, Français (1929)	1910-*ca* 1932	Dans l'armée française durant la Première Guerre mondiale.
Lourié, Arthur Vincent	1892-1966	Russe, Français (1926), Américain (1947)	1924-1941	Ami et collaborateur de Stravinski.
Markevitch, Igor	1912-1983	Russe, Italien, Français	1925 (en France depuis 1916)-1939?	Élève de Cortot et de Boulanger (École normale de musique). Membre du Triton.
Martinů, Bohuslav	1890-1959	Tchèque	1923-1940	Élève de Roussel. Membre du Triton.
Mihalovici, Marcel	1898-1985	Roumain, Français (1955)	1919-mort	Élève de d'Indy à la Schola cantorum. Membre du Triton.
Mompou, Federico	1893-1987	Espagnol	1921-1941	A déjà étudié à Paris avant la Première Guerre mondiale.
Mycielski, Zygmunt	1907-1987	Polonais	1929?-1936?	Élève de Boulanger et de Dukas (École normale de musique). Président de l'AJMP (1934-1936)[3].
Nabokov, Nicolas (Nicolai)	1903-1978	Russe, Américain (1939)	1924-1933	Élève de d'Indy (Schola cantorum).
Neugeboren, Henrik / Nouveau, Henri	1901-1959	Roumain, Français (?)	1925-27, 1929-mort	Élève de Boulanger (École normale de musique).
Nin, Joaquín	1879-1949	Cubain	1906-1939	Professeur à la Schola cantorum. Légion d'honneur (1929).
Obouhov, Nicolas (Nicolai)	1892-1954	Russe	*ca* 1918-mort	Élève de Ravel.
Perkowski, Piotr	1901-1990	Polonais	1926-1930?	Fondateur de l'AJMP.
Pipkov, Lubomir	1904-1974	Bulgare	*ca* 1926-1932	Séjour d'études. Élève de Boulanger et de Dukas (École normale de musique).

3. Renata Suchowiejko, « Le "debussysme" à la polonaise : sur les traces de la formation d'un mythe », dans Myriam Chimènes et Alexandra Laederich (dir.), *Regards sur Debussy*, Paris, Fayard, 2013, p. 463-475, ici p. 475, n. 2.

PONCE, Manuel	1882-1948	Mexicain	1925-1933	Élève de Dukas.
PONIRIDIS, Georges	1892-1982	Grec	?-*ca* 1939	Élève de d'Indy et de Roussel (Schola cantorum).
PROKOFIEV, Sergueï	1891-1953	Russe	1920-1934	Membre du Triton.
ROGALSKI, Theodor	1901-1954	Roumain	1922-1925	Séjour d'études. Élève de d'Indy (Schola cantorum) et de Ravel.
ROHOZINSKI, Ladislas de	1886-1938	Polonais, Français (1925)	1919/20-mort[4]	Proche de la Schola cantorum, dirige l'ouvrage *Cinquante ans de musique française* (1925)
SPITZMÜLLER, Alexander von	1894-1962	Autrichien	1928-mort ?	Professeur à la Schola cantorum.
SZELIGOWSKI, Tadeusz	1896-1963	Polonais	1929-1931	Séjour d'études. Élève de Boulanger et de Dukas (École normale de musique).
TANSMAN, Alexandre	1897-1986	Russe/Polonais, Français (1938)	1919-1940, 1946-mort	Arrive à Paris à la suite de sa victoire au premier concours de composition polonais (1919).
TCHÉREPNINE, Alexandre	1899-1977	Russe, Américain (1958)	1921-1948	Élève de Philipp et de Vidal.
TCHÉREPNINE, Nicolaï	1873-1945	Russe	1921-mort	Directeur du Conservatoire Russe de Paris (1925-1929, 1938-1945).
VERMEULEN, Matthijs	1888-1967	Hollandais	1921-1946	Chroniqueur de la vie parisienne pour le *Soerabaiasch Handelsblad.*
VILLA-LOBOS, Heitor	1887-1959	Brésilien	1923-1930	Arrive à Paris grâce à une bourse du gouvernement brésilien.
WERTHEIM, Rosy	1888-1949	Hollandaise	1929-1935	Élève d'Aubert.
WOYTOWICZ, Bolesław	1899-1980	Polonais	1929-1932 ?	En séjour d'études. Élève de Boulanger (École normale de musique) et membre de l'AJMP.
WYSCHNEGRADSKY, Ivan	1893-1979	Russe, Français (?)	1920-mort	À son arrivée à Paris, travaille avec Pleyel pour la mise au point d'un piano microtonal.

4. Rohozinski s'ést installé à Paris vers 1919-1920, mais habitait déjà en France avant la guerre. Selon les renseignements que nous avons obtenus de son petit-fils Olivier de Rohozinski (que nous remercions pour sa disponibilité), le compositeur aurait été naturalisé Français en 1925. Voir aussi le site consacré au compositeur, *Ladislas de Rohozinski (1886 - 1938)*, http://pages.videotron.com/leliwa, consulté le 20 octobre 2014.

BIBLIOGRAPHIE

Fonds et archives

Paris

Fonds de programmes de concert (BnF, Musique)
Fonds Montpensier (BnF, Musique)
Lettres à Nadia Boulanger (BnF, Musique, RÉS NLA-84 / VM-BOB-26678)
Lettres de Conrad Beck (BnF, Musique, RÉS LA-BECK CONRAD / VM-BOB-732)
Lettres de Philippe Heugel (BnF, Musique, RÉS LA-HEUGEL PHILIPPE / VM-BOB-20566)
Lettres de Claude Rostand (BnF, Musique, RÉS LA-ROSTAND CLAUDE / VM-BOB-23474)
Lettres d'Alexandre Tansman (BnF, Musique, RÉS LA-TANSMAN ALEXANDRE / VM-BOB-23664)
Recueil *Articles de prose et programmes sur concerts Pleyel* (BnF, Arts du spectacle, 4-RO-539)
Recueil *Articles de prose et programmes sur les grands concerts* (BnF, Arts du spectacle, 8-RO-540, 8-RO-541)
Recueil *Collection de programmes de concerts 1918-1989* (BnF, Musique, VM DOS-11, 1-22)
Recueil *Programmes de concerts M.-F. Gaillard* (BnF, Musique, Programmes-Paris-Concerts M.-F. Gaillard)
Recueil *Lettres à Harsányi et réponses* (BnF, Musique, RÉS VMA-MS-1003).
Recueil *Lettres à Tibor Harsányi et copies de réponses, papiers personnels divers* (BnF, Musique, RÉS LA-HARSÁNYI TIBOR / VM-BOB-21331)
Recueil *Programmes et comptes rendus de concert, Tibor Harsányi* (BnF, Musique, RÉS VMC-63 (1-3))
Recueil *Programmes et comptes rendus de concert, Tibor Harsányi* (BnF, Musique, RÉS VMA-331)
Recueil *Tibor Harsányi : émissions, conférences, articles* (BnF, Musique, RÉS VMA-MS-915, 1-28)

Bâle

Sammlung Conrad Beck (PSS)
Sammlung Marcel Mihalovici (PSS)
Sammlung Alexander Tcherepnin (PSS)

Articles de presse [1]

NB. Les titres des revues plus souvent citées sont abrégés comme suit :

B-A = *Beaux-Arts*
CM = *Le Courrier musical* (titres alternatifs : *Le Courrier musical et théâtral* de 1923 à 1933, *Le Courrier musical, théâtral, cinématographique* de 1933 à 1935)
Com = *Comœdia*
GC = *Le Guide du concert*
Mén = *Le Ménestrel*
MM = *Le Monde musical*
NRF = *La Nouvelle Revue française*
RM = *La Revue musicale*
RP = *Revue Pleyel*

Avant 1919

Combarieu, Jules, « R. Wagner : la musique de *Siegfried* », *Revue d'histoire et de critique musicales*, vol. 2, n° 1, janvier 1902, p. 10-15.
Schneider, Louis, « Opéra-Comique : *La Carmélite* », *La Revue musicale (histoire et critique)*, vol. 2, n° 12, décembre 1902, p. 507-509.
Vuillermoz, Émile, « Autour de *Siegfried* », *La Revue dorée*, vol. 6, n° 25 (nouvelle série), avril 1902, p. 115-119.
Bertelin, Albert, « Le nationalisme en art », *CM*, vol. 16, n° 12, 15 juin 1913, p. 362-368.
Mauclair, Camille [Camille Faust], « Pour l'amour de la fée », *CM*, vol. 18, 1er décembre 1916, p. 2-5.

1919

[Mangeot, Auguste], « 1914-1919 », *MM*, vol. 30, n° 1, janvier 1919, p. 1-2.
Stoecklin, Paul de, « La délivrance », *CM*, vol. 21, n° 12, 15 juin 1919, p. 177-178.
Stoecklin, Paul de, « Musique polonaise », *CM*, vol. 21, n° 13, juillet 1919, p. 206.
P[oueigh], J[ean], « Paris, centre musical du monde », *MM*, vol. 30, n° 9, septembre 1919, p. 236-237.
Roussel, Albert, « Young French Composers », *The Chesterian*, [vol. 1], n° 2, octobre 1919, p. 33-37.
Bataille, Louis-Charles, « Art et solidarité », *CM*, vol. 21, n° 15, 1er octobre 1919, p. 230.
Collet, Henri, « L'internationalisme musical », *CM*, vol. 21, n° 20, 15 décembre 1919, p. 307-308.

1920

Selva, Blanche, « Notes musicales sur un voyage au pays tchèque », *MM*, vol. 31, nos 1-2, janvier 1920, p. 7-10.
Collet, Henri, « Un ouvrage de Rimsky et un ouvrage de Cocteau : les Cinq Russes, les Six Français et Erik Satie », *Com*, vol. 14, n° 587, 16 janvier 1920, p. 2.

1. Les articles de presse sont présentés en ordre chronologique. Cela permet de donner un aperçu de la vie musicale (par les comptes rendus de concerts) ainsi que des liens qui existent entre les articles de fond, les critiques et les enquêtes.

COLLET, Henri, « Les “Six” Français : Darius Milhaud, Louis Durey, Georges Auric, Arthur Honegger, Francis Poulenc et Germaine Tailleferre », *Com*, vol. 14, n° 2 594, 23 janvier 1920, p. 2.

E. L., « Concert Marguerite Berson-Alexandre Tansman », *Mén*, vol. 82, n° 17, 23 avril 1920, p. 173.

LEROI, Pierre, « Mlle M. Berson et M. A. Tansman », *CM*, vol. 22, n° 10, 15 mai 1920, p. 163.

VUILLEMIN, Louis, « Les fléaux (Notes sans mesure) », *CM*, vol. 22, n° 12, 15 juin 1920, p. 194-195.

LANDORMY, Paul, « “Le Coq et l'Arlequin” », *La Victoire*, vol. 5, n° 1 697, 24 août 1920, p. 2.

ZATTI BIANCO, Massico [*rectius* Massimo ?], « Le renouvellement musical italien », *CM*, vol. 22, n° 15, 1er octobre 1920, p. 248-250.

WILLY [Henry Gauthier-Villars], « Les “Six” », *Com*, vol. 14, n° 2 874, 29 octobre 1920, p. 1.

FAURÉ, Gabriel, MESSAGER, André, HÜE, Georges, ROUSSEL, Albert, BACHELET, Alfred, BRÉVILLE, Pierre de, D'INDY, Vincent, BRUNEAU, Alfred, SAMAZEUILH, Gustave, RABAUD, Henri et DUKAS, Paul, « On écrit », *Com*, vol. 14, n° 2 900, 24 novembre 1920, p. 3.

1921

MESSAGER, André, « La situation actuelle des compositeurs français au concert et au théâtre », *CM*, vol. 23, n° 1, 1er janvier 1921, p. 1-2.

COLLET, Henri, « Les “Six” », *CM*, vol. 23, n° 2, 15 janvier 1921, p. 28-29.

SIMON, René, « La musique moderne espagnole », 1re partie, *CM*, vol. 23, n° 2, 15 janvier 1921, p. 22-23 ; 2e partie, vol. 23, n° 3, 1er février 1921, p. 39-40.

JEAN-AUBRY, Georges [Jean-Frédéric-Émile Aubry], « The Soul of Poland : Frederic Chopin », *The Chesterian*, [vol. 2], n° 13, février 1921, p. 385-388.

BASTIDE, Edmond, « Pour la musique moderne française », *CM*, vol. 23, n° 3, 1er février 1921, p. 38-39.

LANDORMY, Paul, « Le déclin de l'impressionnisme », *RM*, vol. 2, n° 4, février 1921, p. 97-113.

[MANGEOT, Auguste], « Concerts Golschmann (3 février) », *MM*, vol. 32, nos 3-4, 15 et 28 février 1921, p. 54.

BENOIST-MECHIN, J., « Concert de musique étrangère organisé par le groupe des Dix », *MM*, vol. 32, nos 5-6, mars 1921, p. 96.

LAPOMMERAYE, Pierre de, « Concert de musique russe », *Mén*, vol. 83, n° 12, 25 mars 1921, p. 130.

PHILIPP, Isidore, « La musique brésilienne », *MM*, vol. 32, nos 9-10, mai 1921, p. 154.

TANSMAN, Alexandre, « Pologne – La vie musicale en Pologne », *RM*, vol. 2, n° 7, mai 1921, p. 175-177 ; repris dans Alexandre Tansman, *Une voie lyrique dans un siècle bouleversé*, textes réunis par Mireille Tansman-Zanuttini, préfacés et annotés par Gérald Hugon, Paris, L'Harmattan, 2005, p. 125-127.

VUILLEMIN, Louis, « Les dieux à la foire (Notes sans mesure) », *CM*, vol. 23, n° 11, 1er juin 1921, p. 175-176.

TANSMAN, Alexandre, « Pologne – Mieczyolaw Karlowicz », *RM*, vol. 2, n° 9, juillet 1921, p. 77-79 ; repris dans Alexandre Tansman, *Une voie lyrique dans un siècle bouleversé*, textes réunis par Mireille Tansman-Zanuttini, préfacés et annotés par Gérald Hugon, Paris, L'Harmattan, 2005, p. 215-217.

TANSMAN, Alexandre, « Pologne – La jeune école polonaise », *RM*, vol. 2, n° 10, août 1921, p. 177-179 ; repris dans Alexandre Tansman, *Une voie lyrique dans un siècle bouleversé*, textes réunis par Mireille Tansman-Zanuttini, préfacés et annotés par Gérald Hugon, Paris, L'Harmattan, 2005, p. 219-222.

CATULLE-MENDÈS, Jane, [lettre ouverte], *Mén*, vol. 83, n° 23, 10 juin 1921, p. 246.

LANDORMY, Paul, « Les chroniques nationales – France : *Le groupe des Six* », *La Revue de Genève*, [vol. 2], n° 15, septembre 1921, p. 393-409.

COLLET, Henri, « La jeune École espagnole, ou "Le Groupe des Quatre" », *GC*, vol. 8, n° 5, 4 novembre 1921, p. 65-66.

1922

ROLAND-MANUEL [Roland Alexis Manuel Lévy], « L'édition musicale – Alexandre Tansman », *RM*, vol. 3, n° 3, janvier 1922, p. 94.

MILHAUD, Darius, « Petit historique nécessaire », *CM*, vol. 24, n° 2, 15 janvier 1922, p. 30.

HONEGGER, Arthur, « Petit historique nécessaire », *CM*, vol. 24, n° 3, 1er février 1922, p. 58.

LANDORMY, Paul, « Querelle d'école ? Une lettre de Jean Cocteau », *CM*, vol. 24, n° 4, 15 février 1922, p. 61-62.

VUILLERMOZ, Émile, « L'édition musicale – La protection de l'édition musicale française », *Le Temps*, vol. 62, n° 22 118, 24 février 1922, p. 2.

VUILLEMIN, Louis, « La ficelle ! (Notes sans mesure) », *CM*, vol. 24, n° 5, 1er mars 1922, p. 82.

CŒUROY, André [Jean Belime], « Pour la musique française », *RM*, vol. 3, n° 6, avril 1922, p. 92-94.

TANSMAN, Alexandre, « Karol Szymanowski », *RM*, vol. 3, n° 7, mai 1922, p. 97-109 ; repris dans Alexandre Tansman, *Une voie lyrique dans un siècle bouleversé*, textes réunis par Mireille Tansman-Zanuttini, préfacés et annotés par Gérald Hugon, Paris, L'Harmattan, 2005, p. 223-234.

TANSMAN, Alexandre, « Pologne – Zdrislaw Alexandre Birnbaum », *RM*, vol. 3, n° 7, mai 1922, p. 173-175 ; repris dans Alexandre Tansman, *Une voie lyrique dans un siècle bouleversé*, textes réunis par Mireille Tansman-Zanuttini, préfacés et annotés par Gérald Hugon, Paris, L'Harmattan, 2005, p. 128-129.

MANGEOT, Auguste, « La *Sonate* pour piano et violon de Germaine Tailleferre », *MM*, vol. 33, nos 11-12, juin 1922, p. 221.

TANSMAN, Alexandre, « Musical Life in Poland », *The Chesterian*, [vol. 3], n° 24, juillet 1922, p. 242-243.

MILHAUD, Darius, « La mélodie », *CM*, vol. 24, n° 17, 1er novembre 1922, p. 327.

TANSMAN, Alexandre, « Pologne », *RM*, vol. 4, n° 2, décembre 1922, p. 181-182.

1923

TANSMAN, Alexandre, « Pologne – Début de la saison à Varsovie », *RM*, vol. 4, n° 3, janvier 1923, p. 265-266.

VUILLEMIN, Louis, « Concerts métèques (Notes sans mesure) », *CM*, vol. 25, n° 1, 1er janvier 1923, p. 4.

MILHAUD, Darius, « Polytonalité et atonalité », *RM*, vol. 4, n° 4, février 1923, p. 29-44.

PINTURICHIO [*sic*] [Louis Vauxcelles (Louis Meyer)], « "Le Salon des Cent" », *Le Carnet de la semaine*, vol. 9, n° 400, 4 février 1923, p. 9.

PINTURICHIO [*sic*] [Louis Vauxcelles (Louis Meyer)], « "Salon des Cent", métèques naturalisés, etc. », *Le Carnet de la semaine*, vol. 9, n° 402, 18 février 1923, p. 10.

PINTURICHIO [*sic*] [Louis Vauxcelles (Louis Meyer)], « Xénophobe ! », *Le Carnet de la semaine*, vol. 9, n° 405, 11 mars 1923, p. 8.

VUILLEMIN, Louis, « Musique et nationalisme (Notes sans mesure) », *CM*, vol. 25, n° 4, 15 février 1923, p. 65.

ALLARD, Roger, « Le Salon des Indépendants », *La Revue universelle*, vol. 12, n° 23, 1er mars 1923, p. 687-692.

LAPOMMERAYE, Pierre de, « Concerts-Pasdeloup », *Mén*, vol. 85, n° 6, 9 février 1923, p. 65.

TANSMAN, Alexandre, « Pologne », *RM*, vol. 4, n° 6, avril 1923, p. 270-271.

VUILLEMIN, Louis, « L'affaire des poisons ! MM. Maurice Ravel, Albert Roussel, André Caplet, Roland-Manuel interviennent », *CM*, vol. 25, n° 7, 1er avril 1923, p. 123.

FEBVRE-LONGERAY, Albert, « Du "système" polytonal », *CM*, vol. 25, n° 8, 15 avril 1923, p. 141-144.

BARUZI, Joseph, « Concerts Koussevitzky (17 mai) », *Mén*, vol. 85, n° 21, 25 mai 1923, p. 236-237.

PADEREWSKI, Ignacy Jan, « Chopin », *MM*, vol. 34, n°s 11-12, juin 1923, p. 193-195.

ROSENTHAL, Manuel, « De la polytonalité », suivi d'une réplique d'Albert Febvre-Longeray, *CM*, vol. 25, n° 12, 15 juin 1923, p. 229-230.

BENISOVICH, Michel, « Séance d'avant-garde », *CM*, vol. 25, n° 13, juillet 1923, p. 268.

DENT, Edward J., « Internationalisme et musique », *RM*, vol. 4, n° 32, août 1923, p. 58-60 ; repris dans *Revue internationale de musique*, vol. 2, n° 7, janvier 1940, p. 50-51.

[PRUNIÈRES, Henry], « Œuvres de Karol Szymanowski et de Manuel de Falla », *RM*, vol. 4, n° 32, août 1923, p. 75-76.

GIL-MARCHEX, Henri, « Le Festival de musique contemporaine de Salzbourg », *MM*, vol. 34, n°s 15-16, août 1923, p. 270-271.

VUILLERMOZ, Émile, « Arthur Honegger », *MM*, vol. 34, n°s 19-20, octobre 1923, p. 313-314.

MANGEOT, Auguste, « Théâtre des Champs Elysées : Les Ballets suédois ; L'École d'Arcueil ; *La Création du monde ; L'Immigrant* », *MM*, vol. 34, n°s 21-22, novembre 1923, p. 358-359.

DOIRE, René, « Mme Janacopoulos et Yvonne Astruc (23 octobre) », *CM*, vol. 25, n° 18, 15 novembre 1923, p. 360.

VAUXCELLES, Louis [Louis Meyer], « Artistes français et étrangers aux Indépendants : la répartition des exposants par nationalité », *Excelsior*, vol. 14, n° 4 732, 26 novembre 1923, p. 3.

VAUXCELLES, Louis [Louis Meyer], « La querelle des étrangers », *L'Ère nouvelle*, vol. 5, n° 1 117, 29 novembre 1923, p. [2].

GROVLEZ, Gabriel, « Concert de musique danoise (Association française d'expansion et d'échanges artistiques, 23 novembre) », *CM*, vol. 25, n° 20, 15 décembre 1923, p. 400-401.

JANNEAU, Guillaume, « La querelle des "Indépendants" », *Le Bulletin de la vie artistique*, vol. 4, n° 24, 15 décembre 1923, p. 517-519 ; à cet article suit une enquête publiée dans les deux numéros suivants de la même revue : « La querelle des "Indépendants" : une enquête », 1re partie, vol. 5, n° 1, 1er janvier 1924, p. 5-13 ; 2e partie, vol. 5, n° 2, 15 janvier 1924, p. 29-38.

1924

[SCHAEFFNER, André], « Concerts du "Caméléon" (27 décembre) », *Mén*, vol. 86, n° 1, 4 janvier 1924, p. 5.

« Consultation sur la musique contemporaine », *CM*, vol. 26, n°s 1-2, 1er et 15 janvier 1924, p. 9-17.

GEORGE, Waldemar [Jerzy Waldemar Jarociński], « Le Salon des Indépendants », *L'Amour de l'art*, vol. 4, n° 2, février 1924, p. 44.

D'INDY, Vincent, « Matière et forme dans l'art musical moderne », *MM*, vol. 35, n°s 3-4, février 1924, p. 46-47.

LE FLEM, Paul, « Musique tchèque », *Com*, vol. 18, n° 4 090, 28 février 1924, p. 2.

WIÉNER, Jean, « Réponse à M. Vincent d'Indy », *Com*, vol. 17, n° 4 087, 25 février 1924, p. 4 ; partiellement repris sous le titre « M. Vincent d'Indy et la Jeune École », suivi par une réplique de Vincent d'Indy, *MM*, vol. 35, n°s 5-6, mars 1924, p. 88-89.

E. L., « Musique roumaine », *Mén*, vol. 86, n° 10, 7 mars 1924, p. 105.

MARCEL-BERNHEIM, « Concert de musique roumaine », *CM*, vol. 26, n° 6, 15 mars 1924, p. 166.

INAYETAN, Arpini, « Les *Rhapsodies hongroises* », *MM*, vol. 35, n°s 7-8, avril 1924, p. 134-135.

SCHAEFFNER, André, « L'Atelier (5 avril) », *Mén*, vol. 86, nos 15, 11 avril 1924, p. 166.
« Enquête sur l'évolution musicale », *CM*, vol. 26, n° 8, 15 avril 1924, p. 219-220.
CLÉMENT-MAROT, André, « La crise de la pensée musicale », *CM*, vol. 26, n° 8, 15 avril 1924, p. 218.
TENROC, Charles [Charles Cornet], « Festival de musique roumaine », *CM*, vol. 26, n° 8, 15 avril 1924, p. 224.
GIL-MARCHEX, Henri, « Le Festival de Salzbourg », *MM*, vol. 35, nos 15-16, juillet-août 1924, p. 285.
JIRÁK, K[arel] B[oleslav], « La musique tchécoslovaque moderne », *MM*, vol. 35, nos 15-16, août 1924, p. 275-277.
KOECHLIN, Charles, « Les concerts de Salzbourg et le jury de la S.I.M.C. », *MM*, vol. 35, nos 19-20, octobre 1924, p. 347-348.
ROLAND-MANUEL [Roland Alexis Manuel Lévy], « L'héritage de Gabriel Fauré », *RP*, n° 14, 15 novembre 1924, p. 20-21.
HEUGEL, Jacques, « Interrègne : à propos d'un livre récent de M. Guglielmo Ferrero », *Mén*, vol. 86, n° 47, 21 novembre 1924, p. 481-482.

1925

WARNOD, André, « L'état de l'art vivant », *Com*, vol. 19, n° 4 396, 4 janvier 1925, p. 1.
WARNOD, André, « L'École de Paris », *Com*, vol. 19, n° 4 419, 27 janvier 1925, p. 1 ; repris dans André Warnod, *Les berceaux de la jeune peinture : Montmartre, Montparnasse*, Paris, Albin Michel, 1925, p. 7-11.
TANSMAN, Alexandre, « Pologne – La musique à Varsovie », *RM*, vol. 6, n° 4, février 1925, p. 193 ; repris dans Alexandre Tansman, *Une voie lyrique dans un siècle bouleversé*, textes réunis par Mireille Tansman-Zanuttini, préfacés et annotés par Gérald Hugon, Paris, L'Harmattan, 2005, p. 130.
COUDEKERQUE-LAMBRECHT, André de, *Idéal et réalité*, coupure de presse conservée dans le recueil *Programmes et comptes rendus de concert, Tibor Harsányi* (BnF, Musique, RES VMC-63), cahier 2, datée mars 1925.
LAPOMMERAYE, Pierre de, « Concert de musique roumaine », *Mén*, vol. 87, n° 13, 27 mars 1925, p. 151.
LEROI, Pierre, « Musique roumaine », *CM*, vol. 27, n° 7, 1er avril 1925, p. 194.
BREUNIER, Henry, « D'une culture générale de la musique », *CM*, vol. 27, n° 7, 1er avril 1925, p. 185-186.
MANGEOT, Auguste, « Théâtre Bériza », *MM*, vol. 36, n° 9-10, mai 1925, p. 179.
SCHLŒZER, Boris de, « Prokofiev », *RP*, n° 20, 15 mai 1925, p. 10-13.
HUMBERT, L., « Chœur Smetana », *MM*, vol. 36, nos 11-12, juin 1925, p. 233.
ROLAND-MANUEL [Roland Alexis Manuel Lévy], « Au Festival de Prague », *RP*, n° 21, 15 juin 1925, p. 18-21.
SCHAEFFNER, André, « Les Ballets russes de Serge de Diaghilew à la Gaîté », *Mén*, vol. 87, n° 26, 26 juin 1925, p. 280-281.
LIODON, Germaine, « Festival et musique polonaise (11 juin, Opéra) », *CM*, vol. 27, n° 13, 1er juillet 1925, p. 365-366.
G. D., « Semaine d'art ethnographique russe », *CM*, vol. 27, nos 14-15, 15 juillet-1er août 1925, p. 417.
LANDORMY, Paul, « Darius Milhaud », 1re partie, *Mén*, vol. 87, n° 33, 14 août 1925, p. 345-347 ; 2e partie, vol. 87, n° 34, 21 août 1925, p. 353-355 ; 3e partie, vol. 87, n° 35, 28 août 1925, p. 361-363.

1926

SCHLŒZER, Boris de, « Georges Auric », *RM*, vol. 7, n° 3, janvier 1926, p. 1-21.
WEPPER, A., « Nlodzi artysci zydowscy w Paryzu », *Chwila*, n° 2 425, 15 janvier 1926, p. 3.
ROYER, Étienne, « L'édition musicale », *GC*, vol. 12, n° 17, 5 février 1926, p. 510.
SIXTE-QUINTE [Léon Vallas ?], « La musique et les musiciens », *L'Impartial français*, vol. 5, n° 17, 8 février 1926, p. 2.
SCHLŒZER, Boris de, post-scriptum à « À mes critiques », *RP*, n° 30, 15 mars 1926, p. 15.
TOUZÉ, Maurice, « Quelques mots sur la polytonalité », dans la série d'articles « Précis de musique intégrale : l'harmonie, les lois, son évolution », *MM*, vol. 37, n° 4, avril 1926, p. 151-153.
SCHAEFFNER, André, « Concert Auric-Poulenc (2 mai) », *Mén*, vol. 88, n° 19, 7 mai 1926, p. 208-209.
KLINGSOR, Tristan [Léon Leclère], « Salle des Agriculteurs : concert Auric-Poulenc », *MM*, vol. 37, n° 5, 31 mai 1926, p. 200.
FERROUD, Pierre-Octave, « À propos du IVe Festival de la S.I.M.C. à Zurich », *RP*, n° 34, 15 juillet 1926, p. 17-19.
MONNET, Henri, « Les Ballets russes (II) », *RP*, n° 34, 15 juillet 1926, p. 13-16.
HOÉRÉE, Arthur, « Querelles esthétiques : la musique, langage proprement national. En marge du Festival de Zurich », *RP*, n° 35, 15 août 1926, p. 17-20.
GIL-MARCHEX, Henri, « La musique en Russie : après une tournée en U.R.S.S. », *MM*, vol. 37, n° 10, octobre 1926, p. 345-347.
RADWAN, Auguste de, « Chopin », *MM*, vol. 37, n° 11, novembre 1926, p. 391-392.
G.-L. G., « Concert consacré aux œuvres de Manuel Rosenthal (au Caméléon, 9 novembre) », *Mén*, vol. 88, n° 47, 19 novembre 1926, p. 491-492.
PINCHERLE, Marc, « La Musique vivante », *MM*, vol. 37, n° 11, 30 novembre 1926, p. 407.

1927

COLLET, Henri, « Appel aux forces musicales françaises », *CM*, vol. 29, n° 1, 1er janvier 1927, p. 5-6.
MARC, Léon, « Les concerts – M. Roland Charmy », *CM*, vol. 29, n° 1, 1er janvier 1927, p. 13.
BERTRAND, Paul, « Concerts-Colonne (dimanche 6 janvier) », *Mén*, vol. 89, n° 3, 21 janvier 1927, p. 25-26.
WINKLER, Paul, « Musikleben in Paris », compte rendu du concert du Quatuor Roth du 26 janvier 1927, coupure de presse du *Neues Wiener Journal* conservée dans le recueil *Programmes et comptes rendus de concert, Tibor Harsányi* (BnF, Musique, RES VMC-63), cahier 2.
SIXTE-QUINTE [Léon Vallas ?], « *De omni re scibili…* », *L'Impartial français*, vol. 3, n° 232, 8 février 1927, p. 14.
CURZON, Henri de, « Société des concerts du Conservatoire », *Mén*, vol. 89, n° 6, 11 février 1927, p. 60-61.
HOÉRÉE, Arthur, « Musique hollandaise moderne », *Mén*, vol. 89, n° 7, 18 février 1927, p. 74.
CHEVALIER [*rectius* Chevaillier], Lucien, « Société nationale », *MM*, vol. 38, n° 3, mars 1927, p. 105.
HOÉRÉE, Arthur, « Le Quatuor Roth à Paris », *B-A*, vol. 5, n° 5, 1er mars 1927, p. 77.
VALLAS, Léon, « Ethnologie musicale », *L'Impartial français*, vol. 3, n° 235, 1er mars 1927, p. 14.
G., « Société Nationale (5 mars) », *Mén*, vol. 89, n° 10, 11 mars 1927, p. 111-112.
HIMONET, André, « Société Nationale (5 mars) », *CM*, vol. 29, n° 7, 1er avril 1927, p. 190.
EMMANUEL, Maurice, « Leçons sur la musique populaire (Résumé des cours de M. Maurice Emmanuel à l'École normale de musique de Paris) », *MM*, vol. 38, n° 5, mai 1927, p. 176-178.

LAPOMMERAYE, Pierre de, « Société Nationale (30 avril) », *Mén*, vol. 89, nº 18, 6 mai 1927, p. 201-202.
BRANCOUR, René, « La musique roumaine (26 mai) », *Mén*, vol. 89, nº 22, 3 juin 1927, p. 251.
VALLAS, Léon, « Retour à la simplicité », *L'Impartial français*, vol. 3, nº 248, 31 mai 1927, p. 14.
KOECHLIN, Charles, « Les compositeurs et la critique musicale », *RM*, vol. 8, nº 10, septembre 1927, p. 108-116; repris dans Charles Koechlin, *Écrits*, vol. 2 : *Musique et société*, présenté et annoté par Michel Duchesneau *et alii*, Wavre, Mardaga, 2009, p. 175-185.
SCHLŒZER, Boris de, « Réflexions sur la musique », *RM*, vol. 8, nº 11, octobre 1927, p. 249-250.
PRUNIÈRES, Henry, « Pourquoi a été fondée la Société internationale de musique », *Com*, vol. 21, nº 5 391, 10 octobre 1927, p. 3.
[SCHAEFFNER, André], « Guarneri-Quartett (27 octobre) », *Mén*, vol. 89, nº 44, 4 novembre 1927, p. 450-451.
ROYER, Étienne, « Chopin (Essai sur le style musical) », *GC*, vol. 14, nº 5, 4 novembre 1927, p. 122-123.
TOURNEMIRE, Charles, « Société des concerts du Conservatoire », *CM*, vol. 29, nº 19, 15 novembre 1927, p. 566.
WOLFF, Pierre, « Quatuor Roth », *CM*, vol. 29, nº 20, 1er décembre 1927, p. 593.
DELARUE-MARDRUS, Lucie, « L'aventure d'un compositeur : musique cannibale », *L'Intransigeant*, vol. 48, nº 17 586, 13 décembre 1927, p. 1.
LAGARDE, Pierre, « G. de Chirico peintre, prédit et souhaite le triomphe du modernisme », *Com*, vol. 21, nº 5 454, 27 décembre 1927, p. 1.

1928

EMMANUEL, Maurice, « La polymodie », *RM*, vol. 9, nº 3, janvier 1928, p. 197-213.
SCHMITT, Florent, « La musique », *La Revue de France*, vol. 8, nº 1, 1er janvier 1928, p. 123-242; repris partiellement dans Anaïs Fléchet, *Villa-Lobos à Paris : un écho musical du Brésil*, Paris, L'Harmattan, 2004, p. 135-136.
HUMBERT, L., « "Cantarea romaniei" », *MM*, vol. 39, nº 2, février 1928, p. 61.
CŒUROY, André [Jean Belime], « Sous le signe du national », *Mén*, vol. 90, nº 5, 3 février 1928, p. 45-46. Extrait d'André Cœuroy, *Panorama de la musique contemporaine* [1928], Paris, Kra, 1930, p. 45-46.
HAUDEBERT, Lucien, « Concerts Pasdeloup (18 février) », *CM*, vol. 30, nº 6, 15 mars 1928, p. 178-179.
LOBROT, J., « Concerts-Pasdeloup (samedi 18 février) », *Mén*, vol. 90, nº 8, 24 février 1928, p. 85.
DELAGE, Edmond, « Concerts Pasdeloup », *MM*, vol. 39, nº 2, 29 février 1928, p. 57.
BARUZI, Joseph, « "Cantârea românieï" (8 février) », *Mén*, vol. 90, nº 7, 17 février 1928, p. 75.
HOÉRÉE, Arthur, « Chronique musicale (Concert S.M.I.) », *B-A*, vol. 6, nº 5, 1er mars 1928, p. 77-78.
« Études musicales analytiques – *Danse*, Tibor Harsanyi », *GC*, vol. 14, nº 23, 9 mars 1928, p. 680.
VÉRAS, Jules, « Le ministre musicien », *Com*, vol. 22, nº 5 544, 12 mars 1928, p. 1.
LAPOMMERAYE, Pierre de, « Concerts-Colonne (samedi 10 mars) », *Mén*, vol. 90, nº 11, 16 mars 1928, p. 122.
LAPOMMERAYE, Pierre de, « Les cosaques du Don », *Mén*, vol. 90, nº 13, 30 mars 1928, p. 146.
« *Musique* ouvre une enquête », *Musique*, vol. 1, nº 8, 15 mai 1928, p. 341-372. Les réponses à cette enquête paraîtront dans le vol. 1, nº 10 et 11-12 et dans le vol. 2, nº 1 et 2.
ROLAND-MANUEL [Roland Alexis Manuel Lévy], « Coup d'œil sur la saison », *Musique*, vol. 1, nº 9, 16 juin 1928, p. 389-392.
MIGOT, Georges, [réponse à l'enquête], *Musique*, vol. 1, nos 11-12, 15 septembre 1928, p. 500-509.

CASELLA, Yvonne, « Italie – Le Festival international de Siena », *Musique*, vol. 2, n° 1, 15 octobre 1928, p. 603-606.
FORNEROD, Aloys, [réponse à l'enquête], *Musique*, vol. 2, n° 1, 15 octobre 1928, p. 585-586.
FRASER, Andrew A., « Music and the Modern World », *The Chesterian*, vol. 10, n° 75, décembre 1928, p. 92-96.

1929

PETIT, Raymond, « Alexandre Tansman », *RM*, vol. 10, n° 4, février 1929, p. 46-54.
SALAZAR, Adolfo, « Un ballet espagnol à Paris : la *Sonatina* d'Ernesto Halffter », *Musique*, vol. 2, n° 5, février 1929, p. 758-761.
CHEVAILLIER, Lucien, « Un entretien avec… Alexandre Tansman », *GC*, vol. 15, n° 19, 8 février 1929, p. 535-537 ; repris dans Alexandre Tansman, *Une voie lyrique dans un siècle bouleversé*, textes réunis par Mireille Tansman-Zanuttini, préfacés et annotés par Gérald Hugon, Paris, L'Harmattan, 2005, p. 287-292.
VAUTEL, Clément [Clément-Henri Vaulet], « Six mois de Paris », *Com*, vol. 23, n° 5 879, 14 février 1929, p. 1.
BERR DE TURIQUE, Stéphane, « Quelques mots sur le jazz », *MM*, vol. 40, n° 3, mars 1929, p. 92.
H. D., « Festival de musique roumaine à Prague (Musique de chambre et musique d'orchestre) », *MM*, vol. 40, n° 3, mars 1929, p. 91.
GOLDBECK, Frederick, « Concerts Straram; Concert "pro musica"; "Musique d'aujourd'hui"; Festival Stravinsky », *MM*, vol. 40, n° 3, 31 mars 1929, p. 108-109.
« Études musicales analytiques – *Sonatine*, Marcel Mihalovici », *GC*, vol. 15, n° 29, 19 avril 1929, p. 843.
RAMAIN, Paul, « Le VIIe Festival de la Société internationale de musique contemporaine à Genève », *CM*, vol. 31, n° 9, 1er mai 1929, p. 312.
BARUZI, Joseph, « Sirène musicale (27 avril) », *Mén*, vol. 91, n° 18, 2 mai 1929, p. 204.
JANIN, Jacques, « La musique et la race », *CM*, vol. 31, n° 10, 15 mai 1929, p. 329-330.
BRUYR, José, « Un entretien avec… Roland-Manuel », *GC*, vol. 15, n°s 34-35, 24 et 31 mai 1929, p. 951-953.
LANDORMY, Paul, « L'art russe et Igor Stravinsky », *Musique*, vol. 2, n° 9, 15 juin 1929, p. 935-939.
PETIT, Raymond, « Les concerts », *RM*, vol. 10, n° 9, octobre 1929, p. 248-249.
BRUYR, José, « Un entretien avec… Darius Milhaud », *GC*, vol. 16, n° 3, 18 octobre 1929, p. 55-58.
BRUYR, José, « Un entretien avec… Tibor Harsanyi », *GC*, vol. 16, n° 5, 1er novembre 1929, p. 119-122.
PIRIOU, Adolphe, « Concerts Poulet », *MM*, vol. 40, n° 11, 30 novembre 1929, p. 272-273.
HOÉRÉE, Arthur, « Chant et piano », *RM*, vol. 10, n° 11, décembre 1929, p. 184-186.
BRUYR, José, « Un entretien avec… Louis Durey », *GC*, vol. 16, n° 11, 13 décembre 1929, p. 311-313.
« Études musicales analytiques – *Sonate*, Tibor Harsanyi », *GC*, vol. 16, n° 11, 13 décembre 1929, p. 331.
BELVIANES, Marcel, « Premier concert du groupe des Six (11 décembre) », *Mén*, vol. 91, n° 51, 26 décembre 1929, p. 550-551.
SCHMITT, Florent, « Les concerts », *Le Temps*, vol. 69, n° 24 966, 28 décembre 1929, p. 3.

1930

LALOY, Louis, « Le "Groupe des Six" », *CM*, vol. 32, n° 1, 1er janvier 1930, p. 5.
SCHMITT, Florent, « La musique », *La Revue de France*, vol. 10, n° 1, 1er janvier 1930, p. 136-150.

REBATET, Lucien, « À la S.M.I. ; Espagne », *L'Action française*, vol. 23, n° 52, 21 février 1930, p. 3.
BRUYR, José, « Un entretien avec… Dimitri Levidis », *GC*, vol. 16, n° 22, 28 février 1930, p. 599-600.
BRUYR, José, « Un entretien avec… Henri Sauguet », *GC*, vol. 16, n° 23, 7 mars 1930, p. 631-634.
BARUZI, Joseph, « Concert de la Sirène musicale (4 avril 1930) », *Mén*, vol. 92, n° 15, 11 avril 1930, p. 169-170.
HOÉRÉE, Arthur, « Œuvres vocales, avec accompagnement de piano, par Tibor Harsanyi (S.M.I.) », *RM*, vol. 11, n° 105, mai 1930, p. 537-538.
HIMONET, André, « M. Maurice Vieux (17 avril) », *CM*, vol. 32, n° 9, 1er mai 1930, p. 304.
PRUVOST, Prudent, « De la polytonalité », *CM*, vol. 32, n° 9, 1er mai 1930, p. 289-291.
DUMESNIL, René, « Quelques œuvres de Conrad Beck, Tibor Harsanyi, Bohuslav Martinu », *L'Esprit français*, 9 mai 1930, coupure de presse conservée dans le recueil *Programmes et comptes rendus de concert, Tibor Harsányi* (BnF, Musique, RES VMC-63), cahier 3.
DANDELOT, Georges, « Éditions de la Sirène musicale », *MM*, vol. 41, n° 6, juin 1930, p. 246.
CASADESUS, Jules, « Un entretien avec… Villa-Lobos », *GC*, vol. 16, n° 36, 6 juin 1930, p. 951-953.
M[ANGEOT], A[uguste], « Concert de musique américaine », *MM*, vol. 41, nos 8-9, septembre 1930, p. 317.
BRUYR, José, « Un entretien avec… Germaine Tailleferre », *GC*, vol. 17, n° 1, 3 et 10 octobre 1930, p. 7-9.
BRUYR, José, « Un entretien avec… Serge Prokofieff », *GC*, vol. 17, n° 2, 17 octobre 1930, p. 39-42.
« Études musicales analytiques – *Cortège des divinités infernales*, Marcel Mihalovici », *GC*, vol. 17, n° 2, 17 octobre 1930, p. 59.
A. P., « Les jeunes musiciens polonais », *MM*, vol. 41, n° 11, novembre 1930, p. 390.
DELACOUR, André, « Un musicien hongrois : Tibor Harsányi », *L'Européen*, vol. 2, n° 84, 19 novembre 1930, p. 2.
BELVIANES, Marcel, « Concerts-Lamoureux », *Mén*, vol. 92, n° 48, 28 novembre 1930, p. 505-506.
« Études musicales analytiques – *Rhapsodie géorgienne* pour violoncelle, Tcherepnine », *GC*, vol. 17, n° 8, 28 novembre 1930, p. 251.
CHEVAILLIER, Lucien, « L'esprit des lois », *MM*, vol. 41, n° 12, décembre 1930, p. 405-408.
DANDELOT, Georges, « Concert Roger Désormière », *MM*, vol. 41, n° 12, décembre 1930, p. 423-424.
PETIT, Henri, « Trio Filomusi », *CM*, vol. 32, n° 20, 1er décembre 1930, p. 712.

1931

DANDELOT, Georges, « Musique moderne polonaise (Salle Chopin) », *MM*, vol. 42, n° 3, mars 1931, p. 101.
DELAGE, Edmond, « Concerts Pasdeloup », *MM*, vol. 42, n° 3, mars 1931, p. 93-94.
PETIT, Henri, « S.M.I. (28 février) », *CM*, vol. 33, n° 7, 1er avril 1931, p. 226.
MACHABEY, Armand, « Concert de la S. I. M. C. (1er avril) », *Mén*, vol. 93, n° 15, 10 avril 1931, p. 164-165.
COLLET, André, « Espagne », *Mén*, vol. 93, n° 16, 17 avril 1931, p. 179.
REICH, Willi, « Alexander Tcherepnin », *The Chesterian*, vol. 13, n° 102, avril-mai 1931, p. 161-164.
FEBVRE-LONGERAY, Albert, « Concerts Straram », *CM*, vol. 33, n° 10, 15 mai 1931, p. 328.
GEORGE, Waldemar [Jerzy Waldemar Jarociński], « École Française ou École de Paris », 1re partie, *Formes*, n° 16, juin 1931, p. 92-93 ; 2e partie, n° 17, septembre 1931, p. 110-111.
Géographie musicale 1931, ou Essai sur la situation de la musique en tous pays, numéro spécial de la *RM*, vol. 12, nos 117-118, juillet-août 1931.

PROBUS, « La musique tchécoslovaque d'après-guerre », dans *Géographie musicale 1931, ou Essai sur la situation de la musique en tous pays*, numéro spécial de la *RM*, vol. 12, n os 117-118, juillet-août 1931, p. 166-177.

PRUNIÈRES, Henry, « Les tendances de la jeune école française », dans *Géographie musicale 1931, ou Essai sur la situation de la musique en tous pays*, numéro spécial de la *RM*, vol. 12, n os 117-118, juillet-août 1931, p. 97-104.

BRUYR, José, « Un entretien avec... Maurice Ravel », *GC*, vol. 18, n o 3, 16 octobre 1931, p. 39-41.

LIESS, Andreas, « Foreign Composers in Paris », *The Chesterian*, vol. 13, n o 98, novembre 1931, p. 48-50.

BRUYR, José, « Un entretien avec... Alexandre Grétchaninoff », *GC*, vol. 18, n o 6, 6 novembre 1931, p. 135-137.

BRUYR, José, « Un entretien avec... E. C. Grassi », *GC*, vol. 18, n o 8, 20 novembre 1931, p. 199-200.

« Études musicales analytiques – *4 Danses polonaises*, Alexandre Tansman », *GC*, vol. 18, n o 11, 11 décembre 1931, p. 312-313.

BRANCOUR, René, « Concerts Poulet (dimanche 20 décembre) », *Mén*, vol. 93, n o 52, 25 décembre 1931, p. 551.

DELAGE, Edmond, « Concerts Pasdeloup », *MM*, vol. 42, n o 12, 31 décembre 1931, p. 377-378.

1932

PETIT, Henri, « Concerts Poulet », *CM*, vol. 34, n o 1, 1 er janvier 1932, p. 10.

LE FLEM, Paul, note de programme des Concerts Guller, « Les musiciens et la musique d'aujourd'hui » (Bruxelles, Conservatoire, 17 janvier 1932), conservée dans *Programmes et comptes rendus de concert, Tibor Harsányi* (BnF, Musique, RES VMA-331).

BRUYR, José, « Un entretien avec... Bohuslav Martinu », *GC*, vol. 18, n o 18, 29 janvier 1932, p. 455-457.

MACHABEY, Armand, « Conrad Beck », *Mén*, vol. 94, n o 8, 19 février 1932, p. 77-79.

BRUYR, José, « Un entretien avec... Eugène Cools », *GC*, vol. 18, n o 24, 11 mars 1932, p. 247-249.

LES DEUX AVEUGLES [Maurice Raynal et Tériade (= Efstratios Eleftheriades)], « La fin de l'"École de Paris", ou le retour des enfants prodigues », *L'intransigeant*, vol. 53, n o 19 137, 15 mars 1932, p. 6.

SCHLŒZER, Boris de, « Chronique musicale », *NRF*, vol. 20, n o 225, 1 er juin 1932, p. 1 121-1 123; repris dans Boris de Schlœzer, *Comprendre la musique : contribution à La Nouvelle revue française et à La Revue musicale, 1921-1956*, éd. établie et présentée par Timothée Picard, Rennes, Presses universitaires de Rennes, 2011, p. 329-330.

BRUYR, José, « Un entretien avec... Joaquin Nin », *GC*, vol. 19, n o 6, 11 novembre 1932, p. 135-137.

CROSTI, Roger, « Concert du Triton », *Mén*, vol. 94, n o 52, 23 décembre 1932, p. 529.

1933

« Études musicales analytiques – *Haidouk* (1 re audition), Boyan Ikonomow », *GC*, vol. 19, n o 17, 27 janvier 1933, p. 440.

DEMARQUEZ, Suzanne, « La musique de chambre, les récitals et concerts divers », *CM*, vol. 35, n o 3, 1 er février 1933, p. 65.

SCHAEFFNER, André, « Musique contemporaine », *B-A*, vol. 12 [*rectius* 11], n o 6, 10 février 1933, p. 5.

BRUYR, José, « Un entretien avec... Stan Golestan », *GC*, vol. 19, n o 20, 17 février 1933, p. 519-520.

[ANONYME], « À travers les livres », *Le Guide musical*, vol. 5, n os 4-5, février-mars 1933, p. 107.

M. I., « Bibliographie », *CM*, vol. 35, n o 7, 1 er avril 1933, p. 172.

SCHLŒZER, Boris de, « À propos de Mozart », *NRF*, vol. 21, n° 237, 1er juin 1933, p. 987-991 ; repris dans Boris de Schlœzer, *Comprendre la musique : contribution à La Nouvelle revue française et à La Revue musicale, 1921-1956*, éd. établie et présentée par Timothée Picard, Rennes, Presses universitaires de Rennes, 2011, p. 236-239.

G. J., « Ce que devrait être l'Exposition de 1937 », *Le Petit Journal*, n° 25 741, 8 juillet 1933, p. 2.

SCHAEFFNER, André, « La musique - Romances sans paroles », *B-A*, vol. 12 [*rectius* 11], n° 30, 28 juillet 1933, p. 5.

« Études musicales analytiques - *Quatre Danses polonaises*, Alexandre Tansman », *GC*, vol. 20, n° 6, 10 novembre 1933, p. 151.

B[ENDER], G[abriel], « Pour les artistes français », *GC*, vol. 20, n° 5, 3 novembre 1933, p. 107.

1934

DANDELOT, Georges, « Salle Gaveau : œuvres de J. Fitelberg », *MM*, vol. 45, n° 1, janvier 1934, p. 20.

SCHMITT, Florent, « Les concerts », *Le Temps*, vol. 74, n° 26441, 20 janvier 1934, p. 3.

PETIT, Henri, « Triton (9 mars) », *CM*, vol. 36, n° 7, 1er avril 1934, p. 147-148.

PETIT, Henri, « Musique coloniale », *CM*, vol. 36, n° 11, 1er juillet 1934, p. 241.

1935

DANDELOT, Georges, « Triton : Festival de musique tchécoslovaque », *MM*, vol. 46, n° 2, 28 février 1935, p. 65-66.

MARGAT, Yves, « Variations... sans thème (*harmonioso*) », *GC*, vol. 21, nos 27-28-29, 5-12-19 avril 1935, p. 716.

DANDELOT, Georges, « Œuvres de T. Harsanyi et M. Mihalovici », *MM*, vol. 46, n° 4, 30 avril 1935, p. 129.

HIRSCH, Michel-Léon, « Concert Alexandre Tcherepnine (22 novembre) », *Mén*, vol. 97, n° 48, 29 novembre 1935, p. 364.

CHAMFRAY, Claude, « La croix sonore, ou la science et la foi », *B-A*, vol. 13, n° 153, 6 décembre 1935, p. 6.

1936

CHAMFRAY, Claude, « Alexandre Tansman », *B-A*, vol. 14, n° 158, 10 janvier 1936, p. 6.

PRUNIÈRES, Henry, « Les tendances actuelles de la musique », *RM*, vol. 17, n° 163, février 1936, p. 81-88.

KLINGSOR, Tristan [Léon Leclère], « Œuvres de MM. Mihalovici, C. Beck, T. Harsanyi et B. Martinu », *MM*, vol. 47, n° 3, mars 1936, p. 86.

CŒUROY, André [Jean Belime], « Les concerts », *B-A*, vol. 15, n° 169, 27 mars 1936, p. 6.

CHAMFRAY, Claude, « Un entretien avec Spitzmüller », *B-A*, vol. 14, n° 171, 10 avril 1936, p. 6.

CHAMFRAY, Claude, « Mihalovici », *B-A*, vol. 14, n° 172, 17 avril 1936, p. 6.

CHAMFRAY, Claude, « Martinu », *B-A*, vol. 14, n° 173, 24 avril 1936, p. 6.

CHAMFRAY, Claude, « Lajtha », *B-A*, vol. 14, n° 174, 1er mai 1936, p. 6.

[ANONYME], « Échos et nouvelles », dans *La Vie musicale*, supplément de *RM*, vol. 17, n° 5, n° 166, mai-juin 1936, p. iii.

CŒUROY, André [Jean Belime], « Manifeste et concert des "Jeune France" », *B-A*, vol. 14, n° 179, 5 juin 1936, p. 6.

CŒUROY, André [Jean Belime], « Bartok; Lajtha; Musique hongroise », *B-A*, vol. 14, n° 181, 19 juin 1936, p. 5.

BRUYR, José, « Un entretien avec… Filip Lazar », *GC*, vol. 23, n° 7, 13 novembre 1936, p. 167-168.

1937

FERROUD, Pierre-Octave, « A Great Musician of To-Day : Bohuslav Martinů », *The Chesterian*, vol. 18, n° 132, mars-avril 1937, p. 89-93.

GOLDBECK, Frederick, « Heur et malheur de la musique actuelle : en marge du livre vert de la S.I.M.C. », *RM*, vol. 18, n° 175, juin-juillet 1937, p. 85-91.

MARTINŮ, Bohuslav, « Témoignage tchécoslovaque », *RM*, vol. 18, n° 178, novembre 1937, numéro spécial *À la mémoire d'Albert Roussel*, p. 366.

1938

CŒUROY, André [Jean Belime], « Le Triton », *B-A*, vol. 15 [*rectius* 16], n° 264, 21 janvier 1938, p. 6.

DOTREMONT, Stanislav, « Éditorial », *Revue internationale de musique*, vol. 1, n° 1, mars-avril 1938, p. 5-6.

TANSMAN, Alexandre, « La musique en Pologne », *Revue internationale de musique*, vol. 1, n° 2, mai-juin 1938, p. 259-262; repris dans Alexandre Tansman, *Une voie lyrique dans un siècle bouleversé*, textes réunis par Mireille Tansman-Zanuttini, préfacés et annotés par Gérald Hugon, Paris, L'Harmattan, 2005, p. 141-144.

DANDELOt, Georges, « Orchestre philarmonique », *MM*, vol. 49, n° 5, 31 mai 1938, p. 131.

SCHMITT, Florent, « Les concerts », *Le Temps*, vol. 74, n° 28 227, 24 décembre 1938, p. 3.

1939

FRANK, André, « Un point d'histoire musicale : "Nous fûmes Six par hasard", nous dit Arthur Honegger », *L'Intransigeant*, n° 51 770, 5 avril 1939, p. 2.

MESSIAEN, Olivier, « Le rythme chez Igor Stravinsky », *RM*, vol. 20, n° 191, mai-juin 1939, p. 330-332.

COLLAER, Paul, « L'esprit de la musique française », conférence prononcée aux Amis de la France (Bruxelles) », *RM*, vol. 20, n° 193, août-novembre 1939, p. 79-85.

CHAMFRAY, Claude, « Y aura-t-il une musique de guerre? Une enquête », *RM*, vol. 20, n° 194, décembre 1939, p. 146-152.

1940

CHAMFRAY, Claude, « Un nouveau groupe : "Musique contemporaine" », *B-A*, vol. 18, n° 352, 15 janvier 1940, p. 39.

SCHLŒZER, Boris de, « L'esprit de la musique française », *NRF*, vol. 28, n° 318, 1er mars 1940, p. 398-402; repris dans Boris de Schlœzer, *Comprendre la musique : contribution à La Nouvelle revue française et à La Revue musicale, 1921-1956*, éd. établie et présentée par Timothée Picard, Rennes, Presses universitaires de Rennes, 2011, p. 239-242.

Après 1945

ROLAND-MANUEL [Roland Alexis Manuel Lévy], « Autour de l'École de Paris : œuvre de Martinu et Harsanyi », *Combat*, vol. 5, n° 492, 30-31 décembre 1945, p. 2.

HUCHER, Yves, « Un entretien avec Alexandre Tansman », *GC*, vol. 30, n° 3, 11 novembre 1949, p. 51-52.

DEMUTH, Norman, « The French Position To-Day », *The Chesterian*, vol. 26, n° 168, octobre 1951, p. 5-9.

ROSTAND, Claude, « Le fantôme de l'École de Paris », *Carrefour*, n° 380, 26 décembre 1951, p. 9.

WEISSMANN, John S., « Tibor Harsányi : A General Survey », *The Chesterian*, vol. 27, n° 171, juillet 1952, p. 14-17.

LIMBOUR, Georges, « La nouvelle École de Paris », *L'Œil*, n° 34, octobre 1957, p. 58-71.

DUPARCQ, Jean-Jacques, « Notice biographique », *RM*, n° 246, 1960, numéro spécial *Henrik Neugeboren dit Henri Nouveau, 1901-1959*, p. 4-6.

CHAMFRAY, Claude, « Rencontre avec Alexandre Tansman », *GC*, vol. 42, n° 303, 24 février 1961, p. 742-743; repris avec le titre « Alexandre Tansman nous parle de *Sabbataï Zévi* », dans Alexandre Tansman, *Une voie lyrique dans un siècle bouleversé*, textes réunis par Mireille Tansman-Zanuttini, préfacés et annotés par Gérald Hugon, Paris, L'Harmattan, 2005, p. 315-317.

BELLOURS, Raymond, « Michel Foucault, *Les mots et les choses* », *Les Lettres françaises*, n° 1 125, 31 mars 1966, p. 3-4; repris dans Michel Foucault, *Dits et Écrits, 1954-1988*, 4 vol., éd. établie sous la direction de Daniel Defert et François Ewald, avec la collaboration de Jacques Lagrange, Paris, Gallimard, 1994, vol. 1, p. 498-504.

TANSMANN, Alexandre, « Autoportrait par Alexandre Tansman », *Journal musical français*, n° 157, mai 1967, p. 22-25.

MIHALOVICI, Marcel, « Adieu à Alexandre Tcherepnine », *ADAM*, vol. 41, n° 404-406, 1978, p. 18-19.

CRUTCHFIELD, Will, « Bennett Lerner in a Piano Marathon », *The New York Times*, 25 mars 1987, en ligne, www.nytimes.com/1987/03/25/arts/music-bennett-lerner-in-a-piano-marathon.html (consulté le 20 septembre 2014).

ÉTUDES, ESSAIS ET DIVERS

XVI^a Esposizione internazionale d'arte della città di Venezia, catalogue de l'exposition, Venezia, Ferrari, 1928.

ADAMSON, Natalie, *Painting, Politics and the Struggle for the École de Paris*, Aldershot, Ashgate, 2009.

—, « L'École de Paris ou l'élaboration d'une fiction discursive », dans Rossella Froissart Pezone et Yves Chevrefils Desbiolles (dir.), *Les revues d'art : formes, stratégies et réseaux au XXe siècle*, Rennes, Presses universitaires de Rennes, 2011, p. 137-53.

D'ALMEIDA, Fabrice et MARÉCHAL, Denis (dir.), *L'histoire orale en question*, Bry-sur-Marne, INA, 2013.

ANDERSEN, Niels Åkerstrøm, *Discursive Analytical Strategies : Understanding Foucault, Koselleck, Laclau, Luhmann*, Bristol, Policy Press, 2003.

ANDERSON, Benedict, *Imagined Communities : Reflections on the Origin and Spread of Nationalism*, London, Verso, 1983. Version française : *L'imaginaire national : réflexions sur l'origine et l'essor du nationalisme*, traduit de l'anglais par Pierre-Emmanuel Dauzat, Paris, Éditions La Découverte, 1996.

ANDRAL, Jean-Louis et KREBS, Sophie, *L'École de Paris : l'atelier cosmopolite*, Paris, Gallimard / Paris-Musées, 2000.

ANTOKOLETZ, Elliot, *Twentieth-Century Music*, Englewood Cliffs, Prentice Hall, 1992.

AUNER, Joseph, « The Second Viennese School as a Historical Concept », dans Bryan R. Simms (dir.), *Schoenberg, Berg, and Webern : A Companion to the Second Viennese School*, Westport, Greenwod Press, 1999, p. 1-36.

BAINVILLE, Jacques, *L'Histoire de France*, Paris, Fayard, 1924; Paris, Tallandier, 2007.

—, *Petite histoire de France*, imagée par Job [Jacques-Marie-Gaston Onfroy de Bréville], Tours, Mame, 1930.

BAKER, Theodore et SLONIMSKY, Nicolas, *Dictionnaire biographique des musiciens*, traduit de l'anglais par Marie-Stella Pâris, éd. adaptée et augmentée par Alain Pâris, Paris, Laffont, 1995.

BARBIER, Pierre-Émile, art. « Harsányi, Tibor », dans Marc Vignal (dir.), *Larousse de la musique*, 2 vol., Paris, Larousse, 1982, vol. 1, p. 716; 2 éd. en un seul vol., sans auteur spécifié, 2001, p. 716.

BARKY, Gergely, « La première avant-garde hongroise : du fauvisme au groupe des Huit », dans *Béla Bartók et la modernité hongroise, 1905-1920*, catalogue de l'exposition (Paris, Musée d'Orsay, 14 octobre 2013-5 janvier 2014), Paris, Musée d'Orsay / Hazan, 2013, p. 73-84.

BARON, Étienne, *L'Europe : classes de Quatrième et 2e année des Écoles primaires supérieures, programme du 30 août 1937*, Paris, Éditions École et collège, 1939.

BARRAUD, Henri, *La France et la musique occidentale*, Paris, Gallimard, 1956.

BARTHÈLEMY, Guy « Race ou altérité ? De quelques implications textuelles du regard porté sur la diversité humaine », dans Sarga Moussa (dir.), *L'idée de « race » dans les sciences humaines et la littérature, XVIIIe-XIXe siècles*, Paris, L'Harmattan, 2003, p. 409-426.

BASLER, Adolphe et KUNSTLER, Charles, *La peinture indépendante en France*, 2 vol., Paris, Crès, 1929.

BASSO, Alberto (dir.), *Dizionario enciclopedico universale della musica e dei musicisti*, 15 vol. en 3 séries (B = *Le biografie*; L = *Il lessico*; TP = *I titoli e i personaggi*) + 1 *Appendice*, Torino, UTET, 1985-1999.

BECK, Georges, *Marcel Mihalovici : esquisse biographique suivie du catalogue de son œuvre*, Paris, Heugel, 1954.

BEFU, Harumi, « Demonizing the "Other" », dans Robert S. Wistrich (dir.), *Demonizing the Other : Antisemitism, Racism and Xenophobia*, Newark, Gordon and Breach, 1999, p. 17-30.

BELLOURS, Raymond, « Michel Foucault, *Les mots et les choses* », *Les Lettres françaises*, 31 mars 1966, p. 3-4; repris dans Michel Foucault, *Dits et Écrits, 1954-1988*, 4 vol., éd. établie sous la direction de Daniel Defert et François Ewald, avec la collaboration de Jacques Lagrange, Paris, Gallimard, 1994, vol. 1, p. 498-504.

BELTRANDO-PATIER, Marie-Claire (dir.), *Histoire de la musique : la musique occidentale du moyen âge à nos jours*, [Paris], Bordas, 1982.

BERKELEY, Lennox, *Lennox Berkeley and Friends : Writings, Letters and Interviews*, éd. Peter Dickinson, Woodbridge, Boydell, 2012.

BERENGUER, Bruno, « Henri Sauguet et le Groupe des Trois », dans Bruno Berenguer (dir.), *Henri Sauguet : amitiés artistiques*, actes du colloque *Henri Sauguet, un artiste bordelais en son temps* (Bordeaux, 19 mai 2001), Anglet, Atlantica, 2003, p. 33-53.

BÉRILLON, Edgar, *Les caractères nationaux : leurs facteurs biologiques et psychologiques*, Paris, Legrand, 1920.

BERNARD, Robert, *Les tendances de la musique française moderne : cours d'esthétique. Huit conférences prononcées au Conservatoire international de musique de Paris et en Sorbonne*, Paris, Durand, 1930.

—, art. « Écoles balkaniques », dans Norbert Dufourcq (dir.), *La musique des origines à nos jours*, Paris, Larousse, 1946, p. 418.

—, art. « L'école française contemporaine jusqu'à 1940 », dans Norbert Dufourcq (dir.), *La musique des origines à nos jours*, Paris, Larousse, 1946, p. 398-408.

BERTILLON, Jacques, *La dépopulation en France*, Paris, Alcan, 1911.

BERTRAND DORLÉAC, Laurence, « Paris ouvert », dans *L'École de Paris, 1904-1929*, numéro spécial de *Beaux-Arts*, [2000], p. 2-7.

BLOM, Eric (dir.), *Grove's Dictionary of Music and Musicians*, 5e éd., 9 vol. et supplément, London, Macmillan, 1954-1961.

BLUME, Friedrich (dir.), *Die Musik in Geschichte und Gegenwart : allgemeine Enzyklopädie der Musik*, 17 vol., Kassel, Bärenreiter, 1949-1986.

BOETZKES, Manfred et BAKER, Evan, art. « Stage Design, § 6 : 1900-45 », dans *GMO*, http://www.oxfordmusiconline.com/subscriber/article/grove/music/O904784, consulté en septembre 2013.

BONGRAIN, Anne, *Le Conservatoire national de musique et de déclamation, 1900-1930 : documents historiques et administratifs*, Paris, Vrin, 2012.

BONNEMAISON, Joël, *La géographie culturelle*, cours de l'Université Paris IV-Sorbonne (1994-1997) établi par Maud Lasseur et Christel Thibault, Paris, Éditions du C.T.H.S., 2000.

BORN, Georgina et HESMONDHALGH, David (dir.), *Western Music and Its Others : Difference, Representation, and Appropriation in Music*, Berkeley, University of California Press, 2000.

BOURION, Sylveline, *Le style de Claude Debussy : duplication, répétition et dualité dans les stratégies de composition*, Paris, Vrin, 2011.

BRELET, Giselle, « Musique contemporaine en France », dans Roland-Manuel [Roland Alexis Manuel Lévy] (dir.), *Histoire de la musique*, 2 vol., Paris, Gallimard, 1963, vol. 2, p. 1093-1275.

BRIL, France-Yvonne, art. « Mihalovici, Marcel », *DEUMM*, vol. B/5, 1988, p. 94-95.

BRILL, Andrea, *Jüdische Identität im 20. Jahrhundert : die Komponisten Darius Milhaud und Alexandre Tansman in biographischen Zeugnissen und ausgewählten Werken*, Neuried, Ars et unitas, 2003.

BROGNIEZ, Laurence et DUFOUR, Valérie (dir.), *Entretiens d'artistes : poétique et pratiques*, Paris, Vrin, 2016.

BRUNNER, Otto, KONZE, Werner et KOSELLECK, Reinhard (dir.), *Geschichtliche Grundbegriffe : historisches Lexikon zur politisch-sozialen Sprache in Deutschland*, 8 t., Stuttgart, Klett-Gotta, 1972-1997.

BRUYR, José, *L'écran des musiciens*, Paris, Cahiers de France, [1930].

—, *L'écran des musiciens*, 2e série, Paris, Corti, 1933.

—, *La belle histoire de la musique*, Paris, Corrêa, 1946 ; 2e éd., *Histoire de la musique*, [Paris], Corrêa Buchet-Chastel / Club du livre du mois, 1957.

CAMPOS, Rémy, « L'interview de compositeur : les débuts d'un genre biographique, 1880-1930 », dans Laurence Brogniez et Valérie Dufour (dir.), *Entretiens d'artistes : poétique et pratiques*, Paris, Vrin, 2016, p. 151-169.

CANDÉ, Roland de, *Histoire universelle de la musique*, 2 vol., Paris, Éditions du Seuil, 1978.

CAPLIN, William E., *Classical Form : A Theory of Formal Functions for the Instrumental Music of Haydn, Mozart, and Beethoven*, Oxford, Oxford University Press, 1998.

CARON, Sylvain, DE MÉDICIS, François et DUCHESNEAU, Michel (dir.), *Musique et modernité en France (1900-1945)*, Montréal, Presses de l'Université de Montréal, 2006.

CARREIN, Catherine et MORLET, Catherine, *L'École de Paris ? 1945-1964*, catalogue de l'exposition (Luxembourg, Musée national d'histoire de l'art, 12 décembre 1998-21 février 1999), Luxembourg, Fondation Musée d'art moderne Grand-Duc Jean / Musée national d'histoire de l'art / Paris, Adagp, 1998.

CARRILLO, Olivier et JOLLET, Jean-Clément, *Histoire de la musique pour les nuls*, Paris, First-Gründ, 2011.

« La carrière polymorphe d'Arthur Hoérée », *Zodiaque*, n° 128, avril 1981, numéro spécial *Hommage à A. Hoérée et A. Peeters*, p. 17-43.

CARTER, Karen L. et WALLER, Susan, *Foreign Artists and Communities in Modern Paris, 1870-1914 : Strangers in Paradise*, Farnham, Ashgate, 2015.

CASANOVA, Pascale, *La république mondiale des lettres*, Paris, Éditions du Seuil, 1999 ; 2008.

CEGIEŁŁA, Janusz, *Dziecko szczęścia : Aleksander Tansman i jego czasy*, 2 vol., Warszawa, Pánstwowy Instytut Wydawniczy, 1986 ; Łódź, Wydawnictwo 86, 1996.

CHAILLEY, Jacques (dir.), *Cours d'histoire de la musique*, 4 t., Paris, Leduc, 1967-1990.

CHANTAVOINE, Jean, *Cent opéras célèbres*, Paris, Plon / Éditions Le bon plaisir, 1948.

CHAPMAN, Herrick et FRADER, Laura L., *Race in France : Interdisciplinary Perspectives on the Politics of Difference*, New York, Berghahn Books, 2004.

CHARLE, Christophe, *Le siècle de la presse, 1830-1939*, Paris, Éditions du Seuil, 2004.

CHIMÈNES, Myriam, *Mécènes et musiciens : du salon au concert à Paris sous la IIIe République*, Paris, Fayard, 2004.

CHION, Michel, art. « Paris », dans Marc Vignal (dir.), *Larousse de la musique*, 2 vol., Paris, Larousse, 1982, p. 1184-1189.

—, *Guide des objets sonores : Pierre Schaeffer et la recherche musicale*, Paris, Buchet-Chastel / Bry-sur-Marne, INA, 1983.

CLARKE, Eric F., *Ways of Listening : An Ecological Approach to the Perception of Musical Meaning*, Oxford, Oxford University Press, 2005.

COCTEAU, Jean, *Le Coq et l'Arlequin : notes autour de la musique*, Paris, Éditions de la Sirène, 1918 ; repris dans *Écrits sur la musique*, textes rassemblés, présentés et annotés par David Gullentops et Malou Haine, Paris, Vrin, 2016, texte n°33, p. 97-129.

CŒUROY, André [Jean Belime], *Panorama de la musique contemporaine* [1928], Paris, Kra, 1930.

—, art. « Paris (École de) », dans Norbert Dufourcq (dir.), *Larousse de la musique, dictionnaire encyclopédique*, 2 vol., Paris, Larousse, 1957, vol. 2, p. 162-162.

CŒUROY, André [Jean Belime] et JARDILLIER, Robert, *Histoire de la musique avec l'aide du disque*, Paris, Delagrave, 1931.

COHEN, Milton A., *Movement, Manifesto, Melee : The Modernist Group, 1910-1914*, Lanham, Lexington Books, 2004

COLLAER, Paul, *La musique moderne*, Paris, Elsevier, 1955 ; 3e éd. Bruxelles, Meddens, 1963.

COLOMB, Joseph, « Un ensemble tchèque peut en cacher un autre : première audition française du *Quatuor n° 1* de Janáček », *Musica bohemica*, 2011, http://musicabohemica.blogspot.fr/2011/03/creation-fse-sonate-kreutzer.html, consulté en juin 2014.

COMBARIEU, Jules et DUMESNIL, René, *Histoire de la musique de l'origine à nos jours*, 5 t., Paris, Colin, 1953-1960.

COOK, Nicholas et POPLE, Anthony, *The Cambridge History of Twentieth-Century Music*, Cambridge, Cambridge University Press, 2004.

COOPER, Martin (dir.), *The Modern Age, 1890-1960*, vol. 10 de *The New Oxford History of Music*, London, Oxford University Press, 1974.

CURINGA, Luisa, *André Jolivet e l'umanesimo musicale nella cultura francese del Novecento*, Roma, Edicampus, 2013.

DANUSER, Hermann, *Die Musik des 20. Jahrhunderts*, vol. 7 de Carl Dahlhaus (dir.), *Neues Handbuch des Musikwissenschaft*, Laaber, Laaber-Verlag, 1984.

DBM : voir BAKER, Theodore et SLONIMSKY, Nicolas

DEROSSI, Piero, art. « Harsányi, Tibor », *DEUMM*, vol. B/3, 1986, p. 450-451.

DEUMM : voir BASSO, Alberto.

Dictionnaire des musiciens suisses / Schweizer Musiker-Lexikon, Zürich, Atlantis, 1964.

DMH : voir Honegger, Marc.

Donnier, Philippe, « Flamenco : structures temporelles », *Cahiers d'ethnomusicologie*, vol. 10, 1997, p. 127-151.

Drew, David, « Modern French Music », dans Howard Hartog (dir.), *European Music in the Twentieth Century*, New York, Praeger, 1957, p. 232-295.

Drot, Jean-Marie, *Les heures chaudes de Montparnasse*, catalogue de l'exposition (Paris, Espace Elektra, [1995]), avec la collaboration de Dominique Polad-Hardouin, Paris, Fondation Électricité de France / Hazan, 1995.

—, *Les heures chaudes de Montparnasse*, série de 14 films, 2 coffrets (6 DVD), Paris, ORTF / INA, 1961-1990.

Druilhe, Paule, *Histoire de la musique*, Paris, Hachette, 1949.

Drumont, Édouard, *La France juive : essai d'histoire contemporaine*, Paris, Gautier, 1886.

Duchêne-Thégarid, Marie, *« Les plus utiles propagateurs de la culture française » ? Les élèves musiciens étrangers à Paris pendant l'entre-deux-guerres*, thèse de doctorat, Tours, Université François-Rabelais, 2015.

Duchesneau, Michel, *L'avant-garde musicale à Paris de 1871 à 1939*, Sprimont, Mardaga, 1997.

—, « Entrevues de musiciens dans la presse musicale française : l'ère des "interventions médiatiques", 1900-1939 », dans Laurence Brogniez et Valérie Dufour (dir.), *Entretiens d'artistes : poétique et pratiques*, Paris, Vrin, 2016, p. 169-185.

Duchesneau, Michel, Dufour, Valérie et Benoit-Otis, Marie-Hélène (dir.), *Écrits de compositeurs : une autorité en question (XIXe et XXe siècles)*, Paris, Vrin, 2013.

Dufour, Valérie, « Le dédoublement du compositeur : autorité et rhétorique de Stravinski au miroir de ses écrits », dans Michel Duchesneau, Valérie Dufour et Marie-Hélène Benoit-Otis (dir.), *Écrits de compositeurs : une autorité en question (XIXe et XXe siècles)*, Paris, Vrin, 2013, p. 17-25.

Dufourcq, Norbert (dir.), *La musique des origines à nos jours*, Paris, Larousse, 1946.

—, *La musique française*, Paris, Picard, 1970.

— (dir.), *Larousse de la musique, dictionnaire encyclopédique*, 2 vol., Paris, Larousse, 1957.

Dumesnil, René, *La musique contemporaine en France*, Paris, Colin, 1930 ; 1949.

—, *Histoire illustrée de la musique*, Paris, Plon, 1934.

Dunoyer de Segonzac, Cecilia, *Marguerite Long (1874-1966) : un siècle de vie musicale française*, Paris, Findakly, 1993.

Durozoi, Gérard, « Une communauté à géométrie variable », dans *L'École de Paris, 1904-1929*, numéro spécial de *Beaux-Arts*, [2000], p. 12-15.

École de Paris, catalogue de l'exposition (Milan, Palazzo Reale, septembre-novembre 1978), préface de Jacques Lassaigne, Milano, Electa, 1978.

L'École de Paris, 1904-1929, numéro spécial de *Beaux-Arts*, [2000].

L'École de Paris, 1904-1929 : la part de l'autre, catalogue de l'exposition (Musée d'art moderne de la Ville de Paris, 30 novembre 2000-11 mars 2001), Paris, Paris-Musées, 2000.

EMF : voir Michel, François.

Exposition internationale arts et techniques – Paris 1937 : guide officiel, Paris, Société pour le développement du tourisme, 1937.

Ehrhardt, Damien, « Les musiciens étrangers et l'émergence du champ musical », dans *Les Paris des migrants*, numéro spécial d'*Hommes et migrations*, n° 1 308, automne 2014, p. 139-147.

Erhardt, Ludwik, *La musique en Pologne*, Varsovie, Interpress, 1974.

Erismann, Guy, *Martinů : un musicien à l'éveil des sources*, Arles, Actes Sud, 1990.

FABRE, Gladys, « Qu'est-ce que l'École de Paris? », dans *L'École de Paris, 1904-1929 : la part de l'autre*, catalogue de l'exposition (Musée d'art moderne de la Ville de Paris, 30 novembre 2000-11 mars 2001), Paris, Paris-Musées, 2000, p. 25-40

FAURE, Michel, *Du néoclassicisme musical dans la France du premier XXe siècle*, Paris, Klincksieck, 1997.

FAUSER, Annegret, « Gendering the Nations : The Ideologies of French Discourse on Music, 1870-1914 », dans Harry White et Michael Murphy (dir.), *Musical Constructions of Nationalism*, Cork, Cork University Press, 2001, p. 72-103.

FEBVRE, Lucien, *Au cœur du religieux du XVIe siècle*, Paris, Sevpen, 1957; Paris, Librairie générale française, 1984.

FEBVRE, Lucien et CROUZET, François, *Nous sommes des sang-mêlés : manuel d'histoire de la civilisation française*, Paris, Albin Michel, 2012.

FEGDAL, Charles, *Essais critiques sur l'art moderne*, Paris, Stock, 1927.

FEUILLÉE, Alfred, *Psychologie du peuple français*, Paris, Alcan, 1898.

FINSCHER, Ludwig (dir.), *Die Musik in Geschichte und Gegenwart : allgemeine Enzyklopädie der Musik*, 27 vol. en 2 séries (S = *Sachteil*; P = *Personenteil*) + 1 *Register* et 1 *Supplement*, Kassel, Bärenreiter, 1994-2008.

FIRCA, Clemansa, « Le "modèle français" dans la musique roumaine de 1890 à 1930 », dans Claude Viala (dir.), *Colloque Franco-Roumain*, actes du colloque (Paris, 4-6 octobre 2001), Paris, Académie musicale de Villecroze, 2006, http://www.academie-villecroze.com/pdf/Colloques/Colloque%20franco-roumain/09%20-%20Firca.pdf, consulté le 10 janvier 2016.

FISCHER, Michel et PISTONE, Danièle (dir.), *Polytonalité / Polymodalité : histoire et actualité*, Paris, Université de Paris-Sorbonne / Observatoire musical français, 2005.

FLÉCHET, Anaïs, *Villa-Lobos à Paris : un écho musical du Brésil*, Paris, L'Harmattan, 2004.

FLORES, Marcello, *Il secolo mondo : storia del Novecento*, 2 vol., Bologna, Il Mulino, 2002.

FOLKMAN, Benjamin, « Alexander Tcherepnin and His Piano Music », dans le livret joint à Alexandre Tchérepnine, *Piano Music, 1913-61*, Alexandre Tchérepnine et Mikhail Shilyaev, piano, 1 disque compact, Toccata Classics, TOCC 0079, 2012, p. 2-13.

FONTANA, Michel, « Race et cosmopolitisme », dans Sarga Moussa (dir.), *L'idée de « race » dans les sciences humaines et la littérature, XVIIIe-XIXe siècles*, Paris, L'Harmattan, 2003, p. 427-437.

FOUCAULT, Michel, *L'archéologie du savoir*, Paris, Gallimard, 1969.

FRANCASTEL, Pierre, *Nouveau dessin, nouvelle peinture : l'École de Paris*, Paris, Librairie Médicis, 1946.

FRANÇOIS-SAPPEY, Brigitte, *Histoire de la musique en Europe*, Paris, Presses universitaires de France, 1992.

FRAPPA, Jean-José, *À Paris, sous l'œil des métèques!*, Paris, Flammarion, 1926.

French Painting Today / Peintres vivants de l'École de Paris, Sydney, Edwards and Shaw, 1953.

FULCHER, Jane, *The Composer as Intellectual : Music and Ideology in France, 1914-1940*, Oxford, Oxford University Press, 2005.

GABEAUD, Alice, *Histoire de la musique*, Paris, Larousse, 1930.

GALLAGHER, Catherine et GREENBLATT, Stephen, *Practicing New Historicism*, Chicago, University of Chicago Press, 2000.

GANCHE, Édouard, *Dans le souvenir de Frédéric Chopin*, Paris, Mercure de France, 1925.

GAUB, Albrecht, art. « Čerepnin, Alexandr », dans *MGG*, vol. P/4, 2000, col. 550-553.

GEERTZ, Clifford, *The Interpretation of Cultures : Selected Essays*, New York, Basic Books, 1973. Version française partielle dans *Bali : interprétation d'une culture*, traduit de l'américain par Denise Paulme et Louis Évrard, Paris, Gallimard, 1983.

Géographie-Atlas du cours supérieur (ancien cours moyen) par une réunion de professeurs, Tours, Mame, 1920.

George, Waldemar [Jerzy Waldemar Jarociński], *Les artistes juifs et l'École de Paris*, Alger, Éditions du Congrès juif mondial, 1959.

Ghéon, Henri, *Promenades avec Mozart : l'homme, l'œuvre, le pays*, Paris, De Brouwer et Cie, 1932.

Gibbons, William, *Building the Operatic Museum : Eighteenth-Century Opera in Fin-de-Siècle Paris*, Rochester, University of Rochester Press, 2013.

Gibson, James J., *The Senses Considered as Perceptual Systems*, Westport, Greenwood Press, 1966.

Ginzburg, Carlo, « Spie : radici di un paradigma indiziario » [1979] ; repris dans *Miti, emblemi, spie : morfologia e storia*, Torino, Einaudi, 1986, p. 158-209. Version française : « Traces », dans *Mythes, emblèmes et traces : morphologie et histoire*, traduit de l'italien par Monique Aymard *et alii*, Paris, Flammarion, 1989, p. 139-181.

Girardet, Raoul, *Le nationalisme français : anthologie, 1871-1914*, Paris, Éditions du Seuil, 1983.

GMO : voir *Grove Music Online*.

Golan, Romy, « The "École française" Vs. the "École de Paris" : The Debate About the Status of Jewish Artists in Paris Between the Wars », dans Romy Golan et Kennetth E. Silver (dir.), *The Circle of Montparnasse : Jewish Artists in Paris, 1905-45*, New York, Universe Books, 1985, p. 81-87.

Goldron, Romain, *L'éveil des écoles nationales*, vol. 10 de *Histoire illustrée de la musique*, Lausanne, Rencontre / Le Guide du disque, 1966.

—, *À la recherche d'un langage*, vol. 11 de *Histoire illustrée de la musique*, Lausanne, Rencontre / Le Guide du disque, 1966.

Goléa, Antoine [Siegfried Goldman], *La musique de la nuit des temps aux aurores nouvelles*, 2 vol., Paris, Leduc, 1977.

Gramont, Élisabeth de, *Mémoires*, t. 4 : *La 13e heure*, Paris, Grasset, 1935.

Green, Nancy, *The Other American in Paris : Businessmen, Countesses, Wayward Youth, 1880-1941*, Chicago, Chicago University Press, 2014. Version française : *Les Américains de Paris : hommes d'affaires, comtesses et jeunes oisifs, 1880-1941*, traduit de l'américain par Patrick Hersant, Paris, Belin, 2014.

Grove5 : voir Blom, Eric.

Grove Music Online, Oxford University Press, http://www.oxfordmusiconline.com.

Guerpin, Martin, *Adieu New York, bonjour Paris ! Les enjeux esthétiques et culturels des appropriations du jazz dans le monde musical savant français (1900-1930)*, 2 vol., thèse de doctorat, Paris / Montréal, Université Paris-Sorbonne / Université de Montréal, 2015.

Guillot, Pierre (dir.), *Hommage au compositeur Alexandre Tansman (1897-1986)*, actes du colloque (Paris, 26 novembre 1997), Paris, Presses de l'Université de Paris-Sorbonne, 2000.

Gurlitt, Wilibald, Eggebrecht, Hans Heinrich et Dahlhaus, Carl (dir.), *Riemann Musik-Lexikon*, 12e éd. en 3 + 2 vol., Mainz, Schött, 1959-1975.

Haefeli, Anton, *Die Internationale Gesellschaft für Neue Musik (IGNM) : ihre Geschichte von 1922 bis zur Gegenwart*, Zürich, Atlantis Musikbuch-Verlag, 1982.

—, « Die Emigranten und ihr Einfluß auf die Profilierung und Politisierung der Internationalen Gesellschaft für Neue Musik (IGNM) », dans Horst Weber (dir.), *Musik in der Emigration, 1933-1945 : Verfolgung, Vertreibung, Rückwirkung*, Stuttgart, Metzler, 1994, p. 136-152.

Haine, Malou, « Jean Cocteau, impresario musical à la croisée des arts », dans Sylvain Caron, François de Médicis et Michel Duchesneau (dir.), *Musique et modernité en France, 1900-1945*, Montréal, Presses de l'Université de Montréal, 2006, p. 69-134.

HALÁSZ, Péter (révision de l'article de John S. Weissmann dans *MGG1*), art. « Harsanyi », dans *MGG*, vol. P/8, 2002, col. 723-726.

HALBREICH, Harry, *Bohuslav Martinů : Werkverzeichnis und Biografie*, Zürich, Atlantis, 1968 ; Mainz, Schott, 2007.

HALBREICH, Harry et Cl. S. [initiales qui ne correspondent à aucun des collaborateurs listés au début du volume], art. « Martinu Bohuslav », dans *EMF*, vol. 3, p. 160-161.

HALEY, Allan *et alii*, *Typography Referenced : A Comprehensive Visual Guide to the Language, History, and Practice of Typography*, Beverly, Rockport, 2012.

HAMILTON YEOLAND, Rosemary, *La contribution littéraire de Camille Mauclair au domaine musical parisien*, Lewiston, Mellen, 2008.

HANSEN, Arlen J., *Expatriate Paris : A Cultural and Literary Guide to Paris of the 1920s*, New York, Arcade Publishing, 2012.

HEPOKOSKI, James A., « Formulaic Openings in Debussy », *19th-Century Music*, vol. 8, n° 1, 1984, p. 44-59.

HEPOKOSKI, James et DARCY, Warren, *Elements of Sonata Theory : Norms, Types, and Deformations in the Late Eighteenth-Century Sonata*, Oxford, Oxford University Press, 2006.

HERBERT, James D., *Paris 1937 : Worlds on Exhibition*, Ithaca, Cornell University Press, 1998.

HERRIOT, Édouard, *La vie de Beethoven*, Paris, Gallimard, 1929.

HESS, Charles, compte rendu de Raymond Nacenta, *School of Paris : The Painters and the Artistic Climate of Paris since 1910*, Greenwich (CT), New York Graphic Society, 1960, paru dans *Art Journal*, vol. 21, n° 4, 1962, p. 286.

HILL, Peter et SIMEONE, Nigel, *Messiaen*, New Haven, Yale University Press, 2005. Version française *Olivier Messiaen*, traduit de l'anglais par Lucie Kayas, Paris, Fayard, 2008.

HIRSBRUNNER, Theo, *Die Musik in Frankreich im 20. Jahrhundert*, Laaber, Laaber-Verlag, 1995.

—, « Die *Sept pièces brèves* (1920) von Arthur Honegger in ihrem musikhistorischen Umfeld », dans Hermann Danuser (dir.), *Die Klassizistische Moderne in der Musik des 20. Jahrhunderts*, actes du colloque (Bâle, Paul Sacher Stiftung, 1996), Winterthur, Amadeus, 1997, p. 103-116.

Histoire illustrée de la musique, 20 vol., Lausanne, Rencontre / Le Guide du disque, 1965-1966.

HODEIR, André, *La musique depuis Debussy*, Paris, Presses universitaires de France, 1961.

HOÉRÉE, Arthur, art. « Harsányi, Tibor », dans *New Grove*, vol. 8, p. 258.

HOÉRÉE, Arthur et Kelly, Barbara, art. « Tibor Harsányi », dans *GMO*, http://www.oxfordmusiconline.com/subscriber/article/grove/music/12457, consulté en septembre 2013.

HOFFELÉ, Jean-Charles, *Manuel de Falla*, Paris, Fayard, 1992.

HONEGGER, Marc (dir.), *Dictionnaire de la musique : les hommes et leurs œuvres*, 2 t., Paris, Bordas, 1970-1979.

HOPKINSON, Cecil, *A Dictionary of Parisian Music Publishers, 1700-1950*, London, chez l'auteur, 1954.

HOURTICQ, Louis, *Génie de la France*, Paris, Presses universitaires de France, 1944.

HUCHER, Yves, *Florent Schmitt*, Paris, Plon / Le bon plaisir, 1953.

HUGON, Gérald, « Présentation du compositeur et de son œuvres », dans Pierre Guillot (dir.), *Hommage au compositeur Alexandre Tansman (1897-1986)*, actes du colloque (Paris, 26 novembre 1997), Paris, Presses de l'Université de Paris-Sorbonne, 2000, p. 15-27.

—, « Alexandre Tansman : origines et trajectoire d'un accomplissement artistique », dans Alexandre Tansman, *Une voie lyrique dans un siècle bouleversé*, textes réunis par Mireille Tansman-Zanuttini, préfacés et annotés par Gérald Hugon, Paris, L'Harmattan, 2005, p. 7-50.

—, « L'œuvre d'Alexandre Tansman : catalogue pratique », dans *Musica et memoria*, 2012, http://musimem.com/biographies.html, art. « Alexandre Tansman ».

HUPPERT, George, « Lucien Febvre and Marc Bloch : The Creation of the *Annales* », *The French Review*, vol. 55, n° 4, 1982, p. 510-513.

HURARD-VILTARD, Éveline, *Le Groupe des Six, ou Le matin d'un jour de fête*, Paris, Klincksieck, 1987.

HURÉ, Jean, *Défense et illustration de la musique française*, Angers, [s. éd.], 1915; 3ᵉ éd. revue, corrigée et augmentée, Paris, Senart, [1920].

JACKSON, Jeffrey H., *Making Jazz French : Music and Modern Life in Interwar Paris*, Durham, Duke University Press, 2003.

JAMIN, Jacqueline, *De la lyre d'Orphée à la musique électronique*, Paris, Leduc, 1961.

JARRASSÉ, Dominique, « La critique d'art dans les revues juives de langue française durant l'entre-deux-guerres : Jacques Biélinky et la part juive de l'École de Paris », dans Rossella Froissart Pezone et Yves Chevrefils Desbiolles (dir.), *Les revues d'art : formes, stratégies et réseaux au XXᵉ siècle*, Rennes, Presses universitaires de Rennes, 2011, p. 79-90.

JEAN-AUBRY, G. [Jean-Frédéric-Émile Aubry], *La musique et les nations*, Paris, Éditions de la Sirène / Londres, Chester, 1922.

JOLIVET, André, « Douze entretiens avec Antoine Goléa » (1960), repris dans *Écrits*, 2 vol., édités par Christine Jolivet-Erlih, Sampzon, Delatour, 2006.

JOUTARD, Philippe, « La pratique de l'histoire orale en France », dans Fabrice d'Almeida et Denis Maréchal (dir.), *L'histoire orale en question*, Bry-sur-Marne, INA, 2013, p. 11-33.

JUNYK, Ihor, *Foreign Modernism : Cosmopolitanism, Identity, and Style in Paris*, Toronto, University of Toronto Press, 2013.

KALLBERG, Jeffrey, « Hearing Poland : Chopin and Nationalism », dans R. Larry Todd (dir.), *Nineteenth-Century Piano Music*, New York, Schirmer, 1994; New York, Routledge, 2004, p. 221-257.

KANGASLAHTI, Kate, « The École de Paris, Inside and Out : Reconsidering the Experience of the Foreign Artists in Interwar France », dans Jaynie Anderson (dir.), *Crossing Cultures : Conflict, Migration and Convergence*, actes du *32ᵉ Congrès international d'histoire de l'art* (Melbourne, 13-18 janvier 2008), Victoria, Miegunyah Press / Melbourne University Publishing, 2009, p. 602-606.

—, « Foreign Artists and the École de Paris : Critical and Institutional Ambivalence between the Wars », dans Natalie Adamson et Toby Norris (dir.), *Academics, Pompiers, Official Artists and the Arrière-garde : Defining Modern and Traditional in France, 1900-1960*, Newcastle, Cambridge Scholars, 2009, p. 85-111.

KAYAS, Lucie, *André Jolivet*, Paris, Fayard, 2005.

KASPI, André et MARÈS, Antoine (dir.), *Le Paris des étrangers, depuis un siècle*, Paris, Imprimerie nationale, 1989.

KELKEL, Manfred, « L'École de Paris, une fiction? », dans Pierre Guillot (dir.), *Hommage au compositeur Alexandre Tansman (1897-1986)*, actes du colloque (Paris, 26 novembre 1997), Paris, Presses de l'Université de Paris-Sorbonne, 2000, p. 85-89.

KELLY, Barbara, *Tradition and Style in the Works of Darius Milhaud, 1912-1939*, Aldershot, Ashgate, 2003.

— (dir.), *French Music, Culture, and National Identity, 1870-1939*, Rochester, Rochester University Press, 2008.

—, *Music and Ultra-Modernism in France : A Fragile Consensus, 1913-1939*, Woodbridge, Boydell, 2013.

KOBRY, Yves, « Peintres et juifs », dans *L'École de Paris, 1904-1929*, numéro spécial de *Beaux-Arts*, [2000], p. 8-11.

KORABELNIKOVA, Ludmila, *Alexandr Čerepnin : dolgoe stranstvie*, Moskva, Iazyki russkoi kul'tury, 1999. Version américaine : *Alexander Tcherepnin : The Saga of a Russian Emigré Composer*, traduit du russe par Anna Winestein, édité par Sue-Ellen Hershman-Tcherepnin, Bloomington, Indiana University Press, 2008.

KOSELLECK, Reinhard, « Einleitung », dans Otto Brunner, Werner Konze et Reinhard Koselleck (dir.), *Geschichtliche Grundbegriffe : historisches Lexikon zur politisch-sozialen Sprache in Deutschland*, t. 1, Stuttgart, Klett-Gotta, 1972, p. xiii-xxvii.

—, « *Begriffsgeschichte* and Social History », *Economy and Society*, vol. 11, n° 4, 1982, p. 409-427.

KREBS, Sophie, « Soutine et les débats de son époque », dans Marie-Paule Vial (dir.), *Chaïm Soutine (1893-1943) : l'ordre du chaos*, catalogue de l'exposition (Paris, Musée de l'Orangerie, 3 octobre 2012-21 janvier 2013), Paris, Musée d'Orsay / Hazan, 2012, p. 14-24.

KRONNING, Hans, « Modalité et médiation épistémiques », dans Régine Delamotte-Legrand (dir.), *Les médiations langagières*, actes du colloque *La médiation : marquages en langue et en discours* (Université de Rouen, décembre 2000), 2 vol., Rouen, Publications de l'Université de Rouen, 2004, vol. 1 : *Des faits de langue aux discours*, p. 35-65.

LACOMBE, Hervé, *Francis Poulenc*, Paris, Fayard, 2013.

LAFORGUE, Paul, *Les Complaintes*, Paris, Vanier, 1885.

LALO, Pierre, « Défense et illustration de la musique française », dans *Le théâtre lyrique en France depuis les origines jusqu'à nos jours : conférences sur la musique*, vol. 1, Paris, Radio-Paris, 1935-1936, p. 7-16.

LANGHAM-SMITH, Richard et POTTER, Caroline (dir.), *French Music since Berlioz*, Aldershot, Ashgate, 2006.

LANDORMY, Paul, *Histoire de la musique*, Paris, Delaplane, 1910 ; [2e] éd. revue et augmentée, Paris, Mellottée, 1923 ; [3e] éd. entièrement revue et considérablement augmentée, Paris, Mellottée, 1942.

—, *La musique française après Debussy*, Paris, Gallimard / NRF, 1943.

LANDOWSKI, Marcel, *Batailles pour la musique*, Paris, Éditions du Seuil, 1979.

LANDOWSKI, Wanda L., *Histoire de la musique moderne, 1900 à 1940*, Paris, Aubier, 1941.

LARIONOV, Michel, *Diaghilev et les Ballets Russes*, Paris, La Bibliothèque des arts, 1970.

LA LAURENCIE, Lionel de, *L'École française de violon, de Lully à Viotti. Études d'histoire et d'esthétique*, 3 vol., Paris, Delagrave, 1922-1924.

LAVISSE, Ernest, *La première année d'histoire de France*, Paris, Colin, 1876.

— (dir.), *Histoire de France depuis les origines jusqu'à la Révolution*, 9 t. en 18 vol., Paris, Hachette, 1900-1911.

—, *Histoire de France. Cours moyen*, Paris, Colin, 1912 ; [51e] éd. 1953.

— (dir.), *Histoire de France contemporaine depuis la Révolution jusqu'à la paix de 1919*, 10 vol., Paris, Hachette, 1921-1922.

LAZZARO, Federico, *Danza, incantesimo e preghiera : il « rinnovamento espressivo » nella musica francese degli anni '30 del Novecento*, thèse de doctorat, Pavia, Università degli studi di Pavia, 2011.

—, compte rendu de Alexandre Tansman, *Regards en arrière : itinéraire d'un musicien cosmopolite au XXe siècle*, texte édité par Cédric Segond-Genovesi avec la collaboration de Mireille Tansman Zanuttini et Marianne Tansman Martinozzi, Château-Gontier, Aedam musicae, 2013, paru dans *Revue de musicologie*, vol. 99, n° 1, 2013, p. 189-192.

LEIBOWITZ, René, *Schönberg et son école : l'étape contemporaine du langage musical*, Paris, Janin, 1947.

LEMAIRE, Frans C., *Le destin russe et la musique : un siècle d'histoire de la Révolution à nos jours*, Paris, Fayard, 2005.

LLANO, Samuel, *Whose Spain? Negotiating « Spanish Music » in Paris, 1908-1929*, Oxford, Oxford University Press, 2013.

LOBSTEIN, Dominique, *Dictionnaire des Indépendants, 1884-1914*, 3 t., Dijon, L'Échelle de Jacob, 2003.

LORENT, Catherine, *Florent Schmitt*, Paris, Bleu nuit, 2012.

LOURME, Louis, *Qu'est-ce que le cosmopolitisme?*, Paris, Vrin, 2012.

LUISO, Francesco P., *Diritto processuale civile*, 5 vol., 5 e éd., Milano, Giuffré, 2009.

MACHABEY, Armand, *Précis-manuel d'histoire de la musique depuis l'antiquité jusqu'à nos jours*, Paris, Lemoine, 1942.

Les Maîtres de l'art indépendant, 1895-1937, catalogue de l'exposition (Paris, Petit Palais, juin-octobre 1937), Paris, Éditions Arts et métiers graphiques, 1937.

MALHAIRE, Philippe, « Redéfinir la polytonalité », dans Philippe Malhaire (dir.), *Polytonalités*, Paris, L'Harmattan, 2011, p. 13-38.

MALINOWSKI, Jerzy, « O genezie tworczosci tzw : Grupy Czterech », *Acta Universitatis Nicolai Copernici*, n° 338, 2000, p. 159-192. Version française : « Genèse artistique du Groupe des Quatre », traduit du polonais, dans [Kenneth Mesdag Ritter, (dir.)], *École de Paris : le Groupe des Quatre*, Paris, Lachenal et Ritter, 2000, p. 45-75.

MANZONI, Alessandro, *I promessi sposi* (1827), éd. critique de Salvatore Silvano Nigro, Milano, Mondadori, 2002. Version française : *Les Fiancés : histoire milanaise du XVII e siècle*, traduit de l'italien par Yves Branca, Paris, Gallimard, 1995.

MÁRAI, Sándor, *Idegen emberek*, Budapest, Pantheon, 1930. Version française : *Les Étrangers*, traduit du hongrois par Catherine Fay, Paris, Albin Michel, 2012.

MARTINÈS, C., *Histoire de la musique*, Paris, Salabert, 1951.

MASSIN, Brigitte et MASSIN, Jean (dir.), *Histoire de la musique occidentale*, Paris, Messidor, 1983; Paris, Fayard, 1985.

MAUCLAIR, Camille [Camille Faust], *La farce de l'art vivant II : les métèques contre l'art français*, Paris, La Nouvelle Revue critique, 1930.

MCCULLOUGH, David, *The Greater Journey : Americans in Paris*, New York, Simon & Schuster, 2011. Version française *Le voyage à Paris : les Américains à l'école de la France, 1830-1900*, traduit de l'américain par Pierre-Emmanuel Dauzat, Paris, La Librairie Vuibert, [2014].

MCEWEN, Frank (dir.), *An Exhibition of Paintings of the École de Paris*, catalogue de l'exposition (Londres, 1951), Edinburgh, Arts Council, 1952.

MCKEE, Eric, *Decorum of the Minuet, Delirium of the Waltz : A Study of Dance-Music Relations in ¾ Time*, Bloomington, Indiana University Press, 2012.

MÉDICIS, François de, « Darius Milhaud and the Debate on Polytonality in the French Press of the 1920s », *Music & Letters*, vol. 86, n° 4, 2005, p. 573-591.

—, « La polytonalité selon Darius Milhaud : "Plus subtile dans la douceur, plus violente dans la force..." », dans Michel Fischer et Danièle Pistone (dir.), *Polytonalité / Polymodalité : histoire et actualité*, Paris, Université de Paris-Sorbonne / Observatoire musical français, 2005, p. 91-115.

MENEGALDO, Hélène, *Les Russes à Paris, 1919-1939*, Paris, Autrement, 1998.

MESSIAEN, Olivier, *Technique de mon langage musical*, 2 vol., Paris, Leduc, 1944.

—, *Traité de rythme, de couleur et d'ornithologie, 1949-1992*, 7 t., Paris, Leduc, 1994-2002.

MESSING, Scott, *Neoclassicism in Music : From the Genesis of the Concept through the Schoenberg/ Stravinsky Polemic*, Rochester, University of Rochester Press, 1988.

MGG : voir FINSCHER, Lugwig.

MGG1 : voir BLUME, Friedrich.

MICHEL, François (dir.), *Encyclopédie de la musique*, 3 vol., Paris, Fasquelle, 1958-1961.

MICHELET, Jules, *Histoire de France*, 5 t., Paris, Hachette, 1833-1841.

MIHALOVICI, Marcel, « Adieu à Alexandre Tcherepnine », *ADAM*, vol. 41, n°s 404-406, 1978, p. 18-19.

MIHULE, Jaroslav, *Bohuslav Martinů*, Praha, Supraphon, 1966. Version française modifiée : *Bohuslav Martinů*, Praha, Orbis, 1972.

MILHAUD, Darius, *Ma vie heureuse*, Paris, Belfond, 1987 ; Bourg-la-Reine, Zurfluh, 1998.

MILLER, Catherine, *Cocteau, Apollinaire, Claudel et le Groupe des Six*, Sprimont, Mardaga, 2003.

MIRKA, Danuta (dir.), *The Oxford Handbook of Topic Theory*, Oxford, Oxford University Press, 2014.

Modalité et évidentialité en français, numéro monographique de *Langue française*, n° 173, 2012.

MONNERET, Jean, *Catalogue raisonné du Salon des Indépendants, 1884-2000 : les Indépendants dans l'histoire de l'art*, Paris, Salon des Indépendants / Grand-Palais des Champs-Élysées, 2000.

MOORE, Rachel, « "À ne pas ouvrir pendant la guerre" : l'union sacrée et la mobilisation de l'édition musicale, 1914-1918 », dans Florence Doé de Maindreville et Stéphan Etcharry (dir.), *La Grande Guerre en musique : vie et création musicales en France pendant la Première Guerre mondiale*, Bruxelles, PIE Peter Lang, 2014, p. 253-269.

MORGAN, Robert P., *Twentieth-Century Music : A History of Musical Style in Modern Europe and America*, New York, Norton, 1991.

MOURLOT, Fernand, *Les affiches originales des maîtres de l'École de Paris*, Paris, Sauret, 1959.

MOUSSA, Sarga (dir.), *L'idée de « race » dans les sciences humaines et la littérature, XVIIIe- XIXe siècles*, actes du colloque (Lyon, 16-18 novembre 2000), Paris, L'Harmattan, 2003.

MUSSAT, Marie-Claire, « La réception de Schönberg en France avant la Seconde Guerre mondiale », *Revue de musicologie*, vol. 87, n° 1, 2001, p. 145-186.

MYERS, Rollo, *Modern French Music*, Oxford, Blackwell, 1971.

NACENTA, Raymond, *School of Paris : The Painters and the Artistic Climate of Paris since 1910*, Greenwich (CT), New York Graphic Society / London, Oldbourne Press, 1960. Version française : *École de Paris : son histoire, son époque*, Neuchâtel, Ides et calendes / Paris, Seghers, [1960].

Nathalie Gontcharova - Michel Larionov, catalogue de l'exposition (Paris, Centre Georges Pompidou, 21 juin-18 septembre 1995 ; Martigny, Fondation Pierre Gianadda, 10 novembre 1995-21 janvier 1996 ; Milan, Fondazione Mazzotta, 24 février-26 mai 1996), Paris, Éditions du Centre Pompidou, 1995.

NATTIEZ, Jean-Jacques (dir.), *Enciclopedia della musica*, 5 vol., Torino, Einaudi, 2001-2005. Version française : *Musiques : une encyclopédie pour le XXIe siècle*, 5 vol., Arles, Actes Sud, 2003-2007.

NECTOUX, Jean-Michel, *Gabriel Fauré : la voix du clair-obscur*, Paris, Fayard, 2008.

New Grove : voir SADIE, Stanley.

NICHOLS, Roger, *The Harlequin Years : Music in Paris, 1917-1929*, London, Thames & Hudson, 2002.

NIESZAWER, Nadine, *Artistes juifs de l'École de Paris, 1905-1939 / Jewish Artists of the School of Paris*, préface de Claude Lanzmann, Paris, Somogy Éditions d'art, 2016.

NIESZAWER, Nadine, BOYE, Marie et FOGEL, Paul, *Peintres juifs à Paris, 1905-1939 : École de Paris*, Paris, Denoël, 2000.

NIETO PALACIOS, María, *La renovación musical en Madrid durante la dictadura de Primo de Rivera : el Grupo de los Ocho (1923-1931)*, Madrid, Sociedad Española de Musicología, 2008.

NOIRIEL, Gérard, *Le creuset français : histoire de l'immigration, XIXe-XXe siècle*, Paris, Éditions du Seuil, 1988.

—, *Population, immigration et identité nationale en France, XIXe-XXe siècle*, Paris, Hachette, 1992.

—, *Immigration, antisémitisme et racisme en France, XIXe-XXe siècle : discours publics, humiliations privées*, Paris, Fayard, 2007.

NYEKI, Maria, « Les Hongrois et leur musique », dans Danièle Pistone (dir.), *Musique et musiciens à Paris dans les années trente*, Paris, Champion, 2000, p. 533-545.

OLOWU, A. A., *Xenophobia : A Contemporary Issue in Psychology*, Ile-Ife (Nigeria), Ife Centre for Psychological Studies, 2008.

ORY, Pascal (dir.), *Dictionnaire des étrangers qui ont fait la France*, avec la collaboration de Marie-Claude Blanc-Chaléard, Paris, Robert Laffont, 2013.

PAGÉ, Suzanne, « Avant-propos », dans *L'École de Paris, 1904-1929 : la part de l'autre*, catalogue de l'exposition (Musée d'art moderne de la Ville de Paris, 30 novembre 2000-11 mars 2001), Paris, Paris-Musées, 2000, p. 17-19.

PAPE, Mathias, « Mozart – Deutscher ? Österreicher ? Oder Europäer ? Das Mozart-Bild in seinen Wandlungen vor und nach 1945 », *Acta Mozartiana*, vol. 56, n°s 3-4, 1997, p. 53-84.

Les Paris des migrants, numéro monographique d'*Hommes et migrations*, n° 1308, 2014.

PARTON, Anthony, *Mikhail Larionov and the Russian Avant-Garde*, Princeton, Princteon University Press, 1993.

PASLER, Jann, « Theorizing Race in Nineteenth-Century France : Music as Emblem of Identity », *The Musical Quarterly*, vol. 89, n° 4, 2006, p. 459-504.

PENESCO, Anne et PENESCO, Mihnea, art. « Mihalovici, Marcel », dans Marc Vignal (dir.), *Larousse de la musique*, 2 vol., Paris, Larousse, 1982, vol. 2, p. 1026 ; 2 éd. en un seul vol., sans auteur spécifié, 2001, p. 653.

PEPPERCORN, Lisa, *The World of Villa-Lobos in Pictures and Documents*, Aldershot, Scholar Press, 1996

PITTION, Paul, *La musique et son histoire*, 2 t., Paris, Éditions Ouvrières, 1961.

PORCILE, François, *La Belle époque de la musique française, 1871-1940*, Paris, Fayard, 1999.

POULENC, Francis, *Correspondance*, éditée par Myriam Chimènes, Paris, Fayard, 1994.

—, *J'écris ce qui me chante*, textes et entretiens réunis, présentés et annotés par Nicolas Southon, Paris, Fayard, 2011.

PROKOFIEV, Sergueï, *Diaries, 1924-1933*, traduits du russe en anglais et annotés par Anthony Phillips, London, Faber & Faber, 2012.

PULCINI, Franco, art. « Martinů, Bohuslav Jan », dans *DEUMM*, vol. B/4, 1986, p. 691-693.

QUESNEY, Cécile, *Compositeurs français à l'heure allemande, 1940-1944 : le cas de Marcel Delannoy*, thèse de doctorat, Paris / Montréal, Université Paris-Sorbonne / Université de Montréal, 2014.

RAE, Caroline, art. « Alexandre Tansman », dans *GMO*, http://www.oxfordmusiconline.com/subscriber/article/grove/music/27479, consulté en septembre 2013.

REBATET, Lucien, *Une histoire de la musique*, Paris, Robert Laffont, 1969.

REICH, Willi, *Alexander Tscherepnin*, Frankfurt, Belaieff, 1962. Version française : *Alexandre Tchérepnine*, traduit de l'allemand par Harry Halbreich, Paris, Richard-Masse / La Revue musicale, 1962.

RÉMI-GIRAUD, Sylvianne, « Le mot *race* dans les dictionnaires français du XIXe siècle », dans Sarga Moussa (dir.), *L'idée de « race » dans les sciences humaines et la littérature, XVIIIe-XIXe siècles*, Paris, L'Harmattan, 2003, p. 205-221.

RENAN, Ernest, *Qu'est-ce qu'une nation ?*, conférence (Paris, Sorbonne, 11 mars 1882) ; texte repris dans Raoul Girardet, *Le nationalisme français : anthologie, 1871-1914*, Paris, Éditions du Seuil, 1983, p. 65-67.

RENTSCH, Ivana, art. « Martinů », dans *MGG*, vol. P/11, 2004, col. 1 211-1 224.

REVEL, Judith, *Foucault, une pensée du discontinu*, Paris, Mille et une nuits, 2010.

RICCI, Franco Carlo, *Vittorio Rieti*, Roma, Edizioni scientifiche italiane, 1987 ; éd. électronique, [s.d.], http://www.liberliber.it/mediateca/libri/r/ricci/vittorio_rieti/pdf/ricci_vittorio_rieti.pdf, consulté en septembre 2014.

[RITTER, Kenneth Mesdag (dir.)], *École de Paris : le Groupe des Quatre*, Paris, Lachenal et Ritter, 2000.

RODITI, Eduardo, « Quand l'art français devient École de Paris », dans [Kenneth Mesdag Ritter (dir.)], *École de Paris : le Groupe des Quatre*, Paris, Lachenal et Ritter, 2000, p. 39-42.

ROHOZINSKI, Ladislas de (dir.), *Cinquante ans de musique française, de 1874 à 1925*, Paris, Les éditions musicales de la Librairie de France, 1925.

ROLAND-MANUEL [Roland Alexis Manuel Lévy] (dir.), *Histoire de la musique*, 2 vol., Paris, Gallimard, 1963

ROSEN, Charles, *Sonata Forms*, New York, Norton, 1980. Version française : *Formes sonate*, traduit de l'américain par Alain et Marie-Stella Pâris, Arles, Actes Sud, 1993.

ROSTAND, Claude, *Les chefs-d'œuvre du piano*, Paris, Plon / Éditions Le bon plaisir, 1950.

—, *La musique française contemporaine*, Paris, Presses universitaires de France, 1957.

ROSTECK, Jens, art. « Tansman », dans *MGG*, vol. P/16, 2006, col. 491-494.

—, « La portrait urbain dans la musique instrumentale de Milhaud », dans Jacinthe Harbec et Marie-Noëlle Lavoie (dir.), *Darius Milhaud : compositeur et expérimentateur*, Paris, Vrin, 2014, p. 89-97.

ROUSSEL, Albert, *Lettres et écrits*, textes réunis et présentés par Nicole Labelle, Paris, Flammarion, 1987.

ROUSSEAU, Jean-Jacques, *Dictionnaire de musique*, Paris, Veuve Duchesne, 1768 ; éd. critique par Claude Dauphin, Bern, Lang, 2008.

ROY, Jean, *Musique française*, Paris, Debresse, 1962.

—, « Compositeurs de l'entre-deux-guerres », dans *150 ans de musique française, 1789-1939*, actes du colloque (Lyon, 9-10 mars 1991), Lyon, Biennale de la musique française / Arles, Actes Sud, 1991, p. 173-179.

—, *Le groupe des Six*, Paris, Édition du Seuil, 1994.

ROZENBAUM, Gisèle, CHOMENTOWSKI, Edith et BOYÉ-TAILLAN, Marie, *David Garfinkiel : école de Paris*, Paris, Eska, 2006.

RYBKA, F. James, *Bohuslav Martinů : The Compulsion to Compose*, Lanham, The Scarecrow Press, 2011.

SABANEYEFF [SABANEIEV], Leonid, *Modern Russian Composers*, [New York], International Publishers, 1927.

SADIE, Stanley (dir.), *The New Grove Dictionary of Music and Musicians*, 20 vol., London, Macmillan, 1980.

SALVETTI, Guido, *La nascita del Novecento*, vol. 10 de *Storia della musica*, Torino, EDT / Società italiana di musicologia, 1991.

SAMUEL, Claude, *Panorama de l'art musical contemporain*, Paris, Gallimard, 1962.

—, *Permanences d'Olivier Messiaen : dialogues et commentaires*, Arles, Actes Sud, 1999.

SANCHEZ, Pierre, *Dictionnaire des Indépendants : répertoire des exposants et liste des œuvres présentées, 1920-1950*, 3 t., Dijon, L'Échelle de Jacob, 2008.

ŠAFRÁNEK, Miloš, *Bohuslav Martinů : The Man and His Music*, London, Dennis Dobson, 1946.

—, *Bohuslav Martinů : život a dílo*, Praha, Státní Hudební, 1961. Version anglaise : *Bohuslav Martinů : His Life and Works*, traduit du tchèque par Roberta Finlayson-Samsourová, London, Allan Wingate, 1962.

SCHLŒZER, Boris de, *Comprendre la musique : contribution à La Nouvelle revue française et à La Revue musicale, 1921-1956*, éd. établie et présentée par Timothée Picard, Rennes, Presses universitaires de Rennes, 2011.

SCHMIDL, Carlo, *Dizionario universale dei musicisti*, 2 vol. et supplément, Milano, Sonzogno, 1928-1938.

SCHMIDT, Carl B., *Francis Poulenc (1899-1963) : A Catalogue*, Oxford, Clarendon Press, 1995.

SCHMITT, Éric-Emmanuel, *Lorsque j'étais une œuvre d'art*, Paris, Albin Michel, 2002.

SCHNEIDER, David E., *Bartók, Hungary, and the Renewal of Tradition : Case Studies in the Intersection of Modernity and Nationality*, Berkeley, University of California Press, 2006.

School of Paris 1959 : The Internationals, Minneapolis, Walker Art Center, 1959.

SCHOR, Ralph, *L'opinion française et les étrangers en France, 1919-1939*, [Paris], Publications de la Sorbonne, 1985.

—, *L'antisémitisme en France dans l'entre-deux-guerres, prélude à Vichy*, Paris, Complexe, 2005.

SCHWERKE, Irving, *Alexandre Tansman, compositeur polonais*, Paris, Eschig, 1931.

SCOTT, Derek B., « "I Changed My Olga for the Britney" : Occidentalism, Auto-Orientalism and Global Fusion in Music », dans Vesa Kurkela et Markus Mantere (dir.), *Critical Music Historiography : Probing Canons, Ideologies and Institutions*, Farnham, Ashgate, 2015, p. 141-158.

SEIGNOBOS, Charles, *Histoire sincère de la nation française*, Paris, Presses universitaires de France, 1933 ; 7e éd. 1969.

SELVA, Guy, *Une artiste incomparable : Blanche Selva, pianiste, pédagogue, musicienne*, La Touche, Association Blanche Selva, 2010.

SEROUSSI, Edwin *et alii*, art. « Jewish Music », dans *GMO*, http://www.oxfordmusiconline.com/subscriber/article/grove/music/41322, consulté en janvier 2014.

SHAPIRO, Robert (dir.), *Les Six : The French Composers and Their Mentors Jean Cocteau and Erik Satie*, London, Peter Owen, 2011.

SIMEONE, Nigel, « Music at the 1937 Paris Exposition : The Science of Enchantment », *The Musical Times*, vol. 143, n° 1 878, 2002, p. 9-17.

—, « *La Spirale* and *La Jeune France* : Group Identities », *The Musical Times*, vol. 143, n° 1 880, 2002, p. 10-36.

SIMON, Yannick, *Composer sous Vichy*, Lyon, Symétries, 2009.

SL [= *Schriftleitung*, « Rédaction »], art. « Beck », dans *MGG*, vol. P/2, 1999, col. 605-606.

SOCIÉTÉ DES « ARTISTES INDÉPENDANTS », *Catalogue de la 34e exposition* (Grand-Palais des Champs-Élysées, 10 février-11 mars 1923), Paris, [s. éd.], 1923.

—, *Catalogue de la 35e exposition* (Grand-Palais des Champs-Élysées, 9 février-12 mars 1924), Paris, [s. éd.], 1924.

SOLLORS, Werner, *Ethnic Modernism*, vol. 6 de *The Cambridge History of American Literature*, Cambridge, Cambridge University Press, 2002.

Sovremennogo frantsuzskogo iskusstva [*L'art français contemporain*], catalogue de l'exposition (Moscou, Musée national d'art moderne occidental [*Gosudarstvenniy Muzei novogo zapadnogo iskusstva*] et Galerie nationale Tratiakov [*Gosudarstvennaia Tretiakovskaia galereia*], 1er mai-6 juin 1928), Moskva, Komiteta vystavki, 1928.

STRAUS, Joseph N., *Introduction to Post-Tonal Theory*, Englewood Cliffs, Prentice-Hall, 1990 ; 4e éd., New York, Norton, 2016.

SUCHOWIEJKO, Renata, « Le "debussysme" à la polonaise : sur les traces de la formation d'un mythe », dans Myriam Chimènes et Alexandra Laederich (dir.), *Regards sur Debussy*, Paris, Fayard, 2013, p. 463-475.

SUSAK, Vita, « École de Paris / School of Paris », dans *School of Paris : Painters, Sculptors*, anciennement en ligne à l'adresse http//:www.school-of-paris.org (consulté en février 2014, désormais inactif).

SYTOVA, Alla, *The Lubok : Russian Folk Pictures, 17th to 19th Century*, Leningrad, Aurora Art Publishers, 1984.

TALMA-DAVOUS, Ewa, *Alexandre Tansman (1897-1986) : un polonais à Paris*, catalogue de l'exposition (Paris, Bibliothèque nationale de France, Département de la Musique, 3 novembre-31 décembre 1997), Paris, Bibliothèque nationale de France, 1997.

TANSMAN, Alexandre, *Une voie lyrique dans un siècle bouleversé*, textes réunis par Mireille Tansman-Zanuttini, préfacés et annotés par Gérald Hugon, Paris, L'Harmattan, 2005.

—, *Regards en arrière : itinéraire d'un musicien cosmopolite au XXe siècle*, texte édité par Cédric Segond-Genovesi avec la collaboration de Mireille Tansman Zanuttini et Marianne Tansman Martinozzi, Château-Gontier, Aedam musicae, 2013.

—, *Un musicien entre deux guerres : correspondance avec Édouard Ganche, 1922-1941*, rassemblée et annotée par Ludovic Florin et Mireille Tansman Zanuttini, Château-Gontier, Aedam Musicae, [à paraître].

TARUSKIN, Richard, *Stravinsky and the Russian Traditions : A Biography of the Works through Mavra*, 2 vol., Berkeley, University of California Press, 1996.

—, *Defining Russia Musically*, Princeton, Princeton University Press, 1997.

—, *Music in the Early Twentieth Century*, vol. 4 de Richard Taruskin, *The Oxford History of Western Music*, Oxford, Oxford University Press, 2005.

TAYLOR, Timothy D., *Beyond Exoticism : Western Music and the World*, [Durham], Duke University Press, 2007.

TERRIEN, Pascal (dir.), *Musique française : esthétique et identité en mutation, 1892-1992*, Paris, Delatour, 2012.

TEXIER, Simon, « Paris sur Seine », dans Myriam Bacha (dir.), *Les expositions universelles à Paris de 1855 à 1937*, Paris, Action artistique de la Ville de Paris, 2005, p. 191-196.

TOMASELLA, Giuliana, « Venezia-Parigi-Venezia : la mostra di arte italiana a Parigi e le presenze francesi alla Biennale di Venezia, 1920-1938 », dans Federica Pirani (dir.), *Il futuro alle spalle : Italia-Francia, l'arte tra le due guerre*, catalogue de l'exposition (Rome, Palazzo delle esposizioni, 22 avril-22 juin 1998), Roma, De Luca, 1998, p. 83-93.

TOMESCU, Vasile (révision de l'article d'Oswald d'Estrade-Guerra dans *MGG1*), art. « Mihalovici », dans *MGG*, vol. P/12, 2004, col. 190-191.

TOZZI, Mario, « Sala 40 : la Scuola di Parigi », dans *XVIa Esposizione internazionale d'arte della città di Venezia*, catalogue de l'exposition, Venezia, Ferrari, 1928, p. 121-124.

TREZISE, Simon (dir.), *The Cambridge Companion to French Music*, Cambridge, Cambridge University Press, 2015.

VALENTI, Simonetta, *Camille Mauclair, homme de lettres fin-de-siècle : critique littéraire, œuvre narrative, création poétique et théâtrale*, Milan, Vita e pensiero, 2003.

VAN ACKERE, Jules, *L'âge d'or de la musique française, 1870-1950*, Bruxelles, Meddens, 1966.

VAN DE VELDE, Ernest, *Histoire de la musique des origines à nos jours*, Tours, Van de Velde, 1940.

VAN DER TORN, Pieter, *Stravinsky and The Rite of Spring*, Berkeley, University of California Press, 1987.

VEROLI, Patrizia, « Les Archives internationales de la danse : une histoire dans l'histoire », dans Inge Baxmann, Claire Rousier et Patrizia Veroli, *Les Archives internationales de la danse, 1931-1952*, Pantin, Centre internationale de la danse, 2006, p. 12-43.

VIGNAL, Marc (dir.), *Larousse de la musique*, 2 vol., Paris, Larousse, 1982 ; éd. en un seul vol., 1999 ; 2001.

VIGUÉ, Jean, art. « Harsanyi Tibor », dans *EMF*, vol. 2, p. 426.
VILA, Marie Christine, *Paris musique : de l'école de Notre-Dame à la Cité de la musique, huit siècles d'histoire*, Paris, Parigramme, 2007.
VON DER WEID, Jean-Noël, *La musique du XXe siècle*, Paris, Hachette, 2005.
VUILLERMOZ, Émile, « La symphonie », dans Ladislas de Rohozinski (dir.), *Cinquante ans de musique française, de 1874 à 1925*, Paris, Les éditions musicales de la Librairie de France, 1925, p. 323-388.
—, *Histoire de la musique*, Paris, Fayard, 1949; éd. complétée par Jacques Lonchampt, Paris, Fayard, 1973.
WARNOD, André, *Les berceaux de la jeune peinture : Montmartre, Montparnasse*, Paris, Albin Michel, 1925.
WARNOD, Jeanine, *L'École de Paris : dans l'intimité de Chagall, Foujita, Pascin, Cendrars, Carco, Mac Orlan, à Montmartre et à Montparnasse*, Paris, Arcadia / Le Musée de Montparnasse, 2004.
WARTELLE, Jean-Claude, « La Société d'Anthropologie de Paris de 1859 à 1920 », *Revue d'histoire des sciences humaines*, n° 10, 2004, p. 125-171.
WATKINS, Glenn, *Soundings : Music in the Twentieth Century*, New York, Schirmer / London, Collier Macmillan, 1988.
WEISSMANN, John S., art. « Harsányi, Tibor », dans *Grove5*, vol. 4, 1954, p. 117-119.
WICKES, George, *Americans in Paris*, Garden City, Doubleday / Paris Review Editions, 1969.
WINOCK, Michel, *Le siècle des intellectuels*, Paris, Éditions du Seuil, 1997.
—, *La France et les Juifs, de 1789 à nos jours*, Paris, Éditions du Seuil, 2004.
WOLFF, Pierre, *La musique contemporaine*, Paris, Nathan, 1954.

RESSOURCES EN LIGNE[2]

Brocardi – Dizionario giuridico, http://www.brocardi.it.
Catalogue du Fonds Léon Vallas, Bibliothèque municipale de Lyon, http://pleade.bm-lyon.fr.
Centre national de ressources textuelles et lexicales, http://www.cnrtl.fr.
City of Light : Paris, 1900-1950, programme du colloque international (Londres, 27-29 mai 2015), http://www.institut-francais.org.uk/wp-content/uploads/2015/05/city-of-Paris-conference-programme.pdf.
NIESZAWER & PRINZ, *École de Paris*, http://www.ecole-de-paris.fr.
Ladislas de Rohozinski (1886 - 1938), http://pages.videotron.com/leliwa.
Bohuslav Martinů, http://www.martinu.cz, site regroupant la Nadace [Fondation] Bohuslava Martinů, l'Institut Bohuslava Martinů, l'International Martinů Circle, la Společnost [Société] Bohuslava Martinů, la Bohuslav Martinů Stiftung et le Centrum [Centre] Bohuslava Martinů.
School of Paris : Painters, Sculptors, http://www.school-of-paris.org, consulté en février 2014, désormais inactif.

2. La date de consultation des ressources listées ici aux fins de notre recherche est spécifiée en note lorsque la ressource est nommée pour la première fois au sein du présent ouvrage. Tous les liens présentés dans cette section ont été vérifiés le 17 janvier 2017.

ÉMISSIONS RADIOPHONIQUES [3]

Années 1940-1950

TANSMAN, Alexandre, « Entretien avec Alexandre Tansman », émission radiophonique, RDF, Chaîne nationale, diffusée en [1948].

MILHAUD, Madeleine, « Alexandre Tansman », dans *Amitiés littéraires des musiciens*, émission radiophonique, RDF, diffusée le 20 décembre 1948, rediffusée le 6 février 1949 ; repris avec le titre « Homogénéité de la poésie et de la musique » dans Alexandre Tansman, *Une voie lyrique dans un siècle bouleversé*, textes réunis par Mireille Tansman-Zanuttini, préfacés et annotés par Gérald Hugon, Paris, L'Harmattan, 2005, p. 301-305.

HARSÁNYI, Tibor, *Musiciens de l'Europe centrale*, émission radiophonique, 16 épisodes, Chaîne nationale, diffusée du 22 janvier au 7 mai 1949.

MILHAUD, Madeleine, « Tibor Harsányi », dans *Témoignages*, émission radiophonique, RTF, Chaîne nationale, enregistré le 24 mars 1952, diffusée le 1er juin 1952.

MILHAUD, Madeleine, « Marcel Mihalovici », dans *Témoignages*, émission radiophonique, RTF, Chaîne nationale, enregistré le 17 mars 1952, diffusée le 29 juin 1952.

LIVIO, Robin, *Parisien, d'où viens-tu ?*, émission radiophonique, RTF, Chaîne nationale, enregistré le 23 octobre 1953, diffusée le 1er janvier 1954.

CHARBONNIER, Georges, « Tibor Harsányi », dans *Dialogues et musiques*, n° [14], émission radiophonique, RTF, Chaîne nationale, diffusée le 2 avril 1954.

CHARBONNIER, Georges, « Marcel Mihalovici », dans *Dialogues et musiques*, n° [30], émission radiophonique, RTF, Chaîne nationale, diffusée le 20 août 1954.

CHARBONNIER, Georges, « Alexandre Tansman », dans *Dialogues et musiques*, n° 37, émission radiophonique, RTF, Chaîne nationale, diffusée le 10 octobre 1954 ; repris dans Alexandre Tansman, *Une voie lyrique dans un siècle bouleversé*, textes réunis par Mireille Tansman-Zanuttini, préfacés et annotés par Gérald Hugon, Paris, L'Harmattan, 2005, p. 307-310.

CHARBONNIER, Georges, « Alexandre Tchérepnine », dans *Dialogues et musiques*, n° 38, émission radiophonique, RTF, Chaîne nationale, diffusée le 17 octobre 1954.

DANIEL-LESUR [Daniel Jean Yves Lesur] et GAVOTY, Bernard, « Entretien avec Alexandre Tansman », dans *Pour ou contre la musique moderne*, émission radiophonique, RTF, Chaîne nationale, diffusée le 7 février 1955 ; repris dans Alexandre Tansman, *Une voie lyrique dans un siècle bouleversé*, textes réunis par Mireille Tansman-Zanuttini, préfacés et annotés par Gérald Hugon, Paris, L'Harmattan, 2005, p. 311-314.

HARSÁNYI, Tibor, « Interview Tibor Harsanyi » [= *Quelques souvenirs de ma vie de musicien* (1946)], émission radiophonique, RTF, diffusée le 19 août 1957 [*rectius* : 1947 ?].

Années 1960

HOFMANN, Michel Rostislav, *L'École de Paris*, émission radiophonique en 3 séries d'épisodes, ORTF, France Culture, 1967.

HOFMANN, Michel Rostislav, « Alexandre Tansmann [*sic*] », 4 épisodes, dans *L'École de Paris*, émission radiophonique, ORTF, France Culture, diffusée le 20 juillet, le 27 juillet, le 3 août et le 10 août 1967 ; repris avec le titre « Quatre entretiens avec Michel Hoffmann [*sic*] » dans Alexandre Tansman, *Une voie lyrique dans un siècle bouleversé*, textes réunis par Mireille Tansman-Zanuttini, préfacés et annotés par Gérald Hugon, Paris, L'Harmattan, 2005, p. 311-361.

3. En ordre chronologique. Pour les abréviations, voir l'Introduction.

HOFMANN, Michel Rostislav, « Serge [*rectius* : Alexandre] Tchérepnine », 3 épisodes, dans *L'École de Paris*, émission radiophonique, ORTF, France Culture, diffusée le 17, le 24 et le 31 août 1967.
HOFMANN, Michel Rostislav, « Michel [*rectius* : Marcel] Mihalovici », 3 épisodes, dans *L'École de Paris*, émission radiophonique, ORTF, France Culture, diffusée le 1er, le 7 et le 14 septembre 1967.
HOFMANN, Michel Rostislav, [« Alexandre Tchérepnine »], dans *Nouvelles musicales*, émission radiophonique, ORTF, France Culture, 21 février 1969.
WITOLD, Joëlle, [« Alexandre Tchérepnine »], dans *La musique et les hommes*, émission radiophonique, ORTF, France Culture, diffusée le 26 février 1969.

Années 1970

BOULLOT, Roger, « Roger Boullot : l'École de Paris », dans *Carte blanche à...*, émission radiophonique, ORTF, France Inter, 17 mai 1971.
MAUPOMÉ, Claude, « Alexandre Tchérepnine », dans *Le concert egoïste*, émission radiophonique, RF, France Musique, enregistré le 19 septembre 1977, diffusée le 30 octobre 1977.

Années 1980

PINEL, Marie Hélène, « Alexandre Tansman », 3 épisodes, dans *Les chemins de la connaissance*, émission radiophonique, RF, France Culture, diffusée le 1er, le 8 et le 15 mars 1980 (ce dernier épisode porte le titre « Tansman devient Tansman »).
PÂRIS, Alain, « Marcel Mihalovici, témoin de son temps », 5 épisodes, dans *Semaine titre*, émission radiophonique, RF, France Culture, 1er épisode : « L'enfance, Bucarest au début du siècle », diffusé le 2 août 1982; 2e épisode : « L'arrivée à Paris après la guerre 1914-1918 », diffusé le 3 août 1982; 3e épisode : « La vie musicale à Paris au début des années 20 », diffusé le 4 août 1982; 4e épisode : « La culture germanique », diffusé le 5 août 1982; 5e épisode : « En France et en Roumanie depuis 1945 », diffusé le 6 août 1982.
PÂRIS, Alain, « Marcel Mihalovici, témoin de son temps », 2 épisodes, émission radiophonique, RF, France Culture, 1er épisode : « Autoportrait », diffusé le 5 septembre 1982; 2e épisode : « Souvenirs sur Georges Enesco », diffusé le 12 septembre 1982.
BLACHETTE, Philippe Arii, « Carte blanche à Harry Halbreich », dans *Perspectives du XXe siècle*, émission radiophonique, RF, France Culture, diffusée le 20 janvier 1984.
JOMY, Alain, « Portrait d'Alexandre Tansman », 2 épisodes, émission radiophonique, RF, France Musique, diffusée le 21 et le 28 février 1985.
MILLIENNE, Nicole et DE OBALDIA, Krystina, « Alexandre Tansman, compositeur », dans *Mémoires du siècle*, émission radiophonique, RF, France Culture, diffusée le 10 août 1986.

Années 1990

SOUMAGNAC, Myriam, « L'École de Paris », 5 épisodes, dans *Le matin des musiciens*, émission radiophonique, RF, France Musique, 1er épisode : « Pourquoi Paris? Des origines à la capitale française », diffusé le 16 juillet 1990; 2e épisode : « Erik Satie, le Groupe des Six, ballets, néoclassicisme », diffusé le 17 juillet 1990; 3e épisode : « Triton », diffusé le 18 juillet 1990; 4e épisode : « Conséquences », diffusé le 19 juillet 1990; 5e épisode : « Parisiannisme, nationalisme, exotisme », diffusé le 20 juillet 1990.
« Martinů et l'École de Paris », 3 concerts radiophoniques, RF, France Musique, diffusés le 24, 25 et 26 octobre 1990.

LIVIO, Antoine, « Martinů et l'École de Paris », 4 épisodes, dans *Les mots et les notes*, émission radiophonique, RF, France Culture, diffusée le 16, 17, 18 et 19 juin 1997.

Années 2000

DUMONT, Marc, « Direction Paris », dans *Musiques d'un siècle*, émission radiophonique, RC / RF / RTBF / RTSR, France Musique, diffusée le 12 mars 2000.

TERRAPON, Luc *et alii*, « Musiciens en quête d'une patrie : émigrés en Europe », dans *Musiques d'un siècle*, émission radiophonique, RC / RTBF / RTSR, France Musique, diffusée le 23 avril 2000, rediffusée le 19 juillet 2001.

DAIVE, Jean et NOËL, Viviane, « École de Paris », dans *Peinture fraiche*, émission radiophonique, RF, France Culture, 6 décembre 2000.

LE BAIL, Karine, « Marcel Mihalovici », 2 épisodes, dans *Les greniers de la mémoire*, émission radiophonique, RF, France Musique, diffusée le 24 septembre et le 1er octobre 2006.

PARTITIONS

À l'Exposition : illustrations musicales de Georges Auric, Marcel Delannoy, Jacques Ibert, Darius Milhaud, Francis Poulenc, Henri Sauguet, Florent Schmitt, Germaine Tailleferre, Paris, Deiss, R. D. 7 540-7 647, 1937 ; Paris, Salabert, SLB 453 500, 1959.

Air irlandais, *Le Guide du concert*, vol. 15, n° 30, 26 avril 1929, p. 860.

Album des 6, Paris, Demets, E. D. 3 120, 1920.

BECK, Conrad, *Prélude pour piano*, Ms, 1948 (PSS, Sammlung Conrad Beck).

BIZET, Georges, *L'Arlésienne*, op. 23, partition chant et piano, Paris, Choudens, A. C. 2 484, [1873].

Bouquet Salabert : un souvenir musical de Paris 1937. Les 16 chansons en vogue que vous entendez à l'Exposition, Paris, Salabert, 1937.

Chanson hongroise, *Le Guide du concert*, vol. 14, n° 29, 20 avril 1928, p. 828.

Chant roumain, *Le Guide du concert*, vol. 15, n° 28, 12 avril 1929, p. 796.

L'Éventail de Jeanne : ballet de Maurice Ravel, Pierre-Octave Ferroud, Jacques Ibert, Roland-Manuel, Marcel Delannoy, Albert Roussel, Darius Milhaud, Francis Poulenc, Georges Auric, Florent Schmitt, réduction pour piano, Paris, Ménestrel / Heugel, H. 29 811, 1928.

GAUTHIER, Judith, *Musiques bizarres à l'Exposition de 1900*, transcriptions de [Louis] Benedictus, 6 vol., Paris, Sociétés d'éditions littéraires et artistiques / Enoch, 1900.

HARSÁNYI, Tibor, *Flânerie, pièce pour piano*, Ms, 1948 (BnF, Musique, MS-18997).

—, *Trois Impromptus pour piano*, Paris, Heugel, H. 31 395, 1952.

Hommage à Albert Roussel : deux mélodies et six pièces de piano inédites par Conrad Beck, Maurice Delage, Arthur Honegger, Arthur Hoérée, Jacques Ibert, Darius Milhaud, Francis Poulenc, Alexandre Tansman, supplément de *La Revue musicale*, vol. 10, n° 6, avril 1929.

HONEGGER, Arthur, *Sept Pièces brèves, pour piano*, Paris, Éditions de la Sirène, E. D. 42 L. S., 1921.

MARTINŮ, Bohuslav, *Les Bouquinistes du Quai Malaquais, pour piano*, Paris, Heugel, H. 31 657, 1954.

MIHALOVICI, Marcel, *Trois Pièces nocturnes, pour piano, op. 63*, Paris, Heugel, H. 31 391-31 393, 1951.

Musiques bizarres à l'Exposition (1889), transcriptions de [Louis] Benedictus, Paris, Hartmann, 1889.

Parc d'attractions Expo 1937 : recueils de pièces pour piano de Ernesto Halffter, Tibor Harsanyi, Arthur Honegger, Bohuslav Martinù, Marcel Mihalovici, Frédéric Mompou, Vittorio Rieti, Alexandre Tansman, Alexandre Tcherepnine, Paris, Eschig, M. E. 5 678-5 686, 1938.

La Sanguaraña, danse péruvienne, Le Guide du concert, vol. 16, n°s 28-29, 11-18 avril 1930, p. 797-798.

TCHÉREPNINE, Alexandre, [*Rondo*], Ms, [s. d.] (PSS, Sammlung Alexander Tcherepnin).

—, *La Quatrième, pour piano*, Paris, Heugel, H. 31 658, 1954.

—, *Rondò à la russe, für Klavier*, Köln, Gerig, 1975.

Treizes Danses, Paris, La Sirène musicale, S. M. 156-168, 1929.

ENREGISTREMENTS MUSICAUX

École de Paris/Treize Danses, Gabrielle Beck-Lipsi, piano, 2 disques compacts, Musikverlag Müller & Schade, M&S 5080/2, 2013.

L'École de Paris : Tansman, Harsányi, Martinů, Kammerensemble de Paris, Armin Jordan, chef d'orchestre, 1 disque compact, VDE-Gallo, CD 729, 2010.

Exposition Paris 1937, Bennett Lerner, piano, 1 disque compact, Etcetera, KTC 1 061, 1988.

TCHÉREPNINE, Alexandre, *Piano Music, 1913-61*, Alexandre Tchérepnine et Mikhail Shilyaev, piano, 1 disque compact, Toccata Classics, TOCC 0079, 2012.

INDEX DES NOMS ET DES ŒUVRES MUSICALES

Aberdam, Alfred (1894-1963) 50
Adam, Adolphe (1803-1856) 337, 346
Adamson, Natalie 27, 107
Air irlandais 246
Akimenko, Théodore (Feodor) (1876-1945) 145-146, 149, 354
Albéniz, Isaac (1860-1909) 79, 177, 194, 254-255
 Pirineos 254
Album des 6 44, 138, 282-285, 289-290, 292, 294-296, 310, 313
Alessandrescu, Alfred (1893-1959) 142-143, 158, 245
 Chansons populaires 143
Alexanian, Diran (1881-1954) 130, 197
À l'Exposition 281, 297-311, 314-317, 319-321
Allard, Roger (1885-1961) 113, 115
Amado, Gilberto (1887-1969) 257
Andersen, Niels Åkerstrøm 53
Anderson, Benedict 253
Andreesco (compositeur, ?-?) 143
Anglés, Rafael (1730-1816) 254
Angot-Bracquemond, Marthe (1898-1973) 145
Antal (interprète, ?-?) 168
Antheil, George (1900-1959) 354
Apollinaire, Guillaume [Guillaume Albert Vladimir Alexandre Apollinaire de Kostrowitzky, dit] (1880-1918) 177-178
Arbós, Enrique Fernández (1863-1939) 342
Archives internationales de la danse (AID) 77, 298
Aristote 46
Arrieu, Claude (1903-1990) 51
Artis (clarinettiste, ?-?) 130
Ascot, Rosa García (1902-2002) 44
Asse, Geneviève (1923–) 107
Association de musique contemporaine (AMC) 77, 78, 79, 181, 298
Association des jeunes musiciens polonais (AJMP) 39, 143, 153, 277, 354-356
Association française d'expansion et d'échanges artistiques 143
Atlan, Jean-Michel (1913-1960) 110
Auber, Daniel-François-Esprit (1782-1871) 338, 346
Aubert, Louis (1877-1968) 78, 136, 146, 354, 356
Audiu (compositeur, ?-?) 143
Auner, Joseph 15
Auric, Georges (1899-1983) 43, 45, 47-48, 60, 77, 79, 105, 136-137, 139, 158, 167, 178, 184, 243, 282-283, 292, 295, 301, 308-310, 312, 314, 317, 319-320, 345, 349
 Cinq Bagatelles 45
 « Prélude » (Album des 6) 283
 Quatre Poèmes (Gabory) 167
 « La Seine, un matin... » (À l'Exposition) 301, 309-310, 312

Baarspul, Yvon (1918-1993) 190, 196

Babin, Victor (1908-1972) 147
Fantasia, Aria, Capriccio 147
Bacarisse, Salvador (1898-1963) 44
Bach, Johann Sebastian (1685-1750) 88, 91, 133, 141, 152, 296, 309
« Air sur la corde de sol » 294
Clavier bien tempéré, Le 309
Oratorio de Noël 91
Bachelet, Alfred (1864-1944) 236, 260
Baïf, Jean-Antoine de (1532-1589) 68
Baillet (violoncelliste, ?-?) 342
Baillie, Alexandre (1956–) 37
Bainville, Jacques (1879-1936) 224, 227, 236
Baker, Joséphine (1906-1975) 41
Baker, Theodore 35
Balakirev, Mili (1837-1910) 48, 142, 240, 244
Ball, Andrew (pianiste, ?–) 37
Ballets russes 39, 67, 72, 105, 289, 292, 295
Bal y Gay, Jesús (1905-1993) 44
Barnes, Albert C. (1872-1951) 112
Baron, Étienne (historiographe, ?-?) 222-224
Barraine, Elsa (1910-1999) 51
Barraud, Henry (1900-1997) 78-79, 85, 89-90, 133, 135-136, 139, 150
Barthèlemy, Guy 220
Bartók, Béla (1881-1945) 48, 78-79, 135-136, 140, 161-162, 226, 246, 252, 266, 278-280, 294, 305, 341
Allegro barbaro 294
Microkosmos 288
Quatuor n° 1 140
Baruzi, Joseph (musicographe, ?-?) 250, 286, 287
Basler, Adolphe (1876-1951) 113
Bastide, Edmond (musicographe, ?-?) 55, 235-236, 238
Baudrier, Yves (1906-1988) 40, 51, 79, 151
Bauer, Marion Eugénie (1882-1955) 69
Bautista, Julián (1901-1961) 44
Bax, Arnold (1883-1953) 152
Bazaine, Jean (1904-2001) 107
Bazelaire, Paul (1886-1958) 136
Beck, Conrad (1901-1989) 13-15, 32-36, 38-39, 48-50, 52, 68, 70-71, 73, 76-79, 81-82, 87-89, 93-99, 111, 128, 130-132, 134-136, 139, 146-148, 152-153, 155, 157-159, 162, 164-170, 173, 176, 179, 181-186, 188-190, 192-200, 204-205, 207, 250, 263, 277, 281-282, 285-287, 289, 296, 300, 322-326, 329, 345-346, 349-351, 354
Cantate 277
Concertino pour piano 199
Concertino pour piano et orchestre n° 1 196
Concerto pour alto 198
Concerto pour quatuor et orchestre 88
Concerto pour violon 199
« Danse » (Treize Danses) 282, 285-287
Divertimento pour 2 violons [?] 199
Duo pour deux violons 153
Innominata 277
Kleine Suite 197
Lyrische Kantate (Rilke) 130, 197-198
Mélodies d'automne (Rilke) 82
Petite Suite 153
Pièce pour piano (Klavierstück) 147
Prélude pour piano 324-326
Quatuor n° 3 130, 146, 277
Rhapsodie pour piano et orchestre de chambre 199
Sérénade, fl-cl-oc 130, 197, 199, 277
Sonatine pour flûte et violon 130, 168
Sonatine pour violon et piano n° 1 82, 130, 147
Sonatine pour violon et piano n° 2 190, 204
Suite pour cordes 197
Symphonie n° 4 « Concerto d'orchestre » 162
Trio à cordes 183
Trois Pièces (Klavierstücke) 82
Beck, Georges (1904-[1996 ?]) 97-98

BEETHOVEN, Ludwig van (1770-1827) 133-134, 141, 145, 152, 203, 240-241, 336, 342-343
« Busslied », op. 48/6 145
Symphonie n° 9 241
BELLINI, Vincenzo (1801-1835) 183, 337, 344
BELTRANDO-PATIER, Marie-Claire 86
BELVIANES, Marcel (1893-?) 46, 59
BENEDICTUS, Louis (1850-1921) 144
BENISOVICH, Michel (1891-1963) 74
BENNETT, Robert Russell (1894-1981) 146, 354
Mercile beauté 146
BENOIT-OTIS, Marie-Hélène 21, 219
BERG, Alban (1885-1935) 54, 89
Suite lyrique 89
BÉRILLON, Edgar (1859-1948) 225
BERKELEY, Lennox (1903-1989) 64-65, 131, 134, 138, 146-147, 277, 354
Morceaux pour quatuor 147
Ouverture 277
Prelude, Intermezzo et Finale, fl-vl-al-pn 146
Sonatine pour violon 146
Tombeaux 146
BERLIOZ, Hector (1803-1869) 40, 56, 219, 231, 337-339, 346-347
BERNAC, Pierre (1899-1979) 77
BERNARD, Robert (1900-1971) 57, 62, 69-71, 79, 85, 135, 354
BERNERS (Lord) [Sir Gerald Hugh Tyrwhitt-Wilson, dit] (1883-1950) 48, 69
BERNSTEIN, Henri (1876-1953) 186
BERSON, Marguerite (Malgorzata) (violoniste, ?-?) 141
BERTELIN, Albert (1872-1951) 232-234, 243
BERTHET, François (?-1956) 145-146
Quatuor 145
Sonate pour violon et piano 146
BERTILLON, Jacques (1851-1922) 221
BERTRAND, Paul (musicographe, ?-?) 240
BERTRAND DORLÉAC, Laurence 110
BETH-AKAREM (groupe) 174, 230
BINENBAUM, Janko (1880-1956) 146
Sonate pour violon et piano 146
BIZET, Georges (1838-1875) 254
Arlésienne, L' 310-311, 321
BLANCHET, Émile-Robert (1877-1943) 135
BLANQUART, Gaston (1877-1962) 130
BLASK, Johanna 21
BLEUZET, Louis (1971-1941) 130
BLISS, Arthur (Sir) (1891-1975) 83
BLOCH, Ernest (1880-1959) 226
BLOCH, Marc (1886-1944) 213
BOËLY, Alexandre Pierre François (1785-1858) 135
BOLDUC-CLOUTIER, Hubert 21
BOLSÈNE, Armand (compositeur, ?-?) 152
BONDEVILLE, Emmanuel (1898-1987) 79, 135
BONNARD, Pierre (1867-1947) 351
BONNEMAISON, Joël 214
BORODINE, Alexandre (1833-1887) 48, 142, 144
Ouverture du Prince Igor 142
BOULANGER, Nadia (1887-1979) 64-65, 90, 132, 138, 143, 147-148, 194, 349, 353, 354-356
BOULEZ, Pierre (1925-2016) 202
Bouquet Salabert 299
BOURGUIGNON, Francis de (1890-1961) 135
BOUSCANT, Liouba 21
BOYE, Marie 110
BOZZA, F. (compositeur, ?-?) 78
BRAHMS, Johannes (1833-1897) 88, 136, 141, 152, 162, 342
Danses hongroises 246
BRĂILOIU, Constantin (1893-1958) 162
BRANCA, Yves 124
BRANCOURT, René (musicographe, ?-?) 262
BRANCUSI, Constantin (1876-1957) 114, 351

BRAQUE, Georges (1882-1963) 351
BRELET, Gisèle (1919-1973) 87
BRERO, Giulio Cesare (1908-1973) 79
BRÉVILLE, Pierre de (1861-1949) 260
BŘEZINA, Aleš 12, 330
BRIL, France-Yvonne 36
BROCA, Paul (1824-1880) 221
BRUCK, Charles (1911-1995) 179
BRUNEAU, Alfred (1857-1934) 235-236, 260
BRUYR, José (1889-1980) 14, 44-45, 48, 73, 75, 85, 133, 151, 155-165, 168, 170-171, 185, 249, 254, 259, 330, 332, 351
BRZEZIŃSKI, Franciszek (1877-1944) 242
BÜCHTGER, Fritz (1903-1978) 47
BUSONI, Ferruccio (1866-1924) 264
BUTTING, Max (1888-1976) 275
BUXTEHUDE, Dietrich (*ca* 1637-1707) 83

CABANNE, Pierre (1921-2007) 108-109
CALMEL, Bernard (chef d'orchestre, ?-?) 37
CAMPOS, Rémy 160
CANDÉ, Roland de (1923-2013) 86-87
CANTALLOS (*ca* 1760-?) 254
CANTÂREA ROMÂNIEI 144
CANTELOUBE, Joseph (1879-1957) 134, 147
Quatre Chants d'Auvergne 147
CAPDEVIELLE, Pierre (1906-1969) 79, 198-199
CAPLET, André (1878-1925) 78, 125, 135
CAPLIN, William E. 306
CARELLI, Mario 257
CARLSON, Bengt (1890-1953) 69
CARLU, Jean (1900-1997) 304
CARRILLO, Olivier 86-87
CARTAN, Jean (1906-1932) 51, 130, 134, 159, 167-168
Trois Poèmes de Villon 130
CASADESUS, Robert (1899-1972) 146
Trio avec piano 146
CASA FUERTE, Yvonne (Giraud) de (1895-1984) 137
CASANOVA, Pascale 253, 322
CASANOVAS, Narciso (1747-1799) 254
CASELLA, Alfredo (1883-1947) 48, 70, 75, 78, 83, 140, 146, 207
Concerto pour quatuor 146
Trois Pièces 140
CASTELNUOVO-TEDESCO, Mario (1895-1968) 146
Shakespeare Songs 146
CASTRO, Sergio de (1922-2012) 87
CEGIEŁŁA, Janusz 174-175, 177, 208, 298
CELLIER, Alexandre (1883-1968) 145
Quatuor n° 2 145
CENTRE INTERNATIONAL DE MUSIQUE 82, 134
ČERNÝ, O. (violoniste, ?-?) 148
CHABRIER, Emmanuel (1841-1894) 88, 136, 173, 235-236, 254
CHAGALL, Marc (1887-1985) 110-111, 114, 119, 177
CHAILLEY, Jacques (1910-1999) 86, 92-93
CHAILLEY, Marie-Thérèse (1921-2001) 153
CHAMFRAY, Claude (critique, ?-?) 73, 75-77, 138, 160, 171
CHAMPAGNE, Claude (1891-1965) 69
Chanson hongroise 246, 248
Chant roumain 246-247
CHARBONNIER, Georges (1921-1990) 171, 201, 204
CHARMY, Roland (1908-1987) 64
CHAUMETTE, Gabriel (?-1974) 145
CHAUSSON, Ernest (1855-1899) 235-236, 261
Poème, op. 25 261
CHERUBINI, Luigi Maria (1760-1842) 183, 336-338, 343-344, 347
Anacréon ou L'Amour fugitif 343
CHEVAILLIER, Lucien (1883-1932) 64, 134, 147, 160, 171
Sonatine pour violon et piano 147
CHIMÈNES, Myriam 44, 89
CHION, Michel 67
CHŒUR SMETANA 145

CHOPIN, Frédéric (Fryderyk) (1810-1849) 39, 70, 79, 90, 143, 152, 160, 162-163, 181, 183, 192, 207, 227-229, 236, 241, 249-250, 253, 261, 280, 311, 321, 332, 337-340, 343, 345-346, 349, 351
Concerto pour piano n° 2 90
CHOU, Lily 325-326
CITKOWITZ, Israel (1909-1974) 134, 147, 354
CIZEL, Adéline (violoniste, ?-?) 261
CLARKE, Eric F. 54
CLÉMENT-MAROT, André (?-1957) 62
CLIQUET-PLEYEL, Henri (1894-1963) 74
CLOUTIER, Louise 21
COCTEAU, Jean (1889-1963) 44, 46-47, 60, 125, 131, 167, 171, 175, 194, 208, 282-283, 285, 293, 295, 300, 321
CŒUROY, André [Jean Belime, dit] (1891-1976) 51, 67-69, 73, 78, 85, 87, 98, 151, 157, 160, 260, 262, 271
COHEN, Jeff (1957–) 38
COHEN, Milton A. 46
COLLAER, Paul (1891-1989) 47, 81, 83-85, 219
COLLET, Henri (1885-1951) 43-47, 51, 64, 208, 245, 266-267, 270
COLOMB, Joseph 148
COMBARIEU, Jules (1859-1916) 81, 85, 218
CONCERTI DI PRIMAVERA, I 137
CONCERTS COLONNE 257
CONCERTS DE MONTPARNASSE 135
CONCERTS GOLSCHMANN 141, 151-152, 254
CONCERTS KOUSSEVITZKY 151-152
CONCERTS PASDELOUP 241
CONCERTS SERVAIS 51, 130, 135
CONCERTS STRARAM 135, 162
CONSERVATOIRE AMÉRICAIN DE FONTAINEBLEAU 90
CONSERVATOIRE DE PARIS 64, 68, 185, 298-299, 338, 340, 342, 347, 354-355
CONSERVATOIRE RUSSE DE PARIS 92, 356
COOLS, Eugène (1877-1936) 152, 157
COPLAND, Aaron (1900-1990) 192, 207
COPPOLA, Piero (1888-1971) 140
CORNILIOS, Nicos [Nikos Kornilios] (1954–) 39-40
COROT, Jean-Baptiste Camille (1796-1875) 116
CORTOT, Alfred (1877-1962) 65, 74, 355
COSAQUES DU DON, LES 145
COTTENET, Maurice (compositeur, ?-?)
Chanson méditation 141
COUDEKERQUE-LAMBRECHT, André de (1898-197?) 249
COUPERIN, François (1688-1733) 219
CRAS, Colette (1908-1953) 94, 183
CRAS, Jean (1879-1932) 79, 94, 146
Deux Impromptus pour harpe 146
CREMER (compositeur, ?-?) 143
CROIZA, Claire (1882-1946) 202
CROUZET, Denis 213
CROUZET, François (1922-2010) 213
CROUZET-PAVAN, Élisabeth 213
CRUTCHFIELD, Will 299
CUI, César (1835-1918) 48, 62, 254
CURINGA, Luisa 15, 95, 133

DAHL, Ingolf (1912-1970) 69
DALLAPICCOLA, Luigi (1904-1975) 202
DAMASE, Jean-Michel (1928-2013) 298
DANDELOT, Georges (1895-1975) 144, 147, 231, 250, 263, 286
Trio en forme de suite 147
DANIEL-LESUR [Daniel Jean Yves Lesur, dit] (1908-2002) 15, 40, 51, 79, 151, 171, 204
D'ANNUNZIO, Gabriele (1863-1938) 218
DARSONVAL, Lucette (Lycette) [Alice-Andrée-Marie Perron, dite] (1912-1996) 298
DAUMIER, Honoré (1808-1879) 116
DAVICO, Vincenzo (1889-1969) 69
DAVID, Félicien (1810-1876) 337, 346
DE BENEDICTIS, Angela Ida 21
DEBRÉ, Olivier (1920-1999) 107
DEBUSSY, Claude (1862-1918) 38, 44, 56, 58, 61, 70, 75, 79, 83, 86, 97-98, 123,

133, 135-136, 141-142, 147, 152, 219, 225, 231, 233-236, 241-243, 255, 261, 264, 280, 300, 305-306, 308, 321, 339, 345
Prélude à l'après-midi d'un faune 306
Proses lyriques 241
Sonate pour violoncelle et piano 147
De Chirico, Giorgio (1888-1978) 114, 118
Deiss, Raymond (1893-1945) 299
Delage, Edmond (musicographe, ?-?) 262
Delage, Maurice (1879-1961) 145, 173, 243, 262
Schumann 145
Sept Haï-Kaïs 262
Delaney, Robert (1903-1956) 146
Quatuor 146
Delannoy, Marcel (1898-1962) 78-79, 83, 98, 133-135, 139, 156, 158, 278, 282, 285, 287, 295, 301-302, 306, 308-309, 314, 317, 319, 320
« Dîner sur l'eau » (À l'Exposition) 301, 309, 319
« Rigaudon » (Treize Danses) 282, 285, 287
Delarue-Mardrus, Lucie (1874-1945) 47, 257
Delaunay, René (compositeur, ?-?) 147
Quatuor 147
Delbos, Claire (1906-1959) 135
Delgrange, Félix (chef d'orchestre, ?-?) 142
Delius, Frederick (1862-1934) 93
Delune, Louis (?-1940) 146
Collier des offrandes 146
Delvincourt, Claude (1888-1954) 78-79, 83, 135, 146, 158, 185
Boccaccerie 146
Sonate pour violon et piano 146
Demarquez, Suzanne (1891-1965) 131, 146-147, 238
Deux Poésies de la Renaissance 146
Diadème de Flore, Le 147
Demuth, Norman (1898-1968) 81
Dent, Edward J. (1876-1957) 268-269, 271-272, 274-275
Derain, André (1880-1954) 110
Déré, Jean (1886-1970) 146
Derossi, Piero 33, 36
Descaves, Lucette (1906-1993) 286
Desormière, Roger (1898-1963) 51, 74, 137
Diabelli, Anton (1781-1858) 58
Diaghilev, Serge (1872-1929) 32, 72, 289, 295-296
Diendorf, Evelyne 21
Dillard, Michel (?-1966) 32-34, 98, 139, 167-169, 188, 192-193, 281-282, 286-287, 295-296, 349, 351
D'Indy, Vincent (1851-1931) 57-58, 75, 93-94, 143-144, 164, 235-236, 260, 280, 349, 354-356
Dodane, Charles (?-1971) 135
Donizetti, Gaetano (1797-1848) 183, 234, 337, 344
Doret, Gustave (1866-1943) 70
Dotremont, Stanislas (1893-1969) 272
Douche, Sylvie 12
Dresden, Sem [Samuel] (1881-1957) 69
Dreyfus, Alfred (1859-1935) 220
Druilhe, Paule (1908-2001) 85, 87
Drumont, Édouard (1844-1917) 220-221
Dubost, Jeanne (mécène, ?-?) 295
Duchêne-Thégarid, Marie 12, 21
Duchesneau, Michel 14, 21, 77, 160, 269
Dufourcq, Norbert (1904-1990) 70, 85-87
Dufour, Valérie 193
Duhamel, Maurice [Maurice Bourgeaux, dit] (1884-1940) 126
Dukas, Paul (1865-1935) 51, 65, 70, 78, 179, 260, 355-356
Dukelsky, Vladimir [dit Vernon Duke] (1903-1969) 146, 148, 272, 353
Symphonie n° 2 272

Triolets 146
DUMESNIL, René (1879-1967) 47, 77, 81-82, 85
DUMONT, Marc 40-41
DUNOYER DE SEGONZAC, Cecilia 298
DUPARC, Henri (1848-1933) 235
DUPÉRIER, Jean (compositeur, ?-?) 70
DUPUIS, Sylvain (1856-1931) 49
DURAND, Joël François (1954–) 39
DUREY, Louis (1888-1979) 43, 47-48, 99, 152, 156-157, 167, 178, 282-284, 292, 300
Chansons basques, op. 23 167
« *Romance sans paroles* » *(Album des 6)* 283
DUROZOI, Gérard 108, 112
DUSAPIN, Pascal (1955–) 39
DVOŘÁK, Antonín (1841-1904) 244
DVOŘÁK, V. (altiste, ?-?) 148

ÉCOLE D'ARCUEIL 33, 55, 70, 74, 76, 87, 89, 91, 99, 133, 156, 193, 351
ÉCOLE DE MANNHEIM 54-55
ÉCOLE NORMALE DE MUSIQUE 74, 130, 135, 138, 189, 197, 202, 246, 251, 354-356
EFFENBERGER, Hans [Jan Śliwiński, dit] (1884-1950) 50
EHRHARDT, Damien 12
ÉMIÉ, Louis (1900-1967) 74
EMMANUEL, Maurice (1862-1938) 61
ENESCO, Georges (1881-1955) 39, 41, 70, 76, 79, 92, 142-144, 181-183, 187, 192, 194, 238, 245, 340, 349, 351
Sonate pour violon n° 3 « Dans le caractère populaire roumain » 143
ENGLEBERT (altiste, ?-?) 130
ERISMANN, Guy 48, 158, 323
ERNST, Max (1891-1976) 111, 114
ESCHIG, Max (1872-1927) 188
ESPLÀ, Oscar (1886-1976) 44
ESSYAD, Ahmed (1938–) 39-40
Éventail de Jeanne 295, 297

FAIRCHILD, Blair (1877-1933) 152, 354
FALLA, Manuel de (1876-1946) 41, 44, 78-79, 87, 93, 152, 161, 163, 177, 181, 183, 192-193, 207, 226, 255-256, 341-342, 349, 351
Nuits dans les jardins d'Espagne 255
FAURÉ, Gabriel (1845-1924) 55, 57, 64-65, 70, 75, 134-136, 141, 152, 202, 235-236, 260, 280, 292, 294, 300, 339, 345
Horizon chimérique, L' 202
FEBVRE, Lucien (1878-1956) 213-214, 218
FEBVRE-LONGERAY, Albert (compositeur, ?-?) 61, 88, 146
Architectures 146
FEGDAL, Charles (1880-1944) 121
FERON, Alain (1954–) 39
FERRER, Mateo (1788-1864) 254
FERROUD, Pierre-Octave (1900-1936) 33, 36, 78, 89-90, 96, 98, 132-135, 152, 156, 158, 201, 264-265, 278, 281-282, 285, 287, 294-296, 350
« *The Bacchante (Blues)* » *(Treize Danses)* 282, 285, 294
FÉVRIER, Jacques (1900-1979) 202
FIGUEROA (violoniste, ?-?) 130
FITELBERG, Grégoire (Grzegorz) (1879-1953) 242
FITELBERG, Jerzy (1903-1951) 70-71, 81, 143, 242, 354
FLÉCHET, Anaïs 256-257
FLORES, Marcello 244
FOGEL, Paul 110
FOLKMAN, Benjamin 325
FONDATIA CULTURALA PRINCIPELE CAROL 143
FONTANA, Michel 220
FONTENOY, François 21
FOTINSKY, Serge (1887-1971) 114
FOUCAULT, Michel 27, 28, 33, 53, 105, 331-332
FOUJITA, Léonard Tsugouharu (1886-1968) 111, 113-114, 119, 279
FOUQUET, Jean (?-1481) 122
FRANÇAIX, Jean (1912-1997) 78, 133
FRANCASTEL, Pierre (1900-1970) 106

FRANCK, César (1822-1890) 142, 173, 231
FRANCMESNIL, Roger de (1884-1921) 145
  Quatuor 145
FRANÇOIS-SAPPEY, Brigitte 86-87
FRAPPA, Jean-José (1882-1939) 117
FRASER, Andrew A. (musicographe, ?-?) 226
FREITAS BRANCO, Luís de (1890-1955) 69
FREITAS BRANCO, Pedro de (1896-1963) 69
FREIXANET (1730-1762) 254
FREUD, Sigmund (1856-1939) 119
FREY, Émile (compositeur, ?-?) 145
  Sonate pour violon et piano n° 2 145
FUCHS FAYER, Rose (1884-1930) 166, 273

GABEAUD, Alice (musicographe, ?-?) 85
GABORY, Georges (1899-1978) 167
GAILLARD, Marius-François (1900-1973) 152
GALERIE CHARBONNIER 153
GALLÉS, José (1761-1836) 254
GANCHE, Édouard (1880-1945) 143-144, 172, 179, 227-229, 249, 250, 262, 273
GAUTHIER, André 99
GAUTHIER, Judith (1845-1917) 144
GAVOTY, Bernard (1908-1981) 171, 204
GEDALGE, André (1856-1926) 340
GEERTZ, Clifford 104
GELLERT, Christian Fürchtegott (1715-1769) 145
GEORGES, André (1890-1978) 185
GEORGE, Waldemar [Jerzy Waldemar Jarocinski, dit] (1893-1970) 106-107, 109, 110, 116-117, 120-121
GERHARD, Roberto (1896-1970) 44
GHÉON, Henri (1875-1944) 219
GIBSON, James J. 54
GIDE, André (1869-1951) 186
GIL-MARCHEX, Henri (1894-1970) 240, 242-243, 271, 273
GINOT, Étienne (altiste, ?-?) 198
GINZBURG, Carlo 18, 27
GIRARD, André (1913-1987) 153, 195
GIRAUDOUX, Jean (1882-1944) 168
GLAZOUNOV, Alexandre (1865-1936) 79
GLINKA, Mihail (1804-1957) 240, 254
GLINSKI, Mateusz (1892-1976) 238
GLUCK, Christoph Willibald von (1714-1787) 177, 183, 263, 336-337, 343-344, 349
GOLD (violoniste, ?-?) 130
GOLDBECK, Fred (1902-1981) 277-278
GOLÉA, Antoine [Siegfried Goldman, dit] (1906-1980) 58, 86, 88-91, 138
GOLESTAN, Stan (1875-1956) 92, 142-144, 147, 152, 157, 159, 245
  Quatuor n° 1 143
  Sonatine pour flûte et piano 147
GOLSCHMANN, Vladimir (1893-1972) 77, 179
GONTCHAROVA, Natalia Sergueïevna (1881-1962) 110, 114, 289, 298, 351
GOUNOD, Charles (1818-1893) 56, 123, 311, 337, 346
GRADSTEIN, Alfred (1904-1954) 70, 172
GRAMONT, Élisabeth de (1875-1954) 89
GRASSI, Eugène-Cinda (1881-1941) 157, 264
GREEN, Nancy 12
GRETCHANINOV, Alexandre (1864-1956) 70, 135, 144-145, 149, 157, 354
GRIS, Juan [José Victoriano Carmelo Carlos González-Pérez, dit] (1887-1927) 110, 351
GROUPE DE MUNICH 47
GROUPE DES CINQ 33, 43-46, 48, 142, 178, 226, 240
GROUPE DES DEUX 45, 53
GROUPE DES HUIT (Grupo de los Ocho) 44, 50
GROUPE DES QUATRE 32-34, 36, 41, 43-45, 48-53, 74, 95, 99, 107, 128, 130, 140, 158, 166-170
GROUPE DES SIX 33-34, 43-49, 51-53, 60-61, 65, 70, 73-74, 76, 80-81, 87-89, 91-92, 94, 97-99, 125, 133, 150, 156, 167-168, 175, 178, 184, 193-194, 207-208, 266, 282, 296, 341, 349, 351

GSOVSKY, Victor (1902-1974) 298
GUERPIN, Martin 21, 125
GUILLAUME, Paul (1891-1934) 112
GUILLOT, Pierre 14
GUY-ROPARTZ, Joseph [Joseph Guy Ropartz] (1864-1955) 75, 126, 236

HAAS, Monique (1909-1987) 94, 140, 153, 191
HÁBA, Alois (1893-1973) 69, 139, 264
HAEFELI, Anton 273
HAENDEL, Georg Friedrich (1685-1759) 141
HAINE, Malou 21
HALBREICH, Harry 39-40, 48-49, 158
HALÉVY, Fromental (1799-1862) 225, 337, 339, 346
HALEY, Allan 303
HALFFTER, Ernesto (1905-1989) 44, 79, 136-137, 139, 256, 300-301, 305, 308, 311, 314, 316, 319-320, 342
  « L'Espagnolade » (Parc d'attractions Expo 1937) 301, 308, 311, 314
HALFFTER, Rodolfo (1900-1987) 44
HANOTAUX, Gabriel (1853-1944) 269
HANSEN, Arlen J. 12
HANSEN-JAMET, Renée (compositrice, ?-?) 134, 146-147
  Sonate pour alto et harpe 146-147
HARASZTI, Émile (Emil) (1885-1958) 70
HARSÁNYI, Tibor (1898-1954) 13-15, 22, 32-39, 41, 48-50, 52, 67-68, 70-71, 73, 75-79, 81-84, 87-99, 111, 128, 130-140, 146-149, 152-153, 155-162, 164-170, 173, 175-196, 197-205, 207-209, 239, 246, 249-250, 252-253, 262-266, 272-277, 281-282, 285, 287, 299-302, 308, 314, 317-320, 322-324, 326, 329-330, 332, 335, 342-345, 347, 349-351, 354
  Cantate de Noël 90, 195, 198
  Cinq Poèmes (Hart) 82, 130, 147-148, 264
  Cinq Préludes brefs 169
  Concertino (= Divertimento n° 1) 199
  Concertino pour piano et orchestre 130, 197
  Concertino pour piano et orchestre de chambre 195
  Concertino pour quatuor et piano 83, 130
  Danse 252
  Danses variées 190
  Deux burlesques 83
  Divertimento n° 1 195-197, 199
  Divertimento n° 2 196-198
  Divertissement français 196-197
  Duo pour violon et violoncelle 83, 130
  Figures et Rythmes 196
  Flânerie 323-324, 326
  « Fox-Trot » (Treize Danses) 282, 285
  Histoire du petit tailleur, L' 183, 198, 345
  Invités, Les 263
  Nonette 13, 37, 266, 277
  Ouverture symphonique 275
  Quatuor 37, 130, 160
  Quintette 131
  Rythmes 83, 130
  Six Poèmes de Heine 249
  Sonate pour violoncelle et piano 147, 169, 250
  Sonate pour violon et piano 169, 265
  Sonatine pour violon et piano 249
  Suite hongroise 153
  Suite pour piano 83
  « Le Tourbillon mécanique » (Parc d'attractions Expo 1937) 186, 301-302, 308, 318-319
  Trio à cordes 146
  Trio avec piano 82, 273-274
  Trois Chansons du Vivarais 197
  Trois Impromptus pour piano 324, 326
  Vocalise-Étude en forme de blues 82
HART, Robert Edward (1891-1954) 82, 264
HARTUNG, Hans (1904-1989) 107
HAWKES, Ralph (1898-1950) 188

HAYDN, Franz Joseph (1732-1809) 90, 135, 336, 343
HEMINGWAY, Ernest (1899-1961) 177
HENRIOT, Nicole (1925-2001) 298
HÉROLD, (Louis Joseph) Ferdinand (1791-1833) 337-338, 346
HERRIOT, Édouard (1872-1957) 203
HESS, Charles 106
HETSCH, Gustav (musicographe, ?-?) 238
HEUGEL, François (éditeur, ?-?) 189, 324
HEUGEL, Jacques (1890-1979) 61, 63, 189
HEUGEL, Jérôme 21
HEUGEL, Philippe (éditeur, ?-?) 52, 189
HINDEMITH, Paul (1865-1963) 69, 83, 96, 147, 152, 162, 172, 266
Marienleben, Das 147
HINRICHSEN, Max (1901-1965) 188
HIPMAN (Hippmann), Silvestr (1893-1974) 232
HIRSHBERG, Jeoash 56
HODEIR, André (1921-2011) 86-87
HOÉRÉE, Arthur (1897-1986) 14, 33-34, 69-70, 73-77, 84, 97, 139, 146, 156, 167-168, 170, 173, 238, 258, 261, 265, 282, 330
Merveilleux Été, Le 146
Septuor 146
Six Poèmes 146
HOFFELÉ, Jean-Charles 255
HOFMANN, Michel Rostislav (1915-1975) 155, 174, 178-179, 205-206
HOMÈRE 235
HONEGGER, Arthur (1892-1955) 36, 43, 47-48, 51, 60, 65, 70-71, 73, 75, 77-79, 81, 97-98, 133, 135-139, 152, 162, 167, 173, 178, 184, 187-188, 192, 195, 201-202, 206-207, 242-243, 272, 276-278, 282, 293, 300-302, 308, 313-314, 316-317, 320, 345-346, 349-351, 353-354
Quatuor n° 1 167
« Sarabande » (Album des 6) 282
« Scenic-Railway » (Parc d'attractions Expo 1937) 301, 313, 317
Sept Pièces brèves pour piano 293
Sérénade à Angélique 195
Sonatine pour violon et violoncelle 202
HONEGGER, Marc (1926-2003) 35, 67
HOPKINSON, Cecil (1898-1977) 188
HOROWICZ, Bronislaw (1910-2005) 38
HOURTICQ, Louis (1875-1944) 236
HUCHER, Yves (1914-2001) 171
HÜE, Georges (1858-1948) 55, 58, 260
HUGON, Gérald 176, 279, 298
HUGON, M. (violoniste, ?-?) 153
HURÉ, Jean (1877-1930) 145
Quatuor 145
Sonate pour violon et piano n° 1 145
HUVELIN, André (violoncelliste, ?-?) 140

IBERT, Jacques (1890-1962) 75, 78-79, 133, 135, 139, 156, 158, 162, 173, 184, 201, 261-262, 275, 295, 301-302, 308-309, 312, 314, 317, 319-320, 345-346, 349-350
Escales 261
« L'Espiègle du village de Lilliput » (À l'Exposition) 301, 309
IBOS, Marie-Thérèse (violoniste, ?-?) 153
IBSEN, Henrik (1828-1906) 218
IKONOMOV, Boyan (1900-1973) 69-70, 136, 149, 165, 251, 354
Rapsodie Haïdouk 251
IMBERT, Maurice (1893-1981) 134, 147
Trois Chansons aigres-douces 147
INFANTE, Manuel (1883-1958) 69
INGHELBRECHT, Désiré Émile (1880-1965) 146
Quintette avec harpe 146

JACOB, Maxime (1906-1977) 74, 156
JAMIN, Jacqueline (musicologue, ?-?) 86-87
JANÁČEK, Leoš (1854-1928) 135, 226, 232, 280
JANIN, Jacques (?-1967) 230-231
JANNEQUIN, Clément (1485-1558) 219
JARDILLIER, Robert (1890-1945) 85, 87
JATON, Henri (1906-1976) 205-206

JAUBERT, Maurice (1900-1940) 79, 130-134, 156, 159, 167-168
Elpenor 130, 168
Six Inventions pour piano 130
JEAN-AUBRY, G. [Jean-Frédéric-Émile Aubry, dit] (1882-1950) 57, 96, 249, 261, 268, 270
JEUNE FRANCE 39-40, 51, 70, 87, 92, 98, 132-133, 149, 151, 295, 306
JEŽEK, Jaroslav (1906-1942) 232
JIRÁK, Karel Boleslav (1891-1972) 232, 244
JODRY, Annie (1935–) 153
JOHNSON, W. A. [William Allen ?] (1816-1901) 282
JOLIVET, André (1905-1974) 15, 40, 51, 151, 278, 306, 319, 321
Danses rituelles 319
JOLLET, Jean-Clément 86-87
JOMY, Alain (1941–) 205
JORA, Mihail (1891-1871) 143, 158-159
Joujoux pour Ma Dame 143
JORDAN, Armin (1932-2006) 37
JUNYK, Ihor 12

KAHAN, Sylvia 12
KALOMIRIS, Manolis (1883-1962) 55
KANGASLAHTI, Kate 121, 279
KARJINSKY, Nicolas (compositeur, ?-?) 235, 240, 256
Fantaisie russe 235, 240
KAUFMAN, Louis (1906-1994) 197
KELKEL, Manfred 14, 48, 54-55, 95, 137, 176
KELLY, Barbara 34, 44, 76
KIKI DE MONTPARNASSE [Alice Prin, dit] (1901-1953) 279
KIRIAC-GEORGESCU, Dumitru (1866-1928) 143-144, 162
KISLING, Moïse (1891-1953) 48, 110-111
KLEVEN, Arvid (1899-1929) 69
KLINGSOR, Tristan [Léon Leclère, dit] (1874-1966) 45, 131, 135
KOBRY, Yves 110
KODÁLY, Zoltán (1882-1967) 48, 140, 162, 194, 246, 280, 349
KOECHLIN, Charles (1867-1950) 65, 135, 145, 242-243, 271-273
Cinq Sonatines pour piano 145
KOKOSCHKA, Oskar (1886-1980) 119
KOMITAS [Soghomon Soghomonian, dit] (1869-1935) 134, 147, 354
Six Danses populaires arméniennes 147
KONDRACKI, Michał (1902-1984) 69, 143, 172
KORABELNIKOVA, Ludmila 174-176
KOSELLECK, Reinhard 54
KOSMA, Joseph (1905-1969) 355
KOUSSEVITZKY, Serge (1874-1951) 148-149
KREBS, Sophie 113
KREIN, Julien (Yulian) (1913-1996) 70-71
KREISLER, Fritz (1875-1962) 141
KŘENEK, Ernst (1900-1991) 147
Sonate pour piano n° 2 147
KŘIČKA, Jaroslav (1882-1969) 232
KUNSTLER, Charles (1887-1977) 113
KUPKA, Frantisek (1871-1957) 48
KVAPIL, Radoslav (1934–) 37

LABELLE, Nicole 76-77
ŁABUŃSKI, Feliks (1892-1979) 69, 143
LADMIRAULT, Paul (1877-1944) 126
LA FONTAINE, Jean de (1621-1695) 160
LAFORGUE, Paul (1960-1887) 165
LAJTHA, László (1892-1963) 37, 59, 69, 75-76, 89, 90, 92, 133, 135, 137, 139, 145, 149, 151, 160, 202
Quatuor n° 3 202
Sonate pour violoncelle et piano 37
LAKS, Simon (Szymon) (1901-1983) 134, 143, 147, 149, 172, 180, 277, 355
Petite Suite 147
Sonate pour violoncelle et piano 147
Suite polonaise 277

LA LAURENCIE, Lionel de (1861-1930) 64
LALO, Pierre (1866-1943) 234
LAMBERT, [Leonard] Constant (1905-1951) 69
LANDORMY, Paul (1869-1943) 47, 60-61, 85, 87
LANDOWSKI, Marcel (1915-1999) 202
LANDOWSKI, Wanda Alice [ou Wanda Ladislav, ou Wanda Louise] (1899-1959) 85
LANDSHOFF (violoncelliste, ?-?) 130
LANNENS (peintre, ?-?) 351
LAPOMMERAYE, Pierre de (musicographe, ?-?) 46-47, 142, 235, 240
LARIONOV, Michel (Mikhaïl) (1881-1964) 110, 114, 289, 292, 294-295, 298, 351
LARMANJAT, Jacques (1878-1952) 98, 134, 281-282, 284-287, 296
  « Valse » (Treize Danses) 282, 284-285, 287, 310
LA SÉRÉNADE 78, 132, 136-138, 149-150, 295, 298, 300, 306
LA SIRÈNE MUSICALE / ÉDITIONS DE LA SIRÈNE 13, 32-33, 73, 97-98, 128-129, 131-132, 134-135, 138-140, 159, 167-170, 186, 188, 192, 231, 280-282, 286, 289, 293, 295-296, 330, 365
LA SPIRALE 132, 149, 151, 193, 351
LAURENS, Henri (1885-1954) 114
LA VILLE DE MIRMONT, Jean de (1886-1914) 202
LAVISSE, Ernest (1842-1922) 215
LAZĂR, Filip (1894-1936) 37, 70, 78, 80, 133-134, 142-144, 146-147, 149, 152, 155, 158, 162, 181, 355
  Bagatelle 37
  Sonate pour piano, op. 15 147
  Suite pour piano 143
  Suite pour piano n° 1 146
LE BAIL, Karine 40-41
LE BON, Gustave (1841-1931) 221
LE BORNE, Fernand (1872-1929) 58, 88, 146
  Sonate pour hautbois et piano 146
LEBRUN, Albert (1871-1950) 298
LEDUC, Marie-Pier 21
LEE-TSHEREPNIN, Hsien-Ming (1915-1991) 323
LE FLEM, Paul (1881-1984) 75, 78, 83, 126
LÉGER, Fernand (1881-1955) 113-114, 351
LEIBOWITZ, René (1913-1972) 57, 353
LELEU, Jeanne (1998-1979) 78
LEMAIRE, Frans C. 72
LEMMEN, Georges (1865-1916) 351
LERNER, Bennett (1944–) 299-300, 311, 313
LEVIDIS, Dimitri (Dimitrios) (1885-1951) 69, 157, 355
LÉVY, Lazare (1882-1964) 179
LHOTE, André (1885-1962) 48
LIMBOUR, Georges (1900-1970) 203
LIONCOURT, Guy de (1885-1961) 354
LIPATTI, Dinu (1917-1950) 70, 90
LIPCHITZ, Jacques [Chaim Jacob Lipchitz, dit] (1891-1973) 110, 113-114, 351
LISHKE, André 99
LISZT, Franz (1811-1886) 39, 79, 152, 181, 183, 226, 246, 337-340, 343, 345-347, 351
  Rhapsodies hongroises 246
LIVIO, Antoine (1937-2001) 36, 38
LIVIO, Robin [Ruben Levy, dit] (1917-1996) 187, 204
LIZOTTE, Jean-Marcel (1891-1947) 74
LOCATELLI, Pietro Antonio (1695-1764) 152
LONG, Marguerite (1874-1966) 297-300, 302, 304
LOPATNIKOFF, Nicolai (1903-1976) 98, 134, 147, 281-282, 285, 287-289, 294, 296
  « Gavotte » (Treize Danses) 282, 285, 287-288, 296
  Sonate pour violon, alto et piano 147
LOUIS XIV 335
LOUIS XVI 336

LOUIS XVIII 342
LOURIÉ, Arthur Vincent ([1891/2 ?]-1966) 15, 48, 69-72, 78, 94, 133-134, 144, 146, 181, 262, 355
Ave Maria 146
Chant des gueuses 146
Deux Berceuses pour piano 146
Salve Regina 146
Un grand sommeil noir 146
Vendange 146
LOURME, Louis 16, 165
LULLY, Jean-Baptiste [Giovanni Battista Lulli, dit] (1632-1687) 177, 180-181, 183, 192, 263, 336-337, 344, 349

MACHABEY, Armand (1886-1966) 85, 87, 96, 238, 263
MACHAUT, Guillaume de (*ca* 1300-1377) 219
MACIEJEWSKI, Roman (1910-1998) 172
MACIOCE (compositeur, ?-?) 146
Un prélude pour Glas de Bitenta 146
MAGNARD, Albéric (1865-1914) 235-236
MAILLARD, Pierre (compositeur, ?-?) 146
Ballade pour piano 146
MAIRE, P. (pianiste, ?-?) 130
MALINOWSKI, Jerzy 50
MALIPIERO, Gian Francesco (1882-1973) 134, 152, 207, 275
MALRAUX, André (1901-1976) 202
MANESSIER, Alfred (1911-1993) 107
MANET, Édouard (1832-1883) 279
MANGEOT, Auguste (1873-1942) 46, 74
MANGIN (flûtiste, ?-?) 130
MANZONI, Alessandro (1785-1873) 124
MÁRAI, Sándor (1900-1989) 11
MARCOUSSIS, Louis [Ludwik Kazimierz Władysław Markus, dit] (1878-1941) 114
MARÉ, Rolf de (1888-1964) 298
MARESCOTTI, André-François (1902-1995) 69, 92
MARGAT, Yves (1896-1971) 270
Mariés de la Tour Eiffel, Les 99, 300
MARIKA, Ina ([1911 ?]-1993) 140, 153, 197-199
MARKEVITCH, Igor (1912-1983) 15, 37, 59, 70-71, 78-79, 133, 137, 139, 150, 155, 158, 277, 355
Nouvel Âge, Le 277
Psaume 277
Variations, fugue et envoi sur un thème de Haendel 37
MARTELLI, Henri (1895-1980) 78-79, 83, 135, 278
MARTINÈS, Cécile (musicographe, ?-?) 85, 87
MARTINŮ, Bohuslav (1890-1959) 13-15, 22, 32-41, 48-50, 52, 57, 67-68, 70-71, 73, 76-83, 87-94, 96-99, 111, 128, 130-132, 134-137, 139, 145, 147-149, 152-153, 155, 157-160, 163-170, 173-179, 181-190, 192-200, 204-208, 232, 250, 255, 262, 264, 266, 277-278, 281-282, 285, 287, 289, 296, 299-301, 307-308, 314, 316-317, 320, 322-323, 326, 329-330, 343, 345, 349-351, 355
Bouquinistes du Quai Malaquais, Les 323, 326
Cinq Pièces brèves pour violon et piano 82
Cinquième Jour de la cinquième lune, Le – Su-Tangpo 323
Concertino 197
Concerto pour piano et orchestre n° 1 195
Concerto pour violon et orchestre n° 2 153
Concerto pour violon n° 1 197
« La Danse » (Treize Danses) 282, 285, 287, 296
Duo pour violon et violoncelle 82, 130
Fantaisie et toccata 37
Half-Time 277
Nonette 13, 37
Partita 198

Préludes pour piano 130
Quatuor n° 2 147, 264, 277
Quatuor n° 3 130
Quintette 169, 277
Quintette n° 2 37
Revue de cuisine, La 183, 198
Sérénade 163, 195-196, 197
Sinfonia concertante n° 1 199
Sinfonia concertante n° 2 199
Sinfonietta giocosa 198
Sinfonietta « La Jolla » 198
Sonate pour deux violons et piano 130
Sonate pour violoncelle et piano n° 1 190
Špalíček 163
Symphonie n° 1 90, 195
« Le Train hanté » (Parc d'attractions Expo 1937) 301, 307, 316
Trio avec piano 130
Trois Madrigaux pour violon et alto 153
Trois Ricercari 197
MARTINŮ QUENNEHEN, Charlotte (1894-1978) 323
MARX, Karl (1897-1985) 47
MARYAN [Pinchas Simson Burstein, dit] (1927-1977) 110
MASSENET, Jules (1842-1912) 231
MASSIN, Brigitte 86, 91
MASSIN, Jean 86, 91
MASSON, Charles (1858-1931) 118
MATHIEU, Rodolphe (1890-1962) 69
MATISSE, Henri (1869-1954) 111, 119, 122, 351
MAUCLAIR, Camille [Camille Faust, dit] (1872-1945) 112, 115, 117-118, 259, 269
MAUPOMÉ, Claude (?-2006) 205-206
MAURRAS, Charles (1868-1952) 117, 126
MAZZI, Ferdinand (?-1941) 134, 138
Canto italico 138
MCEWEN, Frank 106
MÉDICIS, François de 21, 284
MENDELSON, Joachim (1892-1943) 172
MENDELSSOHN-BARTHOLDY, Felix (1809-1847) 141, 152
MENEGALDO, Hélène 72
MENKÈS, Sigmund (1896-1986) 50
MÉNY DE MARANGUE, Marc (compositeur, ?-?) 146
MERCIER, Jacques (1945–) 153
MERCKEL, Henri (1897-1969) 145
Poème japonais 145
MESSAGER, André (1853-1929) 260
MESSIAEN, Olivier (1908-1992) 15, 40, 51, 68, 79, 133, 135, 151, 155, 306, 319, 321
MEYERBEER, Giacomo [Jakob Liebmann Meyer Beer, dit] (1791-1864) 68, 181, 183, 225, 337-339, 344, 346-347
MIASKOVSKY, Nicolaï (1881-1950) 69
MICHELET, Jules (1798-1874) 236
MICHEL, François 67
MIGOT, Georges (1891-1976) 15, 55, 90, 98, 134, 145-146, 156, 270, 282, 285, 287, 296
Premier Livre de divertissements français à deux et à trois, Le 146
« La Sègue (Danse lente) » (Treize Danses) 282, 285
Trois Épigrammes 145
MIHALOVICI, Marcel (1898-1985) 13-15, 32-41, 48-50, 52, 57, 68, 70-71, 75-82, 87-99, 104, 111, 128, 130-132, 134-137, 139-140, 142-144, 145, 149, 152-153, 155, 157-160, 163-168, 170, 173-184, 186-208, 244, 250-251, 253, 262, 264-266, 277, 281-282, 285-289, 296, 299-301, 305-308, 312, 314, 317, 319-320, 322, 324, 326, 329, 345-346, 349-351, 355
« Chindia (Danse populaire roumaine » (Treize Danses) 282, 285-289, 296, 312
Concerto quasi una fantasia 277
Cortège des divinités infernales 251
Étude en deux parties 198
Fantaisie pour orchestre 265, 277
Impromptu 326

Interludiem [?] 265
Follia, La 153
Phèdre 204
Prélude et Invention 197, 277
Quatuor 131, 145
Quatuor n° 2 130
Quatuor n° 3 190
Séquences 197
Sinfonia giocosa 199
Sonata pour violoncelle 37
Sonate pour alto et piano 190
Sonate pour violon et piano 143
Sonatine pour hautbois et piano 130, 143, 250
Suite de « Karagueuz » 195, 198
Toccata pour piano et orchestre de chambre 153, 196
Trio (Sérénade), vl-al-vc 130
Trois Pièces nocturnes 326
Trois Romances (Hugo) 130
« Un danseur roumain » (Parc d'attractions Expo 1937) 301, 307, 312
Variation pour cuivres et orchestre à cordes 196-197

MIHULE, Jaroslav 169
MILHAUD, Darius (1892-1974) 36, 43-44, 47-48, 51, 60-61, 75, 78-79, 98, 137-141, 152, 158, 167, 173, 178-179, 184, 201-202, 219, 225, 228, 237, 242-243, 256-257, 259, 282-283, 295, 298, 301-302, 308, 310-311, 314-315, 320, 323, 345, 349-350
« Mazurka » (Album des 6) 282
Paris 323
Quatuor n° 7 140
« Le Tour de l'Exposition » (À l'Exposition) 301, 308, 310-311, 315

MILHAUD, Madeleine (1902-2008) 171, 204
MILLIENNE, Nicole 205
MIRÓ, Joan (1893-1983) 110
MODIGLIANI, Amedeo (1884-1920) 48, 110-111, 114, 118, 177, 351
MOMPOU, Federico (1893-1987) 44, 70, 76, 79, 133, 136-137, 139, 149, 155, 165, 300-302, 305-308, 315, 317, 319-320, 342, 355
« Souvenirs de l'Exposition » (Parc d'attractions Expo 1937) 301, 315

MONNET, Henri (1896-1983) 105
MONNET, Marc (1947–) 39
MONTECÓN, Juan José (1895-1964) 44
MONTEUX, Pierre (1875-1964) 179, 343
MONTEVERDI, Claudio (1567-1643) 136
MOORE, Christopher 21
MOREAU, Léon (1870-1946) 147
Pièces pour flûte et piano 147

MORIN, F. (violoncelliste, ?-?) 153
MORIN, Philippe 205
MOSS, Piotr (1949–) 38-39
MOURLOT, Fernand (1895-1988) 122
MOUSSORGSKI, Modeste (1839-1881) 48, 142, 152, 235
Nuit sur le Mont-Chauve 142

MOZART, Wolfgang Amadeus (1756-1791) 135, 141, 152, 192, 194, 219, 309, 312, 349, 351
MÜNCH, Charles (1891-1968) 79, 90, 195, 343
MUŠIČ, Zoran (1909-2005) 107
MYCIELSKI, Zygmunt (1907-1987) 143, 355

NABOKOV, Nicolas (Nicolai) (1903-1978) 22, 52, 70-71, 94, 136-137, 146, 150, 155, 158, 164-165, 277, 355
Chants à la Vierge 277
Trois Poèmes d'Omar 146
Vocalise 146

NACENTA, Raymond (galleriste, ?-?) 106-107, 111-112, 114, 153, 195
NACHT-SAMBORSKI, Stefan Artur (1898-1974) 50
NAPOLÉON, Arthur [Arthur Napoleão dos Santos, dit] (1843-1925) 257
NAPOLÉON Ier (Bonaparte) 342

NEUGEBOREN (NOUVEAU), Henrik (Henri) (1901-1939) 71, 83, 134-135, 146-147, 277, 355
Sonate pour violoncelle et piano 147
Trio avec piano 146
Trio pour clarinette, violon et violoncelle 277
NEUTEICH, Marian (1890-*ca* 1943) 172
NICHOLS, Roger 95
NIESZAWER, Nadine 108, 110
NIETZSCHE, Friedrich Wilhelm (1844-1900) 162
NIMURA (danseur, ?-?) 285
NIN(-CULMELL), Joaquín (1908-2004) 70
NIN, Joaquín (1879-1949) 254, 264, 272, 276, 342, 355
NOËL, Marcel (compositeur, ?-?) 145
Sonate pour violoncelle et piano 145
NOIRIEL, Gérard 215, 217, 220-221
NOUVEAU, Henri
(voir NEUGEBOREN, Henrik)
NOUVEL ORCHESTRE PHILARMONIQUE 153
NOVÁK, Stanislav (1890-1945) 323
NYEKI, Maria 76

OBALDIA, Krystina de 205, 208
OBERT, Simon 21
OBOUHOV, Nicolas (Nicolai) (1852-1954) 15, 69-72, 76, 92, 94, 133, 146, 152, 160, 181, 244, 355
Amour, L' 146
OFFENBACH, Jacques (Jacob) (1819-1880) 181, 183, 337-338, 344, 346-347
OFFENBACH DE ALCAIN, Herminie (1844-1880) 338, 347
OHANA, Maurice (1913-1992) 87
OITO BATUTAS, Os 257
OPIEŃSKI, Henryk (1870-1942) 227
ORCHESTRE DE CHAMBRE DE L'ORTF 153
ORCHESTRE PHILARMONIQUE DE PARIS 136
ORCHESTRE PHILHARMONIQUE TCHÈQUE 169
ORCHESTRE SYMPHONIQUE DE PARIS 295
OSWALD, Henrique (1852-1931) 257
OTESCU, Ion Nonna (1888-1940) 143
OULITZKY, Léon (compositeur, ?-?) 140
OZENFANT, Amédée (1886-1966) 114

PADEREWSKI, Ignacy Jan (1860-1941) 161, 227, 249
PAGÉ, Suzanne 266
PALESTER, Roman (1907-1989) 81, 143, 172
PÂQUE, Désiré (1867-1939) 69-70
Parc d'attractions Expo 1937 280, 297-298, 300-309, 311-322
PARESCE, René (Renato) (1886-1937) 118
PÂRIS, Alain 193-194, 203, 205
PASCAL, André (compositeur, ?-?) 136, 146
Deux Nocturnes de la mer 146
PASCAL, Blaise (1623-1662) 160
PASCIN, Jules [Julius Mordecai Pincas, dit] (1885-1930) 110-111, 113, 119
PASSANI, Émile (1905-1974) 134, 147
Sonate pour violon et piano 147
PECCI BLUNT, Anna Laetitia (1885-1971) 137
PEDRELL, Felipe (1841-1922) 254
PEIGNOT, Suzanne (1895-1993) 130
PELLERIN, Jean-Victor (1889-1970) 263
PÉREZ DE ALBÉNIZ, Mateo-Antonio ([1755 ?]-1831) 254
PERKOWSKI, Piotr (1901-1990) 143, 172, 355
PÉROTIN (*ca* 1200) 219
PETIT, Henri (compositeur, ?-?) 71, 82, 136, 261-262, 287, 289
PETIT, Raymond (1893-1976) 95, 266
PETRIDIS, Petros ([1892 ?]-1977) 69, 78, 137, 145, 165, 353
PETTERSSON, Allan (1911-1980) 69
PHIDIAS 235
PHILARMONIC-SYMPHONY SOCIETY OF NEW YORK 141
PHILIPP, Isidore (1863-1958) 65, 96, 179, 257, 356
PHILIPPART, Renée (1905-1993) 135, 145-146
Flûte de jade, La 145

Venise 146
PICABIA, Francis [Francis-Marie Martinez de Picabia, dit] (1879-1953) 119
PICASSO, Pablo Ruiz (1881-1973) 105, 110, 119, 177, 340, 351
PIJPER, Willem (1894-1947) 69, 83
PINCHERLE, Marc (1888-1974) 99
PINEL, Marie Hélène 205, 207-208
PIPKOV, Lubomir (1904-1974) 134, 138, 147, 355
Quatre Chants populaires bulgares 147
PISK, Paul (1893-1990) 275
PISTON, Walter (1894-1976) 207, 353
PITTALUGA, Gustavo (1906-1975) 44, 69, 78
PITTION, Paul (musicographe, ?-?) 86, 92
PLANEL, Robert (1908-1994) 136
PONCE, Manuel (1882-1948) 70, 356
PONIRIDIS, Georges (1892-1982) 145-146, 356
Chant de l'émigré, Le 146
PORAY, Denise (artiste lyrique, ?–) 38
PORCILE, François 48, 86, 93-94, 137, 168
POULENC, Francis (1899-1963) 43-45, 47, 65, 77-79, 105, 136-137, 139, 158, 173, 178, 184, 219, 242-243, 257, 282-284, 286, 295, 301-302, 305, 308-310, 314, 318, 320, 339, 345, 349
« Bourrée, au Pavillon d'Auvergne » (À l'Exposition) 301, 310
Cinq Poèmes de Ronsard 45
« Valse » (Album des 6) 283-284
PRAT, Jacques (1941-2004) 153
PREMIÈRE ÉCOLE DE VIENNE 54
PROKOFIEV, Sergueï (1891-1953) 22, 37, 39, 41, 45, 67, 69, 71-72, 78-79, 88-89, 93-94, 133, 136, 142, 147-150, 152, 155-156, 158, 163, 165, 177, 182-183, 186-187, 192, 194, 201-202, 207, 240, 272-273, 276-277, 289, 347, 349-351, 356
Chout 289
Concerto pour violon 277
Ouverture sur des thèmes juifs 277
Quintette 37, 272, 277
Sonate pour 2 violons 202
Toccate 147
PRUNIÈRES, Henry (1886-1942) 71, 227, 237, 266, 268, 274-276
PUGNANI, Gaetano (1731-1798) 141
PULCINI, Franco 36

QUATUOR HUOT 130
QUATUOR ROTH 130-132, 134, 138-140, 168, 202
QUESNEY, Cécile 21

RABAUD, Henri (1873-1949) 235-236, 260, 355
RACHMANINOV, Sergueï (1873-1943) 135, 142, 152, 172
Concerto pour piano n° 2 142
RADWAN, Auguste de (August) (1867-1957) 249
RAE, Caroline 32
RAMAIN, Paul (musicographe, ?-?) 262
RAMEAU, Jean-Philippe (1683-1764) 56, 145, 336
Chantons sur la musique 145
RAVEL, Maurice (1875-1937) 38, 58, 68, 70, 75, 78-79, 94, 125, 142, 144-146, 151-152, 157-158, 165, 173, 176, 184, 207, 235-236, 240, 242-243, 255, 261, 280, 289, 295, 300, 345, 349, 355-356
Duo pour violon et violoncelle 145
Histoires naturelles 289
Sonate pour violon et piano 146
REBATET, Lucien (1903-1972) 58, 86
REICHA, Antoine (1770-1836) 68, 183, 194, 342-343
REICH, Willi (1898-1980) 96
REMACHA, Fernando (1898-1984) 44
RÉMI-GIRAUD, Sylvianne 220
RENAN, Ernest (1823-1892) 236
RESPIGHI, Ottorino (1879-1936) 152
REVEL, Judith 220
REVERDY, Michèle (1943–) 91-92, 94, 137
RIEMANN, Hugo (1849-1919) 191

RIETI, Vittorio (1898-1994) 14-15, 69, 79, 136-139, 145, 149, 165, 176, 277, 300-301, 305, 308, 314, 316, 318, 320, 353
« La Danseuse aux lions » (Parc d'attractions Expo 1937) 301, 308, 318
RILKE, Rainer Maria (1838-1926) 82
RIMSKI-KORSAKOV, Nicolaï (1844-1908) 48, 142, 152, 235, 240-241, 244, 255, 280
Capriccio espagnol 241
RITHÈRE, O. (artiste lyrique, ?-?) 130
RITTER, Kenneth Mesdag 50
RIVAS, Pierre 256
RIVIER, Jean (1896-1987) 78-79, 89-90, 133, 136, 146, 155, 158, 201, 350
Radepont 146
ROCCA, Lodovico (1895-1986) 134
RODITI, Eduardo 50
RODRIGO, Joaquín (1901-1999) 70, 342
RODRÍGUEZ, Vicente (?-1760) 254
ROESGEN-CHAMPION, Marguerite (1894-1976) 70
ROGALSKI, Theodor (1901-1954) 142-143, 159, 356
Quatuor 143
ROGER-DUCASSE, Jean (1873-1954) 79, 88
ROHOZINSKI, Ladislas de (1886-1938) 146, 149-150, 356
Suite en trio 146
ROHOZINSKI, Olivier de 21, 356
ROLAND-MANUEL [Roland Alexis Manuel Lévy, dit] (1891-1966) 44, 47, 55, 86, 90-91, 125, 133, 136, 156, 158, 195, 226-227, 235, 242, 270, 274, 295
ROSEN, Charles 31
ROSENTHAL, Manuel (1904-2003) 32-33, 38-39, 58, 61, 76, 79, 91, 98, 133-134, 140, 155, 169, 195, 281-282, 285
Cantate pour le temps de la Nativité 91
Cinq Chansons juives 169
Saxophon' Marmalade 169
« Valse des pêcheurs à la ligne » (Treize Danses) 282, 285
ROSSINI, Gioachino (1792-1868) 68, 79, 181, 183, 218, 234, 263, 337-339, 344, 346, 349
Barbiere di Siviglia, Il 337, 344
Guillaume Tell 337, 344
ROSTAND, Claude (1912-1970) 85, 87, 181, 199-200
ROSTWOROWSKI, Karol Hubert (1877-1938) 242
ROTHSCHILD, James de (1792-1868) 339, 345
ROUAULT, Georges (1871-1958) 111
ROUCHÉ, Jacques (1862-1957) 32
ROUGET, Gilbert (1916-2017) 70
ROUSSEAU, Jean-Jacques (1712-1778) 309
ROUSSEL, Albert (1869-1937) 38, 44, 48-49, 57, 75-79, 94, 125, 144, 151, 158, 164, 173, 176, 184, 194, 202, 206-207, 235, 242-243, 260, 263, 280, 295, 330, 343, 345-346, 349, 354-356
Quatuor 202
ROY, Jean (1916-2011) 47, 86
ROYER, Étienne (compositeur, ?-?) 145, 249
Trois Chants lyriques 145
RÓŻYCKI, Ludomir (1884-1953) 242
RUBINSTEIN, Anton (1829-1894) 233
RUBINSTEIN, Arthur (1887-1982) 41
RUDZIŃSKI, Witold (1913-2004) 143
RYBKA, F. James 49

SABANEIEV, Leonid (1881-1968) 72-73, 81
SACHS, Léo (?-1930) 146
Chant élégiaque 146
ŠAFRÁNEK, Miloš (1894-1982) 49
SAID, Edward 244
SAINT-SAËNS, Camille (1835-1921) 68, 133, 141-142, 173, 231, 280
SALA, Luca Lévi 21
SALAZAR, Adolfo (1890-1958) 44, 255-256
SALMON, André (1881-1969) 120-122
SALON DES INDÉPENDANTS 109, 112-113, 115-116, 121-122, 128, 143
SAMAZEUILH, Gustave (1877-1967) 260

SAMUEL, Claude (1931–) 86-88
SANDERS, Paul F. (musicographe, ?-?) 238
Sanguaraña, danse péruvienne 246
SASSANELLI, Fiorella 12
SASSIER, J. (pianiste, ?-?) 153
SATIE, Erik (1866-1925) 70, 74, 105, 167, 243
SAUGUET, Henri (1901-1989) 74, 79, 90, 137, 139, 156, 158, 295, 299, 301-302, 305, 308-309, 311, 314, 317, 319-320
« Nuit coloniale sur les bords de la Seine » (À l'Exposition) 301-302, 305, 309, 311
Près du bal 295
SCHAEFFNER, André (1895-1980) 45, 47, 72, 78, 142, 162, 240
SCHLŒZER, Boris de (1881-1969) 45, 218-220, 232, 235, 272
SCHMIDL, Carlo (1859-1943) 97
SCHMITT, Florent (1870-1958) 70, 78-79, 136, 139, 144-146, 152, 173, 176, 184, 207, 235-236, 242-243, 258-259, 295, 299-302, 307-308, 314, 316-317, 320-321, 345
Danse d'Abisag 146
Ombres 145
Oriane et la Sans-Égale / Oriane et le Prince d'Amour 302
Quintette 146
« La Retardée » (À l'Exposition) 299, 301-302, 317
Suite sans esprit de suite 299
SCHNEIDER, Gérard (1896-1948) 107
SCHOENBERG, Arnold (1874-1951) 48, 54-55, 58, 60, 69, 78, 80-81, 83, 89, 125, 126, 140-141, 172, 225, 229, 255, 280-281, 286, 306, 341
Pierrot lunaire 89, 125
SCHOLA CANTORUM 48, 64, 93, 143-144, 251, 354-356
SCHUBERT, Franz (1797-1828) 136, 141, 152
SCHULHOFF, Erwin (1894-1942) 98, 134-135, 139, 275, 281-282, 285
« Boston » (Treize Danses) 282, 285
SCHULTHESS, Walter (1894-1971) 134, 147
Pièce pour piano 147
SCHUMANN, Robert (1810-1856) 152
SCHWERKE, Irving (1871-?) 95-96
SCOTT, Derek B. 256
SCRIABINE, Alexandre ([1871/2 ?]-1915) 141-142, 240, 242, 250
Deux Danses 141
SECONDE ÉCOLE DE VIENNE 15, 54, 64, 278
SEGAL, Simon (1898-1969) 110
SEGOND-GENOVESI, Cédric 13-15, 21, 77, 170-171, 176
SEIGNOBOS, Charles (1854-1942) 223-224
SELVA, Blanche (1884-1942) 244-245, 261
SEVERINI, Gino (1883-1966) 114
SHAPIRO, Robert 44, 47-48
SIBELIUS, Jean (1865-1957) 226
SIGNAC, Paul (1863-1935) 143
SIMA, Joseph (1891-1971) 48
SIMON, René (musicographe, ?-?) 234, 238
SKROVATCHEVSKI (Skrovaczewski), Stanislas (Stanislaw) (1923–) 87
SLAVENSKI, Josip (1896-1955) 69
SLONIMSKY, Nicolas 35
SLOVANSKÉ KVARTETO (Quatuor slovaque) 148
SMETANA, Bedřich (1924-1884) 244, 280
SOCIÉTÉ INTERNATIONALE DE MUSICOLOGIE / INTERNATIONAL MUSICOLOGICAL SOCIETY (SIM / IMS) 23, 266
SOCIÉTÉ INTERNATIONALE DE MUSIQUE CONTEMPORAINE (SIMC) 23, 47, 126, 191, 242-243, 264-277
SOCIÉTÉ INTERNATIONALE DE MUSIQUE [projet de Henri Collet] 266-267
SOCIÉTÉ INTERNATIONALE DE MUSIQUE (SIM) 23, 266
SOCIÉTÉ MUSICALE INDÉPENDANTE (SMI) 23, 46, 76, 93-94, 130-132, 134-135, 138, 145, 147, 149, 165, 231, 264, 286
SOCIÉTÉ NATIONALE DE MUSIQUE (SN) 23, 46, 76, 93, 135-136, 149, 233
SOLER, Antonio (1729-1783) 254

SOPHOCLE 235
SOULAGE, Marcelle (1894-1970) 136, 147
Faintaisie hébraïque 147
SOULAGES, Pierre (1919–) 107
SOUMAGNAC, Myriam (1931-2012) 38-39, 140, 169
SOUTINE, Chaïm (1893-1943) 110-112
SPISAK, Michał (1914-1965) 143
SPITZMÜLLER, Alexander von (1894-1962) 14-15, 35-36, 49, 69, 76, 133, 139, 149, 160, 176, 182-183, 347, 356
Quintette 183
Sonate pour violoncelle et piano 149
SPONTINI, Gaspare (1774-1851) 183, 337, 344
STALAROW, Alexander 12
STENZL, Jürg 21
STOECKLIN, Paul de (1873-1964) 227
STRARAM, Walther (1876-1933) 343
STRAUS, Joseph N. 315
STRAUSS, Richard (1864-1949) 78, 234, 242, 250, 342
STRAVINSKI, Igor (1882-1971) 37, 41, 55, 58, 60, 67, 70-72, 78-81, 87-89, 93-94, 105, 135-136, 142, 152, 161, 163, 172, 177, 181, 183-184, 187, 192, 207, 235, 240, 243, 250, 252, 255, 261, 264-265, 273, 277-278, 280, 289, 292, 305, 312, 318-319, 321, 340-341, 344-345, 349, 351, 353-355
Apollon musagète 292
Chant du rossignol 277
Concertino 277
Feux d'artifice 142
Mavra 37
Noces, Les 277
Octuor 273, 277
Petrouchka 240, 250
Renard 289
Sacre du printemps 292, 312-313, 319
Sonate pour piano 277
Symphonie de psaumes 277
Symphonie d'instruments à vent 277
Trois Pièces pour quatuor 277
STRECKER (famille d'éditeurs) 166
STRIMER, Joseph (1881-1962) 142, 240
STROH, Augustus (1828-1914) 261
SUCHOWIEJKO, Renata 143
SUPERSAXO, Viktoria 21
SURVAGE, Léopold (1879-1968) 110
SUTER-MOSER, Hélène (artiste lyrique, ?-?) 130-131, 135
SZAŁOWSKI, Antoni (1907-1973) 143, 172
SZELIGOWSKI, Tadeusz (1896-1963) 143, 147, 356
Chansons vertes 147
SZENES, Árpád (1897-1985) 107
SZOPSKI, Félicien (Felicjan) (1865-1939) 242
SZYMANOWSKI, Karol (1882-1937) 48, 70, 78, 144, 227, 264, 280
SZYMULSKA, Halina (1921-1994) 153

TAILLEFERRE, Germaine (1892-1983) 43, 47-48, 51, 79, 139, 152, 155-157, 178, 282-283, 301-302, 308, 311, 314, 316-317, 319-320
« Au Pavillon d'Alsace » (À l'Exposition) 301, 311
« Pastorale » (Album des 6) 283
TAL COAT, Pierre [Pierre Jacob, dit] (1905-1985) 107
TALICH, Václav (1883-1961) 169
TANSMAN, Alexandre (1897-1986) 13-15, 22, 32-33, 35-39, 41, 48-49, 67-68, 70-71, 73, 75-82, 87, 89, 92-99, 104, 111, 128, 132, 134-139, 141-145, 147-149, 152-153, 155, 159-162, 164-165, 168-185, 192-194, 200, 203-208, 227-230, 236, 240-242, 250-251, 254-255, 261-262, 264, 272-273, 277, 279, 281-282, 285, 287, 298-301, 308, 314, 316, 318-320, 329, 331, 341, 350-351, 354
20 Pièces faciles sur des mélodies populaires polonaises 229
« Burlesque » (Treize Danses) 282, 285, 287
Cinq Mélodies 169-170

Concerto [?] 229
Concerto pour piano n° 1 241
Concerto pour piano n° 2 261
Danse de la sorcière 277
Deux Pièces pour piano 169
Flammes sombres 141
« Le Géant » (Parc d'attractions Expo 1937) 301, 316, 318
Impressions 254
Mazurkas 183, 250
Ouverture symphonique 264
Partita 250
Paysages polonais 141
Poème, vl-pf 145
Quatre Danses polonaises 251
Quatuor n° 3 240
Scherzo symphonique 250
Septuor 13, 37, 279
Sinfonietta 162, 229
Six Chants (de Bragança) 153
Sonate pour violoncelle et piano n° 1 37
Sonate pour violoncelle et piano n° 2 147
Sonate pour violon et piano n° 2 141
Sonatine [?] 229
Sonatine pour flûte ou violon et piano 161
Sonatine transatlantique 262
Suite dans le style ancien 161
Suite-Divertissement 183
Vingt Pièces faciles sur des mélodies populaires polonaises 250
TANSMAN MARTINOZZI, Marianne 21
TANSMAN ZANUTTINI, Mireille 21
TARTINI, Giuseppe (1692-1770) 141
TASSART, Lucy (musicienne, ?-?) 55
TCHAÏKOVSKI, Piotr Ilitch (1840-1893) 152, 233, 284
Symphonie n° 6 « Pathétique » 284
TCHÉREPNINE, Alexandre (1899-1977) 13-15, 22, 32, 34-36, 38-40, 48-49, 68, 70-72, 77-79, 87, 89, 92-94, 96-99, 111, 132, 134-137, 139-140, 142, 145-146, 149, 152-153, 159, 166-168, 174-179, 181-184, 186, 188-197, 202, 204-208, 239-240, 244, 250-251, 253, 272-273, 276, 299-301, 305, 307-308, 312-314, 316-320, 322-326, 329, 344-345, 349-351, 356
« Autour des Montagnes russes » (Parc d'attractions Expo 1937) 301, 308, 312-313
Concertino, cl-bs-pn 183
Concertino, pn-vl-vc-oc 153
Concerto da camera 197, 240
Danses russes 196
Entretiens 239
Huit Pièces pour piano 153
Jeu de la Nativité 195
Neuf Inventions pour piano 146
Quatrième, La 325-326
Rhapsodie géorgienne 240, 251
Rondò à la russe, pn 325-326
Rondo pour piano 324, 326
Sonate en la [?] 239
Sonate pour violon et piano 145
Suite géorgienne 196-197
TCHÉREPNINE, Ivan (1943-1998) 351
TCHÉREPNINE, Nicolaï (Nicolas) (1873-1945) 39, 79, 89, 92, 99, 142, 145, 240, 344, 351, 356
Amaryllis 145
TCHÉREPNINE, Serge (1941–) 351
TELLES DE MENEZES, Julieta (1896-1961) 238
TENROC, Charles [Charles Cornet, dit] (?-1946) 245
TERRIEN, Pascal 86
THOMAS, Ambroise (1811-1896) 337, 346
THOMSON, Virgil (1896-1989) 69, 93
TIMMERMANS, Armand (1860-1939) 58, 88
TOCH, Ernst (1887-1964) 83
TOMASELLA, Giuliana 118
TOMASI, Henri (1901-1971) 78-79, 135, 201, 350
TOSCANINI, Arturo (1867-1957) 141

TOUZÉ, Maurice (1882-1967) 61
TOZZI, Mario (1895-1979) 118
Treize Danses 13, 34, 169, 280-282, 284-289, 291-296, 312, 321-322
TREZISE, Simon 234
TRIO FILOMUSI 83, 134
TRIO PASQUIER 130
TRITON 32-34, 36, 76, 78, 81-82, 89-90, 97, 132, 135-136, 139, 149-150, 153, 155-156, 181, 186, 200-201, 231, 265-266, 281, 300, 350, 353-356
TSELENTIS, Jason 303
TURINA, Joaquín (1882-1949) 342

UBAC, Raoul [Rudolf Gustav Maria Ernst Ubac, dit] (1910-1985) 107
UTRILLO, Maurice (1883-1955) 114

VACHER DE LAPOUGE, Georges (1854-1936) 221
VALLAS, Léon (1879-1956) 144, 228-229, 244
VAN ACKERE, Jules (1914-2008) 84
VAN BÄRENTZEN, Aline (1897-1981) 299
VAN DER TORN, Pieter 319
VAN DE VELDE, Ernest (1862-1951) 56, 59, 85, 87, 232
VAN DONGEN, Kees (1877-1968) 110, 113
VARÈSE, Edgar(d) (1883-1965) 77, 280, 306
  Intégrales 306
VAUGHAN WILLIAMS, Ralph (1872-1958) 93, 226
VAUTEL, Clément [Clément-Henri Vaulet, dit] (1876-1954) 115, 119-120
VAUXCELLES, Louis [Louis Meyer, dit] (1870-1943) 115-117, 120, 123-124
VECTOMOV, I. (violoncelliste, ?-?) 148
VELLONES, Pierre (1889-1939) 146
  Planisphères 146
VERBITZKY, Sonia (artiste lyrique, ?-?) 144
VERDI, Giuseppe (1813-1901) 43
VERLEY, Henri (compositeur, ?-?) 152
VERMEULEN, Matthijs (1888-1967) 146, 356
VICPÁLEK, Ladislav (1882-1969) 232
VIDAL, Paul (1863-1931) 96, 355-356
VIDAL DE LA BLACHE, Paul (1845-1918) 215
VIEIRA DA SILVA, Maria Elena (1908-1992) 107
VIGNAL, Marc 67
VILA, Marie-Christine 86
VILLA-LOBOS, Heitor (1887-1959) 69-70, 92, 93, 133, 136, 146, 149, 252-253, 256, 257-259, 261-262, 264, 277, 356
  Amazonas 261
  Chôros 258-259
  Danses africaines 258
  Épigrammes ironiques et sentimentales 257
  Fantaisie brésilienne 257
  Légende indigène 257
  Quattro Epigrammi ironici e sentimentali 277
  Quatuor 257
  Rudepoema 258
  Saudades des forêts brésiliennes 258
  Serestas 146, 258
  Trio 257
  Trois Poèmes indiens 258
VIÑES, Ricardo (1875-1943) 255, 282
VLAMINCK, Maurice (1876-1958) 111
VOHANKA, F. (violoniste, ?-?) 148
VOLTAIRE [François-Marie Arouet, dit] (1694-1778) 336
VOMÁČKA, Boleslav (1887-1965) 232
VON DER WEID, Jean-Noël 86-87
VON LEYDEN (compositeur, ?-?) 47
VORMS, Pierre (1903-1986) 114
VUILLEMIN, Louis (1879-1929) 123-126, 140, 270, 281
VUILLERMOZ, Émile (1878-1960) 46, 85, 99, 218, 228

WAGNER, Richard (1813-1883) 43, 60, 68, 142, 164, 192, 194, 207, 218, 242, 311, 337, 346-347, 349, 351
L'Or du Rhin 311
Parsifal 311
Siegfried 218
Tannhäuser 194
WARNOD, André (1885-1960) 108, 113, 121
WARNOD, Jeanine (1921-2004) 108
WEBER, Carl Maria von (1786-1826) 152
WEBERN, Anton (1883-1945) 54, 89, 265, 280
Quatuor, op. 22 89
Trio à cordes, op. 20 265
WEILL, Kurt (1900-1950) 71, 93, 150, 353
WEINGART, Joachim (1895-1942) 50
WEISSBERG, Léon (1895-1943) 50
WEISSMANN, John S. (1910-1980) 33-34, 97-98, 138, 280
WERTHEIM, Rosy (1888-1949) 134, 147, 356
Chanson déchirante, La 147
WIDOR, Charles Marie (1844-1937) 354
WIÉNER, Jean (1896-1982) 58, 98, 125-126, 134, 140, 281-282, 285, 296
« Rêve » (Treize Danses) 282, 285
WIENIAWSKI, Henryk (1835-1880) 227
WILLY [Henry Gauthier-Villars, dit] (1859-1931) 46
WITOLD, Joëlle (journaliste, ?-?) 205, 207
WOLFF, Pierre (musicographe, ?-?) 14, 80, 85
WOU-KI, Zao (1920-2013) 107
WOYTOWICZ, Bolesław (1899-1980) 134, 143, 277, 356
Trio à vents 277
WYSCHNEGRADSKY, Ivan (1893-1979) 15, 70-71, 94, 133, 135-136, 142, 147, 149, 356
Quatuor 147
Symphonie n° 3 142
Symphonie n° 4 142

YOVANOVITCH (pianiste, ?-?) 142

ZADKINE, Ossip (1890-1967) 111, 113-114, 351
ZATTI BIANCO, [Massimo ?] (musicographe, ?-?) 59
ZODIAQUE, LE 68, 87
ZOELLNER (compositeur, ?-?) 47

TABLE DES TABLEAUX ET DES FIGURES

TABLEAU 1 : Les programmes des concerts « Martinů et l'École de Paris » 37
TABLEAU 2 : La présence des musiciens considérés « membres » de l'École de Paris dans les premiers concerts de l'AMC (1940) 79
TABLEAU 3 : Présence de l'expression « École de Paris » dans les ouvrages d'histoire de la musique parus en France à partir de la fin des années 1920 85
FIGURE 1 : La campagne lancée par *Le Guide du concert* en novembre 1933 en soutien aux artistes français 127
FIGURE 2 : Programme du concert organisé par La Sirène musicale le 12 janvier 1933 129
FIGURE 3 : L'annonce publicitaire du premier concert de La Sirène musicale dans *Le Guide du concert* 129
TABLEAU 4 : Les concerts ayant pu inspirer l'étiquette « Groupe des Quatre » 130
TABLEAU 5 : Aperçu des concerts parisiens de l'entre-deux-guerres (1919-1939) programmant des œuvres d'au moins deux compositeurs considérés « membres » principaux de l'École de Paris par l'historiographie 134
TABLEAU 6 : Les débuts des jeunes immigrés à la SMI 145
TABLEAU 7 : La distribution des œuvres de jeunes compositeurs immigrés dans quelques sociétés de concerts parisiennes (1919-1939) 150
TABLEAU 8 : Les jeunes compositeurs immigrés dans les programmes des Concerts Golschmann et des Concerts Koussevitzky dans l'entre-deux-guerres 152
TABLEAU 9 : L'utilisation de l'étiquette « École de Paris » dans les concerts organisés ou retransmis par la radio française (1945-2014) 153
TABLEAU 10 : La distribution des portraits de musiciens dans les deux versions de l'émission de Harsányi 183
TABLEAU 11 : Comparaison de la description faite par Harsányi de la vie musicale des années 1920 dans les deux versions de son émission 184
TABLEAU 12 : Les concerts de l'École de Paris (1946-1954) à travers la correspondance de Harsányi 197
TABLEAU 13 : Entretiens avec Beck, Harsányi, Martinů, Mihalovici, Tansman et Tchérepnine présents dans la banque de données de l'INA 204
FIGURE 4 : *Chant roumain* publié par *Le Guide du concert* en 1929 247
FIGURE 5 : *Chanson hongroise* publiée par *Le Guide du concert* en 1928 248
TABLEAU 14 : Le contenu du recueil *Treize Danses*, Paris, La Sirène musicale, 1929 282
FIGURE 6 : Couverture de l'*Album des 6*, Paris, Demets, 1920 290
FIGURE 7 : Couverture de l'album *Treize Danses*, Paris, La Sirène musicale, 1929 291
FIGURE 8 : La lyre sur la quatrième de couverture des *Treize Danses*, Paris, La Sirène musicale, 1929 292

FIGURE 9 : La lyre sur la couverture d'Arthur Honegger, *Sept Pièces brèves, pour piano*, Paris, Éditions de la Sirène, 1921 293
FIGURE 10 : Monogramme attribué à Picasso sur la couverture de Jean Cocteau, *Le Coq et l'Arlequin : notes autour de la musique*, Paris, Éditions de la Sirène, 1918 293
FIGURE 11 : Couverture de *L'Éventail de Jeanne*, réduction pour piano, Paris, Ménestrel / Heugel, 1928 297
TABLEAU 15 : *À l'Exposition* et *Parc d'attractions Expo 1937* : les titres des pièces et leurs liens extramusicaux 301
TABLEAU 16 : Analyse de la « dramaturgie graphique » de la couverture de *Parc d'attractions Expo 1937* 303
TABLEAU 17 : Comparaison de la structure « tête-désinence » et de la structure à « répétition variée » 307
TABLEAU 18 : Comparaison des choix formels des pièces contenues dans les recueils *À l'Exposition* et *Parc d'attractions Expo 1937* 308
TABLEAU 19 : Emploi rhétorique de gestes dans « Autour des montagnes russes » de Tchérepnine 313
TABLEAU 20 : Grille d'analyse synoptique des recueils *À l'Exposition* et *Parc d'attractions Expo 1937* 320
TABLEAU 21 : Reconstruction hypothétique de l'« Album de musique de piano composé par les membres de l'École de Paris » projeté par l'éditeur Heugel en 1948 326
FIGURE 12 : Graphique montrant la polyvalence de l'expression École de Paris aux sens large et étroit 330

COPYRIGHTS

p. 127 – Figure 1 : La campagne lancée par *Le Guide du concert* en novembre 1933 en soutien aux artistes français (vol. 20, n° 5, 3 novembre 1933, p. 107).
© D.R. Photo de l'auteur

p. 129 – Figure 2 : Programme du concert organisé par La Sirène musicale le 12 janvier 1933.
© D.R. Photo de l'auteur

p. 129 – Figure 3 : L'annonce publicitaire du premier concert de La Sirène musicale dans *Le Guide du concert* (vol. 15, n° 29, 19 avril 1929, p. 839)
© D.R. Photo de l'auteur

p. 247 – Figure 4 : *Chant roumain* publié par *Le Guide du concert* en 1929 (vol. 15, n° 28, 12 avril, p. 839).
© D.R. Photo de l'auteur

p. 248 – Figure 5 : *Chanson hongroise* publiée par *Le Guide du concert* en 1928 (vol. 14, n° 29, 20 avril, p. 839).
© D.R. Photo de l'auteur

p. 283 – Exemple 1 : Louis Durey, « Romance sans paroles », mes. 1-6 et 13-18.
Album des 6 (ME 1961) © 2001 by éditions Max Eschig, Paris – France. All rights reserved. Reproduced by kind permission of Hal Leonard MGB S.R.L.

p. 284 – Exemple 2 : Francis Poulenc, « Valse », mes. 1-8 et 17-20.
Album des 6 (ME 1961) © 2001 by éditions Max Eschig, Paris – France. All rights reserved. Reproduced by kind permission of Hal Leonard MGB S.R.L.

p. 284 – Exemple 3 : Jacques Larmanjat, « Valse », mes. 5-8.
Treize danses pour piano (LS 156) © 2001 by éditions Max Eschig, Paris – France. All rights reserved. Reproduced by kind permission of Hal Leonard MGB S.R.L.

p. 287 – Exemple 4 : Conrad Beck, « Danse », mes. 1-4.
Treize danses pour piano (LS 156) © 2001 by éditions Max Eschig, Paris – France. All rights reserved. Reproduced by kind permission of Hal Leonard MGB S.R.L.

p. 287 – Exemple 5 : Conrad Beck, « Danse », mes. 1-2 et 17.
Treize danses pour piano (LS 156) © 2001 by éditions Max Eschig, Paris – France. All rights reserved. Reproduced by kind permission of Hal Leonard MGB S.R.L.

p. 288 – Exemple 6 : Marcel Mihalovici, « Chindia (Danse populaire roumaine) », mes. 1-7 et 79-84.
Treize danses pour piano (LS 156) © 2001 by éditions Max Eschig, Paris – France. All rights reserved. Reproduced by kind permission of Hal Leonard MGB S.R.L.

p. 288 – Exemple 7 : Nicolai Lopatnikoff, « Gavotte », mes. 1-14.
Treize danses pour piano (LS 156) © 2001 by éditions Max Eschig, Paris – France. All rights reserved. Reproduced by kind permission of Hal Leonard MGB S.R.L.

p. 290 – Figure 6 : Couverture de l'*Album des 6*, Paris, Demets, 1920.
© D.R. Photo de l'auteur

p. 291 – Figure 7 : Couverture de l'album *Treize Danses*, Paris, La Sirène musicale, 1929.
© D.R. Photo de l'auteur

p. 292 – Figure 8 : La lyre sur la quatrième de couverture des *Treize Danses*, Paris, La Sirène musicale, 1929.
© D.R. Photo de l'auteur

p. 293 – Figure 9 : La lyre sur la couverture d'Arthur Honegger, *Sept Pièces brèves, pour piano*, Paris, Éditions de la Sirène, 1921.
© D.R. Photo de l'auteur

p. 293 – Figure 10 : Monogramme attribué à Picasso sur la couverture de Jean Cocteau, *Le Coq et l'Arlequin : notes autour de la musique*, Paris, Éditions de la Sirène, 1918.
© D.R.

p. 294 – Exemple 8 : Pierre-Octave Ferroud, « The Bacchante (Blues) », mes. 1-4.
Treize danses pour piano (LS 156) © 2001 by éditions Max Eschig, Paris – France. All rights reserved. Reproduced by kind permission of Hal Leonard MGB S.R.L.

p. 297 – Figure 11 : Couverture de *L'Éventail de Jeanne*, réduction pour piano, Paris, Ménestrel / Heugel, H. 29 811, 1928.
© 1928 by Heugel, droits transférés aux Éditions musicales Alphonse Leduc, Paris

p. 310 – Exemple 9 : Georges Auric, « La Seine, un matin… », mes. 1 et 33-40.
À l'Exposition : illustrations musicales (piano) (SLB 4535) © 2002 by éditions Salabert, Paris – France. All rights reserved. Reproduced by kind permission of Hal Leonard MGB S.R.L.

p. 310 – Exemple 10 : Francis Poulenc, « Bourrée, au Pavillon d'Auvergne », mes. 1-4.
À l'Exposition : illustrations musicales (piano) (SLB 4535) © 2002 by éditions Salabert, Paris – France. All rights reserved. Reproduced by kind permission of Hal Leonard MGB S.R.L.

p. 311 – Exemple 11 : Darius Milhaud, « Le Tour de l'Exposition », mes. 79-82.
À l'Exposition : illustrations musicales (piano) (SLB 4535) © 2002 by éditions Salabert, Paris – France. All rights reserved. Reproduced by kind permission of Hal Leonard MGB S.R.L.

p. 313 – Exemple 12 : Alexandre Tchérepnine, « Autour des Montagnes russes », a) « Le Guichet», mes. 1-9 et 22-27 ; b) « Les "On dit" », mes. 1-2.
Parc d'Attractions Expo 1937 : recueil de pièces pour piano (ME 5680) © 2001 by éditions Max Eschig, Paris –France. All rights reserved. Reproduced by kind permission of Hal Leonard MGB S.R.L.

p. 315 – Exemple 13 : Darius Milhaud, « Le Tour de l'Exposition », mes. 1-4.
À l'Exposition : illustrations musicales (piano) (SLB 4535) © 2002 by éditions Salabert, Paris – France. All rights reserved. Reproduced by kind permission of Hal Leonard MGB S.R.L.

p. 315 – Exemple 14 : Federico Mompou, « Souvenirs de l'Exposition », « Le Planétaire », mes.1-6.
Parc d'Attractions Expo 1937 : recueil de pièces pour piano (ME 5680) © 2001 by éditions Max Eschig, Paris –France. All rights reserved. Reproduced by kind permission of Hal Leonard MGB S.R.L.

p. 316 – EXEMPLE 15 : Alexandre Tansman, « Le Géant », mes. 1-2.
Parc d'Attractions Expo 1937 : recueil de pièces pour piano (ME 5680) © 2001 by éditions Max Eschig, Paris –France. All rights reserved. Reproduced by kind permission of Hal Leonard MGB S.R.L.

p. 316 – EXEMPLE 16 : Bohuslav Martinů, « Le Train hanté », mes. 1-2 et 35-40.
Parc d'Attractions Expo 1937 : recueil de pièces pour piano (ME 5680) © 2001 by éditions Max Eschig, Paris –France. All rights reserved. Reproduced by kind permission of Hal Leonard MGB S.R.L.

p. 317 – EXEMPLE 17 : Florent Schmitt, « La Retardée », mes. 1-2 et 23-24.
À l'Exposition : illustrations musicales (piano) (SLB 4535) © 2002 by éditions Salabert, Paris – France. All rights reserved. Reproduced by kind permission of Hal Leonard MGB S.R.L.

p. 318 – EXEMPLE 18 : Alexandre Tchérepnine, « Autour des Montagnes russes », « Le Guichet », mes. 28-31.
Parc d'Attractions Expo 1937 : recueil de pièces pour piano (ME 5680) © 2001 by éditions Max Eschig, Paris –France. All rights reserved. Reproduced by kind permission of Hal Leonard MGB S.R.L.

p. 318 – EXEMPLE 19 : Tibor Harsányi, « Le Tourbillon mécanique », mes. 23-26.
Parc d'Attractions Expo 1937 : recueil de pièces pour piano (ME 5680) © 2001 by éditions Max Eschig, Paris –France. All rights reserved. Reproduced by kind permission of Hal Leonard MGB S.R.L.

p. 318 – EXEMPLE 20 : Vittorio Rieti, « La Danseuse aux lions », mes. 13-14.
Parc d'Attractions Expo 1937 : recueil de pièces pour piano (ME 5680) © 2001 by éditions Max Eschig, Paris –France. All rights reserved. Reproduced by kind permission of Hal Leonard MGB S.R.L.

p. 319 – EXEMPLE 21 : Tibor Harsányi, « Le Tourbillon mécanique », mes. 57-59.
Parc d'Attractions Expo 1937 : recueil de pièces pour piano (ME 5680) © 2001 by éditions Max Eschig, Paris –France. All rights reserved. Reproduced by kind permission of Hal Leonard MGB S.R.L.

p. 325 – EXEMPLE 22 : Conrad Beck, *Prélude pour piano*, Ms, 1948, les incipit des deux sections.
Collection Conrad Beck, Fondation Paul Sacher, Bâle

p. 335-347 – ANNEXE 1 : Tibor Harsányi, *L'École de Paris à travers l'histoire* (1945) et *École de Paris* (1947).
© D.R.

p. 349-351 – ANNEXE 2 : Marcel Mihalovici, *L'École de Paris*, 1968 et 1981.
Collection Alexander Tcherepnin, Fondation Paul Sacher, Bâle

Cahier d'illustrations

ILLUSTRATION 1 : « Bohuslav Martinů et Les Quatre (École de Paris) » [« *Bohuslav Martinů se Čtyřkou* (École de Paris) »], probablement Mont-Saint-Léger, 1949 ou 1953.
Photo Centre Bohuslav Martinů, Polička

ILLUSTRATION 2 : « Bohuslav Martinů et Les Quatre » [« *Bohuslav Martinů se Čtyřkou* »], Mont-Saint-Léger, été 1949.
Photo Centre Bohuslav Martinů, Polička

ILLUSTRATION 3 : Affiche pour l'exposition *Chefs-d'œuvre de l'art français, 1400-1900* (Paris, Palais de Tokyo, 1937), 118x75 cm.
Source gallica.bnf.fr. Photo © BnF.

ILLUSTRATION 4 : Affiche de Henri Matisse pour l'exposition *Les Maîtres de l'art indépendant, 1895-1937* (Petit Palais, Musée des Beaux-Arts de la Ville de Paris, 1937), 74,5x49,5 cm, Petit Palais, Musée des Beaux-Arts de la Ville de Paris.
Photo © Petit Palais / Ville de Paris.

ILLUSTRATION 5 : Léonard Tsugouharu Foujita, *Nu couché à la toile de Jouy* (1922), 130x195 cm, Musée d'art moderne de la ville de Paris.
© Fondation Foujita / ADAGP, Paris, 2018. Photo © RMN-Grand Palais / Agence Bulloz

ILLUSTRATION 6 : *Lubok – Velikoe Zertsalo* (*L'effroyable parabole du « Grand Miroir »*), xylographie colorée (*ca* 1760), Saint-Pétersbourg, Bibliothèque nationale de Russie.
Photo © National Library of Russia, St. Petersburg.

ILLUSTRATION 7 : Couverture du recueil *À l'Exposition*, Paris, Deiss, R. D. 7 540-7 647, 1937.
© D.R. Photo de l'auteur

ILLUSTRATION 8 : Couverture du recueil *Parc d'attractions Expo 1937*, Paris, Eschig, M. E. 5 678-5 686, 1938.
© D.R. Photo de l'auteur

ILLUSTRATION 9 : Affiche de Leonetto Cappiello pour l'Exposition internationale Arts et techniques – Paris 1937, 160x120 m.
Source gallica.bnf.fr. Photo © BnF.

ILLUSTRATION 10 : *Exposition internationale Arts et techniques – Paris 1937 : guide officiel*, Paris, Société pour le développement du tourisme, 1937, couverture.
Photo © BnF.

ILLUSTRATION 11 : Plan de l'exposition (dans *Exposition internationale Arts et techniques – Paris 1937 : guide officiel*, Paris, Société pour le développement du tourisme, 1937).
© D.R. Photo de l'auteur

ILLUSTRATION 12 : Carte postale du Parc d'attraction.
© D.R. Photo de l'auteur

ILLUSTRATION 13 : Affiche de Jean Carlu pour l'Exposition internationale Arts et techniques – Paris 1937, 120x80 cm.
© ADAGP, Paris, 2018. Photo © BnF.

L'éditeur s'est employé à identifier tous les détenteurs de droits. Il s'efforcera de rectifier, dès que possible, toute omission qu'il aurait involontairement commise.

TABLE DES MATIÈRES

INTRODUCTION 11
Construire les étrangers 11
« École de Paris » : histoire et historiographie 13
Enquête 17
Remerciements 20
Options éditoriales 21

PREMIÈRE PARTIE
TRACES

PROLOGUE À LA PREMIÈRE PARTIE. TRACES D'UN DISCOURS 27

CHAPITRE PREMIER. VULGATES SUR L'ÉCOLE DE PARIS 31
L'École de Paris dans les encyclopédies, microcosmes inhomogènes 32
L'École de Paris à la radio 36

CHAPITRE II. GROUPEMENTS ET « ÉCOLES » 43
Le baptême de la critique 43
« École », un mot polyvalent 53

CHAPITRE III. L'ÉCOLE DE PARIS AU SENS LARGE ET AU(X) SENS ÉTROIT(S) 67
Les étrangers à Paris : École de Paris au(x) sens large(s) 69
Un groupe : École de Paris au(x) sens étroit(s) 80
Les biographies de l'époque 95

DEUXIÈME PARTIE
TERRAIN

PROLOGUE À LA DEUXIÈME PARTIE. LA PAROLE AUX PROTAGONISTES 103

CHAPITRE IV. ARTS VISUELS 105
L'École de Paris selon les historiens de l'art 106
Paris, 1923 : les enjeux d'une étiquette 112

CHAPITRE V. CONCERTS 123
« Concerts métèques » 123
Phénoménologie de la présence des musiciens « École de Paris » dans les concerts 128
Phénoménologie d'un milieu international, ou Les absents du tableau 139

CHAPITRE VI. L'ÉCOLE DE PARIS VUE PAR SES « MEMBRES » 155
Chez Bruyr 155
Lettres 166
L'École de Paris selon Tansman 170
Survivre à l'histoire 181
Souvenirs 203

TROISIÈME PARTIE
MUSIQUE

PROLOGUE À LA TROISIÈME PARTIE. « NOUS SOMMES DES SANG-MÊLÉS » 213

CHAPITRE VII. MUSIQUE FRANÇAISE ? 217
Les nationalismes musicaux 218
Le nationalisme manqué 243
Le nationalisme revendiqué 254
Les internationalismes musicaux 264

CHAPITRE VIII. MUSIQUE DE L'ÉCOLE DE PARIS ? 279
1929 : *Treize Danses* 281
1937 : *Parc d'attractions Expo 1937* 297
1948 : L'« Album Heugel » 322

CONCLUSION 329

ANNEXE 1 335
1a. Tibor Harsányi, *L'École de Paris à travers l'histoire* (1945) 335
1b. Tibor Harsányi, *École de Paris* (1947) 342

ANNEXE 2 349
2a. Marcel Mihalovici, *L'École de Paris* (1968) 349
2b. Marcel Mihalovici, *L'École de Paris* (1981) 351

ANNEXE 3. COMPOSITEURS ÉTRANGERS RÉSIDANT À PARIS (1919-1939) 353

BIBLIOGRAPHIE 357
INDEX DES NOMS ET DES ŒUVRES MUSICALES 391
TABLE DES TABLEAUX ET DES FIGURES 415
COPYRIGHTS 417
TABLE DES MATIÈRES 421

Suite des ouvrages parus dans la collection

Michèle Reverdy, compositrice intranquille, par Emmanuel Reibel et Yves Balmer, 2014, 200 pages.

Le compositeur, son oreille et ses machines à écrire : déconstruire les grammatologies du musical pour mieux les composer, par Fabien Lévy, 2014, 288 pages.

Les Variations pour piano, op. 27 d'Anton Webern : essai d'analyse sémiologique, par Luiz Paulo de Oliveira Sampaio, 2014, 256 pages.

L'essor du romantisme : la fantaisie pour clavier de Carl Philipp Emmanuel Bach à Franz Liszt, par Jean-Pierre Bartoli et Jeanne Roudet, 2013, 400 pages.

Analyses et interprétations de la musique : la mélodie du berger dans le Tristan et Isolde *de Richard Wagner*, par Jean-Jacques Nattiez, 2013, 402 pages.

Bruxelles, convergence des arts 1880-1914, sous la direction de Malou Haine et Denis Laoureux, avec la collaboration de Sandrine Thieffry, 2013, 408 pages.

Écrits de compositeur : une autorité en question, sous la direction de Michel Duchesneau, Valérie Dufour et Marie-Hélène Benoit-Otis, 2013, 440 pages.

Serge Diaghilev, *Danse, musique, beaux-arts : lettres, écrits et entretiens*, présentés et annotés par Jean-Michel Nectoux, 2013, 542 pages.

Du politique en analyse musicale, sous la direction de Esteban Buch, Nicolas Donin et Laurent Feynerou, 2013, 256 pages.

Camille Saint-Saëns, *Écrits sur la musique et les musiciens 1870-1921*, par Marie-Gabrielle Soret, 2012, 1172 pages.

Liszt et la France : musique, culture et société dans l'Europe du XIXe siècle, sous la direction de Malou Haine, Nicolas Dufetel, Dana Gooley et Jonathan Kregor, 2012, 608 pages.

Généalogies du romantisme musical français, sous la direction d'Olivier Bara et Alban Ramaut, 2012, 288 pages.

Le Conservatoire national de musique et de déclamation 1900-1930 : documents historiques et administratifs, par Anne Bongrain, 2012, 752 pages.

La symphonie dans la Cité : Lille au XIXe siècle, par Guy Gosselin, 2011, 504 pages.

Le style de Claude Debussy, par Sylveline Bourion, 2011, 514 pages.

Lettres de Franz Liszt à la princesse Marie de Hohenlohe-Schillingsfürst, née de Sayn-Wittgenstein, présentées et annotées par Pauline Pocknell, Malou Haine et Nicolas Dufetel, 2010, 436 pages.

Charles Koechlin, compositeur et humaniste, sous la direction de Philippe Cathé, Sylvie Douche et Michel Duchesneau, 2010, 610 pages.

Composer au XXIe siècle : pratiques, philosophies, langages et analyses, sous la direction de Sophie Stévance, 2010, 206 pages.

www.vrin.fr

Achevé d'imprimer en octobre 2018
par l'imprimerie PEETERS s.a.
Warotstraat 50, B-3020 Herent
D/2018/101021